Alexander Ruth

Schmetterlingsgeschichten
Chronik IV – Schmoon Lawa

Fantasy-Scifi-Roman

Danken muss ich an dieser Stelle den schreibenden Schmetterlingen Heike Schoog, Jan Popp-Sewing, Norbert Stirken und Sarah Dickmann. Auch dem fliegenden Fotografen Ulli Dackweiler. HU-JA...

Ein besonderer Dank gilt den fleißigen Herzen Christina Meyer, Lucas Schmidhofer und Sabine Birgels.

Alexander Ruth
Schmetterlingsgeschichten
Chronik IV – Schmoon Lawa

Fantasy-Scifi-Roman

Books for Friends Verlag

Bibliografische Information der Deutschen Nationalbibliothek

Die Deutsche Nationalbibliothek verzeichnet diese Publikation in der Deutschen Nationalbibliografie; detaillierte bibliografische Dateien sind im Internet über http://dnb.ddb.de abrufbar.

Books for Friends!
Der Verlag von Freunden für Freunde

Books for Friends Verlag
Guido Beltermann
Alte Bahnhofstraße 119-123a
44892 Bochum
www.books-for-friends.net

Ruth Alexander - Schmetterlingsgeschichten IV
ISBN 978-3-940754-55-4
© copyright Mai 2009. Alle Rechte beim Autor
© Cover: Books for Friends
Druck: DiguPrint, Bochum 2009
1. Auflage September 2009

Universal Search

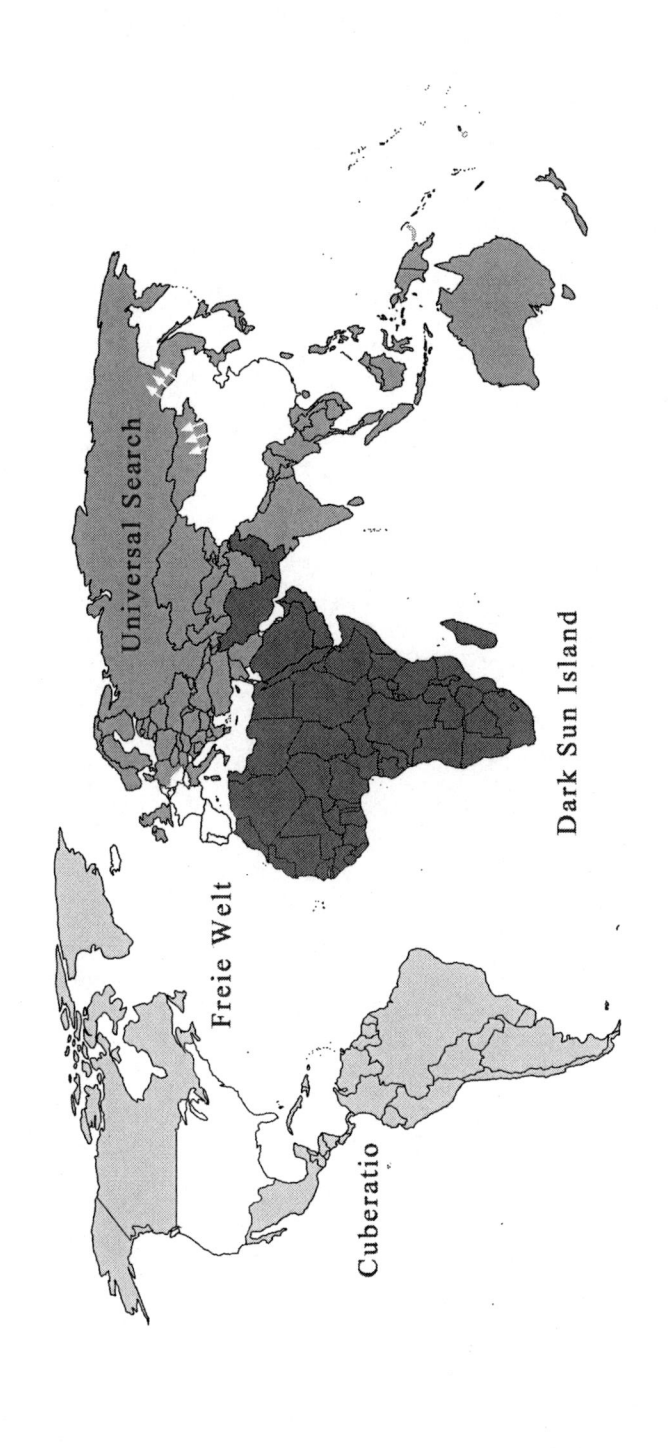

Dark Sun Island

Freie Welt

Cuberatio

Stephanus tunkte die Feder in den Topf. Gewitterwolken waren über der Erde verteilt. Ihr Schwarz verdunkelte das Antlitz seines wunderschönen Planeten. Selten kamen die Schmetterlinge noch zu ihm, und berichteten über schöne, verträumte Dinge. Diese jedoch erleuchteten dann seinen Himmel wie Sternschnuppen. Sie kämpften sich durch die Dunkelheit hindurch und erstrahlten die Welt für die anderen mit ihrem Glanz....
Aber oft kamen die anderen, die die Zeit, das Leben, die Wirklichkeit veränderten. Ihre Geschichten handelten über Sklaverei, über Verschleppung...über Unrecht.
Wie sollte er das nächste Kapitel nennen?
Er tunkte die Feder erneut ein und ließ die überschüssigen dunkelblauen Tropfen mit einem leisen Platschen wieder in das Gefäß zurückfallen. Die Seite war bereits aufgeschlagen und wartete nur darauf, dass er sie füllte.
Was sollte er schreiben?
Die Münze des Schicksals stand auf der Seite. Fiel sie auf die eine, dann würde der Sieg ihrer sein. Fiel sie aber auf die andere, dann wäre die Niederlage endgültig.
Die Erde stand auf dem Scheideweg. Immer wieder ging ihm dies durch den Kopf, beschäftigte sein ganzes Sein. Sollte er ihnen vielleicht helfen?
Nein, auf gar keinen Fall. Das war gegen die Regeln, gegen die Gesetze der Gilde. Aber das Schwarz gegen Weiß, die Nacht gegen den Tag...es ließ ihm einfach keine Ruhe.
Die meisten seiner plappernden Quellen erzählten mit ihren kleinen, unschuldigen Mündern grausame Geschichten. Schrecklich.
Doch da waren auch die, die immer wieder von kleinen Erfolgen, von Siegen und von einer Zukunft sprachen.
Einer Zukunft, in der die Menschheit wieder frei war... das liebte

er so an seinen Schmetterlingen. Niemals würden sie die Hoffnung aufgeben.
Und wenn er an seine letzten geschriebenen Seiten dachte, dann war da etwas, ja, dann existierte da etwas, das wie ein Geist vorhanden, aber nicht greifbar war.
Ja, da war eine Größe wie die Luft zum Atmen, die auf der ganzen Erde verteilt war...vielleicht auch im ganzen Universum. Sie schlug und pochte in jedem Herzen der Gerechtigkeit.
Sie hatten noch keinen Namen für sie...
...aber das war nur eine Frage der Zeit.
Diese Größe vereinte alles ineinander. Sie war der Glauben, die Erwartung, das Vertrauen. Sie war Mut, sie war Stärke, sie war Glanz.
Aber auch Rache, Hass und der Schrei nach Vergeltung. Sie stand gleichzeitig für das Leben und den Tod. Stephanus kratze sich die Stirn.
Aber würde es reichen? Würde diese Größe die Lebewesen vereinen können? Zusammenschweißen und gegen das galaktische Böse richten?
Wenn er in die nie enden wollende Schlange Schmetterlinge vor seinem Schreibtisch schaute, dann war er sich allerdings gewiss. Obwohl sie gleichsam über schlimme wie gute Taten berichteten, waren sie selber das Symbol, das Zeichen: es gibt nur einen Weg mit den Rittern...nach vorne.
Denn alleine ihre Existenz gab jedem Menschen, jedem Lebewesen ein kleines bisschen Sicherheit, in einer Zeit in der nichts sicher scheint.
Und wenn er an seine Freund, Wansul den Weisen, dachte, dann wusste er...es gibt keine Zufälle.
Stephanus tunkte die Feder erneut ein. Ja, hier vor ihm standen sie und in ihren eigenen Worten, klang bereits jetzt eine Gewissheit, eine Sicherheit mit, dass sich das Blatt zum Guten wenden sollte.

Da war er sich sicher... So wartete er nun gespannt auf die Dinge, die sich da auf dem Planeten ergaben. Denn immer wieder schalteten sich die Schmetterlinge direkt in das Geschehen mit ein. Er würde ihnen so gerne helfen, um ihnen seine Liebe zu zeigen... aber er konnte nicht.
Dafür strengten SIE sich aber umso mehr an. Und das erfüllte sein Herz mit einer Hitze, die in ihm glühte...und glühte...und glühte.

Und da kam etwas auf sie zu, das alles verändern konnte... ...obwohl es auf diesem Planeten seinen Ursprung hatte.

Das konnte er spüren. Würden sie es erkennen? Dieses kleine bisschen Sicherheit, in einer Welt, in der nichts sicher scheint? Er hoffte... aber zumindest waren es SEINE Schmetterlinge, die die Welt, diese Galaxie und das Universum veränderten.
Und dafür war er endlos dankbar.
Denn er war Stephanus, der Chronist der Erde...

Prolog

Der Becher Honigwein war mit Pülverchen von Chesterhelp III angereichert worden. Die Temperatur betrug heute, an diesem wunderschönen Tag, knapp dreißig Grad im Lavendelgarten. Die Pflanzen blühten hier das ganze Jahr. Hervorragendes Tunika-Wetter. Der blaue Himmel wurde nur schwach von einzelnen weißen Wolken gestört.

Hier auf Magnolia, dem Zentrum der Macht des Universums, hier, wo alle Fäden zusammenliefen, hier, wo über Leben und Tod wie in einem Spiel entschieden wurde, herrschte Sicherheit.

Die Männer, die hier saßen diskutierten über strategische Vorgehensweisen in Bezug auf rebellierende Planeten, über die wirtschaftliche Lage und damit selbstverständlich auch über die großen Drei.

Denn, wenn es etwas gab, das maßgeblich für den Reichtum der Union verantwortlich war, dann waren es die großen drei Abbaugesellschaften der Union.

Wie lange sie dieses System schon eingeführt hatten, dass konnte hier im Lavendelgarten eigentlich niemand der Männer mehr beantworten. Doch alle paar Jahrzehnte führten die Herren der Macht einen Umbruch herbei, indem sie eines der großen Unternehmen fallen ließen, damit sich das System selber wieder durch den Wettkampf verbesserte. Hunderte von kleineren Unternehmen würden dann kämpfen, Neuentwicklungen in allen nur denkbaren Bereichen präsentieren, um den freien Platz zu ergattern.

Einer würde gewinnen…

Wohlstand und Reichtum rieselten dann nur so auf ihn ein.

War es mal wieder soweit? Diese Frage beschäftigte die Herren am Tisch.

Mehrere Aktenordner und Papiere lagen weit verstreut umher.

Claudius Brutus Drachus saß mit seinen beiden Wirtschaftsweisen Lord Humbold Lipser und Lord Lutus Feegard und seinem Chef-Militärberater Lordstar Phillipe Fallover in den Marmorstühlen des Gartens. Sie waren gerade am Ende des Gedankenaustausches und es schien fast, als wenn eine Entscheidung sehr nahe, oder schon gefallen war.

Aber eindeutig war noch nichts.

Zwei Ordonanzen kamen auf Federfüßen herbei geeilt und verteilten zum x-ten Mal Getränke oder tauschten einfach die stehenden mit frischen Bechern aus. Egal, ob alles noch drin war oder nicht.

Die Männer der Macht interessierten die beiden Eunuchen nicht. Sie gehörten zum innersten Kreis und waren Claudius Brutus Drachus Leibsklaven.

„Dann sind wir uns also einig?", wollte Lord Humbold Lipser wissen.

„Ich denke schon. Aber lass uns darüber noch ein wenig nachdenken", nickte ihm der Vorsitzende der Union zu, während er in dem Stuhl hin und her rutschte.

Wer kam auf die Idee, Gartenmobiliar aus Stein anzufertigen?

Schnell nahm der Vorsitzende einen Schluck des frischen Honigweins. Die Inhaltsstoffe überschütteten ihn innerhalb von Sekunden mit einem wunderbaren Gefühl. Er war der größte Mann des Universums.

Sollte er sich heute Abend, oder besser, vielleicht gleich schon, seine Konkubinen in sein Gemach bestellen? Wäre nicht verkehrt, wenn eine seiner Lustdamen schwanger werden würde. Das würde einen Tag wie diesen perfekt abrunden.

Offiziell würde seine Entscheidung noch nicht verkündet werden, aber wenn es keinen wichtigen Grund mehr gab, der gegen seine Entscheidung sprach, dann hatte er sich bereits jetzt schon für den Untergang eines Unternehmens entschieden.

Das Universum würde mit dem Fall sprichwörtlich wackeln. Ein schönes Gefühl.

Das System würde neu geordnet werden. Aber er würde das vielleicht von seiner Tageslaune abhängig machen. So was konnte man sich für einen Tag aufbewahren, wenn man nicht so gut drauf war. Es gab einem schon einen kleinen Kick, wenn man nur mit einem „Ja", das Leben von Tausenden oder vielleicht Millionen beenden konnte.
Teilweise sogar grausam vernichten würde.
Aber je öfter er das machte, desto langweiliger wurden solche Dekrete.
„Wenn ihr mich jetzt entschuldigen würdet? Ich fühle mich nicht so besonders", beklagte sich Claudius Brutus Drachus jetzt überraschend. Auch wenn man die Männer fast seine Freunde nennen konnte, dann war dies das Zeichen, dass sie jetzt schnellstens gehen sollten. So eng ihre Bande waren… alle hielten ihn für einen Psychopathen.
Man konnte nichts vorhersehen.
Der Mann war vollkommen unberechenbar. Er war der gefährlichste Mann des Universums… erst dann kamen sie.   Und sie kannten, fürchteten die Hierarchie.
Schnell packten sie ihre Sachen und verneigten sich.
„Es liegt nicht an euch. Ich habe Kopfschmerzen", schob er den Männern noch im Gehen hinterher. So, als wolle er ihnen als Freund sagen, dass es ihm Leid täte.
Könnten die Männer hier ihre wahren Gesichter zeigen, dann würde nur ein müdes Lächeln über ihre Lippen laufen. Wahrscheinlich war das eine Lüge.
Der Mann betrachtete das Leben als ein Spiel. Doch in Wahrheit hatte Claudius Brutus Drachus wirklich Kopfschmerzen… schon seit Tagen.
Er winkte einen seiner Eunuchen her, und befahl ihm, er solle ihm einen Schlaftrunk bereiten. Einen starken.
Auf Frauen wollte er heute verzichten.
Bei dem Gedanken, dass er seinen Kreislauf auf vollen Schwung,

in und über einem weiblichen Körper in Wallung brachte, trieb ihm die Angst vor weiteren Kopfschmerzen in den Sinn.

Kaum war er in seinem seiden-weißen Gemach, da erschien auch schon der Schlaftrunk. Schnell kippte er ihn sich runter und wischte sich den Mund mit der weißen Tunika ab.

Hier war sein Privatreich.

Sein fünf mal fünf Meter großes Himmelbett bot genügend Frauen Platz. Zweiunddreißig hatte er schon gleichzeitig beglückt.

Die kleine Marmor-Residenz innerhalb des Hauptpalastes war oval, hatte ein wundervoll mit blau-gelben Lotusblüten verziertes Runddach bei einer Deckenhöhe von zehn Metern. Vier riesige Rundbogen-Fenster waren hier eingelassen.

Im ganzen Palast hatte jedermann das Liebesspiel mit anhören müssen. Stunde über Stunde. Alle Soldaten, Angestellte und Berater. Am Ende waren zwölf von ihnen durch seinen Lebenssaft geschwängert worden. Ein wunderbares Gefühl, Nachwuchs mit den hübschesten Frauen des Universums zu zeugen.

Und er war immer nach mehr auf der Suche. Dafür hatte er einen speziellen Mann.

Er durchkämmte jede einzelne Galaxie nach Weibchen, nach Zuchtstuten, die für die Fortpflanzung und vor allem das Spiel im Bett geeignet waren. Sie gehörten ihm ja bereits, nur konnte er sie bei der Größe seines Imperiums nicht kennen.

Jetzt wollte er aber alleine sein.

Zum Glück bereiteten ihm die Ritter weniger Kopfzerbrechen als er gedacht hatte. Wenn seine Informationen nicht gefälscht waren, dann kam da mehr heiße Luft, als irgendwas Anderes vom Planeten Erde. Das Pochen in seinem Hirn musste also von was Anderem kommen.

Vielleicht war er ja wirklich nur erkältet?

Claudius Brutus Drachus spürte jetzt schon die Wirkung des Getränks. Er ließ sich in das gelbseidene Bett fallen. Dann krabbelte er noch etwas höher.

Er zog sich nicht aus, sondern schlief direkt ein.
Der Vorhang war im Begriff zu fallen.
Eigentlich erwartete er, dass er einfach wieder Stunden später aufwachte, aber allein die Möglichkeit, dass er noch denken konnte, stimmte ihn misstrauisch.
Er war in einem Halbschlaf. Und er war auch nicht mehr in seiner Marmor-Residenz, sondern stand auf einem einfachen grünen Feld. Ein älterer Schmetterling flog da umher.
Außer den beiden war da nichts.
Hatte er ihn nicht schon einmal in Wirklichkeit gesehen?   Vorhin nicht erst? Im Lavendelgarten?
So konnten Träume also mit der Realität sich vermischen. Sie klauten sich die Bilder.
Doch da kam etwas auf diesem endlosen grünen Feld auf ihn zugeflogen. Was war es? Er wurde ein wenig neugierig. So ein Traum hatte schon was Unterhaltsames, das man sich nicht kaufen konnte.
Es …es…es…war ein Bild. Ja genau.
Es war noch zu weit weg, als das er beschreiben konnte, was es zeigte.
„Ich bin dein kleines bisschen Sicherheit", sang der Schmetterling nun. Seine Stimme klang überraschend jung, vielleicht sogar weiblich, im Vergleich zu seinem Aussehen.
„In einer Zeit, in der nichts sicher scheint", sang er weiter, fing dann aber an, sich zu wiederholen.
„Ich bin dein kleines bisschen Sicherheit, in einer Zeit, in der nichts sicher scheint."
Der Schmetterling flog immer im Kreis auf dieser saftigen grünen Wiese um ihn herum.
Claudius schaute nach vorne.
Das Bild war schon fast da. Erst jetzt sah er seine Füße. Sie waren nackt.
Der Vorsitzende der Union schaute in diesem Traum an sich nach oben und sah, dass er komplett unbekleidet war. Schockiert war er

deswegen nicht. Das war ein Traum. Mehr nicht.

Aber er merkte, dass das Bild gar nicht auf ihn zukam, sondern dass er sich auf dem Rasen bewegte… obwohl er das gar nicht steuerte. Er gab einen Befehl, aber seine Gliedmaßen führten ihn nicht aus. Sie gingen einfach weiter.

Jetzt war auch das Bild näher zu erkennen. Was war denn da drauf?

Trotz der Nähe war es immer noch leicht unscharf. Würde es nicht so weit weg sein, dann würde er sagen… dass es rote Augen waren! Aus denen Blut lief! Irgendwie keimte in ihm das Gefühl auf, dass das nicht sonderlich gut war.

Er versuchte das Bild noch besser zu betrachten, aber es flog in zu weiter Entfernung an ihm vorbei.

Das war….unheimlich!

Aber seine Füße machten keinen Halt. Sie gingen einfach weiter.

„Ich bin dein kleines bisschen Sicherheit, in einer Zeit, in der nichts sicher scheint", sang der Schmetterling immer noch und flog weiter um ihn herum.

War das ein Zeichen?

Kaum schaute er an dem fliegenden Sänger vorbei, da näherte sich ihm wieder etwas. Aber was? Es war unglaublich schnell!   Und es kam direkt auf ihn zu! Er musste ausweichen, sonst würde es ihn erfassen!! Schnell!! Doch so sehr er sich mühte… sein Körper gehorchte ihm nicht!!

In kurzen Abständen kamen drei Wellen, die ihn mit Wasser fast zum Ertrinken brachten. „Hilfe!", schrie er sofort und griff sich mit einer Hand im Gras der Wiese fest.

Beinahe wäre er fortgespült worden!

Er spuckte das Wasser noch aus, da ging er wieder weiter auf dem grünen Untergrund.

„Ich bin dein kleines bisschen Sicherheit, in einer Zeit, in der nichts sicher scheint", tönte die Melodie weiter. Der Schmetterling beobachtete ihn jetzt. Claudius schaute wieder nach vorne, da pas-

sierte schon wieder etwas am Horizont seines Sichtbereiches.
Da kam…da kam… er hob eine Hand zu seinen Augen. Es blendete ihn jetzt. Da kam ein silberfarbenes Licht auf ihn zu geflogen. „Ich bin dein kleines bisschen Sicherheit, in einer Zeit, in der nichts sicher scheint", sang der Schmetterling jetzt viel lauter. Dann hielt das Licht, schwebte zum Boden nach unten….und löste sich mit einem Mal auf. Zurückblieb dort sein Lieblingsmesser. Ein altes Geschenk. Elfenbeingriff mit Schlangenklinge.
Warum war es hier? Das war doch ein Symbol seiner eigenen Macht!
Er versuchte, danach zu greifen…aber es ging nicht. Ganz im Gegenteil. Es schien, als hätte die Waffe ein Eigenleben. Sie flog vor ihm hoch und kreiste dann um ihn herum...zusammen mit dem Schmetterling.
„Ich bin dein kleines bisschen Sicherheit, in einer Zeit, in der nichts sicher scheint", tönte es immer lauter. So laut, dass ihm drohte, mitten in seinem eigenen Traum Kopfschmerzen zu bekommen. Er wollte sich die Ohren zuhalten, als er etwas Feuchtes in seinen Handflächen spürte.
Blut!! Er blutete aus beiden Ohren!!
„Hör auf zu singen", schrie er den Schmetterling an. Der reagierte aber überhaupt nicht auf seinen Befehl, sondern sang daraufhin nur noch lauter. „Hör auf zu singen. Ich, Claudius Brutus Drachus, befehle es dir!!" Der Schmetterling grinste hämisch, sang aber weiter. „Ich bin dein kleines bisschen Sicherheit, in einer Zeit, in der nichts sicher scheint!!" Das Messer kreiste jetzt immer näher um ihn herum. Der nackte Vorsitzende versuchte, der Klinge auszuweichen, aber so sehr er sich auch anstrengte, er schaffte es nicht… und schon hatte er sich an seiner eigenen Waffe geschnitten.
Autsch.
Und wieder: Autsch.
„Hilfe", schrie er erneut. Und dann stach die Klinge auch schon zu. Mitten in seinen rechten Arm…und er konnte nichts dagegen ma-

chen. Schmerz durchzuckte seinen Körper. Doch ehe sich seine Nerven der Wunden wirklich bewusst waren, da stach die Klinge erneut zu. Und wieder und wieder und wieder…..bis er aus Hunderten von Stichwunden am ganzen Körper zu bluten schien….

„Hilfe! Hilfe", schrie er panisch. Noch nie hatte er so etwas gefühlt…etwas, das wie die Machtlosigkeit vor dem Lauf der Zeit war!!! Eine nicht bestimmbare Zukunftsangst packte ihn. Und dabei bekam er das Gefühl, als würde das die Rache, die Strafe für all seine Taten sein.

An ihm würde sogar stellvertretend Rache für eine andere Person genommen werden…

Er sackte auf der grünen Wiese schreiend zusammen und konnte nichts machen. Hier starb er alleine!!

Das silberfarbene Licht war sein Untergang. Das wusste er jetzt….

„Ich bin dein kleines bisschen Sicherheit, in einer Zeit, in der nichts sicher scheint", hallte es in seinem Kopf, wieder als er schweißgebadet mit viel stärkeren Kopfschmerzen als vorher in seinem Schlaf-Palast aufwachte. Hektisch schaute er sich um.

Puuuuh. Das war nur ein Traum gewesen. Puuuh.

Er wischte sich den Schweiß von der Stirn. Durch seine Fenster konnte er den blauen Himmel von Magnolia sehen. Puuuh. Hier war er sicher.

Schnell klingelte er nach seinem Eunuchen. Er sollte ihm so schnell wie möglich eine Kopfschmerztablette bringen. Das war ja unerträglich. Doch dann erschrak er bis auf Mark und Bein!

„Ich bin dein kleines bisschen Sicherheit, in einer Zeit, in der nichts sicher scheint", sang eine Stimme. Hektisch schaute er sich um. Da war aber niemand….bis auf einen Schmetterling, der an einem seiner Fenster vorbeiflog. Das Gesicht des Vorsitzenden der Union, Claudius Brutus Drachus, mächtigster Mann des Universums war kreidebleich…mit starren Augen, die Hände im Bettlaken verkrampft, schaute er in eine unheimliche, unbekannte Unendlichkeit…

Die alte Pantherdame lief nervös auf und ab. Was sie vorhatte, diente schließlich dem Allgemeinwohl!! Aber ob die zwei Panthermänner ihr zustimmen würden, dass konnte sie beim besten Willen nicht sagen. Tief sog sie die Luft durch ihre feuchte Nase ein. Myrrhe-Dämpfe aus speziellen Öllämpchen kreuzten den Eigengeruch von Ebenholz.
Aaah, tat das gut.
Der kleine Besprechungsraum war mit dunkelbraunem, royalem Ebenholz ausgelegt. Auch die Wände und die Decke bestanden aus diesem Material.
Der Boden wurde alle paar Jahre immer wieder ausgewechselt. Dann, wenn er zu sehr zerkratzt war.
Hier wurde durch das edle Holz jeder Lan-Dan, der die Ehre hatte, diesen Raum zu betreten, eingeladen, sich die Krallen zu schärfen und den Luxus dieser Hölzer zu genießen. Sie waren schließlich die Königsfamilie. Unzählige tiefe Furchen und Kerben zeugten von ordentlichem Wohlgenuss ihrer Gäste - so, wie es sich gehörte.
Langsam war es wieder Zeit, dass sie den Zimmerpanther rufen konnte. Aber nicht mehr heute.
Jetzt stand für die Königin Mutter eine wichtige Besprechung an, für die sich andere Mütter bei ihr bedanken würden… wenn es nach ihrem Plan lief.
In der Mitte waren fünf kleinere Bäume angebracht, auf denen oben kräftige Holzplatten ruhten. Sie waren mit wundervollen Goldverzierungen geschmückt. Kleine, feine Kunstwerke.

Auf einer der Platten hatte sie das Ursprungsbuch X gelegt. Aufgeschlagen und die entsprechenden Seiten mit roten Bändern markiert.

Die Schriftensammlung der ersten Zusammenkunft der ersten intelligenten Wildkatzen dieses Planeten – die bindenden Regeln ihrer Vorfahren, damit sich eine Gesellschaft geordnet entwickeln konnte. Die Grundlage für all ihre Gesetze. Die höchsten Gebote!
Wer dagegen verstieß, dem drohte die Todesstrafe.

Die Königin erwartete die beiden obersten Text- und Sinnpfleger ihres Volkes. Der Zensor hatte sich entschuldigt. Er könne der Zusammenkunft krankheitsbedingt nicht beiwohnen.

Doch das ungute Gefühl konnte sie nicht unterdrücken. Die beiden männlichen Panther waren jung. Zu jung, nach ihrem Geschmack. Sie hatten bereits Ideale und Vorstellung von der Welt, die man gerne „fortschrittlich" nennen konnte.

Deswegen war ihr Vorhaben eine heikle Mission. Ihr Mann, Rapanthalos, hatte sich dazu nicht geäußert. Der König im Ruhestand war damit einverstanden, was seine unverheirateten Töchter machten. „Sie müssen selber wissen, wie sie ihr Leben gestalten."

Doch die Mutter konnte das nicht ganz so tatenlos mit ansehen. Sie teilten sich bei der Sache nur halb eine Meinung… er wollte seine Kinder ihre eigenen Fehler machen lassen, damit ihre Niederlage ein mahnendes Vorbild war….als verloren, betrachtete er sie allerdings schon.

„Ich will Enkel!!! Und zwar dann, wenn ich noch lebe! Und nicht später, wenn ich tot bin", fauchte die Königin ihren Mann an.

„Sie schmeißen ihre Jugend und ihren Körper weg", platzte es aus der Frau heraus. „Wenn sie so weitermachen, glaubst du, dann gibt es überhaupt noch einen Mann, der mit ihnen eine Familie gründen will? Oder hättest du mich genommen, wenn ich schon mit anderen 35 Panthern vor dir zusammen gewesen wäre? He?"
Rapanthalos schwieg. Nein, das hätte er nicht.
Sie hatten das schon unzählige Male durchgekaut. Er war bereit,

durch seine Töchter eine Generation zu verlieren, wenn sie damit der Gesellschaft zeigen konnten, dass es so nicht ging.

Eine verlorene Generation für eine gesicherte Zukunft der Gesellschaft.

„Du hättest darauf verzichtet! Allein die Zahl, auch wenn ich dir noch so stark meine Liebe und Treue geschworen hätte, würde dich dazu bringen, zu glauben, dass ich wahrscheinlich genau dasselbe auch den anderen Männer erzählt habe. Du würdest dich wie eine Nummer in einer Reihe fühlen. Müsstest davon ausgehen, dass ich, egal, was ich sage, nicht lange bleibe. Du würdest einer Person wie mir einfach nicht mehr glauben können. Und stell dir vor… ich hätte dir in dieser Situation, dann doch so sehr den Verstand verdrehen können, dass wir zusammen gekommen wären… und dann wäre ich trächtig geworden? Du, Nummer 36, wärst dann Vater. Würdest du nicht glauben, dass ich absichtlich schwanger wäre? Dass ich einfach Kinder würde haben wollen, um diesen Abschnitt des Lebens auch noch zu konsumieren? Ohne Zukunftsängste… durch die Sicherheit einer Königsfamilie? Das es dabei aber gar nicht um dich geht? Sondern ausschließlich um mich… und meine Selbstbestätigung? Hier geht es um den Zusammenhalt der Gesellschaft, mein lieber Ehemann… um den Bestand unserer Zukunft, der Lan-Dan. Wir sind die Vorbilder. Das Volk schaut zu uns rauf. Was wir machen, wird legitim. Sie werden aufhören, sich gegenseitig zu helfen. Warum sollten sie auch? Wenn sie das Gefühl haben, dass sie nichts mehr Besonderes sind?"

Verdammt…die Ex-Königin wollte Enkel!!

Die alte Dame geriet bei den Gedanken wieder in Rage, als sie die Tapser der beiden Männer hörte. Sie kamen in aller Seelenruhe in das Arbeitszimmer hereingetrottet.

„Auf ewig danken wir dem Wasser", sagten beide eingespielt im Chor, während sie an der Königin vorbeigingen und auf die Kratzbäume sprangen. „Und deswegen sind wir hier", beendete Königin Mutter jetzt bedächtig den vorgeschriebenen Begrüßungssatz.

Dies war zwar keine Religion, kam der Sache aber nahe. Er stand im Ursprungsbuch X, das die beiden Gildenvertreter hüteten, bewahrten und dafür sorgten, dass sich jede Generation daran hielt.

Sie waren schon zum x-ten Mal hier. Langsam ging ihnen diese Frau auf die Nerven.

Sie konnten genau sehen, wie die alte Glucke bemüht war, ihren Frust zu verbergen, aber so ganz gelang ihr das nie.

„Was darf es denn heute sein?", fragte Textpfleger Lutus G'orgio.

„Habt ihr die Recherchen für mich erledigt?"

Beide nickten.

„Ja, aber es findet sich immer noch keine Möglichkeit, die Regeln anders auszulegen als sie geschrieben sind." Die Enttäuschung wich der Pantherin mit einem unkontrollierbaren „Uuuuf" heraus. Sie war mit den Nerven fertig. Es musste doch eine Möglichkeit geben, ihre Töchter per Gesetz an irgendwas zu binden!

„Können wir Nummer sechs nicht etwas freier interpretieren?"

Die beiden Männer schauten sich verwirrt an. Nummer sechs lautete: Du sollst deinen Planeten, dein Volk, deine Familie und Freunde schützen, vor allem, was dich bedroht.

„Ääh, ich meine Nummer vierzehn?", versuchte sich die Königin Mutter zu korrigieren. Sie war noch so in Rage, dass sie die einfachsten zwanzig Ursprungregeln nicht mehr auswendig kannte. Mein Gott, so weit war es schon mit ihr gekommen. Was wollten ihre Töchter ihr denn noch zumuten? Hatten sie denn überhaupt kein Mitleid mit ihr?

Sie hatte ihnen schließlich das Leben geschenkt.

Wieder schauten sich die beiden Panther fragend an. Nummer vierzehn besagte: „Du sollst den Lebewesen helfen, die aus dem Wasser kommen, wie du es bist. Ihre Art schützen und verteidigen. Ihr seid Brüder und Schwestern." Ein Satz den kaum noch einer kannte, da außer den Lan-Dan, im ganzen Universum kein anderes Lebewesen, keine andere Rasse, kein anderes Volk so aus dem Wasser hervorgegangen war, wie es die Lan-Dan getan hatten.

Das war der Vorteil, denn es war wissenschaftlich bewiesen, dass das Volk der Lan-Dan, das einzige war, das aus dem Wasser kam. Sie waren das oberste Volk des Universums.

„Aaaach. Findet eine Möglichkeit, wie ich meine Töchter in festen, ehrbaren Beziehungen binden kann", platzte es jetzt aus ihr raus. Sofort schreckten ihre Augen auf, und sie riss sich die Pranke beschämt vor den Mund.

Hatte sie das wirklich zu den beiden Männern gerade gesagt?
Schon hörte sie das Klatschen, das Panther machen, wenn sie von einem Kratzbaum auf einen Holzfußboden sprangen.
Mist. Verdammter Mist.
„Bleibt!! Bitte bleibt!!"
Aber die beiden hörten nicht auf sie. Sie konnte sie nicht mehr verpflichten, hier zu sein. Sie war eine ehemalige Königin. Nur anstandshalber waren sie wieder einmal - umsonst - gekommen.
Die beiden waren von einer jungen Generation.

Sie hatten ihr schon oft gesagt, dass sich durch die Freiheiten, unter den jungen Lan-Dan, die guten von den schlechten rauskristallisieren würden.
Hier gab es kein Verstecken mehr.

Sie wurden gezwungen, ihre Charaktere zu zeigen – auch wenn viele dann trotzdem versuchten, ihr wahres Ich zu vertuschen.
Das konnten sie aber der Königin nicht sagen.
Die Guten ins Töpfchen und die Schlechten ins Kröpfchen. Schnaufend brauste die alte Pantherdame enttäuscht los…wütend über sich, ihre Töchter…ach…einfach über alles.

Jetzt musste Königin Mutter erstmal zu ihrem Mann und ihm das Leid der Welt klagen…und dann etwas intergalaktischen Bild- und Tonverkehr überwachen. Wenigstens hatte sie dazu als oberste Spionin und ehemalige Königin des Reiches noch das Recht… .

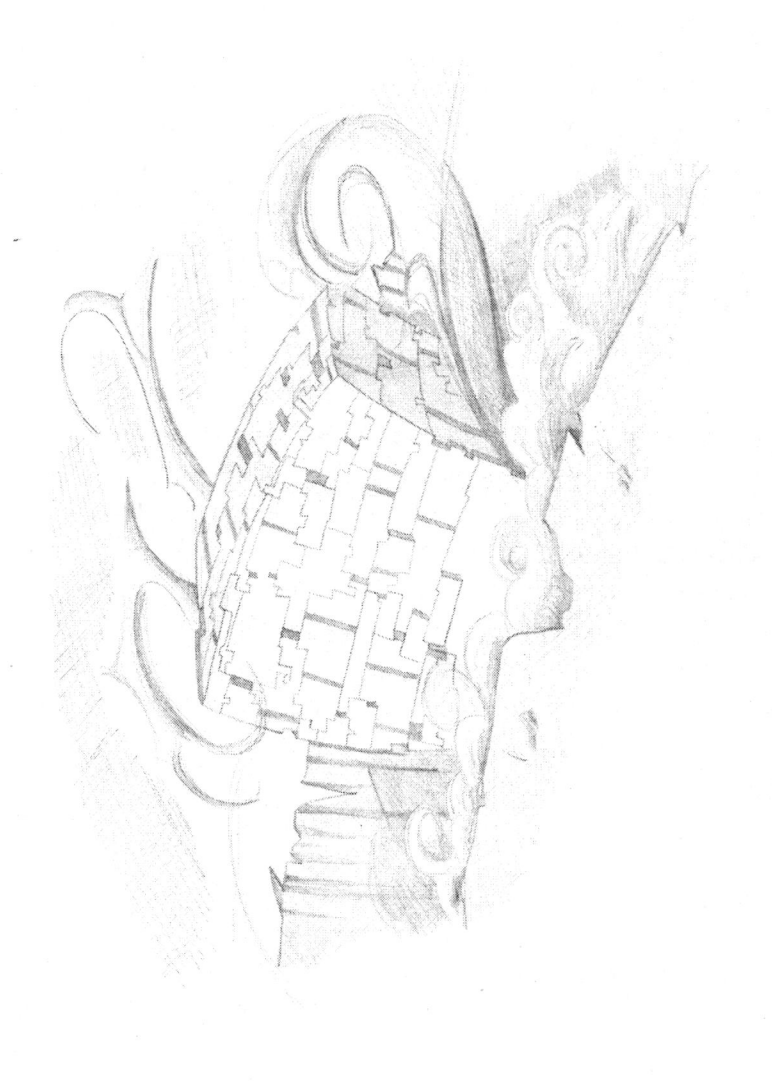

Schmoon Lawa

„Scheiße, der Regen kommt sogar von unten", polterte Schmetterling Johnny los, während Geschoße über ihre Köpfe sausten. Große und kleine, wie die Regentropfen, die in die Pfütze vor ihnen fielen… und dann wieder nach oben sprangen.
Dabei hatte es den Anschein, dass auch genauso viele Kugeln in der Luft waren, wie diese fallenden und springenden Wasserteilchen. Nur, dass die einen zischten und die anderen platschten.

Gelegentlich war in dem metallenen Hagel über ihnen auch Leuchtspurmunition dabei, oder einer der Rosensoldaten feuerte mit einem Plasmageschütz… so erleuchteten mal hier und mal da grüne oder blaue Lichtlinien den dunklen Abendhimmel.
Aber kein Gegenfeuer.

Der Feind machte anscheinend gerade Pause. Nichts Ungewöhnliches. Wahrscheinlich lud er nach, oder musste die Geschütze abkühlen lassen.

So ging das jetzt schon seit einer Woche.
Eben so lange schon, wie die Befreiungsarmee von Europa hier am Rhein festsaß.

Versammelt, um irgendwie zwischen Köln und Düsseldorf überzusetzen.

Vom Atlantik bis zur Rheingrenze zog sich das freie Europa. Von Spanien bis Norwegen. Italien war besetzt. Als Jens und Sarah die Verteidigungsanlage aktiviert hatten, war der Befreiungsmoment gekommen. Überall schrillten die Alarmglocken und alle unterirdischen Kämpfer sprangen auf ihre Posten. Doch leider waren die Geschütze auf dem blauen Planeten wohl nicht ganz so gut gewartet und instand gehalten worden - denn fast die Hälfte war ausgefallen. So bohrten sich nur hier und da einige große und viele kleine Geschütztürme - wie auf Sadasch - aus der Erde. Genug allerdings, dass sie verteidigungsfähige Inseln bilden konnten, die es den Rittern und ihren menschlichen Kämpfern erlaubten, an die Oberfläche zu kommen.

So konnten sie den Kampf gegen den Feind wenigstens aufnehmen.

Siegen war noch nicht angesagt…wenn nicht heute, dann morgen. Dabei hatte sich die Lage auf der Erde logischerweise verändert. Logischerweise dramatisch verändert. Zu Ungunsten der Menschen. Denn mit der Ankunft der Abbaugesellschaften waren auch deren drei Armeen angekommen.

Die Union-Troopers waren aus heutiger Sicht ein geringeres Problem gewesen, als sie alleine die Erde kontrolliert hatten. Gerade als Lordprotektor Kangan Shrump abgeflogen war und den Hyperraum mit seinem Expeditionskorps betreten hatte, als Sarah und Jens sich vereinten, waren die drei Armeen gelandet und hatten ihre Claims abgesteckt.

Man hatte sich diesmal anders geeinigt als üblich: der Planet wurde nicht nach einzelnen Rohstoffen abgegrast, sondern man nahm sich einfach Erdflecken und schaute, was aus ihnen herauszuholen war.

Die Erdflecken waren die Kontinente.

Nur Shrumps Spezialeinheit unter Sullivan Blue war noch auf der Erde zurückgeblieben. Sie unterstütze nur noch organisatorisch und überwachend… aber auch das nicht mehr wirklich.

Die Kontrolle der Erde lag jetzt in der Hand der Abbaugesellschaften.

Sie kannten Widerstand auf einzelnen Planeten, und wussten mit ihren Armeen eigentlich immer, wie für Ruhe gesorgt werden konnte, sodass die Ausbeutung eines Planeten reibungslos verlief. Als erstes war da die Universal Search Inc. Ein Unternehmen von

Disziplin liebenden Lebewesen, für die der Abbau ein reines Geschäft war. Der Aufsichtsrat dieser Firma war der eigentliche Machtapparat. Alle Entscheidungen wurden wohl durchdacht und geschahen im Konsens. Sie waren noch die „menschlichsten" Unternehmer, die, wenn man das so sagen kann, wenigstens etwas Rücksicht auf die Lebewesen in ihren Territorien nahmen.

Man musste nicht unbedingt die ganze Bevölkerung auslöschen, um den ruhigen Abbau zu garantieren.

Man konnte ja auch eine Übereinkunft treffen, die ein halbwegs friedliches Nebeneinader zusicherte.

Gingen die Bewohner nicht auf ihre Vorschläge ein, dann waren sie aber ebenso skrupellos wie die anderen. Das zeigten auch die Gerüchte, sie würden eventuell in der Klonforschung tätig sein. Aber das war nur Gerede, wie man es gerne über Weicheier verbreitete.

Aber gerade diese „weiche" Linie, die Universal Search Inc. fuhr, stieß immer öfter auf weniger Zustimmung beim Vorsitzenden der Union, Claudius Brutus Drachus. Er alleine ließ Unternehmen in den Rang der drei großen Abbaugesellschaften steigen – oder aber auch fallen. Schon länger waren diese drei in ihrer erhabenen, galaktischen Stellung.

Allerdings wurde gemunkelt, dass es wieder Zeit für einen Wechsel war… und dass Universals Kurs, ein fallender war.

Dem Aufsichtsrat war dies schon länger bekannt, und man setzte in der eigenen Spionageabteilung alles daran, den Stand der Dinge aus dem Umfeld des Unionsvorsitzenden zu erfahren, damit man die richtigen Schritte einleiten konnte.

Der Reichtum, den die Gesellschaft sich erarbeitet hatte, war jetzt schon so unsagbar groß, um Generationen von Nachkommen ausreichend zu versorgen.

Wäre es soweit, dann könnte man das Geschäftsfeld des galaktischen Abbaus einstellen und sich anderen - zwar weniger lukrativen - Geschäftsfeldern widmen.

Denn nicht nur einmal haben am Ende einer herrschenden Periode

eines Unternehmens die völlige Zerschlagung und das Einziehen des Geldes durch die Union gestanden.
Und außer den Nilas hatte niemand mehr dabei gewonnen.
Äußerste Vorsicht war geboten.
Aber so war das Geschäft.
Höher im Kurs standen auf jeden Fall die Männer von DSI. Erst vor zwei Jahren waren diese Piraten in den Stand der großen drei erhoben worden und hatten dem Vorsitzenden zur vollen Zufriedenheit ordentlich Geld in die Kassen gespült. Hier arbeiteten Männer, die das, was sie machten, gerne ehrliche Arbeit nannten. Eigentlich war es nur Planeten überfallen und plündern... aussaugen bis auf den letzten Tropfen.
Die Piraten waren fast genauso kalt und brutal wie die Nilas selbst. Verständlich, dass sie Sympathiepunkte beim Vorsitzenden hatten. Manch ein ausrangierter Nila hatte hier in der Vergangenheit sogar eine neue Heimat gefunden. Mord, Totschlag, Verrat und Vergewaltigungen gehörten hier genauso zur Tagesordnung wie die Butter auf das Brot.
Allerdings immer nur so, dass Gewinn maximiert werden konnte. Fast jeder der Hunderttausenden Männer hatte neben seinem Job für das Unternehmen noch eine Sache nebenbei laufen. Sei es Drogen-, Sklaven- oder Prostituiertenhandel - inoffiziell waren sich darin fast alle gleich.
Aber nur inoffiziell.
Universal Search am wenigsten - Übersicht gab es nur bei den übergeordneten Zielen der Gesellschaft. Alles andere waren Schattengeschäfte, die niemand genauer kannte.
Der Reiz des Lebens lag definitiv im Bösen.
Cube Staratio, oder auch kurz Cuberatio, war dagegen definitiv das geordnetste Unternehmen von allen... und das gefährlichste.
Die Gesellschaft war ein von Maschinen gesteuertes Unternehmen. An seiner Spitze war der Hauptcomputer Nr. 1, der durch seine kubische Form der Gesellschaft seinen Namen gab. Angeblich gab es

drei oder vier - wenn nicht sogar mehr - von diesen riesigen Würfeln, die auf irgendwelchen Planeten aufgebaut waren, und jederzeit Ersatz leisten konnten, sollte Nr. 1 ausfallen.
Denn nur dieser einzige war der Öffentlichkeit bckannt.
Nr. 1 war die Mutter des Geschäfts.

Hier wurden alle wirtschaftlichen Ziele ausgerechnet. Von hier wurden Projekte und Unternehmungen gesteuert. Hier wurden sogar Kriege geplant und ausgeführt. Das Hirn der Maschinen war rein rational angelegt und wies keinerlei Emotionen auf. So manch ein Händler und Geschäftsmann beneidete Nr. 1 - effizienter konnte Handel nicht laufen.

Denn Menschenleben galten rein gar nichts.

Alles war austauschbar, alles war ersetzbar… sogar Nr. 1 selber.

Würde der Hauptcomputer aus irgendeinem Grund ausfallen, würde einer der haargenau identischen Monstercomputerhirne das Geschäft sofort übernehmen, und sogar veranlassen, dass ein neues Riesenhirn auf irgendeinem Planeten neu gebaut werden würde - den Verlust von Nr. 1 sofort ausgleichen.

In diesen rational geplanten Geschäften gab es sogar eine Formel, wie viele Maschinen, Androiden, und Roboter-Soldaten bei der Ausbeutung eines Planeten verloren gehen durften, bis der zu erwartende Betrag aus den Geschäften mit den Rohstoffen eines Planeten nicht mehr als Gewinn verbucht werden konnte. Würde das Unternehmen bei errechneter maximaler Ausbeutungsquote eines Planeten und der Zahl der Verluste keine Gewinne mehr erzielen können, dann würden die Geschäfte sofort eingestellt werden. Die verlorene investierte Zeit war unwichtig.

Cuberatio würde sich zurückziehen und seine Bemühungen sofort in andere Projekte auf anderen Planeten stecken.

Als das Unternehmen der Erde berechnet worden war, hatte Nr. 1 mit wenigen Verlusten in der Armee kalkuliert. Der gesamte Gewinn der Erde musste durch drei geteilt werden. Würde eine bereits definierte Zahl von Verlusten, beziehungsweise Summe – Maschinen

und Lebewesen wurden ebenfalls mit Einzelpreisen gerechnet - kurz vor der Zahl des zu erwartenden Gewinns stehen, also der Nullsumme sehr nahe sein, dann würde auch das Unternehmen Erde abgebrochen werden - damit Nr. 1 immer noch mit Gewinn davongehen konnte.
So einfach war das.

So waren nun die Soldaten der Universal Search Inc., der DSI White Mine Foundation und von Cuberatio die Gegner der Menschen geworden. Dabei hatten sich alle so verteilt, wie es unter der Leitung von Kangan Shrump in den Rohstoffverhandlungen vereinbart worden war. White Mine durfte sich um Afrika und einen kleinen Teil von Asien kümmern. Cuberatio hatte Südamerika und Kanada bekommen. Das freie Amerika war so ungünstig in die Zange geraten. Und Universal Search hatte den Zuschlag auf Europa und den anderen asiatischen Teil bekommen.

Minutenlang harrten Sonja und Johnny hier nun auf dem Damm bei Meerbusch aus und schauten sich das Geschehen auf der anderen Rheinseite an. Viel zu lange, wie Macho Johnny empfand, während er mit Sonja zusammen auf dem Boden lag. Sie wollten sich selber einen Überblick schaffen, und nicht auf das Getratsche unter Soldaten hören.

Aber Geduld war nicht sonderlich seine Stärke.
Seit über zwei Wochen regnete es schon…langsam könnte ja mal endlich die Sonne kommen.
Doch…so waren sie beide wenigstens mal alleine.

Buddy war nur noch das Synonym für Hass geworden. Wie lange sie in der kalten Zelle an Bord des Spezialtransportes an der Wand gefesselt gewesen war, konnte die ehemalige junge Studentin, Natalia Piagotto, nicht sagen. Das hatte sie ihrem ehemaligen Freund zu verdanken.

Er war der Ausgangspunkt und sie hatte nicht mitbekommen, was er aus ihr gemacht hatte. Kontinuierlich war sie unter Drogen gehalten worden. Von Buddy, und jetzt von diesen Typen, die ihr eine Sterbens Angst einjagten.
Sie hasste Buddy....aus tiefstem Herzen.
So erfüllend, dass sie teilweise an nichts anderes mehr denken konnte. Das war ihr bereits mehr als klar geworden.
Außerdem konnte es sein, dass sich die Männer, die Wächter, an ihr vergangen hatten, während sie in diesen Rauschzuständen war. Ihre Unterleibsschmerzen brachten sie fast um.
Würde sie Buddy noch einmal in ihrem Leben sehen, dann würde sie ihn laaangsam und qualvoll umbringen…seeehr langsam.
Sie würde ihn foltern. Ihm die Arme aufschneiden und ihn langsam ausbluten lassen.
Aber nur so weit, bis er gerade noch konnte.
Dann würde sie aufhören, ihn zu Kräften kommen lassen und dann wieder anfangen.
Er sollte Schmerzen haben… viele und lang anhaltende Qualen.
Rache für das, was er aus ihr gemacht hatte. Sie hatte begriffen, dass sie nichts Besseres als eine Hure war. Sie ekelte sich vor sich selbst. Zutiefst.

So sehr, dass sie selber nicht in der Lage war, dieses Gefühl irgendwie greifbar in Worten auszudrücken.
Es erfüllte ihren Geist, ihr Herz, ihre Seele…und alles in ihr sehnte sich nach Rache.
Das immer stärker rückkehrende Gewissen konnte Natalia nur unterdrücken und verdrängen. Sonst würde sie nachher noch auf den Gedanken kommen, sich selbst umzubringen. So weit war es schon. In einigen Momenten war Selbstmord die beste Alternative für sie geworden.
Einfach Schluss mit allem.
Wenn sie daran dachte, was sie den jüngeren Mädchen dadurch gezeigt hatte, und diese nun in ihre Fußstapfen getreten waren, dann hatte sie diese Unschuldigen in das Verderben geführt.
Ja, Selbstmord wäre das Beste für sie. So war sie nur noch eine Gefangene des Lebens.
Sie schüttelte den Kopf. Schnell vergessen.
Aber dann war da noch dieser Nila, dieses dreckige Schwein. Alle Nilas waren wie Buddy. Sie würde, wenn sie könnte, dieses ganze Pack ausrotten. Auch den Vorsitzenden, wie auch immer der hieß. Sie hatte den Namen zwar gehört, aber er war immer so undeutlich von den Soldaten ausgesprochen worden, dass sie ihn nicht wirklich verstanden hatte.
Langsam bekam sie ihre Umgebung und ihren Körper wieder mit. Doch nun war die Reise vorbei.
„Du wirst für das Erste hier bleiben, bis ich weiß, wie ich das Meiste aus dir raushole", sagte der Soldat in seiner roten Uniform, als er ihr die Fesseln abnahm, sie packte und auf den Gang vor ihrem ehemaligen Gefängnis führte. Dunkel gefärbte Metallplatten auf dem Boden. Gräulich bis schwarz. Ebenso die Wände.
Gelegentlich waren hier Schilder angebracht, die in einer ihr nicht bekannten Sprache den Weg wiesen. Nun ging der Nila mit ihr verschiedene Gänge an Deck des Spezialtransportes entlang. Sie war fast nüchtern. Deswegen merkte sie, dass er sie geschickt um andere

Soldaten vorbeiführte. Es mussten wohl Umwege sein. Sie gingen so gut wie niemals geradeaus. Kaum hörte der Soldat Stimmen, die auf sie zugingen, da kehrte er schnell in einen abzweigenden Gang ein. Ihre Existenz blieb damit ein wenig unentdeckt.

Schnell wurde ihr klar, dass der Soldat, obwohl er sie an anderen vorbeiführte und nicht zu den Vergewaltigern gehörte, auch ihr Feind war. Sollte sie vielleicht um Hilfe schreien, damit sie auffiel, und seine Vorgesetzten etwas davon mitbekamen?

Als sie jedoch die Leiche eines Lebewesens auf einem der Gänge liegen sah, entschied sie sich schnell gegen einen Hilferuf. Unerwünschten Personen wurde hier wahrscheinlich nicht geholfen... sie wurden umgebracht.

Als sie an dem Leichnam vorbeiging, stieg erneut Ekel in ihr auf. Der Geruch verpestete die Luft. Verwesungsgase. Eigentlich hätte sie sagen können, dass dort ein Mensch lag. Doch die Deformationen, die dieser Körper aufwies, waren alles andere als menschlich. Es schien, dass in einer atemberaubenden Geschwindigkeit Arme und Beine gewachsen waren. Oder die Knochen hatten sich vergrößert, und die Haut hatte das Tempo nicht mithalten können - und war gerissen.

Muskelstränge und Sehnen waren blutig sichtbar.
Aber auch diese waren in die Breite gegangen wie bei einem Bodybuilder. Kleidung hatte der Körper nicht mehr an. Wahrscheinlich auch gerissen und einfach abgefallen. Was für Schmerzen dieses Ding noch zu Lebzeiten hatte haben müssen! Es sah aus wie ein mutierter Zombie. Die junge Frau schüttelte sich.

Doch so schnell sie den Leichnam erblickt hatte, so schnell führte sie der Soldat zu dem kleinen Transporter. Sie kamen in eine kleinere Flughalle. Graue Landebahnen mit gelben Markierungen. Decke und Wände waren schwarz verbrannt. Der Schutzschild des Tors flackerte grünlich sanft. Dadurch konnte sie die funkelnde Schwärze der Galaxie sehen. Hinter dieser Barriere wartete die Unendlichkeit...

Hier in der Halle arbeiteten zwei, drei Techniker. Nicht mehr. Sie sahen sie allerdings nicht.

Der Nila ging mit ihr zielstrebig auf den kleinen, olivgrünen Transporter zu, der auf drei Beinen stand. Eine seitliche Ladeluke stand offen, und oben lugte versteckt ein Mann raus und winkte den Soldaten und Natalia zu sich her.

„Wenn dir dein Leben lieb ist, rührst du dich nicht", raunte der Wächter sie an. „Ich werde dich für den Flug nicht fesseln können." Nur ein Pilot saß vorne und der Soldat setzte sich zu ihm hin. Militärische Kargheit prägte das Innenleben. Kantige Schiffswände. Kleine schwache gelbe Lampen. Alles ging so schnell.

Die Luke schloss sich und schon startete die Maschine. Durch das Ruckeln wurde sie durchgeschüttelt. Sie suchte nach einer Sitzgelegenheit, aber bis auf ein paar metallene Kisten war hier nichts. Doch bevor sie umfiel, setzte sie sich lieber auf den Boden.

Als sie ihren Körper beim Hinhocken ein wenig neigte, merkte sie wieder, wie ihr die Schmerzen vom Unterleib hochstiegen. Auf dem Boden angekommen, musste sie erstmal kräftig nach Luft hecheln… so weh tat es mittlerweile.

Die leichte, schummrige Beleuchtung erlaubte es ihr, dass sie sich selbst angucken konnte, während sie wartete, was als nächstes passieren würde. Sie war barfuss. Ihre Füße waren fast schwarz. Die Nägel nicht zu erkennen. Von irgendwo da kam ein stechender Schmerz.

Gänsehaut lief ihr den Rücken runter.

Wann hatte sie sich das letzte Mal betrachtet?

Der Anblick ihrer Füße beunruhigte sie. Immer schon hatte die Körperpflege höchste Priorität eingenommen. Wenn schon ihre Füße so aussahen, was war dann mit dem Rest ihres Körpers geschehen? Sie ging mit ihrem Blick die Beine hoch. Ihre Augen wurden immer weiter. Da waren Narben… frische und ältere Wunden!!

Oh Gott!! Sie musste schlucken. Ihr wurde schlecht. Ihre Hände fingen an zu zittern, und sie konnte nichts dagegen machen. Das waren eindeutig Schnitt- und Brandwunden!! Und sie eiterten oder waren verkrustet! Mit dem Moment, als sie diese krankhaften Gebilde an ihren Beinen sah, nahm sie auch den Schmerz wahr, den ihre Nerven zum Hirn strahlten. „Öööööö", stieß sie aus. Sie hatte das Gefühl, sie könne nicht mehr atmen.

Ihre Beine wurden mit einem Mal schwer, fast taub. Nur noch eine schmerzende Masse, bei der sie nicht mehr zwischen Fuß, Wade oder Oberschenkel unterscheiden konnte. Nicht mehr zwischen links und rechts. Dann kam ein dunkelgrüner Rock… oder was auch immer dieser Fetzen sein sollte.

Den hatte sie sich aber nicht angezogen. Oder doch?
Er war gerissen und schmutzig. Gelegentlich hatte er ein Loch und da, wo ihre Innenseiten der Oberschenkel waren, hatten die Löcher braune Ränder, die schwarz endeten!!

Jetzt machte ihr Magen nicht mehr mit und sie konnte die aufsteigende Übelkeit nicht kontrollieren. Sie drehte den Kopf zur Seite und übergab sich. Eine breiige, stinkende Masse sprudelte ihre Speiseröhre hoch und spritze unkontrollierbar auf den Boden.

Die Erkenntnis traf sie wie der Schlag: man hatte brennende oder glühende Gegenstände in ihre Oberschenkel gedrückt!! Durch den Rock!!!

Der Schwindel, den der Kreislaufzusammenbruch mitbrachte, führte sie an die Grenze der Ohnmacht. Natalia nahm noch die graue Bluse wahr, die auf den Rock folgte. Sie hielt nur noch behelfsmäßig und war viel zu klein. Das Fleisch der oberen Brusthelfen schaute raus. Es war grün, blau, gelb, lila und rot. Sogar ein Abdruck von Zähnen: man hatte in sie rein gebissen!!! Ihr Hirn sprang Salto mortale. Das war zu viel.

Mit einem Rums kippte sie zur Seite und bekam die Landung auf dem fremden Planeten nicht mit.

Das Einzige, was die tiefe Dunkelheit der Ohmacht durchleuchten konnte, war ein Junge, an dessen Seite ein Schmetterling flog. „Du bist nicht allein."

Meine Herren, darf ich sie um Ruhe bitten", forderte Präsident von Universal Search Inc., Jonathan McMullin, die versammelte Runde vor sich auf.

Die wichtigsten Männer eines der drei größten Unternehmen des bekannten Universums hatten sich eingefunden, um die Lage des Unternehmens zu erörtern. Sie waren im Firmenhauptquartier Combox auf dem Planeten Hydron III, der Siearon-Galaxie. Als die 30 in schwarze Smokings gekleideten Männer verstummten und ihre Blicke an dem runden Tisch auf den Präsidenten richteten, erhob dieser seine Hand und machte eine Geste zu Kolumn Geggle.

Kolumn Geggle war ein gut gebauter Mann Ende 30, dessen gebräunte Haut eindeutig von aus Wohlstand resultierendem Müßiggang zeugte.

Angesichts der Themen, die heute auf der Tagesordnung standen, strahlte er eine überraschende Ruhe aus.

„Die Situation hat sich in der Zeit von unserer letzten Zusammenkunft bis heute verschlechtert."

Damit sagte der Abteilungsleiter für Informationen und Datenerhebungen nichts Neues. Allen anwesenden Männern lagen die Zahlen des letzten Quartals auf dem Tisch. Sie hatten sie bereits schon länger und somit genug Zeit gehabt, diese durchzugehen. Die Ausdrucke auf dem Tisch waren ihnen schon bekannt.

„Wie sie selber wahrscheinlich schon analysiert haben, sind unsere militärischen Ausgaben recht in die Höhe gestiegen… und die Einnahmen zurückgegangen."

Auch das war aus den Zahlen ersichtlich.

„Aktuell müssen unsere Streitkräfte auf genau 43 Planeten intervenieren, um unsere Förderquoten aufrecht zu erhalten." Auch das war nichts Neues.

Die Männer blieben gelassen, aber innerlich kochten sie vor Anspannung. Alle wussten, dass Kolum Geggle die Bombe gleich zünden würde.

Denn das „warum" ging aus den Papieren nicht hervor. Deswegen waren sie hier.

Die anderen Punkte der Tagesordnung waren unwichtig. Und wegen des „Warum" hatten alle eine Vermutung.

So, wie sie es aus der Geschichte der Unternehmen, die für die Union abgebaut hatten, kannten: die Union ließ Gesellschaften gelegentlich fallen, um mit einem neuen Unternehmen neue Standards zu etablieren... da dessen Bemühungen phänomenal hoch waren, um diese Stellung zu ergattern.

Im Grunde genommen, hatte jede Abbaugesellschaft so viele Feinde, wie das Universum Sterne zählte.

„Zwanzig von unseren Militäraktionen wären vermeidbar....", fügte Kolum jetzt an, schaute auf und betrachtete jedes einzelne Gesicht.

Die Herren im Anzug erahnten, was nun kommen würde.

„....wenn die Unterstützung der Union nicht nachgelassen hätte."

Ein Schlucken ging fast zeitgleich durch die gesamte Runde.

Das war's. Ende, aus, vorbei...

Jetzt zitterte hier und da eine Hand, oder der ein oder andere begann mit dem Fuß zu wippeln.

Sie gehörten zu den mächtigsten Männern im Universum, ihr Reichtum konnte mit Zahlen nicht mehr ausgedrückt werden - und sie waren dem Untergang geweiht... wenn sie nicht etwas dagegen unternehmen würden.

„Aus uns nahestehenden Quellen aus Kreisen um Claudius Brutus Drachus, wissen wir, dass unsere Gunst rapide gefallen ist."

Jetzt sprang der erste auf, zückte noch im Laufen seinen Kommunikator und rannte aus der Tür. Sofort taten zwei Anzugsträger dasselbe. Andere hatten schon vorformulierte Nachrichten an ihre Familien geschrieben und drückten jetzt einfach nur auf „senden". In wenigen Minuten würden irgendwo Raumschiffe aufsteigen, Kinder, Frauen, Angehörige und Freunde an geheime Orte bringen.

„Nun ergeben sich für uns einige wenige Optionen, die wir nach fünf Minuten Pause erörtern sollten."

Jetzt gab es kein Halten mehr. Präsident Jonathan McMullin und Kolumn Geggle schauten zu, wie alle den Raum verließen und sich die Türen schlossen.

Die beiden warteten nur kurz.

Dann drehten sich die beiden Männer um, gingen auf das Bild eines namenlosen Künstlers zu, der diese Galaxie gemalt hatte, und drückten auf einen Geheimknopf, der sich in der Mitte des Bildes hinter einem blau funkelnden Stern verbarg. Das Bild war eine Drehtür.

Schnell schwenkten sich beide durch. Das Bild verharrte wieder und ruhte, als wäre nie etwas geschehen.

Als die beiden Männer den samtroten Geheimraum dahinter betraten, leuchteten nur ein paar wenige Kerzen, die auf hüfthohen Ständern willkürlich verteilt standen. Die beiden Männer schauten sich um.

„Wo seid ihr?", fragte Kolumn Geggle, Chef des Geheimdienstes, in den Raum.

Präsident Jonathan McMullin kannte die Person nicht, die sie hier treffen sollten. Kolumn hatte ihm lediglich gesagt, dass dieser Kontakt, und mehr war es bisher nicht, eine Offerte für die Gesellschaft hatte, die wie ein Geschenk des Himmels sein würde. Aber sie waren noch ganz am Anfang.

„Hier bin ich", krächzte eine Stimme, die mal hoch, mal tief war und eindeutig durch einen Stimmverzehrer lief. Die beiden Männer orientierten sich und gingen der Lautstärke nach.

„Stopp. Nicht weiter. Ihr dürft mich jetzt noch nicht sehen", befahl die Stimme mit schwankendem Tonfall. Kolumn hatte den Präsidenten darauf vorbereitet, dass die Person, die vielleicht das Unternehmen retten könnte, ein wenig sonderbar war. Nervös waren jedoch beide.

Aber die Vorsicht war schon zu verstehen. Hier ging es um Hochverrat an der Union. Das war jedem klar.

Denn die wirklich einzige Möglichkeit, gegen die Interessen der Union zu handeln, kam einem Todesurteil gleich. So oder so waren die Männer von Universal Search Todgeweihte.

Verständlich, dass das Gegenüber so lange wie möglich unerkannt bleiben wollte.

„Ich danke euch, für dieses Treffen", wippte die Stimme durch den Verzehrer. „Der Dank liegt ganz auf unserer Seite. Wenn es wahr und durchführbar ist, was mein Chef des Geheimdienstes sagt, dann würden wir für immer in eurer Schuld stehen", braselte es aus dem Präsidenten heraus, der seine Nervosität nicht mehr verbergen konnte. Das schummrige Licht konnte die Schweißperlen auf der Stirn des wichtigsten Mannes von Universal Search nicht mehr verbergen.

Was die unbekannte Person im Dunkeln vorzuschlagen hatte, konnte nicht nur ihre Familien, ihren Reichtum retten, sondern vielleicht auch ihre Gesellschaft. Und wenn es eine Gesellschaft schaffte, gegen den Willen des Vorsitzenden der Union zu überleben, dann würde dies bedeuten, dass eine neue Ära heran brechen würde. Denn dies wäre ein Wendepunkt in der immer weiter wachsenden Macht der Union!

Unvorstellbar eigentlich!

Bei dieser Dimension, über die sie hier sprachen: eine Zeit, in der der Einfluss der Union zurückgehen würde!! Sie sprachen hier über eine Neugestaltung des Universums!! Über eine Zeitenwende!!

„Auch wenn die Sterne für uns günstig stehen, dann birgt unser Vorhaben immer noch ein enorm großes Risiko mit sich. Aber es ist eine Chance", orakelte der Unbekannte. „Wir wären bereit, alles, und ich meine damit wirklich alles, zu geben", sagte Präsident Jonathan McMullin und fühlte sich zu seiner eigenen Überraschung dabei gar nicht unwohl. Denn Verzweiflung und Hilflosigkeit waren untertriebene Begriffe für die Situation, in der sie gerade steckten.

Eher... die Worte des obersten Gesellschafters kamen beinahe einem Flehen gleich.

„Zeigt ihm den Beweis", bat Kolumn jetzt den Unbekannten.

„Schaut zu eurer linken Seite."

Als die Männer sich umdrehten, stand dort ein Tisch, auf dem eine seidenblaue Decke lag. Ihre Seiten zierten königlich goldene Stickereien, die wie Dornenzweige aussahen. In der Mitte ruhte ein Gegenstand, den sie erst erkennen konnten, nachdem sie näher herangetreten waren.

Als der Präsident mit eigenen Augen sah, wovon sein Geheimdienstchef berichtet hatte, kam er aus dem Staunen nicht mehr heraus...

Vorsichtig griff er nach vorne. Dort lag die persönliche Klinge des Vorsitzenden der Union!!

Der Lieblingsdolch des größten Mörders der Geschichte! Elfenbeingriff mit Schlangeklinge.

Jeder, aber wirklich jeder, kannte sie! Und dank seiner Position hatte der Präsident diesen Dolch schon selber an der Hüfte des obersten Nilas hängen gesehen.

Der Mann, der geschützter war als irgendein anderer im Universum! Und dieser Unbekannte war so nahe an Claudius Brutus Drachus gekommen, dass er ihn bestehlen konnte!

Erschrocken ließ der Präsident die Klinge fallen.

Schnell drehte er sich wieder um. Er konnte nicht erkennen, ob der Unbekannte jetzt noch da war oder nicht.

„Hört ihr mich?"

Aber es kam keine Antwort. Der Präsident schaute seinen Geheimdienstchef an. Der zuckte lediglich mit den Schultern. Als er den

Unbekannten kennengelernt hatte, war dieser immer wieder aufgetaucht und verschwunden. So, wie er es wollte.

Und auch hier gab es eigentlich nur eine einzige Türe, durch die der Geheimraum verlassen und betreten werden konnte.

Kolumn Geggle wunderte sich nicht. Den Fremden schienen Mauern nicht einsperren zu können.

Jetzt wurde der Präsident ein wenig hektisch. Er musste ihm unbedingt ihre, seine Entscheidung sagen, bevor alles zu spät war.

„Wenn ihr noch da seid, dann hört mein JA!!!", rief Jonathan McMullin, während er sich verwundert umherdrehend umschaute. Der Mann durfte nicht weg sein! Nicht bevor er ihre Entscheidung hörte. Es kam aber keine Antwort.

Panik stieg in ihm auf. Ihr Retter sollte sie hören.

Schnell rief er wieder.

„Ja, wir wollen. Hört unser JA!!"... er bekam keine Antwort.

Die beiden Panther rannten um die Kurve, über einen grauen Verkehrshügel auf die fast geradeaus laufende Straße.

Hinter ihnen lag jetzt Lank-Latum, der Stadtteil von Meerbusch, vor dem sie gelandet waren. Rechts und links waren Felder, deren Braun von einem leichten Grün überlagert wurde. Zu lange hatten die Bauern nicht mehr die Äcker bestellt. Auf der rechten Seite lief noch ein kleiner Radfahrweg, der durch einen kleinen Grünstreifen von der Hauptstraße getrennt war.

„Lass uns das schnell machen. Wenn wir die Analyse abgeschlossen haben, können wir uns auf den Heimweg begeben und alles andere einleiten", hechelte Re seiner Schwester, Prinzessin FeeFee, zu.

Noch im Laufen schüttelte sie den Kopf. Sie wusste, dass dieser Satz einfach nur eine Ablenkung sein sollte. Denn sie hatten die Probe dem Bösinghovener See, so nannten die Leute hier dieses Gewässer, bereits vor einigen Tagen entnommen.

Obwohl königlicher Herkunft waren die beiden auch nur Lan-Dan. Denn sie hatten die Probe einfach in eine Feldflasche gefüllt und sie zu den anderen gestellt… ohne sie zu beschriften.
Das war Res Aufgabe gewesen. Und er hatte es verschlampt!

Zumindest war die Probe verschwunden. Ob sie sogar einer getrunken hatte, konnte nicht mehr gesagt werden. Generell hatten sie durch kleinere Pannen gut eine Woche Zeit verloren.
Sie hätten schon längst fertig sein können.

Von überall hatten sie Wasser geholt und es in ihren Schnelltestverfahren untersucht. Dabei zeigten die Ergebnisse unterschiedliche

Qualität. Doch alles in einem Bereich, den sie als „perfekt geeignet" eingestuft hatten. Eigentlich brauchten sie die Probe gar nicht mehr, da die Entscheidung, dass das Wasser von der Erde ihren Planeten retten sollte, bereits gefällt war. In den paar Minuten Wegzeit waren sie nun so weit gekommen, dass auf ihrer linken Seite eine kleine Siedlung mit ein paar Häusern stand. Sie kannten sie bereits und wollten schon vorbeilaufen, als sie aufkommendes Motorengeräusch halten ließ.

FeeFee schaute ihren Bruder Re fragend an.

Automatisch schalteten sich ihre Kriegersinne ein. Schnell rannten beide zu dem ersten Haus und suchten Sichtschutz hinter drei Holzfässern. Die Geräusche des Beschusses von Universal Search waren zwar auch hier leicht zu hören - sie waren ein fester Hintergrund für diesen Teil der Erde geworden - aber hier in dem Winkel von Meerbusch waren Fahrzeuge noch nicht vorgekommen... egal von welcher Kriegspartei.

Das hier war bis jetzt Rosenterritorium.

Was auch immer die Menschen machten, um ihre Erde zu verteidigen, es ging aus der Sicht der Lan-Dan nur langsam voran. Sie hätten das ganz anders in die Hand genommen. Aber das waren ja nur niedere Menschen hier. Was konnte man da schon anderes erwarten? Und jetzt konnten sie auch sehen, warum hier alles so langsam ging.

Ganz am Ende dieser Straße mündete der Weg in eine in einem fast 90 Grad Winkel liegende andere Straße ein. Nach links ging es zu ihrem See, von rechts kam eine Brücke aus dem deutschen Hinterland. Sie wussten bereits, dass sie in einer Region auf der Erde waren, die die Einheimischen „Deutschland" nannten. Aber gerade von dieser Brücke rechts bewegte sich langsam in Schrittgeschwindigkeit eine Fahrzeugkolonne herunter. Neben gepanzerten Fahrzeugen liefen Menschen mit weißen Uniformen.

So viel konnten sie erkennen: Rosenkrieger.

Das war jetzt klar.

Schneller daneben bewegten sich ein paar Motorräder, die hierhin und dorthin schossen, und wohl als Kundschafter fungierten. Kaum hatten sie diese Zweiräder ausgemacht, da brach eines aus der Gruppe aus.

„Und nun?", wollte FeeFee von ihrem Bruder wissen. „Jetzt könnten wir noch zurück."

Aber Res Stolz, niemals vor einem Feind zurückzuweichen, mischte sich mit Neugier. Sein schwarzer Schwanz zuckte leicht.

„Lass uns diese Gruppe anschauen. Vielleicht erfahren wir ja was", sagte Re.

Es dauerte nicht lange, da konnten sie erkennen, dass die Fahrzeuggruppe genau auf ihre Straße einbog und sich auf den Ort Lank zu bewegte.

Das Motorrad kam knatternd auf Prinz und Prinzessin zugeschossen.

Und wenn ihnen ihre Ohren keinen Streich spielten, dann hörten sie gerade etwas, das wie ein „Jippiii, Juhuu, Schneller" klang. Langsam drückten die beiden Panther ihre Körper auf den Boden. Weniger Sichtfläche bieten. FeeFee und Re schauten sich verwundert an und richteten ihren Blick aus ihrer Deckung wieder auf die Straße. Der Mann oder die Frau, die das Gefährt steuerte, hatte ebenfalls eine weiße Uniform an. Je näher sie kam, desto mehr konnten die beiden schwarzen Katzen erkennen, - mittlerweile auf allen vieren platt liegend, fest auf den Boden gedrückt, FeeFees Schwanz wackelte leicht vor Aufregung, Re hatte seinen unter Kontrolle - dass es eine eng anliegende weiße Uniform mit einer blauen Rose, wie eine zweite Haut, war.

Und je näher das Motorrad kam, desto besser konnten sie erkennen, dass es sich um ein Weibchen handelte, dass die Maschine steuerte. Ihre Brüste wölbten die Uniform. Was sie allerdings verwunderte, war, dass die Stimme, die jetzt fröhlich „Schneller!!! Fahr schneller!!!" rief, nicht aus dem Mund der Fahrerin kam, sondern aus Höhe ihres Brustbeins. Aber um genaueres erkennen zu können, dafür fuhr die Maschine zu schnell.

Kaum war das Ding an ihnen vorbeigeschossen, da folgten jetzt auch schon die immer lauter werdenden Geräusche der Kolonne. FeeFee schlug sich mit dem Schwanz auf den Rücken. Unbewusst machte Re das gleiche. Immer diese Mücken. Wieder schlug sich FeeFee. „Ihre Richtung könnte für uns ein Problem werden", dachte FeeFee nach, sagte aber nichts. Sie wusste, dass Re gerade dasselbe durch den Kopf ging.

Jetzt fuhr die Fahrzeugkolonne direkt vor ihrer Nase vorbei. Es waren die unterschiedlichsten Fahrzeuge. Darunter auch drei Eagle IV. Gepanzerte Spezialfahrzeuge, die jedem Attentat und jeder Bodenmine standhalten sollten. Dass diese Fahrzeuge aus der Menge hervorstachen, erkannten die beiden geübten Kriegeraugen der Panther sofort. Die Rosensoldaten hatten aufgerüstet!

FeeFee drehte sich um und wollte gerade etwas sagen, da sah die Panther-Dame, wie Re wieder mit dem Schwanz eines dieser lästigen Viecher auf seinem Rücken wegschlagen wollte. Jetzt war FeeFee aber tatsächlich ein wenig überrascht, als sie sah, was sie da piesackte: keine Mücken... sondern fünf bunte Schmetterlinge!! Sie hatten kleine Stöckchen in den Händen und untersuchten das Fell der beiden Panther. Dann legte ein lilafarbener sein Ästchen weg, kniete sich, griff einmal tief in das Fell von FeeFee und sog den Duft tief ein. Schnell schaute das Gesichtchen des Schmetterlings auf... und guckte ganz verzückt – verzaubert!

Als die anderen vier das sahen, ließen sie schnell ihre hölzernen Piekser fallen und packten ganze Büschel der Panther. Mittlerweile schaute auch Re nach hinten. Logischerweise konnte er nur die Schmetterlinge sehen, die auf FeeFees Rücken eine verzaubernde Duftprobe nahmen.

Während vier der fünf Schmetterlinge den Geruch für selbstverständlich bei solch edlen Tieren hielten, kam einem der Schmetterlinge die Sache komisch vor.

Nicht das Panther hier in der Region gar nicht in freier Wildbahn vor kamen - Tiere hatten das Recht, sich überall aufzuhalten, wo sie wollten – nein, der Geruch der Katzen hätte viel wilder sein müssen. Der Schmetterling kratze sich am Kopf und flog jetzt nach vorne zu ihren Köpfen.

Re und FeeFee folgten stumm der Flugbahn. Anscheinend hatten die fliegenden Viecher nicht mitbekommen, dass sie sprechen konnten. Als der Schmetterling vor FeeFees Kopf angekommen war, begutachtete er das Gesicht der Panther-Prinzessin skeptisch. Fliegend drückte er überlegend seine rechte Faust an seine Backe, während er den dazu gehörigen Ellenbogen in seiner linken Handfläche hielt. Das Köpfchen qualmte fast vor Gedanken.

Dieses Geschöpf war eigentlich zu wunderschön, als das es hierhin gehörte. Also, der Schmetterling hatte ja schon viel gesehen, also wirklich viel, aber so was noch nicht. Der Mund der Katze schien von einem Künstler entworfen. Die Schnurrbarthaare voller glänzender Eleganz. Die Nase königlich verführerisch. Und erst die Augen. Die Augen waren so faszinierend, dass der Schmetterling in ihnen die unendlichen Weiten des Universums entdecken konnte... aber auch schneebedeckte Berge, saftig grüne Weiden mit Kühen, die es sich in der Wärme der Sonne gut gingen ließen, und sogar eine kleine Wüste.

Der Schmetterling hatte das Gefühl, als renne er selber mit dem Panther durch Steppen und Ebenen, durch frische, erquickende Flüsse.

Er sprang mit der Katze auf tropische Bäume und nervte einen anderen Panther. Dann tobte er mit ihnen und quietschte vor Freunde. Der Schmetterling nahm aber auch dieses aufgeregte Gefühl wahr, dass den Panther überkam, als er mit einer Tasche im Maul auf einem Bergpass entlang ging. Er nahm dieses Urvertrauen wahr, das einen Menschen – der Schmetterling hatte bis jetzt selbstverständlich nur davon gehört, es aber noch niemals selber verspürt - überkam, wenn er einen Seelenverwandten traf.

Doch hier war dieses Gefühl noch gemischt mit dem, wenn sich der eine Seelenpartner in den anderen verliebte!!

Oh ja!!! Das würde der kleine Schmetterling sofort unterschreiben. Hier war jemand verliebt. Hihi.

Der Schmetterling kicherte vor Glück. Es war so wundervoll!!

Als wäre er dabei, als wären es seine eigenen Emotionen. Als wenn Tausend Feuerwerke gleichzeitig abgefeuert wurden. Als wenn Hummeln, Bienen und Schmetterlinge zusammen in der Gefühlswelt des Panthers ein Freudenfest veranstalteten, wie bei einer Frühlings-Hochzeit.

„Ja weiter!! Mehr!! Los!!", forderte der Schmetterling in Trance… und die Augen gaben ihm mehr: der Panther näherte sich mit vor Liebe glühendem Herz, Seele und Verstand einem Jungen (mit einem Schwert als Stütze). Der kleine Schmetterling war so aufgeregt, dass er gar nicht mitbekommen hatte, dass sich die anderen Schmetterlinge auch zu ihm hingestellt hatten und mittlerweile mit an diesem Augenkino teilnahmen. Sie freuten sich so sehr für denjenigen, auf den der Panther gerade zuging, da er mit solch einer Liebe beschenkt wurde!! Wusste derjenige überhaupt, was für ein Glück er hatte?

Dass ihm solch eine bedingungslose Liebe zu teil wurde? Gerade als das Gesicht fast zum Vorschein kommen sollte, stand der richtige Panther allerdings auf.

„Hilfe!! Nein!! Stopp!! Sofort wieder runter!!", schrieen die fünf Schmetterlinge und folgten dem Kopf des Panthers wie einem Magneten.

„Das ist das Beste, was wir jemals gesehen haben."

Doch die Fahrzeugkolonne war schon längst vorbei und die beiden Panther machten sich aus ihrem Versteck auf. „Kommt ihr wieder?", riefen die Schmetterlinge vor Entsetzen. „Bitte kommt wieder!! Wir werden hier auch wieder hinkommen! Morgen! Ja? Wenn wir frei haben, dann kommen wir wieder."

Die Schmetterlinge schauten den Panthern hinterher, bis ihnen klar wurde, was sie jetzt machen konnten: sie hatten eine der besten Sto-

ries des ganzen Universums! Da konnte kein anderer Schmetterling mithalten. Verschmitzt rieben sich die Schmetterlinge die Hände bis dem lilafarbenen laut einfiel.
„Aber ich habe sie zu erst gesehen!".
Ein wilder Streit, wer die Exklusivrechte an der Geschichte hatte, entfachte sich an dem Haus außerhalb von Lank-Latum... bis der erste sich einfach auflöste. Erschrocken dematerialisierten sich die anderen.
Schnell hinterher...

Schwarze Nebelschwaden überdeckten größtenteils den trostlosen Planeten. Seine Sonne war schon vor 30 000 Jahren erloschen. Schwefelsäureflüsse und kalte Steinhügel ragten aus der breiigen Nebelmasse hervor. Er hatte von niemandem einen Namen bekommen.

Als sich der Greifarm bewegte, war die Identifikation bereits in das Schild gestanzt: Penta VI- Omega B 4782654.
Mit einem Zischen brachte die Maschine die Seriennummer an dem Androiden an. Penta VI war ein Dreiläufermodell. Drei mechanische Beine und drei menschliche Arme an einem humanoiden Oberkörper mit Kopf.
Nr. 1 hätte tief in seine Nebenspeicher gehen müssen, um zu sagen, wie das Design zustande gekommen war. Aber hierfür war jeder Stromfluss unnütz. Hätte er es allerdings getan, dann wäre er über die Informationen gestolpert, dass der Android ursprünglich der Rasse Mensch nachempfunden, dieser aber - der Zweckmäßigkeit halber - mit zwei Gliedmaßen mehr ausgestattet worden war. Er war eine biomechanische Zusammensetzung. Der Datenfluss erfolgte über Nervenstränge, die sie aus ihren Züchtungen aus den Biolabs erhielten. Auch Nr. 1 nutze das Schicksal.
Als vor knapp 30 000 Jahren das Raumschiff einer Terra-Mission mit Menschen an Bord auf dem Planeten abgestürzt war, hatten die damaligen einfältigen, plumpen Maschinen die Überreste der fast 100 Personen zusammengesammelt.
Nach einer ersten Untersuchung hatten sie festgestellt, dass sie

Teile des menschlichen Körpers verwenden konnten. Die physisch-technischen Eigenschaften waren hervorragend. Ihre Motorik, aber auch die brillante Kombination mit der Reizweitergabe, würde die Maschinen verbessern. Man konnte Teile der Konstruktion des menschlichen Körpers adaptieren.

20 Männer und 20 Frauen hatten sie genommen und in kryogenische Flüssigröhren gelegt.

Die Körper hatten sie solange aufrechterhalten, bis sie die DNS vollständig entschlüsselt hatten und einzelne Körperteile vollständig reproduzieren konnten. Dann hatten sie mit der Nachzucht begonnen – einzelne Lebewesen konnten leider nicht gezüchtet werden - und diese mit verschiedenen mechanischen Verbindungen gekreuzt – in unzähligen Versionen.

Ganz im Sinn ihrer zukünftigen Aufgabengebiete. Menschliche Unterkörper mit Roboterköpfen, oder auch das häufigere Modell menschlicher Oberköper mit Maschinenbeinen, waren nur einige der Tausend verschiedenen Modelle… alles war variabel und austauschbar. Wahrscheinlich war hier auch das menschliche Design für eines der neuesten, geheimsten Modelle mit entstanden, das aber fast auf alle Bioteile wieder verzichtete…bis auf das Aussehen.

So, wie die Crew des damaligen Raumschiffes gekleidet war. Nur gab es keine Stoffe, die Androiden kleideten. Ihr Aussehen war direkt in die Struktur eingelassen. Alle Formen und Konturen waren in vier verschiedenen rohen, groben, silbern glänzenden Modellen gleich. Zwei männlichen und zwei weiblichen. Pro Geschlecht zwei Aussehen, die sich nur in kleineren Details wie Haarfarbe, einer kleineren Nase oder längeren Ohren unterschieden. Sie waren mit einer Projektionsflüssigkeit umhüllt, die Bilder kreierte…aber noch mehr konnte, was nur wenigen zu diesem Zeitpunkt bekannt war.

Im Normalzustand jedoch bildete die Projektionsflüssigkeit so an den Füßen braune Kampfstiefel ab, die in graue Uniformhosen übergingen. Dann folgte ein schwarzer Gürtel mit einer übertriebenen Manschette. Es folgte ein graues Hemd, das rote Nähte hatte. Die

Ärmelenden hatten einen roten Abschnitt. Das Gesicht war schlank und in feinen Zügen angelegt. Wie aus einem Werbeprospekt. Die Augen waren allerdings unnatürlich rot, die eine tödliche Kälte ausstrahlten.

So projizierte der eigentlich metallisch aussehende Android ein Bild eines Menschen auf seinen Körper. Der Vorteil dieser Projektionstechnik war... dass sie auch wie ein Chamäleon das Aussehen ihrer Umgebung annehmen konnten.

Sie konnten mit ihrer Umgebung verschmelzen und eins werden. Die Natur bediente sich halt auch der Vielfalt.

Und das hatte schon seinen Grund. Nr. 1 hatte bereits errechnet, das die Natur durchgehend bemüht war, das Beste zu erschaffen. Gefühllos hatte Nr.1 diese Intelligenz der Natur akzeptiert und berechnet, dass seine Maschinen angepasst werden mussten. Nr. 1 wollte natürlich sein, um mit dieser Kombination im Universum unangefochten der Herrscher zu werden. Die normale Variante 427 aus dem Modulationsprotokoll, Mensch als Krieger, lief in den Produktionshallen gerade prophylaktisch an... denn diese Krieger waren das teuerste, was Nr.1 herstellen konnte. Durch den Einsatz gegen Menschen auf der Erde und immer weiter auftauchenden Menschenplaneten im Universum wurden diese früher oder später nun gebraucht. Die Produktionspläne waren schon 20000 Jahre alt. Doch für fast jeden Feind hatte Nr. 1 den entsprechenden Androidensoldaten geschaffen. Freund-Feind-Kennung wurde erschwert. Ein simpler, rationaler Grund. Einige lagen noch als fertige Produktionspläne in der Schublade. Sie waren nur noch nicht produziert, da dies erst geschah, wenn ein kriegerischer Kontakt planbar war und nicht mehr ausgeschlossen werden konnte. Lagerkosten.

Penta VI hingegen war nicht für den Kampf auf einem fernen Planeten, sondern als Bestandteil von Nr. 1 entwickelt worden. Er ersetzte lediglich einen kürzlich ausgefallen Androiden. Denn der Hauptcomputer hatte erkannt, dass jedes weitere „Kind" Prozessoren hatte, die nie ganz ausgelastet waren.

So lag die Überlegung nahe, dass diese ungenutzten Rechnerkapazitäten einfach mit in den großen Denkprozess eingegliedert werden konnten.

Jeder Androide war Teil der Rechenleistung des Hauptcomputers geworden.

Nr. 1 war vom Aussehen ein imposanter schwarzer Würfel, der wie ein massiver Stein in den Himmel ragte. Von der Ferne betrachtet wirkte er wie eine Einheit, näherte man sich aber diesem Kilometer langen, breiten und hohen schwarzen Gebilde, dann konnte man feststellen, dass er von vielen Gängen und Schächten durchzogen war. In der Mitte gab es richtige Räume und Hallen. Denn solch eine übergroße Rechenmaschine entwickelte Hitze. Sehr viel Hitze. Durch die Gänge und Schächte konnte eine Luftzirkulation stattfinden, die Nr.1 vor dem Durchschmoren bewahrte, und der größte Computer des Universums wäre nicht die beste Rechenmaschine aller Zeiten gewesen, hätte er diese freien Gänge nicht so konzipiert, dass seine Arbeitsdrohnen ihn damit auch leicht und mühelos warten und reparieren konnten.

Aber auch die kleineren Hallen hatten zwangsläufig, um nicht ungenutzt zu sein, eine Aufgabe bekommen.

Nr. 1 war sich nicht sicher gewesen, wie und wann das erste Mal ein Android solche Eigenschaften gezeigt hatte, aber es musste irgendwann gewesen sein, nachdem er biologische Teilchen mit seinen Maschinen verbunden hatte. Denn es hatte nicht lange gedauert, da hatten seine biomechanischen Androiden eine Art von Bewusstsein gezeigt. Auffällig oft versuchten seine Maschinen seitdem, sich möglichst nicht alleine irgendwo aufzuhalten.

Und dadurch, dass ihre Prozessoren mit ihm verbunden waren, empfand Nr. 1 genauso. Er genoss ein Gruppengefühl, er genoss es, wenn sie in ihm waren und sich in seinen Hallen versammelten.

Eine dieser Hallen war für die Berechnungen und Ausführungen ihrer Gesellschaft Cuberatio verantwortlich.

Hier war das Arbeitsgebiet von Penta VI - Omega B 4782654.

Als der neu geschaffene Android seinen Schlüsselreiz erhalten hatte, verließ er erst schwerfällig das Produktionsgebäude. Doch mit jedem Schritt verteilten sich die Flüssigkeiten immer mehr in seinem Körperkreislauf, sodass er Schritt für Schritt immer schneller wurde und nach kurzer Zeit seine optimale Leistungsfähigkeit erreicht hatte.

Als Penta VI nach einem vierstündigen Marsch bei einer maximalen Geschwindigkeit von 40 km/h Nr. 1 erreichte, ging er kalt und emotionslos durch einen der Millionen Eingänge des Würfels hinein. Der Hauptcomputer spürte, wie er erfüllt wurde.

Es dauerte fast eine halbe Stunde zwischen den Gängen und Schächten, zwischen Tausenden anderen kriechenden, krabbelnden und gehenden Kreaturen hindurch, bis Penta VI seinen Bestimmungsort erreicht hatte.

Hier würde er bis zu seinem Lebensende durchgehend arbeiten.

Als der neue Android seinen ersten Arbeitsbefehl erhielt, steuerte er zielstrebig auf den angegebenen Ort zu. Über ihm hingen 113 Anzeigetafeln mit roten Lettern und Zahlen. Das Gruppengefühl wollte, dass die Geschäfte, Kriege und Projekte nicht nur in ihren Köpfen, ihren Prozessoren, sondern auch allgemein sichtbar waren. Selbstbestätigung.

In der Mitte der großen Anzeigetafeln klaffte jedoch ein Loch.

Penta VI nahm sich die schwarze Platte, die auf dem Boden stand, griff mit seinen drei Beinen vorsichtig in die Wand und kletterte wie eine Spinne die 150 Meter hinauf.

An der leeren Stelle angekommen, überprüfte Penta VI die Steckverbindungen auf der Rückseite der Platte.

Wie ein Künstler jonglierte der dreiarmige Android die neue Anzeigentafel. Dann verharrte er kurz und überprüfte die bereits existierenden Daten und Informationen, die in wenigen Augenblicken hier erscheinen sollten. Mit diesem Schritt gingen auch die Berechnungen in sein System über und alles demnächst Erscheinende würde in seinem Kopf berechnet werden. Nr. 1 übertrug ihm diese

kleinen Rechenaufgaben.
Dann war das Update fertig.
Penta VI steckte die Tafel an ihren Platz.

Kurz flackerte es, aber dann waren alle Buchstaben, Zeichen, Symbole und Zahlen vollständig und würden für die Länge dieses Projektes hier, für alle Androiden sichtbar, abgebildet werden.

Penta VI war jetzt der Android, der die Geschäfte auf dem Planeten Erde berechnete, mögliche Gewinne - und Verluste in den Kampfhandlungen. Die Ausbeutungsquote addiert mit allen Verlusten stand auf 99,8 Prozent. Würde sie auf über 100 steigen, wäre er eine gute Maschine...

Würde sie auf 14,3 fallen, würde Penta VI alle Handlungen von Cuberatio auf dem Planeten Erde einstellen.

Das Projekt würde noch mit Gewinn abgebrochen werden können...

P rofessor Kuhte saß in verwaschener Bluejeans und einem grünen Stehkragenhemd auf einem alten Holzstuhl in dem weißen Gang. Unter der Arktis bewachte er so die Bibliothek der Ritter mit der kaputten Türe, die genau hinter ihm lag. Jeder, der rein oder raus wollte, musste ihn passieren. Und da recht wenige hier rein durften – der Professor selber hatte diese Regel aufgestellt - konnte man auch von „fast niemand" sprechen.

In seiner Hand hatte er ein Buch, las es aber nicht wirklich. Immer wieder schaffte er zwei Zeilen, dann schaute er verschmitzt und misstrauisch auf. Blickte nach links, dann nach rechts. Seit über einer Woche waren hier unten Ritter und Flüchtlinge eingezogen und veranstalteten einen Lärm, der einer Bibliothek vollkommen unangemessen war. Wie schön war es doch gewesen, als diese Gänge noch jungfräulich leer waren. Jetzt waren sie mit Erwachsenen, Kindern und Schmetterlingen gefüllt. Letzteres kam gerade auf ihn zu geflogen.

Schnell tat der Professor so, als würde er lesen. An der Uni hätte es niemand gewagt, ihn dann zu stören. Ein Schmetterling vielleicht schon. Und hier unten auf jeden Fall.

„Tach Professor", begrüßte ihn ein Schmetterling mit einem Tattoo. Er schwebte in aller Ruhe auf Augenhöhe und hätte dem Professor auch in diese schauen können, hätte der nicht das Buch demonstrativ ein Stück höher gehoben.

„Na, nu seien sie doch nicht so eingeschnappt."

Mit einem Funkeln in den Augen senkte der Professor das Buch.

„Johnny. Seit über zwei Wochen versprichst du mir jedem Tag, dass jemand kommt und die Türe repariert. Aber nichts, rein gar nichts, ist in der letzten Zeit passiert", beklagte sich der Professor fauchend. Er war sich nicht sicher, ob Johnny ihn einfach immer wieder vergaß, wenn er diesen Ort, und damit auch Professor Kuhte und seine Bitte, verlassen hatte, oder ob der Schmetterling ihn mit purer Absicht so ärgerte.

„Es ist einfach zu viel los da oben", sagte Johnny und zeigte mit einem Fingerchen an die Decke. Dabei zog er ein ernstes Gesicht auf. Es war schon nett, dass er überhaupt nach dem Professor schaute. Johnny schätzte, dass Sonja und Professorin Ursula Nadel ihn schon vergessen hatten.

Die beiden waren andauernd in Kampfeinsätze verwickelt. Nadel wäre vorgestern beinahe abgeschossen worden. Die Professorin hatte richtiges Glück gehabt. Sie war von einem 2Moon-Fighter der Universal Search Inc. erfasst worden. Nur mit Mühe und Not - und viel Pilotenkönnen - hatte sich die fliegende Wissenschaftlerin in das von den Rosenrittern beherrschte Gebiet flüchten können. Die dort stationierten Plasmakanonen schreckten den Verfolger schließlich ab - und vertrieben ihn.

Dass auf und über der Erde Chaos herrschte, war nun schon eine Untertreibung.

Die Territorien waren klar gesteckt worden. Die Vereinbarungen unter den Abbaugesellschaften wurden von denen eingehalten. Jeder hatte sein Gebiet. Hiervon hatten sich die Rosenritter ihre kleinen Inseln herausgeschnitten, als sich die Türme nach der Vereinigung aus dem Boden erhoben hatten. Das „One" von Sarah und Jens war unbeschreiblich gewesen. Jeder auf der Welt sprach über die Ritter. Niemand leugnete mehr ihre Existenz. Märchen waren wahr geworden.

Jens und Sarah waren Superstars. Ihre Schmetterlinge auch.

Wansul interessierte das eigentlich gar nicht. Er war inzwischen mehr weg, denn da.

Und Sonja ging richtig „cool" damit um, was Johnny heimlich faszinierte, ihr es aber nicht sagte.

Mittlerweile hatten sie auch von Gefangenen der Union Troopers erfahren, dass die Nilas mit ihrer Armee gar nicht mehr da, sondern nur wenige „Koordinatoren", wie sie es nannten, hier verblieben waren. Überwacher der Union. Sonst waren nur noch die Abbaugesellschaften vorhanden, die an einer territorialen Erweiterung nur interessiert waren, wenn sich in einem durch die Rosenarmee kontrollierten Gebiete Rohstoffe befanden. Somit war das westliche Europa nicht lukrativ genug, als dass ein Streben, nach der Eroberung dieser nicht kontrollierten Region, in Frage kam.

Bis jetzt zumindest noch nicht.

Ob Universal Search noch Interesse an Westeuropa hegte, war unklar. Aber die meisten Vorkommen in diesem Areal hatten die Menschen selber schon vor Jahren abgebaut.

In Südamerika ging es dagegen voll zur Sache. Nicht schön. Viele Verluste unter den Menschen. Sehr viele. Aber das wussten nur ganz wenige. Johnny wusste dies, weil er durch das Starten seiner Hilfsaktion ein richtiger Held unter den Menschen geworden war. Sonja auch. Jeder erzählte ihm die neuesten Gerüchte. Die glich er dann mit den Informationen ab, die er von Jack bekam und schon… schwupps… hatte er ein besseres Bild der Lage als so manch anderer. Und das konnte er für sein neuestes Projekt nutzen. Denn was nach der Aktion mit den blauen Lichtern auf der Welt passiert war, hatte schon was für sich. Im Grunde genommen hörten jetzt alle Kinder der Welt auf ihn…und auf Sonja. Jedes Kind kannte ihre Gesichter. Er konnte die Kleinen kontrollieren und machen lassen, was er wollte.

Doch so schön es war, wusste Johnny mittlerweile nur zu gut, welche Verantwortung er damit übernommen hatte. Vor vier Tagen waren zwei Kinder in Brasilien gestorben. Durch einen von ihm geführten Einsatz. Einen Tag vor dem Tod der zwei Mädchen hatte ein Kindergipfel stattgefunden. Von jeder Nation hatten sich zehn Sprösslinge eingefunden, und mit Johnny und Sonja beraten, was sie zu der Verteidigung der Erde beisteuern konnten. Nicht lange hatte es gedauert, bis sie zwei Ziele festgemacht hatten: Als erstes war ihnen bewusst geworden, dass sie nicht mit an der Front mit den Rosenrittern kämpfen konnten. Das würden ihnen die Erwachsenen nicht erlauben. Aber sie alle wussten, wie man Fallen stellt. So wollten sie extrem ausgeklügelte Hinterhalte für ihre Feinde bauen, und sich einen nach dem anderen vornehmen.

„Meinst du nicht, dass wir das ihren Eltern erzählen sollten", hatte Sonja noch mit Bedenken gefragt. Aber Johnny stellte trocken fest: „Viele von denen haben gar keine Eltern mehr. Die sind erwachsener als wir beiden." Ein wenig melancholisch wirkend hatte Sonja diese Argumentation akzeptiert. Denn als sie in die Augen der Jungen und Mädchen aller Herkunft und verschiedenen Alters sah, wusste die fliegende Kriegerin, dass die Kinder es mit den beiden Schmetterlingen besser organisiert machten… als alleine. Es stand außer Zweifel, dass die Kleinen sich an den Elternmördern rächen würden. So oder so. Mit oder ohne die Schmetterlinge.

Und wenn sie das schon machten, dann konnte das auch unter Johnnys und Sonjas Leitung geschehen. So würden mehr überleben. Es brachte nichts, wenn jedes Kind einzeln nach oben ging, und sie dann einer nach dem anderen abgemetzelt wurden.

Der Tod der zwei Mädchen kam aber trotzdem hart, kalt und unerwartet. Die Sache hatte eigentlich schon ganz gut ausgesehen. Diese Roboter-Zombies mit den roten Augen von Cuberatio arbeiteten stur ihre Aufgaben ab. (Die Kinder nannten sie lieber Roboter als Androiden.) Der Regenwald von Brasilien war feucht und heiß. 80 Prozent Luftfeuchtigkeit, 37 Grad Celcius. Tierlaute gingen in dem Lärm der Kettensägen unter. Alle paar Meter stand eine dieser intelligenten Maschinen und schnitt mit seinem Motorsägearm einen Baum klein, den größere Maschinen gefällt hatten. Nachdem die Baumstämme dann zerstückelt waren, transportierten die Roboter das Material zu einer Verladestelle. Alle arbeiteten einzeln hier.

Die Kinder buddelten auf der Arbeitsroute einer dieser Zerstückelungsmaschinen ein Loch, das tief genug war, damit der Roboter, wenn er hineinfiel, nicht mehr von allein raus kam. Sie hatten beobachtet, dass wenn eine Maschine verunglückte, es über zehn Minuten dauerte, bis eine Reparatureinheit eintraf. Diese kleinen Werkzeugmechaniker schwirrten hier zwar überall rum, aber sie überprüften jede einzelne Maschine, und waren dadurch weit verstreut.

Die fünf Kinder, Rodriguez, Manuel, Phillip, Susan und Marlene, hatten genau abgepasst, wo die ausgewählte Holzfällermaschine als nächstes hingehen würde. Ihre Arbeitsschritte waren so berechenbar. Sogar für Kinder. Also war das Fallenstellen ein Leichtes für sie gewesen. Einzig die ganzen Wurzeln, die sich in dem Erdreich befanden, hatten die Kinder überrascht.
Die Regenwaldbäume hatten so viele und tiefe.

Sie waren sogar erstaunt, dass sie die ganze Zeit nicht erwischt worden waren, weil sie solange gruben und teilweise auch hackten. Dann hatten sie Babacu-.Blätter und Zweige drüber gelegt. Als der Roboter endlich in die Grube gefallen war, war Teil eins des Plans gelungen. Misslungen war hingegen der Versuch, ihn schnell auszuschalten.

Denn hinter ihrem Rücken hatten sich zwei Soldatenroboter angeschlichen, die einzig und allein zum Töten erschaffen worden waren. Sie sahen in ihren grauen Hosen, mit den roten Stickereien auf den Hemden so menschlich aus. Nur ihre mechanischen Bewegungen und die leblosen Gesichter, ohne jede Regung, zeichneten sie als Androiden aus.

Rodriguez, Manuel und Phillip hatten sich noch schnell in Sicherheit bringen können, weil Sonja die Soldaten erblickt hatte, aber Susan und Marlene, die den Holzfäller erledigen wollten, waren so sehr in ihre Aufgabe vertieft, dass sie weder Johnnys, noch Sonjas Warnrufe gehört hatten.

Dieses wiederum hatte den anderen drei das Leben gerettet. Denn anstelle, dass sich einer um die beiden Kinder am Loch kümmerte, und der zweite Android die anderen Kinder verfolgte, widmeten sich beide Roboter dem ausführlichen Töten der beiden Mädchen.

Johnny musste bei dem Bild immer noch schlucken.

Das war der negative Aspekt des Abstimmungsergebnisses des Kindergipfels.

Teil zwei war da wesentlicher schöner - wenn er auch nicht ganz so einfach war.

Den nicht christlichen Jugendlichen musste der Hintergrund allerdings erst einmal erklärt werden. Denn sie hatten dem Projekt auch direkt den eindeutigen Namen „Arche Noah" gegeben. Teil zwei der Abstimmung war, dass sie so viele Tiere vor den Gesellschaften retten wollten, wie sie nur konnten. Ob sie das allerdings in voller Länge durchgebracht bekamen, wagten die beiden Schmetterlinge zu bezweifeln. Auch schmeckte Johnny der Gedanke nicht, dass man absichtlich Spinnen und Insektenfresser vor der Ausrottung bewahren sollte.

Bitteschön? Wo kamen wir denn dahin?

Einige der Kinder sollten mit der Rettungsaktion schon angefangen haben. Ziel war es, die Tiere der ganzen Welt durch die unterirdischen Gänge nach Nordamerika zu bringen. In der Hoffnung, dass es auch frei bleiben würde.

Gerade als Johnny dieser Beschluss durch den Kopf ging, tauchten rechts neben dem Professor zwei Ziegen auf. Kinder waren allerdings keine zu sehen.

Und Johnny war eigentlich hier, um ihn zu einer Besprechung mit Jack und Sarah abzuholen. Nervös wackelte Johnny jetzt mit den Fingern.

„Ääh. Professor. Ich soll sie ja eigentlich nur zum Meeting holen. Das, wovon ich schon die letzten beiden Tage gesprochen habe. Es ist absolut wichtig, dass sie mitkommen."

Der Professor schluckte, während sein Gesicht hinter dem Buch vergraben war. Ja, davon hatte der Schmetterling wirklich die letzten Tage immer wieder gesprochen. Und wenn Johnny so was nicht vergaß, dann konnte das nur bedeuten, dass es auch wirklich wichtig war.

Mist. Verdammter. Und wer passte hier auf?

Im selben Moment als Kuhte hinter seinem Buch hoch schaute, trampelten die beiden Ziegen in die offene Tür eines Quartiers hinein, das in Sichtweite lag.

Johnny fiel ein Stein vom Herzen.

Kuhte schaute sich um und sah nur Menschen auf und abgehen – die Tiere nicht.

„Ich passe hier auf, bis sie wieder da sind", bot Johnny an. Kuhte war sichtlich verzweifelt. Aber eins hatte er schon mitbekommen. Dass sowohl die Erwachsenen als auch die Kinder auf das Wort des Rock 'n Roll-Schmetterlings hörten.

Konnte er? Professor Kuhte kratzte sich am Kopf.

Was sollte er anderes machen? Mit dem ausgestreckten Zeigefinger fuchtelnd sagte er: „Ich bin sofort wieder da. Und lass wirklich niemanden, aber auch wirklich niemanden hier rein. Keinen Erwachsenen. Kein Kind. Ist das klar?"

Schnell nickte Johnny. „Ja, ja."

Der Professor legte das Buch aufgeschlagen auf den Stuhl. Wo war jetzt der nächste Launch noch mal?

Ein wenig orientierungslos stürmte er nach links los. Kaum war der Professor außer Sichtweite, da kamen die beiden Ziegen um die Ecke und steuerten genau auf den Stuhl und Johnny zu.

Ohoh.

Von „keinen Zutritt für Tiere", hatte der Professor doch nichts gesagt, oder? Als erstes fiel das Buch vom Stuhl, als die beiden Ziegen ihn streiften, während sie in die Bibliothek marschierten… .

Der Raum hatte nur gedimmtes Licht. An der Seite liefen kleine künstliche Feuersäulen mit metallischer rot-goldener Farbe zur Decke. Direkt nach dem Knick fingen die einzelnen künstlich brennenden Streifen an sich zu verstricken und verwandelten sich dabei in wunderschöne Rosenzweige, die in der Mitte der Decke in die Blüte einer blauen Rose mündeten. Das war der Mittelpunkt.

Darunter zeichneten sich die Konturen eines jungen Mannes ab, der mit einem Schwert in der Hand einzelne, feine Bewegungen machte. Ein Schattenkampf.

Sanft und gefühlvoll glitt die Klinge durch den Raum, geführt von einem Meister. Bis auf die wenigen Momente, in denen der Kämpfer seine Klinge zischend schnell führte, ging kein einziges Geräusch durch die Luft.

Hier übten der König der Schwerter und der oberste Ritter des Rosenordens.

Ihre Bewegungen zeugten von absoluter Präzision, von Einklang und Harmonie. Dorthin, wo diese beiden gingen, veränderte sich die Atmosphäre. Allein ihre Gegenwart hatte schon so manch einen Herrscher in die Knie gezwungen… und würde es auch noch in Zukunft schaffen.

Als die Übung vorbei zu sein schien, verharrte der junge Mann, zog die Füße zusammen, nahm das Schwert in beiden Hände und hielt sich den Knauf so vor den Bauch, sodass die Klinge senkrecht in die Höhe zeigte.

Als würde ein beidseitiges „Danke" durch die Luft ziehen, entsprangen in dem Moment aus der Spitze des Schwertes kleine weiße Lichtpunkte.

Erst einer, dann zwei, dann drei und immer mehr. Seelenruhig verharrten Klinge und Fleisch. Immer mehr dieser kleinen schneeflokkenartigen Lichterscheinungen sprudelten wie bei einem Wasserstrahl in die Höhe und verteilten sich. So lange bis das menschliche Auge denken konnte, dass sich die beiden in einem weiß leuchtenden Schneesturm befanden.

Auf einmal öffneten sich mit einem leichten Knacken Teile des Mauerwerks des Raums.

Dort, wo vorher die Flammen in der Mauer gewesen waren, hatten sich Fenster aufgefaltet. Es war dunkel draußen.

Jetzt durchfuhr die tanzenden Lichtpunkte ein Impuls, der sie durch die Wandschlitze in die Freiheit führte. Als der Fluss aus der Spitze des Schwertes endete, verbeugte sich der oberste Ritter, drehte sich um und ging auf einen Tisch zu, der vorher noch nicht sichtbar gewesen war. Obwohl es jetzt wieder dunkler wurde, konnte man einen Schmetterling sitzen sehen, dessen Füße von der Tischkante baumelten. Er hatte die ganze Übung mitverfolgt und kein Wort gesagt.

Darauf war Lukas ziemlich stolz. Wie er fand, konnte das ein Schmetterling auch sein, wenn er so was erlebt hatte.

Der junge Mann legte das Schwert auf den Tisch, schaute den Schmetterling an, und klappte mit seinem Zeigefinger den Mund des Schmetterlings zu. Die Gedanken von Lukas bewegten sich immer noch wild und unkoordiniert, aber sein Körper hatte immer noch diese Faszinationsstarre eingenommen, die ihn überkam, wenn Sebastian Feuerstiel übte.

Und das schöne daran war: das war SEIN Ritter. Und er SEIN Schmetterling. Das konnte ihm niemand jemals nehmen. Hehe.

Und er war auch der Einzige, der diese Schattenkämpfe sehen durfte. Pech war nur, und das war wirklich die Hölle, eine Qual, die Sebastian niemals nachvollziehen konnte: Lukas durfte über das Gesehene NICHTS erzählen. Für einen Schmetterling das Schlimmste, was es überhaupt im Universum gab. Absolut und vollkommen grausam. Da sah er schon solche Wunderwerke und…….. Ach, Lukas hatte schon längst aufgehört sich darüber aufzuregen. So war das Leben. Vielleicht durfte er irgendwann ja mal, hielt er sich in seinem kleinen Hinterköpfchen fest.

Denn… die Hoffnung stirbt nicht zuletzt, sondern nie. Und Zufälle gab es auch keine. So wie dieser kleine Lichtpunkt, der anscheinend nicht mit den Tausenden anderen aus dem Raum in den Himmel geflogen war, sondern sich einen Platz unter der Decke neben der blauen Rose gesucht hatte.

Langsam aber stetig bewegte sich die fliegende Murmel über Lukas.

Als Sebastian Sismael, den Herrn der Schwerter, auf den nackten Holztisch gelegt hatte, fragte sein Schmetterling: „Und? War es das, was du erreichen wolltest?" „Ja", antwortete Sebastian.

„Allerdings habe ich das ja selber noch nie gemacht, und ob das das Richtige war, werden wir erst viel später erfahren – wenn überhaupt."

„Aber du hast das Mädchen doch in ihren Träumen besucht? Oder?" Lukas zog das erste Beinchen hoch, dann das zweite und stand auf. Verspielt wie ein Seiltänzer trat er mit seinen Füßchen auf Sismael und versuchte, über die eingravierten Linien zu balancieren. Sebastian nahm sich ein Handtuch, das auch in der Dunkelheit versteckt war, und wischte sich die Stirn ab. „Ja. Aber ich weiß nicht genau, wo sie ist. Nur ungefähr. Und sie braucht mich. Das kann ich spüren."

„Also ich finde, wir machen genau das Richtige, wenn wir ihr helfen. Kein Mensch kann freiwillig so schlecht sein. Werden ihre Wunden denn heilen? Oder kommen wir zu spät?"

Sebastian legte das Handtuch beiseite, schaute liebevoll seinen Schmetterling an, wie er da über Sismael tänzelte – er konnte fast das missmutige Grummeln des Herrn der Schwerter hören – und nahm einen Schluck Wasser direkt aus einer Karaffe, die dort stand, wo auch das Handtuch herkam. Nachdem er das Gefäß wieder abgestellt hatte, zogen sich Sorgenfalten über sein Gesicht. Er hatte die vielen Verletzungen an ihrem Körper gespürt. Noch mehr hatte er allerdings einen anderen Schaden an ihr festgestellt, der ihm wirklich zu denken gab: den ihrer Seele.

„Das Fleisch wird heilen, aber wie es mit ihrem Geist steht, kann ich dir nicht sagen." Lukas blieb stehen, machte einen Schritt von Sismael runter und lächelte Sebastian mit einer sorgenfreien Unbekümmertheit an. „Hihi. Du bist der Geist. Der blaue. Jetzt wird alles gut." „Das würde ich auch gerne sagen, wenn ich könnte", bemerkte Sebastian und drehte sich um.

Sie hatten hier schon recht lange für ihre Übungen gebraucht, und mittlerweile war er schon fast überrascht, dass noch niemand nach ihm gefragt hatte.

Und als hätte er diesen Gedanken als eine Aufforderung ausgesprochen, klopfte es an der Tür. Der leuchtende kleine Punkt an der Decke hatte bis jetzt da oben verharrt und ließ sich gerade lautlos hinter Lukas runter. Der wiederum konnte die zweifelnde Antwort von Sebastian allerdings so gar nicht akzeptieren. Schnell sprang er in die Luft, flog vor das Gesicht des jungen Mannes, stemmte ein Ärmchen in die Hüfte und zeigte mit dem anderen auf Sebastians Nase.

„Damit mal eines klar ist: Billiarden von Lebewesen kannst du helfen, aber einem einzelnen Mädchen, das dich mehr braucht als jeder andere, daran hast du Zweifel. Sebastian Feuerstiel! Lass dir eines gesagt sein: Du kannst das. Ist das klar?", schimpfte das fliegende Gewissen.

Diese Worte erinnerten Sebastian stark an seine Mutter, wie sie ihn selber schon manches Mal in die Mangel genommen hatte. Und eigentlich immer hatte dann das, was er sich vorgenommen hatte, geklappt. Und irgendwie hatte der kleine Schmetterling ja Recht. Er würde aus seinem eigenen „Vielleicht" ein „Das wird klappen" machen.

Sebastians Mundwinkel verzogen sich zu einem Lächeln, sodass ein kaum sichtbares Grübchen zum Vorschein kam.

„So gefällst du mir viel besser", kam es von einem sichtlich erfreuten Lukas zurück. „Wird schon klappen", gab er Lukas zur Antwort und an die Türe gerichtet sagte der oberste Ritter des Rosenorden: „Ja, bitte." Dann ging die Türe auf.

Pharso, Cassandra Taksch und Ritter Chester steckten fast gleichzeitig ihre Köpfe rein. Alle hatten Festkleidung an, als würden sie gleich auf einen Opernball gehen. Über ihren Köpfen schoss Schmetterling Darfo in den Raum. Als sie Sebastian sahen, erfasste sie ein Schrecken. „Meine Güte Sebastian. Ganz Sadasch will dich mit einer Parade feiern. Ein paar Millionen Crox, Bander, Barskies, Houbstarks und Menschen sind aus den unterschiedlichsten Winkeln dieser Galaxie extra wegen dir angereist, um dir für die Befreiung dieses Systems zu danken, und du bist hier immer noch verschwitzt in Trainings-Uniform?!!!!", kam es empört, fast zeitgleich aus Pharsos und Cassandras Mund.

Nur Chester konnte sich ein Lachen nicht verkneifen. Eilig umschwirrten die beiden Sebastian und nahmen sein Leben für die nächste halbe Stunde in die Hand.

Als sich Darfo neben Lukas niedergelassen hatte, fragte Sebastians Schmetterling gelassen: „Und? Was gibt's Neues?" Der bekam aber keine Antwort. Darfos Blick haftete voller Konzentration und Verzückung hinter Lukas an etwas, das er nicht kannte.

„Du solltest mir erzählen, was es Neues gibt, denn ich finde das mega-stark, was du da hast. Kannst du mir auch eins besorgen?"

Lukas drehte sich um und schaute mit seinen Augen direkt in die weiße Lichtmurmel - die ihn verliebt anhimmelte.

Das junge Mädchen schmeckte Blut im Mund. Ihre langen blonden Haare waren wild im Gesicht verteilt. In dem Moment, als sie wieder zur Besinnung kam, schien sie zu merken, wie viele Knochen der menschliche Körper hatte. Und eines spürte sie ganz besonders: ihr rechtes Bein war gebrochen.

Langsam nahm sie ihre Umgebung wahr. Julia Feuerstiel lag in den Überresten des Vaporizers, des Raum-Zeit-Transporters der Gilde der Chronisten. Es hatte den Anschein, dass sich das Cockpit in einer Schräglage befand… denn Julia pappte förmlich auf den Armaturen. Sie hatte keinen Gurt getragen. Bei einer schmerzvollen Wendung mit ihrem Kopf konnte sie den schwarzen Pilotensitz etwas über ihr in der Luft sehen. Ihre graue Kutte – sie hatte sich aus der an Bord befindlichen Chronistengarderobe bedient – wirkte kraftlos.
So wie sie es im Augenblick war.
„Uuuuf", entfloh es ihrem Mund als sie versuchte, sich zu wenden, um auf den Rücken zu gelangen. Dabei nahm sie die zersplitterten Scheiben des Cockpits wahr und konnte eine grasig, grüne Ebene erblicken, an deren Enden schneebedeckte Berge waren.
Wie war sie hierhin gekommen? Warum war ihr Transporter abgestürzt?
Es schien, als hätte Julia Feuerstiel eine Amnesie. Das Mädchen von der Erde konnte sich an nichts mehr erinnern. Der letzte Punkt, auf den sie zurückblicken konnte, war, als sie ein Gespräch mit Ludukus Fath, dem Abteilungsleiter für neues Personal der Chronisten,

geführt hatte. Ursprünglich sollte sie bei der Gilde eintreffen und vorgestellt werden. Es war etwas Besonderes, wenn ein neues Mitglied zu seinen Fähigkeiten gelangte und dann, nachdem es gefunden wurde, in den erlesenen Kreis der wichtigsten Personen des Universums eingeführt wurde.

Aber noch während des Fluges hatten sich diese Pläne zerschlagen. Julia Feuerstiel sollte direkt zu ihrer neuen Wirkungsstätte fliegen: Sadasch. Jonathan von Sadasch, ihr Vorgänger, war unter aller Wahrscheinlichkeit durch die Hände eines Nilas gestorben. Jetzt hatte der beendete Krieg für so viele Informationen gesorgt, sodass die Schmetterlinge fast wahnsinnig wurden, weil sie ihre Geschichten nicht erzählen konnten. Der Adept Garth hatte extra die Bitte nach schnellem Ersatz gestellt, da seine Schmetterlinge diesen Zustand nicht lange aushalten würden. Was wiederum zu einer Belastung für ihn wurde, und dadurch zwangsläufig die ganze Organisation Schmetterlingswelt ins Chaos stürzen würde. Am Ende dieser Kette würden dann folglich auch die Chronisten stehen, da sie ja Teil der Schmetterlingskette waren.

Der Bitte wurde also schnellstmöglich stattgegeben. Ludukus Fath hatte Julia darauf vorbereitet, dass die ersten Wochen ziemlich anstrengend werden könnten. „Kein Problem", hatte Julia gesagt. Ob sie sich mit Schmetterlingen auskenne, wollte der Personalleiter wissen... worauf Julia anfing zu kichern.

„Ich hab da so meine Erfahrungen", lachte sie zurück. O.K.... und da endeten ihre Erinnerungen.

Der Absturz war so schnell und überraschend gekommen, dass sie sich an nichts mehr besinnen konnte. Als Julia Feuerstiel sich ihr gebrochenes, fast lebloses Bein anschauen konnte, wurde ihr Übel. Es hing in einem unnatürlichen Winkel zur Seite ab. Uaaah. Schnell schaute sie sich um. Uaaah. Überall blinkten noch kleinere Lämpchen, oberhalb des Cockpits hatten sich schwarze Nebelschwaden gefangen, die aus den verschiedenen Armaturen um sie herum nach oben loderten. Julia erschrak!! Das hieß: es brannte noch unter ihr!!

Wahrscheinlich war das der Grund, warum sie wieder zur Besinnung gefunden hatte!

Schnell suchte sie einen Ausgang. Doch die eigentlichen Türen hingen in der Luft. Hier kam sie nicht raus. Die einzige Möglichkeit, die sich ihr offerierte, waren die zersprungenen Scheiben hinter ihr. Bis auf ein paar wenige Zacken, die noch aus den Rahmen herauslugten, war der Rest wohl gerade herausgebrochen. Doch einer der Glassplitter war direkt unter ihr! Von da aus ging es knapp zwei Meter in die Tiefe! Und bis zu dem Splitter war es auch noch fast einen Meter!

Zu weit, um kontrolliert an ihm vorbeizukommen.

Julia Feuerstiel blickte sich noch einmal um. Aber so viel sie auch wollte…es war hier die einzige Möglichkeit. Warum war ihr Superbruder Sebastian nicht hier, stellte sich die neue Chronistin von Sadasch gerade die Frage. Das halbe Universum fand ihn „sooo toll", aber ihr half er jetzt nicht. Sie war schließlich seine Schwester! Schnell berappelte Julia sich und ordnete ihre Gedanken. Sebastian konnte ja gar nichts dafür. Und sie wusste, dass er sie liebte. Wenn er von ihrer Situation erfahren würde, dann würde er sogar Planeten zur Seite schieben, um zu ihr zu gelangen und sie zu retten. So wie das Brüder halt für ihre kleineren Schwestern machen würden.

Aber jammern half jetzt nichts.

Julia gab sich einen Ruck. Ihre Nervenbahnen schienen fast zu explodieren, als sie sich aufrichtete und eine sitzende Haltung einnahm. Bei ihrem rechten Bein musste sie mit der Hand nachhelfen und es über das Pult, auf dem sie lag, schieben. Dann baumelte es neben ihrem gesunden linken so herunter, als wären beide in Ordnung. Julia maß die Distanz. Dabei beugte sie sich nach vorne, schaute herunter. Unten war schönstes Gras, das abgesehen von dem verbrannten Streifen, der sich um den Vaporizer entlang zog, eine sichere Landung auf festem Boden garantierte - redete sich die junge Chronistin zumindest ein.

Mut machen war jetzt angesagt.

Julia erkannte, dass sie sich vor dem Fall ein wenig nach rechts abstoßen musste, damit sie nicht auf den Panzerglaszacken fiel, der ursprünglich zu einem Glas gehörte, das den Anforderungen einer Reise im Weltall entsprechen musste. Weiter wollte das Mädchen aber gar nicht nachdenken. Da bekam sie nämlich Angst. Zumindest jetzt schon so viel, dass sie anfing, zu zittern. Aber sie musste ja springen.

Auf einmal merkte sie, wie das Blut in ihrem Mund wieder floss. Vor Anspannung hatte sie sich unbewusst auf die Lippe gebissen. Die Wunde war wieder aufgesprungen. Jetzt oder nie, forderte sich Julia selber auf, tropfte das Blut mit ihrer linken Hand ab, nahm all ihren Mut zusammen… und sprang.

Die Qual der Landung überforderte das Mädchen sofort. Ihr rechtes Bein war gar nicht in der Lage irgendwas einem sicheren Abfedern beizusteuern… und hierin lag auch der Grund, warum sie nur wenige Millisekunden nach dem Aufschlagen wieder das Bewusstsein verlor. Die klaffende Schnittwunde an ihrem linken Oberarm, die sich Julia Feuerstiel an der Glasscheibe reingerissen hatte, nahm sie nicht mehr wahr.

Die Schwester des obersten Ritters des Rosenordens bekam nicht mehr mit, wie sie langsam aber sicher verblutete.

Wenn du versuchst, dir flüssige Schokolade in die Ohren zu stopfen, dann kannst du auch besser hören", fiepste die Stimme voller Selbstsicherheit im Schokoladenmuseum in Köln. Vorsichtig berührte ein kleiner Schmetterlingsfinger die Oberfläche der braunen Flüssigkeit. Mit einem entzückten Lächeln auf dem Gesicht stellte Sonja fest, dass die Schokolade nur angenehm warm war. Nicht heiß.

„Wenn du da reinspringst, dann…", Sonja stockte und schaute Johnny verschmitzt an. „Dann was?" „Dann….", überlegte Sonja und leckte langsam und genussvoll den Finger ab… dann bekommst du eine Flügelmassage von mir."

Johnny riss die Äuglein auf. Ooops. Mist. Was sollte er jetzt sagen? Ablehnen, und dann so tun, dass er daran auf gar keinen Fall interessiert war? Was ja gar nicht stimmte. Oder „Ja" sagen, und damit eingestehen, dass er auf Sonja stand? Schnell Mann. Du darfst jetzt nicht zu lange zögern. Eine Gänsehaut lief Johnny den Rücken runter, während Sonja ihn keck, lüstern heiß machte. Wieso ich? Und wieso hatte Sonja, die harte Schmetterlingskriegerin, so eine verführerische Seite an sich.

„Und? Biste jetzt 'nen Mann, oder soll ich jemanden anderen fragen?" „Ich, ich, ich….", stammelte Johnny nun, dessen Verlegenheit unverkennbar war. „…….ich mach's!"

So sehr sich Johnny auch wünschte, dass Sonja auf ihn stand, so wenig mochte er es, sich zum Affen zu machen. Und das ging jetzt nur, weil gerade niemand in der Nähe war und sie beobachtete. Johnny schätzte, dass Sonja ihn liebend gerne auch vor anderen zur Show gestellt hätte. „Aber nur, wenn du niemandem davon etwas erzählst" Sonja blickte Johnny verschmitzt an, zwinkerte dann lüstern mit der Wimper. Das war der kleine Schalter, der die Hormone in Johnny so weit in Schwung brachte, dass er nicht mehr er selbst war. Seine Füßchen bewegten sich nun wie von einer unsichtbaren Macht gesteuert auf den Topf in der Schokoladenfabrik zu. Dann sprang er ohne zu überlegen in die süße Flüssigkeit. Und damit er gleich noch einen drauf legen konnte, tauchte er einmal tief ein. Johnnys ganzer Körper war nun von einer Schokoschicht überzogen.

Noch während er das befreiende Gefühl hatte, dass er Sonja jetzt seine Zuneigung endlich gezeigt hatte, das war ja jetzt unübersehbar, da fragte er sich, wie sie es hatte wissen können? Waren seine Blicke zu offensichtlich gewesen, fragte sich Johnny. Oder hatten die Weiber da ein eingebautes Radar?

Wahrscheinlicher war allerdings, dass Jack und Sarah sich mal über ihre beiden Schmetterlinge unterhalten hatten. Dabei war dann die Überzeugung entstanden, dass sie zueinander passen würden. Und das eine ergab das andere, und wahrscheinlich hatte Sonja ihrer Ritterin Sarah das eine oder andere erzählt. Johnny konnte sich schlecht vorstellen, dass die Initiative dabei von Jack gekommen war. Nee. Der hat für so was überhaupt kein Auge. Und wenn, dann hätte er sich eher lustig über Johnny gemacht, als das er da was eingefädelt hätte. So hätte er, Johnny, das zumindest gemacht. Nee. Das musste auch in dieser Situation von den Weibern ausgegangen sein.

„Was ist? Kommste nicht auch mit rein?", rief Johnny jetzt. Er konnte nicht über den Topfrand schauen, aber Sonja musste da ja irgendwo noch sein. Aber er bekam keine Antwort.

Na ja, war ja eigentlich gar nicht so schlimm hier.
Johnny drehte sein Köpfchen und leckte sich sein Tattoo frei.

Er hatte den Eindruck, dass es hier, in dem Schokoladentopf, wo er seine Männlichkeit enorm unter Beweis stellte, doppelt, wenn nicht sogar dreifach so gut glänzte. Das musste natürlich auch Sonja sehen.

Als er sich wieder umdrehte und gerade eine weitere Bahn schwimmen wollte, da blickte er in zwei menschliche Augenpaare, die beide blau leuchteten, aber vor Lachen fast zu springen schienen. Vor Schreck tauchte Johnny unter, sodass nur noch seine Äuglein rausschauten. Instinktiv hielt sich der Schmetterling die Hände vor den Schritt.

Sofort wurde ihm eines klar: das Weib hatte ihn reingelegt!! Du Vollidiot. Voll drauf reingefallen. Dieses Biest. Das hätte er doch besser wissen müssen!! Du Trottel.

„Na, da haben wir aber einen Süßen", grinste Jack Johnson seinen Schmetterling an. Evelynn Bronström hielt sich den linken Handrücken vor den Mund. Die strahlenden Grübchen auf der Backe verrieten aber alles. „Könnt ihr bitte weggucken? Ich bin nackt", polterte Johnny direkt los. „Schschschsch, ist klar", hüpften die Laute über Jacks Lippen. Nur mit Mühe lachte er nicht laut los.

„Das ist mein ernst. Ich habe schließlich auch so was, wie ein Schamgefühl", zornte Johnny leicht los. „Und wo ist die Kuh?"

„Welche Kuh? Also Milch hattest du doch schon genug. Oder willst du noch mehr davon?" „Ich meine Sonja. Den Albtraum von Wansul, Schrecken aller Kinder, Hexe von Sarah." „Nanana, wenn da mal nicht einer ein bisschen zu weit feuert", spöttelte Jack jetzt.

Dann beugte sich Evelynn über den Rand, packte mit der Hand vorsichtig in die warme Schokolade und fischte Johnny raus. Leicht spreizte sie die Finger, damit der braune Guss von Johnny ablaufen konnte.

„Sonja musste mit Sarah weg. Sie kann da also gar nichts für", beruhigte Evelynn Johnny. „Dafür kriegst du jetzt von mir deinen wohlverdienten Kuss!"

Schon wieder wurden die Augen von einem Schmetterling an diesem Tag aufgerissen. Mit Händen und Füßen wehrte sich Johnny. Doch Evelynn schloss einfach die Hand, fesselte ihn damit und führte ihn zu ihrem Mund.

„Hilfe! Hilfe", versuchte Johnny die Attacke abzuwehren. Aber er hatte keine Chance: es gab einen sanften Kuss mitten ins Gesicht. Iggittigit.

Johnny strampelte und spuckte. Pfui. Baah. Ist das ekelig. „Sonja sagte noch schnell, dass du dir einen verdient hast." „Wofür?", fauchte der Schmetterling, als ihn die Ritterin auf dem Rand des Topfes absetzte.

„Das konnte sie bei der Hektik nicht sagen, aber du wüsstest schon warum." Jack und Evelynn drehten sich um und gingen durch die Produktionshalle auf eine Tür zu. Warum waren die beiden eigentlich hier? Irgendwie hatte Johnny geglaubt, dass Sonja und er hier ungestört wären. Oder gehörte das zu einem Plan, den Sonja ausgeheckt hatte? Hmmm. Johnnys Hirn überschlug sich. Er wollte Sonja ja vertrauen, aber er wusste nur zu gut, dass die Weiber immer irgendwelche Hintergedanken hatten… oder ein falsches Spiel spielten.

Sein Macho-Temperament ging gerade voll mit ihm durch. Und wieso sollte er wissen, wofür der Kuss war? Johnny versuchte, sich zurückzuerinnern, während er nicht merkte, dass die Schokoladenhaut langsam aber sicher härter wurde. Was war denn gestern, überlegte der Schmetterling von Jack Johnson. Wesentlich weiter würde sich auch Sonja nicht besinnen können. Dafür passierte in ihrem Leben zurzeit einfach zu viel.

Sie waren gestern wieder bei einem Kindereinsatz gewesen – im Amazonas. Die Luft war heiß und feucht. Über 35 Grad Celsius. Die Schwüle machte allen zu schaffen. Sonja und Johnny waren mit sechs Kindern unterwegs. Rodriguez, Manuel und Phillip waren wieder dabei. Die Urwaldgeräusche setzten den beiden Siebenjährigen, Nicola und Steffi, etwas zu. Aber in der Gegenwart von den älteren Kindern war das kein Problem. Nach einiger Zeit hatten sie sich an die immer wieder auftauchenden Geräusche gewöhnt. Affengeschrei, das Brüllen einer Raubkatze und aufgeschreckte Vögel. Sie hatten Macheten wie Uwe Leidenvoll, den besten Nicht-Ritter, wie alle fanden, dabei. Jetzt waren sie genauso cool wie der Meerbuscher Journalist. Es hieß, er habe schon ganz alleine einen Bären getötet. Nur er und seine Machete.

Also war klar gewesen, dass sie sich selber mit Macheten ausrüsteten – obwohl sie sie eigentlich für den Kampf gar nicht brauchten. Normalerweise.

Diese Gruppe Kinder erledigte jetzt schon ihren 25sten Einsatz zusammen und immer hatten sie ohne Schwierigkeiten Erfolg gehabt. Hier in Südamerika waren die Roboter von Cuberatio eingesetzt. Sie waren stupide und dumm. Sie befolgten nur Befehle und Anweisungen, und registrierten gar nicht, dass immer wieder einer von ihnen verschwand - dank der Kindertruppe. Es waren halt nur Maschinen.

Kinder und Schmetterlinge hatten nämlich mittlerweile raus, wie sie die gefährlichen Kriegerandroiden ablenkten. Die Gefahr hierbei wurde von den Kindern absichtlich runtergespielt. Sie hatten sich Magnesiumfackeln aus dem Bestand der US-Army in Kansas besorgt.

War gar nicht schwierig gewesen.

Während die Ritter der Blauen Rose gemeinsam mit richtigen Soldaten die US-Army wiederbewaffneten, waren sie einfach reingegangen und hatten einen wildfremden Mann in grüner Uniform nach brennbarem Material gefragt. Der Soldat hatte kurz überlegt… und Johnny neben ihnen fliegen sehen.

„Jo, haste da was?", war das Einzige, das Johnny gelassen über die Lippen flog, das Tattoo dabei deutlich sichtbar in das Gesicht des Mannes drückend. Der Soldat erkannte sofort den Schmetterling von Jack Johnson, einer der größten Ritter der Erde.

„Sagt mal, wisst ihr wann Sebastian Feuerstiel kommt?", nutzte

der Soldat diese einmalige Gelegenheit. Wer wusste schon, wann er das nächste Mal solch eine Chance bekam, mit einem der Schmetterlinge aus dem innersten Zirkel der mächtigsten Ritter der Erde, naja, sogar des ganzen Universums zu sprechen?
Johnny hatte darauf eine Paradeantwort.
„Ist unterwegs. Wir sind aber nicht die Einzigen, die Hilfe brauchen." „Kommt er denn in der nächsten Woche?", brannte es dem Army-Soldat auf der Seele, während er die Kinder durch die Absperrung führte und in einen bestimmten Bereich einer Lagerhalle ging. Kisten stapelten sich überall, Menschen gingen ein und aus. Der Soldat wurde jetzt leicht nervös. Die anderen Soldaten sahen ihn zusammen mit Johnny – und den Kindern. Wahrscheinlich ein Spezialauftrag.
Hier herrschte hektisches Treiben. Es war allen nur recht, wenn sich jedermann bewaffnete. Egal, ob Zivilist oder Soldat. Hauptsache, es würde dabei helfen, die Feinde auszuschalten. Die bewundernden Blicke der anderen Grünuniformierten einsammelnd ging der Soldat mit der Gruppe zu einem Stapel von Holzkisten.
„Aber er kommt?" „Ja, auf jeden Fall. Das steht außer Frage."
„Wisst ihr, es heißt nämlich mittlerweile, dass Sebastian Feuerstiel übernatürliche Kräfte hat, mit seinen Händen Menschen verbrennen, und dass er, wenn er will, unsichtbar werden kann."
Johnny konnte nur lächeln. Das war sein Einsatz.
„Oho, und er kann noch viel mehr", grinste der Schmetterling helmisch und rieb sich dabei freudig die Hände. Eine sprichwörtliche Einladung zum Übertreiben! Na, bitte!! Darin war er ein Meister und vor ihm waren seine Schüler. Festhalten, jetzt legt Johnny los:
„Wenn er will, kann er sich sogar verdoppeln und an zwei Orten gleichzeitig sein. Er ist eine Mischung aus Magie und Zauberei, aus Sonnenenergie und Antimaterie. Sebastian Feuerstiel ist der größte Krieger, den je ein Lebewesen gesehen hat." Johnny flog dabei immer höher und zeigte mit seinen Händen die „ungefähre" Größe von Sebastian Feuerstiel. „Er kann dafür sorgen, dass Kinder schnel-

ler wachsen und größer werden, Erwachsene so beeinflussen, dass sie wie Kätzchen schnurren, was ganz praktisch bei Lehrern in der Schule ist. Hausaufgaben existieren in der Welt von Sebastian Feuerstiel nicht und wenn er will, kann er es das ganze Jahr über Sommerferien sein lassen." Johnny drehte jetzt so richtig auf. Überall aus der Halle waren Menschen und Soldaten gekommen und hörten mit geöffneten Mündern dem coolsten Rock 'n Roll-Schmetterling aller Zeiten zu. „Er bekommt Privatkonzerte von den Rolling Stones, AC DC und U2. Und die anderen stehen Schlange, damit sie mal bei ihm spielen dürfen." Ein staunendes Raunen ging durch die mittlerweile fast 100 Personen. Die Kinder rückten immer näher an ihn heran. Johnny musste ein dicker Kumpel von dem „blauen Geist" sein. So wurde er gelegentlich auch schon auf der Erde genannt.

„Er hat doch sicherlich unzählige Frauen, oder?", stammelte einer der Army-Soldaten los. Alle blickten ihn kurz an und drehten sich dann zu Johnny um. Natürlich hatte er eine Antwort.

„Wo denkst du hin? Sebastian Feuerstiel ist ein Ritter von Recht und Moral. Nein, er hat keine Frauen. Er ist Single und steht auf ehrbare Monogamie. Und wenn er eine hätte, dann würde er diese, und nur diese, sein ganzes Leben lang hochhalten und ehren. So wie es sich für einen anständigen Ritter ziemt." Die weiblichen Zuhörer wurden dabei gerade ziemlich nervös. Unterbewusst packten alle in ihre Haare und rückten sich die Frisur zurecht. Ein wenig streicheln hier, ein bisschen zupfen dort. Sebastian Feuerstiel ist Single!! Das hieß: er war noch zu haben!!

Aber auch in den Männeraugen war eine Begeisterung, die sie noch nie empfunden hatten. Ja, sie würden Sebastian Feuerstiel bis in den Tod folgen, damit sie mit ihm die Menschheit, das Universum und ihre Familien retten konnten. Der oberste Ritter war die Zukunft - im Hier und Jetzt. Langsam fingen alle an zu klatschen. Beifall für einen Jungen, der Milliarden von Lichtjahren entfernt war.

„Und er befreit gerade andere Planeten, damit er danach zu uns

kommt und uns hilft?" Johnny plusterte seine Brust auf.
„Oho, und wie er das macht!! Und er macht noch viel mehr. Wenn alles gut geht und die Allianzen gegen die Union geschmiedet sind, dann wird er sie alle vernichten. Unser Erdenjunge wird das Universum befreien. Das ist so klar, wie der Morgen nach der Nacht."
„Aber dann kommt er zu uns? Wenn die Allianzen geschmiedet sind?" „Ja, natürlich! Seine Eltern sind ja hier." Das war ein einleuchtender Grund. Na klar, kam Sebastian Feuerstiel zurück. Die Erde war ja seine Heimat. Wie hatten sie da nur den Ansatz des Zweifelns aufkommen können lassen?

Der Fragesteller bekam jetzt direkt schiefe Blicke. Er solle auf gar keinen Fall den Schmetterling verärgern. Hier hörten sie schließlich nicht nur vage Gerüchte, so wie sie in der unterirdischen Verteidigungsanlage kursierten, sondern hier erhielten sie alles aus erster Hand.

„Wann wird das denn sein?", tauchte wieder die Frage auf. Die Frau war anscheinend ein wenig später gekommen und hatte den Anfang nicht mitgekriegt. „Sobald die Dinge erledigt sind." Jetzt klatschten wieder alle. Johnny war begeistert. „Er wird kommen!!"

Das Klatschen verwandelte sich in ein Toben. Was war nur mit den Leuten los? Das war fast so, als hätten seine Worte sie in einen Drogenrausch versetzt. Sie gackerten, staunten, unterhielten sich eifrig mit sich selbst. Immer wieder tauchte der Begriff „Schmoon Lawa" auf. Anscheinend war das eine Bezeichnung unter den Leuten, die sich bereits vorher schon festgesetzt hatte. Der Rock 'n Roller kannte ihn allerdings nicht. War auch nicht so wichtig. Johnny hörte dem aufgeregten Geschnatter liebend gerne zu. So heftige Reaktionen auf seine Erzählungen hatte er noch nie erlebt.

Die Menschen vor ihm stellten sich Fragen - und gaben sich selber ihre eigenen Antworten. Johnny begriff, dass er nur noch eine Nebenrolle spielte. Das Getratsche hatte ein Eigenleben. Um aber noch einmal im Mittelpunkt zu stehen, schaltete sein Schmetterlingsgehirn schnell. Er griff die Bezeichnung der Leute auf. Aber er musste

brüllen, um die Geräuschkulisse zu übertönen:
„Schmoon Lawa", schrie Johnny jetzt, damit die Menschen sich ihm wieder zu wandten, „wird zur Erde kommen...", begeisternder Applaus „.... und alle Menschen, egal ob jung oder alt, Mann oder Frau....", Johnnys Stimme war am Maximum ihrer Power „.... befreien und in eine freie Zukunft führen."
Ekstase.

Mit einem Krächzen in den letzten Worten beendete Johnny seine Prophezeiung. Dann ließ er sich zu den Kindern und dem einen Soldaten runter. Sein Gesicht strahlte. „Ich besorge euch alles, was ihr wollt. Nennt mich ab jetzt euren Chef-Organisator!" Johnny musste erstmal durchatmen, er hatte keine Ahnung, ob Sebastian jemals kommen würde. Aber das brauchten die hier. Das hatte er gut gemacht. Dann schaute er wieder auf. „Wir brauchen was, das gut brennt." Der Soldat blickte den Schmetterling mit seinen Kindern an. Er schätzte die ältesten beiden auf knapp vierzehn. Zwei auf Höhe zehn. Und die anderen beiden waren maximal fünf.

 In all ihren Augen war eine Leere, die der Soldat aus Krisengebieten von früheren Einsätzen kannte. Es war die Hoffnungslosigkeit von Kindern, die ihre Eltern verloren hatten. Das freudige Feuer des Lebens, der Zukunft, war erloschen. Was da noch ein wenig in ihnen loderte, waren die Flammen des Hasses. Und diese wollten bedient werden. Da der Soldat erahnte, dass mit dem Schmetterling Johnny dieses Element gelenkt wurde, wollte er ihnen jetzt noch mehr helfen.
Er überlegte. Napalm war zu hart.

 Das wäre dann doch ein wenig zu unkontrollierbar in den Händen der Kinder.

 Dann erblickte er eine Kiste, die genau das Richtige war. Schnell ging er zu der grünen Holzbox hin. Ein Brecheisen lag in der Nähe, das er griff. Dann haute der Soldat die Stange in den Schlitz zwischen Deckel und Kiste. Unter einem Knarren gaben die Nägel nach. Zwischen Holzspänen lagen sorgfältig aufgereiht unzählige Metallstangen. Es waren Magnesiumfackeln. Ihnen war ein blauer Farbstoff beigemengt. Sie brannten sogar unter Wasser.

„Ich denke, dass ist passend für euch. Wollt ihr mir verraten, wofür ihr es braucht?" „Nee", lächelte ihn ein knapp zehn Jahre altes Mädchen an, während die anderen sich die Stangen überall an ihrem Körper hinstopften, wo sie Platz hatten. Dabei entdeckte der Soldat, als sich die Kinder gelegentlich ihre Hemden hochsteckten, dass sie bereits bis über beide Ohren bewaffnet waren!!
Ach du meine Güte, dachte er sich.

Er wusste ja, dass es draußen schlimm war. Aber so? Wenn er sich nicht täuschte, dann lugte da so gar bei den beiden Kleinsten ein Explorer-Phaser aus der Gürtelschnalle. Oh schreck. Johnny bemerkte diese Erkenntnis in dem Gesicht des Soldaten und schaute grimmig drein.

„Harte Zeiten erfordern harte Maßnahmen", schlich es sich aus dem Mund des Propheten-Schmetterlings.

Als die Gruppe meinte, sie wären jetzt genug gerüstet, machte sie sich nach einem kurzen Abschied von dem Soldaten auf den Weg. Sie wollten zum Amazonas. Dort, wo Cuberatio operierte. Die Maschinen waren aufgrund ihrer stupiden Arbeitsweise die leichtesten Opfer. Universal Search war ihnen zu stark, Dark Sun Island zu unberechenbar. Auf dem Weg zum nächsten Launch stieß die Schmetterlingsfrau Sonja zu ihnen. Sie bestiegen nach einer kurzen Wanderung durch die unterirdischen Gänge das Transportsystem. „Alles klar?" „Alles klar!", waren die einzigen Worte, die Johnny und Sonja miteinander wechselten. Jetzt waren sie Profis. Gefühle blieben zu Hause. (Und das mit der Schoko-Fabrik war noch nicht aus der Welt. Sie waren schließlich erwachsene Schmetterlinge.)

Den Menschen, denen sie unter der Erde begegneten, schien dieser kleine Trupp überhaupt nicht aufzufallen. Schon nach ein paar Gängen waren sie auf eine „Hauptverkehrsstraße" gestoßen. Hier wimmelte es nur so von Menschen aller Herkunft. Es war wie auf einem Jahrmarkt. Geruch von Schweiß und gebratenen Lebensmitteln vermischte sich hier. Denn tatsächlich grillten sogar einige hier unten. Niemand fragte sich warum. Das hätte genauso gut an der Oberfläche gemacht werden können, da, wo die Erde noch frei und in Menschenhand war. Sie begegneten sogar Clowns und Zirkusleuten, die mit einem improvisierten Programm die Gänge abgingen und versuchten, sowohl Kinder als auch Erwachsene zu amüsieren. Ablenken von der Wirklichkeit. Genauso liefen hier Tiere rum. Kurz flackerte in den Kindern der Gedanke auf, dass es ihre waren, die, die sie in mit dem Projekt „Arche" in Sicherheit bringen wollten. Aber das ließen sie schnell fallen.

Ihre „Leute" würden schon aufpassen - sie wussten nicht, dass ein Elefant gerade den Ausgang in Madrid verstopfte... nach Augenmass hatte er da eigentlich reingepasst -.

Dann bestiegen sie den Launch und fuhren los. Kaum hatten sie einen Ausgang in Südamerika verlassen – er war glücklicherweise durch das Dschungelgestrüpp gut getarnt – da legten sie schon los.

Die Geräusche von fallenden Bäumen, Motorsägen und diesem eigenartigen „Tschipptschipp", das die Baumfällerroboter machten, verriet ihnen, dass sie am richtigen Ort waren. Zwei der Kinder zogen zwei Fackeln und gingen in das Dunkelgrün los. Lianen, dicke Äste und die Blätter der Gewächse ließen sie sofort nach ein paar Metern verschwinden. Die anderen schlichen sich derweilen immer näher auf eine der gehassten Geräuschquellen zu. Sie waren nur noch zwei Meter entfernt. Die Androiden hatten eine riesige Schneise geschlagen. Die Kinder konnten dahinter alles sehen. Wie Ameisen bewegten sich die Roboter und es machte den Eindruck, als würden sie sich in den Amazonas fressen. Nichts war vor Cuberatio sicher. Zurück blieb nur braunschwarze, tote Erde, nur noch matschiger Boden. Gelegentliche Bachläufe hatten einen kränklichen Braunton. Die Situation wurde je unterbrochen. Zwei Krieger-Androiden, die fast wie Menschen aussahen, stürmten nur zehn Meter von ihnen entfernt in den Dschungel. Der Winkel stimmte.

Sie mussten die Wärmequelle der Magnesiumfackeln aufgespürt haben.

Jetzt musste es schnell gehen.

Die beiden Fackelkinder Manuel und Phillip waren bereits auf dem Rückweg zum Tunnelsystem. Schon kam der Baumfällerandroid auf sie zu und wollte den nächsten Baum zerlegen. Die Gruppe um Johnny und Sonja hatte sich in einem Halbkreis aufgestellt. Der Android bemerkte sie zwar – was die Kinder nicht sehen konnten, machte er ein Standbild und sendete dies automatisch in das Computernetzwerk von Cuberatio… und damit auch an die Krieger –, aber er ging seiner Aufgabe nach. Sein unfreiwilliger Tod erfolgte sofort durch Kinderhand: fast gleichzeitig schossen alle auf einmal.

Unter einem explosionsartigen Brechen knackte die Maschine ein. Verbrannt und deformiert bis zur Unkenntlichkeit. Jetzt hieß es spurten, aber kein Geräusch machen. Johnny und Sonja wiesen der Gruppe den Weg, indem sie vorflogen. Die älteren hätten den Eingang wahrscheinlich auch noch alleine gefunden, aber die jüngeren wären hoffnungslos verloren gewesen. Sie sprangen über Äste und wateten durch Flüsse. Auf dem Hinweg war ihnen das nicht so dramatisch bewusst gewesen. Sie hatten sich voll auf ihr Ziel konzentriert. Jetzt merkten sie aber, wie gefährlich der Amazonas war. In tieferen Bächen hielten die älteren in der Mitte an, sodass sich die kleineren an ihnen festhalten konnten. Leicht neigte sich der festere Boden und ging in Schlamm über, bis er das dreckige Wasser erreichte.

Und da geschah es: Das Knacken und Brechen hinter ihnen verriet, dass die Krieger-Androiden ihre Spur aufgenommen hatten. Panik setzte in allen ein. Erschrocken bemühten sich alle um Tempo. „Schneller. Schneller", feuerte Johnny den Trupp an. Jetzt konnte auch gesprochen werden. „Los. Los", befahl Sonja, die militärische Disziplin wahrte. Dann löste sie sich in Luft auf. Fünf Sekunden später war sie wieder da. Die Androiden waren nur noch zwanzig Meter hinter ihnen.

„Schneller. Schneller. Sie sind ganz nahe", trommelte Sonja den Rhythmus. Keuchend und schwitzend überwand die Gruppe ihre Hindernisse. Wunden, die sie sich dabei zu zogen, und bei denen sie unter normalen Umständen geweint hätten, waren zur Nebensache geworden. Die Kinder konnten spüren, wie ihnen der sichere Tod auf den Fersen war. Dann kam die Blitzidee. „Rafael! Du übernimmst das Kommando!", der älteste Junge nickte, während er jetzt Steffi so gut es ging in den Arm nahm. „Sonja! Eine Fackel!" Den Ton kannte sie. Das mochte die Schmetterlingsfrau. Sie waren in Action. Gedrillt schoss Sonja im Sturzflug zu der Kleinen im Arm, wühlte in den wippenden Bewegungen der Flucht an ihrer Hose, und zog stöhnend aber sicher eine Magnesiumfackel heraus. Dann kam schon Johnny. Mit vereinten Kräften packten die beiden Schmetterlinge das Leuchtmittel. Noch im Flug, genau auf die Verfolger zu, riss Johnny die Lasche ab, und die blaue Flamme stob aus der Spitze hervor. Kurz vor den Krieger-Androiden machten die Kinderretter einen Knick in der Flugbahn. Wie Magneten nahmen die schrecklichen Maschinen das neue Ziel an… und folgten Johnny und Sonja.
Sein Plan ging auf. Er war ein wirklicher Schatz. Das Retten der Kinder, ohne Rücksicht auf das eigene Leben, verzauberte Sonja endgültig. Dieser kleine Macho hatte ein Herz aus Gold!
Nachdem die Verfolger so weit weg geführt worden waren, dass die Kinder in Sicherheit sein mussten, ließen die fliegenden Helden die Fackel fallen, schauten sich kurz und bestimmend an, und lösten sich in Luft auf. Die Kinder waren gerettet und die Mission gelungen.
Das war der Grund, warum Sonja ihm für seine Heldentat eine Massage geben wollte. Und wenn Johnny sich jetzt immer noch von dem Schock eines echten Kusses erholte, dann musste er sich eingestehen, dass Sonja eigentlich gar keinen Grund hatte, ihn vor anderen vorzuführen.
Es sei denn, sie hätte einen durch und durch bösen Charakter.

Aber das das nicht so wahr, dass konnte sogar so ein leicht plumper Schmetterling wie Johnny erkennen. Eines hatte er während diesen Gedanken ganz vergessen:

Als er sich wieder bewegen wollte, merkte er, dass er gar nicht konnte – die Schokolade war hart geworden. „Hüüülfe!", kam es noch unter der Kruste hervor. Aber sowohl Jack als auch Evelynn hatten das Schokoladenmuseum schon längst verlassen…… .

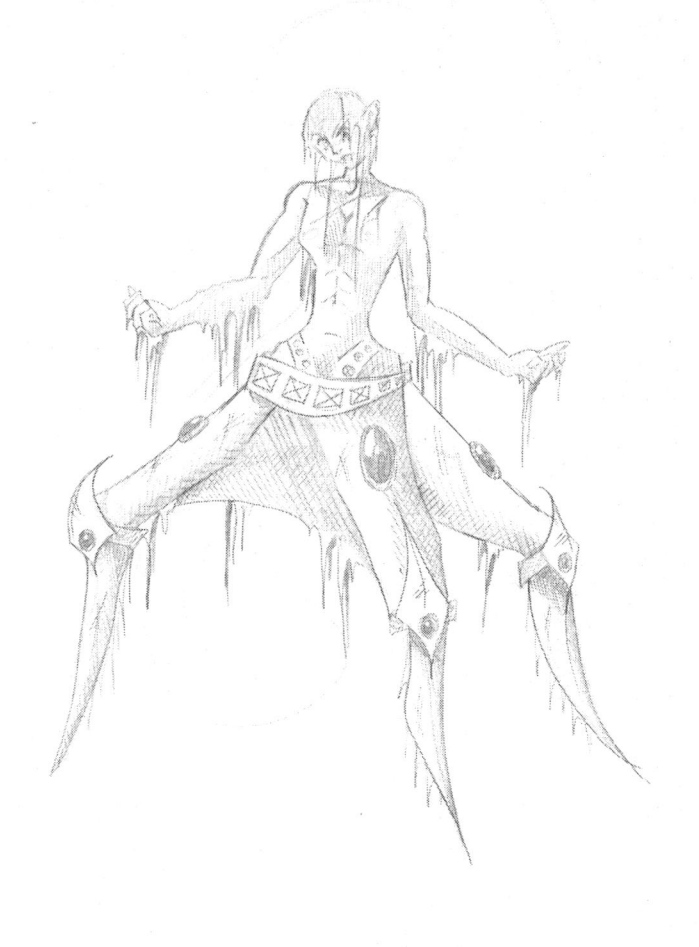

Du bist nicht allein", schalte es immer und immer wieder in dem Kopf der Studentin. Mit einem Brummen als Hintergrundgeräusch wachte Natalia wieder auf und merkte, wie ihr jemand links und rechts unter die Arme griff. Ihr Füße hingen schlaff herunter, und wenn das hier ein sandiger Untergrund gewesen wäre, dann hätte sie eine Spur hinter sich her gezogen. Aber der Boden bestand aus grünem Gras.

„Eigentlich sah dieses Miststück viel leichter aus", kommentierte eine Stimme zu ihrer rechten Seite die Prozedur. Sie konnte die schweren Kampfstiefel an beiden Seiten erkennen, deren Besitzer sich anscheinend mit ihr abmühten.

„Wasser", stöhnte sie. „Bitte". Aber keiner der Männer in den roten Uniformen machte nur den Ansatz, ihr zu helfen. „Wasser, bitte, sonst sterbe ich", versuchte sie zu flehen.

„Oh Mann. Können wir sie nicht einfach erschießen?" Mit einem leichten Schlag schmissen die Männer die gefangene Frau zu Boden. „He? Soll ich jetzt loslachen oder was?", wollte die andere Stimme wissen. „Für die ist jede Mühe, jede Fingerbewegung am Abzug deiner Waffe zu kostbar." „Dann lassen wir sie einfach hier liegen."

Als Buddy Hollys altes Spielzeug ihren Kopf hob, konnte sie die Männer nur zwei, drei Schritte von sich entfernt stehen sehen. Ihr „Besitzer" war darunter. Einer hatte beide Arme in die Hüften gestemmt und wartete darauf, dass der andere ihm von seiner Trinkflasche einen Schluck gab, aus der er sich gerade bediente.

„Wasser", schluchzte die Frau. Aber die Männer ignorierten sie vollständig. Natalia war Luft. Nichts. Hinter den Männern konnte die Studentin erkennen, wie sich wunderschöne braun-graue Berge in die Höhe erstreckten. Kleinere grüne Wälder säumten ihre Füße und oben gingen sie in ein Puderzucker-Weiß über. Wäre sie in einem anderen Leben, dann würde sie sagen, dass sie hier vielleicht einen Familienurlaub machen könnte. Die Kinder würden spielen, rumtoben und die Natur abseits der Zivilisation entdecken können. Dass sie aber nie mehr in den Genuss einer eigenen Familie kommen würde, war für sie mittlerweile klar. Im Moment war sie jedoch noch zu erschöpft, um ihrem Hass freien Lauf zu lassen.

„Gib mir mal eine", forderte der eine Nila jetzt den anderen auf und riss die Frau wieder aus ihrer Trance. „Ja, ganz ruhig. Ich habe noch genug davon." Jetzt hielt der rechte seine ausgestreckte Hand dem linken Mann hin. In seiner Handfläche waren kleine rote Pillen. Schnell nahmen sich beide zwei Stück in den Mund, spülten sie mit Wasser runter. Die Studentin kannte sie nur zu gut. Das waren die Drogen, mit denen sie selber gefügig gemacht worden war.

„Was ist?", fing der linke jetzt an zu scherzen. „Sollen wir ihr nicht auch noch mal welche geben… und dann ein letztes Mal Spaß haben?" Der Nila packte sich nach seinen Worten mit einer Hand in den Schritt, bewegte sie packend leicht auf und ab.

Die junge Frau von der Erde wusste nur zu gut, dass die Wirkung der Drogen in nur wenigen Sekunden einsetzte und weit über vier oder fünf Stunden andauern konnte. Sie machten willenlos, aber auch aggressiv. Deswegen hatte man sie ihr gegeben – damit sie beim Liebesspiel das Beste aus ihrem Körper herausholte.

„Wasser! Bitte", flehte sie jetzt wieder. Doch nun geschah, was sie eigentlich nie hatte nüchtern mitbekommen wollen: als ob eine unsichtbare Macht sie in das Bewusstsein der Männer führte, galt ab jetzt die ganze Konzentration der Nilas ihr.

„Du willst was zum Schlucken?", fauchte ihr „Besitzer" sie an. „Das kannst du gleich zweimal bekommen."

Der Nila nickte dem anderen zu und spuckte verächtlich auf den Boden. Still vereinbarten die beiden, dass der „Besitzer" das Vorrecht hatte. Es dauerte nur Millisekunden, und dann war klar, was er vorhatte. „Danach wirst du dich sehr wohl fühlen", sagte der Mann und ging auf sie zu. Sie wollte fliehen, konnte aber nicht. Ihr Körper war zu erschöpft. Knochen, Gelenke und Muskeln ließen schnelle Bewegungen nicht zu. Es kündigten sich bereits Krämpfe an. Und noch während sie versuchte, ihren Körper auf Flucht einzustellen, da war der Mann schon über ihr. Er ließ sich auf die Knie fallen und drückte unter dem dunkelgrünen Rock ihre Beine auseinander, indem er mit den Knien nach vorne rutschte. Wie ein Keil spreizte er sie. Natalia schlug mit ihren Händen auf ihn ein. Der andere war nicht weit weg und fuhr sich mit der rechten Hand in die Hose zu seinem Glied.

„Du bist so eine leckere Stute", phantasierte der Vergewaltiger bereits. Die Drogen entfalteten ihre volle Wirkung.

„Nein. Ich will nicht. Du Schwein", zappelte und strampelte sie jetzt, so gut sie konnte. Aber der Nila schien zehnmal so viele Kräfte zu haben wie sie. Er riss ihre graue Bluse ein wenig auf, packte in ihre dicken Brüste, griff so fest zu, dass sich seine Fingernägel in ihre Haut rissen und drückte sie damit zu Boden. „Dann nehme ich dich halt wie ein Tier", freute sich der Nila, der so abseits der Realität stand, dass er sich einbildete, sie wolle es so. Den Rock hatte er schon halb hochgeschoben. Der andere Nila stand genau hinter dem Rücken, stöhnte durch die Bewegungen in seiner Hose und hatte die Augen vor Befriedigung geschlossen. Jetzt versuchte der Vergewaltiger, sie gleichzeitig zu wenden und dabei seine eigene Hose zu öffnen. Als er seine Gürtelschnalle löste, die Hose bereits fiel, rutschte der Halfter seiner Plasma-Pistole so nah an ihre Hand, dass sie zugreifen konnte. Ohne wirkliche Kontrolle über ihre Handlungen, zog sie in Panik an der Waffe. Noch ehe der Mann sich dessen bewusst war, was gerade geschah, drückte sie ab. Der Schuss durchbohrte den Vergewaltiger, riss ein faustgroßes Loch in seinen Bauch und... erwischte auch den anderen Nila!! Mit vor Schreck erstarrten Augen tropfte dem toten Nila über ihr noch der Lustspeichel aus dem Mund auf ihr Brustbein. Dann folgte das Klatschen des zweiten tot zusammengebrochenen Nilas.

„Iiiihiih", schrie die Studentin angeekelt. Die Waffe hatte sie bereits fallen gelassen. Jetzt stemmte sie panisch den Leichnam mit beiden Händen zur Seite. Wie ein toter Sack plumpste der Mann auf den Boden.

Sie waren beide tot.

„Du bist nicht alleine", hallte es wieder in ihrem Kopf. „Lauf!! Jetzt lauf!" Sie halluzinierte einen Schmetterling, der ihr den Weg wies. Noch im Aufstehen griff sie sich die Waffe, ging schnell zu der Wasserflasche und rannte barfuss los.

„Lauf!! Lauf!! Dein Leben wird wieder einen Sinn haben! Und es wird dir gehören! Dir alleine! Du wirst bestimmen, was du daraus machst", feuerte sie die Schmetterlingsstimme an.

Er war schon einmal in einem Fußballstadion gewesen. Der Lärm vor ihm übertraf dies um ein Vielfaches. Er kam fast dem Krach innerhalb eines Crox-Berges gleich. Aber nicht ganz. Das war lauter.
Und er war nervös.

„Ich hab dabei irgendwie kein gutes Gefühl", zweifelte Sebastian Feuerstiel. Auf seiner Schulter saß Lukas, die Brust stolz aufgeplustert. Ein kleiner verliebter Lichtpunkt kreiste nicht weit weg von ihm, und passte schön auf ihn auf. Sie waren in der riesigen Ruhmeshalle von Sadasch, deren Spiegelbild nur die Unendlichkeit sein konnte. Weißer Marmor mit golden eingelassenen Bildern musste von Künstlern verarbeitet worden sein. Zwanzig Säulen zu jeder Seite stützen das Dach - fünfzig oder sechzig Meter hoch. Wenn nicht höher. Nach hinten und an der Seite war die Halle geschlossen. In der Mitte stand die Gruppe um den obersten Ritter des Rosenordens.

„Wie viele?", wollte Lukas noch einmal wissen. Darfo wackelte vor Nervosität wild umher und merkte gar nicht, dass er am Daumen lutschte. Kurz vor der Hyperventilation. Pharso, Cassandra Taksch, Abgeordnete Fu Ling Shu, Chester und Darfo waren zur Linken von Sebastian. Sie hatten die festlichste Garderobe an, die es auf Sadasch gab.

„Wir tippen: über sechs Millionen", grinste General Konstantin Montgomery. Es machte ihm eine wahre Freude, die Schmetterlinge mit dieser unvorstellbaren Zahl zu konfrontieren. General Butch McCormick, Flottenadmiral Chess von Hugenei, Vize-Admiral Jessrow Troustan und General Cäsar Augustus genossen sichtlich diese Situation. Sie hatten die Schmetterlinge noch nie so durcheinander gesehen.

„Aber wahrscheinlich noch viel, viel mehr", kommentierte Vize-Admiral Jessrow Troustan die Antwort, und tat so, als wäre es total unbedeutend. Während Darfo den Daumen aus dem Mund nahm und an seinen Fingern die Zahl sechs abzählte, klopfte Pharso Sebastian stolz auf die Schulter – Lukas musste schnell aufspringen, brachte aber vor Aufregung zitternd kein einziges Wort über die Lippen - und ging wortlos in seinem weißen Galaanzug in Richtung Ausgang der Halle. Es dauerte fast zwei Minuten, bis er zwanzig Meter vor der wartenden Masse war. Die Lebewesen in den ersten Reihen konnten noch sehen, wie sich der Hüter der Ritter in die Jakkett-Innentasche griff und einen Zettel herausfischte. Die Rede. Auch Sebastian sollte eine halten… wie es sich für einen Politiker der Superlative gehörte. Noch bevor Pharso die Festhalle verlassen hatte, und sich den genau 201 Stufen näherte, die runter auf den Platz der Commundia Sadaschia führten, machten sich auch Cassandra Taksch und Abgeordnete Fu Ling Shu auf den Weg nach vorne. Mit einem warmen Lächeln, das von leichten Tränen untermalt wurde, drehten sie ihre Blicke nach vorne. „Wie viele?", brabbelte Darfo noch einmal, bevor Chester Sebastian ein weiteres „Wird schon" auf den Weg gab. „Sechs Millionen", schnellte es Butch McCormick noch einmal raus. Darfo schaute Chester entsetzt an. „Sechs Millionen?", schenkte der junge Schmetterling seinem Ritter einen entsetzten, fragenden Blick. „Ja. Sechs Millionen", gab er grinsend knapp zur Antwort. Dann machten sich die beiden auf den Weg. Die fünf kommandierenden Militärs stellten sich zackig nebeneinander auf.

„So, mein Sohn. Diese Menschen sind hier und wollen dir, stellvertretend für uns alle, danken. Darunter sind auch viele neue potentielle Bündnispartner, die sehen wollen, was sie bis jetzt nur gehört haben. Du könntest, ach, du bist bereits, der größte Kriegsführer, den das Universum je gesehen hat. Noch nie hat ein Mensch oder ein Lebewesen für eine Sache so viele unter sich vereint. Ich hoffe, du bist dir dieser Bedeutung bewusst!"

„Und wie", dachte Sebastian und musste schlucken. Er konnte ja mittlerweile an nichts anderes mehr denken. Jeder, aber auch wirklich jeder, rieb ihm das unter die Nase. Er durfte kein kleiner Junge mehr sein, sondern der Anführer der größten Allianz, die je geschaffen worden war. Und die noch wuchs.

„Aber wir wissen, dass du der Richtige bist….." fügte der Soldat mit fester Stimme hinzu. „….und deswegen geloben wir hier schon einmal feierlich, dass wir für dich bis in die Hölle, zurück und wieder hineingehen würden, wenn es dein Wunsch wäre. Unsere Leben gehören dir", schwor der General. Stumm und stramm salutierten die Soldaten. Die Hacken knallten aneinander und die Hände gingen zum Kopf.

In jedem einzelnen Augenpaar konnte Sebastian Feuerstiel von der Erde lesen, dass dies die unanzweifelbarste Wahrheit war, die es gab.

Der oberste Ritter des Rosenordens nahm ebenfalls Haltung ab. Den Schwur nahm er den Männern ebenfalls salutierend ab.

Die Ängstlichkeit vor so viel Verantwortung war deutlich in den Augen des Jungen von der Erde zu lesen. Kaum konnten sich die Soldaten entspannen, gingen sie einer nach dem anderen auf ihn zu. Sie waren zwar Männer, aber im Gegensatz zu der Meinung der Frauen, sie wären stumpfe und emotionslose Gestalten, die kein Gespür für eine gefühlvolle Situation hätten, konnte sie die Einsamkeit von Sebastian spüren. Jeder wollte diesen Heldenjungen jetzt drükken.

Als erstes grapschte sich General Butch McCormick Sebastian.

Mit seiner bärengroßen Brust drückte er ihn fast so stark, dass hörbar die Luft aus den Lungen entwich. Wenn sich Gefühle irgendwie manifestieren können, dann in der Kraft dieser Umarmung.

„Du bist nicht allein, mein Sohn", flüsterte er ihm ins Ohr. Die anderen alternden Armeeangehörigen sollten das nicht unbedingt mitbekommen. Gefühl zeigen war ja O.K., aber in Grenzen bitte. Sie waren ja nicht in einem Mädchenclub, sondern in der Armee der Blauen Rose. „Danke", stöhnte Sebastian. Dann kamen Flottenadmiral Chess von Hugenei und Vize-Admiral Jessrow Troustan. „Wir sind immer für dich da", drückten sie ihn und beinahe hätten sie ihm auch in die Wange gekniffen, konnten ihre Emotionen aber unterdrücken. Jetzt folgten die Generäle Konstantin Montgomery und Cäsar Augustus. Noch bevor sich diese beiden Hünen von Männern zu ihm runterbeugten, drückte jeder ihm unauffällig eine kleine Münze in die Hand.

„Steck sie schnell ein, und verlier sie nie.", flüsterte Konstantin Montgomery. „Wenn du in Not bist, musst du sie nur kurz drücken. Dann kommen wir in jeden Winkel des Universums und ballern dich da raus." Beide umarmten ihn und Cäsar Augustus zwinkerte ihm verstohlen zu. Dann ging die Gruppe aufrecht in ehrwürdiger Haltung in Richtung der wartenden Menge. „Wie viele?", meinte Sebastian Darfo noch nervös zwitschern zu hören. „Sechs Millionen, oder noch viel mehr", kam die Antwort von Chester, den Sebastian gar nicht mehr sehen konnte. Und jetzt war er dran. Über die Lautsprecher konnte er bereits Pharso sprechen hören, der mit einer Rede verbunden Sebastian Feuerstiel ankündigte... den Befreier von Sadasch.

Sebastian hatte noch nicht den ersten Schritt gemacht, da fing die Menge an zu brüllen und zu grölen. Was als erstes noch unkoordiniert wirkte, balancierte sich auf ein rhythmisches „Schmoon Lawa" ein.

Immer wieder: Schmoon - Lawa - Schmoon - Lawa - Schmoon - Lawa - Schmoon - Lawa ……

Über sechs Millionen Lebewesen formierten mit ihren Sprechorganen diese Laute und schrieen in freudiger Erwartung die sadasischen Worte, die übersetzt eine Doppelbedeutung hatten: „Erden-Junge" und „Blauer Geist". Sebastian Feuerstiel war beides. Seit der Befreiung hatten ihn immer mehr so genannt, und der Begriff hatte sich unauffällig durch das ganze Universum verteilt.

Schmoon Lawa kannten mehr Lebewesen als Sebastian Feuerstiel. Hier merkte die Menge auf einmal, dass sie einen gemeinsamen Namen für den Befreier hatten. Jetzt blickte der Junge von der Erde kurz über die Schulter und sah, dass Lukas immer noch von Pharso verscheucht, wortlos in der Luft flog, fast starr wie ein Kolibri. Er klopfte sich auf die Schulter und Lukas setzte sich brav, hielt sich aber an Sebastians Uniform fest. Er hatte Angst, dass er gleich runter fallen würde... er wurde gerade zum ultimativ besten, coooooolsten und wichtigsten Schmetterling des Universums!! Und das ging ganz ohne eine Geschichte zu erzählen. Ihm wurde schlecht. Die Lichtmurmel sorgte sich ein wenig gelblich-weiß leuchtend.

Als sich Sebastian nun immer mehr langsamen Schrittes dem Ausgang näherte, wurde ihm ganz schummrig vor den Augen. Dem Ritter ging es nicht besser als seinem Schmetterling.

Als erstes konnte Sebastian den Horizont erkennen: Unter einem wolkenlosen blauen Himmel erstreckten sich die grünen Wälder von Sadasch. Dazwischen bohrten sich deutlich Hunderte von Fahnenstangen, die die unterschiedlichsten Symbole und Zeichen durch die Luft schleuderten. Überall im Himmel flogen Schiffe und Scarsys, die Luftsicherung für diesen Event. Die Festhalle stand auf einem kleinen Hügel. Die 201 Stufen, fast Hundert Meter breit, führten auf die Commundia Sadaschia, die mehr als ein einfacher Platz war: sie kam einem römischen Forum gleich, das sich erst in die Länge und ein wenig in die Breite erstreckte und dann von Zuschauertribünen umgeben war. Dieser Ort, gefüllt mit Millionen Lebewesen, war größer als eine Kleinstadt. „Schmoon - Lawa", tönte es in Wellen Sebastian Feuerstiel entgegen, die schon einen Eigenwind entwikkelt zu haben schienen. Dabei mischte sich die Wärme der Masse mit mythischen Gerüchen, die Sebastian noch nicht einmal bei den Crox gerochen hatte. Als er gerade auf fünf Meter herangekommen war, ertönten Posaunen und Fanfaren, die Kunde, dass Schmoon - Lawa jetzt „hier" war!!

Jubel, Applaus und frenetisches Grölen bildeten solch einen Lärm, dass der Junge von der Erde das Gefühl hatte, sie bildeten eine Wand, die er beim Gehen wegdrücken musste, um vorwärts zu kommen.

Als er nur noch einen Meter entfernt war, kannte das Kreischen keine Grenzen mehr!!

Lukas Herz schlug so schnell, dass es drohte einen endgültigen Aussetzer zu machen! Direkt auf Sebastians Schulter, vor aller Augen. Eigentlich wollte er sich jetzt in Luft auflösen, aber das Einzige, was er mit seinem verkrampften Körper zustande brachte, war… ein „Hicks".

Lukas der Schmetterling von Sebastian Feuerstiel hatte einen unkontrollierbaren Schluckauf bekommen. „Hicks", machte das kleine Kerlchen und wurde mit jedem „Hicks" einmal in die Luft geschleudert. Nur seiner verkrampften Hand in Sebastians Hemd hatte er es zu verdanken, dass er nicht von der Schulter fiel. „Hicks".

Der kleine verliebte Lichtpunkt flog besorgt hinter den beiden. Sebastian bekam von seinem Schmetterling allerdings nichts mit. Auch ihn hatte die Menge gefesselt.

In der Mitte der riesigen Treppe war ein kleiner Absatz eingelassen auf dem das Rednerpult stand, von dem Pharso die Menge, kaum noch durch die Lautsprecher hörbar, immer mehr anheizte. „Hicks" Er hatte sichtlichen Spaß daran.

Zu seiner Linken standen Cassandra Taksch und die Abgeordnete Fu Ling Shu. Daneben stand Chester, der einen ohnmächtigen Darfo zärtlich in der Hand hielt. „Hicks".

Zur Rechten von Pharso standen die Generäle mit einem stolzen aber ernsten Grinsen. Gelegentlich drehte sich einer um und hob die

Faust fröhlich in die Luft – Sieg!!!!! „Hicks" (Lukas wäre gerade fast wieder runter gefallen). Knapp dahinter säumten Hunderte Ritter der Blauen Rose die Reihen und trennten das Publikum in gerader Linie ab. Sie waren die Absperrung. Zwischen jedem Ritter waren ungefähr drei Meter Platz. In weißen Uniformen mit der blauen Rose in zarten Linien auf der Vorderseite schauten ihre Schwertergriffe hinter ihren Köpfen empor. Sie trugen sie auf dem Rücken. Die Arme und Hände waren zur Seite gestreckt, so wie Ordner in einem Fußballstadion, die die Menge zurückdrängen wollen. „Hicks".

Warum zwischen dem guten Meter Freiraum niemand hindurch schlüpfen konnte, war einfach: Die Ritter sprühten eine goldene Sternenstaubfontäne heraus und bildeten damit eine magische Energiebarriere. Niemand konnte hindurch ohne dabei einen schweren Stromschlag abzubekommen. „Hicks"

„Und hieeeeeeeeer…..", brüllte Pharso der neben der Menge nun auch noch die Fanfaren übertönen musste „….präääääääääsentiere ich den Befreieeeeeer von Sadaaaaaasch….", Pharso wischte sich mit einer Hand die Stirn, drehte seinen Körper zu Sebastian, versuchte aber immer noch, mit dem Kopf in das fest montierte Mikrofon zu sprechen und zeigte mit einem Arm auf Sebastian……"den Jungen von der blaaaaauen Erde, den obersten Ritter des Rosenordens, den Anführer der galaktischen Rosenarmee, ich präsentiere euch. Seeeeebaaaaaaaaaaaastiaaaaan Feueeeeerstiiiiiiiiel, Euren Schmooooooooon - LLLLaaaaaaaaaaaawa!!!!!!" Jetzt kannten die Millionen kein Halten mehr. Jeder auswärtige Diplomat und Heerführer musste sehen, dass Sebastian Feuerstiel viel mehr war als ein einfacher Junge. Er war der Geist der Freiheit, dessen Wurzeln in jedem Herzen eines jeden Lebewesens verankert waren, und der die Massen auf seine Seite zog.

Nicht konnte, sondern tat, auch wenn er nichts dazu beisteuerte. Ja, sogar, wenn er noch nicht einmal anwesend war. Aber heute war er hier - leibhaftig und mit seinem Schmetterling – der mit Erlaub etwas steif wirkte – (Lukas wirkte nicht nur steif, er war tatsächlich in eine Schockstarre verfallen, eingefroren wie Eis, nur das „Hicks" war noch geblieben) Sismael das Feuerschwert hatte, um seine Macht zu demonstrieren, seine Klinge in ein funkelndes Rot verwandelt und strahlte auf dem Rücken des obersten Ritters um die Wette. Seine feinen Verzierungen warfen silberne Schatten in den Glanz und malten damit das Bild einer Rose in den roten Hintergrund. Für alle Medienvertreter aus den anwesenden Galaxien und Systemen war das der Höhepunkt ihrer Karriere. Unzählige Kameras, oder was auch immer für Geräte sie benutzen, um die Bilder auf ihre Heimatplaneten zu senden, waren zwar da, aber nicht direkt sichtbar.

Einzig eine Sache trieb die Männer und Frauen an den Rand des Wahnsinns. Bei diesem größten Ereignis der Geschichte bekamen die Medienleute kein scharfes Bild von dem Protagonisten zustande. Es hatte den Anschein, dass, egal, wie sehr sich die Techniker auch anstrengten, sie immer eine Art milchigen Rand um Sebastian hatten. Wie ein Nimbus, der den ganzen Körper umhüllte, und durch sein Strahlen für eine Übersteuerung, Unschärfe sorgte. Immer wieder schauten sie neben ihr Aufnahmegerät, um einen Blick mit dem bloßen Auge zu erhaschen, nur um dann festzustellen, dass er real nicht von diesem milchigen Kreis umgeben war.

So gingen die Bilder der Live-Übertragungen zwar Lichtjahre weit hinaus ins Universum, aber niemand der nicht anwesend war, wusste, wie Sebastian Feuerstiel, Schmoon Lawa, wirklich aussah. Samis hatte ihn verändert. Anders, als bei der Sache mit dem Kölner Dom, als Samis gerade erst erwacht war - genug geschlafen hatte. Die PR-Koordinatoren waren dem Kreislaufkollaps nahe. Einige hatten schon begonnen, Maler anzufordern, Künstler, die wenigstens Skizzen von dem „blauen Geist" zeichnen sollten. Aber es war schier unmöglich, das in dem Chaos hier zu organisieren. Immer wieder schrieen die Menschen „Schmoon - Lawa".

Sebastian machte sich schon mit bedachten Schritten, damit er wegen seiner Nervosität nicht die Stufen herunterpurzelte, auf den

Weg zum Rednerpult, da brach in der vordersten Reihe zu seiner linken Seite ein kleines Mädchen unter dem Sternstaubregen der wachhabenden Ritter hindurch! „Hicks".

Es war seine kleine Crox-Freundin!! Finola Haudrauf!! Schon stürmte freies Wachpersonal los, um die Terroristin zur Strecke zu bringen, da klinkte sich Sebastian mit einer kurzen Handbewegung, wie ein Reflex, in ihre Gehirne ein. „Schon gut", war die Botschaft. Alle Welt konnte sehen, wie das Mädchen mit den Armen vor Freude nach oben gestreckt auf Sebastian zu lief, und ihm vor aller Augen in die geöffneten Arme sprang. „Hicks" Als wenn es noch eine Steigerung gäbe, legte das Publikum noch ein Lautstärkelevel drauf. Die kleine Finola hatte so viel Schwung, dass Sebastian sie nur mit den Armen auffangen konnte und durch eine Kreisbewegung, wie bei einem Karussell, einmal umherschleuderte, damit sie beide nicht direkt mit seinem Rücken auf der Treppe landeten.

„Ich hab dich so vermisst!!", juchzte das Crox-Mädchen vor Freude. „Du musst mit mir noch ein Raumschiff testen!!" Doch dann sah sie, was sie gemacht hatte. „Hicks". Lukas, der in seiner Schockstarre überhaupt nicht anwesend war, wurde bei dem Drehen von der Schulter geschleudert und lag jetzt mit dem Rücken auf einer Treppenstufe. Die Beine in der Luft stehend immer noch so gekrümmt, als ob er gemütlich auf Sebastians Schulter saß. „Hicks". Schnell gab Finola Sebastian einen Kuss, und rannte erschrocken zu ihrem Freund Lukas. Vorsichtig hob sie ihn auf. „Hicks". Mehr als sechs Millionen Augenpaare auf sie gerichtet. „Hicks". Alle Welt fragte sich, wie würde Sebastian jetzt auf diese Unverschämtheit reagieren? Schließlich war das sein Schmetterling!

Das halbe Universum war gespannt!!!

Mit einem Lächeln kommentierte er die Situation und ging jetzt gemütlich zu dem Rednerpult. „Hicks". Dabei schaute er einmal kurz nach rechts und sah, wie Finola Lukas entschuldigend streichelte. Er war ihr bester Freund. „Hicks" Dann richtete Sebastian seinen Blick nach links, nach dort, von wo das Crox-Mädchen durch die Absperrung gebrochen war. Hüpfend und jubelnd war direkt hinter der Sternenstaubabsperrung der Rest der Familie Haudrauf, die Sebastian freudestrahlend die besten Wünsche und Grüße entgegen jubelten.

Er winke zurück – das war seine Reaktion auf das Mädchen und die Panne.

Alle Kameras richteten sich auf die Crox. Das waren definitiv Lebewesen, die zum „inneren Zirkel" gehörten – so wurden sie später genannt, und waren durch diese Szene selber unsterblich geworden.

Kurz bevor Sebastian Feuerstiel dann endlich das Pult erreicht hatte, schweifte sein Blick noch schnell über seine Gefährten: Cassandra weinte vor Freude, Fu Ling Shu war knallrot im Gesicht und Chester sorgte sich streichelnd um seinen Schmetterling Darfo, der parallesiert versuchte, mit einem Fingerchen die Zuschauer zu zählen..

„Hicks", machte dagegen ein anderer Schmetterling.

Die Generäle waren jetzt steif vor Stolz. Dann der letzte Schritt zum Pult. Die Rede lag auf dem Brett. Die Masse verstummte. Sebastian Feuerstiel öffnete den Mund und dann……..Nichts! Gar nichts!! Absolut nichts… außer dem „Hicks" seines Schmetterlings. Sebastian Feuerstiel, der oberste Ritter des Rosenordens, bekam kein einziges Wort aus sich heraus. „Krrrrrrr, krrrrrrrr", gurgelte der Junge, aber das war schon alles. Sofort eilten Ordonanzen herbei, die kleine Karaffen Wasser griffbereit hatten. „Hicks". Es kam einem kleinen Laufwettbewerb gleich, bei dem jeder Kellner versuchte, der erste Gast bei seinem Kunden zu sein. Automatisch nahm Sebastian das Wasser des ersten und spülte seine komplett ausgetrocknete Mundhöhle und seinen Rachen damit aus. Dann schluckte er es runter.

So schnell die Ordonanzen erschienen waren, so schnell waren sie auch wieder in der Menge verschwunden. Jetzt räusperte sich Sebastian ein wenig und lehnte sich dann wieder zum Mikrofon nach vorne. „Hicks". Mit seinem Finger tippte er zweimal dagegen. „Poch.Poch".

Er grinste: das hatte er schon immer mal machen wollen. Er war komplett bei klarem Verstand, das merkte er sogar selber. Jetzt schaute er auf die ersten Zeilen – sie waren von Pharso geschrieben worden – und legte los. In dem Moment als er den Mund öffnete, verstummte die komplette Arena. Kein Niesen, kein Husten. Sechs Millionen Lebewesen waren völlig ruhig, hofften, die schönsten Worte ihres Lebens zu empfangen: „Hicks", „Sadasch ist frei", begann Schmoon - Lawa... und schon war die Ruhe wieder vorbei! In der Hand der kleinen Finola erwachte gerade Lukas für exakt drei Sekunden wieder zum Leben. „Hicks". Als er jedoch erkannte, wo er war, fiel er sofort mit einem „Uiiiiiiiii" und einem „Hicks" wieder in Ohnmacht.

Die beiden Schmetterlinge, die der Geschichte am nächsten waren, Darfo und Lukas, bekamen von dem Geschehen nichts mit. Die Schmetterlinge der Absperrungsritter hatten diese beiden allerdings genau im Auge – nicht das einer seine Geschichte nachher noch übertreiben würde. Das hatten hier ja alle gesehen. Es dauerte fast zwanzig Minuten, bis Sebastian den nächsten Satz sprechen konnte, bis die Menge sich wieder beruhigt hatte. Immer wieder nickten ihm seine Leute um sich herum zu: Geduld - genieß es. So ist das halt. Das braucht die Menge. Sie wollen dich. Und du gibst es ihnen.

Als es endlich wieder ruhiger wurde und Sebastian Anstalten machte, sich wieder zum Mikrofon zu neigen, da passierte was, womit niemand der Anwesenden gerechnet hatte... es herrschte wieder völlige Ruhe. Vor dem Gesicht von Sebastian Feuerstiel materialisierte sich ein alter Schmetterling. Das Mikrofon war auf volle Sendeleistung geschaltet.

„Hör mir schnell und gut zu. Ich hab wenig Zeit... als alter Schmetterling. Die meisten Dinge laufen nach Plan. Ich habe Projekt „Taucher", Projekt „Einzelschuss" und Projekt „Kornfeld" angeleiert. Sieht bis jetzt ganz gut aus. Muss aber weiter machen", raunte der alte Schmetterling, der mit dem Rücken zur Menge flog und keine Ahnung hatte, wo er war. „Und guck nicht so blöd, sonst kriegste nie 'ne Frau", kommentierte Wansul der Weise den Gesichtsausdruck des blöd dreinschauenden Jungen. Tsss. „Du kannst aber noch nicht zur Erde. Später erzähl ich dir mehr. Als nächstes musst du nach Drawnstar in der Kliir-Galaxie, dort triffst du dich heimlich! Das sollte schnell gehen. Aber heimlich. Ist dir das klar?"

Sebastian konnte Wansul nur entsetzt anstarren. Was der alte Schmetterling da gerade sagte, bekam er nur halb mit. „Also Jungelchen, wenn du weiter so drein schaust, dann wird das wirklich nichts mit 'nem Weibchen für dich! So kannst du deine Art aber nicht erhalten. Vertrau mir! Und setz ein anderes Gesicht auf! Ist ja nicht so, dass du hässlich bist, aber es gibt bestimmt auch schönere Männer als dich!" Aber der Junge vor Wansul machte keinerlei Anstalten, seine Mimik zu verändern. Mit dem Zeigefinger erhoben, mahnte ihn der alte Schmetterling wie ein Großvater, der seinen Enkeln Tipps in der Liebe gibt. „Also, wenn du nicht auf mich hören willst, ist das deine Sache, aber du solltest schon etwas anders reagieren, wenn FeeFee, Prinzessin der Lan-Dan, dir ihre Liebe gesteht." Genau in diesem Moment machte es eine alte, weit entfernt von hier, vor dem Fernseher sitzende, ehemalige Lan-Dan Königin den Schmetterlingen gleich - sie fiel mit einem kräftigen „Rumps" in Ohmacht.

„Na gut, das ist ja deine Sache. Ich bin dann mal weg", verabschiedete sich der Schmetterling und löste sich wieder in Luft auf.

Sebastian war völlig platt. (Das mit FeeFee hatte er gar nicht mitbekommen, gespeichert. Kurz: er wusste es immer noch nicht.) Mit seinen Augen suchte er links und rechts nach Hilfe. Aber alle Mann und Frau um ihn herum zuckten nur mit den Schultern. Das Publikum hatte alles gehört. Zumindest die Pläne mussten jetzt wieder geändert werden.

Die glücklichen Zuschauer hingegen waren gerade Zeuge der

Kommunikation zwischen Wansul dem Weisen und Schmoon Lawa geworden!! Den höchsten Instanzen des Universums. Wahnsinn. So ging das also!! Staunen und Applaus mischten sich gleichermaßen. Wundervoll dieser Tag!! Aber....es musste weitergehen. Sebastian drehte sich halb wieder um und überlegte. Wie sollte es jetzt weitergehen? Ihm fiel nichts ein.

Dann schaute er wieder nach vorne: „Sadasch ist frei", war das Einzige, was er noch sagen konnte. Die Millionen überlegten kurz und fielen dann wieder in einen frenetischen Jubel. Das reichte ihnen vollkommen! Schmoon - Lawa war hier. Und er lebte – das war das Wichtigste.

Und das, was da gerade passiert war, hatte die Herzen von Milliarden Mädchen ins Rasen gebracht: Sebastian Feuerstiel war Single. Es gab da zwar eine Konkurrentin, aber Frau wäre nicht Frau, wenn sie nicht wüsste, wie man das ausschalten konnte!

Sebastian machte einen Schritt nach hinten, wollte gerade gehen, als ihm Pharso mit dem Finger signalisierte, dass er jetzt nach unten gehen musste. Die Houbstarks, Bander, Barskies und andere Lebensformen in den ersten Reihen wollten ihm die Hand schütteln. Und das musste er machen, auch wenn es Stunden dauern würde. Er war schließlich Sebastian Feuerstiel, der oberste Ritter des Rosenordens und Anführer der milliardenstarken Rosenarmeen. Ohne einen Gesichtsausdruck akzeptierte er die Situation und ging als erstes an die Stelle, an der die Crox standen.

Er war ihr Schmoon – Lawa.

*S*tephanus kam gerade mit einer Tasse Tee wieder zurück, stellte sie auf seinen Schreibtisch und wanderte nervös auf und ab. Wenn die Ritter nicht bald ihre Schwerter bekommen, dann sah er fast schwarz für die Zukunft der Erde, dachte er noch im Gehen. Diese Sorge war allgegenwärtig anwesend und durchstach sein Leben immer wieder. Spätestens aber mit dem ein oder anderen Schmetterling, der von den Sorgen seines Ritters oder seiner Ritterin sprach. Stephanus' graue Robe mit goldenen Nähten flatterte bei seinem schnellen Gang hin und her. Er ging leise. Stephanus war barfuss. Dann setzte er sich in seinen schweren Holzsessel. Die Feder ruhte sanft auf dem kleinen Tablett vor dem gläsernen Tintentöpfchen in Tropfenform. Als er den Löffel nahm und umrühren wollte, hielt er ihn gedankenverloren kurz einmal so in der Luft, dass er sein eigenes Spiegelbild sehen konnte... und erschrak. Nicht, dass er hier genaue Gesichtszüge hätte ausmachen können, aber der farbliche Kontrast, der zwischen seinem Gesicht und seinen Haaren bestand, stach ihm förmlich in die Augen...sie waren schneeweiß!! Oh Gott. Wann war das denn passiert? Oder anders: Wann hatte er sich den das letzte Mal selber im

Spiegel betrachtet? Oh Mann. Selten hatte es eine Zeit gegeben, da ihn das Weltgeschehen und die Schmetterlinge so sehr banden. Stephanus verfiel in Gedanken und musste über einen eigenen Witz schmunzeln. Er hatte sich vor rund 600 Jahren einmal selber gesagt, dass jetzt der richtige Zeitpunkt wäre, um graue Haare zu bekommen. Aber das war damals nur als Scherz gemeint. Stephanus schaute nach vorne. Die Schmetterlinge waren für heute Abend schon alle verschwunden. Ja, er konnte eben mal nachschauen, wann es das das letzte Mal gegeben hatte. Er wusste noch genau, wo die Chroniken waren. Schnell ließ er den Löffel in die Tasse Tee fallen und ging nach hinten in seine Bibliothek. Das Menschheitskapitel, das er suchte, hatte er den „Großen angelsächsischen Konflikt" genannt. Schnell ging er in den richtigen Gang, suchte einmal kurz und dann hatte er den Band. Als er danach in der dritte obere Buchreihe griff, rieselte Staub auf ihn nieder und er musste seinen Kopf zur Seite wenden. Husten und Niesen überfielen seine Lungen und seine Augen. Dabei wedelte er so mit dem Buch in der Hand umher, dass er den Buchrücken etwas lockerer hielt...und mit einem Platsch, eine alte Karte auf den Steinboden plumpste. Stephanus blieb stehen und schaute verwirrt nach unten. Er hatte eine Karte in einem seiner Bücher? Hatte er mal eine Karte gezeichnet? Nein! Ausgeschlossen. Das hatte er definitiv nicht. Schnell legte er das Buch auf einer Reihe in Bauchhöhe ab, hob das alte Dokument auf und faltete sie sofort auseinander. Stephanus zuckte mit dem Kopf fragend zurück. Nein. Das war nicht von ihm!! Wie kam es hierher? Oh Gott!! Hatte ihn schon einmal jemand gefunden? Seine Bibliothek???
Und ihm war das nicht aufgefallen???
  Er hatte es nicht bemerkt, viel mehr, seine Sicherheitssysteme hatten keinen Alarm geschlagen!!! Hier unten hatte nur er... und die Schmetterlinge Zutritt!!!! Stephanus überlegte schnell... hatte... hatte...hatte einer der Schmetterlinge hier unten etwas abgelegt... ohne ihn zu informieren??? Stephanus überflog die Karte. Es war

eine gute Zeichnung von Europa. Vom Atlantik plus England bis zum Rhein. Hier waren exakt die großen Plasmakanonen und die kleineren Geschütze eingezeichnet. Hier waren kleine Blitze, aber auch kleine Pfeile nach oben...was bedeuteten denn die?? Der Zeichner hatte keine Initialen hinterlassen, oder einen anderen Hinweis, wer er war. Und warum war das hier in dem Buch über einen Krieg, den die Menschen den 100-jährigen getauft hatten? Stephanus legte die Karte flugs beiseite, nahm die Chronik, wollte sie gerade aufblättern als er......AHA!!!! Hier waren Schmetterlingsfingerabdrücke!!! Also doch!! Hier hatte sich ein Schmetterling an seinen Büchern zu schaffen gemacht!!! Also, verdammt noch einmal!!! Ein Schmetterling!!!! Wenn er den erwischen würde, dem würde er aber einen Einlauf verpassen, dass hatte es noch nicht gegeben!! Aber...mist!! Das war 600 Jahre her. Von denen erinnerte sich keiner mehr daran!! Mist!! Nie würde er den Attentäter auf seine Chroniken erwischen. Die hatten ja alle Amnesie! Aber das es ein Schmetterling war, und „zum Glück" niemand anderes, das war jetzt klar. Deutlich waren die kleinen Patschehändchenabdrücke auf dem Staub zu sehen. Einige waren durch die Bewegungen des damaligen Öffnens verwischt und nur eine einziger großer Fleck, aber ein paar identifizierten den unbefugten Benutzer als einen Schmetterling!! Aber warum hatte hier ein Schmetterling eine Karte hineingelegt?? Es konnte doch kaum einer ahnen, dass er hier mal wieder hingehen würde? Oder doch? Wer kannte ihn denn so gut, dass er wusste, er würde eine Parallele mit dem Trubel des jetzigen Geschehens und des des 100-jährigen Krieges ziehen? Ohooohoooohooo!! Stephanus schwante da etwas... das er aber lieber noch nicht aussprechen wollte. Sollte ER etwa? Die Gedanken rasten in seinem Kopf. Je näher er sein Gedächtnis wieder an die Geschichten von damals führte, je mehr Erinnerungen kamen in ihm auf. Moment!! Die Karte war gar nicht so fehl platziert! Schnell blätterte er umher. Hier? Nein. Hier? Nein. Moment. Hier? Ja! Hier konnte es sein: Stephanus sprang in ein nächstes Kapitel... hier:

… Es war der Tag des heiligen Crispian, der 25 Oktober, 1415… Azincourt war der Name des Ortes. Die beiden Underdogs hockten in einem Dickicht und beobachteten durch das Gestrüpp geschützt den Feind. Sie hatten beide graue, nichtssagende Waffenröcke an. Ihre Helme hatten sie beim Lager gelassen. Die schweren Lederstiefel waren von der feuchten Erde mit Wasser voll gesogen. Es hatte tagelang geregnet. Die Resignation über die Menschen stand ihnen mit eingemeißelten Sorgenfalten ins Gesicht geschrieben. Wieder standen sich Heere gegenüber, wieder würden Menschen abgeschlachtet werden… nur der Herrschaft Willen, des Ansehens und Reichtums des Königs. Im Moment sogar *ihres* Königs, dem sie für Gold beistanden. Die beiden Männer hockten und stützen sich beide auf ihren Schwertern Linjao und Shu-Si ab. Ihr einst pochender, feuriger Glanz, der Puls ihres Lebens, der sich früher stolz in den eingravierten Runen, vollständig als Kunstwerke über ihre Klingen erstreckend, rhythmisch schlagend manifestierte, war fast verblasst. Auf der Erde gab es keine Kämpfe mehr, in denen sie zum Wohl der Menschheit ihre Energien gewannen. Auf den meisten Seiten herrschte Unrecht. Viele ihrer Art und die ihrer ritterlichen Waffengefährten hatten sich bereits schlafen gelegt. Ihre Spitzen steckten im schlammigen Boden, die Arme ihrer Führer ruhten auf ihren Knäufen. Sie pochten schon lange nicht mehr nach Blut.

„Sag mir wieso!", flüsterte Sir Sean Gallar seinem Bruder Sir Lohan Gallar rüber, der nur ein Kopfschütteln zustande brachte.

Vor ihnen zog gerade eine Gruppe von Lances vorbei. Schwere Eisenplatten klirrten schon von weitem. Lanzen, Schwerter und Schilder trugen ihren Lärm zu dem Gewieher der stolzen Pferde bei. Markante Hundsschädel-Visiere auf einigen der Bascinets, die klassischen Helme der Zeit, verschafften den Männern ein gruseliges Ansehen. Fast 12 000 Bewaffnete wurden von Jean II. Le Maingre und Charles I. d'Albret im Namen des geisteskranken Königs Karl VI. von Frankreich geführt. Diese Streitmacht sollte die 8 000 Mann starke Mischung aus Engländern und Walisern unter dem erst seit zwei Jahren regierenden englischen König Heinrich V. aus dem Hause Anjou-Plantagenet vom Kontinent fegen… dem Okkupator und seiner Brut ihren erbärmlichen Platz in der Geschichte zuweisen, auf ihrer nassen Insel – für die Ewigkeit.

„Aber schau, wie ihre eigenen Männer diese Schlacht herbeisehnen. Ihr Adel will Ruhm und Ehre. Nicht das Wohl der Heimat steht hier auf dem Spiel. Hier geht es um Geld und Macht", flüsterte Sir Sean Gallar mehr für sich selber als für seinen Bruder weiter. Die Verachtung über die Blutgier in der Stimme war unverkennbar. Das Bruderherz hingegen schaute nach oben. Auf dem ersten Ast über ihnen saßen die ganze Zeit wortlos ihre Schmetterlinge Max und Lola. Ihre Flügel hingen schlaff und kraftlos nach unten. Als bräuchten sie eine Stütze, lehnten sich die beiden an den Stamm. Ihre Händchen hielten sie mit Mühe fest. Furcht, Zittern und Angst vor dem Unausweichlichen lastete angesichts einer weiteren Schlacht, weiteren Blutvergießens fahl in ihren Augen und Mündern. Wieder einmal mussten sie zuschauen… der Ausgang war egal, der Tod liebte beide Seiten... Nein, das wollte Lohan, das wollten sie nicht mehr. Sir Lohan Gallar schaute wieder zu seinem Bruder.

„Meinst du, Sir Virgil ist in ihren Reihen?" „Ich kann es dir nicht sagen. Wer weiß…", antwortete Sean, der Virgil of Camboricum gut kannte.

„Ich werde hier keine Partei mehr ergreifen", erklärte Lohan mit bitterer Miene entschlossen. „Wir sollen nicht mehr zurückgehen? Wir haben dafür unser Gold bereits erhalten." „Dann geben wir es diesem *König* halt wieder zurück." Beide wussten, dass Gold für sie im Wesentlichen wertlos war. Sie konnten das Universum bereisen, wenn sie wollten. Das irdische Zahlungsmittel konnten sie nur gelegentlich gebrauchen. Sie hatten sich schließlich mit ihrem Anführer Sir Samis hier niedergelassen.

Die Zwillingsbrüder schüttelten sich wie eineiige. Zwei gleiche Seelen. Beide Männer blickten wieder geradeaus. Immer noch zogen die Heerscharen an ihnen vorbei. Gelegentlich brach der eine

oder andere Reiter aus. Der Lärm, der vor ihnen liegenden Truppen, ließ sie erst in letzter Sekunde das schwere, von der Flucht verursachte Atmen hören. Erschrocken drehten sich die beiden um, als sie sahen, wie ein rothaariger Mann, schmutzig, blutverschmiert in braunen Lumpen gekleidet, Schutz in demselben… in ihrem Gestrüpp suchte!!
Als er ebenfalls überrascht die beiden Ritter sah, und erkannte, dass es sich dabei um Underdogs handelte, erfüllte ein glückliches, errettetes Lächeln sein Gesicht, das den Schmerz beiseite wischte. Die Brüder staunten nicht schlecht, als sie sahen, dass dem Flüchtigen die Mittelfinger beider Hände fehlten. Das entging dem Waliser nicht.
„Diese Forschfresser haben den Männern, denen sie nicht die Kehle durchgeschnitten haben, die Finger abgetrennt", erklärte der Langbogenschütze und hob zur Erklärung beide Hände in die Höhe, spreizte dabei die Finger. Schaurig schauten die Fleischstummel einher. Blut floss nur noch schwach. Er hatte versucht, sich selbst die Enden mit einem glühenden Holzscheit zu verschließen. Dann griff er in seine Hosentasche, packte etwas…und warf die abgeschnittenen Finger vor den beiden perplexen Männern in den dreckigen Untergrund. „Ich hab sie mitgenommen. Die kriegt der Doc bestimmt wieder dran."
Angewidert, aber stutzig schauten sie sich an.
„Du wirst früher oder später sterben! Das ist dir doch wohl klar?" Der knapp 20-jährige Langbogenschütze schaute unwissend drein. Er würde sterben… wegen der Finger? Er verstand nicht.
„Der Wundbrand, dein Blutverlust, dein geschwächter Körper…."
„Was soll damit sein?", fragte er, als er misstrauisch seine Finger wieder nahm und in die Tasche steckte. „Es wird dich hinraffen. Du wirst dein England wohl nicht mehr wiedersehen", erklärte ihm Lohan und schaute seine Bruder an. Der erkannte sofort, was das Zwillingsherz dachte. Der nächste Eingang nach unten war nur zwei Tagesritte entfernt von hier. Aber mit ihnen würde er es schaffen

können. „England nicht mehr wieder sehen?" Das traf den jungen Mann wie der Schlag. Die Angst fuhr ihm durch Mark und Bein. Schweißperlen auf der Stirn. Kalt und hoffnungslos. Er musste ihnen eigentlich glauben. Das waren schließlich Edelmänner vor ihm.

„Ich...ich...ich... werde sterben?" „Vielleicht hast du ja Glück. Aber wenn du zurück zu Heinrich gehst, dann wird das deine letzte Reise sein. Es sei denn...", sagte Sean Gallar, vollendete den Satz aber nicht. „Es sein denn... was???", hechelte der Schütze. Er musste langsam weiter. Im Heerlager waren schließlich die Docs. „Es sei denn... du willst leben...", flüsterte Sean jetzt ganz leise, beugte sich zu dem Rothaarigen herüber, direkt an sein Ohr.

„... und kommst mit uns!!" Die Stimme des feucht ausströmenden Atems kitzelte ihn dabei, dass ihm die Nackenhaare emporstiegen. Er...er...wusste nicht, was die Herren meinten. Da griff Sir Lohan schon nach seinen Händen, drehte die Handflächen nach oben. Verwirrt blickte der junge Mann drein. Was sollte das? Und warum funkelten die Augen des Ritters jetzt so blau...so blau...vertrauenswürdig...so mütterlich???

Lohan hielt seine eigenen Hände über die des Verletzten. Gelbliche Energien formierten sich um die vier Hände und umschlossen sie kreisend. Wie eine kleine, heilende Sonne. Kleine Funken sprühten in alle Richtungen. Die Wärme war sofort spürbar. „Ihr...ihr...ihr... seid...seid...Hexer? Schwarze, verbotene Künste??", hauchte der Waliser erstaunt. Heinrich V. hatte sogar Hexer in seinen Diensten, um gegen die verhassten Franzosen vorzugehen!! Er war mehr als verwirrt.

„Nein. Wir sind alles und nichts. Aber garantiert keine Hexer." Als Lohan jetzt mit seiner Magie aufhörte, hob der Gefolterte die einstigen Stummel in die Höhe. Die Finger waren nicht nachgewachsen, irgendwo war in ihm die kleine Hoffnung schon entstanden, aber sie waren immerhin sauber verheilt!!! Etwas, das Wochen gebraucht hätte, innerhalb von wenigen Augenblicken!! Als er wieder in die Gesichter der Ritter blickte, war das Blaue verschwunden, aber die Weisheit und das Mysteriöse lebten in ihnen immer noch weiter. Ja, das waren keine Magier, das waren selber Könige…von Gott gesegnete Heiler…

„Ich kann leben?"

„Fern von hier…aber ja, nie mehr Krieg, nie mehr morden, nie mehr Hunger"

„Ich habe kein Weib, kein Kind…"

Die Männer sahen genau, dass sie ihn gewonnen hatten. Das Staunen und der Glaube an sie waren in seinem Gesicht deutlich zu sehen. Sie drehten sich wieder um und gingen die paar Schritte zu ihrem Aussichtspunkt wieder zurück. „Lass uns das Ende der Schlacht noch abwarten…dann entscheiden wir, wie's weiter geht…"

Stephanus wusste, dass hier der Hinweis zu der Karte sein musste, die er gefunden hatte. Aber er würde garantiert nicht im Schlachtverlauf sein. Hier hatte er zwei Ritter, die kurz davor waren, sich „schlafen" zu legen. Eine innere Stimme sagte ihm, dass das perfekt war. Ja, er wusste genau, dass es da einen Zusammenhang gab. Er musste nur zwei, drei Seiten weiterblättern. Schnell befeuchtete er seine Finger und berührte das Papier vorsichtig. Dann legte er es um. Hier! Nein, noch ein kleines Stückchen weiter. Hier? Ja… hier ging es weiter…

Es war schon etwas Besonderes, als sich die fast 5 000 englischen Langbogenschützen formierten, den Feind in einiger Entfernung abschätzend. Als einige der überlebenden Gefangenen zu der Truppe zurückgekehrt waren, hatten sie sich über die abgeschnittenen Mittelfinger aufgeregt. Diese Schweine. Dann hatten sie sich aufgestellt und ihren Kampfeswillen deutlich den französischen Angreifern zum Ausdruck gebracht…indem die Schützen alle gleichzeitig ihre Hände hoben….und den Franzosen die gesunden Mittelfinger zeigten!! „Seht her, WIR können noch schießen!!"

Die Schlacht lief hart und rau. Die Langbogen waren eine gefürchtete Waffe. Sie reichten fast 500 Meter weit und hatten eine Zugkraft von nahezu 85 Kilogrammn. Am Ende gingen die Gefallenen in die Tausende. Doch der Sieg lag trotz der Überlegenheit der Franzosen auf der Seite der Engländer.

Sir Lohan nickte seinem Bruder zu. Sie waren sich nun sicher. Hier wollten sie nicht mehr verbleiben. Sie wollten es ihren bereits ruhenden Rittergefährten gleich machen.

Nur noch diesen Befreiten in Sicherheit bringen, und dann konnten sie sich „schlafen legen". Gerade wollte sich Sean umdrehen und nach hinten verschwinden, da packte ihn sein Bruder an der Schulter, hielt ihn auf. „Warte! Wir müssen auch an Linjao und Shu-Si denken", erklärte Lohan mit leiser Stimme und griff sich unter seinen Rock. Sein Bruder schaute ihn fragend an. Was meinte er? Kurz kramte Lohan nach etwas, das ihm eine bereits schlafende Ritterin vor ihrem Abgang gegeben hatte…er fischte eine Karte heraus…

Hier!!! Hier kommt es, lief es Stephanus beigeistert durch den Kopf….

Lohan faltete das große Papier auf und seinem Bruder offenbarte sich eine fast präzise Zeichnung dieses Kontinents. „Das hat mir Susanna gegeben, bevor sie sich schlafen legte. Dort, wo…"

Nein!! Mist!! Weiter!! Doch hier endete Stephanus eigener Text mit der Anmerkung, dass der Schmetterling, der diese Geschichte diktiert hatte, nicht mehr genau verstanden hatte, was die beiden Ritter da besprachen. Nein! Nein! Und nochmals: Nein!!! Stephanus fluchte, kam aber rasch wieder zur Ruhe. Er konnte seinen Schmetterlingen ja gar nicht böse sein. Er hatte sie ja damals selber gesehen, wie schwer die Last auf ihnen ruhte. Sie hatten sich ja selber schlafen gelegt, in der Hoffnung und dem Wissen, dass sie in eine bessere Welt wieder hineingeboren werden würden. Aber war sie das heute? Zumindest wusste er jetzt, was er zu tun hatte…

Hier waren genug Hinweise für…diesen Professor. Er schien ein kluges Köpfchen zu sein…

Penta VI- Omega B 4782654 erledigte seinen Dienst mitten in Nr.1 auf einer Höhe von knapp 150 Metern, während eine Wartungsdrohne um ihn herum schwirrte. Das war Routine. In nicht regelmäßigen Abständen, aber spätestens alle 36 Stunden, kam eine dieser fliegenden Bioscanner vorbei, und nahm ihn einmal vollständig unter die Lupe. Um Penta VI herum arbeiteten noch 113 andere Omega-Einheiten, die mit anderen Planeten und den damit verbundenen Aufgaben betreut waren. Überall wurden schwarze Schilder angebracht. Manchmal klopfend, manchmal hämmernd, manchmal lautlos. Jeweils wenn neue Aufgabenplaneten hinzukamen. Aber auch abgenommen - wenn eine Mission für beendet erklärt wurde. Egal, ob profitable abgeschlossen, oder gerade noch mit Gewinn abgebrochen. Gelegentliches Kraxeln erfüllte den Raum, wenn sich einer dieser Androiden schnell bewegte. Es war unheimlich. In mitten der Dunkelheit des namenlosen Planeten bewegten sich diese schaurigen Kreaturen.

Der Bioscanner checkte Penta VI mit einem roten Lichtstrahl. Die Daten, die dabei gesammelt wurden, gingen wenn alles in Ordnung war, nicht in das Kollektiv ein. Nur wenn eine Störungsmeldung vorlag, wurden die ermittelten Werte gespeichert. Dann würde Penta VI aufgefordert werden, auf den Boden zu gehen und zu warten, bis ein Tech-Androide eintraf und die entsprechenden Mängel an Penta VI beheben würde. Das war aber nicht der Fall - Penta VI konnte weiter in einer Höhe von 150 Metern seinen Aufgaben nachgehen. Unter ihm liefen immer wieder andere Androiden-Formen entlang, die den Weg durch die Halle als störungsfreier bewertet hatten, als durch die Tausende Gänge, die in Nr. 1 existierten. Gelegentlich blieb ein Roboter stehen und betrachtete die Schilder. Die Omega-Einheiten machten eine gute Aufgabe, wie sie befanden. Dann gingen die stummen Beobachter weiter. In Penta VI hatten sich alle Datenströme soweit aufgebaut, dass jetzt das ganze Unternehmen Erde in ihm zusammenlief und koordiniert wurde. Hier wurde der Gewinn berechnet – aber auch der Verlust.

Penta VI konnte sogar Bilder aus den Umlaufbahnen der Schiffe von Cuberatio aufrufen. Er hatte auch die abrückende Expeditionsflotte der Union unter Leitung von Lordprotektor Kangan Shrump beobachtet. Sie waren weg. Nur noch die Schiffe der drei Unternehmen befanden sich im Orbit. Die Hoheitsgebiete der Gesellschaften erstreckten sich genau auf der Größe der Gebiete, die ihnen laut Vertrag auf dem Planeten zustanden. Gelegentlich kam den Schiffen von Cuberatio ein verirrter Transporter von Universal Search zu nahe. Penta VI beobachtete, wie ein Steuerungsroboter von einem seiner Schiffe dann die diplomatische Aufforderung losschickte, sie mögen bitte ihren Kurs ändern. Dies war das Territorium von Cuberatio. War diese Mitteilung einmal gesendet, verschwand der Transporter auch meist recht schnell.

Cuberatios Kampfflotte war gefährlich. Todbringend gefährlich. Sie hatten genügend Kriegergleiter Modell 23 vor Ort.

Von ihrem Abbaugebiet in Südamerika wurden die gesammelten Rohstoffe via Kabel in großen Containern in die Höhe befördert. Dies war eine bewährte Methode. Im Weltraum hatten sie dafür drei feststehende Plattformen installiert, an denen diese Aufzüge, Orbitlifts, nach unten fuhren. Natürlich hatten sie dementsprechend auch drei Sammelstationen auf diesem Kontinent errichtet: Sao Paulo,

Manaus und Bogota. Die Erdennamen waren, um Missverständnissen vorzubeugen, übernommen worden. Eine leichte Rechenaufgabe, dass ein von allen akzeptierter Name für einen Ort besser geeignet war als zwei Namen.

Penta VI ließ gerade in einem Unterprogramm eine Kalkulation ablaufen, ob es sich lohnen würde, eine vierte Plattform im Weltall zu errichten, und diese am südlichen Punkt Resistance in Argentinien festzumachen. Bis jetzt nutzten sie unter anderem Menschenkolonnen, die ihre geernteten Rohstoffe bis nach Sao Paulo brachten. Aber die Omega-Einheit hatte feststellen müssen, dass die Menschen der Erde nicht so robust waren. Von den 14 Millionen versklavten Arbeitskräften starben einfach zu viele. Die Hälfte hatte er bereits verloren.

Ärgerlicher Geschwindigkeitsverlust.

Außerdem galt es auch, die Sammelplätze so zu wählen, dass die gefährlichen Geschütze der Ritter der Blauen Rose sie nicht erreichen. Die drei bisher existenten Orte verbanden dadurch Effizienz der Sklaventransporte mit der Sicherheit vor Winkelschüssen durch Plasmakanonen. Im Hintergrund für die Errichtung eines vierten Platzes war das Wissen, dass es noch dauern würde, bis eine neue Einheit von Transportrobotern an der Erde eintraf. Penta VI hatte berechnet, dass eine Verstärkung von 10 000 Einheiten die Sache schneller machte. Der Produktionsauftrag war erst gestern erteilt worden. Nr. 1 hatte Penta VI eine Fertigungshalle für die Erde zu geteilt. Aber da endete erst morgen die Kampfgruppe der menschlichen Kriegsandroiden der neuen Generation mit speziellem Chamäleon-Tarnmodus. Die Transportflotte lud gerade die ersten auf. Es war so kalkuliert, dass die Geschwindigkeit der Herstellung genau darauf abgestimmt war, wann der letzte fertige Androide verladen werden konnte. Auf die Millisekunde. Er verließ die Halle, wurde hoch gebeamt und sofort startete die Flotte. Das war Perfektion.

Der Check des Bioscanners war jetzt abgeschlossen und surrend flog er zum nächsten Androiden. Penta VI war gesund. Jetzt rief der Projektleiter Erde ein weiteres Programm auf, das ihm die schrittweise Eroberung von Nordamerika vorrechnen sollte. Eigentlich war das laut Vertrag Eigentum von Universal Search. Doch es war nur eine Option, die schriftlich festgehalten wurde. Sie hatten ein Anspruchsrecht von einem Monat darauf. Wenn das konkurrierende Unternehmen nicht die Chance in diesem Zeitraum wahrnahm, dann verfielen die Rechte und jeder konnte sich seinen Teil nehmen. Universal Search hatte aber noch keine Anstalten gemacht, sein Gebiet zu befreien. Auch beurteilte er die Aktivitäten des Konkurrenten als eigentlich außergewöhnlich träge. Fast hatte er die Vermutung, da stimme etwas nicht mit Universal Search. Hatte es was mit dem Widerstand der Menschen zu tun? Oder lagen da andere Gründe vor? Hatten sie ein kleineres Budget für die Erde als Cuberatio? Generell bewertete Penta VI die kämpfenden Einheiten der Erdenbewohner als mittelmäßig. Das bedeutete aber gleichzeitig, dass sie den Mitteln und Kräften von Cuberatio unterlegen waren. Unter ihnen waren zwar Lebewesen, „Ritter" deren Fähigkeiten sich jeder Logik entzogen – Penta VI hatte mit anderen, bereits involvierten Androiden, herausgefunden, dass diese Eigenschaften nicht klonbar waren, aber für eine genauere Analyse wollte er ein Exemplar der „Ritter" fangen – im Verhältnis zu Nr. 1 waren sie jedoch nur minderwertig. Jeder einzelne Android, jeder Roboter, jede Maschine war ein Teil des Hauptcomputers. Wie ein Krake hatte Nr. 1 seine Tentakel überall. Sie waren die Arme. Aber alle zusammen bildeten sie die größte Einheit des Universums – Cuberatio. Daher stufte Penta VI die Ritter der Blauen Rose jetzt schon als „keine Gefahr" ein.

Wenn seine neue Androidenflotte auf der Erde eintraf, dann würde er schauen, dass sie genau auf die Sekunde, wenn die Anspruchsfrist auf Nordamerika abgelaufen war, diesen Erdteil erobern würden. Hier rechnete Penta VI mit einigen Verlusten. Diese höherwertigen Berechnungen würde er Nr. 1 zu spielen müssen, damit diese noch einmal verifiziert und bestätigt wurden. Das dauerte nur zwei Sekunden. Alle denkbaren Varianten eines Kriegszuges wurden dabei durchgegangen. Am Ende stand wieder das Abwiegen zwischen Gewinn und Verlust. Bekam er dann grünes Licht, konnten seine Einheiten die Grenze überschreiten.

Gleichzeitig, während er das kalkulierte, kamen die neuen Daten von der Erde herein. Es dauerte noch, bis er die ersten Gewinnzahlen einrechnen konnte. Die ersten Rohstoffe waren zwar bereits in den Transportflotten unterwegs durch das Universum, waren aber noch nicht an den Märkten eingetroffen, sodass sie veräußert werden konnten. Erst nachdem die Händlerandroiden die ersten Gelder kassiert hatten, durfte Penta VI dies auch offiziell als Gewinn mit hereinrechnen.

So war es gar nicht überraschend, dass die ersten Zahlen von der Erde ein Minus kennzeichnete.

Schnell krabbelte Penta VI zu seiner Tafel, auf der mittlerweile „Erde" drüber stand. Kurz verharrte er. Ein paar Roboter blieben unten in der Halle stehen, und schauten nach oben. Sie merkten, dass hier wieder neue Zahlen einer Mission aufgespielt wurden. Dann war die Datenübertragung abgeschlossen. Die Zahlen der Erde verschlechterten sich für Cuberatio.

Besonders der Verlust von Baumfällereinheiten war darin eingeflossen.

Auf dem schwarzen Schild änderte sich die Zahl 99,8 auf 99,5.

Sie trug die Waffe in der linken und die Wasserflasche in der rechten Hand. Nachdem Natalia Piagotto von den beiden toten Nilas weggelaufen war, hatte sie ziellos die Richtung „weit weg" gewählt. Auf gar keinen Fall wollte sie zurückblicken. Der kleine Transporter, der nicht weit von den Leichen stand, würde früher oder später irgendjemanden anlocken. Ob Nila oder vielleicht einen Bewohner der Planeten, das war fast egal.
Sie ging barfuss und hatte nur ihre schmutzige Kleidung an. Natalias Körper schmerzte. Besonders ihr Unterleib, aber auch ihr Kopf. Doch was sollte sie machen? Sie war dem Wahnsinn bald sehr nahe. Immer wieder tauchte in ihrem Kopf die Gestalt eines Jungen auf.
„Du bist frei!", tönte der Unbekannte. „Lauf!", war die nächste Nachricht. Und sie befolgte willenlos diese Anweisungen. Gelegentlich unterhielt sie sich auch mit dem Schmetterling, doch war er mehr ein stiller Beobachter als ein Gesprächspartner. Realität und Fiktion gingen dabei eng ineinander über.
      Wenn sie sich so umschaute, dann hatten die Berge wieder etwas Friedliches. Allerdings bemerkte sie bald, dass sie in diesem

Tal von hohen Bergen eingeschlossen war. Wie lange sie sich jetzt schon hier entlang geschleppt hatte, konnte sie nicht sagen. Und ob hier noch andere Lebewesen wohnten, auch nicht. Die Studentin hatte zwar schon alte Spuren entdeckt, eingetretene und eingefahrene Narben in der grünen Oberfläche, aber das Braun der alten Spuren wurde schon wieder von Grün überwuchert. Egal, wer diese Wege einmal benutzt hatte, er hatte das schon länger nicht mehr gemacht.

Ungefähr Hundert Meter nach rechts und Hundert Meter nach links ging es im Moment fast eben. Danach begannen die Berge. Der Boden fing an, sich zu neigen und lief dann in einem gemütlichen Winkel nach oben. Wie die stolzen Wurzeln eines Baumes. Sie blieb stehen und wischte sich den Schweiß ab. Die Sonne blendete ein wenig und sie hob zum Schutz eine Hand. Würde das Grau nicht die weißen Wolken unterbrechen, dann würde sie sagen, dass es ein wunderschöner Tag war.

Grau unterbrach das Weiß der Wolken?

Die Studentin setzte das Wasser ab und schaute genauer hin. In nicht weiter Entfernung lief vom Boden eine graue, leicht flackernde Linie in den Himmel. Jetzt klickte es bei der jungen Frau: ein Feuer!! Das waren Rauchschwaden!

Schnell ging sie in die Hocke, ließ den Punkt aber nicht aus den Augen. Wo sollte sie Sichtschutz finden?

Etwa Hundert Meter vor ihr endete eine leichte Bewaldung, die den Berg hinauf wanderte und sich wie ein Zylinder ausbreitete. Das kräftige Grün ging allerdings mit dem Rest der Landschaft einher. Hier schien Sommer zu sein. Das war ihr schon länger klar. Zum einen auch deshalb, weil sie selber nicht fror, obwohl sie so gut wie nichts anhatte. Sie biss auf die Zähne, sprang auf und rannte die Strecke bis zu den Bäumen. Obwohl sie schon lange auf den Beinen war, schaffte sie die Distanz mühelos. Ihr junger Körper war zwar ausgelaugt, aber das Adrenalin, das sich bei der Erkenntnis, dass dort hinten jemand sein könnte, in ihren Körper gepumpt hatte, verlieh ihr augenblicklich ungeahnte Kräfte. Sie musste nur herausfinden, ob diese Lebewesen ihr gut oder feindlich gesinnt waren.

Sollten sie böse sein, dann blieb ihr nur eine Wahl: sie musste dieses Feuer durch den Wald umkreisen.

Zurück konnte sie ja nicht - und zurück würde sie auch niemals wollen.

Als sie die ersten Bäume erreicht hatte, ging sie in Deckung und atmete tief durch. Diese Luft war so wunderbar angenehm, dass sie glaubte, noch nie so etwas Frisches erlebt zu haben. Dann ging sie vorsichtig noch ein paar Schritte weiter hinein, aber so, dass sie noch Sichtkontakt zu dem Feuer hatte. Die Tannennadeln pieksten ein wenig unter ihren Füßen. Und was sollte sie jetzt machen?

Ihr erster Gedanke war auch der beste: Sie wollte bis zum Einbruch der Dunkelheit warten und sich dann vorsichtig heranschleichen. So lange konnte sie das Feuer noch im hellen beobachten. Also setzte sie sich hin und wartete. Aber je länger sie dort saß, desto misstrauischer wurde sie. Denn kein einziges Mal in der Zeit nahm sie eine Bewegung an der Feuerstelle war. Waren da überhaupt Lebewesen? Der aufsteigende Qualm wurde auch immer kleiner. Hmm.

Doch dann sah sie etwas, das sie wieder in Deckung gehen ließ. Als erstes war es nur ein gräulicher Punkt, dann aber trennten sich einzelne Konturen heraus. Dort näherte sich eine Gruppe „Irgendwas" dem Feuer. Entweder waren das die Verursacher des Feuers, oder sie waren selber von dem Qualm angelockt worden. Gerne hätte sie auf die Entfernung gesagt, dass es sich dabei um Menschen handelte. Aber je näher sie kamen, desto klumpiger und schwerfälliger bewegten sie sich. Nicht wie normal gebaute Menschen. Auch schien fast kein einziger einen geraden Gang hinzubekommen. Hinkten einige von ihnen? Es hatte fast den Anschein. Ob diese „Menschen" dort einige Behinderungen hatten? Auf jeden Fall schienen alle zu humpeln.

Dass es sich dabei nicht um Menschen handeln konnte, war ihr schon bald klar. Diese muskulösen Riesen waren irgendwas Anderes. Gelegentlich jaulte einer von ihnen auf, warf sich auf den Boden und wälzte sich. Gesund war definitiv anders. Dicke, schwere, übernatürliche Arme gingen in einen Oberkörper, der gertenschlank aber muskulös war. Völlig unproportional. Die Köpfe schienen menschlich, aber angeschwollen. Dann wieder das Gejaule eines dieser Tiere. Ihre Nackenhaare standen auf. Jetzt bekam sie einen Schrekken. Einer von denen streckte auf einmal seine Nase in den Wind und schnupperte so laut, dass sie es hören konnte! Auf fast Zweihundert Metern! Das machte ihr Angst. Die anderen Monster schauten ihren Kameraden an und warteten stupide. Erst als der eine ihnen einen Art Signal gab, dass die Umgebung anscheinend doch sicher war, beugten sich die ersten zum Boden und hoben etwas auf. Aber was, das konnte sie nicht erkennen. Zumindest zogen und zerrten sie daran und hingen es über das Feuer. Doch die Flammen hatten nicht mehr die Kraft, die sie einmal besaßen. Als ob es da was zu überlegen gäbe, diskutierten die Dinger in einer Sprache, die eher einem Grunzen als Sprechen gleich kam. Und dabei handelte es sich wohl eher darum, dass sich einer nur noch einmal bücken sollte, um etwas Feuerholz hineinzuwerfen. Irgendwann hatten sie sich geeinigt: das schwächste Glied der Gruppe legte trockene Äste nach. So trocken, dass die Flammen sofort funkenschlagend in die Höhe stiegen. Darauf gab es erstmal ein freudiges Gegröle. Die Monster mussten Tiere sein. Die sieben Personen am Feuer waren noch zu weit weg, um klare Gesichtszüge erkennen zu lassen, aber eines stand bereits jetzt fest: sie flößten ihr Angst ein. Extrem unheimlich.

Wollte sie noch ein wenig warten? Oder sollte sie lieber jetzt schon die Flucht durch den Wald ergreifen? Es könnte ja sein, dass sich diese Tiere den nächsten Weg auf sie zu aussuchten. Hmmm.

Unbewusst hatte sie längst den Phaser in der Hand. Als die Gruppe nicht die Anstalten machte, in ihre Richtung zu gehen, überlegte sie sich, dass es sowieso bald vollständig dunkel sein würde. Sollte sie sich jetzt für die unbekannten Tiere entscheiden, käme ihr bei einer spontanen Flucht noch die Finsternis der Nacht zu Hilfe. O.K.. Ja, sie wollte bleiben.

Es dauerte einige Zeit, mittlerweile war es stockfinster, nur das Feuer, der Mond und die Sterne durchbrachen die Nacht, da kam in die Gruppe wieder etwas Bewegung. Zwar langsam und mit viel Gegrunze, aber die Lebewesen machten sich allem Anschein nach abmarschbereit. Wenn sie im Süden stand, und das Feuer der Norden war, dann marschierten diese Geschöpfe jetzt gen Westen. Und sogar *sie* konnte noch erkennen, dass das ein langer Marsch werden würde.

Nachdem die Gruppe nicht mehr sichtbar war, wartete sie noch geschätzte zehn Minuten. Nur, um auf Nummer sicher zu gehen. Vorsichtig kroch sie jetzt los und wollte schauen, ob sie nicht auch noch was von dem Essen bekam, das die Tiere dort gegrillt und verspeist hatten. Sie brauchte eine halbe Ewigkeit bis sie an der Feuerstelle mitten in der freien Ebene des Tals angekommen war. Es roch immer noch knusprig. Fast so, als wären hier Hühnchen gebraten worden.

Sie war nur noch gut zehn Meter von der Stelle entfernt, da konnte sie die leblosen Körper der Beutetiere ausmachen. Sie lagen wie ausgestreckte Rehe dort. Und größer waren sie auch nicht. Jetzt war sie nur noch fünf Meter entfernt und verlangsamte noch einmal ihre Geschwindigkeit. Irgendwas stimmte hier nicht! Die drei Beutetiere machten einen immer komischeren Eindruck auf sie. Irgendwas stimmte hier ganz und gar nicht. Wenn sie es nicht besser wüsste, dann würde sie meinen… die Opfer vor ihr könnten die Größe von Kindern haben! Sie bekam eine Gänsehaut.

Auch der Geruch in der Luft hatte rein gar nichts mehr von einem leckeren Hühnchen. Eine Gestalt lag am nächsten und schien noch alle Gliedmaßen zu haben. Sie war nur noch zwei Meter entfernt. Das Feuer war in der Mitte.

Auf einmal konnte sie erkennen, dass diese Tiere Kleidung trugen!! Oh mein Gott!!!! Das waren unmöglich Tiere!! Das….das…

das….ihr wurde schlecht. Sie war nur noch einen Meter entfernt. Die Übelkeit, die in ihr aufstieg, war nicht zu kontrollieren. Ohne es verhindern zu können, übergab sie sich zur Seite! Immer wieder kam ein Würgen, aber ihr Magen war bereits leer. Das…..das……das…das waren kleine Menschen! Was diese Tiere gefressen hatten, waren kleine Menschen! Sie hatte eine Gruppe Kannibalen beobachtet! Und dabei noch überlegt, ob es nicht vielleicht besser wäre, wegzulaufen! Jetzt war es auf jeden Fall besser. Einen letzten Blick auf die Kindmenschen: mit verzerrten Fratzen, offenen Mündern und Augen, die den Schmerz und die Qualen festgehalten hatten, lagen sie dort vor dem Feuer. Zweien fehlten Arme und Beine. Abgenagte Knochen waren ins Feuer geworfen worden. Sie hatten dafür gesorgt, dass die Flammen auflodern und dazu dienten, den Rest von den Körpern zu essen.

Jetzt rannte sie los. Nach Osten. Weg von diesen Tieren. Schnell. Nur schnell.

„Lauf!", erschien wieder diese Stimme in ihrem Kopf. Was war das für eine Wahnvorstellung? Oder war das der Teufel, der sich bereits zu Lebzeiten ihre Seele sichern wollte, indem er ihren Verstand verwirrte und sie in die Arme von Kannibalen führte? Aber das konnte es auch nicht sein. Sie spürte, wie sie sich beim Rennen ihre Fußsohlen aufriss. Aber das Brennen und Ziehen war nebenrangig. Hier ging es eindeutig darum, nicht selber gefangen genommen … und am Ende als Nachtisch verputzt zu werden.

Sarkasmus überkam sie im Rennen. Sie würde garantiert nicht gut schmecken. Wahrscheinlicher war sogar, dass diese Tiere durch sie in einen Drogenrausch fallen würden. In den meisten ihrer Zellen würden noch für Monate die Reste ihres früheren Lebens schlummern. Die Gifte, die sich erst nach langer Zeit abbauten. Fresst mich nur, ihr Bastarde!!

Sie lief so lange, bis ihre Lungen sie aufforderten, den Schritt zu verlangsamen. Die Nacht war schon seit einer halben Stunde hereingebrochen und die Sterne funkelten am Abendhimmel. Den

Schock immer noch in den Knochen setzte sie sich jetzt hin. Übelkeit, Muskelkater, Bauch- und Kopfschmerzen und ein Stechen im Rücken, so, als habe sie sich einen Wirbel ausgerenkt, prasselten auf sie ein. Wenn sie eines noch vom Sportunterricht kannte, dann das, dass man nach einem langen Lauf nicht abrupt anhalten sollte. Mit einem Knacken in den Knien stand sie wieder auf und ging langsam auf und ab. Aaah, ja, das tat gut. Zumindest im Moment. Das war besser als sitzen.

Außerdem sorgte der Sand unter ihren Fü…..Sand? Erst jetzt fiel ihr auf, dass sich der Untergrund verändert hatte. Das Tal war doch nicht ganz von Bergen eingeschlossen! Sie hatte unbemerkt eine kleine Kuppe überquert! Vor fast einer Stunde. Ja, stimmt! Jetzt spürte sie erst den zähen Schleim in ihrem Mund. Ihre Spucke verklebte bereits ihre Mundwinkel. Wasser. Sie brauchte Wasser. Auf einmal hatte sie das Gefühl, sie wäre in einer Wüste. Was mit dem Sand unter ihren Füßen auch den Anschein hatte.

„Noch ein Stück", meldete sich wieder diese mysteriöse Stimme in ihrem Kopf. Und da sie gerade sowieso ihre letzten Schritte machte, und dann Tod umfiel, davon war die junge Frau fest überzeugt, sah es so aus, als würde sie diesen imaginären Ratschlägen folgen. Und wie es zur Wüste passte, sah sie auch schon eine Fata Morgana:

Vor ihr ragte ein abgestürztes Raumschiff aus dem Boden, aus dem frisches Wasser nur so sprudelte...

Jonathan McMullin, der Präsident von Universal Search Inc., kaute nervös an seinen Fingernägeln. Er hatte einen marineblauen Kaki-Anzug an. Leichte Dreckspritzer bildeten eine gesprenkelte Schicht auf seinen schwarzen Lederschuhen. Ein Zeichen, dass seine Konzentration ganz der Sache galt, die auf ihn zukam.

Obwohl es keiner der 30 Vorstandsmitglieder laut zugeben würde, hatten die meisten, eigentlich alle, seit ihrer letzten Zusammenkunft ihre Privatvermögen in Sicherheit gebracht. Außerdem waren kurz nach ihrem Treffen so viele verschlüsselte Nachrichten in das Universum herausgeschickt worden, dass aufmerksame Beobachter alleine an dem Nachrichtenverkehr hätten ablesen können, dass etwas Schreckliches passiert sein musste. Reimten sich Kundige jetzt noch zusammen, was sie eventuell aus Informationen hatten, die die wirtschaftliche Lage des Unternehmens anging, dann konnte schnell festgestellt werden: die Union war im Begriff Universal Search als eine der großen drei Abbaugesellschaften fallen zu lassen.

Wer das wusste, konnte allen anderen kleineren Unternehmen, die nach diesem Status lechzten, einen wertvollen Hinweis geben. Dies war eine einmalige Möglichkeit.

„Die Ankunft erfolgt in T minus zwei", knackte jetzt der schwarze Plastik-Lautsprecher auf seinem Mahagoni-Schreibtisch. Schweißperlen bildeten sich innerhalb von wenigen Augenblicken auf der Stirn eines der – bis jetzt – mächtigsten Männer des Universums. Sie hatten alles Mögliche angestellt, um das Treffen mit diesem Kontakt so geheim wie möglich zu halten. Nicht, dass sie der ersten

Option, der sie bereits schon ihr Ja-Wort gegeben hatten, nicht vertrauten, aber ein Unternehmen in ihrer Größenordnung konnte sich nicht auf eine einzige Zusage verlassen. Verstrickungen wurden erstellt. Sie mussten mehrere Eisen im Feuer haben. Würde bekannt werden, dass dieses Treffen jetzt stattfand, dann kam das Hochverrat gleich.

Jonathan McMullin wusste nicht, was für Wellen das wiederum in der Union schlagen würde. Zumindest aber hohe, und ziemlich schlechte, für recht viele Beteiligte. Für die Mitarbeiter von Universal Search Inc. würde das direkt das Todesurteil bedeuten. Bis jetzt hatten sie wenigstens noch ein paar Chancen, lebend aus der Sache rauszukommen. Auch wenn es nicht viele waren.

Seine Person war allerdings am meisten gefährdet. Genauso wie alle anderen 30 Vorstandsmitglieder. Sie wussten einfach zu viel über die Machenschaften der Union – und darüber, wie das Wirtschaftsgefüge funktionierte.

„Die Ankunft erfolgt in T minus eins", kam es jetzt aus dem Lautsprecher. Der Präsident von Universal Search Inc. stand auf, schob seinen braunen Ledersessel unter den Schreibtisch, rückte schnell seine rote Krawatte zurecht und ging schnellen Schrittes auf die Türe zu. Sein Privatbüro war nicht groß. Ein paar Regale, ein paar Bildschirme und Monitore, keine Pflanzen. Wozu auch? Hier empfing er niemanden und musste nicht mit Größe protzen, um seinem Gegenüber zu imponieren. Mit einem leisen Zischen der Hydraulik öffneten sich die beiden Schiebtüren. In seinem Vorzimmer saß Clara Vatrk, seine zottelig-stämmige Houbstark-Sekretärin mit weißem Fell. Er hatte ihr heimlich geraten, dass sie, so schnell wie es ging, offiziell kündigte. Sie solle sich eine plausible, einfache Erklärung aus ihrem privaten Leben ausdenken und diesen als Kündigungsgrund angeben. Er hatte ihr nicht gesagt, wie der Stand der Dinge war, aber als gute Sekretärin wusste sie das selber bereits. Bis jetzt war sie noch hier. Sie bekam nicht sonderlich mit, wie Jonathan McMullin an ihr vorbeischoss, da sie mit der Nase an dem Monitor klebte, die neusten Nachrichten las und verwertete. Am späteren Nachmittag würde er das auf seinem Schreibtisch liegen haben, besser, als Zusammenfassung auf seinem eigenen Monitor lesen können. Flugs erreichte er den Beamer, der in dieses Büro führte. Er drückte einen Knopf und innerhalb von wenigen Sekunden befand er sich auf dem Landungsfeld. Es war Nacht und der Himmel war bewölkt. Das Grau der Landebahn ging in das Schwarz des Himmels über. Nur das Blinken der orangenen Landelichter spendete ein wenig Helligkeit. Die Leibgarde hatte in ihren blau-weißen Uniformen bereits mit 40 Mann Stellung bezogen. Die Gewehre im Anschlag, der Blick geradeaus. Die Truppe diente aber eher der Darstellung und dem Respekt ihres Gastes, als der wirklichen Sicherheit. Im Moment war der Planet Hydron III mit dem Firmenhauptquartier Combox einer der sichersten Planeten im Universum - noch.

Der Transporter mit dem Universal Search Emblem, drei untereinander gezeichnete Wellen, stand bereits auf dem Landefeld. Ein konstanter Warnton kündete das Öffnen der Luke an der Seite an. Mit einem dumpfen „Rumps" schlug sie leicht auf dem Boden auf. Jonathan McMullin wusste, dass es jetzt gleich ernst wurde. Es würde sich entscheiden, ob sie eine weitere Trumpfkarte in ihrem Überlebenspoker bekamen - oder nicht. Dann folgte ein Geräusch, das er zwar schon gehört hatte, aber von tiefstem Herzen aus kommend verabscheute. Das Innere eines jeden lebenden Geschöpfes musste sich bei diesen Klängen vor Übelkeit umdrehen: metallisches schnelles Klackern – der Gang eines sechsbeinigen Händlerdroiden von Cuberatio.

Zwei graue, stumpfe Beine schienen als erstes aus dem Transporter zu kommen, dann folgten die restlichen vier. Ein widerlicher Kopf, zusammengebastelt aus menschlichen Überresten, Metall, Plastik und weiß der Geier noch welch widerwärtige biomechanische Massen in ihm vereint waren, schaute blutleer mit glühenden roten Augen aus dem Ausgang. Mit einem Zirpen scannte das vorsichtige Wesen seine Umgebung. In den Gesichtern der Soldaten konnte man lesen, dass sie diese Situation nur ungern durchlebten. Es hatte den Anschein, dass der ein oder andere Finger nervös am Abzug der Waffe zuckte. Jeder einzelne Mann hatte aber eine phänomenale Selbstbeherrschung. Der Präsident würde diese Disziplin honorieren. Als der Scan abgeschlossen war und der Händlerandroide feststellte, dass alles so war, wie abgesprochen, verließ er den Transporter und ging auf den Vorsitzenden von Universal Search zu. Die ekelige Maschine war gerade einen Meter auf Jonathan McMullin heran gekommen, da verharrte sie vor ihrem Gastgeber. Ein unsichtbarer Datenstrom aktualisierte den Händlerandroiden. Sein Kopf zuckte dabei ein wenig, und lose Hautlappen baumelten widerlich umher. Einer fiel sogar ab, landete auf dem Boden. Igitt. Wie widerlich. Dann richtete sich der Kopf wieder gerade hin und schaute den Präsidenten regungslos an. Er war am Zug.

„Ähmm", räusperte sich der oberste Mann von Universal Search und hob dabei leicht die Hand zum Mund.

„Seid willkommen", sagte Jonathan McMullin und reichte dem Androiden unbewusst die Hand. Das Wesen vor ihm lenkte seinen Blick auf das ausgestreckte Körperteil, aber ohne den Gruß zu erwidern, schaute es wieder zurück auf den Präsidenten. Wie hätte diese Mischung aus Biomasse und Technik auch die Hand schütteln sollen - sie hatte ja gar keine.

Als dem Präsidenten dieser Fauxpas auffiel, entschuldigte er sich sofort.

„Oh, tut mir leid. Ich habe gar nicht nachgedacht. Bei uns Menschen ist das einfach so üblich." Der Händlerandroide konnte die Anspannung im Körper von Jonathan McMullin ablesen.

„Darf ich sie bitten", forderte der Präsident den Androiden auf, drehte sich und wies ihm mit dem Arm den Weg. Das Klackern der sechs Beine erfüllte wieder den Landeplatz. Der Universal Search Manager ging diesmal nicht zu dem kreisrunden Beamer, da er für schmale, aufrecht gehende Lebewesen entwickelt worden war, sondern zu einem großen metallisch-grauen Lagertor, das sich gerade mit einem roten Blinklicht nach oben hin öffnete. Dahinter hatten die Angestellten von Universal Search eine kleine Empfangshalle eingerichtet, in der sonst eigentlich nur irgendwelche Waren und Handelsgüter deponiert waren. Viel hatten sie auch nicht machen müssen. Neben zwei einfachen Stühlen stand in der Mitte noch ein Tisch. Außer einer weiteren Person war niemand dort.

Diese Person, die da wartete, war niemand anderes als Kolum Geggle, Chef des Geheimdienstes. Er hatte mit seiner Mannschaft vor Ort dafür gesorgt, dass diese Lagerhalle absolut „sauber" war. Niemand hätte hier Wanzen oder ähnliche Abhörgeräte unterbringen können, um dieses einmalige Treffen zu bespitzeln. Auch war es einer seiner Männer gewesen, der zu dieser Händlereinheit auf dem Planeten Schaffron Kontakt aufgenommen hatte. Das war eigentlich gar nicht so schwierig gewesen. Cuberatio unterhielt im ganzen Universum kleine „Büros". Hier konnten alle Waren, die das Unternehmen im Angebot hatte, entweder bestellt oder gleich gekauft werden. Es war eine offizielle Niederlassung.

Universal Search Inc. hatte auf den meisten Planeten auch welche. Zumindest noch, wie Kolumn Geggle jetzt unangenehm einfiel.
So war der erste Kontakt noch das Leichteste. Schwieriger war allerdings, dem Händlerandroiden eine Nachricht zu übermitteln. Denn jedes Unternehmen musste, bevor es von der Union zu einem der großen Drei erhoben wurde, unter anderem einwilligen, dass der komplette Geschäftsverkehr, der von diesen Büros ausging, überwacht wurde. Sowohl elektronisch als auch mit einer Person vor Ort. So hatte der Kontaktmann vom Chef des Geheimdienstes von Universal Search erstmal den anwesenden Nila täuschen müssen.

Sie hatten ein kleines Gerät entwickelt, das nicht größer war als ein handelsüblicher Kommunikator. Es sah auch genauso aus. Es war rund, in der Mitte ein Display und darunter eine kleine Tastatur. Nicht mehr. Doch in seinem Inneren verbarg sich eine Technik, die es dem Spion von Universal Search erlaubte, die aktuellen Abhörmethoden der Union zu umgehen. Während er vor den Augen des Nilas 200 Tonnen Holz für einen Scheinfirma orderte, die Kolumn Geggle tatsächlich ein paar Wochen vorher auf einem Planeten gegründet hatte, die auch wirklich Mitarbeiter beschäftigte und etwas produzierte, spielte er dem Händlerandroiden einen kleinen Datensatz rüber. Der Geheimdienst von Universal Search wusste schon längst, dass die Androiden im dauerhaften Kontakt mit jener mysteriösen Nr. 1 standen, die in Spionagekreisen bekannt, aber noch nie gesehen worden war.

Das war den meisten einfach zu heiß.

Nachdem der Spion das Geschäft getätigt hatte, steckte er seinen Creditstab in die fleischige Masse des „Bauches" des Händlerandroiden. Zumindest in das mittlere Körperteil, oder wie auch immer man dieses widerliche Ding nennen mochte, in dem der Checker steckte, dessen metallischer Ring von einer fleischigen Masse umgeben war. Dort angebracht, wo bei einem gesunden Menschen der Bauchnabel war. Automatisch gingen vier Millionen Credits von dem einen Konto auf das andere. Das Geschäft war erledigt und der Nila hatte nichts gemerkt. Sie wussten alle, dass der Mann der Union alles an dieser kurzen Transaktion überprüfen würde - vor allem, wenn solche Summen bewegt wurden. Aber alle wussten auch, dass er nichts finden würde.

Das war ein lupenreines Geschäft.

Bis auf die Tatsache, dass die übermittelten Informationen an Nr. 1 den schlimmsten Hochverrat an der Union beinhalteten: den Vorschlag eines Geschäftes zwischen zwei der drei Abbaugesellschaften.

Als der Händlerandroide jetzt mit klackernden Schritten die Lagerhalle im Firmenhauptquartier Combox auf dem Planeten Hydron III in der Siearon-Galaxie betrat, wurde das Unmögliche Wirklichkeit. Noch nie in der Geschichte der Union war es zu so einem Ereignis gekommen. Das zeigte nur, wie verzweifelt die Lage für Universal Search Inc. sein musste - und wie abgebrüht Cuberatio war, die dieses Wagnis eingingen.

Vielleicht zeugte es aber auch davon, dass sich die Unternehmen in einem Machtgefüge bewegten, in dem sie sich eine Stellung erarbeitet hatten, die nur kurz unter dem Gewicht der Union lag.

Vielleicht hatte ja Cuberatio bereits errechnet, dass, wenn sich zwei der drei Unternehmen verbünden würden, sie mehr Stärke besaßen als die Nilas der Union?

Wenn dem so wäre, dann wären alle Bemühungen von Claudius Brutus Drachus, dem mächtigsten Mann im Universum, umsonst gewesen. Aber es hatte den Anschein, dass dies hier nur ein erstes „Fühlen" war. Jeder wollte mehr von dem anderen wissen. Die gegenseitigen Interessen ausloten. Und Universal Search am meisten. Dabei hatte Cuberatio einen einfachen Vorschlag im Gepäck. Das konnten Kolum Geggle und Jonathan McMullin jetzt noch nicht wissen. Sollten sie aber gleich. Der Händlerandroide nahm gegenüber den beiden Stühlen Platz. Vielmehr, er ging dort in Stellung. Wie seine Beine ausgerichtet waren, schien egal zu sein. Seinen Oberkörper drehte er mit seinem Gesicht zu den beiden. Kolum Geggle und Jonathan McMullin setzten sich, während sich das Hallentor wieder schloss.

„Vielen Dank, dass sie sich die Mühe machen, und sich mit uns zu einem kurzen, aber hoffentlich ertragreichen Gespräch treffen", startete der Präsident von Universal Search Inc. die Verhandlungen. Der Händlerandroide war mit einem Sprachmodulator ausgestattet, damit er mit nicht-technischen Verhandlungspartnern schneller kommunizieren konnte. Es würde einfach zu lange dauern, bis die Menschen ihre Fragen und Antworten in einen Computer getippt hätten, und dies dann zu ihm übermittelten.

„Die Ehre liegt ganz auf meiner Seite", schnatterte es wie eine Ente durch die integrierten Lautsprecher des Robotors.

„Die wesentlichen Teile unserer Anfrage haben sie ja bereits in Datenform erhalten, und dadurch, dass sie hier sind, als zumindest interessant eingestuft." Der Händlerandroide vollführte eine Bewegung, die ein Mensch als ein Nicken deuten konnte. Kolumn Geggle stand jetzt auf, zog einen Creditstab aus seiner braunen Lederjacke, ging auf den Händlerandroiden zu, und steckte ihn in seinen „Bauchnabel". Kurz versteifte sich die Maschine, nickte dann erneut und der Geheimdienstchef zog den Stab wieder heraus.

„Wir freuen uns, dass ihnen unsere Dienste so viel wert sind", spulte der Händlerroboter ein Danksagungsprotokoll herunter, mit dem er sich nach Abschluss eines Geschäftes schon bei Tausenden Kunden bedankt hatte. Was die Tausenden von Kunden allerdings nicht gemeinsam mit diesen beiden Männern hier hatten, war die Tatsache, dass Universal Search Inc. gerade 500 Millionen Credits alleine dafür gezahlt hatte, dass der Händlerandroide die Reise zu ihnen unternommen hatte. „Nun, aus unsere Sicht ist ihr Vorschlag, jemanden in den engeren Kreis des Vorsitzenden der Union zu schleusen, damit dieser ein Attentat auf ihn verübt, ein mittelschwereres Unterfangen, betrachtet man die Stellung, die Universal Search und Cuberatio zuteil wird. Unter diesen Umständen sind die Risiken kalkulierbar, und zumindest aus unserem Blickwinkel... auch tragbar." Kolumn Geggle und Jonathan McMullin nickten. Natürlich war es für Cuberatio tragbar. Wenn ihr Plan gelingen würde, wäre Nr. 1 fein raus. Nichts würde auf eine Verwicklung des Roboterunternehmens in einen Mordanschlag auf den mächtigsten Mann des Universums deuten. Nur Universal Search würde dabei als Drahtzieher enttarnt werden.

Und die Konsequenzen waren...unbekannt.

Denn noch nie hatte jemand solch eine Aktion jemals gewagt. Dabei würde sich die Situation von Universal Search einfach nur verbessern. Denn jetzt waren sie dem Tod auf jeden Fall geweiht. Das stand fest. Nach einem gelungenen Attentat wären sie das vielleicht auch, vielleicht aber auch nicht. Sie hatten dann nämlich die Möglichkeit, bei den Machtkämpfen, die sich unter den Nilas ausbreiten würden, kräftig mitzumischen. Sie könnten gezielt Nilas fördern und ihnen zur Macht verhelfen. Im Falle des Erfolges könnte es dann natürlich auch dazukommen, die Interessen von Cuberatio mit einfließen zu lassen. Oder auch nicht. Das würde sich jetzt und hier bei den Verhandlungen zeigen.

„Und sie haben bereits angefangen, die ersten Schritte für diese Unternehmung einzuleiten?", fragte der Roboter jetzt schnatternd los. Kolumn Geggle ergriff das Wort, da es sein Plan, seine Idee war. „Ja. Wir haben eine Zielperson schon ausgemacht. Sie ist absolut perfekt geeignet, bedarf aber der speziellen Führung", erklärte der Geheimdienstchef. Und tatsächlich sagte er auch die Wahrheit. Wenn alles glatt lief, würde es in nicht ganz einer Woche so weit sein. Das „wie" wollte er noch nicht erklären. Es war besser, wenn das jetzt nur er selber und seine beiden eingeweihten Männer wussten, die mit allen Vollmachten und einem schier unendlichen Budget ausgestattet waren, damit dieses Unternehmen gelingen würde. „Zusätzlich zu unseren bereits vorgestellten Plänen bräuchten wir dann ihre Unterstützung bei der Einschleusung des Objektes in den engen Kreis des Vorsitzenden. Wenn sie so tun, als wäre alles normal, wenn sie den Nilas vortäuschen, dass ihnen an gewissen Situationen nichts auffällt, dass das Objekt bereits ihre Kontrolle und ihren Check passiert hat, dann werden die Nilas das akzeptieren, da sie Cuberatio für fast so allmächtig halten wie sich selbst", versuchte der Geheimdienstchef noch zusätzlich zu schmeicheln. Er war es gewohnt, sein Gegenüber zu manipulieren. Dass diese Worte an dem Roboter allerdings abprallten, merkte der Mann nicht. „Das klingt, in Anbetracht der Summe, die sie für unser Schweigen bieten, nach einem soliden Geschäft, das aus unserer Sicht getätigt werden kann", schnatterte der widerliche Maschinenmensch.

So sehr sich die beiden Universal Search Manager auch mühten, gelang es ihnen nur teilweise ihren Ekel zu unterdrücken.

Als wieder eines der Hautteilchen vom Rücken des Händlerandroiden hinter ihm auf den Boden fiel, konnte sich der Präsident nur mit Mühe und Not beherrschen, dass er nicht auf den Boden kotzte.

„Fühlen sich ihre Körper durch dieses Geschäft geschwächt?", wollte die Maschine wissen, die Gefühlsregungen nicht kannte. Generell hielten die Androiden von Nr. 1 Menschen für schwache, körperlich anfällige Wesen, die auch noch zusätzlich mit einem eigenen Verstand ausgestattet waren, der gelegentlich Macken hatte. Menschen waren auf der einen Seite wunderbar berechenbar, auf der anderen Seite, wenn Hormone oder ähnliche Faktoren Einfluss auf Entscheidungen nahmen, wieder vollkommen unkalkulierbar. Aber dieses Geschäft schien von den Menschen wohl durchdacht. Mit einem Zucken erhielt dieser Android bereits die Antwort von Nr.1. Für beide Menschen sichtbar ruckelte wieder leicht der Kopf und stand dann wieder still.

„Und dies ist das einzige und letzte Treffen, das wir gemeinsam haben?" „Ja, alles andere kennen sie bereits durch die erste Übertragung." „Wir schätzen ihre Ehrlichkeit und sind über diesen höchst geschickt ausgeklügelten Plan erfreut." Jetzt schaute Kolumn Geggle etwas irritiert. Er wusste nicht genau was, aber in der Antwort schwang etwas mit, das seine Sinne zur höchsten Vorsicht trieb. DA war etwas zwischen den Zeilen dieser Sätze, das ihn enorm misstrauisch machte. Aber es war nur Intuition. Ein Bauchgefühl.

„Wenn sie jetzt das Geld überweisen würden, dann ist unser Kontrakt perfekt." Kolumn Geggle schüttelte den Kopf. Vielleicht war das ja auch nur Einbildung. Seine Gedanken waren jetzt schon wieder bei der Geldüberweisung. Es war ein Fünftel des gesamten Vermögens von Universal Search. Doch das würde der Geheimdienstchef liebend gerne machen. Denn wenn Cuberatio einen Vertrag unterschrieb, der in diesem Fall mit der Zahlung von 400 Billiarden Credits legitim wurde, dann würden diese Maschinen aufgrund ihrer Computerprogramme auch alles versuchen, ihn zu erfüllen.

Äußere Umstände und höhere Gewalt natürlich ausgeschlossen.

Behutsam stand der Geheimdienstchef auf. Jonathan McMullin beobachtete die Szenerie, rieb sich die feuchten Hände an der Hose ab. So was hatte es noch nie gegeben – und würde es wahrscheinlich auch nie wieder. Sie schrieben Geschichte. Grausame Geschichte. Aber so war das Leben. Sie waren dazu ja gezwungen.

Dann ging Kolumn Geggle auf den Händlerandroiden zu, zückte einen anderen Creditstab und steckte ihn in den integrierten Checker im Körper des Roboters. Für die beiden Menschen schien die Länge der Überweisung eine halbe Ewigkeit zu dauern. Es waren die Erträge der letzten 15 Jahre, die hier von dem einen Unternehmen zu dem anderen wanderten. Aber das Überleben war den Preis wert. Für den Roboter waren es lediglich ein paar Sekunden. Mit einem Nicken bestätigte er die Transaktion. Das Geschäft war in trockenen Tüchern. Jetzt gab es kein Zurück mehr.

Claudius Brutus Drachus würde sterben. Das stand zumindest für Cuberatio fest.

Nr. 1 rechnete mit einer Erfolgsquote von über 90 Prozent....

Duuuuuu!", zeigte der größte Rock n' Roller auf die Schmetterlingsdame vor ihm, die genüsslich an einem Schokoladenriegel lutschte. Sehr genüsslich und sehr ausführlich. „Duuuuuu!", machte der Schmetterling weiter, ohne jedoch eine passende Anklage zu finden. Johnny war innerlich zu aufgewühlt, als er jetzt so vor Sonja in der Unterkunft der Familie Feuerstiel im unterirdischen Verteidigungsnetzwerk der Erde war. Sonja streckte die Zunge extra weit raus und leckte die Süßigkeit an der Stange mit einer erotischen Leichtfertigkeit ab, die Johnny durchdrehen ließ.

Keck schaute sie ihn an und sagte: „Was denn? Ich konnte doch nichts dafür! Wir waren doch da zum Spionieren, und Sarah brauchte meine Hilfe! Was soll ich denn da machen?" „Ich, ich, ich, würde dir gerne den Hintern versohlen. Aber so richtig." „Mach doch. Komm schon ich warte. Dann aber so richtig. Ja?!", trieb Sonja Johnny in den Wahnsinn, während sie mit der einen Hand den Schokolutscher hielt und sich selber auf den Hintern tätschelte. Grrrrrr.

Sie waren in dem Quartier von Familie Feuerstiel. Aber die Eltern von Julia und Sebastian waren nicht da. Dafür aber Mona, die gemütlich auf dem Bett lag, und das Geschehen in dem Raun nur nervig fand. Die beiden Schmetterlinge störten. Lust, sie zu fangen, hatte sie schon lange nicht mehr. Mona wusste nicht warum, aber die beiden gehörten hier irgendwie schon zur Familie. Und Familienmitglieder fraß man schließlich nicht.

„Ah, da seid ihr beiden ja schon", kam es jetzt von der Tür. Monika Feuerstiel sah heute schöner aus, als jemals zuvor. Warum auch immer...

Sie hatte ein langes blaues, brustfreies Kleid und Ballettschuhe an. Ihre langen schwarzen Haare waren frisch gewaschen und sie duftete nach Aprikose. In ihren Augen war ein Funkeln, das jeden Menschen auf diesem und auf jedem anderen Planeten verzaubern konnte. Was ihre Schönheit noch verdoppelte, war die Tatsache, dass sich ihr Bauch in seinem Unfang verdreifacht zu haben schien: Frau Feuerstiel war unverkennbar schwanger. Johnny und Sonja unterbrachen ihre turtelnden Spielereien und schauten die Mutter von Sebastian freudestrahlend an.

„Sie sehen wunderschön aus", konnte es Sonja sich nicht verkneifen, und sprach damit automatisch auch im Namen von Johnny. Doch anscheinend hatte die werdende Mutter etwas auf der Seele, das sie unbedingt loswerden wollte. Da Sonja wusste, dass die Schwangere gerade von einem Frauenarzt kam, und den eigentlichen Grund des Besuches neben dem Routinecheck kannte, wurde die Schmetterlingsfrau vor Aufregung etwas nervös. „Und? Was ist es jetzt?"

Monika Feuerstiel und ihr Mann Lars hatten zuerst gedacht, sie würden es schöner finden, wenn sie sich bei der Geburt von dem Geschlecht überraschen ließen, aber je näher die Niederkunft kam, desto neugieriger wurden die beiden, bis zu dem Moment, als *sie* sich entschied – ohne Lars etwas zu sagen – sie wolle einen Ultraschall machen lassen. Das Grinsen im Gesicht von Frau Feuerstiel zog sich wahrscheinlich weit über ihre Ohrläppchen hinweg, bis zum Rücken runter und noch viel weiter. Schnell machte sie die Türe zu. Niemand sollte wissen, dass sie es getan hatte.

„Und ihr könnt das auch wirklich für euch behalten?"

Die beiden Schmetterlinge schauten sich gegenseitig entsetzt an.

Wie kam die Frau bloß darauf, dass sie nichts für sich geheim halten konnten? Unverschämtheit. Aber sie war eine schwangere Frau, da musste man ja mit solchen Reaktionen rechnen. Sie konnten die werdende Mutter verstehen. Ihr mag vergeben sein.

„Natürlich behalten wir beide das nur für uns", lächelte sie Sonja wie das unschuldigste Lamm auf der Welt an. Johnny nickte ein paar Mal kräftig und rieb sich die Hände. „Also………es wird ein Mädchen!!!"

HUrraaaa!!! Beide schmissen ihre Ärmchen jubelnd in die Höhe. Sofort umarmten sich Johnny und Sonja. Fest packte der kleine Rakker zu und drückte Sonja so sehr, dass sie ihre Luft herauspusten musste. Ihre beiden Körper berührten sich. Unsichtbare Funken elektrisierten ihre Seelen. Er füllte sich so gut an. Sie füllte sich so gut. Uuuuups?! Sofort wollte Johnny Sonja loslassen, aber es ging nicht. Sonja klammerte sich förmlich an seinen Körper. Das wollte sie solange schon machen. Endlich war er so weit. Er merkte, dass sie ganz im Traumland Liebe weilte, die Gedanken nur an Johnny gerichtet. Hehe! Er hatte sie! Hehe! Er war ein richtiger Kerl. So Mädel. Festhalten! Jetzt geht's los, Baby.

„O.K., O.K., Honey", protzte der Prolet und trennte ihre Münder. Für sie hatte er da was. Heartbreakers Paradise: „Ich bin klein, mein Herz mach rein, soll niemand drin wohnen, als Sonja allein". „Oh Johnny, oh Johnny, küss mich!", platzte endlich die Sehnsucht unkontrolliert aus ihr heraus. „Bitte küss mich!". Ja, Kleines, und wie ich dich küsse, danach wirst du für immer mein sein, durchlief es den Mini-Macho. Kurz feuchtete er seine Lippen mit seiner Zunge an, packte mit beiden Händen den Kopf von Sonja, die sich in seinem Nacken vergraben hatte, führte ihn sanft, aber stark, auf gleiche Höhe, und schaute ihr tief in die Augen. Da war sie, die Unendlichkeit. In diesen einfachen Augen. In mit schwarz gesprenkeltem Blau tobte wild wie ein stürmischer Ozean, mit wunderwollen weißen Schaumkronen, ein von Liebe erfüllter Geist. Er konnte es sogar riechen. Schmecken bevor er sie berührte. Und es musste schon sehr

lange da sein… und auf ihn warten. Er war ein Idiot!! Oh Gott, so schön musste Schmetterlingsliebe sein.
Shit, die Weiber hatten Recht.
 Ein heißer Schauer lief Johnny vom Kopf runter über die Flügel, bis in die Füßchen, sodass er zuckte. „Küss mich!", bettelte sie Liebestrunken, den Moment kaum noch abwartend. Ihre Lippen waren nur noch Millimeter von einander entfernt. Ihr Atem war bereits eins. Und dann geschah es: Johnny und Sonja küssten sich mit herausplatzender, vorher unterdrückter Leidenschaft. Ooooh, tat das gut. Uiiii, war das lecker. Aaaah….wundervoll, nie mehr loslassen!!! Wie lange? Das würden beide nicht mehr sagen können.
 Erst das Klatschen einer total verzückten Frau Feuerstiel, holte sie wieder in diese Welt zurück. Die Augen aber weiterhin verschlossen. Langsam vermischte sich aus ihren Mündern herauskommend ein Lächeln, das alleine schon für den Weltfrieden sorgen könnte. Dann drehten sie sich die Augen öffnend zu ihrer Zuschauerin um – und kriegten den Schreck ihres Lebens!!! Der gesamte Raum hatte sich mit mehreren Millionen Schmetterlingen gefüllt, die alle eng gestopft auf das Pärchen gafften. Augenpaar um Augenpaar. Übereinander, nebeneinander – überall Schmetterlinge.
Einige entsetzt, einige vor Glück weinend, andere einfach sprachlos.
 „So einen Kuss will ich auch mal von dir", flüsterte irgendwo eine weibliche Schmetterlingsstimme, und es hatte den Anschein, dass man den Rempler in die Rippen hören konnte. Der Ursprung war aber nicht genau auszumachen. Von irgendwo aus dem Mob kam das leichte Händeklatschen von Frau Feuerstiel. Nur ihre Augen waren durch die Schmetterlingsmasse noch zu sehen. Dann kam ein weiteres Händeschlagen hinzu, und noch eins, und wieder eins, und immer mehr.
 Solange… bis der ganze Raum vor Applaus nur so gefüllt war, und sich die ersten Jippie-, Juhuuu-, Bist 'nen richtiger Kerl-Rufe dazu kamen. Die Schmetterlingswelt hatte ab jetzt ein VIP-Pärchen…

Prinzessin FeeFee und ihr Bruder Re wanderten neben den Stuhlreihen auf und ab. Sie hatten sich wieder in aufrecht gehende Lan-Dan verwandelt. Das Forum neben dem alten Wasserturm wollten sie jetzt nicht mehr lange nutzen. Obwohl sie dem Lanker Bauern einiges schuldeten, den sie bei ihrer Ankunft entdeckt hatten. Er hatte sie zu dieser Kleinkunstbühne gebracht, die wegen ihrem Ambiente wahrscheinlich in Friedenszeiten gut belebt war. Hier war für fast 300 Menschen Platz.

Dort lagerten jetzt aber ihre Wasserproben. Jede einzelne mit einem Zettel und einem Chip markiert. Das war einfach. So konnten sie direkte Sichtkontrollen machen, hatten die Daten aber auch elektronisch gespeichert. Damit konnten sie aber unter anderem auch den einfachen Transport zu ihrem Schiff gewährleisten. Sie mussten nur die Informationen der Proben mit in ihre Beam-Berechnungen eingeben, und schon würden sie allesamt nach oben kommen.

„Wo sind denn Mutters Männer?", wollte die Familien-Assassinin von ihrem Bruder wissen. Sie hatte die ganze Zeit an einem Tisch auf der Bühne an den Analysen gesessen, und nicht mitbekommen, wie die Leibgarde den Raum verlassen hatte.

„Auslauf", kommentierte Re die Frage, dem die Abneigung seiner Schwester gegenüber den dauerhaft anwesenden Männern langsam auf die Nerven ging. Was hatte seine Mutter sich dabei wohl gedacht? Hätte ihr nicht klar sein müssen, dass ihre Tochter diese so augenscheinlich ausgewählten Männer niemals akzeptieren würde? Sie sahen bis auf wenige Eigenschaften fast alle gleich aus. Dass dies kein Zufall war, konnte ein Blinder sehen. Aber wenigstens hatte FeeFee ihren Unmut darüber nicht vor den Männern ausgelassen. Eine Notsituation war zwar bisher nicht eingetreten, aber diese speziellen Lan-Dan, die sie begleiteten, wären bereit, ihr Leben für die beiden Königskinder zu lassen.

Es war eine hohe Ehre, FeeFee und Re begleiten zu dürfen.

Und da wäre es schon beschämend, wenn man ihnen sagen würde, dass sie nicht willkommen waren. Aber sie konnten ja nichts dafür, dass Königin Mutter heimlich ihre Finger im Spiel hatte. Wenigstens würden die Männer nach diesem Abenteuer zu Hause beruflich alles erreichen können, was sie wollten. Mit der Teilnahme an der Mission, die die Existenz ihrer Rasse, ja ihres Planeten sichern konnte, würden sie zu Stars unter den heimischen „normalen" Kriegern werden.

Auch wenn dabei keine Liaison mit der Prinzessin raus gesprungen war.

Und was zusätzlich noch wichtig war, und dieser Aufgabe eine angenehme Ruhe zufügte, war die Tatsache, dass die Königin wohl nicht angeordnet hatte, dass sich die Männer aufdringlich verhalten sollten, um die Kugel ins Rollen zu bringen. Ihre Männer hatten eine wunderbare Disziplin. Keiner von ihnen hatte sich ohne ausdrücklichen Wunsch FeeFee genähert.

Aus Sicht seiner Schwester... ein voller Erfolg, dachte sich der Prinz der Lan-Dan.

„Wenn wir das haben, können wir uns für die Heimkehr rüsten", sagte die Prinzessin, und drückte symbolisch einen Knopf auf dem flachen Display ihres portablen Computers. Mit einem Bestätigungs-Pieps fuhr er sich herunter.

„Gut, dann warten wir jetzt nur auf die Männer. Die Reise wird genau so lang wie der Hinflug. Da kann es nicht schaden, wenn sie diesen letzten Auslauf noch etwas genießen." FeeFee nickte und ging die kleine Treppe neben der Bühne herunter. Sie war heute Morgen alleine unterwegs gewesen. Es war höchste Zeit, dass sie hier verschwanden. In dem Moment materialisierte sich eine lila Schmetterlingsfrau. Leise und still schwebte sie vor FeeFee. Martha hieß die fliegende Bewunderin. Sie war eine von den fünf Schmetterlingen, die sie außerhalb von Lank entdeckt hatten. Nur wusste sie nicht, dass sie sich auch in aufrecht gehende Lebewesen verwandeln konnten. Martha sagte nichts, gaffte FeeFee nur an. Diese Frau vor ihr hatte dieselben grünen Augen wie der schöne Panther. Aber heute war er wohl nicht hier. Unauffällig, wie die Schmetterlingsfrau dachte, schlich sie sich fliegend immer näher an FeeFee. Sie flog nämlich „gaaaaaanz" belanglos im Raum herum. Irgendwie… zickzack. Aber dabei „reeeein" zufällig immer näher an die Lan-Dan Prinzessin heran – bis sie quasi direkt vor der Nase von FeeFee flog, und dann „gaaaaaanz" nebenbei in den Raum fragte: „Wo sind denn die schönen Panther heute?"

FeeFee tat ebenfalls so, als würde sie den sprechenden Schmetterling kaum beachten. Sie machte dies, sie machte jenes, dann setzte sie sich auf die erste Stuhlreihe und legte die Füße dabei hoch. „Weiß nicht", murmelte die Prinzessin. Das war aber nicht die Antwort, die die Schmetterlingsfrau haben wollte.

„Kommen die denn noch wieder?", wollte Martha wissen, und ließ sich jetzt neugierig auf dem rechten Knie von FeeFee nieder. Wie eine lästige Fliege versuchte FeeFee, die Schmetterlingsfrau wegzuwedeln. Aber mit einem kleinen Sprung in die Höhe wich Martha dem Schlag gekonnt aus.

„Kann ich dir nicht sagen", grummelte FeeFee. Ihre Ablehnung gegen die Schmetterlinge rührte daher, dass die fliegenden Zwerge eigentlich nur an der Prinzessin in Pantherform interessiert waren. Sie hatten auch die Leibgarde und Re gesehen, aber die rochen einfach nicht so gut. Und in deren Augen glühte nicht so ein wundervolles Feuer wie in der Pantherdame. „Nicht, dass sie sich verlaufen haben? Draußen ist ja jetzt bald viel los. Auch hier", befürchtete Martha. Damit hatte sie allerdings das Interesse von FeeFee geweckt.

„Wieso das denn?", wollte FeeFee jetzt immer noch mit gespielter Langeweile wissen. „Naja, das ist doch recht einfach. Das müsstet ihr ja bereits auch schon gesehen haben", lamentierte Martha rum. „Wir ziehen doch in den Krieg! Ach was, das sind wir ja schon! Nein. Wir wollen einen Gegenschlag direkt von hier, auf dieser Rheinseite, auf die andere machen. Weil die Führungsspitze von Universal Search doch in Düsseldorf ihr Hauptquartier eingerichtet haben soll! Direkt an der Grenze! Das wird unter den Soldaten zumindest gemunkelt, weil uns niemand den Grund erklärt hat… bis jetzt. Also machen sie sich alle ihre eigenen Gedanken." Martha flog aufgedreht herum. „Das musst du dir mal vorstellen. Obwohl wir Abwehrkanonen haben, die den ganzen Orbit mit ihrer todbringenden Munition zudecken können, haben die so wenig Angst vor uns, dass die es sich direkt vor unserer Nase gemütlich machen."

„Ja, schlau ist das nicht", fügte FeeFee mit gespieltem Desinteresse an. Soldatentratsch. Davon war mehr falsch als wahr. Und die wahren Gründe würde der einfache Mann im Feld niemals erfahren. Dabei waren diese Informationen schon wichtig. Denn würden sie etwas länger bleiben müssen, dann würden die Soldaten der Rosenarmee auch hierhin kommen. Die Lan-Dan waren den Menschen hier ja nicht feindlich gesinnt. Aber sie wollten halt ihr Wasser. Und obwohl die Erdenbewohner nicht ganz Herr des Hauses waren, so bedeutete das auf jeden Fall Diebstahl. Wessen Eigentum das zurzeit war, spielte ja eigentlich keine Rolle. Aber sie brauchten das Wasser, und sie wollten es so schnell wie möglich sichern. Wer wusste schon, wie lange es dauern würde, bis man einen Planeten fand, der zum einen unbewohnt und zum anderen mit solch einer Wasserqualität ausgestattet war, wie dieser hier?

Nein. Die Lan-Dan wussten, dass sie eine Abfuhr bekommen würden, wenn sie höflich danach fragen würden. Außerdem war das Volk der Lan-Dan die Spitze der Schöpfung. Alles andere – unter anderem Menschen - war unter ihnen und hatte ihnen zu dienen. Sie waren schließlich die Einzigen im Universum, die dem Wasser entsprungen waren. Das waren zwar Ansichten, die FeeFee und Re als junge Generation nur noch bedingt teilten, aber sie waren die Vertreter ihres Volkes und da zählte ihre persönliche Meinung weniger. Die Mehrheit hatte das Sagen.

„Ja-ha", besserwisserte Martha jetzt, sie war ein ziemlich schlaues Köpfchen. „Na ja, und deswegen könnte es sein, dass die Ritter, die jetzt alle auf dem Weg nach Meerbusch sind, versuchen könnten, die Panther zu verscheuchen. Du weißt schon, die meisten Menschen haben Angst vor wilden Tieren. Vor allem, wenn sie frei sind."

FeeFee konnte sich ein Grinsen jetzt nicht verkneifen. Und ob! Die Menschen sollten vor ihnen, vor ihr, Angst haben! Neben ihrem Bruder gab es niemanden in dem ganzen Universum, der es mit ihr aufnehmen konnte.

„Deswegen könnten wir…", sagte Martha während sie die Beine der Prinzessin hochwanderte, „…dafür sorgen, dass die Panther durch unser Hilfsprojekt in Sicherheit gebracht werden." Die lila Schmetterlingsfrau wollte, wenn es ging, unbedingt mal einen Blick in die Augen der Frau werfen. Schon von weitem hatte sie das Gefühl, als bewege sich darin was. So wie Wellen, oder ein kleiner Film. Und da kannte sie bisher nur eine, die das konnte: das Pantherweibchen!

„Wie läuft das denn mit eurem Projekt", fragte FeeFee ganz unbeteiligt und schnipste die Schmetterlingsfrau ihre Beine runter, sodass sie in Rückwärtspurzelbäumen wieder bei dem Knie ankam.

„Das ist ganz einfach. Ich sage einfach, Johnny oder Sonja…", ohne sich über den Schubser zu beklagen, ging die Schmetterlingsfrau, wie von einem Magneten angezogen, wieder langsam die Beine hoch, „…dabei fällt mir ein, dass ich das vielleicht direkt einem der Kinder erzählen sollte… Johnny und Sonja knutschen jetzt nämlich miteinander, musst du wissen…", erklärte Martha mit sichtlichem Stolz, die beiden waren so ein tolles Paar, das Ziel „Augen" aber immer noch im Visier „…..Naja, irgendeinem würde ich Bescheid sagen, und dann würde einer von denen, egal ob Johnny oder Sonja, oder beide, mit einem oder zwei, oder drei Kindern kommen, euch mit nach unten holen, und dann nach Amerika, in das Land der Freiheit bringen. Unsere Arche, verstehst du?"

FeeFee schaute ihren Bruder an, der die Stuhlreihen hochgegangen war und dann hinter der Abtrennung verschwand. Dahinter waren die beiden Doppeltüren, die auf den kleinen Hof des Forum Wasserturms führten. Nebenan war noch ein angeschlossenes Bistro, aber dafür hatten sie sich nicht interessiert. Es war verlassen. Auf den Hof zogen allerdings Gerüche aus dem Kneipencafé – zum Glück waren sie nicht dort hineingezogen, sonst hätten sie sich ein anderes Quartier suchen müssen – weil wahrscheinlich der Strom zu den Kühlschränken seit Monaten nicht mehr lief, und alles was sich als Nahrung dort befand, bereits schimmeln musste. Wieder schnipste FeeFee die Schmetterlingsfrau sanft die Beine herunter. Das störte sie immer noch nicht.

Martha rappelte sich wieder auf, und ging automatisch wieder Richtung Augen.

„Also ich könnte das einleiten. Wenn du mit deinen Panthern da hin würdest wollen. Da wäret ihr sicher!" Jetzt schaute FeeFee Martha an. Wenn die Kleine nicht so fellschnuppersüchtig wäre, von ihrer Augenfaszination ganz zu schweigen, dann würde sie ihr ja zeigen, dass sie selber auch ein Panther war. Aber bei dem offenen Charakter der Kleinen, so wollte sie mal das Plappermaul beschreiben, könnte sie sich nicht sicher sein, ob ihre Mission dadurch nicht gefährdet würde. Aber gut zu wissen, dass die Menschen hier eine unterirdische Anlage hatten. So verblödet schienen sie gar nicht zu sein. Und Mut besaßen sie auch noch - vielleicht aber auch Dummheit. Denn wie das Verhältnis einer Menschenarmee zu einer galaktischen stand, konnte sie nicht sagen.

Wenn Universal Search sogar seine Kommandozentrale direkt an die Grenze zu dieser Rosenstreitmacht legte, vorausgesetzt, es war wahr, dann musste das von einer Sicherheit herrühren, die auf Stärke beruhte. Das war die einzige Möglichkeit. Unwissenheit konnte es schlecht sein.

Als Martha wieder dabei war, die Beine zu erklimmen, da klapperten die Türen des Forum Wasserturms. Kaum hatte sich die Schmetterlingsfrau umgedreht, stürmten die ersten Panther herein.

Als FeeFee erkannte, dass sich die erste Wildkatze gerade wieder verwandeln wollte, gab sie mit der Hand ein Zeichen, sie sollten noch nicht wieder Zweibeiner werden. Der Panther verstand. Die Folgenden auch. „Schade sie ist nicht mit dabei", sagte Martha traurig, schaute FeeFee an und löste sich in Luft auf. FeeFee grinste…

Hiiicks", machte der kleine Schmetterling, der auf einem Tisch in einem Konferenzraum des Verwaltungsgebäudes der Befreiungsarmee von Sadasch saß und in die Leere starrte. Sie hatten fast sechs Stunden gebraucht, um die meisten Hände zu schütteln. Draußen tobte eine riesige Party, der ganze Planet feierte. Sie hatten den heutigen Tag, morgen und übermorgen zu Festtagen erklärt.

Für immer sollte es nun heißen: Die Schmoon-Lawa-Befreiungstage.
Doch jetzt waren sie hier mit Lukas und seiner kleinen Lichtmurmel. Schüchtern sorgte sie sich um ihn. Sogar sie konnte erkennen, dass das nicht normal war. Um ihn herum standen Pharso, Garth und Sebastian. In der Luft waren Darfo, Oscar und Judith. Sie flogen um den Schmetterling von Sebastian herum. Immer noch versuchten sie, ihn aus seiner Schock-Trance zu wecken. Aber bis jetzt ohne jeden Erfolg. Der Kleine war in seiner Welt gefangen.
„Was können wir denn sonst noch für ihn machen?", fragte Sebastian an Garth gerichtet. Er war schließlich der Adept. Der Herr der Schmetterlinge. Aber der Bander konnte mit seinem grünen Schwanz nur herumwedeln. Er war in Grunde genommen genauso ratlos wie die anderen. Das hatte er auch noch nicht gehabt. Er konnte den Schmetterlingen zwar Befehle erteilen, dafür mussten

sie aber geistig anwesend sein. Das war Lukas allerdings nicht. Man konnte ihm sagen, was man wollte, er war nicht erreichbar. Oscar und Judith schnipsten jetzt schon lange mit den Fingern vor ihm herum, oder kniffen ihm in den Arm, aber nichts half. Darfo hatte die Tränen in den Augen. Lukas tat ihm so leid. Wäre er doch auch besser einfach in Ohmacht gefallen, so wie er. Das wäre dann gar nicht so schlimm gewesen. Das tat nämlich nicht weh. Aber so. Wahrscheinlich hatte er Schmerzen. „Hicks", machte es wieder und Lukas wippte dabei leicht auf und ab.

„Ich kann mit ihm aber nicht so unterwegs sein", forderte Sebastian Garth erneut wieder auf, etwas zu unternehmen. Jetzt packte sich Garth an sein rechtes schuppiges Ohr und spielte nervös daran herum. Es hatte schon etwas Lustiges, wenn der drachenähnliche Bander nachdenklich tat. Dann beugte sich Pharso zu Sebastian vor und flüsterte ihm ins Ohr. Automatisch, das waren Unterroutinen bei Schmetterlingen, bewegten sich Darfo, Oscar und Judith näher heran, beugten leicht ihre Körper, um besser hören zu können.

„Wir müssen langsam aufbrechen. Unsere Mission…" Sebastian schaute die Schmetterlinge beiläufig an und nickte. „Hicks", machte es wieder.

„Aber ich kann ihn so nicht mitnehmen. Beim besten Willen nicht." „Dann wirst du ihn hier bei Garth lassen müssen. Eine andere Möglichkeit haben wir nicht. Wir müssen los. Und zwar bald." „Ich weiß. Also gut." Gaaaaanz unauffällig bewegten sich die Schmetterlinge wieder auf ihre alten Positionen zurück. Dann sagte Sebastian zu Garth: „Du wirst jetzt erstmal drei Schmetterlinge haben. Wir sehen da keine andere Chance." Garth zippelte wieder nervös an seinem grünen Ohr. Er sah ja selber, dass Lukas so zu nichts zu gebrauchen war. „Hicks", haute es den Schmetterling fast vom Tisch, als wolle Lukas bestätigen, dass er nicht mitkommen konnte. Die Lichtmurmel hüpfte erschrocken zurück. Garth ging vorsichtig zu ihm hin, nahm ihn sanft mit beiden Händen auf.

„So, dann wollen wir mal schauen, wie wir das wieder hinbekommen. Was?", beruhigte Garth Lukas, der mit den Augen hilfesuchend umher schaute. Fast so, als würde er verstehen, dass Sebastian zu einem Abenteuer aufbrach - ohne ihn.

Gerade als Garth sich mit Lukas auf den Weg machte, bog Chester um die Ecke. Sein riesiger Körper versperrte die Tür. Er wollte schon fast etwas über den Bander sagen, da entdeckte er in seinen Händen Lukas. Schnell sprang er einen Schritt nach vorne, so dass die beiden durch konnten. „Hicks", machte Lukas noch einmal zum Abschied, hüpfte in der Hand auf und ab. Dann bog Garth mit ihm um die Ecke und verschwand. Flugs huschten noch Judith und Oscar an Chester vorbei und nahmen die Verfolgung von Garth auf. Dann drehte sich Chester zu den anderen wieder um. Alle hatten noch ihre Festkleidung an. Für einen Wechsel war noch keine Zeit gewesen. Sogar Chester hatte viel Ruhmes- und Dankbarkeitsarbeit leisten müssen. Er war es schließlich gewesen, der den Magistraten mit seinem Schwert Fr'od vor allen Augen enthauptet hatte. Sebastian befreite zwar den Planeten, aber Chester vernichtete ihren Anführer. Und das war in den Augen der Bewohner von Sadasch genau richtig so. Denn es war einer der ihren gewesen, der den finalen Schlag ausgeführt hatte. Es stand schon fest, dass Chester auch noch einmal einen Ehretag bekam. Bereits jetzt liefen die Bewerbungen für Künstler, die die Denkmäler bauen sollten. Und dabei hatte die provisorische Verwaltung von Sadasch fast kein finanzielles Limit gesetzt. Sie konnten zur Not auch einen eigenen Planeten bauen, so groß war das Budget. Aber darüber machten sich Sebastian und Chester keine Gedanken. Ganz ihm Gegenteil – ihnen wurde bei dem Gedanken sogar etwas mulmig.

„Hallo Schmoon Lawa", neckte ihn Chester deshalb. Sebastian konnte es schon fast nicht mehr hören. Er mochte gar nicht daran denken, wie viele Lebewesen ihn nun kannten. Das war ja auf der einen Seite ein netter Gedanke, aber auf der anderen war es auch beängstigend. Aus seinem Bekanntheitsgrad, oder viel mehr aus ihrem, entstand natürlich auch ein Problem. Die Feinde der Union hatten dadurch Gesichter bekommen. Sie waren nicht mehr namenlose Gegner. Nein. Jeder Mann und jede Frau diesseits des freien Universums trug voller Stolz irgendwelche Zeichnung oder Skizzen von ihnen herum. Denn im Nachhinein hatte sich herausgestellt, dass nicht nur Sebastian unscharf von den Kameras hatte aufgenommen werden können, nein, alle anderen Ritter, die vor die Objektive gerutscht waren, auch nicht. So blühte das Geschäft von Zeichnern, Bildhauern und Malern. Originale gab es seit der Massenveranstaltung genug. Der Kunsthandel florierte dank der Ritter wieder. Von einer Wirtschaftsflaute konnte da nicht mehr gesprochen werden. Zumindest in dem Segment. Die Waffenindustrie erlebte ebenfalls eine Blühte. Mittlerweile hatten sich sechs Galaxien mit insgesamt 45 bewohnten Planeten angeschlossen. Das war zwar nur ein Bruchteil von dem, was die Union beherrschte, aber immerhin. Ihre Unterhändler und Diplomaten waren noch auf anderen Planeten, und versuchten, die jeweiligen Bewohner dazu zu überreden, sich der Revolution anzuschließen. Und dann waren ja noch die, die hier Schmoon Lawa live gesehen hatten. Sie würden in den nächsten Tagen zu ihren Heimatwelten zurückkehren und ihre Völker von einem Aufstand überzeugen. Hier hatten Fu Ling Shu, Chester und Cassandra ordentlich ihre Finger im Spiel. Sie berieten Aufstandsinteressierte und sicherten ihnen jede Unterstützung zu. Was die Waffen anging, da liefen die Fabriken überall auf Hochtouren. Die Nachfrage war so groß, dass sie weit im Rückstand lagen. So weit sogar, dass sie einige Planeten bitten mussten, dass wenn sie es selber nicht anhand ihrer Waffenstärke schafften, sie noch ein paar Wochen warten sollten, bis sie den Kampf gegen die Union aufnahmen.

Die Fabriken der Crox, mit Abstand die wichtigsten, liefen ebenfalls an ihrem Maximum, hingen aber am weitesteten zurück. Seit vier Tagen war kein einziges Schiff mehr gekommen… warum auch immer. Nicht, dass die Crox massenhaft herstellen konnten. Aber eines pro Tag war schon drin. Manchmal auch zwei. Man musste sich einmal vorstellen, zu was für Leistungen diese kleinen Lebewesen in der Lage waren. Hatten sie früher Monate für eines gebraucht, erledigten sie das nun an einem einzigen Tag.

Das war ein tolles Völkchen, dachte sich Sebastian. Er hatte sich nachher noch mit den Haudraufs verabredet. Eine halbe Stunde wollte er ihnen dann doch schenken – vor allem Finola. Ohne sie wäre es schließlich nicht so weit gekommen. Und Dankbarkeit war immer noch ein hohes Gut in Sebastians Augen. Wegen des Kontaktabbruches zu Tranctania, dem Planeten der Crox, machte er sich keine Sorgen. Noch nicht. Es konnte ja schließlich etwas Harmloses sein. Neben dem Planeten der Crox hatten sie noch einen anderen, bewohnten ausgemacht, aber dieses Volk hatte etwas Unheimliches. Sie hatten auf keinen Versuch der Kontaktaufnahme reagiert. Und wenn sie die Crox nach diesen Lebewesen fragten, dann wurde es auf einmal schnell stumm im Raum. Niemand wollte etwas darüber sagen. So, als läge ein Fluch darüber. Als würde etwas Schlimmes passieren, wenn sie ihren Namen aussprechen würden.

Na ja, sie mussten ja nicht mit ihnen zusammenarbeiten. Zumindest wussten sie aber, dass sie nicht mit der Union kooperierten.

„Bist du dann soweit?", wollte Chester wissen. Sebastian schaute Pharso an. Keine Zeit mehr für die Haudraufs? Mist. Das musste er unbedingt nachholen! Darüber, wo Chester und er nun hin wollten, wusste nur Pharso Bescheid. Sebastian griff sich den schlafenden Sismael, hing ihn sich über den Rücken und folgte Chester um die Ecke. Sie wollten noch in das Privatquartier von Schmoon Lawa gehen und sich wieder umziehen. Zum einen konnten sie ja schlecht dauerhaft in Festkleidung umherlaufen, zum anderen zwickten und zwackten diese edlen Stoffe an ihren Körpern. Die Beiden bildeten sich das zwar nur ein, aber darin waren sie sich einig.

Als sie zurück in den magischen Raum mit den Flammenzungen an den Wänden kamen, hatte Cassandra den beiden Männern schon ihre Uniformen rausgesucht und hingelegt. Es waren diese eng anliegenden, die wie Neoprenanzüge aussahen… allerdings ganz in schwarz. Nur auf der Brust glühte eine zarte blaue Rose. Dazu hatte

sie ihnen jeweils einen Waffengürtel hingelegt. Zwei Venga-Phaser, sie waren unauffälliger, hatten sie was von einer Taschenlampe, lagen bereit. Dazu hatte die Barskiefrau noch diverses Spezialwerkzeug in die vielen kleinen Taschen gepackt, die an den Gürteln mit angebracht waren. Die beiden Ritter hatten schnell ihr Äußeres gewechselt und machten sich über Nebenwege zu einem der vielen Flugdecks, die um das Verwaltungsgebäude existierten. Nur eine handvoll Männer arbeitete hier, und es hatte fast den Anschein, dass sich niemand sonderlich für sie interessierte. Ein mittelgroßer Starlight VII –Transporter wartete. Er hatte zwei Plasmakanonen am Bug, und eine am Heck. 70 Mann Besatzung. Als Sebastian und Chester den Eingang erklommen, konnten sie schon nach einigen Schritten sehen, dass direkt an Bord die Na'Ean Krieger Spalier standen. Sebastian nahm die Zeremonie ab, dann verbeugten sich alle, rannten die Treppe hinunter und bauten sich vor dem Schiff zum Abschied auf. Sebastian hatte befohlen, dass sie ihn auf dieser Reise nicht begleiteten. Er würde auf seine Leibgarde genauso verzichten, wie später auf dieses Schiff, das er mit Chester nun betrat. Der Plan sah vor, dass sie sich jetzt, dank Wansul, in der Holk-Galaxie mit ihrem Kontakt trafen. Nur ein anderer Treffpunkt, kein sonderliches Problem. Dort würde Sebastian das Schiff wechseln, und sogar Chester zurücklassen. Das waren die Bedingungen. Sie wollten sich mit Schmoon Lawa alleine treffen. Ganz alleine.
Ab da würde alles in Sebastians Hand liegen.
   Und bei dem, um was es ging, hatte das freie Universum gar keine andere Wahl, als diese Forderungen zu erfüllen…im Vergleich zu dem, was sie dafür bekommen konnten. Als sich die Luke geschlossen hatte, dauerte es nicht lange und sie flogen los.
   Sebastian Feuerstiel konnte diesen Krieg vielleicht verkürzen, und Millionen von Menschen das Leben retten - wenn der Plan gelang…

Bei dieser Sondermission in Moskau, war die Anwesenheit von Johnny und Sonja erforderlich. Sichtlich für ihre beiden Ritter, Jack und Sarah, waren die beiden noch in voller Turtellaune. Doch jedes Mal, wenn sie in ihrer Privatsphäre – so nannten sie eigentlich den ganzen Tag – gestört wurden, dabei befanden sie sich eigentlich durchgehend in der Öffentlichkeit, markierte Johnny wieder den starken Macho, aber Sonja, ganz im Gegenteil zu ihrem Naturel, gab sich als verletzliche, zarte Schmetterlingsfrau, geradezu schüchtern.

Für beide stand fest: ein Schmetterlingsmann hatte sich um seine Schmetterlingsfrau zu kümmern, musste sie beschützen.

Was allen Anwesenden am meisten auf die Nerven ging, war, dass sie sich konsequent nicht mehr mit ihren Namen ansprachen, sondern sich immer nur noch „Schatz" nannten. Am Anfang war das ja noch recht nett gewesen, doch jetzt ging es jedem auf den Geist. Außerdem sprachen sie andauernd über die wichtigen Themen... wie Kinder kriegen, oder die Ehe unter Schmetterlingen. Namen für ihre Nachkommen hatten sie auch schon bereits. Johnny plädierte für Rambo, Hannibal und Lexter bei Jungen, und Chantal, Cindy und Sandy bei Mädchen. Dabei behielt Sonja allerdings noch einen klaren Kopf, und meinte, dass sie sich um die Namen auch noch später kümmern konnten. Gleichermaßen war es Sonja, die Johnny wieder auf den Boden der Tatsachen zurückbringen konnte, wenn sie auf Mission gingen. Sowohl bei ihrem Kinderprojekt, als auch bei ihren richtigen Aufgaben für ihre Ritter. So wie jetzt.

„Schatz, wir müssen jetzt arbeiten", küsste Sonja Johnny leidenschaftlich ein letztes Mal und klapste ihm auf den Hintern. Jetzt war *ER* noch liebestrunken. Sonja wollte sich gerade schon umdrehen, da griff er schnell ihr Köpfchen und zog ihren Mund wieder zu sich hin.

„Ich liebe dich, mein Schatz", flüsterte er. Dann schmatzten beide Schmetterlinge noch einmal kräftig, sie schaute im Liebesrausch in seine Augen. „Ich liebe dich auch, mein Schatz."
Dann hatte es den Eindruck, dass beide ein Ruck durchlief, und sie für die anstehenden Aufgaben bereit waren.

Jack Johnson, Sarah O'Boile und Jens Taime warteten bereits. Jens musste grinsen. „Da habt ihr aber mal zwei Süße." Das Jack dabei nicht zu lachen anfing, war reine Selbstbeherrschung. Wusste er doch, dass sich das auf die unberechenbaren hormonellen Rektionen des Liebespaares auswirken konnte. „Und wo ist dein Chaot?"

„Mal wieder nicht da", lachte Jens jetzt los. Sarah gab ihrem Liebling Jens jetzt einen Kuss, was Johnny und Sonja nur zustimmend gut heißen konnten, und steckte sich einen nach Blut leckenden Suao in ihre auf dem Rücken hängende Schwertscheide. Dies waren allerdings nicht ihre richtigen Schwerter. Sie hatten zwar auch einen eigenen Geist, doch waren diese Klingen, Sushi, Klioa und Rantam. Die Ritter hatten sich mit ihnen verständigt, dass sie sie mit den Namen ihrer eigenen Schwerter ansprachen. Die Klingen fühlten sich geehrt und dir Ritter erleichtert. Daher packte Jens „sein" Schwert Tokor, dessen wildes Gemüt deutlich zu spüren war, und Jack griff sich „seine" hitzige Sinta, aus der direkten Linie von Sismael Feuerschwert. Alle drei Schwerter glühten bereits vor Leidenschaft, voller Hoffnung auf einen guten Kampf. Das Böse konnte vernichtet werden.

Ziel der heutigen Mission war es, Gefangene zu machen. Sie hatten da einen Schmetterlingstipp. Andere Opfer wären auch nicht schlecht. Dann am besten welche von Universal Search Inc.. Das lag am Nahesten, denn sie wollten auf ihrem Terrain operieren. Wenn sie natürlich auch jemanden von Dark Sun Island in die Hände bekommen würden, dann wäre das natürlich erfreulich. Es gab zwar schon Informationen über das Unternehmen, aber nur wenige. DSI sollten als letztes auf dem Planeten angegangen werden. Denn die Befreiung der Erde sollte in Europa und hier in Asien beginnen. Die Erde musste Stück für Stück befreit werden.

Danach erst sollte Afrika folgen. Mit jedem Terrain, das die Rosenarmee gewann, wurden die Befreier ein wenig stärker - und die Besatzer schwächer. In Deutschland liefen schon Soldaten und Ritter ein. Sie rüsteten sich für den großen Sprung über den Rhein. Unter anderem auch in Meerbusch.

Die Heimat von Sebastian Feuerstiel war schon befreit. Dafür hatten sie als erstes Sorge getragen.

Jetzt standen sie in diesem Hinterzimmer in diesem pyramidenähnlichen Palast aus Labradorstein und dunkelrotem Granit. Nur die drei Ritter. Sonja und Johnny flogen schnell an ihnen vorbei und gingen, wie abgesprochen, in Stellung. Es waren auch die beiden gewesen, die zufällig über die Gruppe Nilas gestolpert war, und nun wussten, dass die Feinde hierher kommen wollten. Alles hatte dann sehr schnell gehen müssen.

Als sie jetzt die marschierenden Schritte der Gruppe hörten, die sich ihnen näherte, gaben Johnny und Sonja den Wartenden sofort Bescheid. Sie gingen in Position. Ort des Geschehens sollte die Halle sein, indem die einbalsamierten Reste eines russischen Revolutionsführers lagen: Wladimir Iljitsch Uljanow Lenin.

Seit über 80 Jahren bewahrten die Russen dieses widerliche Relikt eines untergegangen Reiches auf, das viele Menschenleben auf dem Gewissen hatte. Sein Leichnam wurde künstlich-chemisch vor dem Verfall bewahrt. Der gläserne Lenin-Sarkophag stand mitten im Raum in dem Palast auf dem Roten Platz in Moskau, um den sich die Angreifer in Winkeln und Nischen in Stellung gebracht hatten. Ein Überfall.

Die drei Ritter konnten jetzt die strammen Stiefelschritte des Nila-Trupps hören. Jack, Jens und Sarah zogen ihre Schwerter und legten sie vor sich auf den Boden. „14 Mann und ein Gefangener", flüsterte Johnny Jack ins Ohr. Der nickte. Also musste er nicht lange die Zeit anhalten. Als die Nilas den Raum betraten, schupste einer der Anführer einen Gefangenen in zerrissenem Anzug vor dem Sarkophag auf den Boden. Elf Nilas bildeten in ihren roten Uniformen einen Kreis. Drei Mann standen neben dem auf dem Boden liegenden Gefangenen. Es schien, dass einer davon der führende Offizier für die elf Männer war, die beiden anderen waren noch höher gestellt. Der Kreis aus Waffen richtete sich auf den Gefangenen aus.

„Du hattest uns 2000 Frauen versprochen!! Und was hast du uns geliefert?", keifte einer der beiden Höhergestellten. Seine lauten Worte hallten unheimlich im Mausoleum wider. Der Gefangene war nicht in der Lage, auch nur ein Wort zu sprechen. Der andere dafür aber schreiend umso mehr: „Nichts. Verdammt. Nichts, du Bastard von Präsident." Dann ging der Nila auf den Mann zu und trat ihm mit voller Wucht in den Bauch. Hass stach dem Rotuniformierten aus den Augen. Menschenverachtung. Er war besser gestellt, obwohl er von diesem Planeten stammte.

„Ist dir klar, dass wir diese Ware bereits selber verkauft haben?... Wir müssen liefern!!!... Und wie sollen wir das machen, wenn einer unser Vertragspartner nicht sein Wort hält?"

„Äääh…Es gab… ääääh…Schwierigkeiten… Probleme mit Universal Search… Sie haben den Anspruch auf alles, was in dieser… Region vorhanden ist… Dazu gehören auch die Menschen… Also auch die Frauen!", versuchte der russische Präsident sich zu entschuldigen. Hilfe suchend blickte er sich um. Alle Anwesenden ignorierten seine Ausrede. Der Nila ging zu einem der anderen Soldaten, nahm sich ein Nightingdale V, ging wieder zu dem Präsidenten und schoss ihm in den rechten Fuß. Der Schrei der Qualen hallte so schmerzvoll in dem Gebäude umher, das sich die Nackenhaare der Ritter aufstellten. Johnny und Sonja zuckten vor Schreck. Ein halb verschmorter Stummel, der verbrannten Fleischgeruch absonderte, blieb übrig.

„Hier wirst du deinen Platz finden. Führer neben Führer." Dann hob der Nila das Gewehr und schoss auf den gläsernen Kasten des Leichnams. Mit einem klirrenden Krach zerbrach der Schutz. In Sekundeschnelle breiteten sich Verwesungsgase aus, die mit dem Dampf von Chemikalien gemischt waren. Seit der Machtübernahme hatte sich niemand mehr um die Präparation des ehemaligen Fürsten der UDSSR kümmern können. Seit Monaten ging die Natur ihren Lauf.

Die drei Ritter und die Schmetterlinge kämpften mit der Übelkeit. Aber allen war klar: lange würden sie das Spiel nicht mehr beobachten. Für die Rosenritter stand jetzt schon fest, dass sie die beiden Nila-Anführer brauchten. Allerdings wurde die Situation etwas schwieriger, als sich einer von beiden abwandte. Er hatte dabei einen Ausdruck im Gesicht, als wäre ihm die Szene dann doch nicht so recht. Das lag aber eher weniger an der Brutalität, sondern mehr an dem Grund, warum sie den Mann exekutieren wollten. Er schien sich nicht ganz mit dem Schützen einig zu sein. Allerdings sollte diese Meinungsverschiedenheit nicht hier ausgetragen werden… sondern später. Nicht vor den Männern.

Der aus dem Kreis herausgegangene Nila hielt sich einfach nur zurück. Dann nickte Sarah den anderen beiden Ritter zu. Es war soweit. Der Schütze fing gerade wieder an zu brüllen, da streckte Jens seine Arme aus… und hielt die Zeit an!

Sarah stieg in die Köpfe der beiden Anführer und Jack fegte die Waffen mit einer runden Handbewegung weg. Dann sprang Jack Johnson auf, griff dabei nach Sinta, die in seinen Händen nach Blut lechzte, und für den Kampf die Führung übernahm. Hier konnten sie beide keine Gnade wallten lassen, sonst würden sie beide auch sterben. Sinta bewegte die Arme von Jack so, dass er sie in den ersten Körper, des sich in Zeitstarre befindlichen Nilas im Kreis, trieb. Alles ging in Zeitlupe. Sarah befahl den Anführern, dass sie sich auf den Boden legen sollten, ihre Arme und Beine weit ausgestreckt. Sinta ließ sich aus dem ersten Körper wieder herausziehen. Der zweite Mann hatte eine Kampfuniform an. Hier schwang Jack nach rechts unten aus, und trieb Sinta nach links oben in den Achselbereich, dort, wo Armpanzerung in Brustschutz überging. Sinta jaulte vor lauter Blutgier im Hirn von Jack Johnson auf. Die Anführer hatten sich schon leicht bewegt. Sie befolgten Sarahs Befehle. Dann endete der Zeitstopp von Jens. Schnell griff er nach Tokor und sprintete ebenfalls zu den Nilas, die jetzt erwachten und vor Schreck ihre Augen aufrissen. Sie sahen mit dem Beginn des normalen Zeitflusses ihre beiden Kameraden gurgelnd zu Boden fallen. Blut spritze aus ihren Körpern und Mündern. Noch in der Bewegung sprang Jack zwischen zwei Lebende… und enthauptete sie. Die beiden trugen nur normale Uniformen. Der Truppführer in der Mitte fuchtelte hektisch an seinen Gürtelholster, um seinen Phaser zu ziehen, aber Tokor kam ihm zuvor. Er hackte ihm die Hand ab. Jens lief angetrieben von seinem Schwert weiter und rammte Tokor in den Mund eines sich im Kampfanzug befindlichen Nilas. Dabei machte Jens einen Ausfallschritt nach vorne. Noch ehe sich der Mann von Sarah O'Boile versehen hatte, tötete Jack wie eine Guillotine zwei weitere, die sich nach ihren Nightingdale V bückten. Sie hatten ihre Köpfe nach vorne geneigt. Sinta musste sich nur nach unten fallen lassen. Danach brachte Jens zwei weitere Nilas zur Strecke. Die letzten beiden Männer des Kreises hatten ihre Waffen aufheben können und wollten gerade auf Jack schießen. Jack und Jens waren beide zu weit weg. Da nahm Jens Tokor in die linke und wedelte einmal mit der rechten Hand. Die Waffen der Nilas wurden erneut aus ihren Händen geschlagen. Das reichte, damit Sinta sie zu Boden bringen konnte. Leblos, versteht sich. Übrig waren nur noch die beiden Anführer, die ausgestreckt auf dem Boden lagen. Der gefangene Präsident hatte Angesichts seiner Verletzung das Bewusstsein verloren und der Truppführer der toten Nilas hatte sich ergeben. Sie wollten aber nur zwei Gefangene. Nicht drei. Sarah hörte mit der Gedankenkontrolle erst auf, nachdem sie die beiden Anführer mit Handschellen gefesselt, sie durchsucht und sie entwaffnet hatten. Dann durften beide aufstehen.

„IHR SEID TOT! ALLE TOT! ICH WERDE EUCH ALLE PERSÖNLICH UMBRINGEN", schrie der eine Anführer Geifer versprühend, dem Wahnsinn fast nahe. „IHR WISST NICHT ÜBER WELCHE MACHT WIR VERFÜGEN! WIR SIND DIE HERRSCHER DES UNIVERSUMS!" Das konnte sich Jack nicht geben. Er schlug mit Sintas Knauf dem Mann so fest ins Gesicht, dass es laut knackte und er besinnungslos zusammenbrach.

„Lasst uns schnell verschwinden." Der andere Anführer schien das teilnahmslos mitzuverfolgen. Aber ihm schien das nichts auszumachen. Er wirkte seltsam melancholisch.

Doch jetzt wurde es höchste Zeit. Die Schreie des Mannes hatten für hektisches Treiben auf dem Roten Platz gesorgt. Immer wieder konnte die Spezialeinheit der Ritter Befehle hören, die im Kommandoton gebrüllt wurden. Klassisches Stampfen von Militärstiefeln, die sich im Laufschritt bewegen, und das Scheppern von Waffen und Ausrüstungsgegenständen, die beim Laufen aneinander schlugen: sie kamen schnell näher. Jens griff sich den stehenden Nila und Jack schwang sich den Bewusstlosen über die Schulter. Er war ganz schön schwer.

„Sie sind nur noch 30 Meter von der Tür entfernt", informierte Sonja die Gruppe. Sie war mit Johnny zum Ausgang geflogen. Johnny war da: Männer gehörten an die Front. Hektisch rannten sie jetzt zu dem Nebenraum und gingen auf die zur Seite geschobene Bodenplatte zu. Ohne Widerstand ließ sich der Nila von Jens herunterführen. So teilnahmslos, dass sich Jens und Sarah bei dem Anblick des Mannes schon Gedanken machten. „Was ist mit ihm los?", flüsterte Sarah ihrem Geliebten in den Kopf. „Weiß nicht. Aber wir sollten ihn nachher getrennt von dem Brüllaffen behandeln", antwortete Jens. „Ich hab so ein Gefühl, dass da noch was hinter steckt." „Alles klar", kam es schnell von Sarah, während sie dem Gefangenen hinterher lief. Dann kam Jack und merkte, dass er mit seinem Ballast nicht so einfach nach unten konnte. Sonja und Johnny hatten jetzt aufgeschlossen. Jetzt machte es auch nichts mehr, wann die Soldaten von Universal Search in dem Mausoleum eintrafen. Jack schaute hinunter, und die beiden Schmetterlinge auch. Dann blickten ihn beide an. Alle drei hatten denselben Gedanken, es schien aber so, dass Jack sie um ihre Meinung fragte. Beide lächelten und nickten. O.K., dann los: Jack ließ den Gefangenen Kopfüber die Treppe herunterpurzeln. Dumpfe Schläge auf kaltem Granit. Er war ein Schwein, und wenn er sich dabei das Genick brach, war es auch nicht schlimm.

Sie konnten schon die Schreie der Männer hinter sich hören, als Jack bereits die Platte wieder auf ihre Position zog und sie sanft in die Fugen fallen ließ. Von oben konnte niemand mehr etwas erkennen. Danach ging er noch bis zu dem Ende der Treppe, drückte einen nur für ihn sichtbaren Schalter, und eine Panzerplatte versiegelte wieder den Ausgang. Jetzt konnten sie weitermachen. Sie hatten zwei ranghohe Offiziere der Union. Die Befreiungsarmee der Erde war im Besitz zweier Nilas.

Als die Gruppe unten angekommen war, hatten sie sich zwei Arrestzellen für die Nilas gesucht, die so weit voneinander entfernt waren, dass sie sich unmöglich miteinander verständigen konnten. Hinter einer Wand von gleißendem Licht waren sie nun in einem Raum von drei mal drei Metern arretiert. Bis auf den Flur war das Gebrüll des einen Mannes zu hören, der die Rache des ganzen Universums verkündete: Der machtlose Nila prophezeite den Untergang der gesamten Menschheit. Der andere war vollkommen merkwürdig. Das fanden Sonja und Johnny jetzt auch. Sie hatten ihre Ritter begleitet, bis sie fort gegangen waren, blieben dann allerdings noch bei dem Eigenartigen. Eigentlich wollten sie beide nach der Mission wieder etwas Zeit für sich haben, um etwas zu „knutschen", doch irgendwas stimmte mit dem da nicht. So sehr, dass sie ihre private

Zeit nach hinten verschoben. Ihre Neugierde war so stark geweckt worden, dass sie herausfinden wollten, was hinter dem Wesen steckte. Aber was? Und wo sollten sie anfangen?

Der Mann in seiner roten Uniform ging kurz auf und dann ab. Hinsetzen konnte er sich nur in der Mitte des Raums, an die Wände konnte er sich nicht lehnen, da er sonst einen Energieschlag bekommen hätte.

„Bist du krank?", wollte Johnny unverblümt wissen. Sonja verpasste ihrem Freund einen Ellenbogenstoß. So konnte man doch nicht anfangen.

„Was denn? Bekloppt ist er bestimmt nicht", verteidigte sich der Mini-Macho. „Oder bist du es doch?" Wieder ein Stoß in die Seite. Tssss. Frauen. Jetzt würde er gerne eine Zigarre rauchen, aber auch das hatte ihm Sonja bereits nach einem Tag ihrer Liaison verboten. Tssss. Bier war auch für Schmetterlinge tabu. Tssss. Frauen. Wenn Beziehungen immer so kompliziert waren, dann wollte er sich das noch mal überlegen.

Aber jetzt erstmal wieder zu dem Gefangenen. Sie mussten sich schließlich beeilen, denn wenn Jack und Sarah nachher kamen und ihn ausquetschten, dann würden sie alles erfahren, und die beiden Schmetterlinge vielleicht nicht. Jens führte Verhöre nicht durch. Irgendwie glaubte hier jeder, er würde das irgendwie nicht hinbekommen. Für Johnny war er schon ein leichtes Weichei. Aber wieder zu dem Nila.

„Bist du jetzt ein Arsch oder nicht? Was ist? Haben sie dir die Zunge raus geschnitten? Oder was?"

Bei den Worten flog Sonja hoch und schwebte genau vor dem Gesicht des Gefangenen. Keine Reaktion.

„Ihr seid in der Lage Millionen von Menschen zu töten und zu quälen... aber nicht selber zu sprechen?" Bei dem Satz zuckte es im Gesicht des Nilas, und Sonja, die immer noch an Ort und Stelle schwebte, konnte in seinen Augen auf einmal eine schwarze Leere erkennen, so, als wäre eine ganze Welt untergegangen. Die Apokalypse hatte diese Seele bereits verschlungen.

Schnell drehte sie sich zu ihrem auf dem Tisch sitzenden und plärrenden Freund Johnny um, der nun locker mit den Füßchen baumelte. Mit ihren Händen machte sie kreisrunde Bewegungen, er solle weitermachen. Freudig nahm Johnny das Angebot an. Wann erlaubte es schon Mal eine Freundin, alles zu einem Menschen zu sagen, was man wollte? Vollgas!!

„Du bist nur ein mieser Menschenschlächter ohne jede Form des Gewissens. Deine Seele wird in der Hölle schmoren wegen der Verbrechen, die du zu verantworten hast. Du dreckiger Penner. Wenn ich könnte, würde ich dir jetzt gerne die Eier abschneiden."

Als wäre in diesen Worten eine magische Formel gewesen, bewegte sich der Mann jetzt. Sonja flog erschrocken zurück, und schaute Johnny ratlos an. Irgendwas hatten sie bei ihm bewirkt. Und das ziemlich schnell. Aber Johnny machte mit vollem Elan weiter.

„Deine Mutter hatte weinend deinen Namen auf den Lippen, als sie sich das Messer an die Pulsschlagader setzte! Deine Schwester… ach vergiss es! Über deine Familie ein Wort zu verlieren ist jede Mühe zu viel." Johnny stockte und schaute ratlos Sonja an. Der Mann hatte angefangen, sich auszuziehen. Was jetzt?

Erst entledigte er sich seiner Oberkleidung. Dann zog er sich die Schuhe aus.

„Ähh. Was wird denn das?", wollte Johnny wissen, der langsam Angst um Sonja bekam. Also, seine Freundin brauchte in seiner Gegenwart keinen anderen nackten Mann zu sehen. Vor allem keinen Menschen. Das ging gar nicht. Doch ehe der Schmetterlingsmacho Protest einlegen konnte, da hatte der Nila schon seine Hose ausgezogen und stand splitterfasernackt in dem Raum. Sonjas Blick war in dem Moment von dem Menschen-Gemächt gefangen. Auch Johnny starrte… fing sich aber sofort wieder. Schnell schaute er zu Sonja rüber, erschrak sichtlich, in dem er aufzuckte, und flog flugs vor die Augen seiner Freundin. Dann brüllte er schon wieder los.

„Sag mal, spinnst du?"

Der Nila löste sich aus seiner Trance… und sprach zum ersten Mal.

„Ihr könnt mit mir machen, was ihr wollt. Ich bin es nicht mehr wert, Mensch genannt zu werden." Der Mann strecke seine Arme aus und drehte die Handflächen nach oben.

„Hol die anderen", flüsterte Johnny misstrauisch Sonja ins Ohr. Hier stimmte was ganz und gar nicht. Sie nickte und war sofort verschwunden. Johnny drehte sich wieder zu dem Nila.

„Ist bei dir 'ne Sicherung durchgebrannt?" Der Mann fixierte den Schmetterling. Die Union hatte diesen Mann reingelegt. Claudius Brutus Drachus hatte ihn reingelegt. Professor Lambrodius Quax vom Ausbildungsplaneten Strungstar hatte ihn hintergangen. Alle Lehren, alle Worte – alles war gelogen und erfunden. Ausgedacht, um das Universum zu unterjochen. Nicht um zu helfen, die Gewalt und die Brutalität, die sie anwendeten, diente nicht als Härte, um Unbelehrbaren das Gute zu bringen. Nein. Es ging ausschließlich um die Macht. Um die Macht des Bösen. Um die Macht dieser einzelnen Männer. Nicht um die Macht der Männer in ihren Positionen als eine Notwendigkeit, damit die Menge organisiert, verwaltet und verbessert werden konnte. Nicht um das Allgemeinwohl. Und er hatte dabei mitgemacht. Er hatte geholfen, die Vernichtung von Lebewesen voranzutreiben, damit diese Schergen des Teufels, und nur sie, herrschen konnten, zu ihrem eigenen Gelüst. Für ihre Selbstbefriedigung. Er war missbraucht worden. Es gab keine Ideale mehr, keine Zukunft für einen Menschen wie ihn.

Jetzt konnte Johnny schon die Schritte der anderen hören, wie sie sich der weißen Energieabsperrung näherten.

Als Jack und Sarah vor der Arrestzelle ankamen, schaute der Mann kurz auf, und dann wieder zu einem perplexen Schmetterling.

„Mein Name ist Sullivan Blue. Du kannst mich töten, oder über mein Leben verfügen, wie du beliebst. Ich bin dein. Du Schmetterling eines Ritters."

Als sich die Studentin dem Raumschiff näherte, spürte sie schon auf dem Weg, dass dieses Flugobjekt etwas umgab. Etwas sehr Mächtiges, allerdings keine Angst, sondern Respekt einflössendes. Das sprudelnde Wasser vor ihren Augen war verschwunden. Dafür konnte sie jetzt den verunglückten Varporizer genau erkennen. Er war nicht wirklich groß. Er steckte fast in einem 45 Grad Winkel im Boden. Seine Spitze hatte sich in den Sand gebohrt und seine beiden pompös wirkenden Triebwerke zeigten qualmend Richtung Weltall. Auf dem grauen Hintergrund der Schiffshülle, auf der einige Zeichen in einer fremden Sprache standen, waren schwarze Brandflecken. Die Frontscheiben des Cockpits waren zersplittert und auf den Boden gefallen. Überall stieg noch Rauch heraus und hier und da sprühten Kabel Funken. Eines war aber sicher: Dies war kein Schiff der Kannibalen… und keines der Union.

Als Natalia immer näher kam, konnte sie Glasscherben auf dem Boden erkennen. Aber auch noch etwas Anderes: dort war Blut! Viel Blut. Und es führte in einer zweireihigen Spur, so, als ob das Opfer gezogen worden war und seine Füße waren dabei auf dem Boden geblieben, von der Unfallstelle weg. Ach du meine Güte! Hatten die Kannibalen den Piloten und die Besatzung gefressen? Waren das die Opfer an dem Feuer, fragte sich Natalia verängstigt.

Doch schnell übernahm die Vernunft wieder die Kontrolle. Nein. Das konnte nicht sein. Die Schleifspuren führten im Sand – sie war sich nicht sicher, ob das hier wirklich Sand war. Ihr Körper war so dehydriert, dass ihr Gehirn das verbrannte Umfeld des Schiffes für eine Wüste hielt - in entgegengesetzte Richtung. Jemand anderes, oder überlebende Mitglieder der Crew, hatten einen Verletzten weggeschafft, waren aber nicht stark genug, um ihn selber komplett zu tragen. Vielleicht konnten sie sich ja gegenseitig helfen?

Natalia war zwar auch geschwächt, wenn nicht sogar kurz vor dem Ende, aber aus der Not konnte man ja eine Gemeinschaft erzeugen. Und viel wichtiger: vielleicht hatten diese Lebewesen auch Wasser? Denn sonst wäre sie selber eher eine Last als eine Hilfe. Und dann würde man ihr garantiert nicht mit ihr zusammenarbeiten. Hier bei dem Schiff war nichts Weiteres zu erwarten, was ihr helfen konnte. Und in ein Wrack, das noch leicht brannte, würde sie garantiert nicht einsteigen.

Als könnte sie nur den Spuren folgen, und hoffen, dass die Lebewesen vor ihr, ihr freundlich gesinnt waren. Nachdem sie nun eine halbe Ewigkeit der Fährte folgte, veränderte sich wieder die Umgebung: der sandige Untergrund ging ziemlich schnell in festen Boden über und war von einem satten Grün überzogen. Auch die Berge waren wieder deutlich zu erkennen. Waren sie in der kleinen Wüste, wie ein Ring in weiter Ferne gewesen, so ragten sie nun fast nah wieder in die Höhe. Das Weiß des Schnees auf ihren Spitzen gab ihrem Inneren noch einmal Kraft – es bedeutete Wasser. Vielleicht würde sie ja auch auf einen Fluss oder einen Bach treffen?

Mit den Furchen gab es nun allerdings ein Problem. Waren sie im Sand deutlich sichtbar gewesen, die blutigen Flecken waren - zum Glück für das Opfer - schon nach einiger Zeit verschwunden, wurde die Spur jetzt hier nur noch zu einem leichten Abdruck im platten Gras. Würde es jetzt regnen, so würden diese Hinweise auch verschwinden. Landschaftlich tauchte jetzt auch noch ein weiteres Problem auf: vor ihr begann sich ein riesiger Wald aufzubauen, der erst an den Bergen seine Grenze zu haben schien. Sie war auf ihn einfach zugetrottet und erkannte ihn jetzt erst als ein Problem. Sie war einfach nur fertig. Was sollte sie machen?

Weit und breit war kein einziges Lebewesen zu sehen. Es musste doch vielleicht hier so etwas wie eine Stadt geben?

Irgendwas, damit sie von diesem gottverdammten Planeten herunterkam. Sie gab ihrem Herzen einen Ruck und machte sich auf den Weg in den Wald. Alles ging wie im Zeitraffer für sie. Kaum hatte sie die ersten Schritte in das Unterholz gemacht, da erblickten ihre Augen freudig einen Strauch, an dem lila Beeren wuchsen. Jetzt stellte sich natürlich die Frage, ob sie giftig waren oder nicht?

Die zehn Augenpaare, die sie aus der Luft beobachteten, bemerkte sie nicht. Gerade als sich Natalia dazu entschied, diese Gaben zu probieren, tauchte ein surrendes, schwirrendes Geräusch auf. Dann ein kleiner Stich an ihrem Hals! Erschrocken und mit aufgerissenen Augen griff sich die Frau an den Hals. Dann wieder - noch ein Stich! Mit ihrer rechten Hand packte sie das, was sie erwischt hatte, zog es raus und noch im Fall sah sie, dass sie von kleinen Pfeilen getroffen war!!

Das Nervengift lähmte ihren Körper innerhalb von Sekunden und sie fiel auf den Boden.

„Wer jetzt meine Führungsqualitäten in Frage stellen will, kann das nun gerne machen", pöbelte eine tiefe Stimme rum. Dann ertönten Geräusche, die einen daran erinnerten, wie Mehlsäcke aus einer bestimmten Höhe auf den Boden plumpsten. Niemand aus der Crox-Gruppe schien ernsthaftes Interesse zu haben, ihrem Anführer zu widersprechen.

„Packt sie, und lasst uns schnell verschwinden. Ich habe keine Lust, dass wir noch einmal drei Männer verlieren." Schnell grapschten sich zwei stärkere Crox Natalias Arme und legten sich diese über die Schulter. Dann schleppten sie die Studentin ab und folgten den anderen durch den Wald. Der funkelnde Sternenhimmel leuchtete matt durch die Baumkronen. Es dauerte nicht lange, da kamen sie an einem Lager an, an dem eine Verwundete auf einer Bahre lag. Die verletzte Chronistin aus dem Schiff: Julia Feuerstiel.

Sie hatten Verbände um Arme und Beine gewickelt, an denen aus der Seite grünes Moos rausschaute. Eine Crox-Frau stand von einem Baumstumpf auf und kümmerte sich um sie. Die anderen lagen auf dem grünen Boden oder hatten es sich ebenfalls auf umgefallen, braunen Stümpfen oder kleinen grauen Steinen bequem gemacht.

„Ich hoffe, dass die heilende Wirkung der Guhru-Kräutern auch bei Menschen helfen", drückte die Kriegerin, ihre Sorge aus, nahm selber welches in den Mund und kaute.

„Hoffen wir es. Denn hier die wird's auch gebrauchen können", antwortete der Crox-Anführer und zeigte auf die immer noch bewusstlose Frau.

„Warum habt ihr sie wie ein Tier erlegt?", warf die Sanitäterin ein, die sofort aufsprang, als sie die beiden Crox-Krieger mit der Menschenfrau um die Arme sah, und gab dem Anführer einen Schlag auf die Brust. Keiner der anderen Männer grinste oder lachte. Die Lage war auf diesem Planeten einfach viel zu ernst geworden. Seitdem die Union diese Monster hier abgeladen hatte, war eine Welle der Zerstörung und des Grauens über diese friedliche Welt hereingebrochen. In zwei Schüben waren sie gekommen. Die erste Flotte der Union war jetzt schon vor einigen Wochen vorbeigeflogen, hatte kurz gehalten und diese abartigen Zombie-Kannibalen abgeladen. Es mussten fast eine Million Männchen und Weibchen gewesen sein. Dann, gestern, war eine zweite Kolonne gekommen und hatte erneut noch unbekannt viele Exemplare runtertransportiert. Danach waren sie schnell weitergeflogen und hatten sich in den Weiten des Weltalls aus dem Staub gemacht.

Die Union hätte den Planeten der Crox auch bombardieren können – es hätte denselben zerstörerischen Effekt gehabt.

Diese Monster hatten alles angegriffen, was nicht wegrennen konnte. Die einfachen Waffen und Schwerter, die die Crox eher symbolisch mit auf ihren Patrouillen hatten, waren nutzlos. Die Monster waren in die Höhlenstädte eingefallen wie hungrige Heuschrecken. Und dass sie Allesfresser, Kannibalen waren, war zu einer erschrekkenden Erkenntnis geworden. Diese Monster mussten so etwas wie Fehlergebnisse von Experimenten sein. Da die Crox nur wenige Handfeuerwaffen - wozu auch? - hergestellt hatten, waren ihnen nur ihre Schiffe geblieben. Aber davon hatten sie selber ja auch nicht viele. Und als sich diese mörderischen Wesen in ihren Bergstädten eingenistet hatten, konnten ihre Schiffskanonen auch nicht helfen. So hatte sich die Zahl der Crox auf diesem Planeten reichlich reduziert.

Jetzt hofften alle, dass der Ausfall der Schiffproduktion ihre Verbündeten alarmieren würde.

Und dabei war eher an die Ritter zu denken, als an die Lan-Dan. Die Crox zweifelten, dass sie von ihnen Hilfe erwarten konnten, obwohl sie ja auch auf neue Schiffe verzichten mussten. Aber früher oder später mussten ja die Ritter kommen. Alle hofften bald. Denn niemand wusste so genau, ob ihre Familienangehörigen noch lebten... oder nicht. Niemand konnte sagen, wie viele es erwischt hatte. Diese Gruppe hier gehörte zu der Bergstadt Nombia. Rund eine Million Crox lebten einmal in dem ausgehöhlten Bau. Doch die Monster hatten sie fast alle vernichtet. Sie schienen nicht dumm zu sein, aber garantiert auch nicht helle. Zumindest hatten sie ein Minimum von Intelligenz. Diese blutrünstigen Feinde hatten nahezu alle Eingänge des Berges gleichzeitig angegriffen und waren geschlossen in das Innere des Berges eingedrungen. Dann hatten sie alles dahingeschlachtet, was nicht irgendwie entkommen konnte. Ein paar Ausgänge hatten sie aber übersehen, und so waren einige Crox entkommen. So wie diese Gruppe hier. Dann hatten die Monster die Stadt übernommen.

Das Schlimme daran war, dass sich diese Viecher auch noch vermehrten. Und das in einer wahnsinnigen Zeit. Die kleinen Krieger hatten gesehen, dass das Paarungsverhalten pervers war. Die Weibchen kopulierten direkt ungezügelt mit mehreren Männern. Hauptsache sie wurden befruchtet. Und die ersten dieser Monster-Frauen aus der ersten Welle waren wohl schon schwanger hierher gekommen. Sie hatten schon Nachwuchs zur Welt gebracht. Und die, die hier ihre Befruchtung erlangt hatten, waren auch schon nach nur ein paar Wochen kurz vor der Niederkunft. Sie hatten sich über den ganzen Planeten verteilt. Nur ein paar Städte hatten es geschafft, ihre Eingänge zu versperren. Diese waren jetzt autarke Inseln auf diesem Planeten, die bis unter das Dach gefüllt waren. Dort war kein Platz mehr für andere Überlebende, so wie es diese Gruppe war.

„Wir sind doch nur Futter für die", schimpfte ein Crox-Mitglied der Gruppe und trat einen Stein weg. Er sprach aus, was die anderen dachten.

„Sag das nie wieder", gab es sofort vom Anführer zurück. Die Antwort war das, was die kleinen Krieger von ihm erwarteten. Ein Anführer gab niemals auf. Er war der letzte Hoffnungsanker, den kein Sturm aus seiner Halterung ziehen konnte.

„Wann können wir weiter?", wollte der Mann wissen. „Die Kleine hier ist in sehr schwacher Verfassung. Wenn sie morgen noch lebt, dann hat sie das Schlimmste überstanden. Aber im Moment steht sie auf Messers Schneide. Vielleicht verstirbt sie, vielleicht nicht."
„Dann halten wir heute Nacht doppelte Wache. Wir sind zu nah an diesen Wesen dran." „Und die andere sieht auch nicht gut aus." „Auf die können wir aber keine Rücksicht nehmen." „Die, die mit dem Raumschiff abgestürzt ist, ist wichtiger. Ich kenne den Typen nicht, wer aber alleine mit solch einem Schiff fliegen kann, der muss etwas Besonderes sein. Allein schon, weil er solch ein Meisterwerk besitzt." „Ich wüsste nicht, ob wir so etwas bauen könnten", warf ein anderer Crox ein, der sein Schwert schliff. „Wie gesagt, es ist kein Schiff von uns, und kein Schiffstyp, den wir kennen. Aber das Universum ist groß, und wir sind wahrscheinlich nicht die einzigen Schiffsbauer, die es gibt."

In dem Moment stieg dem Anführer der Geruch von verbranntem Holz in die Nase. Er drehte sich um und sah, dass ein Mitglied der

Gruppe dabei war, ein Feuer für das Abendessen zu entfachen. Aufgeschreckt, und sofort mächtig sauer rannte er zu dem Crox hin.

„Bist du denn des Wahnsinns?" Mit einem mächtigen Schlag hieb der Crox dem Feuermacher ins Gesicht, sodass er zwei Schritte nach hinten flog. Dann trat der Anführer die bereits glühenden Äste aus und verteilte sie auf dem Boden.

„Wir sind direkt in der Nähe dieser marodierenden Monster und du willst ein Feuer entfachen? Der Pfrommentzug hat dir wohl den Verstand vernebelt. Willst du uns alle umbringen?"

„Ich… ich dachte ja nur. Damit… sich die Stimmung etwas bessert. Wenn wir alle etwas Warmes im Magen haben, dann sind wir alle viel besser drauf. Vor allem du!"

Der Anführer konnte nur die Augen verdrehen. Sein Kompagnon hatte ja Recht. Er hatte selber Hunger. Gerne würde er jetzt ein halbes Rind verspeisen. Aber das ging nun nicht. Schwer atmete der Crox aus und sagte dann nicht nur an den Schuldigen gerichtet, sondern an die ganze Gruppe adressiert:

„Ich weiß, dass das Leben im Moment hart ist. Und wie lange kennen wir uns schon? 200? 300 Jahre? Ich habe schon eure Kinder auf dem Schoß gehabt, war bei euren Hochzeiten, und bin Patenonkel von so manch einem hier. Auch von dir Tronto."

Tronto war derjenige, der das Abendessen machen wollte, und dem nun ein großer blauer Fleck im Gesicht klebte, den er sich rieb.

„Aber damit wir alle noch länger was voneinander haben, müssen wir uns zusammenreißen… bis Hilfe eintrifft. Sie wird kommen. Da bin ich mir ziemlich sicher." Alle im Kreis nickten. Und als wenn seine Worte wesentlich mehr Bedeutung gehabt hatten, schienen sogar ihre beiden Patienten zu nicken, die bewusstlos auf ihren Plätzen lagen.

„Und ich bin mir auch ziemlich sicher, dass die meisten eurer Familien entkommen konnten. Wir haben sie nur noch nicht gefunden." Wieder nickten alle. Doch hier teilten sich die Ausdrücke der Gesichter. Einigen schienen die Tränen bereits in den Augen zu stehen, sie glaubten nicht so sehr daran, anderen trieben diese Worte Hoffnung ins Herz. Auch dafür war ein Anführer da. „Und eines sollten wir nicht vergessen, wenn Schmoon Lawa davon erfährt…", jetzt veränderten sich alle Gesichter gleichzeitig, hier in dem Wald, auf dem Planeten Tranctania unter einem funkelnden Sternenhimmel. „…dann wird er, unser Sebastian, kommen, und blutige Rache für uns üben!! So lange, bis dieser Planet wieder frei von dieser Seuche ist!!" Alle nickten feurig.

„Dafür ist Schmoon Lawa da!! Er ist einer von uns. Einer wie du, du, und du", prophezeite der Anführer mit magischen Worten, die Seele und Geist der Crox zu erfassen schienen und zeigte dabei auf jeden einzelnen. Es war keine Zeit für Tränen. Rache würde kommen, und den Tribut bei diesen Monstern einfordern. Durch Sismael, ihrem Werk, und all die anderen Schwerter, die nur hier, auf diesem Planeten zum Leben finden konnten. Durch sie, die Crox, dem Volk der Schmiede. Und ihr Sebastian, ihr Schmoon Lawa, würde mit seinen Rittern kommen und sie befreien… und rächen - da waren sich alle sicher.

Als der Anführer sich nach seinen Worten setzte, streichelte er vorsichtig noch die Schulter von Tronto. Der berührte schnell die Hand des Anführers und zeigte ihm damit, dass er ihm für den Schlag nicht böse war. Er hatte ja recht gehabt. Das, was er getan hatte, war dumm. Selten dämlich.

„Schmoon Lawa", flüsterte der ihm zum. „Schmoon Lawa", wiederholten die anderen rhythmisch. „Schmoon Lawa."

Penta VI - Omega B 4782654 hangelte sich mit seinen drei Beinen wieder nach unten. Seine Gelenke krächzten ein wenig, aber der Bioscanner würde ihn bald wieder ölen. Dafür musste kein Tech-Androide kommen, oder er gar in die Werkstatt gehen.
Er hatte gerade die Zahl 99,5 um ganze drei Prozentpunkte senken müssen. Die roten Zahlen auf dem schwarzen Schild bedeuteten aber keinen Grund zur Sorge. Nr. 1 hatte das vollste Vertrauen in seine Maschine. Penta VI war schließlich seine eigene Kreation. „Alles" war das Produkt der Rechenkünste des Mega-Computers. Als der verantwortliche Roboter für die Erde sich auf den Boden begab, liefen gerade die neuesten Informationen ein. Die Flotte mit der neuen Generation an Krieger-Androiden mit der Chamäleon-Technik war bereits eingetroffen und wartete schon auf seinen Befehl. Solange Penta VI nicht ausdrücklich die Freigabe erteilte, harrten die Einheiten noch in ihrem Korridor in der Umlaufbahn der Erde aus. Zusätzlich hatte der Androide berechnet, dass es sich lohnen würde, eine vierte Verbindungs- und Transportstation zu errichten. Während er hier arbeitete, ließen gerade die Spezialschiffe von Cuberatio die kilometerlangen Kabel zur Erde hinunter. In seinen Berechnungen war auch der Effekt eingegangen, den diese Tätigkeiten auf die anderen Abbaugesellschaften auslösen mussten. Sie sahen, dass Cuberatio so viel erwirtschaftete, dass sie weitere Kapazitäten schaffen mussten.
Und es stimmte ja auch.
Abgesehen von den immer häufiger auftretenden Verlusten an

Baumfällereinheiten, hatte ihre Unternehmung die Maximalwirkung erreicht. Hier waren alle möglichen Faktoren mit eingerechnet. Die Toten von den Sklaventransporten, die Verluste der Maschinen in den Wäldern, die Materialkosten, aber auch die zu erwartenden Erträge, die durch die bereits im Universum fliegenden Rohstoffe. Sie liefen am Maximum und es war noch mehr rauszuholen, wenn sie eine vierte Station errichteten. Dann könnten die Erträge aus dem Süden des Kontinents, von Resistance in Argentinien, schneller nach oben gelangen, und würden die Warteschlangen in den mittleren und nördlicheren Regionen entlasten. Sie hatten bereits so viel zusammen getragen, dass sie vor den Transportstationen kleinere Lager anlegen mussten. Und Rohstoffe, die lagerten, brachten keinen Gewinn ein. Sie waren totes Geld.

Penta VI war ganz froh, dass seine Krieger-Androiden nun da waren. Vielleicht hätten sie schon einen Gewinn verbuchen können. Zumindest hätte er die roten Zahlen auf der schwarzen Tafel nicht mehr nach unten bewegen müssen, wenn da nicht die fallende Zahl von Baumfällereinheiten wäre. Außerdem kamen da noch andere kleinere Zahlen hinzu. Sie waren zwar nur wenige, aber auch diese rechnete er hinein. Während er diese Spekulationen durchdachte, klackerte er leicht mit den Beinen auf dem Boden. Er bereitete schließlich die Eroberung des nördlichen Amerikas vor und hatte da einiges nicht unter Kontrolle. Wenn er dies als natürlichen Umwelteinfluss berechnete, würde das Nr. 1 verstehen. Was es ja schließlich auch war.

Penta VI lagen zwar einige Video-Dateien vor, aus den Augen eines sterbenden Baumfäller-Androiden aufgenommen, aber diese Bilder ergaben keinen rational erklärbaren Sinn. Es war der Nachwuchs der Menschen, der rein rechnerisch, physisch gar nicht in der Lage war, Cuberatios Einheiten zu zerstören. Zusätzlich hatte er bei den Bildaufnahmen gesehen, dass dort immer wieder Schmetterlinge im Hintergrund herflogen. Sie machten zwar den Eindruck, dass sie mit den Menschenkindern interagieren würden, aber das

musste eine Wahrnehmungstäuschung sein. Schmetterlinge waren keine intelligenten Lebewesen. Punkt. Und so konnten sie unmöglich etwas mit dem Sterben seiner Einheiten zu tun haben. Penta VI war diese Erkenntnis noch nicht einmal eine Randnotiz wert.
Jetzt montierte neben ihm eine andere Omega-Einheit ein Schild ab. Seine letzte Zahl war eine 153,6 gewesen. Für das Ende eines Projekts, und das Ende des Planeten, war das ein gutes Endergebnis. Nr. 1 konnte stolz auf diesen Androiden sein. Wahrscheinlich wurde er direkt mit dem nächsten Projekt betraut, das sich garantiert schon in irgendeinem Winkel des Weltalls angebahnt hatte. Die Omega-Einheit kletterte samt Tafel nach unten. Dann wurde ihr das Display von einem anderen zweibeinigen Roboter abgenommen. Die Omega-Einheit würde jetzt zu einem Generalcheck in die Produktionshalle zurückkehren. Dort würde sie einmal vollständig unter die Lupe genommen werden. Teile mit Verbrauchserscheinungen wurden dann ausgetauscht und die Datenspeicher entleert. Alles wurde ausgelagert, sodass für das nächste Projekt wieder genügend Speicherplatz zur Verfügung stand.

Das Surren des Bioscanners kündigte den eigenen Check schon an. Penta VI verfiel in eine ruhige und starre Haltung, während die Drohne feststellte, dass die Kniegelenke wieder etwas Öl brauchten. Mit schnellen Bewegungen spritzte sie ein paar Tropfen in den Androiden und beendete die Prozedur wie immer. Danach flog sie einfach weiter und untersuchte das nächste Mitglied des Kollektivs. Beim Wiederbeleben des Körpers bewegte Penta VI die Beine einmal wie eine Welle. Das reine Klackern - ohne Nebengeräusche - verriet, dass alles wieder in bester Ordnung war. Penta VI machte sich gerade wieder auf den Weg zu der in 150 Meter Höhe gelegenen Tafel, da trafen die neuesten Informationen über den Datentransfer von Nr.1 ein. Wenn ein Roboter Gefühle hätte, dann wäre er jetzt geknickt. Doch die hatte Penta VI nicht, sondern verarbeitete die negativen Nachrichten kühl und berechnend. Die Zahl der Lebewesen, die die Sklaventransporte ausmachten, war um fast eine Million gefallen. Penta hatte seine Roboter aufgefordert eine Zählung durchzuführen. Denn die Menschen waren nicht mit dem Kollektiv verbunden, und so mussten sie extra erfasst werden. Was sollte er nun machen? Einen schonenderen Umgang mit den Menschen befehlen? Ausreichend Nahrung und Wasser zur Verfügung stellen?

Er konnte aber auch den Versuch starten, die fehlenden Menschen durch ein gezieltes Züchtungsprogramm wieder auszugleichen. Den Berechnungen zufolge waren sie noch die nächsten zwei Jahre in der Dimension mit der Erde beschäftigt. Und die Bäume wuchsen ja nach. Sie würden auch später noch bleiben. Andere Rohstoffe wie Öl, Kohle und Stein waren nur begrenzt vorhanden. Sollte er für einen garantierten, reibungslosen Holztransport Menschen sich paaren lassen, damit sie weitere Sklaven zeugten?

Das müsste erst erprobt werden. Schnell kalkulierte er die Kosten für ein Experimentallabor auf der Erde. Penta VI könnte dazu auch Parallel-Experimente machen, die er mit diesem Komplex verbinden könnte. Ohne große Kosten, könnte er Materialien von lebenden Menschen für die Reparatur seiner biomechanischen Androiden nutzen. Würde das die Kosten senken, dann müssten sie nicht extra ganze Schiffe voll mit humanoiden Nachzüchtungen von Organen und Haut von ihrem Planeten hier zur Erde bringen. Die Transportkosten wären gespart und die Herstellungsenergie auch. Aber sie hatten noch nie die Materialien aus einem lebenden Menschen in einen Androiden transplantiert. Wenn dabei sogar herauskommen würde, dass die Entnahme direkt vom lebenden Menschen insgesamt billiger als die bisher angewendete Methode war, dann könnten sie ja vielleicht ihre ganze Produktion darauf umstellen!

In einer Nanosekunde hatte er den Forschungsantrag gestellt und ihn zu Nr. 1 gesendet. Für ein Experiment zur Kostensenkung war der Hauptcomputer immer zu haben. Und es dauerte auch nicht lange, da bekam Penta VI schon die Freigabe für die Aktion. Einzige Bedingung war, dass die entstehenden Kosten mit in das vorhandene Unternehmen Erde mit einflossen. Schon gab Penta VI den Auftrag an die Produktionshallen, er brauche dringend und mit Vorrang 50 Delta-16 Baueinheiten und drei Genesis-Cubes. Zusammen sollten sie ihm ein Forschungslabor auf der Erde bauen. Sie bekamen das innerhalb von einer Woche hin, nachdem sie dort angekommen waren. Er hoffte, es würde reibungslos verlaufen, denn er wollte selber wissen, ob es möglich war, einen Menschen zu häuten und dieses Material dann direkt auf einem Androiden einzusetzen. Und wenn das mit dem Züchtungsprogramm noch zusätzlich funktionierte, würde Nr.1 einen unendlichen Vorrat an Human-Material haben. Wäre Kosten-Nutzen dann besser als zuvor, würde Penta VI in einem sehr guten Licht stehen.

Er wäre ein gutes Teilchen des Kollektivs.

Als er neben seiner Tafel ankam, hatte er die Zahlen schon im Kopf. Die Verluste und die Labore zusammen ergaben schon ein höheres Minus.

Kurz verharrte er.

Dann änderten sich die roten Zahlen auf der schwarzen Tafel mitten in Nr.1: 82,3.

Re schaute seine Schwester entsetzt an. Er hatte gerade versucht, ihr Raumschiff zu kontaktieren – ohne Erfolg. Immer und immer wieder hatte der Prinz der Lan-Dan probiert, eine Verbindung zu ihrem Transportmittel in der Umlaufbahn der Erde herzustellen. Doch es gab einfach keine Antwort. Die Lan-Dan waren alle in aufrechter Gestalt, keiner lief im Moment als Panther umher. FeeFee war die erste, die merkte, dass etwas nicht stimmte.

„Was ist los?", wollte die Assassinin wissen. „Es ist weg!! Einfach weg!! Ich verstehe nicht...", stammelte Prinz Re entsetzt. Eigentlich konnte den Königssohn nichts aus der Fassung bringen, aber das ihre einzige Möglichkeit , nach Hause zu kommen, verschwunden war, löste eine gewisse Unruhe in dem Krieger aus. Auch FeeFee begriff, was das bedeutete. Als die beiden nervös wurden, verwandelten sie sich automatisch in schwarze Panther. Und als wenn es einen unsichtbaren Impuls gegeben hätte, griff die Verwandlungswelle auch auf die anderen Lan-Dan über. Nur das Geräusch einer platzenden Blase fehlte in dem Moment.

Re und FeeFee liefen auf der Bühne des Forums Wasserturm auf und ab, wie zwei wilde Tiere, die in einem Käfig eingesperrt waren. Und was anderes war ihre momentane Situation auch nicht. Nur, dass ihr Gefängnis nicht aus Gitterstäben, sondern aus einem ganzen Planeten bestand. Wie Piraten, die man auf einer Insel zur Strafe abgesetzt hatte. Re hatte die Wasserproben noch an Bord des Schiffes senden können, aber danach war der Kontakt abgebrochen. Noch während die beiden Anführer der Mission zur Rettung ihrer Heimatwelt überlegten, kamen Geräusche vom Eingang des Saals. Ein Panther der Leibgarde begleitete den Mann, der ihnen diesen Unterschlupf gezeigt hatte. Obwohl er seit jenem ersten Moment wusste, dass er es bei den Panthern mit intelligenten Lebewesen zu tun hatte, waren sie ihm in dieser Form immer noch nicht ganz geheuer. Er ließ sich zu Re und FeeFee führen. Während Re noch weiter auf der Suche nach einer Lösung für das Problem war, ging FeeFee an den Bühnenrand und schaute ihm direkt in die Augen. So standen Panther und Mensch von Angesicht zu Angesicht.

Ole Sonne war der Vorsitzende des Fördervereins Wasserturm, aber auch der Mann, der für seine Familie auf den Feldern nach Kartoffeln gesucht hatte. Genau wie die Schmetterlinge wurde dieser Mann von den grünen Augen der Panther-Prinzessin gefesselt. Auch er sah dort eine wilde Seele, die nicht irdisch, nicht von dieser Welt zu sein schien. Doch er hatte sich ein wenig besser unter Kontrolle als das vernarrte Schmetterlingsmädchen und konnte sich aus dem Augen-Bann befreien. Leicht wippelte er mit dem linken Fuß. Es waren solch edle Lebewesen. Ihre Präsenz ließ das Gefühl aufkommen, man müsste sie um Erlaubnis fragen, um mit ihnen zu sprechen - geschweige denn ihnen überhaupt in die Augen schauen zu können.

„Hallo, mein Freund", kam ihm FeeFee entgegen, die den Bauern zu schätzen gelernt hatte. Auch wenn der Mann einer niederen Art angehörte, so war sein persönlicher Einsatz ein Zeichen von enormer sozialer Kompetenz, die es nicht bei vielen Lebewesen im Universum gab. Er war etwas Besonderes. Er kümmerte sich um seine Familie, und brachte dabei den Mut auf, ihnen zu helfen. „Die Stadt ist bald voll von Truppen. Ihr solltet zusehen, dass ihr hier verschwindet", warnte der Lanker die Gruppe Außerirdische. FeeFee senkte zum Lohn leicht ihren Kopf.

„Ich danke euch für eure Hilfe."

„Die Ersten sind schon an unserem nördlichen Ortseingang reingekommen. Sie haben auch gefragt, wo sie in den Lanker Häusern Quartier beziehen können. Aber nicht nur in Lank. In ganz Meerbusch. In allen Stadtteilen werden in den wenigen übrig gebliebenen Häusern gerade Rosenarmee-Einheiten der europäischen Befreiungsarmee untergebracht. Hier ist bald alles voll!! Ihr müsst verschwinden, oder ihr werdet entdeckt!" „Liebe ist der Kern eures Herzens und Güte trägt euren Verstand. Ihr seid ein guter Mensch. Wir würden gerne unsere Heimreise antreten, aber wir können nicht." Genau in dem Moment quiekte eine Stimme hinter dem Rücken von Ole Sonne hervor.

„Ihr könnt nicht weg?", strahlte ein Schmetterlingsmädchen vor Freude – denn sie konnte helfen, und wenn sie das schaffte, durfte sie bestimmt mal in dem Fell schnuppern.

Sie hatte sich gerade genau hinter Ole Sonne materialisiert. Aber nicht, dass es Martha wunderte, dass Panther sprechen konnten. Alleine die Augen der Pantherin verzauberten sie schon so sehr… dass *alles* möglich war. Irgendwie hatte der Panther genauso schöne Augen wie die fremde Frau, bei der sie versucht hatte, das Knie empor zu klettern!

Sie hatte es aber aus irgendeinem Grund nicht geschafft…

Ziemlich auffällig dachte sie über den Zusammenhang nach, gab die Gedanken aber schnell wieder auf. War ja auch nicht so wichtig.

„Wir können euch ja erstmal in unsere Arche nach Amerika bringen", erklärte Martha stolz… mit diesem Vorschlag war sie einmal Schnuppern im Fell ganz nah… da war sie sich sicher.

„Und dann?", fragte FeeFee Martha fordernd.

Oh. Mist!! Die wollten gaaanz von hier weg… von dem Planeten, schoss es dem Schmetterlingsmädchen ängstlich durch den Kopf. Sie sah ihr Fell schon den Bach runter schwimmen. Aber lügen konnte sie nicht. „Weiter weiß ich auch nicht. Aber da würden wir schon eine Lösung finden. Ich könnte ja mal Johnny holen. Und vielleicht kommt dann ja auch schon eines der Kinder mit. Sie sind ja die Wichtigen beim Projekt Arche." FeeFee schaute Ole Sonne an, der nur mit den Schultern zucken konnte. Er hatte keine Ahnung, was der Schmetterling meinte. Aber den Namen Johnny hatte er schon einmal gehört. Und wenn *ER* ihn schon kannte, dann musste das garantiert ein wichtiger Schmetterling sein, der zu einem wichtigen Ritter gehörte. Vielleicht war das ja auch der, den General Jack Johnson hatte? Über ihn hatte er schon viel gehört. Insgeheim wünschten sich die Lanker, dass er nach der Befreiung vielleicht nach Meerbusch zog. Soooo… in die Stadt von Schmoon Lawa. Oops.

Ole Sonne ärgerte sich, dass er schon diesen Begriff benutzt hatte. Schmoon Lawa war der Meerbuscher Sebastian Feuerstiel, und man sollte ihn schließlich auch bei seinem richtigen Meerbuscher Namen nennen. So wie es sich gehörte.

Doch mittlerweile benutzten alle, die Sebastian nicht kannten, oder etwas über seine Heimatstadt wussten, diesen neuen Namen. Eigentlich eine Unverschämtheit. Ob Sebastian das wusste?

„Ja, hol mal deinen Johnny, dann schauen wir weiter." Weiterschauen bedeutete vielleicht Fell schnuppern oder eine Minute in die Augen gucken!! Schnell löste Martha sich in Luft auf. Gerade wollte FeeFee etwas zu Re sagen, da tauchte Martha schon mit einem verliebten Schmetterlingspärchen auf. Das war unübersehbar. Sofort hatten die Lan-Dan und Ole Sonne ihre Zweifel, dass das auch das Richtige war. Hand in Hand kamen die beiden Turteltauben auf die Panther zu und hatten dabei überhaupt keine Eile.

„Und du sagst also, dass diese Tiere unbedingt geschützt werden sollten, weil es für die Existenz des Universums unabdingbar ist?", wollte Johnny wissen, der bei dieser Bemerkung ein Kichern von Sonja erntete.

„Ja, auf jeden Fall. Sie könnten uns auch helfen", schoss es Martha panikartig aus dem Mund. Diese Gelassenheit von Johnny trieb ihren Verstand zum Wahnsinn. Konnte er die Schönheit dieser Tiere denn nicht erkennen?

Sie brauchte auf der Stelle etwas, dass Johnny und Sonja überzeugte. Da ging ihr Blick gerade auf die Pfoten von FeeFee... und Martha sah das blinkende Ende ihrer scharfen Krallen. Ihr mahagonifarbener Glanz brachte sie auf eine Idee.

„Wenn wir sie nach Amerika bringen, dann können sie uns auch im Amazonas helfen, die Androiden zu killen", stolperte es anscheinend direkt von ihrem Gehirn über ihre Zunge aus dem Mündchen heraus. Ja, das wäre ein super Grund, warum sie ihnen helfen sollten! Das mit dem Fell schnuppern, verheimlichte sie lieber mal. Nicht, dass nachher alle mal wollten. Dann müsste sie ja wie bei Stephanus Schlange stehen. Das ging gar nicht. In allen Gesichtern der Beteiligten, außer von Ole Sonne, trat Verwunderung an den Tag. Alle überlegten, was das Schmetterlingsmädchen gesagt hatte. Das wären genug Gründe, um einen Handel mit den Erdlingen zu schließen, dachte die Lan-Dan Seite. Unterstützung in einem Kampf und als Gegenleistung ein Raumschiff, um von diesem Planeten fort zu kommen. Und einen guten Kampf hatten sie alle mal längst wieder nötig.

Die Schmetterlingsseite, vertreten durch Johnny und Sonja, sah in den Panthern wirklich ein ideales Einsatzmittel für den Amazonas. Warum auch immer... diese Idee war perfekt.

FeeFee war die erste, die das Wort ergriff:

„Ich weiß zwar nicht, was der Amazonas ist, und warum wir euch im Kampf helfen könnten, aber vom Kriegshandwerk verstehen wir was. Das würde aber nicht umsonst geschehen. Das wäre euch schon klar." „Ihr könnt kämpfen? Was wäre denn euer Lohn?", wollte Johnny wissen. Er erahnte, dass da noch mehr war.

„Nur ein Schiff, das in der Lage ist, dieses Sonnensystem zu verlassen." Johnny grinste. Klar. Das konnte er ihnen zusagen. Ob er dann wirklich eines besorgen konnte, war ja dann eine ganz andere Sache. Sie konnten bei den Kämpfen mit den Kindern wirklich gute Unterstützung gebrauchen, und wenn sie so erstklassige kriegerische Tiere bekamen, dann war das mal eine Aktion, die sie da eingefädelt hatten, die ihresgleichen suchte. Schmetterlinge, Kinder und Panther

gegen diese widerlichen Androiden. Der Feind hätte keine Chance.
„Wie lange würdet ihr uns denn helfen?" Das war die entscheidende Frage.

„Wie seid ihr denn in eueren Kämpfen so aufgestellt?". Sonja übernahm stolz die Antwort. „Meist so fünf bis zehn Kinder. Und immer ein oder zwei von uns Schmetterlingen."

Die Panther schauten sich verdutzt an. Sie konnten sich keine Vorstellung machen.

„Am besten wäre es, wenn wir mal einen Kampf mitbesuchen würden, und dann zu einer Entscheidung kommen. Mir wäre es jetzt ein wenig zu schnell, wenn wir euch jetzt etwas zusagen, von dem wir nicht genau wissen, was es ist." Johnny überlegte kurz und schaute Sonja an. Sie nickte.

„Also gut. Aber um euch hier wegzuführen, müssen wir erst etwas erledigen, damit wir nicht aufgehalten werden. Martha!", befahl Johnny jetzt. „Verschwinde zu deiner Ritterin, schau nach, ob sie dich braucht. Wenn nicht, dann kommst du sofort zurück, und bewachst den Wasserturm. Das erweckt schon mal bei jedem fremden Besucher den Eindruck, hier würde was Ritterliches ablaufen." Martha löste sich entzückt in Luft auf. Dass sie natürlich innerhalb von fünf Sekunden wieder da war, war auch klar. Sie hatte ihre Ritterin schnell gefragt: „Brauchst du mich im Moment?", und da ihre Ritterin gerade eine Pause machte und schlief, hatte sie nur ein „Nein" gegrummelt. Dass sich ihre Abwesenheit allerdings über einen längeren Zeitraum erstrecken könnte, hatte sie selbstverständlich nicht erwähnt. Nicht auszudenken, was gewesen wäre, wenn ihre Ritterin tatsächlich „Ja" gesagt hätte. Aber nun war sie wieder hier mit guten Nachrichten.

„Alles ist in Ordnung", sagte Martha, die sofort, langsam aber sicher, immer näher zu FeeFee flog. Sie hatte jetzt schon sooooo viel gemacht, dass zwei Sekunden schnuppern auf jeden Fall drin sein musste. Sie wollte sich ihre Belohnung schon einmal holen.

„Gut. Dann müsst ihr euch noch etwas gedulden. Wir leiten alles in die Wege, sodass wir euch über Haus Meer nach unten, und von da nach Südamerika bringen."

Das königliche Geschwisterpaar schaute sich an und stimmte zu. Eine andere Möglichkeit wäre, sich ein Raumschiff mit Gewalt zu nehmen. Aber auch wenn sie die überlegenste Rasse des Universums waren, so konnten sie nicht gegen ein ganzes Meer von Rosenrittern kämpfen. Die meisten würde sie zwar besiegen, am Ende aber wahrscheinlich untergehen. Und das wollten sie dann doch nicht. Hierbei ging es um das Wohlergehen ihres Volkes. Das Wohl der Lan-Dan. Das durften sie niemals vergessen.

Und wer wusste schon, vielleicht waren die Bewohner diese Planeten im Anschluss für ihre Tätigkeiten ja auch bereit, etwas von ihrem Wasser abzugeben?

Das konnte als Option im Hinterkopf gehalten werden. Johnny und Sonja lösten sich in Luft auf.

„Wenn das mal gut geht", sagte Ole Sonne, der sich mit dem Kopf verneigend auf den Weg machen wollte. „Werden wir uns wiedersehen?", wollte FeeFee jetzt wissen. Re schien das egal zu sein. Er drehte sich weg und ging auf der Bühne wieder auf und ab. Im Nachhinein kamen ihm Zweifel. Warum nicht einfach ein Raumschiff nehmen? Sie waren Lan-Dan, und die da nur Menschen und Schmetterlinge. FeeFee erkannte die Gedanken ihres Bruders. Doch sie wollte nicht vor Ole Sonne antworten.

„Ich denke nicht… aber ich hoffe schon! Wer weiß, was einem die Zukunft so bringt. Aber wenn ich euch anschaue, dann kann es nur Licht sein, das euren dunklen Weg erhellt."

Weise Worte von einem Menschen, dachte die Prinzessin.

Sie taten das Richtige, wenn sie ihnen halfen. Für den Anfang zumindest. Ole Sonne wurde von zwei Leibgardisten hinaus begleitet. „Schwester! Warum nehmen wir uns nicht einfach, was uns zusteht? Wir sind Lan-Dan." „Du weiß genau, dass dies nur Komplikationen mit sich führen würde. Außerdem ist diese Variante viel einfacher. Und einen guten Kampf können wir alle mal wieder vertragen. Ich

verstehe, dass du denkst, wir haben ein Recht von Geburt aus darauf, aber ich weiß nicht, ob sich die Zeiten vielleicht ein wenig geändert haben. Wir sind nicht mehr so alleine, wie wir früher waren. Diese Menschen beweisen täglich ihren Kampfgeist gegen ihre Unterdrükker. Sie haben Mut, Willen, Entschlossenheit… und diese Ritter noch zusätzlich Ehre und Moral. Sie kämpfen für höhere Güter als für sich selbst. Sie sorgen sich um die anderen ihrer Art. Genauso wie wir es tun. Dieses hohe Gut haben wir und die Menschen gemeinsam. Und wenn wir jetzt schon eine Gemeinsamkeit entdeckt haben… vielleicht gibt es ja noch mehr, was uns verbindet?", sagte FeeFee und wusste, dass sie damit ihren Bruder an der Angel hatte. Nur höhere Wesen, wie die Lan-Dan, kannten Ruhm, Ehre und Gerechtigkeit. Die Crox als Beispiel waren keine Kämpfer. Ihr Volk würde im Krieg ganz von alleine untergehen. Sie waren dafür zu schwach. Sie konnten zwar Schiffe bauen, aber das war es auch schon. Ihr Sozialwesen stach zwar heraus… aber damit hatte es sich. Die Menschen verbanden hingegen viele Eigenschaften. Und ja, sie kämpften für ihresgleichen. Und ihre Ritter, über die wollte er insgeheim doch schon mehr erfahren. Sie waren seiner Ansicht nach den Lan-Dan näher als die anderen Lebensformen im Universum. Re lächelte. FeeFee und er waren halt beide vom selben Fleisch und Blut. Seine Schwester verstand genau, wie sie ihn umstimmen konnte.
„Du hast Recht. Aber lass uns die Augen wegen dieser Ritter aufhalten. Vielleicht steckt da ja noch mehr hinter, als wir bisher wissen."
Genau in dem Moment ertönte ein tiefes, genüsslich stöhnendes Ein- und Ausatmen. Als würde jemand versuchen, den ganzen Sauerstoff der Erde mit einem Mal aufzusaugen. Beim Ausatmen konnten alle Lan-Dan ein Runterzählen hören. „Fünf…puuuuh. Haaaaaaa..Vier… …Puuuuuuh. Drei…….Puuuuuuh. Zwei…….Puuuuh.
Martha hatte sich nach eigenen Berechnungen genau fünf Sekunden FeeFee schnuppern verdient. Tief in dem Rückenfell des Panthers vergraben, forderte sie ihren Lohn ein. Wundervoll. Paradiesisch…

Der mittelgroße Starlight VII –Transporter verließ gerade den Hyperraum. Sebastian Feuerstiel und Chester trugen ihre schwarzen, neoprenartigen Anzüge. Es machte den Eindruck, dass die blaue Rose auf ihrer Brust glühte. Als wäre in diesen beiden Männern eine ungeheure Macht konzentriert. So sehr, dass die Schiffsbesatzung noch zusätzlichen Respekt vor den beiden hatte. Nicht, dass sie nicht wussten, wen sie da beförderten, aber von diesen Rosen ging etwas Starkes aus, dass die Aufmerksamkeit zwangsläufig auf sich zog.

Sie waren in der Holk-Galaxie angekommen. Hier sollten sie auf ihren Kontakt stoßen. Dann würde, so sah es die Abmachung vor, Sebastian das Schiff wechseln, und alleine weiterfliegen. Dieser Gedanke machte Chester mehr unruhig als Sebastian.

„Und du bist dir sicher, dass du das auch so willst?", wollte der Barskie wissen. Sie waren in einer kleinen Kabine, die gerade einmal so viel Luxus bot, wie es dieser Flug verlangte. Ein Getränke-Reproduktionsapparat und ein paar Kekse auf einem Metalltisch mit vier Stühlen herum. Hier waren kein Bett, kein Schrank, und auch sonst keine Einrichtungsgegenstände, die für eine längere Reise gedacht waren. Für diese Mission war das Vorhandene vollkommen ausreichend.

„Was denkst du denn?", konterte Sebastian. Er konnte seine pulsierenden Kräfte förmlich spüren. Sebastians Selbstvertrauen war auf einem Höhepunkt. Chester ging zu einem der Stühle und setzte sich. In der Hand hielt er einen Computer, der die Größe von einem Buch hatte. Der Ritter drückte ein paar Befehle auf dem Touchscreen.

„Das Signal ist jetzt eingeschaltet. Wenn sie schon in dieser Galaxie sind, dann dauert es nicht mehr lange, und sie wissen, dass wir das sind." Sebastian nickte und setzte sich ebenfalls auf einen Stuhl. Jetzt hieß es Geduld haben und abwarten. Chester war in die Informationen, die er sich aufrief, vertieft, und so hatte der Junge von der Erde noch etwas Zeit für sich. Die Erde.

Sebastian sinnierte. Er würde ja schon gerne wieder mal nach Hause kommen und nachschauen, ob alles in Ordnung war. Wie lange hatte er eigentlich keinen Kontakt mehr zu seinen Eltern aufgenommen?

Langsam aber sicher bildete sich ein schwerer Klos in seinem Hals. Das schlechte Gewissen kam ohne jede Vorwarnung. Leichte Bauchschmerzen schlichen sich unterbewusst ein. Oje. Sebastian konnte sich gar nicht mehr erinnern. Er hatte noch einmal mit ihnen nach ihrer…..Oje. War das lange her.

Seine Mutter musste bereits wahnsinnig ohne eine Nachricht von ihm sein.

Aber Sebastian wäre nicht Schmoon Lawa, wenn er das nicht innerhalb von ein paar Sekunden ändern konnte. Das, was er jetzt vorhatte, ging nicht oft, weil er Kräfte aus einem bestimmten Teil seines Geistes dafür abrufen musste. Und gerade diese Energien musste er unbedingt in einem späteren Teil seines Planes einsetzten. Sie waren quasi schon verplant. Aber er wollte es dennoch machen. Dafür musste es reichen. Es dauerte nicht lange, da merkte er, wie sich sein Geist von ihm löste und sich in einer unvorstellbaren, atemberaubenden Geschwindigkeit der Erde näherte. Er bewegte sich selber, ähnlich wie ein Raumschiff, auf den blauen Planeten zu. Was er sah, verärgerte ihn, überraschte aber nicht. Die Welt und ihr Orbit waren stärker beflogen als der Frankfurter Hauptbahnhof Zugverkehr hatte. Sebastian konnte die Schiffe der Abbaugesellschaften

sehen, die über den teilweise wolkenverdeckten Kontinenten verkehrten. Aber hier waren so viele verschiedene Schiffstypen, dass er nicht sagen konnte, wer zu wem gehörte... einige hatten allerdings Wellen-Embleme. Außerdem bewegte sich sein Geist so schnell an ihnen vorbei, dass er nichts Genaueres erkennen konnte. Und schon ließ er sich auf Europa fallen. Tiefer und tiefer ging der Flug. Fast wie im freien Fall. Italien. Nein höher. Über die Alpen rüber. So tief, dass er einzelne Schneekuppen in seinem Flug berühren konnte. Sebastian streckte die Arme zur Seite hinaus und streifte den Schnee. Hui. Die kleine Schneelawine sah er schon nicht mehr, die er damit ausgelöst hatte. Dann westlich halten. Hier war das Gebiet für Deutschland ungewöhnlich menschenleer. Fast trostlos. Er konnte den Körper seiner Mutter schon spüren, und folgte ihr wie ein Bluthund seiner Beute. Dann kurz vor Stuttgart, spürte Sebastian, dass seine Eltern hier unter ihm waren. Unter ihm in der Erde. Er ließ sich weiter fallen und drang in das Erdreich hinein. Dann ein weißer Tunnel. Ein Gang ihrer Verteidigungsanlage. Ja, hier war er richtig. Kinder, Tiere, Menschen. Wundervoll. Wie das Leben hier unten regierte. Dabei nahm er aber auch gelegentlich die Schmerzen wahr, die sich in einigen Augen der Personen, an denen er vorbeiflog, wiederspiegelten. Ein Mann, der sogar noch eine grüne Polizeiuniform trug, weinte an einer Mauer hockend. Daneben spielte ein kleines Mädchen mit einem Ball und quiekte vor Freude. Dann kamen zwei ältere Männer, die stramm, fest entschlossen, mit Waffen in den Händen und die Uniform der Rosenarmee tragend, sich gegenseitig auf beide Schultern klopften und „Schmoon Lawa" sagten. Danach gingen sie getrennte Wege, die Hoffnung und die Siegessicherheit in ihren Herzen tragend. Dann begegnete er dem ersten Schmetterling, der krampfhaft versuchte, eine Mandarine zu schälen. Als hätte er den Geist von Sebastian gespürt, schaute er auf. Aber da war nichts Sichtbares.
„Schmoon Lawa?", fragte er in den Gang.
Und wieder weiter. Hier ging ein Junge in blauer Jeans und einem

Werder Bremen Trikot den Gang entlang. Er trug einen Kopfhörer. Auf der rechten Seite hatte er eine Beule. Ein Schmetterling saß auf seiner Schulter und hatte seinen Kopf mit unter die Muschel geklemmt. „Schmoon Lawa?"
Der Schmetterling zog den Hörer von seinem Kopf weg und schaute sich verdutzt um. Dann weiter. Hier bog Sebastian ab. Türen zu Quartieren. Ein Launch-Eingang. Viel Betrieb. Er konnte Mutter und Vater schon deutlich spüren. Aber da war noch jemand Drittes? War Julia wieder auf die Erde zurückgekehrt? Gleich würde er es sehen. Sie waren nicht mehr weit. Dort war eine geöffnete Tür und zwei Schmetterlinge versuchten, eine Katze wahnsinnig zu machen. „Schmoon Lawa?"
Das mit der Katze klappte nicht. Mona ignorierte sie einfach. Seine Mona. Liebe Mona. Sebastians Herz fing an zu rasen. Er hätte nicht gedacht, dass er sie so vermissen konnte. In seinem Quartier in dem Starlight VII-Transport liefen ihm kleine Tränchen die Wange runter. Seine Freude kannte keine Grenzen, als er seine Mutter erblickte, die sooo wunderschön aussehend ihm den Rücken zukehrte, an einem Tisch stand und Handtücher faltete. Daneben saß sein Vater und schliff ein Schwert. Sebastian erkannte sofort, dass es kein Ritterschwert war, sondern eine Attrappe.
„Das hat mich nur fünf Euro gekostet", versuchte er sich vor seiner Frau zu verteidigen. „In einer Zeit, in der es keine Währung gibt", antwortete seine Mama trocken ohne dabei aufzuschauen.
„Kann ich doch nichts für, wenn mir der alte Mann das dafür gibt."
„Wahrscheinlich hast du einen Demenzkranken über's Ohr gehauen. Da gibt es keinen Grund zur Freude." „Nein, nein. Der war völlig gesund", beruhigte sein Vater seine Mutter, stand auf und legte das Schwert auf den Stuhl. Dann ging er von hinten an seine Mutter heran und neigte sich in ihren Nacken. Seine Hände umklammerten ihre Hüften und streichelten sie sanft. Er sog ihren Duft tief ein. Liebe elektrisierte den Raum. Dann fing er an, an ihrem Ohrläppchen zu knabbern und flüsterte:

„Der war genauso in Ordnung wie du." Seine Mutter hörte mit dem Falten auf und drehte sich um. Sebastian erschrak. Er konnte….er konnte….er konnte….er konnte sie von der Seite sehen und sie hatte einen kugelrunden Bauch. Sie…sie…sie war SCHWANGER.

„Ich bin also genau so ein dufter Typ wie ein alter Mann. Schatz, das nenn' ich mal ein Kompliment." Sie grinste neckisch und gab ihm einen dicken Schmatzer. Igitt. Also, das brauchte er ja beim besten Willen nicht zu sehen. Also rein da. Mit einem imaginären Sprung hüpfte er in den Kopf seiner Mutter hinein.

„Hallo Mama!!".

Ein Kreischen entsprang seiner Mutter vor Freude.

„Was hast du Schatz. Die Wehen? Jetzt schon. Ich hole Hilfe", erschrak Herr Feuerstiel und bekam sofort Panik. Erst ging er hier hin und dann dort hin. Ach Moment! Hilfe war ja draußen! Gerade wollte er auf den Gang rennen, und dort nach einem Arzt, um Hilfe schreien, da signalisierte seine Frau ihm mit erhobener Hand:

„Nein, nein! Sebastian ist da!!". „Wo?" „Hier Papa!" Auf einmal konnte er seinen Sohn auch hören. „Wie geht es euch beiden?" „Ja, ja, ja, mein Junge, das ist doch völlig egal. Wie geht es dir? Hast du genug zu essen?", war die einzige Frage, die Schmoon Lawas Mutter über die Lippen brachte. So aufgeregt war sie. „Das ist doch völlig unwichtig. Und? Wie stehen die Kämpfe? Zeigst du denen auch ordentlich, dass ein Feuerstiel ganz schön wilde Sachen anstellen kann?". Kurz erläuterte Sebastian den beiden die Situation. Die beiden Schmetterlinge, die gerade noch mit Mona „gespielt" hatten, waren sofort verschwunden, um es den anderen zu erzählen. Es dauerte nicht lange, da tauchte ein Schmetterling nach dem anderen auf. Auch auf den Gängen sprach es sich sofort herum, und um das Quartier der Familie Feuerstiel entstand ein richtiger Tumult.

Schmoon Lawa kontaktierte gerade seine Eltern!! Egal, wie die auch hießen.

„Hast du schon bemerkt, dass ich zurzeit nicht alleine bin?", wollte seine Mutter wissen. Sein Vater schaute stolz auf den runden Bauch.

„Natürlich", sagte Sebastian und ging eine Etage tiefer. Ooooooh, stöhnte die Menge auf… Schmetterlinge und andere Zuschauer, die sich hier versammelt hatten.

Frau Feuerstiels Bauch leuchtete gelblich hell auf. „Hallo, kleine Schwester", gab Sebastian seine Geschwisterliebe freudig weiter. Er hatte das Gefühl, er würde als Antwort ein Kichern ernten. Dann fuhr er wieder nach oben.

„Ihr wisst schon, was es ist?". „Nee, das heben wir uns für später auf."

Sebastian grinste auf dem Stuhl in dem Starlight VII –Transporter. „Mutter, Vater kann uns jetzt nicht hören. Ich hab` ihn ausgeschaltet." Monika schaute ihren Mann an. Ja, er bekam gerade nichts mit. Super!! „Ein Mädchen. Es ist ein Mädchen. Ist das nicht wundervoll. Ihr beiden bekommt noch eine Schwester." „Ja, wundervoll. Mutter. Wundervoll." „Konntest du sie gerade sehen?" „Ja!" „Wie sieht sie aus?" „Sie ist kerngesund und wunderschön!" „Hast du ihr gesagt, dass wir sie lieben?" „Ich glaube, dass brauche ich nicht extra machen, dass weiß sie schon!" „Schön. Wunderschön. Wir lieben dich Sebastian. Wann kommst du heim?" „Nicht mehr lange. Nicht mehr lange…"

In dem Moment ertönte in dem Raumschiff weit entfernt von der Erde ein Signal.

„Ich muss jetzt aufhören. Ich bin bei euch. Bei euch allen. Sag es den anderen…." „Wir sind auch bei dir, und dem, was du machst. Bei euch allen und wünschen euch nur das Beste von der Erde." Hierbei hatte Frau Feuerstiel nicht mehr in Gedanken gesprochen, sondern es laut aus sich heraus geschrieen. Die Schmetterlinge applaudierten und verschwanden sofort. DAS musste sofort weitererzählt werden.

„Was habt ihr beiden da ausgeklüngelt?", konnte Sebastian gerade noch seinen Vater fragen hören, bevor er in seinen Körper auf dem Schiff wieder zurückkehrte. Chester war bereits aufgestanden und legte den Computer auf den Tisch.

„Sie sind da", sagte er zu Sebastian. Der junge Mann stand auf, ging in eine Ecke, in der er Sismael abgelegt hatte und lud ihn sich auf den Rücken. Dann ging er auf Chester zu, nahm seine rechte Hand und packte ihn weit an seinem rechten Oberarm. Dann zogen sich beide Männer an und rumsten mit ihren Oberkörpern zusammen. Richtig männlich…

„Und du meinst nicht, dass ich vielleicht doch mitkommen sollte?" Sebastian lächelte sanft. „Nein, mein Freund, es bleibt alles wie besprochen. Wir sehen uns in zwei Wochen. Vielleicht dann schon in einer besseren Welt."

Kaum hatte Sebastian die Worte ausgesprochen, da erfasste ihn ein Richtstrahl und beamte ihn auf ein Schiff der Universal Search Inc. Es dauerte nur ein paar Sekunden, schon beschleunigte der Pilot der Abbaugesellschaft und sprang in den Hyperraum.

„Willkommen an Bord, werter Ritter. Ihr seid der Telepath, den uns der alte Schmetterling versprochen hat?" „Ja, das bin ich. Mein Name ist Ben Enterprise." Ein anderer Name war ihm in der Schnelle nicht eingefallen. Und für seine Tarnung brauchte er das. Er hoffte nur, dass ihn die anderen nicht von den Bildern wiedererkannten. Aber auf Zeichnungen wirkte sowieso alles anders. Die Crew waren allesamt Mitarbeiter von Kolum Geggle, dem Leiter des Geheimdienstes des Unternehmens.

„Haben sie das Objekt schon geortet?", wollte einer der Offiziere wissen. Sie trugen alle keine Uniformen, hatten aber alle schwarze Lederjacken an. Hosen trugen sie in unterschiedlichen dunkeln Farbtönen. Nur die grauen Kampfstiefel darunter waren bei allen gleich.

„Ich kann leider nicht genau sagen, wo sie ist, aber den Planeten kann ich bestimmen", sagte er und ging zu einer Karte auf einem im Raum stehenden Display, das bis auf die elektronischen Eintragungen durchsichtig war. Grüne Linien und blinkende Punkte stellten eine Aufzeichnung dieser Galaxie dar. Sie war schon auf der richtigen Seite aufgeschlagen. Da es bisher nur ein Gefühl war, aber kein konkreter Name, war Sebastian schon ein wenig überrascht, dass er das System kannte. Er schloss die Augen und führte seinen rechten Zeigefinger über das gläserne Display.

Dann blieb er stehen, sagte „hier" und öffnete die Augen... und sofort erschrak er.

Sein Finger zeigte genau auf den Planeten Tranctania!! Die Heimat der Crox!! Was machte sie denn dort???

Sofort fing sich der oberste Ritter des Rosenordens. Also deswegen konnte er sich nur so schwierig in sie einklinken, und ihr nur versetzt ein paar Sätze zukommen lassen! Aber sie war bereit. Und wenn die Männer von Universal Search und Wansul recht hatten, dann trug sie bereits einen Chip, damit man sie orten konnte. Sie wusste davon nichts. Musste sie auch nicht.

Und später würde er sie führen. So war es vereinbart.

Sitzungen und Neuigkeiten bei denen Professor Kuhte anwesend sein sollte, konnten seit einiger Zeit nur noch in der Bibliothek unter der Arktis abgehalten werden. Seit dem „großen Ziegen-Unglück", wie es der Professor getauft hatte, verließ er nicht mehr diesen Raum des Wissens. Johnny hatte sich hunderttausendmal entschuldigt, aber Kuhte kaufte ihm das nicht ab.

Zum Glück hatten die Tiere nur genau ein Buch ernsthaft erwischt, und er hoffte, dass es sich dabei nicht um eines der wichtigsten handelte. Der Professor kannte nur den Namen, hatte er doch schon bald ein Verzeichnis angelegt. So wusste er, dass Sir Howard Finkelsens „Techniken der Illumination in der Antike des Planeten Erde", nun fehlte.
Um seinen Entschuldigungen wirklich ein ernstes Gesicht zu geben, hatte Johnny einen Mechaniker und einen Türsteher-Schmetterling angeschleppt. Wobei den Mechaniker zu finden, etwas schwieriger war als den Schmetterling. Rambo, so nannte sich der Rausschmeißer, war er etwas anders als andere Schmetterlinge. Johnny wusste auch nicht, wie das ging, aber der hier war ein wenig…..naja, blöd. Zurückgeblieben halt.
Aber er war ganz nach seinem Macho-Geschmack eingestellt. Er hatte zwei bis fünf Sätze drauf, die er den ganzen Tag wiederholen konnte, ohne sich dabei komisch zu fühlen. „Du kommst hier nicht rein", war der meist benutzte. Und er sagte es einfach zu jedem, der an der kaputten Tür vorbeiging. Egal, ob er rein wollte oder nicht. So bekam jeder ein cooooles „Du kommst hier nicht rein" ab, während er das entweder mit verschränkten Armen sagte, oder dabei mit

dem Finger auf jemanden zeigte. Zu diesen Sätzen hatte sich Rambo auch ein paar Posen angelegt, die das Verbot und seine immense Wichtigkeit unterstrichen. Gelegentliches Rotz in der Nase hochziehen und dann einfach über jemanden hinwegschauen, gehörte dazu.

Das Problem war, Rambo konnte sich keine Gesichter merken. So hatten auch Sarah, Jens und Jack schon einmal ein „Du bleibst draußen. Verstanden?" abbekommen.

Als der Techniker zum Glück endlich kam, hatte er die Türe repariert und Rambo war arbeitslos geworden. Sonderlich enttäuscht war er zwar nicht, aber Johnny fand, dass man ein so herrliches Geschenk des Himmels, wie Rambo, nicht einfach verkommen lassen sollte. Also hatte er nach einer Aufgabe für ihn gesucht. Nicht, dass der Ritter, zu dem Rambo gehörte, ihn nicht auch brauchte, aber der war sicherlich froh, wenn Rambo nicht bei ihm war. Doch Johnny hatte schon den nächsten Job für ihn…

Als jetzt Sarah, Jens und Jack in der Bibliothek eintrafen, flogen Johnny und Sonja nebeneinander… und Rambo vor ihnen. Er war seit gestern Sonjas Bodyguard geworden. Johnny meinte nämlich, dass auch wenn Sonja eine Kriegerin, genauso wie ihre Ritterin, war, dann konnten ihre Geschichten im Südamerika doch ein wenig zu gefährlich für eine „kleine" Schmetterlingsfrau sein. Und da Johnny nicht immer da war, und generell vier Augen besser waren als zwei, hatte er Rambo eingestellt.

Als die Gruppe nun unten zusammenstand, schaute Rambo grimmig drein… und vermutete hinter jedem der vier Menschen einen Attentäter, der es auf Sonja abgesehen hatte.

Sonja ging das natürlich auf den Keks. Sie wollte sich das bis morgen geben, dann aber Johnny nett darauf hinweisen, dass er wohl überflüssig sei. (Aber süß war die Idee von Johnny schon.) „Bewach die Tür", befahl Johnny und war wieder ein wenig begeistert davon, wie blöd er war.

Rambo flog schnurstracks los und postierte sich im Eingang. Die frisch reparierte Türe konnte dadurch natürlich nicht zugehen und ging wegen der eingebauten Lichtschranke immer auf und zu.

„Du kommst hier nicht rein", war neben den hydraulischen Türgeräuschen das erste, was die Gruppe hörte.

„Du auch nicht... Siehst aus wie ein Hund. Ach sooo... bist du ja auch.... Mach dir nichts draus... Und schöööön weiter gehen... Ja, so ist gut... Und nicht vergessen: Du kommst hier nicht rein."

„Haben sie schon etwas herausgefunden?", wollte Sarah jetzt wissen. Der Professor schüttelte verneinend den Kopf und sagte dann: „Ich bin mittlerweile schon die Hälfte der Bücher durchgegangen, aber in keinem steht etwas darüber, was Wansul meinen könnte."

Die Gruppe nahm das einfach so hin, da sie einem Hinweis von Wansul nachgingen, den er mal - noch in der Zeit des Erwachens – hatte fallen lassen. „Jupiter, Mars und die anderen Planeten sind nicht das, was sie zu scheinen meinen", oder so ähnlich. Und das im Zusammenhang mit dem Verteidigungssystem der Erde, das das „One" von Sarah und Jens eingeschaltet hatte. Das Schlüsselpärchen stand nun da und wunderte sich eigentlich überhaupt nicht. Wansul war auch in diesem Moment wieder unterwegs und „erledigte da mal was".

Und bei manch einer seiner verrückten Geschichten, die sich Jens schon hatte anhören müssen, wäre es auch denkbar, dass daran gar nichts war. Aber das war halt Wansul... und da ging man lieber vorsichtshalber jedem Hinweis nach.

Auch, wenn es wie diesmal eine Sackgasse sein konnte.

„Dann ist das Treffen beendet?", wollte Johnny wissen. Die Kinder warteten schon für den nächsten Einsatz und die Panther mussten auch noch einmal quer über den Planeten gebracht werden. Ganz schön viel los auf der Erde.

„Wann können wir denn zuschlagen?", wollte Sonja wissen, die dabei ein Lächeln von Sarah erntete. Die Verteidigungsarmee von Europa sammelte sich bereits und sie hatten schon fünf Städte ausgemacht, an denen sie über den Rhein wollten. Düsseldorf war natürlich auch dabei.

Doch hier stellte sich das Problem, das das Hauptquartier von Universal Search direkt vor der Haustüre stand... und dadurch besser bewaffnet war als die anderen Regionen in Deutschland. Generell hatte sich das Abbauunternehmen an dieser Grenze nur locker bewaffnet, die meisten Truppenkontigente waren in dem Gebiet Russlands und kämpften einen erbitterten Kampf gegen die Befreiungsarmee von Asien. Ihre Ritter dort waren ein bisschen schneller gewesen und hatten schon zuschlagen können.

Und daher war es auch langsam an der Zeit, dass sie ihren Teil zur Befreiung der Erde beitrugen. Sie hatten auch schon einen Plan: sie mussten gemeinsam zuschlagen, um hier die Kräfte des Feindes zu binden.

Mehr sollte es nicht sein. Universal Search sollte getäuscht werden. Es musste aber unbedingt wie ein massiver Schlag, mit nach ebenbürtig aussehender Technologie, sein. Schön gefährlich für Universal Search.

Sowohl in Köln, Koblenz, Bonn, Straßburg und Meerbusch sollte ein massiver Coup erfolgen, der eine Invasion vortäuschte. Ein Bluff.

Sarah drehte sich nun zu Sonja um, und schmunzelte, als sie sah, wie Johnny demonstrativ in dem Moment Sonjas Hand nahm...und die Schmetterlingsfrau nichts dagegen hatte. Mal schauen wie lange DAS gut geht, dachte sich Sarah nur und antwortete.

„Wir überlegen immer noch, wie wir es über den Rhein hier bei Meerbusch schaffen. Wir haben genug Scarsys, um die anderen vier Städte anzufliegen, und die Männer anschließend per Beam auf die andere Seite zu bringen, doch für den Übersprung nach Düsseldorf fehlt uns das Material. Zusätzlich ist da der Schild, der es unmöglich macht, mit Richtstrahl überzusetzen. Deswegen suchen wir nach einer Option, wie wir über das Wasser kommen. Wir müssen gleichzeitig über den Fluss und den Schild per Hand aussetzen. Erst dann können wir die Stadt mit den Panzern einkreisen, und die Männer in die Stadt schicken. Luftunterstützung gibt es nicht. Und erst, wenn wir einen Weg haben, wie wir beides schaffen, können wir zuschlagen."

Sonja nickte militärisch und ließ die Hand von Johnny los. Jetzt war gerade keine Zeit für Zärtlichkeit.

Johnny verstand das nicht. In einer Beziehung hatte man doch immer für den anderen Zeit? Oder?

„So... Können wir dann gehen? Es gibt noch so viel zu erledigen." Jens schaute Professor Kuhte an.

„Meinen sie, sie finden noch einen Weg, wie man rübersetzen kann?" „Ich werde sofort weiterlesen. Aber versprechen kann ich nichts. Vielleicht gibt es ja irgendwo einen Hinweis in den Büchern. Tempus fugit. Und ich geb' alles was ich kann."

Die drei Menschen schauten sich an... und dann den Professor. Er hatte schwarze Augenringe, die so groß waren wie Untertassen. Zusätzlich zuckte er hier und da unkontrolliert am Körper. Eines war allen klar: sie würden ihm eine Assistenz zur Seite stellen. Das sah hier schon nach Gesundheitsschädigung aus...und die Zeit drängte.

Fast gleichzeitig gingen in dem Moment bei Jens, Sarah und Jack die Kommunikatoren los. Schnell packte sich einer nach dem anderen an die Hüfte, riss das Kommunikationsgerät der Ritter von der Seite und schaute drauf: ein Alarm!! In den Gefängniszellen mit den Nila-Offizieren war etwas passiert.

„Suchen sie weiter", rief Jack noch im Rennen. Dann ging es die Treppe hoch.

„Du kommst hier nicht vorbei", wollte Rambo mit erhobener Hand Sarah, sie war die erste, daran hindern, die Bibliothek zu verlassen. Doch ohne ihn wahrzunehmen, rannte sie an Rambo vorbei. Ja, wo gab es das denn?!

Schnell hob er wieder die Hand: Jens und Jack ignorierten ihn ebenfalls und erdrückten Rambo fast am Türrahmen. Moment! Galt denn ein Türsteher gar nichts mehr?

„Und das ihr mir ja nicht wiederkommt!", brüllte er ihnen hinterher. So eine Unverschämtheit. Rambo drehte sich um und sah, dass nur noch Professor Kuhte alleine da war. Johnny und Sonja hatten sich ebenfalls aufgelöst.
Mist!! Er hatte seine Schutzbefohlene verloren!!
Jetzt musste er auch noch um Gnade bei Johnny betteln. Das waren harte Zeiten für Schmetterlinge.
Sehr harte Zeiten. Dann löste auch er sich auf...

Als Johnny und Sonja sich im Wasserturm wieder materialisierten, standen die Panther schon abmarschbereit da. Martha flatterte mit zwei anderen Schmetterlingen um das Pantherweibchen rum. Daniel, Lisa und Luna waren drei Kinder vom Projekt Arche, die die Panther von Lank zum Eingang in Haus Meer - ungefähr einen Ort weiter - bringen sollten. Kaum waren Johnny und Sonja anwesend, da machten sich auch schon alle auf den Weg.

Als erstes ging es auf den Pflastersteinweg vor dem Forum. Links oben konnten sie den eigentlichen alten Wasserturm sehen, der ruhig und bedächtig über das Gebäude wachte. Dann ging es ein kurzes Stück die Straße rechts hoch. Niemand außer ihnen war hier weit und breit zu sehen.

Ihr Plan für Meerbusch lautete, sie wollten so viele Waldwege nutzen, wie es von hier aus möglich war. Aber nicht zu nah an den Rheindamm, da dort wahrscheinlich schon viele Truppen der Befreiungsarmee von Europa in Stellung gegangen waren. Jetzt ging die Gruppe aus schwarzen Panthern, Schmetterlingen und Kindern erstmal los, an dem alten Markt und St. Stephanus vorbei. Sie wollten unten auf den Weg, bei dem die Lan-Dan ihr erstes Treffen mit Ole Sonne hatten. Er hatte ihnen die unauffälligste Route nach Haus Meer beschrieben. Dort führte ein Weg hoch, der bei einem Sportplatz ankam, abseits vom Schuss. Rechts von diesem Weg zogen die Häuser die Stadtgrenze und links von ihnen waren weiter Felder, die gelegentlich nur von ein paar Büschen und Bäumen unterbrochen wurden. Aber da die Lan-Dan diese Ecke von ihren Ausläufen schon kannten, entgingen ihnen nicht die Veränderungen der letzten Wochen: überall zwischen dem wild überwucherten Ackerboden waren tiefe Furchen von Truppen-Transportern. Hier mussten Massen an Maschinen und Menschen entlang gekommen sein! Und alle führten in Richtung Rhein.

Doch sie hatten keine Zeit, um sich die Situation näher anzuschauen. Ole Sonne hatte es ihnen ja bereits gesagt. Niemand aus der Gruppe sprach irgendein Wort.

So tapsten die Panther so schnell, dass die Kinder noch mitkommen, aber gerade so langsam, dass sie noch atmen konnten.

Sie gingen gerade mal zehn Minuten, da kamen ihnen die ersten Menschen entgegen, die allerdings weiße Uniformen mit einer blauen Rose drauf trugen. Sie hielten Gewehre in ihrer Hand und hatten Schwerter auf den Rücken. Ungefähr 20 Männer und Frauen, die in Formation und Gleichschritt marschierten.

Die Panther konnten nicht wissen, dass solch eine konzentrierte Power eher die Ausnahme war.

Meerbusch war die Heimat von Sebastian Feuerstiel.

Da gebot es alleine die Ehre, diesen Ort bestmöglich zu schützen. Rund 200 Ritter hatten sich freiwillig gemeldet, um die Stadt „Keimfrei", wie sie es nannten, zu halten.

Niemand schien es irgendwie komisch zu finden, dass hier schwarze Panther frei herumliefen. Andere Zeiten, andere Sitten. Der wahre Grund, warum keiner einschritt, war auch sofort zu sehen. Die Ritter und deren Schmetterlinge hatten Johnny und Sonja bereits erkannt.

Als sich die Routen überschnitten, grinsten einige der Patrouillen-Schmetterlinge, und es gab auch direkt ein paar Sprüche rüber.

„Na, das ist aber romantisch" oder „Freiluftknutschen macht gesund".

Die Ritter nickten den fünf Schmetterlingen nur zu. Dann waren alle schon wieder hinter ihnen.

Immer wieder konnten sie in der Ferne das Aufflackern des Schildes am Universal Search Limes erkennen. Aus der Ferne hörten sie schon die Geräusche, auf die sie zugingen: schweres Maschinenknattern, das Kettenrollen von Panzern, Befehle, die enthusiastisch durch die Luft flogen.

Immer wieder zischten ab dieser Höhe der Strecke, blaue und grüne Plasmastrahlen aus dem Hinterland über ihre Köpfe, nur, um dann an dem Rheinschild der Feinde abzuprallen. Auch einzelne Raketen suchten sich ihren Weg, aber die Krieger der Lan-Dan erkannten sofort, dass dies nur sporadisch war, und damit einem Feind gezeigt werden sollte, dass hier in diesem Gebiet Gefahr lauerte.

Als sie den Sportplatz Pappelallee erreicht hatten, wussten auch alle sofort, was den militärischen Krach verursachte: unterschiedliche Kampfeinheiten hatten die Spielfläche zu einem Rastpunkt gemacht. Überall flogen Schmetterlinge herum. Unter den Maschinen waren knapp 25 Flightcruiser, die man anscheinend den Union-Troopers entwendet hatte.

Wie auch immer man das geschafft hatte.

Sie waren hier und schwebten wie Boote auf einer ruhigen Wasseroberfläche in der Luft. Immer wieder wippte einer auf und ab. Die Triebwerke versuchten, ihre gerade Position mit leichten Steuerungs- und Schubkorrekturen zu halten. In allen fliegenden Maschinen waren volle Drei-Mann-Besatzungen. Um sie herum hatten sich knapp zehn Panzer angesammelt, die von unzähligen Versorgungspanzern mit Treibstoff und Munition befüllt wurden. Mit einem leichten Bogen ging die Gruppe um den Platz herum, sie wollten dahinter in den Wald.

Zwei Schmetterlinge lösten sich gelangweilt aus dem Geschehen und kamen zu ihnen rübergeflogen.

„Projekt Arche?", riefen sie schon von zehn Metern Entfernung zu. Die Kinder ignorierten sie, nur Johnny antwortete cool und lässig. „Plus eine Portion Arschaufreißen." Yeah, Baby.

Die Schmetterlinge schauten sich die Panther an und wussten sofort, als sie die wilden Tiere sahen, dass ein Feind in ihrer Gegenwart schwer zu leben hatte. Sie hatten von den Panthern noch nichts gehört. Aber sie konnten sich schon denken, dass wenn ein Johnny… der von General-Ritter Jack Johnson… mit einer Gruppe von Panthern unterwegs war, und diese Aktion hier dann offiziell dem Projekt Arche zuordnete, es mit hoher Wahrscheinlichkeit noch etwas Anderes gab.

Etwas, das gut für die Erde war.

Weil ein Johnny, der sogar eine Freundin hatte, garantiert nicht einfach so Lust zu einem Spaziergang mit irgendwelchen Tieren entwickelte.

Und wenn da noch Kinder bei waren, die Johnny in die Gesellschaft von Raubkatzen führte, und er dabei noch „Arschaufreißen" sagte, dann lag die Idee nahe, dass es sich hierbei um einen heimlichen Einsatztrupp für Südamerika handelte… und nicht nur um eine Tierrettungsaktion.

„Wir hauen denen da drüben bald mächtig einen auf die Mütze."

„Yeah. So soll es sein! Guten Schlag", gab Johnny zurück.

„Euch auch!", sagten die beiden Schmetterlinge zusammen, grinsten hämisch und flogen wieder zu ihren Rittern zurück.

Insgesamt brauchte die ungewöhnliche Kombination aus Raubtieren, Menschen und Schmetterlingen eine Stunde, bis sie den Eingang an Haus Meer erreichten.

Hier hatte sich in den letzten Tagen auch so einiges getan. Dass man nämlich hier nicht mehr von einem „geheimen" Eingang sprechen konnte, war ziemlich offensichtlich geworden.

Denn schon nachdem sie hinter Strümp waren und über die Felder marschierten, sahen sie neben einer riesigen Menschenkette, dass der Himmel voll mit kleineren Transportmaschinen und Helikoptern war. Unzählige Militärfahrzeuge standen oder fuhren herum. Die einen luden auf, die anderen ab. Ein Kommen und Gehen.

Und überall dazwischen Schmetterlinge.

Und erst die Menschenmassen, die vom unterirdischen Eingang

aus Haus Meer kamen. Hier ging alles, was der Planet an Menschen hervorgebracht hatte:

Asiaten, Afrikaner, Europäer und noch viele mehr. Einige trugen Uniformen, bei anderen hatte es den Anschein, dass sie immer noch das trugen, was sie seit Monaten anhatten. Einige trugen sogar Fahnen, ähnlich die einer Schützenkompanie.

Umweltschützer hätten bei dem Anblick einen Herzinfarkt bekommen.

Alles, was im Wege stand, war bereits platt getrampelt worden. Dies war einer der vielen Punkte, an denen sich die Armee zur Befreiung Europas sammelte. Für die Projekt-Arche-Gruppe bedeutete dieser Abschnitt in Meerbusch allerdings, dass sie mitten hindurch mussten.

Und das war eigentlich auch der coooolste Moment, wie Johnny fand.

Sonja flog stolzer Brust neben ihm und signalisierte damit jedem, dass sie jaaaaa nicht aufgehalten werden durften. Sie hatte ähnlich viel Adrenalin im Körper wie vor einem Kampf. Frauen mochten es, ins Rampenlicht zu geraten. Sie waren schließlich wer.

„O.K.. Leute, dass jetzt hier ja keiner von euch Hunger bekommt", sagte Johnny an die Panther gerichtet. Aber außer scharfen Blicken von Re und FeeFee gab es keine Antwort. Denn sie hatten vorher vereinbart, dass sie besser nicht redeten.

Obwohl sie die VIP-Schmetterlinge waren, konnte es vielleicht doch passieren, dass irgendjemand nachher Fragen stellte, die nur schwer zu beantworten waren. Doch es war gar nicht so schlimm, wie sie dachten... eher enttäuschend: bei all dem Hickhack hier nahm die Gruppe niemand war!

Die Leute gingen ihnen gerade mal aus dem Weg, wenn sie ihre Richtung kreuzten. Aber das war es schon. Sonjas Vorstellungen, dass nachher jeder über sie sprach, wurden zerschlagen. Aber sie war nicht Sarahs Schmetterling, wenn sie so was nicht wegstecken könnte.

„Das ist hier der Saurophantenwald... zu eurer Rechten. Ich habe ihm den Namen geben dürfen. Und jetzt nennen ihn auch alle so", gab Sonja den anderen drei Schmetterlingen bekannt. Sie konnte hier schon noch etwas Wichtigkeit rausschlagen.

„Ooo.Aaa.Uuuui", entkam es staunend den dreien. Sie waren Touristen.

„Du darfst schon Wäldern Namen geben?", stellte Martha ehrfurchtsvoll fest, als das sie das als Frage sagte. Sonja nickte stumm im Flug.

Jetzt war Johnny auf seine Freundin stolz.

Wie es bei liebenden Schmetterlingen so ist, knallten in dem Macho-Liebhaber gerade Stolz, elementares Macho-Gehabe, aber auch Liebe zusammen und brachten ihn zu unkontrollierten Gedankengängen:

„Frauen sind halt die besseren Menschen!", sagte er und erschrak. Mist!! Hatte er das gerade gesagt??

„Ich meine, sind die besseren Männer!". Wieder Mist!! Die Lan-Dan Leibgarde musste sich gerade von innen auf die Backen beißen, damit sie nicht vor Lachen losjaulte.

FeeFee und Re waren es gewohnt, dass sich niedere Kreaturen blamierten. Sie hatten einfach nicht die angeborene Disziplin und Selbstbeherrschung.

„Ich meine, sind die besseren Schmetterlinge!!"
Johnny packte sich mit beiden Händen an den Mund.

„Shit. Ich geb' auf", verließ es Johnny. Sonja war auch kurz davor zu lachen, gab ihm zum Trost aber einen Kuss auf die Backe.

Nur die anderen drei Schmetterlinge versuchten aus den Worten etwas herauszuholen, denn es war ja klar, dass sie heute Abend bei den Geschichtenwettkämpfen ordentlich was zu erzählen hatten. Sie waren ja schließlich mit Johnny und Sonja unterwegs!

An dem Terrain des Eingangs angekommen, war gerade eine Gruppe von Schildingenieuren dabei, das Areal von Haus Meer zu sichern. Alle zehn Meter stellten sie kleine Generatoren auf, die, wenn sie eingeschaltet wurden, einen Energiepilz über dem alten Klostergeländer errichteten. Nicht, dass ein unkontrollierter Angriff von Universal Search zufällig gerade diesen wichtigen Punkt traf. Aber auch hier schaute niemand die wandernde Tier-Mensch-Schmetterling-Gruppe misstrauisch an.

Sie konnten einfach nach unten gehen.

Und ab hier merkten die Lan-Dan, dass es sich bei diesen Menschen um etwas Eigenartiges handeln musste.

Denn aufgrund ihrer eigenen Kultur erkannten sie, dass das, was hier einmal erbaut worden war, viel älter als die Menschheit war. Prinz Re und seine Schwester FeeFee schauten sich an, sagten aber nichts. Eigentlich gehörten sie zu den ältesten Rassen im Universum. Wie konnte die Menschheit so offensichtlich solche Wände bauen, die eindeutig der Waworanischen-Krieger-Epoche angehörten?

Re und FeeFee ließen sich ihre Nervosität nicht anmerken.

Auch unten in den Gängen war ziemlich viel los. Klar. Denn die beiden Launch-Transportsysteme, die hier in der Nähe waren, hatten sich schnell zu richtigen Bahnhöfen verwandelt. Meist nur Personen, die hierhin kamen. So gut wie keiner, der weg wollte.

Sie mussten schon fast gegen den Strom ankämpfen, als ein „Äiiih, lass die Finger schön bei dir", auftauchte. Rambo hatte die Gruppe gefunden. Und für seinen kleinen Verstand gab es jetzt nur eine Aufgabe: sich als Bodyguard vor die mittlerweile in einer Reihe gehende Gruppe zu setzen und den „verbalen Pflug" zu spielen.

„Weg da!! Aus der Bahn!! Vorsicht!! Obacht…", brüllte Rambo nach vorne. Und tatsächlich sprangen sogar einige zur Seite.

Jetzt fragten sich Sonja und Johnny allerdings, ob das nicht ein wenig zu viel war. Die drei Schmetterlinge um Martha fanden das der Situation nur angemessen. Die beiden da vorne waren schließlich die Schmetterlinge von Sarah O'Boile und General-Ritter Jack Johnson. Den Lan-Dan kam es auch nicht wirklich komisch vor. Hier liefen schließlich Prinz und Prinzessin mit Leibgarde.

Das war nur standesgemäß.

So dauerte es nicht lange, bis einer nach dem anderen einen Launch erwischt hatte.

Johnny war draußen geblieben und tippte die Koordinaten für die Gäste ein...und schon schoss das Gefährt nach...

...Manaus, ein wenig unterhalb des Äquators, die Hauptstadt des brasilianischen Bundesstaates Amazonas. Sie landeten an einer Stelle am Rio Negro, der elf Kilometer entfernt in den Amazonas mündete...tiefstes Feindesland.

Hubba, der Anführer der kleinen Crox-Gruppe, dirigierte die anderen gerade durch eine Schlucht. Graue, kalte und kantige Steinwände. Von der Natur erzeugt. Die Temperatur war immer noch hoch. Der Boden bestand aus einer Mischung von matschigem Braun und hervorschauenden Steinbrocken. Sie hatten den Wald verlassen und die Monster, wie sie alle hofften, hinter sich gelassen. Kurz vor einem vergessenen, eingestürzten Stolleneingang blieben alle stehen. Ein Stützbalken war gebrochen und Steine waren schräg zusammengefallen. Ein größerer Stein versperrte fast den gesamten Eingang. Ein Bach drückte sich über das Hindernis, fiel auf den Boden und verschwand in einem Loch auf der anderen Seite der Steinschlucht. Das Loch in dem Stollen war aber immer noch groß genug, dass sich die Crox dadurch quetschten konnten.

Hubba ging als tapferer Chef vor und sog die Luft ein.

Nichts, was von der Anwesenheit der Feinde zeugte. Ein wenig modrig, aber sonst nichts.

Er winkte den anderen zu und sie versuchten, ihre beiden menschlichen Begleiter ohne allzu große Schrammen durch das Loch zu drücken. Rücksicht konnten sie jetzt nicht nehmen. Sonst könnten vielleicht alle sterben.

Julia Feuerstiel wurde ohne nennenswerte Kratzer durchbugsiert, aber der Kopf der anderen Frau schlug einmal hart auf. Die beiden Crox schauten schnell, ob Hubba das gesehen hatte… und machten flugs weiter.

Doch durch den Schlag an der Stirn erlangte die Verletze wieder ihr Bewusstsein. Sie spürte das kalte Wasser an ihren Füßen vorbeilaufen.

„Dein Leben hat wieder einen Sinn", hauchte sofort eine Stimme der Studentin in den Kopf. Diese Worte kannte sie. Langsam aber sicher erwachte sie wieder und merkte jetzt, dass zwei kleine Lebewesen sie mit den Armen über ihren Schultern trugen. Sie gingen im Dunkeln irgendwie aufwärts

„Ööööh", stöhnte sie leise auf. Dieses Geräusch ließ die beiden Crox sofort stoppen.

„Hubba!! Sagt Hubba Bescheid! Sie wird wach! Sagt Hubba Bescheid!", flüsterten die Crox hoch. Sie hatten Angst, dass ihre Worte einen Widerhall erzeugen könnten, und dann ungebetene Gäste auf sie aufmerksam wurden.

Die Karawane blieb stehen.

Hubba kam den Weg durch den knöchelhohen Bach hinunter gestampft. Im Gehen hatte er einen Betäubungspfeil aus einer kleinen Dose genommen, die an seiner Seite baumelte. Er konnte ihn jederzeit in den Hals der schwachen Patientin drücken.

Nur für den Fall der Fälle.

Als er zu den dreien hinkam, hatte sich die Frau schon von den Crox befreit und kniete auf dem Boden. Mit einer Hand stützte sie sich ab und mit der anderen drückte sie sich die Schläfe. Als sie merkte, dass sich vor ihr jemand aufgebaut hatte, schaute sie nach oben. Doch wegen der Dunkelheit konnte sie nur bis zu seiner Hüfte gucken. In ihrem Kopf sprach immer noch eine Stimme:

„Bald geht es weiter. Mach dich bereit."

Doch sie war schwächer als zuvor. Was ihren Kopfschmerzen allerdings egal zu sein schien.

„Wer bist du?", wollte Hubba wissen, den Pfeil in der Hand stichbereit.

„Wo bin ich?", kam die Gegenfrage.

„Ich stelle hier die Fragen! Wir haben nicht viel Zeit und können dich auch hier verenden lassen, wenn dir das lieber ist!"

Die Studentin würgte, als sie versuchte, etwas Spucke zu produzieren, um ihren trockenen Mund zu befeuchten.

Hubba schnipste mit dem Finger und von hinten wurde ihm ein Schlauch gereicht. Er gab ihn der Frau weiter. Sie öffnete den Verschluss und ließ sich Wein in den Mund tropfen…

Erschrocken spuckte sie wieder aus!!

„Nie wieder", giftete sie den Anführer mit blitzenden Augen an. Dabei funkelte ihr Innerstes voll tiefster Entschlossenheit.

„Jetzt sag mir, wer du bist! Und was du hier willst!"

Die Erdenfrau merkte, dass sie, wenn sie leben wollte, und vor allem, wenn sie die Rache, die sie üben wollte, sie dem kleinen Lebewesen besser antworten sollte.

„Mein Name ist Natalia Piagotto. Ich….ich…ich….", sie musste überlegen. Ja, was war sie denn?

„Ich…ich war…ich bin eine Gefangene der Union, und habe meine Wächter erschossen."

Obwohl Hubba ihr noch nicht sofort glaubte, ging durch ihn und die anderen der Gruppe eine Welle der Erleichterung.

„Wasser…bitte? Habt ihr nicht Wasser?"

Hubba war ein wenig erstaunt. Keine Ahnung, ob hier jemand Wasser bei sich führte. Zur Not könnte sie doch vom Boden trinken. War nur die Frage, ob das auch gesund war…

Das Nationalgetränk der Crox war Pfromm. Das tranken alle - und überall. Wein hatten sie sich aus einer Vorratskammer für Grenzpatrouillen besorgt, die sie vor zwei Tagen entdeckt hatten. Wasser und Pfromm konnten schlecht werden.

Wein – nach Ansicht der Crox – hielt sich einfach viel länger und war für den Militärdienst einfach wesentlich besser geeignet. Ihre Sanitäterin führte etwas Wasser mit sich… zu Hubbas Überraschung. Sie brauchte es für die Herstellung ihrer Medizin.

So reichte sie ihren kleinen Privatschlauch nach vorne, und Natalia trank in kräftigen Zügen. Ein Gefühl als würde das Leben wieder in ihren Körper zurückfließen. Frisches, klares Wasser. Der Quell des Lebens... ihres neuen Lebens.

„Man wollte mich als eine Prostituierte verkaufen. Ich bin...ich war eine Sklavin. Sie wollten mich töten... wahrscheinlich... vermute ich... Wenn sie mich nicht verkauft bekommen hätten...", stotterte Natalia verächtlich wütend.

„Dann wollten sie mich vergewaltigen...dieser eine und der andere. Doch ich hab sie erschossen!! So, wie ich auch diese dreckigen herumlaufenden Kannibalen-Monster töten würde...wenn ich könnte!!"

Das reichte Hubba schon. Sie sprach mit solch einer Verachtung in der Stimme, so einem Hass auf die Welt, einem Groll gegen die Union, dass sie zum einen definitiv auf ihrer Seite war, aber zum anderen, den Crox mit ihrem unverkennbaren Hass auch ein wenig Angst einjagte.

Eine Frau, die so nach Rache gierte.

Aber sie konnten sie verstehen. Hier hasste jeder die, die sie genannt hatte.

„Gut! Das soll erstmal reichen. Wir müssen weiter. Später werden wir mehr Zeit haben, uns ausführlicher zu unterhalten. Kannst du gehen?"

„Ich denke...ich denke schon", hechelte Natalia, während sie versuchte, sich zu erheben. Doch noch in der anfänglichen Bewegung knickten ihr die Beine weg.

Hubba lächelte leicht. Die Guhru-Kräuter waren echt starkes Zeug, und dann noch die Pfeilwirkung...

Crox wären bei diesen beiden Dosierungen erst frühestens in einem Monat wieder unter die Lebenden zurückgekehrt. Sie musste einiges gewohnt sein. Das Lächeln konnte sie aber wegen der Dunkelheit nicht sehen.

„Stütz dich bei Hola und Finkwart ab! Sie haben dich sowieso schon die ganze Zeit getragen."

Natalia Piagotto griff sich die Schultern und merkte im Dunkeln, was für eisenharte Schultermuskulaturen da neben ihr standen. Riesige Zugpferde hatten weniger Kraft, als diese halbgroßen Lebewesen neben ihr.

Hubba ging wieder nach vorne und führte die Gruppe weiter… höher in den Berg hinein.

Erst als sie eine halbe Ewigkeit gegangen waren, wurde der Weg eben. Sie gelangten an eine Kreuzung. Von vorne kam das Wasser und nach links und rechts führte es weiter. Allerdings war das ein Bereich, in denen Kopfsteinpflaster gepflanzt waren und das Gehen jetzt erleichterten. Hier war eine Bergstraße angelegt worden.

Und als wenn Hubba genau wüsste, was er zu tun hatte, wählte er links. Es dauerte nur zwei Minuten und der Anführer forderte seine Gefolgschaft zum Stillstand auf. Die Geräusche verrieten, dass er in der Wand etwas abtastete.

Dann hörten sie ein Klicken und Klacken…und auf einmal erhellte sich der Tunnel leicht.

Aus einer Türe strahlte Licht auf den Weg. Hubba hatte eine Straßenwärterunterkunft gefunden und mit zwei Zündsteinen eine Fakkel angezündet. Dann kam er raus und winkte die anderen herein. Natalia konnte jetzt den roh behauenen Stollen erkennen. Es war keine feine Arbeit, und die Pflastersteine hatten sichtlich Rillen und Kerben.

„Das war ein Lastentunnel. Nicht für den Alltag. Hier fahren eigentlich die Erzwagen… oder fuhren. In manchen Teilen unserer Welt sieht das immer noch so aus. Es gibt da die Konservativen, die meinen, alles Neue ist schlecht. Die Erze würde nicht mehr spüren, dass wir Crox sie lieben. Deswegen schieben sie bis heute noch die Ladungen selber per Hand und reden dabei mit dem Gestein", erklärte Hubba, der in den Augen von Natalia genau erkannt hatte, dass sie sich über dieses mittelalterliche Bild wunderte.

Der Raum bot genau so viel Platz, dass sechs Mann der Gruppe sitzen konnten. Auf den Tisch hatten sie Julia Feuerstiel gelegt, die immer noch tief und fest abwesend war.

Jetzt konnte Natalia sie genauer sehen und erschrak.
Mein Gott, ein Menschenmädchen!! Und so hübsch!!
Nein, natürlich nicht im Moment.
 Aber sie konnte sich ihre Schönheit genau vorstellen, wenn sie sauber und gewaschen wäre.
 „Du bist die Hilfe für uns alle", tauchte auf einmal wieder die Geisterstimme in ihrem Kopf auf. Doch es wirkte diesmal so… entfernt. Weiter weg! Eher…sie suchend. Auch war es so, als hätte der Fremde das Mädchen kaum erkannt. Es war wie eine Botschaft, die von sehr weit weg kam. Die Stimme reagierte nicht auf Natalias aktuelle Lage. Dann war sie wieder weg.
 Nur dieser eine Satz. Natalia konzentrierte sich wieder auf die Gruppe. „Kann ich ihr nicht helfen?"
 Die Crox schauten sie an. Sie war selber erst kürzlich unter den Lebenden wieder eingekehrt, und sah selber wie ein Geist aus. Das konnten ihr die Crox aber nicht sagen.
 „Hast du denn Ahnung von Heilkünsten?", fragte die Sanitäterin, eher des Interesses halber, als dass sie Angst um ihre Position in der Gruppe hatte.
 „Nein. Aber ich bin immerhin auch ein Mensch und eine Frau." Natalia ging zu Julia an den Tisch, musste allerdings schnell feststellen, dass sie nicht viel helfen konnte. Nur bei dem Verband um das Bein hatte sie einige Bedenken. Auch wenn sie selber keine Ahnung von Medizin hatte, so wusste sie doch die Gefahr von Wundbrand einzuschätzen. Unter den Stofffetzen, die um die Wunde gebunden waren, schauten grüne Kräuter hervor. „Desinfiziert das?"
 „Desinfiziert? Was ist das?"
 „Na…", jetzt musste Natalia überlegen.
 „…es macht die Wunde sauber und geht gegen Entzündungen vor."
 „Du meinst Eiter?"
 Die junge Frau nickte. Sie wollte nicht als Besserwisserin dastehen. „Wir nennen diesen Vorgang Guhrusierung? Ja, die Kräuter guhrusieren."

„Darf ich mal sehen?"

„Nein, wir müssen noch exakt einen Mond warten, bis wir das wieder anrühren dürfen. Es dauert einen halben Tag, bis die Kräuter sich auf den Patienten eingestellt haben. Wenn sie erkennen, was nötig ist, scheiden sie die entsprechende Medizin aus. Das dauert dann einen ganzen Tag, und danach noch einen halben, bis andere Lebewesen sich ihnen wieder nähern dürfen. Also anfassen, meine ich. Sie können nur ihren Besitzer heilen, für die anderen sind die giftig. Das hast du ja schon gespürt."

Natalia verstand zwar die Wirkungsweise, aber nicht, wie sie das Gift gespürt hatte.

„Bin ich vergiftet worden? Von euch?".

Jetzt schaltete sich Hubba ein. „In gewisser Weise schon. Ja."

Er öffnete seine Pfeildose, holte einen raus und zeigte ihn Natalia. Die Spitzen schimmerten grünlich feucht. Dann ging er mit ihm zu Julia und schob ihn vorsichtig in die Kräuterpackung, die aus dem Verband herausschaute, drehte ihn kurz und zog ihn wieder raus. „Du hast zwei mit schwachen Wirkungen abbekommen. Ich hab das Gift am Anfang genommen. Dieser hier…", er hob den Pfeil hoch und band ein rotes Fähnchen drum, „…ist jetzt auch für dich tödlich." Dann steckte er ihn wieder zurück.

Finkwart und Halo öffneten jetzt ebenfalls ihre Pfeildöschen, gingen zu Julia und drückten alle Geschosse in ihre Wundkräuter. Natalia konnte nichts sagen. Und wollte auch nichts sagen.

Wäre sie eine normale Erdenfrau gewesen, dann wäre sie jetzt wahrscheinlich in Ohnmacht gefallen, und wäre danach zu einem Arzt gerannt. Sie hätte sich auf jeden Fall untersuchen lassen. Nach allen Krankheiten, die der Medizin bekannt waren. Aber bei ihrer Vergangenheit, konnte sie froh sein, dass sie kein Aids, kein…… erschrocken verdrängte sie den Gedanken.

Sie hatte noch nie einen Arzt deswegen konsultiert, es bestand sogar eine hohe Wahrscheinlichkeit, dass sie…..mit einem Schlukken und einem Klos im Hals verdrängte sie den weiteren Gedankengang wieder.

Kaum hatte sie sich wieder gefangen, da ging ein furchterregender Ruck durch jeden Anwesen!!

Schritte im Stollen!! Keuchen und Hecheln!!

Und sie kamen näher!!

Schnell griffen alle nach den Schwertern und Äxten. Halo und Finkwart zuckten ihre Blasrohre, steckten die roten Pfeile rein und ließen ihre Dosen offen. Hubba pustete schnell die Fackel aus. Der Vorteil lag jetzt bei den Crox.

Weil Generation an Generation in Bergwerken gearbeitet hatte, konnten sie im Dunkeln besser sehen als andere Lebewesen.

Natalia sah nichts. Das Einzige, was sie spürte, war, wie die drei, Hubba, Halo und Finkwart, vor die Tür hüpften. Der Windhauch und ein Streifen an ihrem Körper verrieten es ihr.

Dann konnte sie direkt viermal hintereinander ein kurzes „FluppFlupp" hören. Da hatte jemand mit dem Blasrohr geschossen! Ein markerschütterndes Brüllen ging durch den Berg! Die Nackenhaare standen nicht nur bei ihr senkrecht. Dann ein Klatschen!! Jetzt schnelles Rennen. Dann kam ein Geräusch, dass sie schon einmal gehört hatte... aber ab diesem grässlichen Moment für immer mit etwas anderem in Verbindung bringen würde: das Zerhacken von Fleisch und Knochen.

Sie kannte es aus der Küche.

Es dauerte nicht lange, da kamen die Schritte wieder zu ihnen. Hubba zündete keuchend die Fackel wieder an.

„Schnell wir müssen gehen... Es war einer von ihnen. Vielleicht war er nur ein Späher." In Windeseile packten die Crox ihre Sachen, die sie gerade erst abgelegt hatten und machten sich abmarschbereit. Sie gingen alle zurück zu dem Gang, von wo das Wasser geflossen kam. An der Kreuzung angekommen, warf ihr Anführer einen Blick dort hinunter, wo sie den Berg betreten hatten.

Aber er konnte nichts hören.

Dem einen Kannibalen folgten keine anderen.

Nun hieß es aber, dem Wasser weiter zu folgen. Hubba pustete die Fackel wieder aus. Sie wollten es unbedingt vermeiden, sich durch ihren Lichtstrahl zu verraten. Für Natalia dauerte der Weg viel zu lange.

„Können wir irgendwann eine Pause machen? Ich kann nicht mehr."

Schon seit einer Viertelstunde war Halo zu ihr aufgeschlossen und hatte ihr stumm wieder seine Schulter angeboten. Das hatte sie dankend angenommen. Doch nun waren ihre Kräfte auf dem Nullpunkt.

„Wir sind gleich da", kam es von vorne zurück

„Psssst!"

„Wo wollen wir denn hin?", wollte Natalia von Halo wissen. Angestrengt schaute er nach vorne, dann sagte er beim Gehen. „Dort oben muss irgendwo eine Funkstation sein. Wir haben nicht viele davon. Warum auch? Aber immerhin ein paar. Wir wollen schauen, ob wir damit andere Crox erreichen und sehen, dass wir einen Notruf ins All schicken können. Irgendwie müssen wir doch die Ritter um Hilfe rufen!!"

„Welche Ritter?" Natalia verstand nicht genau.

„Schmoon Lawas Ritter!! Sag nicht, du kennst Schmoon Lawa nicht?"

Natalia wusste nicht, ob er ihr gerade ins Gesicht schaute oder nicht. Aber das Unverständnis müsste ihr gerade aus den Augen abzulesen sein. Sie könnte jetzt lügen, aber sie wollte ihr Leben ändern. Und das begann schließlich hier.

„Nein. Der sagt mir gar nichts."

„Na, dann: Prost Mahlzeit. Von welchem Planeten hat man dich denn entführt?"

Natalia war schon etwas beschämt. Der kleine Helfer hatte einen Ton in der Stimme, als wenn sie die wichtigste Person des ganzen Universums nicht kennen würde. Das war ja geradezu lächerlich, dass sie Schmoon Lawa nicht kannte.

211

„Psssst!", kam es jetzt wieder bestimmend von oben.
„Achtung wir sind da. Stopp!"
Hubba ging langsam nach vorne, das Wasser floss immer noch an ihren Füßen entlang.
„Kommt die Luft ist rein.", winkte der Anführer die anderen nach oben. Was Natalia nicht sehen konnte, war, dass sie wieder eine Kreuzung passierten. Die Gänge, die nach links und rechts abzweigten, hatten diesmal keine Pflastersteine. Es schienen lediglich Verbindungstunnel zu sein. Doch was die junge Frau sofort erkennen konnte, war das Licht, das durch eine geöffnete Steinkuppel in den Raum vor ihnen fiel. In der Mitte ragte eine dicke Eisenstange durch die Öffnung in die Höhe, die am Ende eine Schüssel hatte. Die Funkstation. Der Raum war rund, schlecht verputzt. An der Wand war ein einziges Regal, das im Halbkreis von der einen Türöffnung bis zur anderen lief
„Und wo sind die Geräte?", platzte es jetzt aus Finkward heraus. Es schien, dass dieser Senderaum schon seit Jahrhunderten nicht mehr benutzt worden war. Kein einziger Sender, Kabel oder Mikrofon waren hier. Sogar die Abdrücke von alten Gerätschaften schienen zu verblassen.
Als Hubba sich zu den anderen umdrehte, war die Enttäuschung in seinem Gesicht ablesbar.
„Ich…ich…ich weiß nicht."
Während Hubba noch vor sich hin rätselte, was sie nun als nächstes machen sollten, legten die anderen Julia Feuerstiel wieder ab.
„Aber hier sollten wir doch erstmal sicher sein."
Halo schlug vor, dass sie soweit oben, gut eine längere Rast machen könnten.
„Aber zwei müssen Wache schieben", warf Hubba schnell ein. Sein Führungsgeschick hatte die Gruppe kilometerweit den Berg hochgejagt… für nichts und wieder nichts.
Selbstverständlich übernahm er selber die erste Wache. Finkward schloss sich ihm an und sie verschwanden in der Dunkelheit.

In dem hellen Raum richteten die anderen sich so gut es ging ein. Sie legten ihre Sachen ab, und leerten ihre Säcke. Halo ging zu dem Mast in der Mitte, sprang mit beiden Armen und Beinen nach oben und umklammerte den Stahl. Dann hangelte er sich nach oben.

„Fall ja nicht runter! Ich werde dich nicht verbinden", frotzelte die Sanitäterin.

Natalia ging unterbewusst zu dem alten Funkmast… und berührte ihn…

*S*tephanus kratzte sich schon fast verzweifelt die Haare. Wie sollte er den Rittern helfen, wenn die Schmetterlingsschlange vor seinem Schreibtisch so unglaublich lang war. Und dann war wie jeden Abend dieser kleine Racker Rambo dran! Nicht, dass es auch andere Schmetterlinge gab, die den Chronisten zum Verzweifeln brachten, aber dieser hatte das System irgendwie nicht ganz verstanden. Er fragte tatsächlich jeden Abend nach seinem Ausweis. Ob er mal Stephanus Berichtigung sehen könne, die ihm erlaube hier unten zu sein. Er kostete ihn Zeit ...und Nerven. Und wenn sich dann die Identität des Chronisten geklärt hatte, oder Rambo „eine außerordentliche Ausnahme mache, obwohl noch nicht alle Zweifel ausgeräumt werden konnten", dann musste Stephanus danach noch bei Rambos Geschichte, die er diktierte, immer genau zuhören und nachfragen, was denn nun seine persönlichen Erlebnisse waren, und welche etwas mit seinem Ritter zu tun hatten. Und wenn dann das Gespräch mit Rambo zu lange dauerte, dann fingen die Schmetterlinge hinter ihm natürlich an rumzunörgeln. „Ist ja nicht so, dass wir ewig Zeit haben", kam es dann schon mal anonym durch die Reihen. „Stephanus ist zwar unsterblich, wir aber nicht", gab es auch schon. Dann aber mit der passenden Antwort: „Prinzipiell sind wir das schon, das hängt nur von unseren Chefs ab. Aber trotzdem muss man ja nicht die Ewigkeit hier auf einen winzigen Moment konzentrieren." Als Rambo dann endlich weg war, atmete Stephanus erleichtert durch. Uuuff. Für heute war DER mal wieder geschafft. Er blätterte um, bereitete sich auf den nächsten vor, da zog ihm schon der Rauch eines gerade angerissenen Streichholzes in die Nase, dem danach schon der Geruch einer Zigarre folgte. Stephanus sackte verzweifelt mit den Schultern zusammen. Irgendwie war der Job viiiiiiiel zu hart, und der Lohn, na ja, viiiiiieeel zu gering. Er schloss kurz die Augen, atmete einmal tief durch, packte sich mit einer Hand an die Stirn und sagte, ohne zu schauen, wer da stand: „Johnny, wie oft habe ich dir schon gesagt, dass hier unten absolutes Rauchverbot herrscht?" „Täglich. Stephanus. Täglich", sagte der coolste Rock `n Roller, der hier unten gemütlich paffen konnte, wenn seine Freundin noch am „arbeiten" und er damit alleine war. „Täglich. Stephanus. Täglich." Als die Schlange an dem Abend dann allerdings wieder abgearbeitet war... kam ihm ein Gedanke, der perfekt zu sein schien. Stephanus hatte den Entschluss gefasst, gegen den Gildenkodex zu verstoßen...nur ein klein wenig...nicht viel. Rambo hatte ihn da unabsichtlich hingeführt. Ja...der Bewacher der Bibliothek von Professor Kuhte könnte ein perfektes Werkzeug sein...

Als die drei Ritter zur Gefängniszelle kamen, bot sich ihnen ein Bild des Schreckens. Bereits auf dem Gang konnte man das Blut sehen, dass sich seinen Weg zu einem Abfluss suchte.
Sarah, Jens und Jack konnten allerdings nichts mehr machen.
Buddy Holly war tot... und hatte drei Wärter mit in die Ewigkeit gerissen.
Der einfache Raum mit der Energiebarriere als Gitter hatte ebenfalls, wie die Gänge, ursprünglich eine weiße Farbe - doch überall klebten rote Blutflecken. Der Raum hatte keine Überwachungskamera, sodass sie nie genau würden sagen können, wie es zu dem Unfall hatte kommen können.
Doch eines schien sicher: Buddy Holly musst während des Verhörs die Gelegenheit gehabt haben, in den Besitz eines Phasers zu kommen.
Zu schnell für die ersten beiden Opfer, zu langsam für den dritten, der den Nila-Offizier zur Strecke gebracht hatte, dabei aber selber noch tödlich getroffen worden war.
Sarah, Jens und Jack konnten nichts anderes machen, als die Reinigung des Raumes anzuordnen. Der andere Gefangene hatte davon nichts mitbekommen. Sie hätten den Tod von Buddy Holly als Hinrichtung darstellen können, um den anderen Nila-Offizier Angst einzujagen, aber das brauchten sie gar nicht. Anscheinend war er sich mit Johnny und Sonja so nahe gekommen, dass sie einen Zugang

zu ihm hatten gewinnen können. Und es dauerte nicht lange, bis die Ritter begriffen, dass vor ihnen ein gebrochener Mann stand: das System, die Union, hatte den Mensch verraten...Ihn benutzt. Ihm falsche Tatsachen vorgespielt, bis er zu der Erkenntnis gelangt war, dass er nicht für eine Weiterentwicklung des Universums sorgte, sondern dass er der Wegbereiter für Unterdrückung und Knechtschaft war.

Er verbesserte nicht das Leben auf Planeten, sondern er verschlechterte es. Obwohl in ihm immer noch die Überzeugung existierte, dass Menschen und Lebewesen mit Gewalt zu ihrem Glück gezwungen werden konnten. Die Union hatte allerdings seine Einstellung dafür genutzt.

Dass nur Wenige, allen voran Claudius Brutus Drachus, sich dadurch bereicherten, hatte er nicht für möglich gehalten.

Er war als junger Mensch verführt worden.

Seine Ideale, mit seinem Innersten verwachsen, waren mit Füßen getreten worden. Innerhalb der Nilas hatte er sich zwar auch behaupten müssen, das ging nur mit List, Tücke und äußerster Vorsicht, aber er war kein Massenmörder.

So, wie es Buddy Holly war. Drogensüchtig, korrupt, verlogen... falsch.

Buddys Seele, sein Geist, waren schwarz.

Irgendwann hatte er mitbekommen, wie er junge Mädchen verkaufte. Buddy hatte Spaß daran, über andere Menschen zu bestimmen, sie zu quälen, um ihnen damit seine Überlegenheit zu zeigen. Er hatte aus purer Freude Frauen vergewaltigt und ihnen Wertlosigkeit vorgeworfen... nachdem er mit ihnen fertig war. Männer, sie waren nicht unbedingt die Lebenspartner der Frauen, hatte er gezwungen, ihn bei dem ehrlosen Akt zu beobachten. Wenn einer seinen Kopf wegdrehte, während er über eine Frau herfiel, vielleicht sogar über Mutter und Tochter, dann hatte er die anderen gezwungen, ihre Blicke auf ihn zu werfen, indem er den Weggucker einfach erschoss. Und für diese Art hatte er von Lordprotektor Kangan

Shrump auch noch Belobigungen bekommen.

„Für den Respekt, die Autorität, die sie uns unter den Erdenmenschen verschaffen", hieß es in dem Schreiben.

Buddy Holly personifizierte die Union - mit all ihrer Abartigkeit. Das genaue Gegenteil war die Ritterschaft, die ihn gefangen genommen hatte - nachdem sein Herz schon gestorben war.

Aber dieser Schmetterling war so sanft und so warm, ja… naiv. Johnnys Vorstellungskraft ging gar nicht so weit, dass er sich hätte vorstellen können, was die Union so machte. Er war so rein, so wundervoll. Und dabei erkannte er, dass der Schmetterling eigentlich genau das war, was das Universum beschützen musste. Sein Horizont war durch seine Moral, seine Ehre so beschränkt, dass er fast seine eigenen Ideale widerspiegelte… und das galt es zu beschützen.

„Wie heißt du?", hatte der kleine Kerl gefragt.

„Sullivan Blue."

„Das gefällt mir", war seine schlichte Antwort.

„Ich bin Johnny."

„Was wollt ihr jetzt mit mir machen?"

„Weiß nicht. Was schlägst du denn vor?" Der Nila zuckte mit den Achseln. Mich zu bestrafen, ja, da hättet ihr alles Recht zu, dachte sich Sullivan Blue.

„Ich glaub, der ist nicht mehr ganz dicht", versuchte Johnny zu Sonja zu flüstern, war dabei aber so laut, dass Sullivan das mitbekam.

„Hast du für die Union Menschen von der Erde getötet?", wollte Sonja jetzt wissen.

Der Nila schüttelte den Kopf. „Nein. Das haben andere gemacht."

„Du lügst. Paah. Alle Nilas lügen", frotzelte Johnny. Sonja war sich allerdings nicht sicher. Sie hatte schon öfter Verhöre mit Sarah zusammen erlebt, und jedes Mal, wenn einer der Gefangenen dabei anfing, eine Lüge zu erzählen, gab es schon fast sichtbare Hinweise, die ihn verrieten. Sie leckten sich unbewusst die Lippen, fummelten sich am Ohrläppchen oder an den Haaren, oder schauten schnell in eine bestimmte Richtung weg. Alles zeigte, dass sie gerade nicht die Wahrheit sagten. Aber Sullivan Blue, hier vor ihnen, war so träge, dass sie es nicht mit Sicherheit sagen konnte. Sie musste ihm noch mehr Fragen stellen.

Die drei Ritter Sarah, Jens und Jack waren mittlerweile wieder gegangen. Sie wollten ihn später selber befragen. Und wenn die beiden Schmetterlinge schon einmal etwas Vorarbeit leisteten, dann konnte das ja nicht schaden.

„Wie bist du zur Erde gekommen?"

„Mit dem Expeditionskorp von Lordprotektor Kangan Shrump", war die schlichte Antwort. Eigentlich war es vollkommen egal, wie die Vorgeschichte von ihm lautete.

„Wie viele Nilas befinden sich aktuell noch auf der Erde?"

„Mit den Erdenmenschen zusammen?"

Sonja schaute Johnny fragend an. Sie hatten gehört, dass es da diese widerlichen Verräter gab, die sich von der Union hatten rekrutieren lassen.

„Ja, natürlich! Einmal Nila, immer Nila", forderte Johnny ihn jetzt auf.

Sullivan Blue schluckte, was den beiden Schmetterlingen nicht entging.

„Es sind knapp 450 000. Aber nur 10 000 von außerhalb der Erde. Die anderen sind Menschen, die hier für die Union gewonnen wurden."

Johnnys Puls begann zu Rasen. So viele? Diese Schweine!! Diese Dreckssäcke!!

„Männer und Frauen?", wollte Sonja wissen.

„Mehr Männer als Frauen. Ja." Sonja wusste gerade nicht so genau, was sie weiter fragen sollte. Doch sie musste gar nicht.

Sullivan sprach weiter. „Es sind die miesesten Geschöpfe, die euer Planet hervorgebracht hat. Verdorben und böse. Tief in ihren Herzen, in ihren Seelen, in ihrem Geist. Ja, jede Pore eines Nilas ist vergiftet. Geheilt werden... können sie nicht. Das Universum kann von ihnen nur befreit werden, wenn ihr mit euren Rittern sie tötet. Ihr müsst sie vernichten", steigerte der Mann sich immer mehr. Johnny und Sonja schauten ihn an. Mit seinen offenen Händen stand er vor ihnen, die Pulsschlagadern ihnen zugewandt. Und ihn umgab eine Ehrlichkeit, die sie so noch nie gekannt hatten.

Der Mann musste ja mit den Nerven voll am Ende sein, wenn er so offen mit uns spricht, dachte sich Johnny.

In dem Moment verschwand Sonja. Sarah war nicht mit den anderen gegangen, und stand hinter der Türe. Sie war die ganze Zeit im Kopf von Sullivan Blue eingeklinkt, und durchwühlte ihn. Jetzt hatte sie Sonja zu sich gerufen.

„Er sagt die reine Wahrheit, der Mann, der da drinnen ist, würde alles dafür geben, gegen die Union zu kämpfen und sich an allen, aber hauptsächlich an Claudius Brutus Drachus zu rächen", flüsterte Sarah Sonja zu. Die bekam große Augen.

Hatte sie mit ihrem Gefühl doch recht gehabt - der Nila log nicht!! Sie war ein Spezialist für Verhörmethoden geworden!! Das hatte sie gelernt. Sonja, die Schmetterlingsfrau, hatte sich zu einem Profi entwickelt. Jetzt konnte sie bestimmt auch andere Nilas verhören. Doch Sarah riss Sonja aus ihren Gedanken. Sie schüttelte sich den Kopf. „Der Mann ist jetzt schon ein Jackpot für uns. Er kann uns helfen. Wir müssen ihn nur ein wenig testen. Ich hätte da schon eine Idee, wie er uns seine Loyalität unter Beweis stellen könnte. Aber fragt ihn erst noch, nach seinem Rang und seinen Aufgaben. Dann wissen wir auch, welche Befugnisse er so hatte."

Sonja nickte schnell und sprang wieder zurück neben Johnny. „Wo warst du?"

Sonja ignorierte ihren Freund und befahl sofort Sullivan: „Sag uns deinen Rang, den du vorher inne hattest."

„Hier auf der Erde war ich zuletzt Oberst."

Johnny grinste. Ein Oberst also… Schwuckele.

Aber wo war Sonja gerade gewesen? Doch nicht bei einem anderen Schmetterling? Einem männlichen etwa?

Klar, warum sonst würde sie eine Frage von ihrem Freund ignorieren! Johnny wurde nervös. Sie war so eine eiskalte Kriegerin. Und jetzt nutzte sie ihre Abgebrühtheit, um mit zwei Schmetterlingsmänner gleichzeitig zusammen zu sein. Biest!
„Wo warst du gerade?", wollte er wieder wissen. Aber ohne auf ihn einzugehen, stellte Sonja weiter ihre Fragen:
„Und was war dein Job hier auf der Erde?"
Sullivan Blue wusste zwar, was er ihnen jetzt verriet, und kannte die Bedeutung, aber es sprudelte einfach so aus ihm raus.
„Ich war der oberste Nila, der die Mission Erde leitete. Meine Verantwortung lag in der Rekrutierung und der Ausbildung von Erdenmenschen. Zusätzlich lag die Wahrung der Interessen der Union in meiner Hand. Ich überwachte die Verträge, die mit den drei Abbaugesellschaften geschlossen wurden. Ich war der höchste Repräsentant des zurzeit größten Herrschaftssystems des Universums mit allen hierfür erforderlichen Befugnissen."
Johnny bekam das gerade nicht mit, denn seine Gedanken hatten sich so in eine runterlaufende Spirale begeben, die damit endeten, dass er hier und sofort mit Sonja Schluss machen musste, damit er sein Gesicht in der Schmetterlingswelt wahren konnte.
Vor allem: vor allen Männern!
Ihm würde nicht ein Weibchen weglaufen! Ihm, dem coolsten Rock`n Roller. Da würde er schnell gehen!
Sonja, die mit dem Augenwinkel ihren Freund beobachtet hatte, sah, wie der Schmetterling tief Luft holte - gewöhnlich machte er das nämlich bei einer Verbalattacke - und schien genau zu ahnen, was in dem kleinen Kopf so alles vor sich ging.
Gerade wollte Johnny losschießen, da sagte Sonja mit einer mütterlichen Leichtigkeit, das niedere Wesen des Mannes kontrollierend, dumpf und berechenbar:
„Ich war gerade bei Sarah."
Wie bei einem abgesprochenen Stichwort kam die Ritterin dabei um die Ecke. Noch während Johnny erstaunt zum Eingang schaute,

pustete er die Luft wieder aus. Ein Stein fiel ihm vom Herzen! Sie liebte ihn! Und sie kannte ihn genau! Sie war so perfekt für ihn! „Du hast die Wahrheit gesagt", stellte Sarah im Schritt fest.

Sullivan Blue nickte und verneigte sich. Dann ging er auf die Knie und senkte sein Haupt.

„Nein. Du musst nicht knien. Das ist ein alters Ritual, das heute keine Gültigkeit mehr hat. Alle Lebewesen sind gleich. Steh auf", forderte Sarah den Ex-Nila auf.

Sonja flog an ihre Seite. Johnny schnell hinterher. Kurz nahmen sie noch die Schritte vor der Zelle wahr, da standen auch schon Jack und Jens im Raum. Sarah hatte sie bereits vor einer Weile informiert, dass sie kommen sollten. Sullivan Blue schaute die drei Ritter fragend an.

„Und was wollt ihr jetzt mit mir machen? Ich könnte euch helfen", lautete die ehrliche Bitte.

„Ja. Dein Hass ist spürbar wie die Hitze in einem Vulkan. Wir haben schon miteinander gesprochen und sind uns einig, dass du dich in ein oder zwei kleineren Missionen erstmal beweisen müsstest." Sarah war die Wortführerin für die Ritterschaft.

„Und wie?" „Es gibt da ein Projekt Arche… mit einer kleinen Nebengeschichte…" Johnny und Sonja schreckten auf. Mist! Woher wusste sie das?

Johnny blickte Sonja ernst an. Hast du das etwa verraten, verrieten seine Augen.

Sie schüttelte den Kopf. Schmetterlingsehrenwort, dass ich das nicht weitererzählt habe!!

„Nicht wahr ihr beiden?"

„Äääh. Ja. Also…"

„Keine Sorge. Ihr denkt doch nicht allen ernstes, dass so etwas verborgen bleibt?"

„Wer hat geredet?", wollte Johnny wissen. Mit dem Plappermaul würde er ein ernstes Wörtchen sprechen müssen, und dann würde er ihn sich einmal richtig vornehmen.

„Du selber!" Jack grinste ihn verstohlen an. Das Tattoo des Rock 'n Rollers wurde ganz bleich. Ansonsten bewahrte er ein cooooles Gesicht. Johnny hatte vor ein paar Tagen ein paar Bierchen gekippt und abends Jack mit Stephanus verwechselt. Er hatte ihm den ganzen Tag berichtet und dabei auch eingestanden, dass es langsam aber sicher ein wenig zu gefährlich für die Kinder wurde. Aber sie wollten auf jeden Fall weitermachen.

„Und da es ja ziemlich gut zu klappen scheint, werdet ihr auch mit der Unterstützung von zwei Erwachsenen, die ihr ja ziemlich gut kennt, weitermachen."

In dem Moment konnten alle, die Sarah schon etwas länger kannten, erkennen, dass sie wieder in Gedanken mit irgendjemanden sprach. Es dauerte nicht lange, da war sie wieder geistig anwesend. Doch wieder konnten die Anwesenden hören, dass sich von außen Schritte näherten. Die Männer hatten beide weiße Uniformen an, die ein wenig unpassend wirkten, aber eine blaue Rose in der Mitte trugen. Einer von beiden trug zu der üblichen Bewaffnung von einem Nightingdale V und einem Phaser an der Seite... eine Machete. Er hatte etwas von einem grimmigen Seebären.

„Hallo Zusammen", freute sich der Mann, der beim dem Anblick der Gruppe und der Aussicht, das er endlich wieder etwas zu tun bekam, erstrahlte.

Uwe Leidenvoll, der alte Weggefährte, war mit seinem Freund Lars Feuerstiel, dem Vater von Schmoon Lawa, erschienen. Die Aussicht wieder mit den Kindern zu arbeiten, brachte ihr Blut in freudige Erregung.

„Kann's losgehen?"

„Moment, so schnell nun auch wieder nicht. Wir müssen das erst noch unserem neuen Verbündeten klar machen", erklärte Sarah. Sonja und Johnny hatten sich auf die Schultern der beiden Neuankömmlinge gesetzt. Uwe und Lars mochten es, wenn sie wie richtige Ritter aussahen. Denn zu jedem Ritter gehörte ja selbstverständlich auch ein Schmetterling.

Einzig die Schwerter fehlten den beiden noch... aber da arbeiteten sie dran.

Dann würden sie endlich wie richtige Ritter aussehen. Das war ihnen beiden klar... aber nur ihnen. Ihre Frauen scherzten schon. Sie nannten sie die beiden wichtigsten „Hobby-Ritter von Meerbusch". Doch das nur, wenn sie alleine waren.

Denn in der Welt, wie sie heute existierte, waren die beiden auch schon zu Mini-Legenden geworden. Denn das Gerücht, dass die Kinder der Welt, Jens anhand der blauen Lichter in London, Berlin, München und Rom zur Erde geleitet hatten, war um die Beigabe dieser beiden Männer erweitert worden. Und so konnte die Menschheit dankbar sein, dass es sie gab.

Na ja, wenigstens etwas.

Ein kleines bisschen zumindest. Aber auf jeden Fall ganz Meerbusch. Das war schon mal klar.

„Wir unterstellen euch Sullivan Blue. Ihr werdet Tag und Nacht in seiner Nähe sein und ihn überwachen. Ist euch beiden das klar."

Sie wussten schon, dass sie das machen mussten. Beide nickten, versteckten hinter ihren Gesichtszügen allerdings ein kleines Problemchen. Sie hatten das noch nicht mit ihren Frauen abgesprochen. Und einer von beiden musste ihn ja über Nacht bei sich aufnehmen. Und wenn man ihn kontrollieren wollte, dann musste das schon ganz nah passieren. Also in einem ihrer Quartierte. Und ob das ihren Frauen so recht war, darüber ließ sich streiten. Aber das sollte später erst passieren.

Es war besser, die beiden Ehefrauen vor eine Tatsache zu stellen, als darüber mit ihnen zu diskutieren.

„Ja, ja, ja", kam es demzufolge zu einer schnellen Antwort. Und wenn man sich Sullivan Blue so anschaute, dann gab es eigentlich keinen Grund zur Sorge. Ihre Frauen konnten gar nichts dagegen haben. Der sah so harmlos aus...

Abgesehen davon, dass er wahrscheinlich eine Killer-Maschine war. Denn Nilas waren die besten Kämpfer der Union. Aber so was konnte man sich ja nach Hause einladen. Da bestand für die beiden Männer kein Problem drin.

„Um die Union endgültig zu besiegen, müsst ihr nicht nur die Erde von den drei Gesellschaften befreien, ihr müsst auch den Vorsitzenden selber töten. Ihn vernichten. Ihn ausschalten", platze es aus Sullivan Blue heraus. Alle Beteiligten zuckten. Uwe und Lars, weil der Mann vorhin noch so harmlos wirkte. Jens, Sarah und Jack aus einem anderen Grund. Nur die Schmetterlinge stellten die Irritation bei diesen Worten fest. Und Sullivan schaute die drei an. Sarah reagierte als erste.

„Nein. Das ist unmöglich für uns. Und damit Schluss", schoss es aus Sarah heraus. Sie erntete stumme Zustimmung der beiden Ritterkollegen. In den beiden Schmetterlingen hingegen keimte da aber so eine Ahnung auf, dass an dieser letzten Aufforderung mit Claudius Brutus Drachus was dran war. Aber was?

Sie konnten von hier aus unmöglich den Vorsitzenden umbringen. Oder doch?

Penta VI- Omega B 4782654 veränderte die roten Zahlen auf seiner Tafel in rund 150 Meter Höhe. Die Händler hatten die ersten Rohstoffe erhalten und bereits verkauft. Gold, Holz, sogar Steine. Die Zahl sprang von 82,3 auf 87,4.
Sein Unternehmen lief.

Könnte Penta VI fühlen wie ein Mensch, dann wäre das allerdings ein geteiltes Glücksgefühl. Denn der Gewinn hätte viel höher ausfallen können, wären da nicht die Unsummen gewesen, die er in letzter Zeit investiert hatte. Dieses Projekt musste gelingen, sonst wäre Penta VI erledigt und würde wahrscheinlich in einer Recyclingfabrik landen.

Seine Teile würde eingeschmolzen werden, so gut das bei seiner Zusammensetzung auch ging, und dann würde etwas vollkommen Neues entstehen – etwas Besseres.

Zum Glück war die vierte Transportstation in Resistance mittlerweile errichtet worden, sodass sein Unternehmen viel besser und zügiger lief. Seinen Chamäleon-Einheiten hatte er die Landung zwar schon befohlen, er hatte sie aber an der südlichsten Spitze des Kontinents stationiert. Es machte eigentlich keinen großen Unterschied, ob sie im Orbit warteten oder ob sie schon auf dem Planeten ausharrten. Penta VI hatte einen seiner Krieger-Offiziers-Androiden -

sie hatten leistungsstärkere Prozessoren, waren damit in der Lage, auch komplexere Situationen und Pläne zu errechnen als die herkömmlichen Androiden – damit beauftragt, mögliche Szenarien einer Invasion in das freie Amerika zu erstellen.

Die Mitteilungen, die nun bei ihm eintrafen waren zufrieden stellend. So, wie es erwartet werden konnte.

In dem kollektiven Gedächtnis von Nr. 1 waren alle Kriege, die der Mega-Computer geführt hatte immer noch gespeichert und so konnten sie innerhalb von wenigen Millisekunden auf die Erfahrungen der Vergangenheit zurückgreifen.

Es hatte ähnliche Angriffe auf Planeten gegeben, bei denen die geographischen Faktoren fast identisch waren. Auch war der Gegner ein schwacher gewesen. Eigentlich musste sich der ausführende Androide von Nr.1 keine Sorgen machen, aber er durfte nicht mehr viel verlieren. Sonst würden seine Zahlen einen enormen Schritt in den Keller fallen.

In diesem Moment tickerte bei Penta VI die Information ein, dass auch die Forschungsandroiden zusammen mit den Baueinheiten und den Genesis-Kuben für die Humanforschung an der Erde eingetroffen waren. Penta VI schaltete auf einen x-beliebigen Video-Modus von irgendeiner seiner Einheiten im Orbit. Die Schiffe dockten an seiner neuen Verladestation über Resistance an. Gut konnte er sehen, wie alles vollkommen automatisch ablief. Reibungslos.

Stahlträger, dunkelgrüne Container mit der Aufschrift „Cuberatio", Androiden und vieles mehr wechselten von den Transportern in die Aufzüge und wurden nach unten befördert. Unten angekommen, mussten Menschen, die Penta VI extra dafür abgestellt hatte, die Fracht aufnehmen und transportieren. Hierfür hatte er ihnen irdische Beförderungsmittel zugestanden. Er konnte es nicht riskieren, dass durch einen fallengelassenen Container seine Elektronikteile zerstört wurden. Sie mussten sie schließlich noch rund 2000 Kilometer an einen geheimen Ort transportieren. Dabei hatte er aber zwei Fliegen mit einer Klappe geschlagen.

Während die Menschen technische Hilfsmittel benutzten, verbrauchten sie weniger Energien und hatten die Möglichkeit, dass sich ihre Körper regenerierten. Und hier war es naheliegend, dass er gerade diese als erste Versuchsobjekte nutzen würde.

Penta VI konnte auch komplett frische Gefangene nehmen... aber warum die Umstände machen?

Alles war perfekt durchgeplant. Doch wieder einmal erhielt er gerade neue Zahlen, direkt von der Erde. Wieder hatte er Baumfällereinheiten verloren. Doch mittlerweile so viele, dass er schon kurz davor war, in den Produktionshallen neue anfertigen zu lassen. Und dabei gingen die Förderkapazitäten auch schon so weit zurück, dass die kommenden Werte wesentlich niedriger sein mussten.

Das stimmte ihn gar nicht gut.

Penta VI hing immer noch auf einer Höhe mit seinem Schild. Unter ihm waren die Roboter und Androiden, die die letzte Erfolgsmeldung gesehen hatten, wieder verschwunden.

Gut, dass sie nicht sehen mussten, wie er nun die Zahlen wieder nach unten korrigierte: 84,2.

Schnell berechnete er den Verlust, den die geringeren Fördermengen an Holz in den nächsten Wochen erreichen würden. Dann den möglichen Verkaufswert und schon sah er, dass er etwas unternehmen musste. Penta rief sich die letzten Audio-Video Bilder auf.

Wieder war das Geschehen im Amazonas.

Er hörte Sägen, Äxte, fallende Bäume. Die Geräusche von schweren Maschinen. Im Hintergrund waren Tierlaute. Aufbrüllende Wildkatzen, Vögelgeschrei, schnell hintereinander erklinge Affenschreie. Nichts Ungewöhnliches.

Die Baumfällereinheit ging nach Standard vor. Sie entästete erst den dicken Stamm. Dann wählte sie einen Schnittwinkel so, dass die Fallrichtung nicht mit einer anderen operierenden Androideneinheit kollidierte. Nach schnellen Schnitten fiel der Baum. Doch da...!! Was war das da in dem Hintergrund?

Da!! Kindergesichter!! Penta VI schaltete auf Infrarot, um die

Wärmequellen in der Regenwaldkulisse ausfindig zu machen. Dort herrschte eine hohe Luftfeuchtigkeit und die Temperaturen bewegten sich über 36 Grad Celsius. Menschenwärme erreichte rund 37 Grad. Obwohl die Wärmequellen nicht sonderlich voneinander abwichen, so konnte er doch die menschlichen Körperumrisse erkennen.

Auch nahm Penta die bereits erklingenden Warnsignale wahr, die seine Wächtereinheiten absendeten. So weit war alles gut.

In dem Moment, indem seine Androiden den Unterschied erkannten, bewegten sich die Soldaten auf den Ursprung des ungewöhnlichen Signals zu. Schneller ging es nicht.

Doch sie waren noch zu weit entfernt. Er musste mehr dort haben. Das wurde Penta VI in diesem Moment klar.

Sollte er mehr Chamäleon-Einheiten zur Bewachung abstellen? Sie würden ihrer Aufgabe damit aber nicht gerecht. Das wäre Verschwendung.

Als die Bilder der letzten Einheit nun weiterliefen, sah er sechs menschliche Körper, die sich nicht weit entfernt im Dschungel aufhielten. Er schaltete wieder auf Normalsicht.

Gerade hatte die Baumfällereinheit den Stamm in mehrere Stücke zerteilt, da bewegte sie sich in den Dschungel herein, um den nächsten Baumstamm in Angriff zu nehmen. Und hier merkte Penta VI, war der Augenblick, indem die Einheit vollkommen ungesichert war. Die anderen konnten nicht immer einen Blick auf sie werfen, wenn sie sich einmal um den Stamm herum bewegte. Zwei Drittel des Radius waren von Urwald geschützt. Der Roboter musste sich für wenige Momente ohne Sichtschutz bewegen.

Und da passierte es: als erstes kollidierten der Baumfäller und ein Schmetterling. Beide schienen ein wenig überrascht darüber. Als der Schmetterling sich wieder berappelt hatte, folgte ein „Du kommst hier nicht rein".

Anscheinend das Einzige, was der Schmetterling in dem Moment sagen konnte. Sagen?

Wieso konnten Schmetterlinge sprechen?

Doch weiter in der Aufzeichnung.

Dann fiel auf die Einheit ein schweres Netz, eine Mischung aus Stoff und Metall. So engmaschig, dass mit jedem Versuch sich zu befreien, den der Baumfäller startete, er immer fester und tiefer zusammen geschnürt wurde. Er ging zu Boden. Pentas Soldaten waren zwar schon auf dem Weg, aber noch zu weit weg.

Das Bild wackelte als seine Maschine aufschlug und der Kopf blieb schräg zum Boden gerichtet liegen.

Das Einzige, was nun noch sichtbar war, waren der braune, dicht bewachsene Boden und die kleinen Beine, die sich dem Opfer näherten.

„Hau drauf!!"… „Das ist für meine Eltern und meine beiden Schwestern, ihr Schweine" und „Jetzt schnell weg" waren einige der letzten Sätze, bevor die Aufzeichnung endete.

Es waren eindeutig Kinder und Schmetterlinge, die seine Einheiten zerstörten!!

Und das mittlerweile so viele, dass er bei vier Angriffen in der Stunde mit jeweils fünf Kindern, zusammengerechnet mit 20 Kindern in einer Angriffswelle kalkulieren musste.

Da er die Menschen bereits kannte, wusste er, dass sie nicht am Stück so arbeiten konnten. Also ging er pauschal von dem Fünffachen aus.

Rund 100 Kinder waren somit seine Feinde!!

Seine Soldaten hatten allerdings schon drei erwischt, aber diese waren wohl ersetzt worden…also hatten sie Nachschub. Und diese Erkenntnis war nicht gut.

Noch während er diese Berechnungen anstellte, erteilte er bereits den Befehl, dass sich 5 000 Chamäleon-Krieger in diese Krisenregion begeben sollten.

Aber seine Zahlen konnten nicht stimmen, nachdem er die Regionen abging. Seine eigenen Opfer, die er zu beklagen hatte, erstreckten sich über so einen weiten Raum, dass es unmöglich ein und dieselben Gegner sein konnten. Also mussten es viel mehr sein! Und sie konnten sich viel besser bewegen als er. Sie waren schneller und flexibler. Und sie waren bis auf die wenigen Meter in den Dschungel hinein, in die die Kameras noch blicken konnten, mehr oder weniger unsichtbar für ihn. Das war gar nicht gut.

Penta VI hatte einen unsichtbaren, sehr gefährlichen Gegner, der mit der Natur zusammen gegen ihn kämpfte.

Er ging das Inventar seiner Raumflotte durch. Gut. Schnell hatte er es gefunden. Gut. Er hatte Androidengleiter dabei. Sie waren mehr als eine einfache Drohne, aber weniger als ein Kampfschiff. Er konnte sie perfekt über dem Regenwald zur Überwachung einsetzten. Ob die Bilder ihm unter dem Dach der Bäume allerdings was brachten, würde er erst später sagen können. Er musste diese Option nutzen, nicht das er Nr. 1 sagen müsste, er hätte nicht alle Möglichkeiten ergriffen.

Penta gab den Befehl und schon öffneten sich auf zwei Transportschiffen im Orbit der Erde Luken. In vier Wellen strömten jeweils 20 Androidengleiter aus zwei Schiffen heraus mit Kurs auf das Terrain von Cuberatio. Sie würden nun rund um die Uhr ihre Kameras auf den Regenwald halten.

Auch traf Penta VI eine weitere Entscheidung. Noch während er versuchte, wieder klackernd auf den Boden von Nr.1 zu gelangen, erhielt er das bestberechnete Szenario für eine Invasion von Nordamerika – die Zeit für Universal Search war gestern abgelaufen, das Land konnte rechtlich von Dritten in Besitz genommen werden – und erteilte den Marschbefehl.

Morgen um diese Zeit würden sie die Grenze überschreiten.

Aber… Penta erhielt wieder Zahlen, und musste auf der Hälfte der Strecke wieder nach oben klettern.

Schnell bewegten sich die rotten Lettern auf schockierende 51,21 Prozent.

Ein Schock!!

Es gab keine Meldung - was war passiert?

Mister Enterprise?", fragte einer der Männer von Kolum Geggle. „Ja?", antwortete Sebastian, der es sich in einem Stuhl auf der Brücke bequem gemacht hatte. Von hier aus konnte er alles mitbekommen.
„Wir sind gleich da."

Die Reise mit dem Geheimdienst von Universal Search hatte nicht lange gedauert. So hatte er einiges in Erfahrung gebracht. Die Männer waren hochgradig diszipliniert, befehlsgehorsam und tüchtig. Er war mit einer Truppe unterwegs, auf die so manch ein Kommandant neidisch sein konnte. Sie arbeiteten zuverlässig und gewissenhaft. Aber irgendwas stimmte da nicht. Das sagte ihm sein Bauch. Denn jedes Mal, wenn er mit einem der Männer sprechen wollte, umgab ihn da so etwas, dass ihn misstrauisch werden ließ. Sie antworten ihm zwar, aber zu einem echten Gespräch reichte das nicht. Sie waren irgendwie kurz angebunden. Gut, er war hier ein Fremder, und sie wussten, dass er ein Ritter war. Er konnte auch verstehen, dass wenn man Ritter vorher nicht kannte, dass man dann etwas vorsichtiger war… aber sie waren so distanziert.
So….er konnte es nicht genau sagen.
Sebastian wollte vorsichtig bleiben. „Gib mir ein kleines bisschen Sicherheit", ging es ihm wieder durch den Kopf. Sebastian kamen die Gedanken wieder in den Kopf, die die junge Frau jetzt schon fast flehend jeden Abend zu beten schien. Eine Frau, die alles ver-

loren hatte. Das konnte er genau spüren. Der Kontakt war zwar schwach, aber sie hatte ihren Aufenthaltsort verlegt, besser: gesteigert. Als würde ihr Körper einen Verstärker benutzen, konnte er sie besser hören. Und seit gestern konnte er die vagen, schwammigen Gedanken bestens verstehen. Sie waren nun konkrete Worte, und er wusste, dass sie das nun seit längerem betete. Nur hatte er sie nicht richtig verstehen können. Aber jetzt waren sie klar und deutlich, und er wusste, dass sie immer dieselben Sätze gebetet hatte. Sie wusste nicht, dass er neben den Gedanken, die sie an ihn richtete, auch ihre anderen lesen konnte. So hatte er die Momente mitbekommen, wenn sie in ihr eigenes, tiefes Loch fiel. Abends bevor sie sich schlafen legte.

Schande, Abscheu und Verachtung vor und über sich selbst waren untertriebene Begriffe. Ihr Seelenheil war mehr als in Gefahr…es war vielleicht schon zerstört. Sie hasste sich. Sie hasste das, was sie getan hatte. Sie war an der Grenze zur Selbstmordsehnsucht. Sie wollte Vergebung für das, was sie getan hatte, indem sie sich selber opferte…ob mit oder ohne Sinn. Wenn sie aber noch eine letzte Aufgabe bekam, mit der sie reinen Tisch machen, und wenigstens etwas für die Menschheit bewirken konnte, dann würde sie das mit vollstem Herzen auch erledigen. Und deswegen war auch sie gewählt worden. Sebastian hatte bereits angefangen, wie ein Militär zu denken. Er betrachtete sie als eine Waffe, die er nutzte. Zumindest hatte er sie so am Anfang gesehen, als der Plan mit ihr gereift war. Wie auch immer Wansul auf sie gestoßen war.

Doch mittlerweile hatte er so viel aus ihrem Innersten mitbekommen, er war gar nicht mehr sonderlich bereit, dass sie am Ende der Geschichte ihr Leben ließ. Sie hatte einen Fehler gemacht. Besser: sie hatte Tausende Fehler gemacht. Und ob sie überhaupt jemals den Traum, der immer noch in ihr glühte, eine Familie zu gründen, verwirklichen konnte, wenn ein Mann erfahren sollte, was sie alles gemacht hatte…das stand in den Sternen. Aber dieser Wunsch war noch da. Kein loderndes Feuer mehr, eher eine letzte kleine glühende Sternschnuppe. Aber er war noch da. Wie oft hatte er jetzt mitbekommen, wie sie weinte, als sie daran dachte, dass sie einem Mann, der sie vielleicht lieben würde, gestehen müsste, dass sie mit so vielen Männern verkehrt hatte. Er würde sie verstoßen. Da war sie sich sicher! Egal, wie stark er sie lieben mochte. Sollte sie ihre Geschichte einem Mann direkt erzählen, wenn sie sich kennen lernten? Oder sollte sie erst warten, bis die Liebe ihn gebunden hatte… und ihm erst später die Wahrheit über ihre Vergangenheit beichten? Egal, von welcher Seite sie die Angelegenheit angehen würden, sie hatte immer dasselbe Ende. Die zweite Variante wäre dann noch viel schmerzvoller. Jedes Mal endeten ihre Gedanken in Hoffnungslosigkeit.

„Gib mir ein kleines bisschen Sicherheit", betete sie dann schon fast stur. Sebastian schätzte, dass sie eigentlich nicht gläubig war. Er konnte es aber nicht genau sagen. Wenn das aber Gebete an einen Gott sein sollten, dann würde er sich aus ihrem Kopf ausklinken. Das gebot die Ehre. Niemals würde Sebastian ein Gebet belauschen. Im Moment hatte er nicht mehr so Schwierigkeiten, Kontakt zu ihr aufzunehmen wie vorher. Seitdem er hier an Bord war, wusste er auch warum. Der Crox Planet hinderte ihn daran. Gelegentlich war die Verbindung zu ihr so stark, dass er alles mitbekam. So als wäre sie auf die Spitze eines Berges geklettert. Aber häufiger war, dass er überhaupt nichts sagen konnte. Fast so wenig, dass er nicht mit Bestimmtheit hätte sagen können, sie sei auf dem Planeten.

„Mister Enterprise. Wir sind da!", sagte jetzt wieder eine Stimme und Sebastian schaute auf. Der Plan sah vor, dass er jetzt noch einmal das Schiff wechselte. Sie standen zwar schon vor dem Planeten, aber damit alles so unauffällig wie möglich vonstatten ging, sollte noch ein Schiffswechsel erfolgen. Universal Search hatte alles eingefädelt, und ihre gegenseitige Hilfestellung beruhte nur auf Vertrauen. Ob und wen sie noch so alles für diese Aktion eingespannt hatten, das konnte Sebastian gar nicht sagen. Er sollte jetzt auf ein fremdes Schiff gehen, die junge Frau führend holen, und dann wieder auf ein Schiff von Universal Search wechseln, das ihn am Ende der Mission, wenn das Universum gerettet war, zurückbringen sollte.

Doch während des Zwischenteils der Mission sollte keine Verbindung zwischen den Rittern und Universal Search hergestellt werden können. Auf einem Monitor, der eine Seitenansicht aus dem Raumschiff erlaubte, tauchte ein weiteres Schiff auf. Da die Crew sich ganz normal verhielt, schätzte Sebastian, dass es sich dabei um den nächsten Kontakt handeln musste. Der neue Transporter hingegen wirkte wie eine reine Maschine. Die Aura, die davon ausging, war kalt und leblos. Das Schiff hatte die Form eines lang gezogenen Rechtecks. Auch wenn Sebastian es nicht genau wusste – sie hatten abgesprochen, dass je weniger einer der Beteiligten wusste, desto weniger konnte er verraten – dann würde er sagen, dass es sich dabei um ein Schiff von Cuberatio handeln musste. Sebastian bekam ein ungutes Gefühl. In den Vereinbarungen war eindeutig erklärt worden, dass die Kampfhandlungen auf der Erde eingestellt wurden, wenn Universal Search gerettet war. Außerdem war vereinbart worden, dass die Ritter, die an dieser Aktion beteiligt waren, nichts davon ihresgleichen auf der Erde erzählten. Alles musste vollkommen geheim ablaufen. Jetzt schüttelte er den Kopf. Wie pervers war Krieg? Hier machten sie gemeinsame Sache, aber auf der Erde bekämpften sie sich. Natürlich hatten sie der Sache zugestimmt. Wann würde man jemals solch eine Gelegenheit wiederbekommen?

Doch solange Universal Search nicht endgültig von der Union fallen gelassen worden war, solange gab es noch das offizielle Erscheinungsbild, dass Universal Search eines der großen drei Unternehmen war, das alles der Union zu verdanken hatte. Ja, es ein Teil der Union war. Und würde Universal Search in den Augen des Vorsitzenden der Union in den nächsten Tagen wieder erstarken, würde er seine Meinung ändern, diese Meinung, die noch nirgends offiziell bestätigt worden war, diese Geheimdienstinformationen, der Grund, warum er hier war. Dann würde das für Sebastian eines bedeuten: sie würden ihn auf der Stelle umbringen!! Aber darüber wollte er als letztes nachdenken.

„Sind sie bereit?", fragte der Offizier und hatte da so was in den Augen, das Sebastian die Nackenhaare aufstellte. War es Mitleid? Führte Universal Search ihn gerade in eine Falle? Hatte Claudius Brutus Drachus seine Meinung wieder geändert? Sebastian griff sich hinter den Rücken, um zu fühlen, ob Sismael noch da war. In dem Moment, als er ihn kurz berührte, spürte er die pulsierende Energie. Sismael war wie ein Wachhund…vollgeladen mit Adrenalin und lauerte. Er war voll da. Sie konnten beide sofort zuschlagen. Sofort in einen Blutrausch verfallen. Erleichtert ließ er ihn los. „Schmoon Lawa wird euch alle holen", hauchte Sismael gierig dabei. Vielleicht war es ja seine und Sismaels Aura, die die Agenten von Kolumn Geggle verängstigte. Sie deswegen so misstrauisch auf ihn schauten?

Dann kam der Beam. Von jetzt auf gleich war er in einem anderen Schiff. Besser: er landete in völliger Dunkelheit. Das rechteckige Schiff kam ohne jede Beleuchtung aus. Es roch…ja wie? Steril? Hier und da konnte er etwas hören. Wie komprimierte Luft entwich oder Schalter umgestellt wurden. Er konnte es ja nicht sehen, aber das kam den Lauten am nächsten. Dann bewegte sich etwas auf ihn zu. Sebastian sah immer noch nichts. Er hörte nur….metallisches Klackern. Langsam griff er wieder nach hinten, packte den Knauf von Sismael, blieb aber stehen. Seine Muskeln spannten sich an. Sebastians Macht baute sich wie ein kochender Vulkan auf. Sollte das eine Falle sein, würde er hier eine Katastrophe für alle Beteiligten veranstalten, wie sie sie noch nie gesehen hatten.

Das, was sich gerade in ihm aufbaute, konnte ganze Planeten vernichten.

Dann tauchten aus der Dunkelheit rote Augen auf, die mit dem Klackern immer näher auf ihn zu steuerten. Ein paar Meter vor ihm blieben sie stehen und beobachteten ihn. Sie musterten Sebastian. Vielleicht war das ja ein Scan? Dann hörte er weiteres Klackern, was nach einer ganzen Menge von diesen Biestern zeugte. Schnell tauchten mehrere rote Augenpaare auf… und blieben in ausreichendem Abstand zu ihm stehen. Schweißperlen bildeten sich in der Dunkelheit auf Sebastians Stirn. Langsam begann er, Sismael aus der Scheide zu ziehen. Er hatte das Gefühl, der König der Schwerter, sprang wie ein Hund freudig über eine Wiese – gleich war es soweit. Den nächsten Einsatz nicht abwarten könnend.

„Ben Enterprise?", knatterte eine Stimme vor ihm. „Ja. Das bin ich." „Ihr seid der uns versprochene Ritter?" Sebastian wunderte sich ein wenig. Versprochen? Ja, gut. So könnte man das auch nennen.

„Ich bin der angekündigte… das trifft es vielleicht besser."

„Es tut uns leid. Untereinander kommunizieren wir nicht auditiv. Diese Programme sind nur den Händlermodellen und den anderen Einheit vorbehalten, die für den direkten Kontakt mit anderen Lebewesen entworfen sind. Wir haben schnell diese Kommunikations-Upgrades erhalten." „Nicht schlimm", konnte Sebastian als einziges antworten. Er schob Sismael vorsichtig wieder in die Scheide zurück, ließ ihn aber noch nicht los.

„Könnten sie nicht etwas Licht machen? Dann kann ich mich besser orientieren." „Oh. Natürlich. Wir vergaßen, dass ihre organischen Fähigkeiten beschränkt sind." Es dauerte ein paar Sekunden, so als ob der Befehl für das Licht anschalten etwas Ungewöhnliches wäre. Doch dann passierte es……….. Sebastian sprang erschrocken nach hinten und zog im Sprung Sismael hervor! Er konnte ihn nur mit äußerster Mühe unter Kontrolle halten, sonst würde er mit ihm nach vorne springen und diese Monster dort einen nach dem anderen niedermetzeln! Vor ihm standen dreibeinige und dreiarmige Maschinen, die mit menschlicher Haut und Köpfen überzogen waren. Hier und da lappten Hautfetzen herunter und bei einem schien sogar ein Auge herausgefallen zu sein, das nur noch mit einem Draht, vor ihm herumbaumelte. Ihre Haut war fahl und blaue Blutadern traten ekelerregend heraus. Sebastian war kurz davor, sich zu übergeben.

Es schien, als würden die Maschinen das Entsetzen ihres Gegenübers gar nicht wahrnehmen. Sie kannte solche Regungen einfach nicht, und konnten sie deswegen auch gar nicht zuordnen.

„Ist es so besser für eure schwachen Augen?", fragte jetzt der Vorderste. Die „kaputteren" Maschinen verließen jetzt den Ort und gingen durch eine Luke in einen Raum. Sie hatten ihn wahrscheinlich direkt vor ihre Werkstatt auf dem Schiff gebeamt! Sebastian kämpfte immer noch mit seinem Mageninhalt, der drohte, seinen Körper durch seinen Mund wieder zu verlassen. Auch wenn diejenigen Androiden, die hier noch vor ihm standen, die „gesunden" unter ihnen waren, so waren sie das Widerlichste, was Sebastian jemals gesehen hatte... und nach der Mission auch nie wieder sehen wollte. Da war er sich jetzt sicher.

„Ja", sagte er und fragte sich, ob es nicht vielleicht besser gewesen wäre, sie wären seiner Bitte nicht nachgekommen. Er befürchtete schon, dass er nachts von ihnen träumen würde. In seinen schlimmsten Alpträumen. „Töte sie! Töte sie!", keifte Sismael. „Sie sind die Brut des Bösen! Töte sie! Töte sie! Wir erfüllen nur unseren Dienst an der Menschheit - und der Gerechtigkeit im Universum! Diese Wesen sollten nicht existieren! Sie sind böse. Sie dürfen nicht leben. Um der Zukunft Willen. Töte sie! Töte sie jetzt. HIER!!!"

Je lauter das Feuerschwert in ihm schrie, so mehr wollte er diesem Willen nachgeben. Der Anblick der Androiden erzeugte solch eine abgrundtiefe Abneigung, solch ein Bild des personifizierten Todes, das er kurz davor war, seinem Schwert diese Freude, diesem brennenden Verlangen, nachzugeben. Doch Sebastian beherrschte sich und schaffte es, die Stimme seiner Klinge zu verdrängen. Er behielt die Oberhand über seinen Verstand. Mit einem Ruck schob er ihn wieder in die Scheide auf seinem Rücken und ließ ihn los. Die Stimme verschwand aus seinem Hirn und die Androiden mussten nun denken, dass er ihnen vertraute, da er seine Waffe abgelegt hatte. Ein Zeichen des guten Willens, konnte man meinen. Aber Sebastian würde nicht sagen können, ob die halbtoten Wesen vor ihm dasselbe in dieser Aktion sahen. Sie schauten ihn regungslos an, so, als wäre es vollkommen bedeutungslos, ob er mit oder ohne Waffe vor ihnen stand. Hier waren sie allmächtig… das war ihr Schiff…und um sie herum nur das leere Universum. Sie waren alleine mit ihm. Oder besser - er war alleine mit ihnen. „Folgen sie mir. Ben Enterprise", sagte der Androide, drehte einfach nur seinen Oberkörper, nicht aber seine Beine, und führte ihn von dem Platz vor der Werkstatt weg. Denn als Sebastian an dem Tor vorbeikam, konnte er erkennen, dass er Recht gehabt hatte. Hier wurden neue Haut, neue Augen und neue Gliedmaßen an die Androiden angeschraubt. Kleinere Roboter tauschten defekte Teile aus. Auch die, die aus Biomaterial waren. Generell hatte Sebastian den Eindruck, dass die Gesichtszüge der Androiden zwar einem oder mehreren Menschen nach empfunden waren, aber für ihn, also für jeden anderen Betrachter, wirkten die Gesichter einfach nur künstlich. Der Erschaffer dieser Maschinen mochte vielleicht selber denken, dass er ein Meisterwerk geschaffen hatte, vielleicht hatte er sich ja selber auch dieses Aussehen verpasst, aber nein, sie sahen nur aus wie Menschen, wie die Skizzen auf einem Reißbrett.

Aber das Leben, oder das, was Leben ausmachte, fehlte ihnen.

Der dreibeinige Androide, der ihn führte, nahm auf die Werkstatt keine Rücksicht. Hinter Sebastian bewegten sich sechs weitere Menschen-Roboter mit roten Augen, die ihm aber auch einfach nur nachgingen ohne die anderen wahrzunehmen. Der Gang wirkte, je länger er dem Anführer folgte, wie der Hauptgang des Raumschiffes auf ihn. Nach und nach gewann Sebastian das Gefühl, er würde quasi in dem Rückrad des Schiffes gehen. Von hier aus führten überall andere Gänge hin. Sie gingen sogar über ihn weg. Ein Mensch konnte da gar nicht hoch. Es war wie eine Röhre, die aber keine Leitern oder Sprossen hatte. Für die Androiden war das aber überhaupt kein Problem. Mehr als einmal sah Sebastian, wie eine dieser dreibeinigen Gestalten mühelos dort hochkletterte, als wäre es das Normalste der Welt. Einmal hielt einer direkt über ihm an. Anscheinend wollte er sich gerade auf den Hauptgang hinunterlassen. Als er aber die Gruppe sah, verharrte er, betrachtete Sebastian mit seinen roten Augen interessiert und wartete, bis sie vorbeigezogen waren. Sebastian drehte sich noch im Gehen um, und sah, dass dieses spinnenähnliche Teil sich dann herabließ, um in irgendeinem der Gänge zu verschwinden. Gelegentlich mussten sie auch über solche Verbindungsgänge einen Bogen machen. Dann nämlich, wenn einer als ein großes Loch mitten im Hauptgang auskam. Dann mussten sie einen Bogen schlagen, denn sonst würde er hineinfallen und in die dunkele Tiefe stürzen. Je länger Sebastian so überlegte, desto mehr war er sich sicher, dass dieses Schiff seine künstliche Schwerkraft wahrscheinlich nur für ihn eingeschaltet hatte… Es musste nicht sein, konnte aber… Auch, dachte er, sie gingen ja nun schon eine halbe Stunde, dass sie ihn vielleicht ein wenig hätten näher an ihren Zielort beamen können. Denn dann hätte er nicht unbedingt so weit zu Fuß durch dieses Skelett wandern müssen. Denn…wohl war ihm dabei garantiert nicht. Auch fragte er sich, ob Universal Search wusste, mit was sie sich da eingelassen hatten?

Wenn er sich nicht schwer täuschte, er kannte dies ja auch nur aus Gerüchten, dann musste er sich an Bord eines Schiffes von Cuberatio befinden. Und die Gerüchte über dieses Unternehmen waren alles andere als harmlos: Sie wären Menschen fressende Roboter... und ähnliches.

Sebastian selber hatte noch niemanden getroffen, der ihm bestätigten konnte, wie es auf solch einem Schiff aussah. Er war schon Lebewesen begegnet, die Handel mit Cuberatio betrieben, aber da wurden die Beschreibungen anscheinend verharmlost...was auch verständlich war. Überall waren ja die Händlerdroiden, die in Kontakt mit dem Rest des Universums traten. Doch wer einen Handel mit diesen Maschinen einging, musste sich wohl so sehr schämen, dass er untertrieb, wenn er sagte, sie seien nicht so schlimm. Und auf der anderen Seite hatte er jetzt die Gewissheit, dass Universal Search einen Deal mit Cuberatio eingegangen war, auch etwas Beruhigendes. Denn wenn diese beiden Unternehmen zusammenarbeiteten, dann war das Hochverrat an der Union.

Egal, von welcher Seite aus der Kontakt eingefädelt worden war. Aber Sebastian wusste ja, wer den Ball ins rollen gebracht hatte. Universal Search war schließlich auf sie zugekommen. Die Ritter. Besser: Wansul hatte das irgendwie, weiß der Geier wie auch immer, eingefädelt.

Apropos Wansul. War er jetzt schon bei dem Mädchen?

Sebastian fragte sich, was der Alte alles so konnte. Denn wie wollte er sich auf dem Crox-Planeten bewegen?

Selbst seine Kräfte waren nur in der Höhle der Schmiede wirksam. Lukas hatte überhaupt keine Chance, den Eingang zu verlassen und sich auf Tranctania herumzubewegen. Und das konnten die anderen Schmetterlinge auch nicht. Vielleicht hatte Wansul ja diesmal den Mund einfach nur zu voll genommen. Er sagte nur:

„Keine Sorge, ein alter Schmetterling schafft das schon. Auch wenn mir mittlerweile die Flügel ein wenig schmerzen, weil ich immer nur für diese jungen Dinger und ihre Zukunft unterwegs bin. Und was hab ich davon? Nichts. Vielleicht scheint wenigstens die Sonne ein bisschen kräftiger für mich. Ein paar nette und warme Sonnenstrahlen wären als Lohn schon absolut in Ordnung."

Damit war er das letzte Mal verschwunden und dann hatte er ihn nicht mehr wiedergesehen. Wahrscheinlich pennte der gerade irgendwo. Direkt musste er natürlich jetzt an Lukas denken. Irgendwie vermisste er ihn schon. Denn auch wenn Sebastian öfters mal alleine unterwegs war, so war die andere Zeit über Lukas immer da. Sie führten eher belanglose Gespräche, wenn sie nicht gerade eine Aufgabe hatten, versteht sich, aber in der „privaten" Zeit war er auch immer da. Außer nachts. Aber wenn sie alleine waren, konnten sie über das Essen, oder die Mädchen......jetzt schweiften seine Gedanken zu dem Panther.

Hoffentlich ging es ihm oder ihr gut.

Abrupt wurde er aus seinen Gedanken gerissen…sie waren endlich da. Woran er das erkannte, war ziemlich einfach. Die Abzweigung die sie genommen hatten, führte auf einen hell erleuchteten Gang… der ganz in Rot gehalten war.

Und wenn Sebastian es nicht besser wissen würde, dann konnte er das Gekichere und sich unterhaltende Stimmen von….Menschen …von Frauen…jungen Frauen… hören.

Auf diesem Flur waren knapp zwanzig Türen auf jeder Seite angebracht. Alle in rot. Teilweise standen sie offen. Hier führten keine Tunnel weg. Hier war es fast wie in einem Haus auf der Erde. Nur das er halt wusste… dass sie es ja nicht waren. Sebastian verstand nicht. Doch dann konnte er in die erste Türe schauen. Ja. Und das war sogar eine junge Menschenfrau. Sie war halbnackt, wie er fand. Aber sie sah genauso aus wie eine Bauchtänzerin. Sie stand vor einem Spiegel und hatte eine Parfumflasche in der Hand. An ihr führte ein kleiner Schlauch ab, der an einen kleinen Blasebalg angeschlossen war. Sie drückte kurz darauf und eine feine Wolke entkam vorne der Düse. Dahinein steckte sie ihren Kopf und ließ den Duft auf sich niederrieseln. Und ja: sie schien es zu genießen. Sie war auf jeden Fall jung, knackig, attraktiv. Und ihr Gesicht war wunderschön. Ihre Haut war gebräunt, und sie hatte kleine goldene Kettchen an ihren süßen Füßchen. Auch um die freie Taille trug sie ein zartes Goldkettchen. Im Bauchnabel war ebenfalls Schmuck angebracht. Sie trug ihr Haar mit einem kunstvollen Pferdeschwanz geflochten. Kurz blickte sie ihn an und warf ihm einen verführerischen Blick zu, zwinkerte mit einem Auge. Wollte sie ihn etwa gerade anmachen?

Doch schon war Sebastian weitergegangen. Auch die nächste und die übernächste Türe waren geöffnet. Das nächste Zimmer schien leer zu sein. Es sah aber genauso aus wie das erste. Alles mit roten Kissen und Stoff verkleidet. Ein großer Spiegel und davor ein kleines Schränkchen mit Cremes und Gläschen drauf. Dahinter ein riesiges rotes Bett in Herzform. Sogar an der Decke über dem Bett hing ein Spiegel. Wer brauchte denn einen Spiegel über dem Bett? Oh

Mann. Mit den Frauen wollte er garantiert nichts zu tun haben. Die waren ja so eingebildet, dass sie sich morgens nach dem Aufstehen erstmal selber bewundern wollten. Nee. Mit so welchen Puten konnte er gar nichts anfangen. Aber, und das fragte er sich schon die ganze Zeit, waren diese Frauen denn freiwillig hier? Danach hatte es fast den Anschein.

Denn im nächsten Zimmer war wohl die Frau aus dem Leeren an dem er gerade vorbeigekommen war. Sie saß gemütlich mit der anderen an der Kante des Bettes. Beide saßen ruhig auf einem Bein, das andere baumelte zu Boden. Sie waren ähnlich gekleidet, wie die Frau vorher. Nur dass die eine zottelige Houbstark-Frau und die andere eine Barskiefrau war. Auch sie sahen wie Göttinnen aus. Zumindest müssten das die jeweiligen Männer der beiden Rassen über sie denken. Sie sahen selber wie kleine Luxusartikel aus, die ein Mann selber vielleicht mal genießen, aber nie auf Dauer haben wollte. Und dabei kam ihm der Gedanken, er traf ihn wie der Blitz! Er…er…er…war hier bereits auf dem Konkubinenschiff. Einem… so war der Plan!! Und Natalia hatte bereits eingewilligt. Sie würde aus denselben freiwilligen Gründen hierher kommen. Sie sollte als Lustmädchen für die Union dienen. Dann an die Nilas verkauft werden. Die Botschafter von Universal Seach und Cuberatio arbeiteten also zusammen!! Und nur so ging es, wurde Sebastian klar. Nur so konnten sie es mit viel Glück schaffen, Natalia in den engsten Zirkel um Claudius Brutus Drachus zu schmuggeln. Nur so konnte eine Attentäterin so nahe an den wichtigsten Mann des Universums gelangen. Und wenn er sie nicht mochte? Was machten sie dann? Viel Glück, sagte er sich selber.

„Hier sind wir. Das wird ihr Zimmer. Wir haben eines freigehalten. Der Markt ist bald. Und dann machen wir den ersten Schritt."

*D*er Mann schritt mit wehender Robe barfuss durch die Gänge. Außer seinem schneeweißen Haar, das vorne leicht aus seiner Kapuze herausschaute, gab es nichts, das ihn auffällig wirken ließ. Sein Gesicht war unter dem Grau verborgen. Er musste sich sputen. Nicht nur, dass er gerade gegen die Gesetze der Gilde verstieß, nein, wenn sein Informant die Wahrheit gesagt hatte, dann war Eile geboten. Immer wieder stieg er über die Füße von Menschen, wich Tieren und Schmetterlingen aus. Also... das machten sie den ganzen Tag! Der mysteriöse Wanderer hatte die kürzeste Route zu seinem Ziel gewählt: die Bibliothek von Kuhte. Laut seiner Quelle war der Professor aufgebrochen, um einem Treffen beizuwohnen. Die Zeit raste... Kaum bog er laut Beschreibung auf den richtigen Gang ein, da hörte er auch schon die Stimme. „Du kommst hier nicht rein!" Der kleine Schmetterling war schon von weitem auszumachen. „Du erst recht nicht", fauchte er jetzt ein Lama an, das von zwei Kindern und einem Schmetterling an einer Leine durch die Gänge geführt wurde. Kaum war die kleine Mensch-Tier-Kolonne vorbei, da erreichte der verschleierte Mann den Eingang. Rambo hatte ihn bereits entdeckt und roch Gefahr. DER KERL STEUERTE DIREKT AUF SEINE TÜRE ZU!!!! „Den Ball schön flach halten und keinen Blödsinn bauen hier!! Ist das klar, Freundchen? Was willst du?", pöbelte Rambo rum und zeigte mit dem Finger auf ihn. Das hatte er von Johnny gelernt, damit man sich ein wenig mehr Respekt verschaffen konnte. Vor allem bei den Mädels. Der mysteriöse Mann in der grauen Robe mit goldenen Nähten hob in dem Moment den Kopf, als Rambo wieder anfing. „DUUUU kannst vollkommen vergessen, nur einen Schritt hier rein zu machen. Zieh Leine. sooonst..." Rambo verstummte erschrocken. Der...der...der Mann vor ihm hatte seine Kapuze leicht gehoben und zeigte ihm sein Gesicht! DAS... DAS...DAS.... „Oh. Ich...ich...ich...", stotterte Rambo. Der Mann vor ihm hob lautlos seine Hand und drückte ihm seinen Zeigefinger auf die Lippen, dass er ruhig sein sollte. Psssst. Ein paar der Menschen, die hier auf dem Gang zu Hause waren, schauten ein wenig überrascht her, da das Geplärre eigentlich ein dauerhaftes Hintergrundgeräusch war. Das Verstummen erregte Aufmerksamkeit. Als die Menschen allerdings sahen, dass es hier nichts zu sehen gab, drehten sie sich gelangweilt um. Rambo wich unbewusst zur Seite, wusste nicht, was er tun sollte. Der Geheimnisvolle hob seine rechte Hand, öffnete damit das neue Schloss und rannte flugs die Treppe runter. Rambo schwebte fassungslos in der Türe. Er konnte sehen, wie der Eindringling gezielt in eine Bücherreihe ging..., und ein Buch nahm!!! Er klappte „Gregors große Gräueltaten" auf, griff unter seine Robe und steckte... da eine Karte hinein! Dann klappte er das Buch wieder zu und stellte es auf seinen Platz. Mit seiner linken Hand machte er nun eine kreisrunde Bewegung, und Rambo wollte schwören, dass sich glitzernd kleine Schneeflocken bildeten. Aber nicht viele nur zehn oder so. Da war sich Rambo nicht sicher. Sie tanzten kurz in der Luft, der Fremde sagte ihnen was, dann... dann...sprangen sie in ein paar Bücher. Schnell drehte sich der Magier wieder und rannte die Treppe wieder hinauf. Rambo flog einen Schritt zurück, immer noch nicht in der Lage, auch nur ein Wort zu sprechen... Jetzt drehte sich die Graurobe um, winkte ihn zu sich her. Rambo folgte der Anweisung wie unter Hypnose. Der Schmetterling beugte sich ein wenig nach vorne und der Magier berührte ihn zärtlich mit der Spitze seines rechten Zeigefingers. Ein süßes

Lächeln lief dem Schmetterling über das Gesicht. Dann zog der Mann die Kapuze wieder tief in sein Gesicht und verschwand so lautlos, wie er gekommen war. Er wusste, was er gemacht und getan hatte. Rambo hingegen nicht mehr... Er hatte einen Gedächtnisverlust von der ganzen Szene. Mit einem Mal musste er sich schütteln... und fing sich sofort wieder. Er wunderte sich noch nicht einmal, freute sich eher, dass er jetzt einen Schimpansen entdeckte, der über den Gang schlenderte. „Duuuuu...kommst hier garantiert nicht rein!!"

„Alle noch da?", hechelte die männliche Schmetterlingsstimme heiser, kurz vor Atemnot. Nicken erfüllte die Runde. Das Zittern der Worte war Sinnbild für das, was die Gruppe gerade gemacht hatte. Lediglich die Panther hatten nur eine schnellere Atmung, die sich aber gerade wieder beruhigte.
Die Luke über ihnen hatte sich gerade wieder geschlossen. Sie waren ohne rückwärts zu schauen die Stufen der Treppe in das unterirdische Verteidigungssystem der Erde heruntergerannt. Uwe Leidenvoll war der Erste und hatte solange gewartet, bis auch der Letzte unten war. Dann hatte er schnell den geheimen Knopf gedrückt, hatte sich an die Wand gelehnt und war dann einfach auf den Boden gerutscht. Die Beine nach vorne ausgestreckt. Die eigentlich weiße Uniform war braunfarben mit grünen, nassen Flecken. Sein Gesicht hatte einen starken Sonnenbrand und der Schweiß tropfte ihm in schnellen Perlen an der Nase herunter. Er würde mächtig Ärger von seiner Frau kriegen, wenn sie seine Uniform sah. Und noch mehr, wenn sie herausfinden würde, was sie gerade gemacht hatten. Uwe starrte fassungslos die Wand vor sich an.
„Kacke, war das krass." Die Panther grinsten hämisch. Das war genau nach ihrem Geschmack abgelaufen. Das hatten sie endlich mal wieder gebraucht. Was war geschehen?
Der Eingang, den sie gerade benutzt hatten, lag ungefähr zehn Kilometer außerhalb von Manaus. Er war nie sonderlich von der Zeit verwachsen worden und so war es ein Leichtes gewesen, ihn zu öffnen. Die Gruppe bestand aus vier Panthern, Lars Feuerstiel, sieben

Kindern, Martha, Johnny, Sonja, Rambo und ihm, Uwe. Eigentlich sollte es nur eine harmlose Einführung der Panther sein. Sie wollten schauen, inwiefern sie für den Kampf tatsächlich zu gebrauchen waren. Nur ein paar Androiden-Einheiten erledigen, dann wieder weg.

Sie hatten den Eingang zum ersten Mal gewählt und keine Ahnung gehabt, was sie oben eigentlich wirklich erwartete. Als sie an der Oberfläche gekommen waren, war das erste, was sich Uwe sagte, dass er hier mal mit seiner Familie in den Urlaub fahren wollte. In Friedenszeiten, wenn die Erde wieder frei war… versteht sich. Sie waren auf einer Halbinsel mitten im Dschungel gelandet. Riesige Bäume standen Hand in Hand mit grünen Blättern und Lianen verbunden. Kleinere Gewächse dichteten den Rest so gut es ging ab. Der Boden braun-schwarz, fast glitschig. Die Luft hatte eine Feuchtigkeit, die man fast direkt mit der Zunge trinken konnte. Es waren über 40 Grad. Hinter ihnen war so etwas wie ein See. Der Lago Catalao. Aber das Interessante lag vor ihnen. Denn nicht weit von hier durch den Wald stießen sie auf ein interessantes Phänomen. Ein Naturschauspiel, das Ehrfurcht vor der Schöpfung gebot. Es war wundervoll, schön und einfach nur faszinierend. Wenn man das sah, durfte man nur dankbar sein, dass es einem in so einem kurzen Leben vergönnt war, dies zu sehen. In der Luft lag schon der feuchte Geschmack von Wasser. Die Panther waren in dem Moment zur treibenden Kraft geworden, als ihnen die Feuchtigkeit in die Nase stieg. Aus einem unerklärbaren Grund schalteten sie von Schrittgeschwindigkeit einen mächtigen Gang hoch. Und es dauerte nicht lange, da konnten sie auch sehen warum. Vor ihnen trafen zwei riesige Flüsse aufeinander und veranstalten dabei einen sich mischenden Lebenstanz. Diese Stelle wurde unter den Einheimischen der Encontro das Águas „Treffpunkt der Gewässer" genannt. Hier trifft das tintenblaue Wasser des Rio Negro auf das zitronengelbe Wasser des Rio Solimões….und beide werden zum… Amazonas. Die Flüsse vermischen sich erst nach etwa zehn Kilometern, da sie verschiedene

Dichten, Temperaturen und Geschwindigkeiten haben. Als die Panther dann noch das Quieken und Fiepen von anderen Lebewesen hörten, begann ihre Seele vor Freude und Dankbarkeit zu tanzen. Wasser war der Ursprung des Lebens.

Dutzende Delphine schwammen, sprangen und stoben aus reiner Lebensfreude umher. Das Wasser hatte auch diesen Planeten erschaffen, flüsterten sich Re und FeeFee ehrfurchtsvoll zu. Es durchzog die beiden wie ein göttliches Gebot. Wasser war der wahre König. Und was er erschuf, durfte nicht genommen werden. Das war uraltes Lan-Dan Gesetz.

„Du sollst den Lebewesen helfen, die aus dem Wasser kommen, wie du es bist. Ihre Art schützen und verteidigen. Ihr seid Brüder und Schwestern", rezitierten alle Lan-Dan bei dem Anblick leise murmelnd. Nr. vierzehn des Ursprungsbuches X - sie hatten ein ernsthaftes Problem.

Doch sie waren von der Magie des Ortes so gefesselt, dass alles andere erstmal nebensächlich wurde. Diese Freude mischte sich mit der Sehnsucht nach ihrer eigenen Heimat. Auch sie waren aus Gewässern ihres Planeten entsprungen. Schnell tranken sie mit kräftigen Zungenschlägen Unmengen von Wasser. Es machte schon fast den Eindruck, dass dahinter eine Gier steckte, die kaum zu zügeln war. Auch die Kinder, die sie dabei hatten, krempelten sich die Hosen hoch und gingen ein paar Schritte hinein.

„Aber vorsichtig", mahnte Lars Feuerstiel noch. Ganz Vater in dem Moment. Wie unsinnig seine Bemerkung eigentlich war, machte ihm Uwe Leidenvoll schnell klar, der sich neben ihn gestellt hatte und mit einem Lächeln die Szenerie beobachtete. Er rammte ihm seinen Ellenbogen in die Seite und zeigte ihm mit der anderen Hand einen Vogel.

„Vorsichtig", lachte er. „Ist klar. Die haben schon mehr Feinde gekillt als du Badewannenpirat."

Lars schaute Uwe nicht an, sondern hielt seinen Blick auf die Wasserratten vor sich gerichtet. Doch seine Mundwinkel bewegten sich nach oben. Ja, ja. War ja schon gut. Das war gerade Quatsch. Nach ein paar Sekunden widmeten sich die beiden Männer dann dem eigentlichen Grund. Viel mehr, dem wahrscheinlich neuen Grund, warum sie hier waren. Ursprünglich wollten sie einfach nur wieder ein paar Baumfällereinheiten oder andere Arbeiterandroiden erledigen. Aber das, was da vor ihnen in den Himmel stieg, würde wahrscheinlich ihr neuer Auftrag sein. Denn von dem Rest der Stadt, die einige Kilometer entfernt mal stand, zog sich eine schwere, starke, schwarze Linie in den Himmel. Um das untere Ende bildete sich ein rot flimmerndes Energiefeld. Wahrscheinlich waren deswegen hier keine einzigen Lebewesen. „Außer denen im Fluss", dachten sich die beiden Männer sofort. Denn bereits kurz nach dem Ausstieg hatten sie zu ihrer Enttäuschung feststellen müssen, dass sich keine Feinde in der Nähe befanden. Doch je länger sie jetzt auf die Stadtgrenze und die schwarze Linie aus dem Himmel starrten, konnten sie erkennen, dass dort so einiges an Leben herrschte. Sie mochten schon sagen, dass dort ein heftiger Betrieb zu sein schien. Und auf einmal konnten sie auch erkennen warum. Fast gleichzeitig kam ein…ja was war es denn?… es hatte den Anschein, dass es ein Container war, der aus dem Himmel kam. Drei andere hingegen schossen in kleinen versetzten Zeitabständen nach oben. Als sie sich auf ihrer Strecke trafen, sahen sie aus wie ein Kreuz, doch die vier Teile waren unabhängig voneinander. Wenn sie so etwas auch noch nie gesehen hatten, so mussten alle Anwesenden schnell erkennen, dass es was von einem Lift hatte. Denn die drei Container brausten mit solch einem Fahrstuhllärm nach oben, bis sie hinter den weißen Wolken verschwunden waren. Der Container, der von oben nach unten kam, verlangsamte auf den letzten 200 Metern seine Geschwindigkeit und machte dabei einen Krach wie die Triebwerke eines Flugzeugs bei einer Landung: Gegenschub.

Sanft und ruhig glitt er dann zur Erde, bis er, von ihrer Sicht aus, von der Stadt verschluckt wurde. Und die Teile waren ja riesig. Vielleicht 50 mal 50 Meter breit… Und 20 Meter in die Höhe? Schwer zu schätzen, war in den Stirnfalten der beiden Meerbuscher abzulesen. Wie viele Tonnen konnten diese Teile tragen?

Spätestens als die Landungsgeräusche einsetzten, waren auch die Wasserratten aus ihrem Spaß gerissen worden. Schnell kamen Johnny und Sonja tropfnass zu den beiden Männern geflogen. Sie hatten gerade „duppen" gespielt. Martha hielt sich immer schön brav in der Nähe von FeeFee auf, die jetzt aber auch mit ihrem Bruder Re zu den beiden Männern kam. Ein wenig beschämt, weil sie das Wasser so fasziniert und sie alle Vorsicht so über Bord geworfen hatten.

Das ziemte sich gar nicht für verantwortungsvolle Anführer... vor allem nicht für Königskinder!

Allerdings hatten sie ziemlich schnell diese peinliche Situation - aber nur für die vier Panther, die anderen dachten gar nicht daran, so was war nur natürlich - hinter sich gelassen. Wenn die beiden Leibgardisten zu Hause und den anderen hier auf der Erde nichts erzählten, dann war das auch nicht passiert.

„Wow", sagte Johnny als erster, während sich die anderen noch neben ihn gesellten. Fast alle starrten jetzt in den Himmel. Die Kinder waren jetzt auch eingetroffen und krempelten ihre Hosen wieder zurück. Die Waffen hatten sie wieder in den Händen.

„Was ist denn das?" Bevor Uwe etwas sagen konnte, mehr als logische Spekulation würde da sowieso nicht kommen, ergriff FeeFee das Wort. Ihre Augen funkelten dabei.

„Das ist ein Crusanischer Transport-Lift." Ihr Pantherbruder Re nickte dabei. Das Volk der Lan-Dan pflegte zwar keine Kontakte zu anderen Systemen, aber ihr Spionagenetzwerk funktionierte einwandfrei. So etwas wurde bereits im Wissensunterricht für Krieger an den Sempanis gelehrt.

„Aber er ist nicht eins zu eins, wie wir ihn kennen. Es hat den Anschein, dass er modifiziert wurde. Und hiermit erklärt sich auch fast, warum das Volk der Crusaner vor ungefähr 5000 Jahren nahezu ausgelöscht wurde. Jemand hat anscheinend das Volk vernichtet und ihre Technologien übernommen… und verbessert." Jemand hat ein ganzes Volk vernichtet, das in der Lage war, so etwas zu bauen? Das war ja unvorstellbar, lief es als Gänsehaut Lars und Uwe eiskalt den Nacken herunter. Und diese Dinger waren jetzt hier!! Hier auf der Erde. Das…das…das war Cuberatio. Aber das wussten sie ja schon. Doch bei all den kleineren Kämpfen hatten sie sich das nicht sooooo gefährlich vorgestellt. War das vielleicht eine Nummer zu groß für sie?

„Wenn wir das Ding da vorne zerstören, dann würden wir einen fast vernichtenden Schlag vollziehen", funkelten die Augen jetzt von FeeFee. Vor ihnen würde sich ein Kampfszenario aufbauen, das ganz nach ihrem Kriegergeschmack war. Alleine konnten sie das vielleicht nicht schaffen, aber wenn die Gruppe mitmachte, dann würden vielleicht nicht alle sterben. Das konnte sie aber nicht den Menschen und Schmetterlingen sagen. Das würden sie nicht verstehen. Die Herzen der Panther glühten vor Blutfreude, seitdem sie dieses Feindbild sahen. Es war ihr Innerstes, das wie ein Schalter umgelegt worden war. Doch das Bild wurde unterbrochen, als Stromaufwärts etwas den Rio Amazonas ankam, das Kurs auf die Stadt hatte. Als erstes war es nur ein kleiner Punkt, dann wurde er immer größer und länger…

Eine Art Galeere kam den Fluss hoch…und an ihrer Seite schauten Ruder raus. Viele Ruder. Beim ersten Blick schätzten die Männer, dass es sich mindestens um 50 Stück auf jeder Seite handeln musste. In der Mitte des Schiffes ragten deutlich sichtbar und ordentlich in einer Pyramide aufgetürmte Holzstämme hervor. Schnell wurde ihnen allen klar: das war eine Sklavengaleere!!!

Und als wäre das noch nicht genug, folgten dahinter noch eine und noch eine. Ganze drei Stück mit gefangenen Menschen! An Deck konnte man gut die Androiden sehen, die mit roten Energiepeitschen auf die Ruderer einschlugen, falls sie drohten, langsamer zu werden. Aber das Tempo wurde gehalten. Als sich Uwe und Lars wieder umschauten, waren zwei der vier Panther verschwunden. Mittlerweile waren auch die anderen samt Schmetterlingen wieder weiter nach hinten in den Schutz des Urwalds gegangen, damit sie niemand entdeckte. Zwischen Lianen und schweren Zweigen schauten sie weiter der Sklavengaleere zu. Die Sonne stand hoch am Himmel. Die Feinde konnten sie nicht sehen. Dann verschwanden die Schiffe in einem Flussarm, der mitten in die Stadt hineinführte. Es sah so aus, als hätte Cuberatio einen breiten Kai so in die Stadt geschlagen und ausgehoben, dass auch schwerere Schiffe hineinfahren konnten. Er führte direkt auf den Himmelsfahrstuhl zu. Eines musste man den Androiden lassen, dachte sich Uwe. Sie hatten dieses Unternehmen perfekt organisiert. Nach nur einigen Momenten hörten sie ein leises „Hey, hey".

Die Äste waren hier so dicht, dass sie gar nicht so genau sagen konnten, wer oder was da versuchte, Kontakt zu ihnen aufzunehmen. Aber wer wusste schon, dass sie hier waren?

Als der Bug eines kleinen Fischerboots auftauchte und ein Panther auf seinen Hinterbeinen stehend, mit den Vorderläufen ein Ruder lenkend, dann vor ihnen auftauchte, waren die Menschen schon ein wenig überrascht. Die anderen Panther hingegen schienen so was für völlig normal zu halten. FeeFee saß hinten unter dem Dach, stand mit den vorderen Beinen auf der Reling. Sie winkte ihnen mit der linken Pfote, sie sollten an Bord kommen, ließ aber ihren Blick auf die Stadt gerichtet. Allesamt stiegen sie in das Boot wie zur Einladung einer Sightseeing-Tour.

„Sind Katzen eigentlich nicht wasserscheu?", wollte Lars wissen, als er seinen Körper an Bord schwang. Die Schmetterlingsfrau Martha machte sich schnell auf den Weg in die Nähe von FeeFee, als sie die Pantherin so gefährlich nahe am Wasser sah. Sie musste selbstverständlich jetzt mit aufpassen, dass ihr gutes Fell nicht ins Wasser fiel. Wenn das den Geruch des Amazonas annehmen würde, na dann: Prost Mahlzeit. Nicht auszudenken, was für ein widerlicher Fremdgeruch das zerstören würde.

„Nein! Sind wir nicht. Allerdings suchen wir jeden Weg, um das

Wasser zu umgehen. Da hast du schon Recht. Aber springen die Menschen denn auch direkt in den Fluss, wenn sie auf einer Brücke stehen?"

„Touché", gab es von Uwe zurück. Er machte mit Zeigefinger und Daumen eine Pistole und feuerte damit scherzend auf seinen Freund. „Wollt ihr da jetzt einfach so rüberfahren?" „Siehst du denn eine andere Möglichkeit, diese Station zu erledigen?" Was für die vier Panther bereits schon eine beschlossene Sache zu sein schien, verschlug den Menschen fast den Atem. Die Station in die Luft sprengen??

„Hey, Hey, Hey", verschluckte sich Lars Feuerstiel fast dabei. „Seid ihr wahnsinnig?" Doch umkehren konnten sie nicht mehr. Re hatte das Boot schon anfahren lassen und steuerte einfach kerzengerade auf das andere Ufer zu. Eigentlich waren alle an Bord überrascht, dass es so schnell ging. Sie fuhren zwar etwas diagonal zur Strömung, aber damit verhinderte der Panther, dass sie von ihrem Kurs abkamen.

„Macht euch keine Gedanken. Wir sind ja dabei", beruhigte Fee-Fee die Männer, die sich ein wenig überrumpelt fühlten.

„Wir haben doch überhaupt keinen Plan", sagte er und schaute zu den Kindern. Die hatten sich gemütlich, wie bei einem Familienausflug, auf zwei Bänke gesetzt und warteten locker darauf, dass sie die Stadt erreichten. In ihren Augen war etwas, das verriet, dass es egal war, ob sie die Station zerstörten oder nicht. Denn eines war für die Kids sicher: so oder so, waren da drüben genügend Arbeiterandroiden, die mit dem Verladen beschäftigt waren - sie würden heute wesentlich mehr ihrer Feinde erwischen können. Johnny, Sonja und Rambo sagten die ganze Zeit gar nichts. Das, was die Panther vorhatten, bereitete ihnen immense Sorgen. Denn ihre letzten Aktionen im Urwald waren schon ein größeres Kaliber gewesen, bei dem sie Kinder verloren hatten… aber was sollten sie machen? Die Kids würden auch ohne sie in den Wald gehen und versuchen, die Lebewesen oder Maschinen zu killen, die ihre Eltern oder Angehörige auf dem Gewissen hatten. Aber das sie hier am hellisten

Tag über den Fluss fuhren und dabei wie auf ein Hornissennest zusteuerten, machte ihnen zumindest so einen Kopf, dass sie nicht in der Lage waren, die Situation zu kommentieren. Nur Sonja hatte Johnnys Hand genommen und hielt sie fest, während sie auf das andere Ufer schauten. Aber tatsächlich, schien sich niemand für sie zu interessieren.

Als sie in der Stadt ankamen, wussten sie auch warum. Hier war ja niemand mehr, der sie hätte entdecken können. Kaum waren sie von Bord des Schiffes gekommen, da erfüllte ein Surren die Luft. Alle schauten instinktiv in die Höhe, konnten aber nichts sehen. Als sie das kurze Stück Flussufer überquert hatten, rannten sie über die Straße Encontro das Aqua und drückten sich an das einzige verbliebene Haus. Alles andere, was hier einmal gestanden hatte, war dem Erdboden gleich gemacht worden. So, als wolle man dafür sorgen, dass wenn hier einmal zu viele Schiffe landen sollten, sie die Waren auch direkt an Land bringen, und sie ohne ärgerliche Gebäude, die im Weg standen, abtransportiert werden konnten. Noch als das Surren in der Luft näher kam, hörten sie wieder die kräftigen Turbinen im Hintergrund von landenden oder startenden Containerfahrstühlen. Sie konnten sie nicht sehen, aber deutlich hören. Und dann sahen sie in einigen Hundert Metern Höhe eine Drohne, die das Gebiet überwachte. Aber zu ihrem Glück drehte sie noch weit vor der Stadt ab, so, als würde sie sagen wollen, dass eine Überwachung hier nicht notwendig wäre.

„Ihr bleibt hier und wir machen das schon", sagte auf einmal Re, der zu einem der anderen Panther ging und ihn fragend anschaute. Er nickte und zeigte mit seinem Kopf auf seinen eigenen Rücken. Da alle, auch Martha, immer auf FeeFee und Re geschaut hatten, hatte niemand den Rucksack bemerkt, den der eine Panther trug. Und wie auch. Wenn man es nicht wusste, verschmolz er unsichtbar direkt mit dem Tier. Und die wenigen Unebenheiten, die er erzeugte, konnte man auch als Muskulatur deuten. Noch ehe die anderen etwas antworten konnten, sprinteten die Panther auch schon los.

FeeFee übernahm die Führung und warf schnell noch einen Blick nach hinten: die Menschen und die Schmetterlinge sollten ihnen auf gar keinen Fall folgen!!! Johnny und Sonja schauten ebenfalls schnell zu Uwe und Lars. Ohne ein Wort zeigte Uwe den beiden mit seinem Kopf, dass sie sich ihnen anhängen sollten. Johnny und Sonja lösten sich sofort in Luft auf und materialisierten sich direkt ein Stück vor den Panthern. Die waren jetzt im vollen Sprint und die Schmetterlinge hatten alle Mühe, fliegend das Tempo zu halten. Schnell sahen sie, dass Manaus nur noch der Name dieses Ortes war. Aber mehr nicht. Cuberatio hatte die Menschen hier verbannt, versklavt oder vernichtet. Genauso wie ihre Stadt. Johnny und Sonja konnten noch nicht einmal mehr sagen, was die jetzigen Trümmer einmal gewesen sein sollten. Die Panther sprangen einfach über die Hindernisse aus Schutt und Steinen hinweg. Auch wenn die beiden Schmetterlinge im Vollgas hinter den vieren herflogen, so waren sie doch langsamer als dieser Sprint. Und es hatte den Anschein, dass die Panther gerade einmal locker liefen. Sie mussten Meisterläufer sein. Johnny und Sonja hatten gar keine andere Wahl, als sich ab und zu immer wieder zu dematerialisieren, um dann ein Stück vor der geschätzten Laufrichtung wieder aufzutauchen. Ein paar mal passierte es sogar, dass die Panther ihre Route änderten und die beiden dann an der falschen Stelle auftauchten. Erschrocken orientierten sie sich, und sprangen dann an die nächste Stelle. Zum Glück hatten sie die Panther dabei nicht verloren. Denn ihr Ziel war eindeutig: das Gebäude des Orbitlifts. Noch während sie die Straßen entlangliefen, fragten sich die beiden Schmetterlinge, wann sie denn auf einen der Feinde treffen würden? Und als wenn sie in die Zukunft schauen konnten, tauchte auf einmal der erste Androide auf. Er machte gerade etwas an einem Steinhaufen, was, das konnten Johnny und Sonja bei der Geschwindigkeit nicht erkennen. Aber er schaute in die falsche Richtung.

Das war sein Fehler.

Denn noch ehe seine empfindlichen Ohren die Panther wahrnehmen konnten, da sprang FeeFee von hinten auf ihn… und zerfetzte den Androiden. Er fuchtelte mit den Armen rum, aber innerhalb von Sekunden war er nur noch ein blutender, zusammengefallener, die Roboterbeine tot von sich streckender Gegner. Während FeeFee zugange war, überholten die anderen drei die Pantherin und Re übernahm die Führung. Schnell lief FeeFee hinterher. Nur nicht den Blitzangriff ins Stocken geraten lassen. Doch dann kamen mehrere Androiden. Das Liftgebäude war nun gut zu erkennen. Es war flach, vielleicht nicht höher als fünf Meter und war ungefähr so breit wie das Pentagon. Darüber glühte das rote Flackern einer Energiewand. Hier führten die Kabel hinein. Es schien, als wäre das rote Licht der Anker, der die Kabel auf der Erde hielt und sie stramm zog. Sie hatten es vorher nicht sehen können, weil es soweit in die Mitte der Stadt hineingebaut worden war, da, wo der Untergrund fester war und einen stabilen Halt bot. Gerade in dem Moment hob wieder ein Container in den Himmel ab. Nicht weit weg war auch der Hafen hineingefräßt worden, an dem die Sklavengaleeren jetzt ankerten. Menschen und Androiden luden zusammen Holz ab. Hier musste es schnell gehen, damit der Raumhafen nicht verstopft wurde und alles zügig in den Orbit gelangte. Doch während die Panther noch auf das Gebäude zuliefen, da wurden sie auch schon entdeckt. Die Androiden betrachteten sie kurz…drehten sich dann aber wieder weg.

Da kamen *nur* Tiere dieses Planeten auf sie zugerannt! Keine Gefahr! Denn Intelligenz besaßen nur die Menschen, aber keine Panther. Keiner der Androiden bekam mit, wie die vier Panther zwei Pärchen bildeten. Ungefähr 50 Androiden waren auf dem ebenen Terrain vor ihnen beschäftigt, waren mit dem Verladen zu Gange oder bewachten die Sklaven. Sie standen, schleppten oder patrouillierten. Die Panther hielten kurz an. Dann, ein Griff in den Rucksack. Sie holten etwas heraus, das nicht größer als eine Streichholzschachtel war. Einer fummelte an dieser kleinen Box herum und zog leicht daran. Eine Art Faden. Dann steckte er es sich in den Mund und biss mit seinen Reißzähnen fest drauf. FeeFee und Re machten dasselbe. Immer wieder einen grimmigen Blick zu den widerlichen Androiden. Re fauchte. FeeFee hatte das lose Ende im Maul und Re biss auf die Box. Dann rannten sie weit auseinander und das hauchdünne Kabel zog sich in die Länge. Als sie nach 20 Metern das Ende erreicht hatten, blieben sie stehen. Jetzt schaute sich ein Androide um und fragte sich, ob das Spiel der Panther ihren Ablauf würde stören können. Wenn ja, dann müsste er die herumtollenden Tiere wohl erschießen. Doch dann nahmen Re und FeeFee Kurs auf das Gebäude. Dumme Tiere sahen aber anders aus, rechnete der Androide in seinem Kopf und rief die Videodatenbank von Nr.1 ab. Das andere Pantherpärchen machte dasselbe und rannte ebenfalls mit dem gespannten 20 Meter-Draht auf das Gebäude und damit auch zwangsläufig auf die Mengen von Androiden zu. In dem Moment erblickte der Androide auch Johnny und Sonja. Automatisch gingen überall die Alarmsirenen an. Schmetterlinge gehörten zum Feind!!!

   Die Panther arbeiteten für den Gegner!! Das war ein Angriff!! Schmetterlinge standen auf der Abschussliste! Sie waren zu einem Erkennungsmerkmal des Gegners geworden. Hektisches Treiben überkam die Kinder von Nr. 1…..doch zu spät.

   Als der Draht von FeeFee und Re an dem ersten Androiden ankam durchschnitt er ihn sofort und ohne einen Widerstand. Dann den nächsten und den nächsten. Ein paar entfernter stehende Wächterandroiden feuerten ein paar Schüsse auf die Panther, doch sie konnten keinen Treffer landen. Sie waren für einen genauen Schuss zu schnell und bewegten sich immer im leichten Zickzack. Nur, wenn sie wieder Androiden zerschnitten, strafften sie den Draht und waren für diesen Moment auf einem Kurs. Es dauerte nicht ganz 20 Sekunden, da erreichten die Panther die schwarzen Wände des Orbitlifts. Als sie ankamen, drückten die Panther den Draht gegen die Wand. Erst hing er noch ein wenig im Bogen nach unten, aber Re, der die Box im Maul hatte, presste diese ebenfalls an die Wand. Dann drückte er etwas und der Draht zog sich selber stramm… und klebte sich von ganz alleine an die Mauer. Kaum war das Geschehen, drehten die Panther um und rannten wieder zurück. Das gleiche hatten die anderen beiden gemacht und waren auf dem Rückweg. An zwei Stellen klebten jetzt die beiden Drähte an der Mauer....und die Boxen blinkten grün.

Die Androiden wussten nicht, was sie machen sollten: die Panther verfolgen oder die klebenden Drähte untersuchen?

Aber sie hatten keine Zeit mehr für eine Entscheidung. Nach nur fünf Sekunden ertönte ein schrilles Piepen und die Drähte glühten hellgelb auf. Dann begannen sie, sich in das Gebäude zu ziehen. Johnny und Sonja konnten nur einen Augeblick dorthin schauen, dann mussten sie den Panthern folgen. Sie waren bereits aus dem Gefahrenbereich verschwunden. Ihr Kurs konnte ja nur zu ihrer wartenden Menschengruppe führen. Aber der Draht fraß sich wie von selbst nach innen ziehend in das Gebäude und zerstörte dabei alles, was ihm in den Weg kam. Nach nur ein paar Momenten erschütterte die erste schwarz-gelbe Explosion die Umgebung bis tief in den Urwald hinein. Dann die nächste und die nächste. Und immer weiter so. Schwarz-graue Wolken stiegen in den Himmel empor. Immer wieder wurden Betonbrocken oder Stahlpfeiler wie Spielzeug durch die Luft geschleudert. Der Draht machte weiter. Schreie erfüllten die Luft. Die Sklaven nutzten ihre Chance: sie flüchteten in alle Richtungen. So viele, dass die Androiden keine Chance hatten, etwas zu unternehmen. Generell schienen sie mit der Situation überfordert. Sie hatten keine Verhaltensanweisung für diesen Fall...die meisten wurden von herumfliegenden Trümmerteilen zerfetzt oder wurden von den Geschossen erfasst, die solch eine Gewalt hatten, dass sie die Roboter einfach ergriffen und mit durch die Luft schleuderten. Als sie am Boden aufschlugen, blieben sie in auslaufendem Blut liegen. Sie waren so deformiert, dass sich eine Reparatur nicht mehr lohnte. Totalschaden.

Als die Panther die Gruppe noch nicht ganz erreicht hatten, da kamen aus dem Himmel gerade zwei Container nach unten gefahren. Sie hatten bereits die Triebwerke auf Gegenschub gestellt, um sanft auf der Erde anzukommen, da passierte es: die Drähte hatten die Generatoren zerstört, tief im Inneren des Gebäudekomplexes… und die rote Energiewand erlosch mit einem lauten nach unten fallenden Ton.

So, wie wenn schwere Maschinen nach unten gefahren wurden. Dann durchschnitt ein metallisches Knirschen die Luft. Kurz davor, das Trommelfell im Ohr zu zerstören. Wer näher dran war, dem platze der Kopf. Leider auch bei einigen Sklaven, die es nicht geschafft hatten, sich weit genug in Sicherheit zu bringen. Doch dann sprang das Mega-Orbit-Kabel wie eine Peitsche umher. Die drei Container stürzten mit einem enormen Knall zu Boden auf das Gebäude. Sie zerstörten das, was die Drähte noch nicht geschafft hatten. Das Mega-Kabel war in dem einem Moment noch da, doch dann war es so schnell in die Höhe gerissen worden, dass es wie weggezaubert erschien. Als die Panther die Gruppe erreichten, waren diese schon zum Ufer gerannt und in das Fischerboot gesprungen. Die Schweißperlen auf der Stirn, die Atmung schnell hechelnd, verrieten, dass sie wie die Irren gesprintet sein mussten. Sie warteten noch kurz bis alle an Bord waren und legten dann ab. Zu ihrer eigenen Überraschung, wurden die Panther nicht verfolgt. Doch gerade als sie die Mitte des Rio Amazonas erreicht hatten, tauchten die ersten Wächter- und Krieger-Androiden auf….und sprangen einfach in das Wasser. Und es wurden immer mehr. Einige setzten gerade zu den ersten Schüssen an, da erreichte das Fischerboot schon das andere Ufer.

Als die ersten Schüsse einschlugen, verschwand dieses Einsatzteam der Ritter der Erde in dem Dickicht des Regenwaldes. Uwe warf dabei noch einen letzten Blick nach hinten. Und…oh weh. Hunderte Androiden stürmten hinter ihnen her und schäumten den Fluss mit blubbernden Blasen auf. Es sah aus, als würde er kochen. Doch die Androiden ließen sich bis auf den Grund fallen und gingen einfach am Boden des fließenden Wassers entlang. Uwe drehte sich um und rannte. Zum Glück war ihr Eingang getarnt. Sie sprangen über Wurzeln, wateten durchs Wasser. Mindestens Dreihundert Androidenbeine im Genick. Gerade noch hörten sie das knackende Rauschen, das das Eindringen der Roboter verursachte, als sie den Urwald betraten… da erreichte die Gruppe den Eingang zum unterirdischen Verteidigungssystem der Ritter auf der Erde.

Als nun alle drin waren, drückte Lars schnell auf den Knopf und versiegelte den Ausgang. Hechelnd ließen sich alle zu Boden fallen, außer den Panthern. „Verdammt! Was war das denn?", stieß Uwe laut aus.

„Scheiße war das hart", stolperte es Lars aus dem Mund. Doch, was alle kurz vor den Herzinfarkt brachte war…. Dass sich die Panther auf einmal in aufrecht gehende Lan-Dan verwandelten. Schmetterlingen und Kindern fielen fast die Augen aus dem Kopf. Vor ihnen standen die wunderschönsten Lebewesen, die Menschenaugen je gesehen hatten. Uwe verdrehte den Kopf und die Augen, die Hände dabei abwehrend nach vorne wegschleudernd. „Sowas in der Art habe ich mir schon gedacht. Nur nicht so bezaubernd." Überraschen konnte ihn schon lange nichts mehr. Uwe schaute nach oben und tat so, als würde er durch die Mauern auf das brennende Trümmerfeld blicken… und schaute dann zu den Lan-Dan.

Das größte Grinsen, das ein Mensch je in seinem Gesicht hatte, war gerade in diesem Moment anzutreffen.

Krass war die Kacke jetzt am Dampfen.

Ihre Feinde würden nun eine Mordswut auf sie haben. Sie waren wer. Nur Martha war geknickt…Mist.

Penta VI- Omega B 4782654 wusste nun, was geschehen war: Ein Angriff auf seinen Orbitallift in Manaus – eine Katastrophe. Seine Chamäleon Krieger waren nur noch einen Tagesmarsch von dort entfernt. Die 5 000 Einheiten, die er gegen die Schmetterlingskinder einsetzen wollte, waren schon dabei, sich im ganzen Land zu verteilen. Seine Hauptstreitmacht hatte die Order, sich an der Grenze von Mexiko zu verteilen und dann in Nordamerika einzufallen. Ein paar seiner Spionagegleiter hatte er bereits abgestellt, um nähere Aufnahmen von Texas, wie es die Menschen nennen, zu machen. Aber auch seine Kameras aus dem Orbit lieferten ihm schon ausreichend Bildmaterial, sodass er wusste, wie Cuberatio vorgehen würde. Seine Androiden-Offiziere hatten bereits die beste Strategie entwickelt.

Und die war dabei auch recht simpel: Aus der Luft würden sie einen Alibi-Angriff starten, damit die schweren Plasmageschütze der Ritter abgelenkt wurden. Mehrere kleinere Schein-Flieger, die absichtlich abgeschossen werden konnten, würden die kleineren Geschütze mit ihrem Feuer an sich binden. Und während diese todbringenden Kanonen beschäftigt waren, konnten seine Krieger auf dem Boden vorrücken und eine nach der anderen ausschalten, bis sie das ganze Terrain unter Kontrolle gebracht hatten. Die Bodenschätze rechtfertigten diese Vorgehensweise. Sie hatten von oben aus Untersuchungen machen können, die ihnen die chemischen Zusammensetzungen des Untergrunds lieferten, und sie somit die Rohstoffe bestimmen konnten. Bei seinen Gewinnprognosen hatte er Nr. 1 bestätigen können, dass es sich lohnte. Außerdem hatte er dabei noch eine Entdeckung gemacht, die aber noch verifiziert werden musste. Ihre Scans waren leider nur auf Großflächenaufnahmen ausgelegt, und so waren die Daten ein wenig ungenau. Aber was sie öfter in einer Tiefe zwischen 50 Metern und zwei Kilometern entdeckt hatten, war einer Überprüfung auf jeden Fall wert. Denn immer wieder tauchten Bio-Signale auf. Sie zogen sich in feinen Linien. Gelegentlich in einer Breite von zehn Metern, ab und zu aber auch nur in einer von zwei Metern. Gelegentlich tauchten dann aber ganze Reihen von Quadraten auf, die mit diesen Lebenssignalen nur so gefüllt zu sein schienen. Zusätzlich schimmerten da auch noch, allerdings nicht überall, einige starke Energiesignaturen auf. So, als würde jemand da unten Strom erzeugen. Wenn er alle Zeichen und Felder einmal auf einer Karte auflistete und eintrug, dann kam schnell das Bild auf, dass es sich da unten um ein ganzes Netzwerk handelte, das mit Lebewesen nur so gefüllt war.

Penta VI- Omega B 4782654 hatte bereits eine Anfrage an Universal Search und Dark Sun gestellt, ob er bestimmte Satelliten über ihrem Terrain einsetzen durfte, um ein komplettes Bild von der Erde zu bekommen. Denn so konnte er nur bis an seine Grenzen scannen, aber schon jetzt war ersichtlich, dass diese vermeintlichen Tunnel noch viel weiter gingen. Dort untern lungerte ein enormes Humanpotenzial, das er finden und ausschlachten wollte. Gerne hatte er für die Erlaubnis den anderen Unternehmen eine Million Credits gezahlt. Das war es ihm wert. Wenn die anderen beiden Gesellschaften nachher die Ergebnisse würden sehen wollen, dann würde er für eine einfache Einsicht zwei Millionen Credits fordern. Der Gewinn musste ja stimmen. Und wenn sie das Datenmaterial schließlich ganz kaufen wollten, dann müsste ihnen das schon ganze zehn Millionen wert sein. Aber das konnte er nicht einplanen, da er die Situation der anderen nicht kannte. Nur von Universal Search, aber das hatte nichts mit dem Projekt Erde zu tun. Allerdings konnte der Kontrahent hier auf der Erde noch lange weiterarbeiten, ohne das er von der großen Politik im Universum berührt wurde. Oder nicht? Doch. Wenn hinter einer Eisenbahn die Gleise weggespült wurden, konnte sie immer noch weiter geradeaus fahren.

Was Penta VI jetzt aber in seine Gefahrenliste mit aufgenommen hatte, waren die Panther. Als er seine Zahl auf 51,21 Prozent hatte korrigieren müssen, waren erst die Verlustinformationen eingegangen und dann das Videomaterial. Und das war erschreckend gewesen. Er hatte seine Programme vor- und zurücklaufen lassen, um herauszufinden, wie er solch ein Gefahrenpotential hatte übersehen können. Aber da war nichts Vergleichbares, was ihn hätte warnen können. Die Panther schienen hier das erste Mal in Erscheinung zu treten. Er hatte die Bilder sofort an Nr. 1 weitergeschickt. Zum einen, damit der Hauptcomputer sich selbst überzeugen konnte, dass dies eine Gefahr war, die er nicht mit hatte einkalkulieren können, und zum anderen, dass sie anscheinend einen neuen Gegner hatten. Nr. 1 war persönlich die Daten aus den vergangenen 2 000 Jahren durchgegangen, aber da war keine Datei, die nur annähernd etwas Derartiges beschrieb. Die Evolution im Universum, oder vielleicht nur die auf der Erde, hatte eine neue Art geschaffen. Prinzipiell nichts Ungewöhnliches, aber wenn sie sich gegen Cuberatio stellte, dann schon. Penta VI hatte versucht, herauszufinden, wo die Überschneidung des Interessenkonfliktes zwischen den Panthern und ihnen war. Aber da gab es keine rationale Erklärung. Sie mussten anscheinend aus Sympathie handeln. Etwas, das Nr.1 zwar kannte, aber nicht verstand. Warum sollten sich diese Lebewesen auf die Seite der Menschen stellen, wenn sie nichts dafür erhielten. Oder gab es da etwas, was die Menschen ihnen bieten konnten? Oder andersrum, etwas, das Cuberatio nicht hatte?

Sie wollten der Sache nachgehen und Nr. 1 hatte dafür bereits einen extra Wissenschaftsandroiden anfertigen lassen. Seine einzige Aufgabe war es nun, der Existenz und der Lebensform der Panther nachzugehen. Dafür hatte er ein kleines Budget bekommen. Als erstes sollte er nun herausfinden, ob sie nur auf der Erde lebten, wenn ja, dann sollte er sie dort untersuchen. Wenn nicht, dann musste er ihren Planeten ausfindig machen. Auch wenn dort keine Rohstoffe zu gewinnen waren, konnten seine Diplomaten diesen Konflikt vielleicht zu einem Missverständnis umdeklarieren, und man konnte mit dem Panthervolk vielleicht einen neuen Markt erschließen, wenn man wusste, welche Güter sie bevorzugten. Die konnte Cuberatio selbstverständlich auftreiben und den Handel mit seinen neuen Kunden beginnen. Das waren Standardroutinen, die Nr. 1 in den Jahrtausenden angelegt hatte. Unzählige Völker waren so schon in die wirtschaftliche Abhängigkeit geführt worden. Cuberatio wuchs. Und das schon seit einer Ewigkeit. Es gab keinen Grund, da eine drohende Kehrtwende zu sehen. Doch die Bilder, die Penta VI sah, zeugten davon, dass sie wahrscheinlich nicht von diesem Planeten kamen. Denn die Technologie, die sie dort einsetzten, war ihnen nur vage bekannt. Es gab Völker, die nutzen dies bereits in der Produktion, sie schnitten damit Steine, oder sie brauchten es im Bergbau. Aber diese Kraft, so komprimiert auf wenige Meter Winkolyum-Draht (Winkolyum war dazu noch sehr selten im Universum) war außergewöhnlich und noch nie als Kriegsmittel benutzt worden. Es war elegant verfeinert, ja, perfektioniert worden. Ein Streben, das Penta VI, besser Nr.1, gut kannte. Nicht, dass ihr Anschlag Erfolg hatte, sondern dass sie mit den Schmetterlingskindern und zwei Erwachsenen in Uniformen, auf denen blaue Rosen hafteten, zu schaffen hatten. Eher: es war das Neue an der Situation, das es nun mit einzukalkulieren galt.

Penta VI war die ganze Zeit über auf dem Boden in Nr. 1 gewesen und ging das Ganze in Ruhe mit seinem Prozessor durch. Doch jetzt, wo er die Panther einrechnete, fing er leicht an, mit seinen drei Beinen auf dem Boden zu klackern. Den anderen Androiden fiel das auf. Knapp 20 hingen gerade über ihm in der Luft, und immer wieder gingen irgendwelche Maschinen an ihm vorbei. Das Licht schimmerte matt grün. Die Augen funkelten unheimlich rot. Die anderen konnten erahnen, dass dort etwas nicht so lief, wie es sollte. Jetzt bekam Penta VI die neusten Zahlen der Händler. Das war gut. Flugs machte er sich auf und kletterte schnell wieder zu seiner Anzeigentafel. Ohne große Mühen stieg der Gewinn auf 54,6.

Und in dem Moment kam auch die Bestätigung, dass das Labor für Humanexperimente vollständig eingerichtet war. Die Produktionsandroiden, waren die besten, die Nr. 1 hatte. Sie durften nur selten hergestellt werden. Doch Penta VI hatte die Kosten gerne für sie übernommen und sie auch in seine Statistiken eingebaut. Jetzt konnten die ersten Menschen in die Labore gebracht werden…. die Experimente konnten beginnen.

„Pssssst. Sag nichts. Hier ist dein kleines bisschen Sicherheit", versuchte eine krächzende Stimme zu flüstern. Aber es klappte nicht so gut. Der alte Schmetterling war darin nicht geübt, und warum auch immer, dieser Planet zerrte an seinen Kräften. An seiner Lebensenergie. Das wusste er ganz genau. Trotzdem musste er hier sein. Die anderen Schmetterlinge waren dazu nicht in der Lage. Natalia öffnete blinzelnd die Augen. Die Gruppe schlief in der ehemaligen Funkstation. Alle hatten sich ein Plätzchen auf dem Boden gesucht. Nur die leisen Schritte der Wachposten waren in dem Stollen zu hören. Aber sie bekamen nicht mit, dass hier jemand Fremdes war.

„Wer liegt denn da auf dem Tisch?", wollte Wansul wissen, dessen alte Augen nicht erkennen konnten, dass da ein junges Mädchen von der Erde lag.

„Das ist eine Verletzte. Ich kenne ihren Namen nicht. Aber sie sagen, es steht nicht gut um sie." Das Licht fiel schwach auf die Patientin, die mitten auf einem Tisch lag. Aber das war jetzt nicht wichtig. Wichtig war, dass er sie hier heimlich führte. Doch Wansul merkte schon, dass das wohl so nicht klappen würde, wie er und Sebastian sich das vorgestellt hatten.

„Warum versteckt ihr euch eigentlich hier in dem Berg? Und wo sind die anderen?", wollte der alte Schmetterling wissen, der noch keine Ahnung von der Tragödie hatte, die sich hier abspielte.

„Weil der Planet von Monster-Kannnibalen überfallen wurde." Zum Glück konnte sie wegen der Dunkelheit nicht genau die Reaktion des Schmetterlings sehen….er war kreidebleich geworden. Warum hatte Sismael ihm nichts davon erzählt? Er war schließlich seit Tausenden Jahren einer der wenigen Freunde, die er hatte. Wahrscheinlich waren sie noch nicht zu seiner Höhle gelangt. Und die Schwerterproduktion konnte im Moment auch langsamer gehen. Nur noch ein paar Stück die Woche. Es waren fast alle neu geboren worden. Das Erwachen hatte generell ein Ende… sie waren alle da. Und wenn die Crox nur am Wochenende arbeiteten - so hatte er das Völkchen zumindest vor Tausenden Jahren kennen gelernt - dann würde es eigentlich niemandem auffallen, dass von hier aus nichts nachkam. Dasselbe galt auch fast für die Schiffsproduktion. Sie arbeiteten zwar im Akkord, aber mehr als ein paar Schiffe pro Woche kam da nicht bei raus. Und wenn jetzt mal drei, vier oder fünf nicht geliefert wurden, dann fiel das im Universum nicht sonderlich auf. Was er auf jeden Fall mal machen wollte, war den anderen Bescheid zu sagen… machen musste, korrigierte er sich selber…wenn er das nicht vergaß. Da kannte er sich selber recht gut, und die Gefahr bestand halt.

Aber jetzt wollte er erstmal dieses Mädchen hier herausführen. „Du bist der Schmetterling aus meinen Träumen?" „Ich denke schon. Weißt du, das kann nur ich. Ich meine, in Träume steigen. Aber wer weiß schon, was du alles so träumst. Vielleicht hattest du ja einen richtigen Traum mit einem richtigen Traumschmetterling, dann war das natürlich nicht ich. Aber wenn du den Traum meinst, in dem ich war, dann bin ich der Schmetterling aus deinen Träumen. Ja, das ist eine gute Möglichkeit. Wahrscheinlich bin ich der Schmetterling aus deinen Träumen. Aber sicher kann man sich da nie sein. Ziemlich viel los in euren Träumen. Aber die Sicherheit, nach der du suchst, das bin ich. Ich bin dein kleines bisschen Sicherheit, in einer Zeit, in der nichts sicher scheint." „Dann hat Gott meine Gebete erhört. Ich bin ihm doch nicht egal." Wansul musste schlucken. Er und Religion, das waren zwei unterschiedliche paar Schuhe, wie sie unterschiedlicher nicht sein konnten.

Vorsichtig schaute er sich um, aber die anderen schliefen. Niemand würde ihn sehen können, hoffte Wansul. Außerdem war er ja klein. Da war das schon schwieriger ihn hier zu entdecken, sagte er sich zumindest selber. Selbstberuhigung. Er wollte gerade noch einen Satz sagen, da tönte eine Stimme.

„Mit wem unterhältst du dich da?", wollte Hubba wissen, der gerade am Eingang vorbeikam. „Nichts. Mit niemanden. Nur so mit mir. Dann kann ich besser denken." „Ah, O.K.. Aber mach leiser! Die anderen brauchen morgen ihre Kräfte, die sie aus einem starken Schlaf gewinnen", flüsterte er jetzt und ging einfach weiter.

„Du bist nicht von Gott gesandt?" Wansul war ein wenig nervös dabei. Ihm war die Frage schon mal früher gestellt worden, als er das verneinte, hatte sich die Frau in eine Schlucht gestürzt. Warum musste immer er in solche Situationen gebracht werden?
Aber Wansul konnte auch nicht lügen.

„Dein Gott ist da und hört dir zu. Da bin ich mir sicher. Vielleicht mischt er ja bei der ganzen Sache auch mit. Da solltest du vielleicht lieber einen Priester fragen. Aber wir haben unsere Aufgabe und die ziehen wir durch. Und du wolltest doch Sicherheit." „Dann hat Gott euch geführt. Das würde bedeuten, ich kann Buße tun und erlange Vergebung, wenn ich mit euch arbeite. Da gibt es keinen Zweifel dran. Das ist meine letzte Chance, mich vor der Hölle zu retten. Er hätte mich auch schon längst verdammen können, aber er es gütig, ein Gott der Barmherzigkeit und gibt mir mit euch noch einmal diese Möglichkeit. Jeder darf auf seinem Weg umkehren und mit ihm gehen. Dann war er auch in meinem dunklen Lebensabschnitt da. Das steht jetzt fest. Ich danke dir, dass du hier bist. Jetzt kann alles nur noch besser werden. Tiefer als unten gibts nicht…und danach geht es nur nach oben."

„Äähmm. Ja, ja. Genau. Allerdings weiß ich jetzt nicht mehr, warum ich hier bin. Warte…gleich hab ichs….äh….Moment….ja, ach nein, das war es nicht….warum musst du denn auch so was Schweres sagen, bei dem ich immer anfange, drüber nachzudenken……ja, jetzt, nein, auch nicht…..dein Name war doch Jürgen, oder?....nein….auch nicht…sowas wirft mich immer aus der Bahn…..mental, mein ich…. Hmmm…", grübelte er weiter. Natalia fand das irgendwie süß und griff nach ihm mit ihrer Hand. „Wow", war die sanft, dachte Wansul nur, als sie ihn packte. Jens Hände waren viel rauer und meistens schlug er nach ihm. Ach das stimmte gar nicht. DER hatte noch nie nach ihm geschlagen. Ach ja, jetzt fiel es ihm wieder ein: Jens war sein Ritter. Ein bisschen blöde vielleicht, aber unter Kumpels durfte man das denken. Zwar nicht sagen, und so lange er das nur dachte, so lange sagte er das ja nicht. Da war er sich sicher.

„Ich bin Natalia", sagte sie und gab ihm einen Kuss auf die Nase. Als er darauf nichts sagte, merkte sie schon, dass er ein wenig schlaffer in ihrer Hand geworden war, und führte ihn ein wenig zu dem Licht, das aus der Dachöffnung hereinströmte. Jetzt sah sie auch, warum er nicht antwortete. Er hing leblos da – ohnmächtig. Sie stupste ihn mit ihrem schlanken Zeigefinger an. Schnell schüttelte Wansul den Kopf. Orientierungslos. Dann hatte es den Anschein, dass sein Köpfchen gerade einen Restart hatte, ein Geistesblitz nach einer Sekundenamnesie, er aber genau wusste, wer er war, wo er war, und viel wichtiger, warum er hier war.

„Was war denn das? Ich hab keine Ahnung, was gerade passiert ist", flüsterte er weiter und gab sich selbst die Antwort. „Dieser Planet ist für uns Schmetterlinge nicht ganz so gut. Da sind wir alle etwas schwach auf den Flügeln. Deswegen müssen wir uns jetzt auch was sputen. Du musst hier weg, mit ihnen oder ohne sie, das ist egal. Ohne sie wäre besser. Du kennst den Plan?"

„Ja, natürlich kenne ich den Plan. Ich weiß auch, was ich machen soll. Schmoon Lawa hat mir Bescheid gegeben. Wir werden das Universum durch eine schlimme Tat zu einem besseren Ort machen." Was sie aber nicht sagte, war das Wissen, dass sie am Ende ihrer Mission den Tod finden würde. Aber nur den physischen. Das war ihre Art, Vergebung zu erlangen.

„Ich kann nicht länger hier bleiben. Dieser Planet ist zu stark. Dann geh jetzt denselben Weg wieder zurück. Dort wirst du erwartet", forderte Wansul sie auf und es machte den Eindruck, als ob er das schon von weit weg sagte. Seine Stimme war kaum noch zu hören. Das „hoffe ich", auf jeden Fall nicht mehr. Leise stand sie auf. Sie wusste jetzt, was sie machen wollte. Dann schlich sie sich zu dem nächsten Crox-Krieger. Sie hatte seinen Namen vergessen oder ihn noch nie gehört, aber das war jetzt auch egal. Er schlief tief und fest. Vorsichtig griff sie in Höhe seiner Taille. Mit einer Hand tastete sie ihn ab und da war auch schon das, was sie suchte: die Dose mit den Pfeilen. Der Crox zuckte ein wenig mit den Mundwinkeln, schlief aber weiter, als sie ihm die Pfeildose abnahm. Dann drehte sie sich wieder zu dem leichten Lichtschimmer, der aus der Deckenöffnung hereinfiel und schraubte sie auf. Gut konnte sie die Farbmarkierung erkennen. Sie griff sich eines ohne Bändchen. Das war nur zum Betäuben. Falls sie es einsetzen musste, dann wollte sie keinen Crox töten. Sie waren schließlich ihre Freunde. Aber sie musste ja weg, da konnte sie keine Rücksicht nehmen, falls sie einer daran hindern wollte. Sie schaute auf eine der Äxte, die die Krieger für die Nacht griffbereit hingelegt hatten. Sie konnte sie nicht gebrauchen. Wenn sie auf eines der Monster treffen würde, dann konnte sie mit einer Axt auch nichts mehr ausrichten. Dann war sie verloren. Da war sie sich sicher.

Also nahm sie das Döschen in die eine Hand und den Pfeil stichbereit in die andere. Sie sah noch den Wasserschlauch auf dem Boden liegen, entschied sich aber dagegen. Wenn sie nicht weit von hier erwartet wurde, dann brauchte sie das nicht. Sie schlich sich auf Zehenspitzen in den Stollen hinaus. Es war stockdunkel. Licht konnte sie ja schlecht machen. Links und rechts war keine der beiden Crox-Wachen zu sehen oder zu hören. Sie hatte gerade die ersten 20 Meter hinter sich gelassen, da hörte sie stampfende Schritte. Und irgendwie dachte sie, dass Wachen eigentlich besonders vorsichtig sein müssten.

Da hatten die Crox wohl ein anderes Verständnis von leise. Aber egal. Sie hüpfte an die Wand und drückte ihren Körper dagegen, in der Hoffnung, einer von den beiden würde einfach an ihr vorbeigehen. Aber kaum war der Wächter nur noch zwei Meter von ihr entfernt, da erkannte sie auch die Stimme.

„Was drückst du dich denn an die Wand?", wollte Finkward wissen. Mist. Oh Mann. Er kam einfach auf sie zu und stellte sich unbekümmert neben sie. „Wolltest du mich bei meiner Wache ablösen?"

Was sollte sie jetzt sagen? Und warum hatte er sie denn gesehen? „Oder wolltest du mich nur testen? Hat Hubba dir das gesagt? Ha, lass nur gut sein. Der denkt bestimmt, dass ich mich einfach einen Stollen weiter auf den Boden setze und meine Wache verpenne. So ein Blödmann. Ich mein, hab ich auch gemacht, bin gerade erst aufgestanden, aber das brauchst du ihm ja nicht sagen. Wir halten doch zusammen, oder?" „Ähhm. Ja. Genau." „Aber für einen Wachwechsel bist du zu früh. Ich bin jetzt wieder frisch und werde das noch eine Weile schaffen. Komm in ein paar Stunden wieder. Ist das in Ordnung für dich?" „Ähh. Ja. O.K.. Das geht klar." „Na, dann ist ja alles bestens. Ich mach mich dann mal wieder. Und steh nicht so lange an der kalten Wand. Dann fängst du dir nachher noch was. Du hast ja nicht so einen dicken Pelz wie wir…", flüsterte Finkward weiter. „…und nicht solche Fettschichten um die Hüfte", versuchte er einen Scherz zu machen. Denn das wusste Natalia selber. Sie selber war in ihrem Leben noch nie dick gewesen. Ihre Figur war 1 a. Allerdings war sie jetzt doch eher etwas abgemagert. Finkward drehte sich um, machte sich gerade wieder genau in die Richtung auf, in die sie eigentlich auch wollte….da sprang sie nach vorne und rammte ihm den kleinen Pfeil in den Hals! Als er das spürte, versuchte, er sich noch umzudrehen und sah im Fall ihr Gesicht. Seine Augen sahen noch die Hilflosigkeit, aber sie wusste nicht sich anders zu helfen. „Entschuldigung", versuchte sie ihm mit ihren jammernden Augen stumm mitzuteilen. Sie packte ihn so gut es ging, damit er nicht hart auf den Boden platschte, und half ihm besinnungslos auf den Boden zu gleiten. Dann rannte sie los. Genau denselben Weg hinunter. Als sie das Wasser an ihren Füßen spürte, wusste sie, dass sie, erstens, richtig war, und zweitens, dass sie ihm jetzt nur noch folgen musste.

Doch wieder kam sie nicht weit. Denn vor ihr konnte sie ein Krauchen, Stöhnen und Gekrächze hören, das sich auf sie zu bewegte. Wegen der Dunkelheit konnte sie nichts erkennen, aber sie war sich sicher, dass es sich dabei nur um die Monster-Kannibalen handeln konnte. Und was sollte sie jetzt machen? Sie hatte zwei Probleme: Sie wollte die Gruppe warnen, aber gleichzeitig auch da hinunter. Hinunter ging aber nicht. Noch während sie an ein und derselben Stelle verharrte, das Wasser knöchelhoch an ihren Füßen entlang lief, und weiter den Geräuschen lauschte, traf sie ein Entscheidung: sie würde wieder hoch gehen und die Crox warnen. Die Sache mit Finkward würde man schon irgendwie erklären können. Aber dazu später.

Langsam ging sie rückwärts den Berg wieder rauf. Den Blick immer noch nach unten gerichtet. Jetzt spürte sie auch die Pflastersteine, die unter dem kleinen Bach waren. Das hatte sie vorher gar nicht interessiert. Die hatte sie auf dem Hinweg nicht wahrgenommen. War sie überhaupt in dem richtigen Gang?

Da tauchten auf einmal klackernde Geräusche auf. Wie die von hohen Absätzen auf einem frisch polierten Festparkett. Sie vermischten sich mit der grunzenden Hintergrundkulisse. Dann machte es den Eindruck, dass da leicht rote Augen in der Dunkelheit aufglühten. War das eine Sinnestäuschung? Entströmten dem Berg vielleicht Gase, die ihren Verstand benebelten? Möglich war das ja. Das kannte sie von ihrer Heimat. Düsseldorf war ja nicht weit weg vom Bergbau. Und dann kam ein Aufschrei!!! Mark erzitternd und absolut böse. Und wieder einer!! Dann das widerliche Geräusch von zerfetzendem Fleisch, von brechenden Knochen, die garantiert keinen glatten Bruch hatten, eher von herausreißenden Gliedmaßen.

Da unten wurde gekämpft!! Das war unverkennbar. Ihr Kopf befahl ihren Beinen, dass sie jetzt nach hinten laufen sollte. Bloß weg. Aber sie gehorchten nicht!! Das war ihre letzte Chance. Wenn die Parteien da noch kämpften, dann würde sie sich in dem Moment nicht für sie interessieren. …danach aber wieder. Wieder und wieder schrieen Lebewesen auf, um dann zu verstummen. Und da waren auch Geräusche, die an eine Heckenschere erinnerten. Da unten wurde ein Schlachtfest veranstaltet!!! Das stand fest. Und dann….völlige Ruhe.

Bis das Klackern, was neu hinzugekommen war, wieder auftauchte, und sich ihr zu nähern schien.

Jetzt schimmerten rote Augen vor ihr glühend auf. „N..a..t..a..l..i..a?", gluckste eine Stimme.

Seid ihr denn komplett wahnsinnig", stauchte Sarah O'Boile Uwe und Lars zusammen. Wie zwei Schuljungen standen die beiden vor der Ritterin der blauen Rose und bekamen einen ordentlichen Einlauf verpasst.

„Aber…aber…wir konnten nichts dafür. Also… DAS… war garantiert nicht unsere Idee", versuchte Uwe, beide zu verteidigen. Aber wie bei einer echten Lehrerin interessierte sie das WARUM eigentlich gar nicht. Nur, dass die beiden so einen gefährlichen Wahnsinn zugelassen hatten. Im Gegensatz zu den beiden Männern waren auch FeeFee und Re in dem Raum, standen aber aufrecht als königliche Lan-Dan da. Die Köpfe leicht nach oben geneigt, mussten sie sich nicht verteidigen. Sie waren frei und konnten machen, was sie wollten…und wo sie wollten.

Bei den beiden Männern war das anscheinend anders. Sie waren dieser aufgebrachten Frau hörig. Mittlerweile hatten sie generell das Gefühl, dass die Männer dieses Planeten leicht unterwürfig waren. Und dabei gingen die Frauen gar nicht mal so subtil vor. In der Öffentlichkeit spielten sie gleichberechtigte Beziehungen vor, aber sobald die Männer dann hinter verschlossenen Türen waren, dann ging es los. Oder vielleicht war das nur bei diesen beiden Exemplaren der Fall. Aber auch die beiden waren schlau und reagierten auf die Befehle ihrer Regentinnen und legten diese frei aus. Die Interpretation einer Anordnung war wohl das eigentliche Spiel, das Mann und

Frau auf der Erde führten... so viel hatten sie schon mitbekommen. Denn hinter den Rittern standen auch die beiden Ehe-Weibchen der Männer. Aber ihr Zorn hatte sich wohl gestern Abend schon entladen – hinter verschlossener Tür. Sie machten noch ein ernstes Gesicht, aber nicht mehr so vor Zorn schäumend wie Sarah. Jens war nicht dabei. Er hatte lieber das Weite gesucht, wollte damit gar nicht erst in Verbindung gebracht werden.

„Was habt ihr euch eigentlich dabei gedacht? He? Kann mir das einer von euch beiden Mal erklären?" Lars öffnete den Mund, hatte das erste Wort schon auf den Lippen, kam aber nicht dazu.

„Ihr seid mit Kindern unterwegs! Habt ihr darüber schon einmal nachgedacht. Eines müsst ihr wissen: Die anderen sind zwar dafür, dass ihr diese kleinen Missionen durchzieht, wir wissen auch, dass wir das eigentlich gar nicht verhindern können, aber wenn zwei erwachsene Männer losziehen, dann sollte man doch schon ein wenig mehr Verantwortungsbewusstsein erwarten können! Meint ihr das nicht auch?" „Ja...ja...also wir...", versuchte es Uwe erneut, kam aber nicht weit. Denn Sarah war garantiert noch nicht am Ende. „In dem Moment, als der Angriff auf diese Station begann, hättet ihr sofort schalten müssen, und die Gruppe in Sicherheit bringen sollen." Sarah ging dabei mit knallrotem Kopf auf und ab. Sie schaute die beiden auch schon gar nicht mehr an. Es hatte fast den Anschein, dass sie eher mit sich selbst, als mit den Angeklagten sprach.

„Aber nein, die Herren wollten ja noch gemütlich die schön funkelnden Lichter der Explosionen sehen. Hat`s Spaß gemacht?" Oja und wie. Uwe verdrehte schwärmend die Augen, musste sofort an die mächtigen Explosionen denken, und vergaß dabei ganz, dass er unter Anklage stand.

„Die waren echt toll! Das hättest du sehen müssen."

Sarah blieb stehen und schaute ihn ungläubig an. War der doof? Lars murmelte nur ein „Hmmm. Idiot. So kommen wir hier nie weg." „Tschuldigung" flüsterte sein Freund jetzt. „Aber war doch so, oder?" „Hihi. Ja. Cool war's schon." Sarah kreischte auf, griff sich in die Haare, zeigte auf die beiden Frauen von Uwe und Lars, dann noch kurz auf die Lan-Dan und verließ schnellen Schrittes den Raum. Würde sie hier noch weitermachen, würde wahrscheinlich ein Unheil passieren.

Kaum hatte sie den nächsten Gang erreicht, da tauchte ein verstörter Professor auf.

„Zwei Dinge. Mylady. Wenn ihr mögt?" Sarah blieb stehen, drehte sich zur Wand, stützte sich theatralisch ab und schnaubte einmal durch.

„Stress?", wollte Professor Kuhte wissen, der hier ruhigen Gewissens sein konnte. Er hatte noch einmal Rambo für die Bewachung seines Schatzes rekrutiert, ihn aber vor eine abgeschlossen Türe gestellt. Jetzt flog er davor herum und sagte andauernd. „Siehst, du kommst hier nicht rein!" Kuhte wollte, dass der Schmetterling abschreckte und dadurch erst gar niemand auf die Idee kam, die Türe zu öffnen. Schockieren war angesagt. Und das konnte Rambo zumindest lauthals. Sarah drehte sich um.

„Kann man so sagen." Der Professor nickte verständnisvoll und weise.

„Können wir an einen ruhigeren Ort gehen? Vielleicht aber direkt in die Bibliothek. Da ist etwas, das muss ich ihnen unbedingt zeigen." Sarah überlegte kurz. Ein kleiner Spaziergang war jetzt genau das Richtige. „Zur Bibliothek", sagte sie und zeigte in die entgegengesetzte Richtung, in die der Professor gehen wollte. Schnell drehte er sich um und folgte ihr. Ach ja, stimmte.

„Was gibt es denn so Wichtiges, dass ihr euren Palast der Erfüllung verlassen habt?", fragte Sarah. Gleichzeitig schoss ihr der Gedanke durch den Kopf, dass die Tatsache, der Professor hatte sie bereits gefunden, eigentlich schon eine Leistung war. Aber das konnte sie ihm ja nicht sagen, sonst würde sie ihn durcheinander bringen. Und wenn er wirklich etwas Wichtiges gefunden hatte, dann war es besser, er wäre darauf konzentriert, als das in ihm ein Stolz aufkam, weil er sich endlich hier unten orientieren konnte, der ihn verwirrte.

Sarah wusste nicht, dass Kuhte bereits gestern losgegangen war. Kurz nachdem er Rambo gefunden hatte, der gerade ziemlich aufgekratzt etwas von „mächtiger Zerstörung" faselte. Aber das war ihm egal. Hauptsache, der Schmetterling bewachte jetzt seine Türe. „Das sollte ich euch vielleicht wirklich erst alleine erzählen." „Lasst mich raten: das hat irgendwas mit einem eurer Bücher zu tun?" Woher wusste sie das? Ach ja… sie konnte Gedanken lesen. Wenn er das richtig in Erinnerung hatte. Beide stiegen in einen Launch und gaben Arktis ein. Schon schoss das Transportmittel los… und sie stiegen bereits wieder aus.

Hier ist ja der Lärm eines Jahrmarktes, dachte sich Sarah, als sie auf den Gang stieg. Da liefen Tiere, Menschen und andere Lebewesen herum. Schmetterlinge flogen hier und da, mischten alles ordentlich mal auf. Menschen saßen hier mit ihrem ganzen Hab und Gut. Die Quartiere waren voll. Es gab keinen Platz mehr für die anderen. So mussten sie auf die Gänge ausweichen. Das Weiß, mit dem jeder Gang hier unten gestrichen war, hatte auch schon mal bessere Tage gesehen. Der Boden war verschmutzt. In der Mitte war bereits ein schwarzer Streifen, der von Radspuren und Fußabdrücken nur so zeugte. Und auch die Düfte ließen sich hier schnell erklären. Denn mal abgesehen davon, dass hier unten wohl kaum einer täglich eine Dusche nehmen konnte, hatten die Menschen angefangen, sich kleine Elektro-Herdplatten auf die Gänge zu stellen. Einige machten sogar offenes Feuer und grillten hier unten. Und wenn sie den Gang hochschaute, dann nahm das gar kein Ende. Das musste kilometerlang so gehen. Hier drohte alles, sich in eine Müllhalde zu verwandeln. Ein unterirdischer Slum. Und wenn Sarah daran dachte, wie viel Energie das kostete, dann müssten ihre Generatoren ja vor Dauerbelastung nur so glühen. Denn sie waren so hergestellt worden, dass je größer die Anfrage war, sie auch mehr Strom produzierten. Eigentlich ging das unbegrenzt, wie sie dachte, aber wenn sie das hier im Gehen so sah, dann würden vielleicht auch die alten Rittergeneratoren an ihre Grenzen kommen. Würde jemand von oben das Areal scannen, dann würden diese Energiekomplexe wie Diamanten glitzern. Sie hielt sich im Hinterkopf, dass sie das hier unbedingt ändern musste. Sie wusste zwar noch nicht wie, aber es musste sein. Vielleicht würden ja auch Krankheiten ausbrechen. Wenn sie hier eine Seuche züchteten, dann Prost Mahlzeit. Professor Kuhte und Sarah schoben, drängten und stiegen über die Menschen, Tiere und Gegenstände hinweg, bis sie zum Eingang der Bibliothek kamen.

Rambo hatte alle Hände voll zu tun - was aber nur er so empfand. Denn eigentlich versuchten nur die Neuankömmlinge, in den Raum zu gelangen. Denn die, die hier schon länger waren, trauten sich das gar nicht mehr. Dafür war der Professor schon zu oft aus der Haut gefahren.

Als Kuhte und Sarah vor dem Wächter-Schmetterling ankamen, schaute der die beiden skeptisch an.

„Das Losungswort?", raunte Rambo. Kuhte verdrehte die Augen und Sarah konnte nur grinsen. Sie hatte Rambo immer nur nebenbei mitbekommen, fand ihn aber eher amüsant als nervig. „Penelopes Wünsche", sagte der Professor. Das stimmte, aber ob Rambo sich daran noch erinnern konnte, das war eine andere Frage.

Der musterte die beiden nämlich erst einmal mit verschränkten Armen ausführlich. Das dauerte Kuhte allerdings zu lange. Er zog eine Key-Karte aus der Innentasche seines Jacketts, zeigte sie ihm und machte sich daran, die Karte durch den Scanner zu ziehen. „Hey, hey, woher hast du den Schlüssel, Freundchen?", wollte der Schmetterling wissen. Da Kuhte aber schon genau geahnt hatte, dass es Probleme geben könnte, als das Schloss eingebaut worden war, da hatte er Key-Karten bestellt, die ein Bild mit drauf hatten. Die jungen Technik-Männer hatten sie extra in Minnesota anfertigen lassen. Was aber mit dem Launch nur eine Sache von ein paar Minuten war. Also keine großen Umstände.

Er zeigte dem Schmetterling die Karte, während das kleine rote Lämpchen erlosch und das grüne anging. Rambo nahm sich die

Karte genau vor die Augen. Schaute dann zu Kuhte hoch, und dann wieder auf das Bild. Das könnte der Mann sein, wie er befand. Obwohl er immer noch nicht überzeugt war, winkte er die beiden durch. „Na schön, Freundchen. Aber pass auf", sagte Rambo nahm seine rechte Hand, Zeige- und Mittelfinger, richtete sie auf seine Augen, und zeigte dann mit dem Zeigefinger grimmig auf ihn, so als wolle er sage „Vorsicht, ich hab die im Auge!!" Kuhte schüttelte nur den Kopf. Hier waren Hopfen und Malz verloren. Aber eins musste er sich eingestehen: diese Aufgabe machte Rambo wirklich gut.

Die Bibliothek, sah jedoch mittlerweile aus, als hätte hier eine Bombe eingeschlagen. Überall lagen aufgeschlagene Bücher herum, die ein arbeitswütiger Professor verstreut hatte. Dazu noch unzählige Papiere und kleine Notizzettelchen. Noch während sie die Treppe heruntergingen, sagte der Professor:

„Ich habe noch fünf weitere Karten für das Schloss anfertigen lassen." Dann erreichte er die untere Etage, schaute in seine Bücherregale, nickte, so als wolle er sich selber bestätigen, dass noch alles in Ordnung war, und zeigte auf einen Tisch. Der machte den Eindruck, als wäre er der einzige Platz im Raum, der noch unbenutzt war. Dort lagen zwar auch drei Bücher, aber daneben hatte jemand fünf Key-Karten fein säuberlich aufgereiht. Direkt auf dem ersten stand „Sarah O'Boile" mitsamt einem Foto von ihr. Jens, Jack, Ursula Nadel, Pharso und natürlich Schmoon Lawa, hier aber mit bürgerlichem Namen, Sebastian Feuerstiel. Sie konnten sich nur bewegen, indem sie wie Balletttänzer in die kleinen Löcher stapften, die hier noch waren, und mit großen Schritten über den Rest herüberstiegen. Sarah griff sich automatisch ihre Karte, während der Professor in den Regalen verschwand. Gerade wollte Sarah ihm hinterhergehen, sie steckte ihren neuen Schlüssel in die Hosentasche, da tauchte Sonja auf.

„Hier bist du also hin." „Ja", war das Einzige, was Sarah in dem Moment einfiel. Sonja war schließlich auch dabei gewesen, dort unten im Amazonas-Gebiet, und auch wenn sie nur eine Schmetterlingsfrau war, dann hätte sie wenigstens Einspruch erheben können. Und nach allem, was Sarah bis jetzt gehört hatte, war dies nicht geschehen. Sie konnte ihrer besten Freundin schon mal ihren Unmut zeigen. Auch wenn sie selber wusste, dass sie das genauso wenig lange aushalten konnte wie die Schmetterlingsfrau. Aber Sarah erkannte, dass Sonja ihre Lektion bereits gelernt hatte. Vielleicht war sie selber, Sarah, darüber eher ein wenig sauer, dass die Lan-Dan, die sie schließlich nicht kannten, hier einfach tun und machen konnten, was sie wollten. Vielleicht war das der Grund, und nicht der, dass sie die Kinder in Gefahr gebracht hatten. Aber das konnte sie im Nachhinein ja nicht mehr eingestehen. Das verstand sich von selbst. Jetzt musste sie auf diesem Kurs bleiben.

„Einen Moment noch, ich habe es gleich", sagte eine Stimme aus den Bücherregalen heraus. Professor Kuhte wühlte hörbar in irgendetwas rum. „Was hat er gleich?" „Keine Ahnung." Sonja schaute Sarah fragend an. Dann kam er mit stampfenden Schritten aus der Regalreihe. Unter seinem linken Arm hatte er eine große, eingerollte Karte. „Die habe ich nur gefunden, weil Verweise in mehreren Büchern angelegt waren, die eigentlich vorher noch nicht da waren… wie Magie. Ach, egal. Jeder Autor bezog sich in einem Satz, stellt euch vor, ein Satz in Tausend Seiten, den muss man erstmal finden, auf diese Karte, die angelegt sein sollte. Und dann im vierten Buch, ich hatte schon Angst, dass es das gar nicht mehr gibt, war dann der Hinweis, wo sich diese Karte befand. Und stellt euch mal vor, die Banausen hatten sie gefaltet. Gefaltet! Das müsst ihr erstmal begreifen. Diese Karte war gefaltet und dann hinten in Gregors große Gräueltaten eingeheftet", schimpfte der Professor und rollte sie auf dem Boden aus, nachdem er mit seinem Fuß die dutzenden Notizzettel beiseite fegte, die hier überall rumlagen.

„Das ist ein Buch, indem die Karte überhaupt keinen Sinn macht, nach unseren heutigen Vorstellungen von Sinn und Logik! Wahrscheinlich war das damals auch schon anders. Aber egal. Heute ist heute." Sarah und Sonja konnten genau erkennen, was der Professor meinte. Überall waren die Knicke und Abdrücke sichtbar und beeinflussten ein wenig die Qualität des Dokuments. Aber was sie hier sehen konnten…war schon ein Wunder! Beide staunten nicht schlecht, als sie sahen, was der Zeichner hier angefertigt hatte. „Und das ist nur die von Deutschland. Na ja, so ungefähr. Sie reicht hier bis zum Atlantik und hier bis zu den Alpen. Hier von Norwegen bis hier nach Polen. So ungefähr. Aber diese Grenzen gab es damals ja noch gar nicht."

Was Sarah und Sonja hier zu Gesicht bekamen, war die perfekte Aufzeichnung aller Tunnel, Gänge, Quartiere, Generatorenhallen, Flughangars und aller Geschütze. Alles, was jemals erbaut worden war. Aber Neues fanden sie beide nicht darauf.

„Das ist schön. Aber wie kann uns das helfen?", wollte Sarah wissen, deren Begeisterung gerade schon im Begriff war zu verfliegen. „Ja, seht ihr das denn nicht?" „Was denn?" „Hier sind zwei Sachen, die wir gebrauchen können." Entweder bin ich blind, oder Kuhte dreht durch.

„Als erstes schaut euch mal unten die Legende an. Was sind da für Erklärungen?" Sonja übernahm jetzt den Part. Das war so was wie ein Quiz. Das wollte sie immer schon mal machen. „Da sind Zeichen für Türme und Symbole für Flughangars." „Ja, genau und was siehst du da noch?" Hmmm. „Kleine Blitze! Aber das ist doch nichts Besonderes. Wir wissen doch, wo die Generatoren stehen." „Bist du dir da sicher?" Jetzt merkte Sonja, aber auch Sarah, dass da was nicht stimmte. Sonja hatte schon Recht, dass diese Zeichen allem Anschein nach für die Generatorenhallen standen. Aber da war was, das passte nicht zusammen. Sarah kannte die Halle unter Paris. Aber da, wo Paris war, und die Halle stand, ach Moment, da war auch ein Blitz… der zeigte nach unten. Das war doch korrekt. Sarah schaute wieder dahin, wo der Professor immer noch mit dem Finger drauf tippte. Jetzt sah es auch Sonja. „Der Blitz zeigt nach oben", freute sich Sonja, die wusste, dass sie das Richtige gesagt hatte.

„Bingobongo", witzelte Kuhte mit einem Spruch, den er damals in seiner eigenen Studentenzeit „erfunden" hatte.

„Und was hat das zu bedeuten?" „Tja, die Damen, das weiß ich auch nicht. Und unten steht keine Erklärung bei. So, als wäre es selbstverständlich für den Schreiber dieser Zeit. Aber nicht für die Nachkommen. Das Einfachste wäre, wir würden mal zu einem hingehen und nachschauen." Jetzt war die Neugier geweckt. Was hatten die „alten" Ritter ihnen denn da noch überlassen? Und ein Blitz, eher ein Pfeil, der nach oben zeigte, stand für zweierlei: Einmal für etwas Positives und zum zweiten: für etwas mit Energie. Hoffentlich.

„Und da ist noch etwas, das für mich sichtbar ist, aber für euch wahrscheinlich nicht", prahlte Kuhte. Sonja und Sarah schauten sich an. Keine Ahnung, was er meinte. Der Professor tippte auf den Rhein. Den Rhein vor Meerbusch. Er war gut eingezeichnet. Unter dem Flussbett liefen genau ein paar Gänge entlang. Aber sonst war da nichts. Kein Blitz oder kein Zeichen für ein Geschütz.

„Wir müssten nur bereit sein, ein Opfer zu bringen…"

Sonja und Sarah schauten sich fragend an. He??

Ben Enterprise, haben wir euch überzeugen können?", wollte der Androide wissen.
„Ja", war die einzige Antwort.

Sebastian Feuerstiel wusste nicht genau, ob es das Richtige war, aber zumindest war es die einzige Möglichkeit, die sie sahen, in den innersten Zirkel des Vorsitzenden der Union, Claudius Brutus Drachus, einzudringen. Und bei dem, was sie jetzt schon alles auf die Beine gestellt hatten war Fortuna auf ihrer Seite. Denn bis hierher zu kommen, bedurfte es schon mehr glückliche Zufälle, als die Wahrscheinlichkeit Ziffern zählte im Lotto sechs Richtige plus Zusatzzahl zu erlangen. Aber wie sagte doch ein guter alter Freund immer? Es gibt keine Zufälle!

Und wenn er genauer darüber nachdachte, dann konnte man sich schon fragen, was Wansul denn sonst noch so alles eingefädelt hatte. Er war es nämlich gewesen, der Natalia entdeckt hatte. Es war seine Idee mit Universal Search in Kontakt zu treten und diese dann zu einer Kooperation mit Cuberatio zu bringen. Alleine das war schon ein Ding der Unmöglichkeit. Aber nicht unmöglich genug, denn Wansul der Weise hatte es irgendwie hingekriegt.

Aber, und das musste er ja auch mal sagen, er war dabei auch vollkommen skrupellos. Denn er nahm es leicht in Kauf, dass Natalia dabei ihr Leben verlor. Wansul benutzte seine Umwelt, um seine Aufgabe, die Rettung des Universums, zum Erfolg zu führen. Jetzt stand Ben Enterprise dort vor einer Gruppe von Androiden. „Wenn ihr einverstanden seid, dann würden wir jetzt gerne im Plan weitermachen." Sebastian nickte den Androiden zu. Der rote Gang mit den roten Türen lag jetzt hinter ihnen und sie gingen wieder weiter in das Schiff hinein. Das Klackern war nur schwer zu ertragen, aber Sebastian sagte sich, dass er das ja nicht lange machen musste. Die Linie, die den Bereich der Huren von dem Rest des Schiffes trennte, war fließend und nicht gerade. Es machte fast den Eindruck, dass Böses mit Verwerflichkeit Hand in Hand ging, besser sogar, verwachsen war.

Die Anstößigkeit der Prostitution mit dem Extrem der biomaschinellen Intelligenz.

Sismael auf seinem Rücken gierte es danach, das gesamte Schiff zu vernichten. Er konnte ihn spüren, und irgendwo in Sebastians Innerem war dort eine Sehnsucht, die ebenfalls danach verlangte. Doch er rührte das Feuerschwert nicht an. Noch nicht, beruhigte er sich selber. In ihm schlummerte dieses Verlangen, sein Schwert zu ziehen und die Androiden niederzumetzeln. Aber das konnte er ja auch noch später machen. Denn eines war Sebastian an Bord dieses Schiffes klar geworden: sie würden niemals Freunde werden, geschweige denn wirkliche Verbündete. Die Androiden strahlten nichts aus. Nichts, das auch nur einen sozialen Funken erzeugte. So sehr sie sich um ein menschliches Aussehen vom Gesicht her bemüht hatten, so wenig kamen sie an die Menschlichkeit heran - und mangelhaft waren sie noch dazu. Auch bei dem Androiden, der gerade neben ihm tippelte, klappten bereits wieder ein paar Hautlappen zur Seite. Sebastian wusste gar nicht mehr genau, wann er das letzte Mal etwas gegessen hatte, aber hier auf dem Schiff hatte er beim besten Willen auch keinen Appetit.

Doch das komische Gefühl, das ihn jetzt zu überfallen schien, als eine Gruppe von Transportrobotern ihren Weg kreuzte, kannte er bereits. Er hatte es schon einmal verspürt…und das würde er nie in seinem Leben vergessen.

Es war auf Tranctania, dem Planet der Crox.

Und jetzt konnte er auch sehen, warum ihn dieses Gefühl überkam: direkt vor ihm war wieder ein Loch im Boden. Von dort glühte die Schwäche eindeutig lodernd empor... Sie hatten es gerade umgehen wollen, da tauchten als erstes die dunkelroten Augen aus der Finsternis auf. Dann, als sie in das gedimmte Licht des Raumschiffes gelangten, das extra wegen ihm angemacht worden war, konnte er auch den humanoiden Kopf erkennen. Sie sahen sich fast alle ähnlich. Aber diese Transportroboter hatten gleich zweimal sechs Beine, so konnte man das nennen. Denn während die unteren Paare für die Fortbewegung sorgten, waren die nach oben krallenförmig gerichteten, umklammernd dafür verantwortlich, dass die Last, die sie transportierten, nicht herunterfiel. Sie waren auf einem länglichen Hinterteil angebracht, dass an eine Hornisse erinnerte. Der Oberkörper mit dem Kopf war vorne. Sie krabbelten schnell aus dem Loch vor ihnen aus der Schwärze und gingen an ihnen schnell tippelnd vorbei, so als gäbe es sie nicht.

Aber das, was sie beförderten, brachte Sebastian ins Schwitzen. Es waren Erze von dem Planeten der Crox...und wie sie es auch schon unten getan hatten, schwächte ihre Präsenz Sebastian sofort. „Uuuf", entfuhr es ihm. Er konnte förmlich spüren, wie die Kraft seinen Körper verließ. Seine Begleitgruppe blieb stehen und der Anführer drehte sich ihm zu.

„Ist alles in Ordnung mit euch, Ben Enterprise?"

Um den widerlichen Kreaturen keine Schwäche zu zeigen, sagte Sebastian sofort.

„Nein, nein. Alles in bester Ordnung. Das haben wir Menschen nur manches Mal."

Mit dieser Antwort konnte der Androide leben. Er transportierte hier einen käuflichen Harem, voll mit Weibchen, und da hatten sie über die Biologie der Menschen gelernt. Die Frauen hatten das auch für ein paar Tage einmal im Monat. Sie gaben Ben Enterprise ein wenig Zeit... damit er sich fangen konnte.

Die Transportroboter-Kolonne war immer noch nicht an ihnen vollständig vorbeigezogen. Immer noch strömte einer nach dem anderen aus dem Loch und verschwand in einem der anderen Gänge. Während sie noch auf ihn warteten, erhielten die Androiden wieder ein neues Update von Nr. 1.

Eigentlich nichts Ungewöhnliches, sie erhielten mehrmals in der Minute solch eine Informationsflut, wäre darunter nicht eine Bild-Datei, die ein Händlerandroide auf dem Planeten Frew 23 angefertigt hatte. Sie war etwas ungenau und unscharf, aber das störte hier niemanden. Wenn Nr. 1 das genehmigt hatte, dann gab es zu der schlechten Qualität keine Alternative.

Sebastian stöhnte noch einmal auf, als der letzte Transporter an ihm vorbeiging. Mittlerweile war er auf den Knien. Er wusste, dass sich sein Körper an die Strahlung gewöhnen würde…wie damals.

Die Schmerzen würden vergehen, und er würde danach wieder ganz er selbst sein. Aber da könnte der Haken drin liegen: denn dann wäre er wirklich nur noch Sebastian Feuerstiel…und nicht mehr Schmoon Lawa, Samis, oberster Ritter des Rosenordens. Durch die Konzentration auf sich selbst, bemerkte Sebastian nicht, wie die Androiden ihn auf einmal mit ihren roten Augen musterten und scannten.

Die Datei, die sie erhalten hatten, forderte sie dazu auf.

Sie enthielt die schemenhafte Darstellung von Schmoon Lawa, dem Redner auf Sadasch. Dem Anführer, der dem ganzen Universum als Befreier vorgestellt worden war. Aber sie waren sich nicht sicher. Er könnte es sein - aber auch nicht. Dafür war das Bild, das sie bekommen hatten, zu ungenau. Die Erklärung war als Textdatei angehängt: Ritter konnten nicht fotografiert werden.

„Euer Name ist doch Ben Enterprise, oder?", fragte ihn auf einmal einer der Androiden. Der Anführer starrte ihn bewegungslos an. Immer noch scannte er seine Konturen und versuchte sie mit der Skizze abzugleichen. Aber mehr als eine Ähnlichkeit von 85 Prozent bekamen sie nicht hin. Sebastian, der über die Frage überrascht war, sagte selbstverständlich „Ja". Doch in ihm kamen Zweifel auf. Hatten sie seine Tarnung durchschaut? Und warum gerade jetzt? Hatten sie mitbekommen, dass es nicht sein menschlicher „schwacher" Körper war, der hier rumorte, sondern dass es die Erze waren, die sie gerade auf das Schiff luden?

Nein. Er hatte sich unmöglich verraten. Seine Tarnung stand noch. Da war er sich sicher. Es schien, dass den Anführer ein Ruck durchzuckte, als er meldete, dass es sich nicht um Schmoon Lawa, den mächtigsten Ritter des Rosenordens, handelte. Jetzt, da sich Ben Enterprise wieder gefangen zu haben schien, konnten sie weitergehen, und ihn nach Plan auf ein anderes Schiff bringen. Sie waren nur hier, um ihm das Raumschiff zu zeigen, dass die Waffe an ihren Bestimmungsort bringen sollte. Ben Enterprise war nur hier, damit er sich von ihren Absichten und der Wahrheit überzeugen konnte. Er musste dies noch seinen eigenen Leuten melden und dann noch Universal Search bestätigen… dass Cuberatio seinen Teil des Vertrages einhielt.

Sie waren nicht mehr weit weg von dem nächsten Beamportal, da traf ein Kommuniqué eines eigentlich für ihre Mission unbedeutenden Projektleiterandroiden ein. Die Nachricht hatte allerdings eine mittlere Prioritätsstufe, mit der Nr. 1 Befehle legitimierte…sie kam von Penta VI.

Der Anführer sollte erst diesen Teil seiner eigenen Aufgabe abschließen, und dann auf die Nachricht eingehen.

Die beiden Frauen hatten schwarze, mit Löchern übersäte Röcke an. Sie waren barfuss, schmutzig. Beide hatten pechschwarzes Haar. Wer nicht wusste, dass sie nicht miteinander verwandt waren, konnte meinen, dass es Zwillinge waren.

Die beiden Peruanerinnen waren zusammen mit 20 anderen Männern und Frauen im besten Alter mitten auf dem Gelände eines ehemaligen Betonwerks in der Nähe von Moyobamba, nördlich von Lima und östlich, fast auf einer Linie, von Cartagena. Der größte Teil Perus bestand aus Regenwald. Nur geringe Flächen waren an der Küsten oder den Anden, dem Hochland. Die Gefangenen selber schwitzen kaum, obwohl der Ort auf ungefähr 860 Metern über dem Meeresspiegel lag und die Gegend durch ein subtropisches Klima geprägt war. Knapp 35 Grad Celsius. Der Urwald beherrschte bis auf die Eingriffe der Menschen alles…und bis auf die Eingriffe von Cuberatio.

Sie wurden in einem roten Energiequadrat gefangen gehalten, während sie zuschauen durften, wie die widerlichen Androiden diesen schwarzen Gebäudekomplex errichteten.

Als erstes hatten sie in die Mitte des Areals einen kleinen schwarzen Würfel, ein Genesis-Cube, gestellt. Irgendwie hatten sie ihn dann mit einer Berührung aktiviert. Die Gefangenen konnten förmlich sehen, wie das Leben in diesen Kubus eintrat: er fing an, grün zu pulsieren. Dann klappte er an allen Seiten auseinander und vergrößerte sich. Die Androiden stellten einen weiteren schwarzen Klotz daneben und schauten nach der Aktivierung zu, wie ebenfalls das Leben in ihn einkehrte. Dann kam ein weiterer hinzu. Sie standen auseinander wie in einem rechtwinkeligen Dreieck.

Alle vergrößerten sich und wuchsen. Und dann verschmolzen ihre Teile ineinander solange, bis am Ende das schwarze Gebäude entstanden war. Jetzt waren sie fertig und das Ding war nicht größer als 30 mal 30 Meter. Aber es stach aus der ebenen Umgebung einfach heraus. Die Stadt selber war zerstört worden. Alle Einwohner waren abtransportiert – außer ihnen. Die Androiden hatten keine extra Wachen abgestellt. Die Roboter fühlten sich sehr sicher. Aber was sie mit den Gefangenen vorhatten, dass hatten sie ihnen nicht verraten.

„Somos libres, seámoslo siempre", flüsterte die eine Frau der andere herüber. - Wir sind frei, wir werden es immer sein. Perus Wahlspruch.

„Si, si", bekräftigte die andere diese Worte. Sie sprachen sich Mut zu. Das schwarze Gebäude jagte ihnen Angst ein. Denn wenn auch im Hintergrund der warme Teppich des Grüns sich über den kleinen Hügel zog, so strahlte das Haus eine Kälte aus, die unter die Haut ging. Es war irgendwie komisch gebaut. Überall waren kleine Schlitze und Öffnungen, aber insgesamt wirkte es schon wie ein Haus, eher wie ein kunstfertiges Fabrikgebäude. Dazwischen schimmerte grünes Licht hindurch. Fenster hatte es keine. Die Gefangenen konnten nicht sagen, ob der grüne Schein künstlich war, oder ob die Farbe sogar von grünem Schleim erzeugt wurde. Und wäre da nicht das Schwarz gewesen, dann würde es fast mit den kräftigen Farben der Umgebung untergehen.

Auffällig war der Eingang. Das Einzige, was heraus stach.

Die Gefangenen schätzen die Zahl der Androiden auf nicht mehr als zehn Stück. Die Bauarbeiten waren abgeschlossen und wieder waren andere gekommen, die sich jetzt in dem Gebäude aufhielten. Sie hatten alle ein ungutes Gefühl. Während die anderen Einwohner verschleppt worden waren, Gott hab' sie selig, waren sie hier eingepfercht. Was hatten sie mit ihnen vor?

Generell machte es den Eindruck, dass sie diese abgelegene Region gewählt hatten, um irgendwas Geheimes zu machen. Doch dann kam einer der Androiden heraus und bewegte sich mit seinen ekeligen Beinen auf das Energie-Gatter zu. Alle rückten bis zur hinteren Ecke zusammen.

„Madre de Dios", fing eine andere junge Frau an zu beten. Zwei Männer stimmten mit ihr ein. Das widerliche Aussehen dieser Kreatur sorgte zwangsläufig für Angst.

„Haben wir gesündigt Vater? Ist das deine angekündigte Apokalypse. Sind das die Vorboten?", beteten die Peruaner gemeinsam. „Schmoon Lawa, wo bist du?", flehte eine der Frauen fragend in den Himmel. „Er wird kommen. Er wird kommen", schnellte es einem der Männer raus. Mit einem Zischen öffnete der Androide das Gatter auf einer Seite. „E..i..n..M..a..n..n", gurgelte das Ding vor ihnen. Er konnte anscheinend nicht gut sprechen. Aber niemand rührte sich. Dann ging er mit seinen drei Beinen weiter nach vorne. Seine menschlich aussehenden Hände, die blass waren und an denen dicke blaue Blutadern herausragten, griffen den Hals eines auf dem Boden zusammengerollten Mannes. So, als hätte er sich so klein gemacht, dass er hoffte, übersehen zu werden. Aber es nütze nichts! Alle fingen an zu schreien, als sich der Roboter den Mann griff. Er hob ihn mühelos hoch und hielt ihn wie einen tropfenden Sack von seinem Körper weg. So, als wolle er nicht nass werden. Der Androide musste unmenschliche Kräfte haben, denn er hielt ihn mühelos. Dann drehte er sich um, ging aus dem Gatter, schaltete den Energiezaun wieder ein und bewegte sich auf den Gebäudekomplex zu. Die verbliebenen Gefangenen hockten und zitterten vor Angst zusammen und beteten für den Mann. Er zappelte und schrie, aber der Androide hatte ihn fest ihm griff. Sie alle hatten Tränen in den

Augen, als die beiden in dem Komplex verschwanden. Der Mann schrie immer weiter. Dann wurde es kurz ruhig…und ein widerlicher Todesschrei sprengte die Stille, grub sich tief in jedes Gehirn ein!!! Geräusche von Bohrmaschinen, kleinen Motoren, Sägen erfüllten mit einem Mal das Areal!! Das Bersten von Knochen, von reißendem Fleisch!! Ein Gemetzel!! Jetzt kamen ganze drei Androiden aus dem Gebäude wieder heraus und bewegten sich mit ihren drei Beinen auf das Freiluft-Gefängnis zu. Zwei Frauen schrieen vor Furcht auf, da sie erkannten, dass jetzt die Nächsten aus der Gruppe dran waren. Wieder wurde der Zaun geöffnet und die beiden „Zwillings"-Frauen rückten eng aneinander an.
Dann gurgelte der vordere Androide:
„F..r..a..u..e..n..F..o..r..t..p..f..l..a..n..z..u..n..g"

Die Gefangenen weinten und wimmerten vor Angst. Schnell machten die Roboter ein paar Schritte zu ihnen hin und griffen sich gezielt drei Peruanerinnen. Mit wedelnden Armen und Beinen versuchten sie, sich gegen die Monster zu wehren. Aber mit sicheren Griffen packten sie ihr Hälse und trugen sie wie zappelnde Hühner vor sich weg. So weit, dass sie ihre künstliche Haut nicht beschädigen konnten. „Nooon, noonoo, nooono!! Ich will nicht sterben", schrie eine von ihnen aus tiefster Angst. „Ich will nicht sterben!!!" Die Schreie durchzuckten jedes menschliche Wesen. Aber die Androiden blieben davon völligst unbeeindruckt. Immer näher gingen sie auf das Gebäude zu.

Wie ein schwarzer Riese, der sie fressen wollte, wirkte der Komplex jetzt auf die Gefangenen.

„B..r..a..u..c..h..e..n..G..e..b..ä..r..m..u..t..t..e..r", gurgelte der eine wieder, kurz bevor sie den Eingang erreichten.

Es schien, als wolle er den Frauen erklären, warum sie sie dort rein brachten. Kurz nach diesen Lauten hing eine der drei Gefangenen nur noch leblos in der Hand ihres Androiden. Das Knacken hatte niemand gehört. Sie hatte so sehr versucht, sich zu wehren, dass sie sich selber das Genick gebrochen hatte.

Als die Androiden gerade den Eingang betreten wollten, hielten sie abrupt an. Im Inneren leuchtete kein Licht. Dass hier der Eingang war, verriet nur die Sonne. Sie gab den grünen Rasen, der etwas in den Kubus hereinreichte, frei, bis er dunkler wurde, und dann in den schwarzen Boden des Gebäudes unterging.

Deswegen war auch der kleine Schmetterling etwas Besonderes, etwas, das eigentlich nicht hier sein durfte. Seine bunten Farben störten eindeutig das Bild. Mit verschränkten Armen flog er grimmig in der Luft, so als wolle er ihnen den Weg versperren. Bevor noch die Warnungen in den Prozessoren verarbeitet werden konnten, sagte der kleine Typ herrisch bestimmend:

„Du kommst hier nicht rein!!!" Dabei zeigte er auf den vorderen Androiden mit finsterem, drohendem Ausdruck. „Du auch nicht", zeigte er auf den zweiten. „Und du auch nicht", fuchtelte er mit seinem Zeigefinger herum. Da trafen die Warnungen in den Computerhirnen ein. Aber zu spät…Die Androiden hatten gerade die Zeit die Frauen fallen zu lassen, da kamen zehn Panther aus dem Wald den Hügel herunter. Mit einer Geschwindigkeit, die unbeschreiblich schnell war. Die Wildkatzen eilten den Abhang runter. Der Urwald schien dort wie in einer Linie zu enden. Aber viel schlimmer war jetzt noch, dass sich drei weitere Schmetterlinge materialisiert hatten. Die Androiden schwenkten wild mit ihren Armen umher, um Johnny, Sonja und Martha zu bekämpfen. Aber so sehr sich die biomechanischen Roboter auch anstellten, so wenig erwischten sie einen, um ihn zu zermalmen… und dann waren die Panther da!!! Die Frauen, die flüchten wollten, sie waren schon einige Meter weit gekommen, brachen ihre Lauf ab und versuchten, den Wildkatzen noch auszuweichen.

„Schmoon Lawa", riefen die anderen Gefangenen aus ihrem Gefängnis. „Schmoon Lawa ist da mit seinen Kriegern!!" Wieder schrieen die Peruanerinnen auf, ganz in der Erwartung, dass sie jetzt nicht durch die Androiden umgebracht werden, sondern von den Panthern in kleine Stücke zerfetzt und aufgefressen würden. Aber zu ihrer eigenen Verwunderung schienen sich die Panther gar nicht an ihnen zu interessieren, rannten sogar an ihnen vorbei und sprangen mit großen Sätzen auf die Androiden. Die Frauen blieben stehen und keuchten. Sie holten Luft, sahen aber, dass die Wildkatzen zusammen mit den Schmetterlingen die Androiden zerrissen und in kleine Häppchen zerlegten. Noch während zwei von ihnen wie wild in den Überresten herumzerrten, rannten die anderen in den schwarzen Würfel hinein. Wildes Fauchen, Schüsse und Zerstörung gelangten heraus. Die beiden Frauen wollten gerade weiterrennen, da sahen sie zwei europäische Männer keuchend den Abhang runterlaufen.

Sie trugen weiße Uniformen mit einer blauen Rose drauf. Der eine hielt in einer Hand eine Machete und der andere ein Schwert. Sichtlich mit der sportlichen Aktivität überfordert.

Die Frauen fingen an, zu denken, dass sie wahrscheinlich schon Tod waren. Das hier konnte nur in einem Delirium von Medikamenten stattfinden, die die Androiden ihnen gegeben hatten, damit der Tod nicht so schmerzvoll war. Es dauerte nicht lange, da erreichten Uwe und Lars die beiden Frauen… und fielen röchelnd auf die Knie. Die Entfernung hatten sie aber überschätzt.

„Luuuft", flehte Lars zu seinem Gott und konnte nicht mehr. „Öööhh", entfuhr es Uwe. Vorher hatte die Strecke nicht so weit ausgesehen. Noch während Uwe versuchte, seine Lungen vor dem Kollaps zu retten, Lars sich wundervoll leicht fühlte, so als könne er schweben, hob Uwe kniend den Arm und signalisierte den Frauen, dass sie nicht wegrennen brauchten.

„Ööööh. Alles in Ordnung. Danke, uns geht es gut. Ihr braucht euch keine Sorgen zu machen. Ööööh…"

Die Frauen schauten sie verwundert an. *SIE* machten sich keine Sorgen um die beiden Männer.

„Und? Geht`s wieder?", fragte Lars Uwe. Es hatte den Anschein, dass die Frauen für die beiden nur Nebensache waren.

„Ich kann meine Beine nicht mehr spüren", sagte Lars und klopfte sich auf die Oberschenkel. „Boa, wir sollten echt mal wieder Sport machen. Also hier auf dem Land, da muss man ja schon einiges abkönnen. Das sind vielleicht weite Strecken hier."

Die beiden Männer waren noch mit sich beschäftigt, da gab es einen dicken Knall innerhalb des Gebäudes!! Fast gleichzeitig fielen die roten Energiezäune um die restlichen Gefangenen aus. Innerhalb von einer Sekunde waren sie frei. Einige rannten sofort in den Wald, sie wollten nur so schnell wie möglich weg hier, die anderen kamen auf die beiden Frauen und Männer zu gelaufen. Als sich Uwe und Lars wieder aufrichteten, sahen sie, dass die Panther langsam aus dem Gebäude wieder rausgetrottet kamen. Ihre Schnauzen und ihre Pranken waren blutrot gefärbt. Aber es kamen nur neun Stück heraus. Rambo, Johnny, Sonja und Martha umkreisten misstrauisch besorgt die Wildkatzen. Einer fehlte!

Die Gruppe war gerade zwanzig Meter außerhalb des Gebäudes, passierte gerade die drei toten Androiden und die Frau… da kam endlich auch die letzte Pantherin in einem Affenzahn aus dem Komplex gerannt!

Nicht einmal fünf Sekunden später erfüllte ein bebendes Rumoren die Umgebung!!! Es wurde immer lauter und lauter und lauter, so als würde sich ein Spannungsgenerator aufladen. Immer mehr und immer mehr. Angsteinjagend!

Alle packte die Gewissheit, dass jetzt gleich etwas Schlimmes passieren würde. Jeder nahm die Beine in die Hände und rannte los. Fast alle in die gleiche Richtung, Hauptsache weg hier. Und dann passierte es:

Zuerst schlugen Flammen aus den vielen kleinen schlitzartigen Öffnungen, dann zerstörte eine Explosion die Geräuschkulisse des Urwalds. So schnell die Schallwellen sie erreicht hatten und sie auf den Boden schleuderten, so schnell waren sie auch wieder verschwunden. Nach Sekunden der völligen Ruhe ersetzte Affen- und Vogelgeschrei den Krach. Es dauerte einige Zeit, bis es wieder ruhiger wurde.

Die Einzigen, die das gelassen nahmen, waren die Panther. In aller Seelenruhe tapsten sie auf die liegende Gruppe Menschen und Schmetterlinge zu. Johnny war der erste, der sich wieder berappelte.

„Meine Herren! Das 'nen ich mal einen Rums", polterte er mal wieder los und schüttelte sich dabei seine Flügel. Die anderen Schmetterlinge machten es ihm nach, standen auf, flogen aber nicht weg. Die Peruaner wussten nicht, wie sie sich jetzt verhalten sollten. Uwe und Lars standen ebenfalls wieder auf.

„Oh Mann, mein Ischias", beklagte sich Uwe und hielt sich den Rücken. Lars Schwert und Uwes Machete lagen noch im Gras als die Panther zu ihnen aufgeschlossen hatten. Kurz drehten sie sich um und betrachteten ihr Werk.

Die neue „ehemalige", jetzt zerstörte, Experimentationsstation war nur noch ein in sich zusammengefallener, glühender schwarzer Haufen. Sie hatten Bomb-Packs eingesetzt. Sprengsätze, die so groß wie Eishockey-Pucks waren, aber die Sprengkraft einer viertel Atombombe hatten. Nach dem Einsatz an der Orbitlift-Station hatten sie sich schnell beraten, was am besten dieses besonders stabile Material von Cuberatio knacken konnte. Re und FeeFee hatten sich kurz zusammengeschlossen und meinten, dass man da schon einen echten Panzerknacker einsetzten musste. Der Vorteil war, dass sie keine Radioaktivität ausstrahlten.

Hätten sie sich übrigens in dem Baustoff von Cuberatio vertan, dann hätten sie halb Peru ausgelöscht....aber das war das Risiko des Krieges. Und sie hatten ja Recht behalten.

„ Wir sollten schnellstmöglich sehen, dass wir hier wegkommen", mahnte Uwe jetzt, hielt sich dabei aber immer noch mit schmerzverzerrtem Gesicht den Rücken.

„Was?", fragte Lars, zuckte mit den Achseln und zeigte auf sein Ohr. Ein höllisch lautes Piepsen machte es ihm unmöglich, etwas zu verstehen. Erst jetzt bemerkte Uwe, dass er ja auch gar nichts hörte. Und als wenn das Blut gerade wieder in die Ohren zurückkehrte, tropfte bei zwei Peruanerinnen etwas Rotes aus der Hörmuschel heraus. Genauso bei Uwe und Lars. Ein Schmerz setzte ein, der seinesgleichen suchte.

„Schmoon Lawa blutet!!", stellte ein Peruaner erschrocken fest und zeigte auf Lars. Für die Befreiten war er eindeutig der Retter, der blaue Geist, der gekommen war, um sie zu befreien. Johnny, der noch hören konnte schaute die Peruaner verdutzt an. Wie kamen die auf Schmoon Lawa? Hier am Arsch der Welt? Und wieso dachten sie, dass Lars das wäre? Er schüttelte den Kopf.

„Leute!! Nein. Das ist nicht Schmoon Lawa." Der Peruaner und die anderen schauten Johnny ungläubig an. Was für einen Quatsch erzählte der Schmetterling da?

Natürlich musste das da Schmoon Lawa sein! Wer sonst war in der Lage, Tiere zu einem Angriff auf einen Cuberatio-Stützpunkt zu befehligen? Nur, um die Menschen zu befreien?

„Schmoon Lawa!!", zeigte der Mann auf Lars, der sich gerade einen Finger ins Ohr steckte und dabei Uwe verschmitzt, dämlich angrinste. Hier hatten sie beide wieder richtig männliche Dellen und Schrammen abbekommen.

„Nein!! Das ist nicht Schmoon Lawa! Das ist sein Vater!!", kochte es in Johnny hoch. Er mochte es ja gar nicht, wenn andere meinten hier zu sagen, was Sache ist. Aber was er jetzt nicht erwartet hatte, war, dass das eine absolut zufriedenstellende Antwort war. „Schmoon Lawas Padre!" Die Peruaner nickten sich verständnisvoll zu und wiederholten das Wort „Padre" immer wieder, bis es auch der letzte verstanden hatte.

Klar, dass Schmoon Lawa seinen Vater schickte, wenn er wichtigeres zu erledigen hatte. Niemand konnte das besser, als ein Familienmitglied. Und am besten natürlich der Vater des Superhelden.

Als Martha FeeFee sah, schlug ihr Herz schneller vor Freude. IHRE Pantherin hatte überlebt. Der Schnuppergenuss war auch weiterhin für die Zukunft gesichert. Hoffentlich verwandelt sie sich jetzt nicht direkt wieder in einen stehenden Lan-Dan, dachte sich Martha.

Diese Erscheinungsform war ja schrecklich, wie sie fand. Sie konnte der Schönheit und der Eleganz stehender Lan-Dan eigentlich gar nichts abgewinnen, log sie sich vor. Doch innerlich wusste Martha schon, dass es nichts Schöneres im Universum gab, als diese Rasse. Aber das verdrängte sie einfach, denn es gab nichts Wundervolleres als den Fell-Geruch. Da gab es nichts dran zu rütteln.

Noch während sich Martha weiter Gedanken über eine Möglichkeit machte, wie sie gleich mal einen vernünftigen Zug schnüffeln konnte, da signalisierten die Männer, die nichts mehr hören konnten, die Gruppe sollte jetzt zügig in den Wald gehen. Zurück in den Eingang... und dann schnell nach unten. Bald würde es hier von Cuberatio nur so wimmeln. Zwei Panther hatten schon angefangen, sich auf dem Rücken wälzend den Schmutz und das Blut vom Körper abzustreifen, da überzog das Gesicht von Rambo ein dickes Grinsen. Sein Kopf hatte jetzt fast zwei Minuten für eine neue Erkenntnis gebraucht. Und zwar dafür, dass sich demnächst alle Gegner mal gut festhalten mussten, wenn sie nicht auf sein „Du kommst hier nicht rein" hörten. Gerade war ja schließlich der Beweis dafür gelegt worden, was passieren konnte, wenn man nicht auf ihn hörte. Und das gab ihm schließlich eine Autorität, die für sich selber schon strahlte. Schnell drehte er sich um und schaute zu, wie die anderen sich auf den Weg zurück in den Dschungel machten.

„Ja, so ist richtig. Schöööön weitergehen und nicht stehen bleiben, Ja. Genau so. Immer einen Fuß vor den anderen...und dann schön weitergehen. Nicht stehenbleiben. Damit das allen hier klar ist", kommandierte er jetzt hinter den anderen her. Immer mal hier hin und dann mal dorthin fliegend. Wie ein Schäferhund, der seine Herde antrieb. Das war jetzt sein Job.

Gerade als die Gruppe den Wald wieder betreten hatte – der Eingang war glücklicherweise nur zehn Meter hinter der Baumgrenze – ließ sich FeeFee mit Re etwas zurückfallen. Sie konnten sowieso nicht alle gleichzeitig die Stufen herunter.

Sie schauten beide noch einmal auf die Ebene zurück.

Der Komplex, oder das, was davon noch übrig war, glühte und schmolz immer noch vor sich hin. Hier und da brach etwas zusammen, was bei der Detonation stehen geblieben war. Re und Fee schauten genüsslich durch das ehemalige Gebäude durch: ein guter Job. Im Hintergrund hörten ihre feinen Ohren - die wie ein Wunder keine Schädigung wie die Menschen abbekommen hatten - wie ihre Leibgardisten leise die Treppe runter tapsten. Jetzt waren sie beide dran. Sie schenkten dem Tal noch einen letzten Blick.

Die vier Pfosten des ehemaligen Gefängnisses standen noch. Die Überreste der einstigen Stadt Moyobambo schlummerten immer noch da, so, als warteten sie darauf, dass wieder Menschen kamen, um sie wieder aufzubauen. Dann schenkten die beiden Panther dem Beginn des Regenwaldes auf der anderen Seite, dem südlichsten Teil ihre Aufmerksamkeit. Und nur dank ihrer guten Pantheraugen konnten sie da etwas sehen, das da aus dem Dickicht kam, und das Menschenaugen niemals wahrgenommen hätten.

So vage, dass sie selber nicht wussten, ob das nicht nur eine Sinnestäuschung durch die Gase, die wegen dem brennenden Klumpen da unten in die Luft stiegen, oder ob das real war. Denn wenn sie es nicht besser wüssten, dann wären diese Konturen in Form von unsichtbaren Menschen, die mit ihrer Umgebung zu verschwimmen schienen, und die da gerade aus dem Wald kamen… wahr.

Re und FeeFee schüttelten den Kopf. Nein! Da kam nichts wie ein lautloser Tod aus dem Wald! Das war der Stress, den sie gerade durchgemacht hatten.

Sie drehten sich um und verschwanden nach unten zu den Rittern. Was sie nicht sahen, war eine ganze Chamäleon-Armee, die da gerade aus dem Wald kam… auf dem Weg in den Norden.

Und was sie auch nicht sahen, war der alte Schmetterling, der die ganze Zeit auf einer Liane hockte.

Er hatte verdammt viel anstellen müssen, um eine ganze Armee von Chamäleon-Kriegern nur ein paar Minuten zu verlangsamen.

Sein Job wurde ihm langsam zu hart…

Wäre der Androide in der Lage Wut und Zorn zu entwickeln, dann wäre das jetzt gerade wahrscheinlich der beste Zeitpunkt für diese Empfindungen gewesen. Aber er war es nicht. Er war nur ein Androide, eine Maschine.

Penta VI- Omega B 4782654 erhielt gerade die neuesten Informationen von der Erde. Eigentlich war er gerade schon im Begriff gewesen, wieder herunterzuklettern, aber die eingehenden Daten hinderten ihn jetzt daran. Penta VI machte auf einer Höhe von zehn Metern halt und drehte um. Menschen, die seinen Job machten, wären bei dem Inhalt der Nachrichten explodiert. Denn kaum hatte er die roten Zahlen auf der schwarzen Tafel nach oben korrigieren können, durfte er sie jetzt wieder senken. Sogar soweit, dass ein Mathematiker keine Kurskorrektur nach oben mehr prophezeien würde. Gerade wollte er einen Arm heben, da platze eine Leitung: eine Androidenader und rotes Blut spritze in einem kleinen festen Strahl in die Luft. Sofort setzte seine Hydraulik aus und das Gliedmaß hing schlaff nach unten. Ruckzuck ging ein interner Alarm los. Durch das ausströmende Blut konnten Folgeschäden entstehen. Zwei Rep-

Drohnen kamen durch die Gänge geschossen. Kaum hatten sie Penta VI erreicht, da lötete die eine Drohne behelfsmäßig die Ader und die andere klinkte sich mit einem Kabel in seinem Motorik-Element ein, damit sie ihn sicher manuell zu Boden führen konnte. Unten angekommen, kam eine kleine Plattform angefahren, die mit zehn Achsen ausgestattet war. Die Rep-Drohnen geleiteten ihn auf den Abschleppdienst und fuhren dann gemeinsam mit Penta VI durch die Gänge von Nr. 1. Das Ziel war die Werkstatt, in der die entsprechenden Teile ausgetauscht werden konnten. Ihr Analyse-Programm hatte mittlerweile ermittelt, wie der Fehler hatte auftreten können. Das Ergebnis brachte sie mehr oder weniger ins Staunen. Denn solch einen Fehler hatte noch nie ein Androide gehabt: die eintreffenden Informationen von der Erde waren der Auslöser gewesen! Sie hatten zu solch einer Spannungssteigung in ihm geführt, dass die Pumpe, die das Blut durch seine künstlichen Adern fließen ließ, einfach viel zu schnell gearbeitet hatte. Das verkrafteten die Ader-Schläuche seines linken Arms nicht…und platzten. Zum Glück wurde sein Hauptprozessor nicht von dieser Körperleitung versorgt. Nicht auszudenken, was passiert wäre, wenn das in seinem Kopf stattgefunden hätte. Dann hätten sie diese Einheit auf den Müll schmeißen können. Oder besser: auf die Recyclinganlage.

Noch während Penta VI weggebracht wurde, arbeitete er weiter. Sein Hirn hörte mit seinen Tätigkeiten niemals auf. Er hatte gerade wieder einen ausführlichen Bericht angefordert…er wollte das Unglück auf der Erde untersuchen. Eins war aber jetzt schon mal klar: Sein neues Labor für die Humanforschung war zerstört worden… .und das war verdammt teuer. Er wusste zu diesem Zeitpunkt nicht, ob sein Budget noch ein weiteres stemmen konnte. Und Nr. 1 um eine weitere Erhöhung von Geldern bitten, dass würde mit einem wahrscheinlichen Prozentsatz von 97,6 abgelehnt werden. Das hatte Penta sofort berechnet. Doch die Folgen für ihn waren immens schädlich. Hier hatte er für eine bessere Zukunft aller Androiden forschen wollen. Seine Seriennummer wäre auf Dokumenten gelandet, die weit nach seiner eigenen Existenz noch Bestand hätten. Doch so würde er jetzt nur ein einfacher Androide bleiben, wie Tausende vor und nach ihm. Was er als aller erstes nicht verstand, war, warum diese kleine Armee von Chamäleon-Kriegern nicht schon längst an der Grenze war?

Die Hauptmacht fing bereits an, sich zu postieren, und der Befehl für die Invasion war schon erteilt – jetzt lag es nur noch an den Anführern vor Ort, wann sie den richtigen Zeitpunkt sahen, um die Grenze zu überschreiten – aber *diese* Einheiten hätten sein Labor schon längst passieren sollen. Dabei hätten 20 Krieger zurückbleiben und heimlich für die Bewachung sorgen sollen. Er hatte die anderen Wächtereinheiten abgezogen, damit seine Feinde nicht auf diesen Ort gelenkt wurden. Es sollte unscheinbar wirken, nicht mit so viel Trubel wie bei seinem Orbitlift. Und eigentlich hatte er den Eindruck gehabt, niemand habe von diesem Bau Wind bekommen. Aber das war wohl anscheinend eine Fehleinschätzung gewesen. Vielleicht hatte er ja einen schadhaften Teil in einer seiner Sub-Routinen? Der die Bewachung dieses Komplexes mit einer falschen Priorität versehen hatte?

Aber dann wäre er mangelhaft, und das konnte nicht sein. Dann wären alle Penta VI-Versionen mangelhaft. Und sie taten schließlich schon seit 20 Jahren fehlerfrei ihren Dienst. Oder war irgendwann einmal das Ende gekommen, und Bewährtes musste durch Neues ersetzt werden?

Gerade erreichten sie die Werkstatt und die Rep-Drohnen übermittelten der Techniker-Einheit ihre Mängelliste. Der Raum war ebenfalls dunkel. Überall leuchtete das Grün von Nr. 1 durch die Schlitze des Baus. Nur gelegentliches Aufflackern von Lasern, die bei der Reparatur von anderen Androiden eingesetzt wurden, durchstießen die Dunkelheit. Penta VI wurde mit zwei Hebarmen, die in der Decke an einem Laufband mit Schienen befestigt waren, aufgehoben und baumelte nun in der Luft. Dann verließen die Rep-Drohnen den Raum. Sie hatten ihren Auftrag erledigt. Sie konnten nur kleinere Dinge machen, und die anstehenden Arbeiten an Penta VI waren schon etwas Größeres. Während der für die Erde zuständige Androide so in der Luft baumelte, ging er weiter seiner Arbeit nach. Gerade kam wieder eine Nachricht von einem Cuberatio-Schiff, das auf sein Kommuniqué positiv antwortete: ein Ritter war bei ihnen an Bord. Man wolle dem Befehl bald nachkommen. Dann trafen die ersten Bilder des Unglücks auf der Erde ein. Oder besser: die letzten. Und wieder war es ein Schmetterling! Und sogar derselbe, den er schon auf früheren Aufzeichnungen gesehen hatte. Entweder gab es davon mehrere oder dieser eine war besonders gefährlich. Aber was sollte er machen?

Er konnte schließlich schlecht den Auftrag geben, sie sollten diesen speziellen Schmetterling fangen. Das wäre viel zu teuer. Extra eine Fahndung nach ihm einleiten? Nein. Das ging nicht. Aber was ihn noch viel mehr schockierte, war die Erkenntnis, dass zum zweiten Mal die Panther in Erscheinung getreten waren. Das führte gerade wieder zu einem Spannungsanstieg, sodass der Techniker ihn einmal kurz schüttelte. Das war eine seltsame Reaktion auf Bilder. Der Techniker war in Penta VI eingeklinkt und ging gerade seine Software durch. Das musste er Nr. 1 melden. Diese Omega-Einheit hatte sich selber weiterentwickelt, registrierte er gefühllos. Es war einfach ein Fakt, den er notierte und weiterleitete.

Jedes Mal, wenn Nachrichten von der Erde bei Penta VI eintrafen, die man mit positiv und negativ für Cuberatio markieren konnte, wirkte sich das auf das Spannungsfeld dieser Einheit aus. Mit seinem eigenen Prozessor ging der Techniker diesem Phänomen nach. In keiner bisher produzierten Robotereinheit war diese Funktion entdeckt worden. Sie wussten gar nicht, wie das geht. Aber einer der Chips in Penta VI hatte sich selber weiterentwickelt. Generell dürfte Nr. 1 so etwas gefallen, war es schließlich das, was der Hauptcomputer selber machte. Er verbesserte und kreierte sich ständig neu. Aber in so einer kleinen Einheit war das bis jetzt noch nicht vorgekommen. Jetzt ging der Technik-Androide gerade die Datensätze von anderen Lebensformen durch, in denen er erforschte, warum und wann sich ihr Blutdruck freiwillig oder unfreiwillig erhöhte. Und nach einigen Vergleichen mit Pentas Werten kamen Ähnlichkeiten zu Tage, die sie schon bei Menschen, Bandern, Barskies und anderen Lebewesen entdeckt hatten.

Es waren Ansätze von Emotionen!

Hier entwickelten sich in dem Chip die Grundlagen für ein Gefühlswesen!!

Sofort sendete der Techniker eine vollständige Kopie des verantwortlichen Chips an Nr.1. Das war wichtig, denn der Androide konnte ja nicht dauerhaft durch Untersuchungen blockiert werden. Er hatte ja einen Job. Und wenn der Techniker das gerade richtig mitbekam, war Penta VI auch wieder fleißig am Arbeiten. Der rastlose Projektleiter schrieb gerade eine weitere Warnung wegen den Panthern aus, während die neuesten Zahlen der Händler eintrafen. Obwohl der Gewinn von der Erde weiter stieg, was unter normalen Umständen erfreulich gewesen wäre, war es nur ein Tropfen auf den heißen Stein. Der Techniker neben ihm war mit dem beschädigten Arm soweit fertig, dass er Panta VI wieder auf den Boden ablassen konnte. Stumm gab er den Befehl, den Arm einmal zu testen. Penta VI unterbrach seine Spekulationen, hob und senkte den Arm. Der Techniker war zufrieden und gab grünes Licht, sodass Penta VI wieder zurück an seinen Arbeitsplatz konnte. Der wiederum checkte vorsichtshalber auch noch seine drei Beine, indem er sie alle einmal abwechselnd bewegte und machte sich dann auf den Weg. Er war ein wenig schneller als der fahrbare Untersatz, der ihn hierher gebracht hatte. Noch im Gang arbeitete sein Prozessor schon weiter. Vielleicht musste er ja auf der Erde mit Bestrafung drohen, damit Cuberatio nicht wieder angegriffen wurde. Aber wen sollte er mahnen? Panther oder Schmetterlinge? Das ging nicht. Sollte er eine Exekution von Menschen anordnen? Viel zu teuer und die Folgekosten wären zu enorm. Obwohl er Tag ein Tag aus mit der Organisation der Erde zu tun hatte, vielen ihm nicht die geeigneten

Sanktionen ein, mit denen er weitere Angriffe verhindern konnte. Er schrieb sich selber gerade ein kleines Unterprogramm, das alleine darüber nachdenken und ihm alle möglichen Optionen aufführen sollte, die er einleiten konnte, um für Ruhe zu sorgen.

Als er die Halle mit den Projektleitern betrat, merkte er schon selber, wie die Spannung in ihm wieder stieg. Hier musste er gleich die Zahlen aufschreiben. Doch darauf war er jetzt vorbereitet. Er blieb einfach stehen und wartete bis die überschüssige Energie wieder fiel. Nur keine weiteren Anstrengungen. Er wollte und musste weiterarbeiten. Nervös klackerte er mit seinen drei Beinen rum. Dann war es soweit und er bestieg wieder die Wand. Als er auf der Höhe von 150 Metern angekommen war, bereitete er sich darauf vor. Das Schlimme daran, das, was die Spannung antrieb und dabei für angstähnliche Zustände in ihm führte, war die Erkenntnis, dass er nicht mehr weit davon weg war, in der Recycling-Anlage zu landen. Er musste schon zwei Jahre nur noch Gewinne einfahren, um das wieder auszugleichen. Eine Katastrophe, die ihn fast zur Weißglut brachte!!

Es schien schon fast egal zu sein, ob sein Körper wieder versagte oder nicht, verzweifelte er…

Denn jetzt musste Penta VI- Omega B 4782654 die roten Lettern auf der schwarzen Tafel in Nr.1 wieder ändern: 27,3.

Bitte, gib mir ein kleines bisschen Sicherheit", betete Natalia stumm.

Nachdem die Androiden sie auf dem Planeten der Crox eingesammelt hatten, war sie auf dieses Schiff gebeamt worden. Sie wussten nicht genau, wohin die Reise ging, aber sie wusste zu wem…und was sie dort machen wollte, ja, musste.
Unheimlich war das hier schon, aber Angst hatte sie nicht. Sie war nicht allein. Dieses Wissen gab ihr Kraft. Natalia hatte nichts zu verlieren und war bereit, alles zu geben. Sogar ihr Leben. Und da konnte ihr dieses Schiff, voll mit widerlichen Androiden, auch nichts anhaben. Sie gehörten schließlich zu demselben Plan wie sie. „N..a..t..a..l..i..a", forderte sie der Androide vor ihr auf. Er hatte keinen ausgereiften Sprachprozessor und das Model, das die Laute formulierte, war auch nicht für die flüssige Sprache entwickelt worden. Aber sie konnte den Sinn dahinter verstehen. Der dreibeinige Androide mit den roten Augen forderte sie auf, ihm zu folgen.
Überall in den schwarzen Gängen schauten Löcher von oben, von unten und sogar schräg von der Seite auf den Gang, in dem sie sich bewegte. Die Roboter hatten anscheinend für sie extra ein wenig Licht angemacht. Vielleicht hatten sie das irgendwo her gelernt, dachte sich die ehemalige Studentin. Das war jedoch nur eine nebensächliche Feststellung. Als sie sich ein paar Schritte von der Station entfernte, durch die sie auf das Schiff gebeamt worden war, da materialisierten sich hinter ihr weitere Androiden, die mit Steinen und Erzen von dem Planeten bestückt waren. Sie sahen recht komisch aus, fand sie. Wie kleine Hornissen oder so. Aber vielleicht

bildete sie sich das nur ein. Viele waren es allerdings nicht, sodass man hier von richtigem Erz-Abbau sprechen könnte, nur so viele, dass sie genug hatten, um nur ein paar Proben davon zu machen. Zu wenig, um damit etwas herzustellen. Vielleicht konnte man damit ja die Mauern eines einzigen Zimmers bauen? Sie wollte diesen Transport allerdings nicht hinterfragen, um den Sinn dahinter rauszubekommen. Das war nicht ihr Bier.

Es dauerte ein halbe Ewigkeit, bis sie um eine Ecke bogen und sie den Wechsel von Rot zu Schwarz wahrnahm. Und gedacht, dass es so etwas auf so einem Schiff voll mit diesen Viechern gab, hätte sie auch nicht. Doch jetzt war sie hier. Vor ihr war ein roter Gang mit roten Wänden und roten Türen. Überall konnte Natalia Stimmen hören, was sie ein wenig verwunderte: wer war hier schon freiwillig?

Der Androide, der sie klackernd hierher begeleitet hatte, drehte auf einmal seinen Oberkörper und verließ sie durch einen Gang, der schräg nach oben zur Decke wegführte. Jetzt ließen sie diese Wesen auch noch alleine? Wollte ihr denn keiner erklären, wie es nun weiterging? Sie konnte ja schließlich hier nicht die ganze Zeit stehen. Was sie aber machen würde, wenn ihr niemand half. Denn von sich aus, würde sie hier nichts berühren, anpacken oder öffnen. Dagegen weigerte sich jede Faser ihres Körpers. Doch dann tauchte hinter ihr wieder ein Klackern auf.

Natalia drehte sich halb neugierig, halb vorsichtig um und sah einen weiteren Androiden. Er glich mit seinen drei Beinen dem anderen fast haargenau.

„Ich hoffe, ihr hattet eine angenehme Reise", sagte er einwandfrei. Jetzt wusste Natalia nicht, was sie ihm antworten sollte. Denn die Frage war aus ihrer Sicht völliger Quatsch. Sollte sie sagen, ja, danke, bis auf die paar Momente in denen ich fast gestorben wäre? Nein, das ging natürlich nicht. Oder wie viel wusste er über sie? Natalia schaute den Androiden fragend an. Der wartete seelenruhig auf einen Satz von ihr. Sollte sie ihm vielleicht sagen, dass sie eine Prostituierte war, und das sie wundervoll oft Sex hatte, seitdem sie von der Erde verschleppt worden war? Wollte er das hören? Dass die Kasse eigentlich stimmte, nur dass sie alles umsonst hatte machen müssen. Dass sie wieder und wieder vergewaltigt worden war? Oder dass ihr das alles Spaß machte?

Sie wusste ja, was Cuberatio mit Frauen wie ihr machte. Was für Frauen wahrscheinlich hier auf dem Gang wohnten. Natalia schüttelte den Kopf. Einfach mitspielen.

„Ja, danke. Aber besser hätte es nicht laufen können. Ich bin nur etwas verspannt, wenn ihr mir ein Bad zukommen lassen könntet, dann wäre ich euch sehr dankbar", wollte sie den Fragesteller jetzt ein wenig in Verlegenheit bringen... wenn er so affektiert hier ankam, dachte sie jetzt ein wenig eingeschnappt. Mal schauen, wie so ein Androide reagiert, wenn man ihn vorführt.

„Ich werde bei allem schauen, ob sich diese Wünsche erfüllen lassen. Denn nichts ist gut genug für den Körper einer Frau, wenn er ordentlichen Marktwert erreichen soll. Ich hoffe, ihr habt perfekte, natürliche Eigenschaften der Zellregeneration? Damit eure Haut zart wie Seide wird."

Natalia schaute mit großen Augen den Androiden an. Nicht dass die widerlichern Hautlappen von ihm vollkommen gegen das liefen, was er gerade gesagt hatte. Seine blauen Adern, die sich von der Hüfte bis nach oben in das halbtote, halblebende Gesicht zogen. Eigentlich wollte sie gar nicht darüber nachdenken, was das Ding da vor ihm von Körperpflege verstand.

„Wenn ich euch dann euer Zimmer zeigen dürfte?", sagte er und ging mit kleinen klackernden Schritten voran. Wenn sie es nicht besser wüsste, dass er nur eine Maschine war, und kein Mensch, dann würde sie ihn für schwul halten. Seine Hände zappelten bei seinen Bewegungen auch noch tuckig rum. Aber das ging doch gar nicht! Oder wo hatten die die Programmierung von dem da her? Köln?

Als er die Türe öffnete, stieg ihr ein Duft von Lavendel entgegen. Alles war in Rot gehalten. Ein großes Bett in der Mitte mit vielen

Kissen und einem Spiegel darüber. Die kleinen Tische, ein Sofa mit einem Sessel. Er ging voran, an dem Bett vorbei. Dann drückte er auf einen kleinen Schalter. Die Eingangstür schloss sich hinter ihr mit einem Zischen. Natalia schaute sich um. Aber außer, dass es exquisit aussah, wirkte es wie frisch eingerichtet, so, als wäre sie die erste Benutzerin hier drin. Wie hatten diese Maschinen, die schon nach Gammelfleisch stinkend aussahen, das hier hinbekommen?

„Schaut euch das an", sagte der Androide aus dem nächsten Zimmer, das fast genauso groß war.

„Hier werdet ihr euch oft aufhalten und pflegen", sagte er in einem Ton, der eher bestimmend als einladend war. Und was Natalia da entdeckte, überraschte sie nun vollkommen: Es war ein riesiges Bad. Ein große Badewanne, eine Dusche, ein Whirlpool, und sogar ein kleines Schwimmbad mit einer Zehn-Meter-Bahn. Natalias Mund klappte nach unten. Wie zum Geier….?

„Hier auf dem Tisch sind alle Utensilien, die ihr braucht, um euren Körper angenehm zu pflegen", erklärte der Androide weiter. „Cremes, Salben, Lotionen und so weiter. Hier sind Drinks, die wir euch immer frisch machen. Sie geben euch die Schönheit von innen heraus."

Natalia ging dorthin, nahm einen rötlichen Drink in die Hand und nippte. Er schmeckte nach Erdbeere. Sie trank einen kräftigen Schluck und spürte, wie er sich angenehm seinen Weg durch ihre Speiseröhre suchte. Und hier sind alle technischen Gerätschaften, die ihr zur Körperpflege braucht. Ich bin sogar dafür programmiert euch zu frisieren. Den Kopf, die Beine… und eure Vagina."

Natalia verschluckte sich und spuckte den Rest aus. Was hatte der da gerade gesagt? Sie riss ihre Augen auf.

„Du tickst doch nicht richtig? Ich meine… NIEMALS!!! Das mach ich schöööön selber!! Und nur, wenn ich das will!!" „Das müsst ihr wissen, aber euer Preis steigt, wenn ihr schön rasiert seid."

Natalia wusste zwar, auf was sie sich eingelassen hatte…aber das ging definitiv zu weit. Unter normalen Umständen wäre sie völlig ausgerastet und hätte ihn wahrscheinlich für seine Unverschämtheit kastriert. Als wenn er ihre Reaktion nicht verstanden hätte, drehte er sich um und ging wieder zu dem Ausgang.

„Wir werden nur ein paar Tage unterwegs sein. Wenn ihr wach seid, werde ich einmal in der Stunde nach eurem Wohlbefinden schauen. Die Türen sind immer offen und ihr könnt hin, wo immer euch beliebt. Nur nachts werde ich nicht kommen. Habt ihr dennoch einen Wunsch, einfach nur Raffaelo, das ist der Name, den die anderen mir gegeben haben, rufen…und ich komme. Hier seid ihr nicht allein", sagte er und ging.

Kaum war er aus der Türe heraus, da hörte Natalia ein Schnarchen. Schnarchen?? Was war das für ein skurriler Ort?? Kam jetzt noch ein Clown, um sie zu unterhalten? Und…warum hatte sie das nicht vorher schon wahrgenommen? War das ein Musikprogramm, das ihr sagte, nun war es Zeit für's Bett?

Als sie das „Bad" wieder verließ, merkte sie, dass sie ja immer noch barfuß war. Und da fiel ihr auf, das der Boden… Heizung hatte. Die hatten hier sogar Fußbodenheizung! Natalia schüttelte den Kopf. Entweder war sie bereits tot, oder sie hatte bei den Crox auf dem Planeten doch so einen Pfeil abbekommen und war nun in ein Delirium gefallen. Vielleicht waren das ja auch Fieberträume, die sie hier gerade hatte. Sicher sein, konnte sie sich da nicht.

Als sie wieder in das knallrote Wohn- und Schlafzimmer kam, schaute sie, von wo die Schnarchgeräusche kamen. Und sie waren so tief und stark, dass hier ein Bär schlafen musste! Oder ein ähnliches Tier. Auf gar keinen Fall ein Mensch. Dafür waren sie einfach zu laut.

Sie blickte umher und es schien, dass das Schnarchen aus dem Bett kam. Aber bis auf die kleine Beule oben an der Linie, wo die Bettdecke die Kissen berührte, war da nichts. Und was Kleines konnte doch nicht SOLCHE großen Laute machen? Oder?

Sie schwebte auf Zehenspitzen fast lautlos über den Boden, ging an das Bett heran, setzte sich leicht auf die Kante und beugte sich zur Schnarchquelle hin…..und da schaute ein kleines Köpfchen raus. Das war der alte Schmetterling von dem Planeten da unten!! DER aus ihren Träumen!!!

Gelegentlich unterbrach er jetzt das Schnarchen und brabbelte vor sich hin. „Grrrr……..Bin dein kleines bisschen Sicherheit….grrrr… ….grrrr…… in einer Zeit, in der nichts sicher scheint….grrrr… .grrrr..."

Und nun? Natalia war an der Grenze der Überforderung! Sollte sie ihn wecken? Sie schaute ihn an und betrachtete ihn. Wie viele Menschen waren in solch einer Situation?

Außer ihr…wahrscheinlich niemand. Und wie viele Menschen saßen vor einem Schmetterling, der gerade schnarchend schlief? Wahrscheinlich auch nicht viele. Sie hatte das mit den Rittern zwar schon gehört, und wenn sie eins und eins zusammen zählte, dann war der Mann im Hintergrund, der sie hier hinführte und immer wieder zu ihr Kontakt aufnahm, auch ein Ritter. Als sie den Schmetterling jetzt genauer beobachtete, dann war da etwas um ihn… ja, wie denn? Etwas Merkwürdiges… so was… wie…. eine Aura!

Der kleine alte Schmetterling hatte etwas an sich, das so friedlich und rein war, dass sie, ohne ihn zu kennen, mit Bestimmtheit sagen konnte, dass sie ihm vollkommen vertrauen konnte!! Ja, das war's! Eine Erkenntnis, die er ihr innerhalb von Sekunden vermittelte, obwohl er seelenruhig schlief. Und er hatte ja bereits unten auf dem Planeten gesagt, dass er es schwer hätte, dort bei ihr zu sein… warum auch immer.

Und die anderen Schmetterlinge konnten das gar nicht. Wenn sie das jetzt berücksichtigte, dann hatte er da unten vielleicht alles riskiert, um ihr ein „kleines bisschen Sicherheit" zu geben??

Er hatte solche Mühen auf sich genommen, die ihn nun dahinrafften, nur damit sie wusste, dass sie auf ihrer Mission nicht allein war. Jetzt tat er ihr so leid. Ja, schlafe ruhig, kleiner Schmetterling. Schlafe ruhig und erhole dich. Jetzt bin ich dein kleines bisschen Sicherheit… für dich…auch wenn nicht lange. Wusste er, dass sie sich bewusst war, dass sie am Ende wahrscheinlich sterben würde? Nein. Garantiert nicht. Und sie würde ihm das auch nicht sagen. Das würde ihm vielleicht das Herz brechen. Sie hob ihre Beine und legte sich neben ihn. Es tat irgendwie gut, nicht alleine in einem Bett zu sein…mit jemandem zu schlafen, bei dem sie wusste, dass er nicht versuchen würde, über sie herzufallen.

Sie zog die Beine an sich heran und winkelte ihre Knie. Dann umklammerte sie mit beiden Händen ihre Gelenke. Jetzt merkte sie erst selber, wie müde sie war. Wann hatte sie das letzte Mal im Trockenen geschlafen? Wann hatte sie das letzte Mal im Warmen die Augen geschlossen? Wann hatte sie generell das letzte Mal in einem Bett gelegen?

So wie die Müdigkeit ihren Verstand überrannte, so krochen in ihr jetzt wieder sämtlicher Hass und Wut wie Gallenflüssigkeit empor: BUDDY. Das war das letzte Mal bei Buddy. Tausend Tode und Torturen hatte sie durchleben müssen…..wegen ihm. ER war es, der ihr Leben ruiniert hatte. Er war es, der sie verkauft und verraten hatten. BUDDY. Wegen ihm würde sie keine Familie, keine Zukunft, kein Leben haben. Er war der Ursprung ihres Unterganges. Sie hasste ihn. Sie hasste ihn. Sie hasste ihn. In ihren Augen versuchten sich Tränen zu bilden. Aber als wenn sie aus der Übung wären, dauerte es erst eine hasserfüllte Minute, bis sie anfing richtige Wasserfälle zu heulen. Doch dann kam der Befreiungsschlag. BUDDY war das abscheulichste Monster, schlimmer als die auf dem Crox-Planeten, schlimmer als Cuberatio…..sie würde ihn umbringen!!!

Aber das konnte sie nicht mehr. Sie heulte. Er lebte irgendwo auf der Erde und sie war hier auf ihrer letzten Mission. Dafür konnte sie aber etwas viel Wichtigeres machen!! Aber das kam erst später. Jetzt begriff sie wieder, wie alleine, wie gefangen und wertlos sie war. Allein hier auf diesem Schiff. Tränen schossen ihr über die Bakken. Ihre Nase lief und der Rotz triefte einfach auf das Bett. Aber das war ihr egal. Sie war so alleine… so alleine…so alleine, war das *Vorletzte,* was sie noch mit in den Schlaf nahm. Ihr Körper for-

derte jetzt den Tribut.
Doch das *Letzte* nahm sie mit in noch weitere Ferne....die schnarchende Stimme eines alten Schmetterlings brannte sich in ihr Herz, der sogar bei ihr war, wenn er schlief.
„Grrrr.....grrrr....ich bin dein kleines bisschen Sicherheit......grrrr.......grrrrr.....in einer Zeit... in der du nur alleine scheinst.....grrr....grrrrr."

Jack und Jens marschierten in ihren Uniformen die grünbraunen Felder am Rheinufer von Meerbusch entlang. Der kleine Platz des Modellflughafens in Büderich war zu ihrer Kommandozentrale ausgebaut worden. Die graue Landebahn war nicht mehr zu sehen. Sie hatten Zelte aufgebaut, in denen Computer und riesige Funkgeräte standen, die den Angriff koordinieren sollten. Menschen wimmelten wie eine beschäftigte Arbeiterkolonne hin und her. Um diesen Platz herum standen Ritterwachen in weißen Uniformen, die sie von dem Rest abtrennte. Neben der unterirdischen Kommandozentrale sollte der Angriff auch von hier organisiert werden. Sie wollten die Erde so schnell wie möglich von dem Abschaum, der sie besetzte, befreien.

Sie waren hier schon so nahe an Universal Search, dass sie das Knistern des Schildes der Gegner hören konnten. Der ehemalige Zaun, der den kleinen Sportplatz mal umgab, war abgerissen worden. Von wem, das wussten sie nicht. Aber bis zur Häusergrenze Büderichs hinter sich waren Massen von Kriegern und Maschinen über die Felder verteilt. Von hier entlang den Rhein bis nach Nierst runter hatten sich knapp 200 000 Männer, Frauen und Schmetterlinge versammelt. Sie waren schon seit Tagen hier. Immer noch trafen weitere ein. Alle hatten Uniformen an, die blaue Rose prangte in der Mitte. Egal, ob sie schwarze oder weiße trugen. Ältere oder neue. Wo sie die her hatten, das wussten nur die Sterne. Jens und

Jack kamen gerade aus Köln... und die Ritter dort waren vorbereitet. Ebenso in Koblenz, Bonn und Straßburg. Sie hatten rund eine Million Kämpfer auf dieser Rheinseite versammelt. Alle warteten auf das Signal, damit sie losschlagen konnten. Jens und Jack standen jetzt vor dem größten Zelt mit doppelten Aufschlagklappen und unterhielten sich über den Nachschub.

„Haut das auch wirklich hin?" Jens hatte die Logistik übernommen. „Ich sage dir doch, wenn auf der Erde generell kein Versorgungsengpass eintritt, dann könnten wir hier ewig ausharren. Alles funktioniert." „Ich meine ja nur, haben denn auch alle genug? Du weißt selber, die Moral der Truppe und so..." „Die Moral der Jungs und Mädels, die mit uns hier rüber wollen, kann besser gar nicht sein. Dreh dich nur um, und du siehst den Antrieb, den Grund, warum sie kämpfen wollen. Bis zum Tod, wenn es sein muss."

Jack wendete seinen Kopf und blickte auf das, was von Büderich noch übrig war. Viel war es nicht. Einzig St. Mauritius strahlte tapfer in die Höhe. Nur hier und da ragte ein Haus aus den Trümmern, das noch nicht zerstört worden war. Universal Search griff diese Rheinseite nicht gezielt an, doch gelegentlich antworteten sie auf das Dauerbombardement der Ritter, das die Schilde immer wieder blau aufflackern ließ. Und das in einer Überlegenheit, die eigentlich so manch einen Zweifel hochkommen lassen konnte: der Gegner war definitiv mächtig. Universal Search feuerte nur ein einziges Geschoss ab, das die Ritter mittlerweile gut kannten... und fürchten gelernt hatten.

Man konnte es gut mit einer Streubombe vergleichen. Kurz vor dem Angriff gab es nur eine Warnung: das „Plump", wenn es loslegte. Anhand der Lautstärke konnten sie beurteilen, wie weit das Geschoss fliegen sollte. Auf welche Region es angesetzt war. Je lauter, desto weiter ging es. Bis Holland, Frankreich, bis zum Atlantik halt. Aber gelegentlich schossen sie auch leise. Und dann wurde es gefährlich hier. In einem hohen langsamen Bogen flog ein silbergrauer Ball, der in einer Höhe von gut Hundert Metern dann still zu stehen schien. Mit einem hörbaren Reißen unterteilte er sich in der Luft in vielleicht Zweihundert kleinere Stücke... und hierbei wurde er vernichtend gefährlich. Diese Teilchchen sprengten sich in einen Radius von vielleicht Hundert Metern auseinander. Die eine Hälfte der silber-grauen Masse fiel wie flüssige Tropfen zu Boden. Wenn sie unten aufschlugen, explodierten sie und zerstörten alles in einem Umkreis von ein paar Metern. Die andere Hälfte dieser Tropfen fing noch in der Luft Feuer und steckte alles in Brand, was ihre Flugbahn kreuzte. Den letzten Beschuss auf Büderich hatte es vor drei Tagen gegeben. Er hatte den Ort voll erwischt. Die Feuer waren gelöscht, aber hier und da stieg noch ein wenig Rauch in den Himmel.

„Ja. So, wie dort aussieht ist es überall", bestätigte Jack die Truppenmoral. „Ihre ganze Heimat hier ist im Eimer. Ja, sie werden kämpfen. Die Sklaverei ist zum Kampf die einzige Alternative. Das käme einem Selbstmord gleich."

Jack schaute soweit, wie es die natürliche Sichtbarriere Haus Meer zuließ. Alles war voll von tapferen Kämpfern, die auf ihren Befehl warteten. Dann richtete er seinen Blick zum müde dahin fließenden Rhein. Der Damm versperrte ihm die Sicht, aber er wusste, dass es bis zum Ufer kaum Einschläge gab. Unter den Frauen und Männer wurde gemunkelt, dass Universal Search die Männer und die Fahrzeuge, die direkt hinter dem Rheindamm waren, nicht sehen konnte. Die Höhe des Damms gab der ruhenden Armee Deckung. Was die beiden erfahrenen Krieger aber für Quatsch hielten. Denn das war nur ein Gerücht. Sie kannten ja selber den Grund, warum Universal nicht gezielter auf sie schießen konnte.

Die Verteidigungsarmee der Ritter hatte hier Störsender installieren lassen, damit ihre Feinde sich kein Bild von der Lage machen konnten. Sie reichten sogar bis zum Ortskern, dadurch wussten sie, dass ihr Gegner den nervigen Streubombenbeschuss blind feuerte. Und einzelne Aufklärer oder Späher hatten die Krieger des galaktischen Abbauunternehmens wohl nicht mehr. Denn waren vor ein paar Wochen noch unzählige Drohnen über ihre Köpfe gerauscht, kam seit einigen Tagen kein einziges fliegendes Spionagegerät mehr. Die Ritter hatten natürlich viele abgeschossen, aber hatten sie vielleicht sogar alle von denen vernichtet?

Die anderen Städte Koblenz, Bonn, Straßburg berichteten dasselbe. Jack und Jens hatten dieselben Gedanken.

„Was meinst du, ist bei denen da drüben los?", fragte Jens. Jack überlegte. Keine Aufklärung des Feindes mehr auf ihrem Gebiet. Hatten die Rosenritter vielleicht ihren ganzen Bestand heruntergeholt? Das konnten sie sich eigentlich gar nicht vorstellten. Denn so eine Armee, die durch das Universum flog und auf mehreren Planeten kämpfte, hatte doch einen exzellenten Nachschub. Oder gab es da aus irgendeinem Grund Probleme? War eine Produktionsanlage ausgefallen, oder gab es da einen finanziellen Engpass, sodass ihre Produzenten erst wieder lieferten, wenn sie die Gelder für ihre Waren erhielten?

„Du weißt genauso viel wie ich. Sag du es mir", forderte Jack Jens auf und machte ein Nicken zur anderen Rheinseite. Wenn die beiden das genauer betrachteten, dann feuerte Universal Search wirklich weniger.

Die beiden Männer wollten diese Vermutung aber immer im Hinterkopf halten, nicht, dass so etwas zu einer Fehleinschätzung führte. Allerdings beabsichtigte Universal Search gar nicht, hier einen gezielten Angriff zu starten. Das wussten sie ja selber. Universal wurde zurzeit von allen Seiten ihres Reiches mit Stichen gepiekt. Und in Asien stieß sogar eine Lanze immer wieder zu. Sogar mit Erfolgen. Aber warum schwächelte ihr Gegner so?

Eine Frage, die ihr neuer, etwas introvertierter Freund Sullivan Blue ihnen beantworten konnte. Jack wollte ihn da nachher befragen. „Ich hab' keinen blassen Schimmer", sagte Jens, stocherte mit dem rechten Fuß im Boden rum und sehnte sich spontan nach einem Kaffee.

„Wann können wir losschlagen?" „Gleich, morgen, oder übermorgen? Hängt nicht von uns ab."

Jens wusste wie es stand, fragte nur noch mal nach. Erstens hatten sie noch keine gesicherte Methode gefunden, wie sie über den Rhein übersetzen konnten. Das Wasser war zu hoch und zu schnell. Angeblich hatten die Alliierten dasselbe Problem im Zweiten Weltkrieg gehabt, und zweitens, hing es von der Bereitschaft der Verteidigungsarmee von Asien ab. Sie hatten viel gekämpft und mussten sich neu sammeln. Sollte der Befehl von dort drüben kommen, dann mussten sie rüber. Ob mit Wasser im Rhein… oder ohne. Boote konnte sie nicht nutzen. Leichtere Ziele gab es kaum. Fluggeräte auch nicht. Denn die würden von den Abfangjägern aus dem Orbit runtergeholt werden. Hier verlief auch genau die Grenzlinie der Lufthoheit. Das durfte man nie vergessen. Und hier würden seeeehhhr viele sterben, wenn sie einfach so versuchten, den Rhein zu überqueren… das war ihnen klar. Denn sie konnten sich nicht vorstellen, dass die andere Seite unbewacht war. Auch wenn jetzt keiner feuerte, konnten sie doch durch die Ferngläser vereinzelte Universal Search-Einheiten patrouillieren sehen. Sie waren da. Das war sicher. Der Wind drehte jetzt und kam aus nördlicher Richtung. Er trug all die Gerüche, die ein Heer von rund 200 000 Menschen ausstieß. Schweiß, Fäkalien, Kaffee, Essen und vieles mehr. Eine Mixtur, die von Adrenalin dominiert wurde.

„Wir sollten eine Runde drehen", sagte Jack zu Jens. Beide wussten, dass das wichtig war. Sie gaben den beiden Offizieren ein Zeichen, die nun immer um sie herum waren. Sie lasen den beiden jeden Gedanken von den Lippen. Brauchten sie ein paar Dokumente, hatten sie sie schneller in den Händen, als sie die Namen der Akte aussprechen konnten.

„Sollen wir einen Flightcruiser nehmen?", wollte Jens wissen während sie aus der kleinen Zeltstadt rausgingen. Immer wieder machten sie einen militärischen Gruß. Egal, wo sie hingingen, die Krieger hier oben salutierten.

„Nein, wir nehmen einen offenen Jeep." Kaum hatte Jack das gesagt, da schoss sein Helfer in weißer Uniform an ihnen vorbei. Der

Ausgang des alten Modellflugplatzes zierte jetzt eine Schranke. An beiden Seiten waren Wachhäuschen aufgebaut worden. Es war nicht ihr Wunsch gewesen, aber die Männer meinten, das gehörte sich so, wenn die Führung, der Generalsstab, da war. „Meinetwegen", hatte Jens gesagt. Wenn die Männer das meinten, dann war das schon richtig so. Vor ihnen führte der kleine graue, asphaltierte Weg nach oben, der auf den Spaziergängerweg des Rheindamms endete. In Friedenszeiten war hier ein heißer Sommertag bei einer leichten kühlen Brise des Flusses ertragbar. Doch jetzt ging niemand dort oben. Keine Spaziergänger, keine Hundebesitzer, keine Inliner. Hunderte von Kämpfern hatten sich links und rechts am Fuß des Damms auf dieser Seite niedergelassen und warteten sitzend, schlafend, oder stehend auf den Einsatz. Rucksäcke lagen an der Seite, Blechdosen mit Löffeln gammelten verbraucht dahin. Als der grüne Jeep vorfuhr, blickten einige der Männer auf. Als sie erkannten, wer da gerade die Kommandozentrale verließ, ging es wie eine Welle durch die Truppe. Jeder stupste den anderen an und zeigte zu den General-Rittern Jack Johnson und Jens Taime. Die obersten Ritter vor Ort. Jeder stand auf und richtete seine Uniform. Ein Klappern und Klimpern ging durch die Reihen. Hier und da konnten sie ein Motzen hören, wenn einer der schlafenden Männer nicht schnell genug hochkam. Das machte man doch nicht, wenn die Führungsspitze auftauchte!

Jens und Jack waren sich bewusst, was für große Stücke die Männer und Frauen auf sie hielten. Sie konnten es in ihren Gesichtern lesen: Hoffnung, Stolz und der Wille, alles unter ihrem Kommando zu machen, was für die Rettung der Erde notwendig war. Jens und Jack blieben kurz stehen und nickten. Ein Stummes Zeichen der Solidarität. Diese Krieger vertrauten ihnen bedingungslos.

„Los jetzt", sagte Jens. Eigentlich wollten die beiden gerne selber fahren, aber die anderen Ritter hatten ihnen das schnell untersagt. Es gehörte sich nicht. Punkt. Da hatten die beiden einfach keine Widerworte geben dürfen.

Der Jeep brauste sofort los. Den Fahrer in seiner schwarzen, hautengen Uniform mit der blauen Rose in der Mitte kannten sie nicht. Ein junger Bursche mit roten Haaren und einer grün gefärbten Strähne. Die Uniform selber war neu. Das konnte man sehen.

„Fahr langsam, sodass wir auch ein paar Worte mit den Männern wechseln können", sagte Jack noch. In dem Moment materialisierte sich Johnny und schaute sich interessiert um.

„Macht ihr 'nen Sonntagsausflug, oder ist hier generell relaxen angesagt?" Wenn Sonja nicht in der Nähe und er alleine unter „richtigen" Männern war - bei Jens war er sich da immer noch nicht so sicher – dann konnte er gut wieder einen vom Stapel lassen. „Picknick", ließ Jack einen ab. Sie fuhren gerade an einem frisch angelegten Stück unterhalb des Damms vorbei. Eigentlich war hier ein kleines Waldgebiet und der ursprüngliche Weg ging direkt auf dem Damm entlang. Aber das ging ja nicht. Schlecht konnten sie ein leichtes Ziel für ihre Feinde sein. Sie hatten das hier platt walzen lassen. Eine Straße war nicht extra errichtet worden. Wozu auch? So ging es schließlich auch. Kaum hatte der Jeep seine Reifenspur in den frischen Untergrund gefahren, da signalisierte Jens dem Fahrer, dass er einen Schritt langsamer machen sollte. In ihrer Fahrtrichtung war es die linke Seite, auf der die Armee stand. Jetzt konnte sie die Truppe vor Büderich bis Haus Meer lagernd genau sehen.

Als erstes kamen Fußtruppen. Die meisten saßen. Dann kam eine Truppe von vielleicht 50 Flightcruisern, die sich bis auf fast einen Meter über dem Boden abgelassen hatten. Ruhestellung. Einige saßen und warteten. Einige heraus baumelnde Füße zeigten, dass einige der Männer schliefen. Gut so. Sie würden ihre Kräfte noch brauchen. Dann kamen rund fünfzehn Tigerpanzer, die offenbar ihren Weg aus irgendeinem Lager der Bundeswehr ihren Weg hierher gefunden hatten. Nichts Neues. Dann folgten wieder Truppen. Das hier war der ehemalige Landungsplatz der Union. Nichts zeugte mehr davon, dass hier die Nila-Besatzungsmacht gewesen war. Der Untergrund war brauner Matsch. Einzelne Bäume waren stehen gelassen, sofern sie nicht von den Union-Troopers gefällt worden waren. Dann kam eine Gruppe von Stalinorgeln. Wie die hierher kamen, das wusste bis auf die Russland-Deutschen niemand. Sie wollten es partout nicht verraten. Sie grinsten dann nur. Und es ging immer weiter.

Wieder Einheiten von Kriegern, dann Maschinen. Immer abwechselnd. Als die Männer erkannten, wer da an der vordersten Linie vorfuhr, ging ein Raunen und Staunen durch die Reihen. Jeder, der die beiden sofort identifizierte, stand auf, rückte seine Uniform gerade und nahm Haltung an. Murmeln erfüllte die Luft. Würden sie den Beginn ankündigen?

„Keine Bange, wir wollen nur mal schauen, ob bei euch alles in Ordnung ist", nahm Jack den Männern schon mal den Wind der Erwartung aus den Segeln. Langsam fuhr der Jeep die Linie ab. Immer wieder traten Männer und Frauen nach vorne und reichten ihnen die Hände.

„Wir sind dabei.", „Euer Wort ist unser Befehl." und „Ihr befehlt, wir folgen.", waren nur einige der Sätze, die die beiden Ritter tapfer klopfend entgegennahmen. Immer wieder musste der Fahrer anhalten, sonst wären Jack und Jens noch aus dem Wagen gezogen worden und auf dem schlammigen Untergrund gelandet. Nach ein paar Metern stand dann auch eine Gruppe vorne, die sich ein Banner gebastelt hatten.

„Für die Heimat – Für Meerbusch" stand in großen Lettern drauf. Die Männer, es waren so knapp zehn, starrten Jens erwartungsvoll an. Er war schließlich mal ein Lehrer am Meerbusch-Gymnasium gewesen, er sollte sie eigentlich noch erkennen. Jens gab dem Fahrer einen Schulterklopfer als Zeichen, er solle anhalten. Er schaute in die Reihen.

„Ritter Jens will was sagen", ging es ehrfurchtsvoll direkt hinten rum. Langsam aber sicher rückten die Krieger immer näher nach vorne, bis sie eng gedrängt, vor Jens standen. Der Meerbuscher Ritter erkannte tatsächlich ein paar Gesichter wieder, die in dem Augenblick, als sie merkten, dass es bei ihm „Klick" gemacht hatte, vor Stolz nur strahlten.

Hier waren über 200 000 Rosenritter, und jetzt waren sie etwas Besonders.

Jens überkam ein warmes Gefühl der Freude, das direkt aus seinem Herzen zu strahlen schien. Er hatte nicht mehr damit gerechnet, jemals einen von ihnen wiederzusehen. Und dann standen sie hier, bereit in den Tod zu gehen. Unter anderem auch für ihn. Kaum konnte er die Tränen unterdrücken, die sich in seinen Augen anstauten.

„Verdammt ihr müsst still sein, sonst können wir nichts hören", fauchte irgendwo in den hinteren Reihen eine Stimme. Vor ihm standen Gesichter, die er namentlich gar nicht alle kannte, aber er hatte sie schon oft gesehen. Beim Bäcker, im Supermarkt, oder bei einem Schützenfest. „Schön...", krabbelte es seine Kehle hoch. „...dass... ihr hier seid."

Der erste Mann in der Reihe hatte eine Hakennase, braune Augen und braunes Haar. Jens kannte ihn vom Fußballplatz. Er musste ein Spieler von Tura gewesen sein...oder so. Der Mann erkannte selber, dass sie sich von früher auch nur vom Sehen kannten, aber das war in dem Moment egal. Das hier schweißte alle zusammen.

„Für Meerbusch", kam es aus ihm raus, das freudige Gefühl schnürte ihm fast den Hals zusammen. Er hatte einen Kloß. Dann drückte er schnell die Fahne seinem Nebenmann in die Hand, machte einen Schritt nach vorne und umarmte Jens so kräftig, dass ihm fast die Luft wegblieb. Und da platze es aus ihm raus. Unter Wasserfällen an Tränen wimmerte er: „Sie haben meine Kinder und meine Frau getötet. Lass dies nicht ungesühnt bleiben. Hörst du? Lass dies nicht ungesühnt bleiben!! Meine Frau war erst 26 und meine Kinder eins und drei!! Hörst du? Hilf uns....", klammerte sich der Mann um Jens und....der blieb stehen.

Ein Moment der absoluten Stille trat ein.

Nur Johnny murmelte leise: „Gefühl zeigen ist ja O.K.... aber in

Grenzen bitte. Wir sind ja nicht in einem Mädchenclub, sondern in der Armee der Blauen Rose!"

Doch er blieb ungehört. Der Soldat durfte sich an der Schulter des General-Ritters stellvertretend für alle Menschen der Erde, des Universums, ausheulen, und hinterließ weinend rotzige Spuren der Trauer und der Hoffnung auf seinen Schultern.

Es wird alles gut. Nur raus mit dem, was dich bedrückt.

Die Szene verzauberte alle. Dann schien irgendetwas die Menge zu elektrisieren.

Ja, ihre Ritter, ihre Helden hörten ihnen zu, waren für sie da. Sie waren wie sie.

„HU-JA….. HU-JA…. HU-JA…HU-JA", murmelten die Männer und Frauen alle gemeinsam wiederholend, immer lauter werdend, bis das Feld eine einzige Geräuschkulisse war HU-JA….. HU-JA …. HU-JA…HU-JA.

Dann ließ ihn der Mann los. Jens wischte ihm die Tränen von den Wangen und der Soldat ging wieder einen Schritt zurück. Er nahm das Banner an der Stange wieder von seinem Nebenmann und winkte damit in weiten Zügen hin und her.

„Für die Heimat!!!", schrie er jetzt mit all seine Kräften. HU-JA… .. HU-JA …. HU-JA…HU-JA. Dann drehte er sich um und feuerte die Armee an. HU-JA….. HU-JA …. HU-JA…HU-JA.

Als nächstes trat ein größerer Mann nach vorne. Er trug die weiße Uniform ebenso stolz wie alle anderen. Der ehemalige Bürgermeister konnte ebenfalls nur mit einem Krampf im Hals sprechen. „Lasst… uns die… Ärsche… verdreschen!!! Sir Taime!" General-Ritter Jack stieg jetzt selber aus dem Jeep aus und stellte sich neben Jens. Johnny flog mit, konnte aber angesichts der vielen Gesichter nichts sagen. „Johnny und Jack…", murmelten bereits einige, hörten mit dem HU-JA aber nicht auf. Johnny grinste hämisch. Ja, sie kannten ihn.

„Sie haben… meine… Familie… verschleppt", stammelte der Bürgermeister weiter. In ihm keimte die Hoffnung, dass sich Jens, da er ja Meerbuscher war, vielleicht seiner Sache annehmen konnte. Aber das war nur ein kleiner Funken, der zwar da war, aber der ehemalige erste Bürger der Stadt wusste dass es viele Dinge gab, die wichtiger waren als Einzelschicksale. Hier ging es um die ganze Welt. Aber er würde es sich nie verzeihen können, wenn er es nicht versucht hätte. Zumindest hatte er es jetzt gesagt… HU-JA… Das war er seiner Frau und seinen beiden Söhnen schuldig… HU-JA… Jens klopfte ihm auf die Schulter und zwinkerte. Dann drängten sich zwei weitere Männer nach vorne. Sie trugen Feuerwehrhelme über ihren schwarzen Rosenuniformen und versuchten, Jens wenigstens kurz zu berühren. Sie wollten nur, dass er sah, dass sie auch dabei waren… nur dass er es wusste…HU-JA… Der kleine türkische Büdchenbesitzer war auch darunter… HU-JA… „Für die Heimat – Für Meerbusch", brüllte er hüpfend und winkend in weißer Tracht - ein wenig zu groß für ihn - voll gepumpt mit Adrenalin…. HU-JA… Und dann wieder zwei Arme und wieder…und wieder…und wieder… HU-JA… Generell-Ritter Jens ging die Linie weiter und verließ den Meerbuscher Personenkreis. Als er bei den nächsten ankam, war das Gedränge immer noch so stark. HU-JA, machten alle weiter. Der Chor hörte nicht auf zu singen. Aber irgendwas passierte im Hintergrund. Er konnte genau erkennen, dass da etwas durchgereicht wurde. Und dasselbe passierte jetzt überall. Als erstes guckte ein Holzpfosten zwischen den Beinen der Männer in der vordersten Reihe heraus… und dann wurde sie aufgerichtet. Nachdem die anderen Männer das Meerbuscher Banner gesehen hatten, schusterten sie im Abseits schnell ihre eigenen Fahnen zusammen und reichten sie nach vorne. Manch einer hatte schnell sein Hemd genommen, es eilig beschriftet und um eine Stange gewickelt. Ein anderer hatte tatsächlich eine Fahne seiner Stadt dabei. Aber nicht nur Flaggen von Städten, sondern auch von Ländern. Der Mann der gerade vor Jens stand richtete die Stange auf. „Für die Heimat - Für Düsseldorf", stand dort auf weißem Hintergrund groß drauf. HU-JA….. HU-JA …. HU-JA…HU-JA… Die Menge fing an zu jubeln.

Alle klatschten Jens und Jack in die Hände, während Johnny jetzt über den Köpfen flog und die Menge tollwütig anheizte. Immer wieder hob er die Hände wie bei einer Laola-Welle in die Höhe und brüllte dabei selber immer wieder… „HU-JA"… Und dann kamen sie alle und richteten sich stolz in die Lüfte auf: Für Paris…für Brüssel…für Berlin…für Kiel…für Krefeld…für Toulouse….für Amsterdam…für Madrid…für Rom…für Dublin…für London…und alle Städte, die Europa beherbergte, standen hier drauf. Die Menge jubelte und die General-Ritter Jack und Jens stiegen wieder in den Jeep, fuhren die Linie ab. Doch nicht nur direkt vor Büderich fuhren sie vorbei. Sie reisten bis nach Nierst runter.

Hier hatten die Frauen und Männer mittlerweile bessere Fahnen aufgetrieben, und das HU-JA… HU-JA… HU-JA… schien hier noch viel lauter zu sein. So laut, dass sich die beiden kommandierenden Ritter schon fragten, ob der Feind nicht misstrauisch werden könnte. Aber sie konnten die Krieger nicht daran hindern. Hier hatten sie in der Zwischenzeit ganze Standarte zusammengezaubert. Die amerikanische Flagge, ein paar afrikanische, die kanadische… die ganze Welt hatte sich hier versammelt…HU-JA… Als sie mit dem Jeep auf der Höhe ankamen, wo sich die Strümper versammelt hatten, waren sie schon ein wenig verwundert. Denn sie kannten die Gesichter, eine Fahne hatten sie allerdings nicht. Erst als Jack, Johnny und Jens vor ihnen anhielten und ausstiegen, der Matsch durch ihre Stiefel in die Luft spritze, die Männer unter kräftigem HU-JA so stark salutierten, dass die Ritter Angst hatten, die Männer hätten sich ihre Hacken verletzt, da hoben gleich zwei Frauen einen ganzen Fahnenmast in die Höhe… und rammten ihn in ein vorbereitetes Loch.. Hier hinten in den Wiesen und Feldern der alten Rheinschlinge, hoben die Männer und Frauen aus Strümp eine Fahne in den Himmel, die alles andere überragte. In fetten, alles übertrumpfenden Lettern und mit dem Symbol der Stadt Meerbusch im Hintergrund stand dort „SCHMOON LAWA". Es schien, dass die ganze 200.000-köpfige Armee nun zu jubeln begann. Jack,

Johnny und Jens lief beim Anblick dieses Symbols eine Gänsehaut den Rücken runter. Sie konnten nur staunen. Es hatte wirklich etwas Magisches. Jetzt veränderten sich auch die Sprechgesänge des HU-JA und schlossen dann immer ein SCHMOON LA-WA an: HU-JA… SCHMOON… LA-WA… HU-JA… SCHMOON… LA-WA… HU-JA… SCHMOON… LA-WA…

Und dies verteilte sich in Windeseile über den ganzen freien Planeten. In jeder Sklavenmine, auf jeder Galeere, in jedem Bergwerk, auf jedem Schlachtfeld im Munde jeder Frau, jedes Kindes und jedes Erwachsenen wurden die Worte SCHMOON LAWA geformt…. die Befreiung rückte immer näher.

Mehr als ein Gefühl….Gewissheit.

Das „Hicks" war schon von weitem auf dem Gang zu hören. Mittlerweile war es auch vor den Quartieren der Familien Feuerstiel und Leidenvoll so eng geworden, dass man sich nur noch mit durchdrücken vorwärts bewegen konnte. Sarah ging so schnell es bei der Menge möglich war auf die Türe der Feuerstiels zu. Sonja flog neben ihr.

„Bist du eigentlich immer noch sauer, dass wir das gemacht haben?", wollte die junge Schmetterlingsdame wissen. Aber eher aus Neugierde, wie Sarah es verpacken wollte, dass sie eigentlich gar nicht sooo sauer war. Denn Sonja hatte schon längst begriffen, dass es eher die Unkenntnis über die Aktion war, als dass sie das wirklich für viel zu gefährlich hielt.

„Hmmm. Wenn ich dir jetzt sage, dass ich es bin, wird das dann was ändern?", gab es als Gegenfrage zurück. Sonja lächelte. Nein. Das tat es nicht. Und Sarah wusste ja selber, dass Sonja sie genau kannte. Aber es tat gut, dass sie zusammen mit den anderen Frauen mal wieder das Gewissen unter den Männern gespielt hatte. Auch wenn sie da wahrscheinlich gar nichts für konnten. Sie wusste immer noch nicht, wie sie die Lan-Dan einschätzen sollten. Und hier lag ein weiteres Problem. Deswegen war sie auf dem Weg zu Monika Feuerstiel.

„Hicks" machte es wieder und Sonja bekam noch im Flug Sorgenfalten auf dem Gesicht. Kaum waren sie durch die geöffnete Türe hindurch, da sahen sie auch warum. Auf dem Tisch saß teilnahmslos Lukas. Die Füßchen baumelten nach unten, aber er schien seine Umwelt gar nicht wahrzunehmen. „Hicks", machte es wieder und der Schmetterling flog dabei einen Zentimeter in die Luft. Würde er noch härter hicksen, dann würde es ihn glatt auf den Boden hauen. Daneben saßen auf einem Stuhl Sullivan Blue und Monika Feuerstiel. Doch an der Wand stand eine Person, die in Sarah Misstrauen hervorrief. Unter anderem, weil sie so eine wunderschöne Aura hatte, dass man ihr gar nichts Böses, Schlimmes zutrauen wollte. Dort stand: FeeFee. Sie beobachtete ebenfalls den hüpfenden Schmetterling. Die Lan-Dan war hierher bestellt worden. Aber nicht von Sarah....sondern von Monika Feuerstiel. Und da sie gerade nichts Anderes zu tun hatte, war sie der Einladung gefolgt.

„Hallo Sarah", sagte Sebastians Mutter, streichelte beim Aufstehen vom Stuhl unbewusst ihren Bauch und wies Sarah einen weiteren zu.

„Nein, danke. Ich stehe lieber. Was gibt es denn so besonderes?" „Ach eigentlich gar nichts. Wir wollten nur mal ein bisschen plauschen", sagte Monika unverblümt und log dabei nicht einmal. Sie wollte einfach nur, dass sich FeeFee und Sarah ein wenig besser kennenlernten. So wie Frauen immer darum bemüht sind, Beziehungen zu verbessern. Sarah bekam ein ungutes Gefühl, Sonja hingegen zwinkerte FeeFee zu. Die antwortete mit einem verdeckten Augenschlag zurück.

„Und wie steht es bei dir und Johnny", wollte Frau Leidenvoll wissen. Sie wusste ja, dass die beiden ein Paar waren. Doch wie das bei Teenagern so ist, konnte sich das innerhalb eines Tages ja auch wieder ändern.

„Läuft nicht ganz so gut", gestand Sonja, während sie sich neben Lukas setzte, der sie anstarrte. „Hicks", sprang es aus ihm wieder heraus. Sonja streichelte seinen Rücken. Armer Lukas.

„Woran liegt's?". „Wir sind uns zwar ähnlich, aber irgendwie ist da zu viel, das nicht passt." „Ah. Aber gut ist, dass ihr das wisst." Sonja verzog leicht verschmerzt ihr Gesicht. „Na…ja. Ich weiß es. Johnny nicht." Frau Feuerstiel nickte und wandte sich jetzt den beiden stehenden Frauen zu. Die schauten sich nur an und musterten sich. Für eine Bürgerliche und dazu noch ein Mensch, bist du aber auch ganz schön attraktiv, dachte sich FeeFee.

Sarahs Gedanken hingegen liefen eher dahin, dass FeeFee schon eine ganz schön eingebildete Zicke zu sein schien. Ihre verachtenden Blicke sprachen zumindest dafür. Beide sagten keinen Ton.

„Ich habe mich auf ein Treffen, nur wir Frauen, schon so gefreut. Ist so was nicht herrlich?", sagte Frau Feuerstiel jetzt und machte dabei eine harmonische Geste mit den Armen. Etwas in der Art hatte sie den Damen im Vorfeld angedeutet, nur nicht so subtil. Ein intergalaktisches Kaffeekränzchen.

„Darf ich dir ein Glas Wasser anbieten?", fragte die Mutter von Schmoon Lawa an FeeFee gerichtet. Sofort fingen die Augen der Lan-Dan an zu glänzen….und das wusste Monika Feuerstiel.

„Ja… Ähmm… gerne", sagte die Lan-Dan verlegen. Sie wusste nicht, ob die anderen im Raum das gesehen hatten.

„Du musst wissen, dass unser Planet sehr viel Wasser hat." Wieder funkelte das Innere der Königstochter durch ihre Augen, mit einer Leidenschaft, die eigentlich niemandem entgehen konnte. „Hicks", machte es zum Glück wieder, alle schauten Lukas wieder an. Weg von der Lan-Dan, die jetzt das Angebot annahm und sich ein frisch eingegossenes Glas griff.

„Warum ist Lukas eigentlich hier?", fragte Sonja jetzt.

„Garth hat ihn zu Therapiezwecken hierher geschafft. Er soll im Kreise der Familie vielleicht das finden, was er bei Sebastian nicht kriegen kann."

In dem Moment zuckte es durch die Lan-Dan Frau. Sebastian!!! Das war ein Name, den sie nur zu gut kannte. Doch wie sie bereits mitbekommen hatte, trugen die Menschen immer zwei Namen. Sebastian!! Ihr Herz fing an zu rasen. Kleine Liebesblitze ließen sie zucken. Sie versuchte sich mit dem Glas Wasser in der Hand zu beruhigen und versuchte, nicht auffällig zu sein, wenn sie die „beiläufige" Frage stellte, die jetzt ihren ganzen Geist erfüllte und ihr sofort auf der Zunge brannte. Sie mahnte sich selber zur Ruhe, damit sie sich nicht verriet. Schnell sagte sie sich, wie wahrscheinlich es war, dass sie gerade ihren Sebastian hier finden sollte. Die Vernunft in ihr hatte das schon längst abgeschrieben, ihr Herz allerdings nicht. „Wo ist dieser Sebastian denn jetzt?", fragte die Lan-Dan, tat so, als würde sie das gar nicht wirklich interessieren und schaute dabei auf den Boden. Da die anderen Frauen aber nur zu gut wussten, aus den wenigen Momenten, in denen sie die Frau kennengelernt hatten, dass sie immer stolz und geradeaus schaute, und sich hier nicht viel besser anstellte als ein verliebter Teenager, rochen sie die Lunte. Frau Feuerstiel schaute sie mit den Augenbrauen runzelnd an. Jeder hier wusste, wer Sebastian war…und jeder hier wusste, dass er weit weg war. O.K.. Die Familie wurde das schon den ganzen Tag gefragt, aber eher nur nebenbei. Denn niemand erwartete eine ernste Antwort. Doch in dieser Stimme war etwas, dass von mehr zeugte, als einer Lappalie. „Auf einer Geheimmission." Damit verriet sie nicht viel, und eigentlich auch nichts Besonderes.

„Ach auf der Erde?", hinterfragte FeeFee das jetzt weiter, die Nervosität kaum verbergend. Auffällig genug, dass Sarah, Sonja und Frau Feuerstiel anfingen, fröhlich zu grinsen. Sie konnten ein Spiel mit ihr spielen. Das war tief in den Genen einer irdischen Frau verwurzelt. Jaaaa, das machte Spaß.

„Nöö", sagte Sonja jetzt sichtlich begeistert. „Wo denn dann?" „Na, das wissen wir auch nicht so genau, sonst wäre das ja nicht geheim." FeeFee wurde immer nervöser. Ihr Verstand raste. Wie viele Sebastians gab es denn, die nicht auf der Erde waren? Was sie bis jetzt mitbekommen hatte…nicht viele. Das…das…das…das war pures Glück. Und ER hatte ihr damals gesagt, er käme von diesem Planeten. Das hatte sie nie vergessen. Alles, was er sagte, trug sie im Herzen. Sebastian hatte ihr leeres Herz gefüllt.

„Könnte ich vielleicht mal ein Bild von ihm sehen?" Sarah konnte nicht anders als zu kichern. Lustig. Hach war das herrlich. „Ja, aber leider habe ich nur Bilder aus der Zeit, bevor er ein Ritter wurde", gab es von Frau Feuerstiel als Antwort. Die junge Lan-Dan Frau ging mittlerweile auf und ab. Wie ein Panther, der Action brauchte. Absichtlich langsam stand Frau Feuerstiel auf und ging zu einem Schrank. Sie hatten beide extra hier unten keine Bilder aufgehängt, da sie Besucher, die hier immer mal wieder „zufällig" vorbeischauten, nicht noch einen Grund geben wollten, länger zu verbleiben. Außerdem war das hier unten nur ein Interims-Quartier. Wenn alles vorbei war, dann würden sie wieder zurück in ihr Haus in Strümp gehen. Dort würden dann wieder alle Bilder von der Familie hängen. So, wie es sich für ein richtiges Heim auch gehörte. „Einen Moment, ich hab's gleich."

„Johnny sagt immer, das Herz einer Frau wird leer geboren und will gefüllt werden…" „Wow, so was kriegt dein Schmetterlings-Lover hin?", platzte es aus Sarah erschrocken raus. Hach, wenn das mal Jens könnte!! Schmacht kam in ihr auf. Aber nicht nur Sarah hatte sich bei den Worten sichtlich erschrocken. Auch FeeFee zuckte dabei unkontrolliert. Ahnen diese Menschenweibchen etwas? Waren sich die Frauen im ganzen Universum so ähnlich? Wenn sie hier was argwöhnten, wie nahe war sie dann dran?

Ihr Herz sprang. Bitte… bitte lass es ihren Sohn sein……..und ich werde alles dafür tun, dass dieser Planet überlebt….bitte, bitte… .und ich bin bereit, eine andere Möglichkeit zu finden, wie unser Volk gerettet werden kann….. .

„Ah, da hab ich ja eins", kramte Frau Feuerstiel in einem Karton, der Kopf immer noch hinter der Schrankwand verschwunden. Dann so, als wäre es das Normalste der Welt, hielt sie mit einer Hand das Polaroid-Bild in die Luft. So, als könne es sich jeder nehmen, der Lust hatte. FeeFee konnte nicht mehr und machte einen Satz nach vorne und grapschte es ihr schnell aus der Hand. Doch so sehr sie sich gefreut hatte, so schnell war sie auch enttäuscht. Das war ein

Bild von der Mutter, die das Kind noch in ihrem Bauch trug. „Warten sie! Hier ist noch eins."

FeeFees Herz sprang aus dem Keller wieder aufs Dach. Schnell nahm sie sich das nächste Bild, schaute es an……und war wieder zutiefst geknickt. Hier war ein kleiner, nackter Junge auf einer Decke. Sie ging davon aus, dass es ein Junge war, da in der Mitte ein kleiner Zipfel baumelte.

„Und hier ist noch eins", freute sich die Mutter erneut, reichte es wieder um die Ecke, während sie immer noch weiterkramte.

„Habt ihr eigentlich kein Fotoalbum?", wollte Sonja jetzt wissen, die nicht ganz verstand, warum sie alle Bilder einzeln herausholte. Sarah schaute sie mit einem giftigen Blick sofort an und deutete mit ihren Augen auf FeeFee, die unterbewusst von einem Fuß auf den anderen wechselte. Hier war sie weit ab von zu Hause, weit entfernt jeder Etikette, und auch die anderen Lan-Dan waren in diesem Moment nicht hier. Niemand aus ihrem Volk konnte sehen, wie sie sich gerade „daneben" benahm. Sonja schüttelte sich im Moment der Erkenntnis.

„Ach so. Ja, ja…. Ääähm… Fotoalben sind viel zu veraltet. Das macht ja niemand mehr", flüchtete sie sich mit einer Ausrede, die FeeFee aber gar nicht mitbekam. Die Lan-Dan nahm das Nächste in die Hand. Ihr Herz sprang und hüpfte. Das hier war eines, wo der Junge in die Grundschule ging. Dieser Junge hier war zwar noch nicht der Sebastian, den sie kannte, aber seine Gesichtszüge kamen denen schon sehr ähnlich, die sich in ihrem Herzen eingebrannt hatten. Das Lächeln war das gleiche. Die pure Lebensfreude. So wie es sein sollte.

„Aaah… endlich eins, dass nicht ganz so alt ist. Vielleicht ist das auch das neueste, was wir haben", sagte Frau Feuerstiel jetzt und kam aus dem Schrank wieder hervor. Beim Anblick der wunderschönsten, jungen Frau des Universums, mit ihren grünen Augen, ihrem schlanken Körper, ihrer seidenglatten, dunkel gebräunten Haut und einem Gesicht wie aus Zedernholz geschnitzt, einer Frau, der jetzt schon nervöse Zuckungen über die Wangen liefen, sie ziemlich lächerlich aussehen ließen, tat es Frau Feuerstiel schon fast leid... sie hatte mit ihrem Gast gespielt. Denn direkt das erste Bild war das richtige gewesen. Doch hatte sie es in der Hand gehalten und immer erst die älteren herausgerückt. Tat irgendwie gut, war aber jetzt dann doch gemein. Sie reichte es ihr laaaaaangsam. Doch... das musste jetzt sein.

FeeFee nahm das Bild....und drehte es um. Der Junge stand in Jeans und weißem T-Shirt barfuß in einem Garten. Auf grünem Rasen, hinter ihm eine Eiche....und es war IHR Sebastian aus den Bergen. „Der....der....der....", erschrocken drehte sie sich wild um. Ihr langes Haar wedelte brausend durch die Luft. Sie schaute in die lieblich- grinsenden Gesichter von Frau Feuerstiel, Sonja und Sarah, die mit voller Leidenschaft diesen Moment genossen. Wunderbar!! Sofort ergriff die Lan-Dan panikartiges Entsetzen. Sie wurde kreidebleich, und in ihrem Kopf hämmerte nur eine Feststellung: SIE HATTE SICH BLAMIERT!!! Vor den Menschen!! Mit einem Mal verwandelte sie sich hektisch in einen Panther...und rannte mit einem großen Sprung raus. Nur weg von hier.

Sie wusste jetzt überhaupt nichts mehr. Nicht was sie machen, nicht wohin sie nun rennen sollte. Einfach nur weg. Zu ihrem Bruder und den anderen konnten sie auch nicht. Sie wollte nur weg. Das... das...das ging alles nicht. Kaum war sie aus dem Raum verschwunden, da plagte das schlechte Gewissen alle Anwesenden.

„Meinst du, wir haben übertrieben?" Hmmm, vielleicht. Aber keiner antwortete.

„Ich seid ja so was von gemein!! Das werde ich Sebastian erzählen", plärrte Lukas los....und sofort war er selber überrascht, dass der Schluckauf verschwunden war....Schreckartige Erkenntnis, die in überschäumende Freude wechselte... Juhuu!!!! Er war weg. Endlich!!! Der Schluckauf war endlich weg. Juhuuu!!! Jetzt konnte er wieder zu Sebastian!! Er durfte ja nur deswegen nicht mit. Juhuu. Endlich. Die Frauen schauten ihn an. Dann blickte er zu Sullivan

Blue, der am Tisch saß. Hmm, irgendwas stimmt mit dem Typen nicht. „Also das…", er zeigte auf Sullivan „..und das mit FeeFee werde ich erzählen", sagte er und löste sich flugs auf.
„Petze, pfhhh", ließ Sonja ab.

Ben Enterprise war jetzt auf einem Lenta-Class-Beta-Schiff von Cuberatio. Im Grunde genommen war es dasselbe, wie das, auf dem er vorher war. Nur eine Nummer kleiner. Es war ebenfall rechteckig und schwarz. Bereits direkt nach seiner Ankunft hatte er erkennen können, dass es vom Bau her ebenso konstruiert war wie das erste. Nur kleiner halt. In der Mitte war ebenfalls eine kleine Hauptröhre.

Aber von hier gingen nicht in alle Richtungen andere Tunnel ab. Nur auf waagerechter Ebene. Sie hatten das Licht bereits angeschaltet, als sie ihn an Bord beamten. Gedimmt, versteht sich. Gelegentlich glaubte er fast, dass sie im Dunkeln besser sahen als im Hellen. Aber das war nur ein Gefühl. Genauso wie er merkte, dass das Entweichen seiner Kräfte wieder nachgelassen hatte. „Chester?", nahm er Kontakt zu einem Ritter auf, der auf eine Nachricht von ihm bereits wartete. Er klinkte sich in seinen Kopf ein.

„Schmoon Lawa?", fragte der direkt nach. „Ja, ich bin's. Aber du sollst mich doch nicht so nennen!" Sebastian konnte das Gesicht nicht sehen, daher wusste er nicht, dass er nur einen Scherz gemacht hatte.

„Ist alles in Ordnung bei dir?" „Ja. Bis jetzt schon." „Was heißt denn bis jetzt?" „Ich weiß nicht. Irgendwas ist hier, dass mir nicht geheuer vorkommt." „Kannst du sagen… was?" „Nein, es ist nur so eine Ahnung." „Dann brich ab" „Nein. Auf gar keinen Fall. Wissen wir denn, wann wir noch einmal solch eine Chance erhalten?" „Wenn es zu gefährlich wird, dann brich ab. Dein Leben ist zu kostbar, als dass du drauf geht's…für eine Hure." „Sie ist keine Hure", dachte Sebastian, behielt aber ein „nicht mehr" für sich. „Dann pass auf dich auf." „Ja. Ich melde mich wieder, wenn wir die nächste Phase einleiten." „OK.. Halt die Ohren steif."

Sebastian musste kichern. An Bord eines Androidenschiffes war das irgendwie witzig. „Bis bald" „Warte!! Hier ist jemand gekommen, der fragt, ob er zu dir darf?" Sebastian wollte gerade abbrechen, hielt dann aber die Geistübertragung aufrecht. Er überlegte. Wer konnte denn jetzt fragen, ob er zu ihm kommen durfte? Eigentlich konnte das nur einer sein, der dazu auch in der Lage und wusste, dass er auf einer Geheimmission war, die nur eine Handvoll Leute kannte: Lukas!! Er war wieder gesund?

„Lukas??" „Huhu. Hier bin ich und wieder topfit!! Ich komme sofort, wenn du willst." Sebastian überlegte. Er konnte ihn hier nicht gebrauchen. Er wusste nicht, ob die Androiden die Information besaßen, dass zu Rittern auch Schmetterlinge gehörten. Und wenn er ihn hier einfach hinbestellte, dann könnte er dieses Wissen damit verraten. Auch wenn sie im ganzen Universum herumflogen, und überall diese Informationen herbekommen konnten. Es sprach einfach zu vieles dagegen, dass sie es wagen sollten. Außerdem wunderte es ihn, dass Lukas überhaupt danach fragte. Das war so gar nicht seine Art. Aber die Antwort darauf erhielt er sofort.

„Ich habe es bereits versucht. Ich meine, zu dir zu kommen. Aber es ging nicht. Wie auf dem Crox-Planeten. Du weißt noch?" „Ja. Ich weiß, das war vor über einer Stunde auf dem anderen Schiff. Sie haben da Erze und Proben von dem Planeten hochgeschafft. Ich glaube allerdings nicht, dass sie wissen, dass wir Ritter damit ein Problem haben." „Nein. Ich habe vor fünf Minuten versucht, zu dir zu kommen. Da ging es nicht."

Sebastian stockte. Vor fünf Minuten? Er kratzte sich am Kopf.

Das Zimmer in dem er hier saß, war spartanisch wie auf einem Kriegsschiff eingerichtet. Er erwartete ja auch keinen Komfort. Ein Metallgestell als Bett mit einer Matte. Ein Tisch, ein Stuhl. Fünf mal fünf Meter groß. Nicht schwarz, sondern grau gestrichen. Die Farbe roch noch frisch. Als wäre es erst kurz vor seiner Ankunft errichtet worden. Sie hatten das hier extra für seinen Besuch hergerichtet. Der Raum hatte eine Schiebetüre. Sebastian war sich sicher, dass er hier überwacht wurde. Das ganze Schiff selber hatte was von einem lebenden Geschöpf. So, als wäre es selber auch eine Kreatur von Nr. 1. Er ging zur Tür.

Dass seine Schritte aufgezeichnet wurden, da war er sich sicher. Aber egal. Sie hatten gesagt, er könne sich frei bewegen. Jetzt wollte er nur schnell einen Blick nach draußen werfen.

„Bist du noch da?" „Ja. Einen Moment. Ich schaue gerade etwas nach."

Sebastian öffnete die Türe und schaute nach links und rechts... Da!!... Verschwand da gerade einer dieser sechsbeinigen Transportandroiden?

Er hatte nur die letzten drei Beine sehen können und dann war er verschwunden. Ach Quatsch. Das bildest du dir nur ein Feuerstiel, mahnte er sich selber. Er schloss die Türe mit einem Handschlag auf den Knopf und ging wieder zurück.

„Hallo?", dachte er wieder weiter und versuchte, den Kontakt zu Chester und Lukas wieder aufzunehmen. „Hallo, hallo. Ist alles in Ordnung bei dir?", brüllte Lukas, aber seine Stimme war total leise. Der Kontakt drohte abzubrechen. Das konnte Sebastian spüren. „Hallo?", fragte er selber noch einmal nach. Aber....nichts. Keine Antwort mehr. Das war komisch. Sollten die Androiden die Steine hierher geschafft haben?

Wenn ja, war das mit Absicht, um ihm zu schaden?

Sebastian schüttelte den Kopf. Nein. Unmöglich. Sie konnten davon nichts wissen. Nein, aber vielleicht hatten sie die Erze rübergeschafft, unabsichtlich, nicht um ihm zu beeinträchtigen, sondern einfach, um sie mit diesem Schiff wegzubringen. Das wollte er aber noch einmal testen. Er ging zu Sismael. Sebastian hatte ihn abgelegt und nun ruhte er sanft auf dem einfachen Bettgestell. Sebastian beugte sich nach vorne, doch bereits in der Bewegung merkte er, dass er zumindest keine starke Aura ausstrahlte. Doch dann berührte er ihn und bekam Sicherheit. Sismael war so kalt wie der Stahl aus dem er bestand! Es war so, als würde er überhaupt kein Eigenleben besitzen.

Ein ungutes Gefühl stieg in Sebastian auf und erfüllte langsam aber sicher seinen ganzen Körper.

Sie hatten was gemacht… die Steine waren hier!! Da war er von überzeugt. Und nun? Sie wussten ja, dass er ein Ritter war. Und was, wenn er einen kleinen Trick anwendete? Dann konnte er sich ja nicht verraten. Nur was Kleines, was viele Ritter konnten. Und nichts, was darauf hindeutete, dass er Sebastian Feuerstiel war. Also öffnete er im stehen seinen Hand und senkte den Kopf. In seiner Handfläche sollte jetzt ein kleiner leuchtender Ball auftauchen. Er setzte seine ganze Konzentration darauf….aber nichts passierte. Panik ergriff ihn, die er mit Mühe und Not unter Kontrolle zu halten versuchte. Und nun? Was sollte er machen? Sebastian setzt sich auf einen Stuhl und stützte seinen Kopf auf den Händen ab. Und nun?

Wenn sie es nicht wussten, dass er allergisch gegen die Steine und Erze reagierte, dann würden sie es spätestens erfahren, wenn er keinen Kontakt zu Natalia aufnehmen konnte. Dann würden sie die Schwachstelle der Ritter kennen. Konnte er das riskieren? Sebastian war klar, was das bedeutete. Und vor allem war ihm klar, wie viel dieses Wissen Wert war. Wer alles daraus einen Nutzen ziehen konnte. Und wie viele dafür gerne etwas zahlen würden. Sogar viel zahlen würden…. Sebastian konnte nicht in diesem Schiff bleiben! Er musste flüchten. Das war jetzt sicher. Würde er bleiben, dann würde das die Ritterschaft zerstören können. Sebastian musste fliehen. Schnell stand er auf, ging zu dem Bett und schnallte sich Sismael über den Rücken. Dann öffnete er die Türe mit einem routinierten Handschlag… und ging schnell in die Dunkelheit des Ganges. Sie hatten das Licht wieder ausgeschaltet. Nichts war zu hören. Und wenn er Recht hatte, seine Vermutung stimmte, dass sie nachts, und hier war es anscheinend immer Nacht, besser sehen konnten, dann würde es jetzt verdammt gefährlich für ihn werden. Auf Zehenspitzen wählte er den Weg nach links. Sebastian wollte sofort die nächste Abzweigung wählen, da hört er ein Klackern. Sofort blieb er stehen, sprang einen Meter zur Seite und drückte sich an die Wand. Er hätte gar nicht gedacht, dass die Schiffswand aus so weichem Material bestand? Dann wieder…ein Klackern. Und es war recht nahe. Bewegte sich das Geräusch oder blieb es an einer Stelle? Das war hier die Frage. Sebastian beugte sich nach vorne, immer noch auf Zehenspitzen stehend und versuchte zu lauschen. Jetzt konnte er immer noch wieder zurück in sein Interimsquartier. Da! Wieder das Klackern… aber mehrere Male. War das nur ein Android…oder mehrere? Da wieder!

Wenn er es nicht besser wüsste, dann würde er sagen, dass da jemand wartete und nervös war. Warum war eigentlich die Wand in seinem Rücken unten hart und oben weich? Komisches Schiff. Sollte er jetzt weiter- oder zurückgehen? Die Entscheidung sollte er möglichst schnell fällen - denn stehen bleiben konnte er auf gar keinen Fall.

Doch diese wurde ihm abgenommen….als das Licht anging. „W..o..w..o..l..l..e..n..w..i..r..B..e..n..E..n..t..e..r..p..r..i..s..e..d..e..n..n ..h..i..n?", gurgelte eine Stimme hinter ihm. Der ganze Gang war voll mit Androiden, deren humanoide Arme in Laserkanone ausgetauscht worden waren. Ihre widerlichen Gesichter fixierten ihn mit ihren roten Augen, in denen jetzt schwarze Linien liefen: Fadenkreuze. Langsam drehte er sich um und sah nach hinten.

Ooooh Mann, er hatte sich direkt an einen Androiden gelehnt, den er für die Wand gehalten hatte…

Sebastian schaute direkt in zwei Laserwaffen, die auf ihn runterschauten.

I In drei getrennten Abschnitten erfolgte die Grenzüberschreitung von Mexiko nach Nordamerika. Mit jedem Schritt, den die Chamäleon-Krieger machten, gehörte ein weiteres Stück Land dem Grossunternehmen Cuberatio. Universal Search hatte hierauf keine Ansprüche mehr.

Die westlichste Formation stieß mit 20 000 Einheiten als erstes nach Phoenix, Las Vegas und San Diego vor. Eine Sichelbewegung, die alles niedermähte, was sich ihr in den Weg stellte. Die mittlere Formation war mit 30 000 Mann der Keil, der alles zermalmte. Sein Ziel war Albuquerque. Die östlichste Truppe mit 20 000 Kriegern sollte San Antonio, Dallas und New Orleans nehmen. Es dauerte nur einen Tag und das Gebiet konnte zu Cuberatio gezählt werden. Es hatte so gut wie keine Gegenwehr gegeben. Keine Zeit, um sich zu sammeln und eine koordinierte Verteidigung aufzubauen. Die Androiden waren aus ihrer Deckung gekommen und hatten sogar ohne große Verluste die Plasmageschütze und kleineren Kanonen schlagen können. Wie eine riesige Wasserwelle waren sie über das Land geschwappt. Und das hatte seinen einfachen Grund: die Zielerfassung der Ritter der Erde nahm die Chamäleon-Krieger nicht wahr. Das Radar erkannte sie einfach nicht. Sie waren durch ihren Tarnmodus unsichtbar. Standen sie neben einem Baum, sahen sie genauso aus wie er. Waren sie in der Nähe von einem Haus, so hatten sie dieselbe Farbe wie die Wand oder das Fenster. Einzig die leichten Konturen zu ihrem Hintergrund waren flüchtig auszumachen. Aber ansonsten waren sie unsichtbar…bis auf die tödlichen Schüsse, die aus ihren Waffen zuckten.

Wenn sie sich bewegten, sahen sie eher wie die glühende Hitze über einer heißen Fahrbahn aus. Sie flackerten leicht in der Bewegung. Im Stehen überhaupt nicht. So zogen sie über das Land. Wie Heuschrecken überfielen und zerstörten sie alles.

Als die ersten überrumpelten Ritter Alarm schlugen, war es schon zu spät. Sie rückten in solch einer Geschwindigkeit vor, dass die Verteidiger immer erst dann kamen, als die Türme schon gefallen waren. In einigen Großstädten wie Dallas oder Las Vegas hatten sie versucht, die Cuberatio-Truppen in einen Häuserkampf zu verwikkeln. Aber zusammen mit der Luftunterstützung waren diese Menschenansammlungen schnell gefallen. Riesige Rauchsäulen stiegen in den Himmel empor und konnten sogar vom Weltall aus gesehen werden.

Schutt und Asche war die Parole – denn Hochhäuser brachten keinen Gewinn.

Doch die getroffenen Feinde wurden so gut es ging von jedem einzigen Killer-Androiden gezählt, an die Leitstelle gesendet und dort zusammengerechnet: 467 892 waren es bisher.

Und die Zahl stieg, da war sich das Androiden-Oberkommando sicher. Die Leichen wurden einfach an Ort und Stelle liegen gelassen. Es gab keine Verwendung für die toten Körper. Meist waren sie so zerstört, dass Cuberatio sie auch nicht für die eigene Reparatur hätte verwenden können. Den Truppen war es nicht möglich, sich um die zurückbleibenden Körper zu kümmern. Leichengestank zog durch die Straßen und zog Aasfresser an. Es war den Androiden egal. Hauptsache die Tagesziele wurden erreicht. War das einmal geschafft, würden die Rep-Einheiten kommen und sie checken. Dann erst sollte der Gegner Zeit haben sich zu sammeln. Und ihre Überwachungsgleiter waren schon einige Kilometer weit vor geflogen. Hier herrschte hektische Hochbetrieb. Die Bilder aus dem Orbit verrieten zusätzlich, dass sich Ritter-Truppen aus dem Norden in

Bewegung gesetzt hatten. Sie konnten nicht genau sagen, wie viele, aber immerhin genug, dass es ein harter Kampf werden würde. Nicht für sie, sondern für den Gegner. Denn Cuberatios Überlegenheit war offensichtlich. Das Risiko war zwar aus Sicht des Unternehmens da... aber überschau- und kalkulierbar. Und das musste der Androide am Ende der Leitung auch haben. Penta VI- Omega B 4782654 konnte in dem Moment nur die Verluste zählen, denn als Gewinn durfte er das noch nicht verbuchen. Penta VI durfte das Terrain noch nicht mit in seine Zahlen einrechnen. Die Regel besagte, dass er das erst konnte, wenn auch die ersten Rohstoffe gefördert wurden.

Doch vorher hatte er eine Entscheidung getroffen, deren Risiko er als minimal eingestuft hatte. Das hatte er allerdings nur gemacht, weil er unter enormen Druck stand. Hier musste er endlich die entscheidenden Gewinne einfahren, sonst war für ihn alles verloren. Er hatte entgegen einer Berechnung, die das Risiko höher eingestuft hatte - aufgrund der Vorkommnisse mit den Schmetterlingskindern und den Panthern - eine Warnung ausgeschaltet und ignoriert. Er musste so schnell wie möglich seine Abbaueinheiten in den Norden verlegen, damit sie ihm Rohstoffe förderten.

Er musste unbedingt Gewinn erzielen! Denn die Produktion der Chamäleon-Krieger hatte er ja bereits als Verlust in seine Zahlen eingerechnet. Sie würden niemals einen Gewinn erzielen können – nur weiteren Verlust... wenn sie zerstört wurden. Aber hier hatte sein Androiden-Oberkommando, die besten Kriegsprozessoren, die Nr.1 hatte, ihm berechnet, dass es zu wenigen Verlusten kommen würde.

Allerdings hatte Penta der Sache zu einem Zeitpunkt zugestimmt, als die Prozentzahl wesentlich höher stand. Doch nun tickerten die wenigen Ausfälle ein, die zwar erwartet wurden...doch konnten sie ihm jetzt das Genick brechen.

Er war nur noch knapp über 20 Prozent.

Jeder verlorene Killer, kostete ihn jetzt viel Geld...viel Geld!!

Die Spannung in Penta VI stieg wieder an. Kurze Sorge, dass wieder eines seiner Körperteile in ihm versagte, kam wieder auf, aber darauf konnte er jetzt keine Rücksicht nehmen. Wenn die Sache vorbei war, dann wollte er sich wieder checken lassen. Das sagte ihm sein Gefühl. Aber erst, wenn die Sache ein erfolgreiches Ende gefunden hatte. Um endlich Gewinn einzufahren und diesen auch verbuchen zu können, hatte er den Befehl erteilt, die Abbauandroiden wie die Holzfäller und die Minenroboter mögen schleunigst nach Amerika rennen. Nur mit der nötigen Rast, um ihre Motoren abzukühlen, damit sie nicht überhitzen. Deswegen hatte er die Warnung ausgeschaltet, ignoriert, dass sie hier schutz- und wehrlos wären. Darauf konnte er nun keine Rücksicht mehr nehmen.

Der Nachschub war zwar unterwegs, aber noch im Weltall. Die Zeit zerrte und drängte… es ging um seinen Kopf. Zeit war knapp… und er hatte von seinen Schiffen im Weltall Bewegungen von Dark Sun ausgemacht. Nicht auszudenken, was mit ihm passieren würde, wenn sich das dritte Unternehmen dieses Gebiet unter den Nagel reißen würde. Still und heimlich machten sie ihr Ding. Und es schien, dass bis auf einige wenige Störungen, sie von den Rittern der Blauen Rose unbehelligt blieben. Warum?

Das war für ihn uninteressant. Dieses Wissen brachte keine Vorteile, aber auch keine Nachteile.

Was ihm allerdings Sorgen bereitete, waren die Verluste auf Seiten der Chamäleon-Krieger. Aber das konnte er jetzt erstmal beiseite legen. Sie hatten die Grenze überquert und die ersten Städte waren sein. Jetzt wartete er auf die Zusammenrechnung der Verluste seiner getarnten Spezialeinheiten. Er wollte mit einem endgültigen Eintrag aber solange warten, bis die Rep-Drohnen ihren Bericht ablieferten. Vielleicht gab es ja noch genügend, die repariert werden konnten. Das waren hoffentlich geringere Kosten als ein Totalverlust. Laut seinen Informationen waren die ersten schon an ihren Zielorten und inspizierten die wartenden Killer.

Penta VI warf ein paar Blicke auf die Bilder von Manaus. Der Wiederaufbau hatte begonnen, doch nun ruhten die Arbeiten. Das war nicht so wichtig. Hier wurde Material verbaut, das er erst einmal kaufen musste. Die Hälfte hatte er zwar schon herstellen lassen, die andere Hälfte aber noch nicht. Diese Einrechnung würde ihm mit weiteren sechs Prozent, das Genick brechen. Dann hätte er sofort das Projekt Erde beenden müssen. Alles einstellen. Der Abzug wäre angesagt, damit Cuberatio noch mit einem Minimum-Gewinn aus der Sache raus kam.

Dann tickerten die Zahlen ein. Zum Glück waren die meisten Androiden gar nicht beschädigt worden…. doch 2 000 Stück musste er abschreiben.

Im Moment der Erkenntnis… sprang bei Penta VI vor Schreck das rechte Auge heraus und flog von den 150 Metern in die Tiefe.

Sein frisch reparierter Arm fing erst an zu pochen, dann platze wieder eine Ader. Unmengen von Blut tropften jetzt in dem Hauptcomputer auf den Boden. So, als wäre ein inneres Organ in einem Menschen verletzt.

Sofort kamen direkt drei Drohnen angeschossen und wollten Penta VI auf den Boden geleiten, damit er in die Werkstatt gebracht werden konnte… aber er lehnte ab.

Trotzdem banden sie die geplatzte Ader so ab, dass er keinen weiteren Blutverlust mehr hatte. Die eine hatte sein Auge aufgehoben und hielt sie in ihrer kleinen Hand. Eingesetzt werden konnte es nicht, das ging nur mit einer Reparatur. Schwebend beobachteten sie jetzt, wie der dreibeinige Verantwortliche die roten Zahlen veränderte.

Und als ob sie Mitleid mit ihm hätten, schauten sie sich den Zahlenwechsel an: 17,1….

Nur noch eine leichte Katastrophe….und Penta VI war erledigt.

Natalia hatte einen engen roten Anzug an, der extra auf ihre Körpermaße zugeschnitten war. Sie ging auf High-Heels, der Ausschnitt war weit und endete kurz über ihren Brustwarzen. Die jetzt blonden Haare waren kunstvoll hochgesteckt. Ein einziges Orchideenblatt war als Haarklammer eingesetzt und rundete das Bild einer Göttin ab. Sie duftete dezent nach Lavendel. Diese Frau war so wunderschön, dass ganze Planeten sich ihrer unterwerfen würden, nur, nur um einen Blick, ein wenig Aufmerksamkeit von ihr zu bekommen. Natalia Piagotto war eine fruchtbare Aphrodite…..und stand in einer Reihe mit knapp 20 ebenso schönen Frauen in dem jetzt hell erleuchteten roten Gang. Die Türen hinter ihnen waren zu.

Sie warteten auf den Gast. Auf ein einziges Urteil. Ja…oder Nein. Das bisherige Leben oder eine neue Zukunft. Es war Markttag der besonderen Art. Das Cuberatio-Schiff war ein Sonderlieferant für die elitärsten Kreise im Universum. Sie hatten einen Exklusivvertrag mit dem die Androiden richtig viel Geld verdienten. Sie boten Luxuswaren der Extraklasse an. Und wer schon mit solchen Waren handelte, der musste auch dafür sorgen, dass sie auch von bester Qualität waren. Und das traf halt auch auf Natalia zu. Aber dafür hatte Nr.1 einen besonderen Androiden entworfen. Er war viel zu teuer, als das er ihn hätte für seine normalen Roboter einsetzen können. Und das wollte er auch gar nicht. Denn untereinander war gutes Aussehen egal. Ein Androide musste funktionieren, nicht gut aussehen.

Gamma 1 Version 4 war einer der wenigen Doc-Androiden, die auf die weibliche Physiognomie der Menschen spezialisiert waren. Ihm stand fast alles zur Verfügung, was in einem irdischen Krankenhaus unbezahlbar gewesen wäre. Sein Wissen, was die Hautpflege anging, übertraf alles. Das hatte er an den Körpern der Kinder von Nr.1 üben können. Die Frauen hier mussten eine Haut haben, als wären sie gerade erst geboren worden. Und das hatte er auch mit Natalia gemacht. Hierfür hatte sie sogar eine Narkose bekommen. Ein leichtes Gas, das keine Hautreizungen verursachte. Der Doc-Androide war sich nicht sicher, ob es nicht vielleicht auch innere Schädigungen hervorrufen konnte, aber was er machte, musste ja nicht für die Ewigkeit Bestand haben. Nur für einen gewissen Zeitraum, nach erfolgreichem Verkauf, haltbar sein. Als er ihre Körperhaut untersuchte, hatte er sie auf weit über 35 geschätzt. Die Verbrauchsspuren zeugten eindeutig davon. Aber sie hatte ihm noch vorher erklärt, dass sie erst 22 war.

Hätte der Androide überrascht sein können, dann wäre er es in dem Moment gewesen.

Nichts zeugte äußerlich auf solch ein junges Wesen mehr hin. Sie hatte an ihrem Körper Raubbau betrieben. Aber ihr junges Alter war auch der Grund, warum er ihr gute Chancen für eine Regeneration ausrechnete. Und das in nur fünf Minuten Behandlungszeit von ihm. Natalia hatte sich vor der Untersuchung ausziehen, und sich nackt auf den Behandlungstisch legen müssen. Noch während er neben ihr stand, strömte das Gas herein und legte sie lahm. Der Doc-Androide bekam die Dosis auch ab. Er hatte keine Atemmaske an. Ihm schadete das Nervengas allerdings nicht. Er brauchte keinen Sauerstoff zum Leben. Seine Umluft hatte keinen Einfluss auf seine Existenz. Nachdem sie in kurzer Zeit vor ihm weggeschlummert war, hatte er sie erst einmal ganzkörperlich gescannt. Ihr Körper musste einmal wunderschön gewesen sein. Stramme, dicke Brüste, die Kinder viel Milch geben würden. Eine verführerische Taille. Ein faszinierendes Gesicht. Schlanke Hände und Füße…einfach alles an ihrem jetzt leblosen Körper sprach von einer Eleganz, die er wiederherstellen musste.

Das erforderte aber viel Arbeit, in den fünf Minuten, die er als Zeit zugesprochen bekommen hatte. Als erstes musste er ihre Haut wieder einfarbig machen. Sie auf ihren Ursprungston zurückführen. Sie war immer noch übersät von den Abdrücken, die ihr zugefügt worden waren. Davon ging er aus. Denn so was musste durch Fremdeinwirkung geschehen sein. Blaue, grüne, lila und der Haut der Androiden fast ähnliche gelbe Stellen überzogen zu 85 Prozent ihren Körper. Nur das, was außerhalb der Kleidung zu sehen war, hatte noch die eigentlich Farbe. Ihre Vorbesitzer hatten allem Anschein nach darauf wert gelegt, dass das Bild nach außen hin stimmte. Unter ihrer Kleidung war aber alles wie Obst verdorben. Die Korrektur dauerte zwei Minuten. Danach musste er sich den Narben und Brandflecken widmen, was ebenfalls zwei Minuten kostete. Es schien, dass hier an fast Hundert Stellen zu arbeiten war. Hinzukamen die Hinweise, dass sie oft mit Spritzen hantiert haben musste. Beine, Oberarme und auch der Bauchbereich waren von ehemaligen Einstichen gekennzeichnet. Manchmal waren sie auch von Brandlöchern gestreift, so als habe der Verursacher dafür sorgen wollen, dass nach einem Einstich lieber eine Glutnarbe dablieb, als der Einstichsfleck. Der Bereich um die weibliche Vagina bereitete ihm die meisten Prozessor-Schwierigkeiten. Wenn der Käufer, die meisten wollten sie ja nicht nur für den Auftritt in der Öffentlichkeit, sondern auch für die menschlichen Fortpflanzung - obwohl er gehört hatte, das sie nur den Akt ausführten, Nachkommen nicht immer gewollt waren - diese Vagina sah, dann würde er sie sofort als „kaputt" zurückgeben, sein Geld wiederhaben wollen… und der Ruf von Cuberatio wäre zerstört. Dann würde es heißen, dass das Unternehmen mit extrem beschädigter Ware handelte. Der Umsatz würde zurückgehen, da die Käuferkreise sich untereinander kannten. Und zum Schluss würde das Ende dieser Geschäftssparte stehen. Dann könnten sie den Verkauf einstellen, weil es sich nicht mehr rentierte. Aber deswegen war er ja da. Die Bearbeitung dieses Bereiches dauerte eine Minute und er schaffte es, dass sie wie unberührt aussah. Er hatte den perfekten Schein kreiert.

Wollte ein Kunde nun tatsächlich mit ihre Nachkommen zeugen wollen, dafür übernahm Cuberatio keine Garantie. Und bei dieser jungen Frau konnte er nur spekulieren, ob das überhaupt noch möglich war. Die Androiden kannten sich nicht aus mit Innereien. Und das brauchten sie ja auch nicht. Allerdings war der Doc-Androide nur bedingt an das Kollektiv angeschlossen. Als die Operationen beendet waren, hatte er den Raum verlassen und Natalia wachte dann irgendwann von alleine auf. Ab hier übernahmen wieder die anderen. Und ob alles zur besten Zufriedenheit abgelaufen war, hatte er auch nicht erfahren. Allerdings hatte er ja das Resultat selber gesehen…und war dann wieder in seinen schützenden Unterstellplatz geschickt worden. Schließlich arbeitete der Doc-Androide nicht jeden Tag. Doch die knapp 20 Frauen, die hier in einer Reihe standen, waren alle von ihm behandelt worden. Sie waren schon fast ein Harem. Das Einzige, was noch fehlte, war der Besitzer, viel mehr Herrscher, der sich ihrer annahm. Alle sahen unterschiedlich aber irgendwie doch gleich aus. Die einen trugen Kleider, die anderen Röcke, und wieder andere fast gar nichts. Hier sollte für jedes Auge was dabei sein. Auch Herrscher hatten Tageslaunen. Und bis jetzt war noch nicht sicher, ob sie überhaupt alle genommen wurden. Aber bei den Prachtexemplaren würden viele über die Raumschifftheke gehen. Cuberatio machte solche Geschäfte schließlich schon lange und hatte Profile von jedem Kunden angelegt. Die meisten Frauen hatten noch kleine Jacken dabei, die sie aber alle hinter sich abgelegt hatten oder in den Händen trugen. Natalia selbstverständlich auch.

Doch der Unterschied zu ihrer Jacke war, dass dort eine von niemandem wahrgenommene Beule in der kleinen Außentasche war. Untersucht wurden sie nicht mehr. Das war schon bei Ankunft an Bord des Cuberatio-Schiffes passiert, und von hier aus konnte nichts mehr hinzukommen. Außerdem war die Ausbuchtung so gering, dass sie wirklich niemandem auffallen konnte.

Nur zwei kleine alte Schmetterlingsaugen schauten hier hervor. Das „kleine bisschen Sicherheit" wollte sie ab jetzt überall hin begleiten. „Ab hier bin ich immer dabei", endete er seine vorhergegangene Tirade über Moral und Anstand, als sie sich angezogen hatte. Auslöser für diesen Vortrag waren die Strapse gewesen, die sie unter ihrer Hose trug. Wansul hätte sie beinahe auch nackt gesehen, wäre er bei diesem langweiligen „Anziehens-Prozess" nicht eingeschlafen. Er war schon ein toller Schmetterling. Schlief einfach dabei ein, während sich Natalia mit ihrem frisch getunten Körper nackt vor dem Spiegel ein letztes Mal pflegte und sich dann anzog. „Ich hab' schon Tausende Frauen gesehen. Glaub ja nicht, du wärst jetzt was Besonderes." Natalia hatte darauf nichts geantwortet, sondern in Seelenruhe weitergemacht. Sie vermutete, Wansul, so hieß er, habe sie provozieren wollen. Als er wieder nach einer Stunde aufwachte, war sie immer noch nackt und er konnte es nicht glauben, dass sie so lange für die Beautyshow brauchte. Doch dann hatte er gesehen, was sie anziehen wollte, und mit seiner Predigt über Moral, Vertrauen und Grundwerte einer Gesellschaft begonnen. Mit jedem Kleidungsstück hatte er einen Satz lauter gesprochen. Aber es schien, dass er sich einfach nur mal Luft ablassen wollte. Denn er kannte ja ihre Vergangenheit, und auch das, was sie vorhatte. Eigentlich war es Nonsens, was er erzählte, aber irgendwie auch nicht. Denn Natalia wusste nun ganz genau, warum sie das Kommende tat, und wen sie dadurch zu beschützen suchte. Eine Gesellschaft, die es wert war, für sie zu sterben. Und das hatte sie begriffen. Mit ihrem Vorhaben konnte sie das wiedergutmachen, was sie vorher zerstört hatte. Wie vielen jungen Frauen hatte sie ein Leben vorgespielt, auf das sie neidisch waren… und die nun in ihre Fußstapfen getreten waren?

Wie viele Frauen hatte sie in eine Zukunft verleitet, die nun mit hoher Wahrscheinlichkeit ihren Untergang bedeutete?

Sie war ein falsches Vorbild! Das wusste sie ganz genau. Und deswegen gab es nicht nur ihrer selbst wegen genug Gründe, um mit ihrer Tat wenigstens ein wenig Wiedergutmachung zu schaffen. Dass das bei den anderen Frauen hier in der Reihe nicht der Fall war, davon musste sie ausgehen. Das waren nur gewöhnliche Huren. Zwar der Extraklasse, aber nur Wesen, die sich und ihren Körper schon vor langer Zeit weggeworfen hatten. Natalia schaute in die Reihe und konnte die freudige Erwartung in fast allen Augen ablesen. Sollten sie wirklich genommen werden, dann blühte ihnen ein Leben im höchsten Reichtum, den das Universum zu bieten hatte. Persönlichkeit war hier nicht gefragt. Es ging ausschließlich um ihre Körper… und das zu Lustzwecken. Ein Zittern lief ihr die Schultern runter und sie musste sich schütteln. Dadurch bewegte sich die Jacke.

„Geht's schon los?" „Psst" „He?" „Psst!" „Achso. Ja. Bin schon ruhig" „Pssssssssssssst!!!" „Hmm"

Die Androiden hatten sich bis auf einen vollständig zurückgezogen. Bis auf einen. Er stand den Frauen gegenüber wie ein Lehrer vor seiner Klasse und hatte eine prachtvolle Schale mit Blüten gefüllt in der Hand.

„Die Damen kennen die Verhaltensregeln?", fragte er in den Gang. Erfüllte vorher noch Gekichere, das der Aufregung entsprang, das Schiff, so verstummte es jetzt. Aber keine der Frauen antwortete. Natürlich kannten sie die Regeln. Er hatte sie erst vor zehn Minuten ein letztes Mal aufgezählt: Ruhig sein und still halten. Wenn sie angefasst wurden, dann sollten sie keine Mine verziehen. Egal, wo und wie er sie berührte.

Das war hier eine Musterung, eine Fleischschau. Und es hatte den Anschein, dass sie es verstanden hatten. Die Anspannung war den Frauen in den Gesichtern abzulesen. Nur Natalia war ruhig. Egal, was der Mann machte, sie hatte es wahrscheinlich schon erlebt. Eher, sie hatte schon Schlimmeres durchlebt.

Als die Frauen Schritte hörten, wussten alle, dass es jetzt losgehen würde. Außer ihnen war ja kein menschliches Lebewesen an Bord. Die Schritte konnten nur von dem Gast stammen....der gerade alleine um die Ecke kam. Er hatte eine schwarze Uniform und schwarze Kampfstiefel an. Die Farben der Bodentruppen der Union. Doch über dem Rücken trug er ein rotes Cape. Seine Position hatte eigentlich keinen Namen, da es sie offiziell gar nicht gab. Die Frauen waren sichtlich erstaunt...bis sie kapierten, wer da kam!! Die Erkenntnis verwandelte die Dirnen in eine Horde aufgeregter Hühner. Das war...das war...sie kannten diesen Mann nur aus Erzählungen der Frauen, die hier länger an Bord des Schiffes verbracht hatten. Das hätten die Androiden aber auch wirklich mal vorher sagen können!!! Dann hätten sie sich noch hübscher hergemacht!

Bis jetzt dachten sie, dass sie für irgendeinen Harem der höheren Beamten rund um die Führungsriege der Union gedacht waren. Und je länger der Mann auf sie zuging, desto sicherer wurden sie sich. Seine Ärmel waren hochgekrempelt und seine Unterarme waren voll von kunstvollen Tätowierungen.

Es bestand kein Zweifel. Nur ein Mann im Universum sah so aus, trug schwarze Uniform und ein rotes Cape...und hielt das persönliche Zepter des Vorsitzenden der Union in der Hand... das war... Lord Warhole Stimpelton, der Vorsteher des Harems von Claudius Brutus Drachus!!!

Drei der Damen fielen in Ohnmacht. Sackten einfach in sich zusammen und blieben auf dem Boden liegen. Das machte aber nichts. Niemand regte sich. Kein Androide, kein Mensch. Niemand.... außer die kleine Beule in der Tasche von Natalia.

„Ist er jetzt da? Dreh mich mal. Soooo kann ich gar nichts sehen." Erschrocken, dass der Schmetterling überhaupt kein Feingefühl für die Situation hatte, sagte Natalia nichts, sondern haute nur mit einem leichten Klapps auf die Jacke. „Aua! Sag mal, tickst du nicht ganz richtig?"

Schnell schmiss Natalia die Jacke nach hinten auf den Boden. „Autsch!", kam es aus dem Stofffetzen und die junge Frau betete, dass Wansul endlich die Klappe hielt. Wo war denn der Geist, die Stimme, die sie eigentlich führen wollte? Falls sie antworten sollte, wollte er ihr die Worte vorsagen!

„Meine Damen, darf ich ihnen Lord Warhole Stimpelton vorstellen", sagte der Androide, verharrte steif auf seiner Stelle und klakkerte leicht. Die Blütenschale hielt er jetzt ein Stück weiter nach vorne. Der Lord beachtete die Maschine gar nicht, nahm das Behältnis aus den Händen des Androiden und ging zur ersten Frau. Sie hatte ein schwarzes Kleid an, und die braunen Haare hingen offen nach hinten runter. Die Knöpfe waren bis zu den Brüsten geöffnet. Sie atmete laut. Fast ein Hecheln. Bitte. Erwähle mich. „Mund auf", forderte der Mann und die Hure gehorchte. Er packte ihr Gesicht und drehte den Kopf nach links und rechts. Ihre blauen Augen fixierten den Mann. Dann griff er nach ihren Brüsten und packte kräftig zu.

„Hast du schon ein Kind gehabt?", wollte der Mann wissen. Die Frau schaute ihn an, war aber zu keiner Regung fähig. Frauen die bereits niedergekommen waren, fielen automatisch aus. Cuberatio verstand nichts davon, das Becken wieder herzubekommen. Auch ein korrigierter Kaiserschnitt durch den Doc-Androiden war nicht hinnehmbar. Die Regel besagte, keine Mütter. Die meisten Kunden wollten generell selten Kinder zeugen. Sein Auftraggeber dafür aber umso mehr. Wenn mit diesen Zuchtstuten Nachwuchs entstehen sollte, dann würde man ihn auch haben wollen. Nur sollte es die Kraft eines Erstgeborenen haben.

„Was ist? Bist du sprachunbegabt?", fragte er erneut nach. „Nnnnnein", zitterte die Frau jetzt. Der Lord beugte sich nach vorne, die Blumenschale in der Hand, griff unter ihren Rock. Dann richtete er sich wieder auf und packte mit der ganzen Hand ihren Schritt. Die Frau spreizte leicht die Beine, damit er auch richtig zu greifen konnte. Der Lord schaute ihr bei seiner Berührung tief in die Augen. In ihr brodelte es so sehr. Sie war heiß im Schritt. Sie hechelte lüstern, vollkommen erregt. Das machte sie geil. Sie würde auch mit ihm sofort und hier auf dem Gang, vor allen anderen, Verkehr haben, nur, damit sie genommen wurde. Der Lord nickte zufrieden. Gut. Sie war perfekt. Lord Warhole Stimpelton machte wieder einen Schritt zurück, griff sich eine gelbe Blüte und ließ sie vor der Frau fallen.

Sie war genommen. Erstklassige Ware.

Dann ging er zur nächsten. Die Hure trug eine blaue Zusammenstellung. Sie war blond und hatte grüne Augen. Wieder griff sich der Lord das Gesicht.

„Mund auf!", befahl er. Die Frau befolgte sofort seine Anweisung und er schaute sich ihre Zähne musternd an. Das reicht ihm. Ihre Brüste waren etwas kleiner. "Zieh dich aus", sagte der Haremsvorsteher. Leicht verwirrt schaute sie umher. Doch dann berappelte sie sich. Schüchternheit war hier nicht angesagt. Zaghaft knöpfte sie sich das Kleid auf und ließ es auf den Boden fallen. Sie war vielleicht die jüngste hier in der Runde. Ihr Körper war makellos. Doch hatte sie sich im Schritt nicht voll rasiert. Ein behaartes Dreieck zierte den Eingang. Der Lord schmunzelte.

„Hat dir jemand gesagt, dass Natürlichkeit immer besser ankommt?" Die Frau schüttelte verneinend den Kopf.

„Gut", sagte er und beäugte sie. Er konnte ihr nicht sagen, dass alleine ihre Ausstrahlung schon reichte, um genommen zu werden. Ihre Körper war das i-Tüpfelchen. Lord Warhole Stimpelton griff erneut in die Schale und nahm willkürlich eine Blüte. Dann ließ er sie fallen und wendete sich der nächsten zu. Natalia war die sechste. Der Lord ließ sich nicht mehr als 30 Sekunden Zeit. Wieder musterte er die Hure, und nachdem er einverstanden war, schmiss er eine Blüte vor die Frau. Auch sie war genommen. Was sie nicht wussten, war, dass bei all seinen Einkäufen immer alle, bis auf die letzten drei in der Reihe, genommen wurden. Eigentlich war es egal. Cuberatio präsentierte hier immer Ware, die so vom Feinsten war, dass sie gar nicht schlecht sein konnte. Jede der Damen war in einen Körper hineingeboren worden, der das Beste des Besten im Universum darstellte. Natalia zitterte jetzt leicht. Hatte sie vorher noch die starke Frau markiert, so gingen ihr nun doch ein wenige die Nerven durch. Er musste sie nehmen!!! Deswegen war sie hier!!! Sonst würde ihr Plan nicht funktionieren! Als der Lord sich vor sie stellte, funkelte sie ihn mit ihren blauen Augen an. Für einen Moment schien es, dass der Haremsvorsteher ein wenig zögerte. War da etwas, das ihn beunruhigen sollte?

Sogar Wansul, der sich in der Jacke hinter ihr befand und nun die Flügel nach hinten weg geklappt hatte, so dass nur sein Köpfchen bis zu den Augen herausschaute, hielt den Mund. Er wusste ja, um was es hier ging…redete er sich zumindest ein. Er dachte nämlich, sie seien hier in Kalifornien auf der Erde und hier ging es um das Casting für einen Hollywood-Film, das sich seine Enkelin soooo sehr gewünscht hatte. Und wenn jetzt er, der Großvater, ihr schon in dieser schweren Stunde beistand, dann durfte er das auf gar keinen Fall versauen… indem er sie blamierte, dadurch, dass er irgendwas sagte. Dann würde sie ausflippen und kein Wort mehr mit ihrem Opa reden. So war das nämlich immer mit kleinen Schmetterlingsfrauen. Schmetterlingsfrauen? Aber er beobachtete doch gar keine Schmetterlingsfrau, sondern ein Weibchen von der Erde? Hmmm. Das war jetzt aber irgendwie komisch, wie er fand. Langsam ließ er sich in die Tasche zurückgleiten, und überlegte, was er eigentlich hier machte, wenn das nicht seine Enkelin war? „Mund auf", befahl Lord Warhole Stimpelton, ließ sie aber nicht aus den Augen. Die Aura der Frau war wahnsinnig. Und ihr Körper erst. Diesmal drehte er nicht das Gesicht mit seiner Hand, sondern ging um sie einmal herum. Zum Glück sah er nicht die Bewegungen in der Jackentasche der Frau, die Wansul machte, während er krampfhaft versuchte, sich zu erinnern. Aber auch das kräftigste Kopfschütteln rückte nicht die Erinnerung gerade. So ein Mist. „Bist du sexuell erfahren?", wollte der Lord wissen, ging von hinten an sie ran und griff mit einer Arm einmal um sie herum. Immer die Blütenschale in seiner Hand. Dann griff er mit der freien einmal kräftig eine Brust, presste sie genussvoll. Mit seinem Kopf ging er zu ihrem Nacken und leckte ihr den Hals. Sie roch und schmeckte wundervoll. Natalia nickte, und beantwortete damit seine Frage. „Viele Männer?", wollte er wissen, während er wie ein Hund an ihr schnupperte. Er wusste nicht warum, konnte es nicht erklären, aber hier war etwas….etwas…zumindest etwas Komisches an ihr. Er konte nicht sagen schlecht. Aber hier war etwas, dass ihn misstrauisch stimmte. Nach ihrem Nicken, führte er von hinten seine Hand in ihre Hose. Ihr Pobacken waren weich, aber stramm und zeugten von einer Fruchtbarkeit, die sich jeder Mann wünschte. Ob sie Sport machte, interessierte ihn nicht. Dann ging er wieder um sie herum und stellte sich vor sie. Er wollte ihr in die Augen schauen. Mit einem Mal rutschte er mit der Hand weiter nach unten und steckte er seinen Mittelfinger in ihren After. Dabei sprangen ihr die Augen auf und sie musste stöhnen. Gut so. Das reichte ihm. Uninteressiert zog er seine Hand wieder raus, griff sich eine Blüte und ließ sie fallen.

Die Hand brauchte er nicht waschen, Cuberatios Ware war sauber. Das war immer so.

Lord Warhole Stimpelton ging weiter und musterte eine nach der anderen durch. Erst als er weit genug weg war, tönte leise eine kleine Stimme hinter Natalia, und riss sie aus ihren Gedanken. Sie war gerade zu einer der schönsten Frauen des Universums gewählt worden. Hier auf einem Schiff dieser widerlichen Kreaturen.

„Und? Wie ist es gelaufen? Warte, ich komme raus, dann kannst du mir das besser sagen… Jürgen." Wansul hatte sich gefangen und wusste jetzt, dass das nicht seine Enkeltochter, sondern sein Freund Jürgen war, der ein Vorstellungsgespräch hatte. Irgendwann wollte er ihm aber sagen, dass es Nachteile mit sich brachte, wenn er als Transvestit zu solchen Terminen ging. Natalia drehte sich erschrocken um, schaute den Kopf schüttelnd zur Jacke. Wansul war unter Mühen schon zur Hälfte draußen. Ein Beinchen innen, eins draußen. Fragend schaute er ihn an. He? Nicht? Nicht rauskommen? Aber warum denn nicht? Wieder schüttelte sie schnell den Kopf. Dann drehte sie sich um, aber niemand schien etwas gemerkt zu haben. Na gut, dachte sich der alte Schmetterling, wenn er noch etwas in der Tasche warten sollte, dann könnte er ja auch ein Nickerchen machen. Er bekam ja hier von dem schlechten Platz sowieso nichts Gescheites mit. Die anderen Zuschauer hatten wahrscheinlich Logenplätze. Aber er musste hier von einer Tasche aus zuschauen. Dann konnte er auch schlafen, weniger bekam er dadurch auch nicht mit. Dadurch konnte er wenigstens seinen Protest über diesen schlechten Platz kundtun. Er hatte schließlich dafür gesorgt, dass sie hier im besten Licht stand. Und nicht auf den letzten drei Plätzen. Wer hatte ihm da noch einmal den Tipp gegeben? Das sie nicht an den Seiten stehen sollte. Unter den letzten dreien? Ach egal, ärgerte sich der alte Schmetterling noch weiter. Was Wansul nicht sah, aber Natalia, war, dass Lord Warhole Stimpelton auch diesmal wieder die letzten drei zu ihrem Entsetzen nicht mit einer Blüte bedachte. Wenn die anderen nachher abgeführt wurden, würde man diese Stuten auf sein eigens Schiff bringen. Wenn er nach ein paar Tagen keine Lust mehr auf sie hatte, würde er sie wie immer einfach während des Fluges wieder von Bord in den Weltraum beamen.

Es durfte überhaupt keine Spuren geben, dass er sich selber etwas von dieser Ware abgezweigt hatte. Zum Glück hörte er das Schnarchen nicht mehr, dass jetzt aus einer der Jackentaschen einer der neuen Haremsdamen von Claudius Brutus Drachus kam.

Professor Kuhte ging mit Sullivan Blue und Sarah die Gänge ab. In der Hand hatte er die aufgefaltete Karte mit den mysteriösen Eintragungen. Sie wollten herausfinden, was diese Zeichen, die Blitze, die nach oben zeigten, zu bedeuten hatten. Und sie hatten es eilig. Jeden Moment konnte das Signal kommen, dass der Schlag gegen Universal Search startete. Sarah war deswegen schon in voller Kampfmontur unterwegs. Weiße enge Uniform mit blauer Rose und einem Nightingdale V auf dem Rücken.

„Sie haben immer noch nicht herausgefunden, was das bedeuten kann?", fragte Sarah im schnellen Gang. Der Professor, der wegen den Blitzen diverse Bücher durchgegangen war, sah aus, wie durch den Wind geschossen. Seit Tagen hatte er wieder einmal nicht geduscht.
„Was glaubst du denn, was ich die ganze Zeit gemacht habe?", antwortete er leicht mürrisch mit einer Gegenfrage.
„Ich wollte ja nur sicher gehen. Nicht, dass sie mir eine freudige Überraschung machen wollen, es aber schon bereits wissen." „Das ehrt mich. Aber ich weiß es wirklich noch nicht."
Sullivan Blue trug jetzt ebenfalls eine weiße Uniform, hatte aber keine Rose drauf. Sie fanden alle, dass es noch nicht so weit war.

Die Gänge unter Amsterdam waren ebenso voll wie in allen Teilen unter der Erde. Menschenmassen verstopften alles. Aber hier war laut Karte ein Zeichen.

Vor zwei Tagen hatte Sarah den Befehl erteilt, dass in den sicheren Gebieten, dort, wo die Erde nicht besetzt war, die Eingänge tagsüber immer geöffnet sein mussten. Frischluft. Auch wenn die Ritter vor Tausenden Jahren ein ausgeklügeltes Belüftungssystem angelegt hatten, so schienen sie nicht mit solchen Massen hier unten gerechnet zu haben. Außerdem schaffte die Luft auch ein wenig Abkühlung. Und das konnte generell nur gut sein. Zwischenzeitlich gab es hier Teile, in denen die Temperatur bis auf über 40 Grad stieg. Dabei stieg der Wasserverbrauch enorm an. Und nicht auszudenken, was mit der Erde geschehen würde, wenn die Generatoren wegen Überhitzung ausfielen. Nein. Unmöglich. Aber es hatte eine Ewigkeit gedauert, bis man es den leitenden Rittern gesagt hatte. Die Menschen hätten einfach hier unten weiter bei den Temperaturen geschwitzt und es einfach als gegeben, als kleines Übel, das man ertragen konnte, hingenommen. Wären da nicht Johnny und Sonja gewesen, die sich zu einem kleinen Tête-à-tête getroffen hätten… abseits vom Schlag… damit sie wenigstens keiner ihrer Bekannten sah….jedoch zu ihrem Leidwesen, schon bevor sie irgendwas machten, so was von verschwitzt waren, dass sie auf Zärtlichkeiten überhaupt keine Lust mehr hatten. Das wollte Johnny dann sofort ändern… Arme Sonja, fiel es ihr dabei ein. Zwischen den beiden war Schluss. Aber so schnell und so unerklärlich die beiden auch zusammengekommen waren, so rasch waren sie nun auch wieder auseinander. Teenager. Tsss…

Nachvollziehbar war es sowieso nicht gewesen. Deswegen war die Schmetterlingsfrau nicht dabei. Vielleicht war sie ja bei FeeFee? Sarah hatte das Gefühl, dass Sonja die Trennung von Johnny gar nicht so schwer fiel. Vielleicht sogar überhaupt nicht. Und die Pantherin hatte in Sonja etwas gekitzelt, das sie toll fand. Das konnte Sarah ihrer besten Freundin ansehen. Jens war der Lan-Dan von Anfang an freundlich gegenüber eingestellt gewesen.

Sarah und er hatten endlich ein gemeinsames Quartier, ein gemeinsames Bett. Nach Dienstschluss galt dann Schmetterlingsverbot in dem Raum. Sarah grinste. Jetzt konnte sie auf ihr bisheriges Leben nur mit einem Lächeln zurückblicken…. Nun war ihr Bett nie mehr kalt….

Egal, wo sie sich schlafen legte. Denn Johnnys kleine Weisheit hatte sich mit Jens bei ihr erfüllt. Das Herz einer Frau wird leer geboren - es will gefüllt werden. Es schien ja auch bei FeeFee geklappt zu haben. Sie wusste zwar nicht, ob das biologisch bei Sebastian und ihr in Ordnung ging, aber das war ja nebensächlich… Bei Schmoon Lawa war gar nichts unmöglich, dachte sie sich grinsend. Johnny hatte das Herz von Sonja wahrscheinlich nicht gefüllt. Tja. Pech. Vielleicht waren es ja auch seine Sprüche generell? Oder der Zusatz. „Das Herz einer Frau wird leer geboren – es will gefüllt werden…Männer holt die Schüppen!"?

Aber die genauen Gründe würde sie wahrscheinlich gar nicht erfahren. Es konnte bei Schmetterlingsfrauen in dem Alter sein, dass Sonja direkt nächste Woche eine neue, große Liebe hatte. Schon seitdem die Gruppe den Launch verlassen hatte, brummte in Sarah da etwas Eigenartiges. So etwas hatte sie noch nie gespürt. Hier war etwas Unheimliches in der Nähe. Sogar das Gefühl des Erwachens hatte bei ihr nicht so etwas hervorgerufen.

„Ist alles in Ordnung mit ihnen?", wollte Sullivan Blue wissen, der fast sprachlos wie ein Schatten immer hinter ihr hertippelte. Sarah drehte sich im Gehen um.

„Warum?" „Na ja. Es ist unverkennbar, dass sie sich unwohl fühlen!"

Mist. Es war sichtbar? Das Professor Kuhte so was nicht sah, war ihr klar. Er war ganz darauf konzentriert, die Karte bei der Geschwindigkeit ruhig zu halten und zu lesen. Außerdem glaubte sie, dass er auch in Ruhe nichts Sonderliches in seiner Umwelt bemerken würde. Vor allem nicht bei Frauen. Aber Sullivan schien sensibel zu sein. Konnte es sein, dass ein Mann wie er, der ein Nila gewesen ist, tatsächlich Feingefühl besaß?

Eigentlich nicht vorstellbar. Aber er hatte schon Recht. Je näher sie dem gekennzeichneten Gang kamen, desto intensiver wurde das, was sie spürte.

Es war noch undeutlich, aber wenn sie es benennen müsste, dann würde sie sagen, dass es einem ganzen Stimmenmeer gleichkam. So, als würde da jemand nach ihr rufen. Schritt für Schritt nahmen die Schreie zu bis sie ein „Hiöööö.Hiöööö" ausmachen konnte. Sarah wusste nicht, was sie davon halten sollte. Hatten denn die anderen nicht davon schon etwas mitbekommen?

„Wie viele Eintragungen dieser Art gibt es denn?" „Na ja. Also ich zähle hier zehn für den ganzen europäischen Komplex. Nicht viele also." Dann bogen sie um eine Ecke. Und jetzt wurde Sarah noch etwas zusätzlich klar: Sie hatte gar nicht wahrgenommen, dass hier überhaupt keine Menschen mehr hausten. Mieden sie diesen unheimlichen Bereich? Als sie um die Ecke bogen, war das nun allen deutlich klar: die dauerhafte Geräuschkulisse der Menschenmassen brach einfach ab… hier traute sich keine Seele hin!!! Und niemand hatte etwas über diese Bereiche gesagt!!!

Es musste erst ein krasser Unterschied von Ruhe zum Lärm entstehen, damit der Unterschied hörbar wurde.

„Hiöööörrr. Hiööööör", brüllten die verschiedenen Stimmen jetzt in ihrem Kopf. Hausten da Hexen, Ungeheuer oder Monster? Quatsch, schalte sich Sarah selber. Du hast zu viele Gruselfilme gesehen! So was gab es doch nicht. Anscheinend konnten der Professor und Sullivan die Stimmen nicht hören, die nach ihr riefen. Doch die Stille allgemein, verursachte jetzt bei den beiden Männer Unbehagen. Das konnte sie deutlich sehen. Der Professor wurde hektischer und schaute sich unbewusst furchtsam um. Auch Sullivan blickte immer wieder nach hinten, so als befürchte er, dass er hinterrücks ermordet werden könnte. Aber keiner sagte auch nur ein Wort. Dafür waren sie sich in Gegenwart einer Frau zu eitel. Sie gingen immer weiter.

„Noch zehn Meter", klärte der Professor die Gruppe leicht zitternd mit Angstschweiß am ganzen Körper auf.

Der Gang war eigentlich wie jeder andere. Weiße Wände, weißer Boden. Allerdings keine Türen. Es war ein ganz normaler Bereich. Und dadurch, dass sich die Menschenmassen sich hier nicht hertrauten, war alles noch sauber. Es schien fast, als wären sie die ersten, die nach den Tausenden Jahren der Ruhe diese Stille durchbrachen.

„Genau hier", sagte der Professor und zeigte auf die Karte. Der Punkt, diese Stelle hier, war genau unter der holländischen Stadt Amsterdam.

„Aber hier ist doch nichts", sagte Sarah eher feststellend als fragend. Ihre Worte hallten unheimlich nach links und rechts weiter. Das war neu. Sullivan und Professor Kuhte schauten sich beinahe verängstigt an.

„Sie müssen sich irren." Jetzt schaute der Professor sie erst recht entsetzt an. Er? Sich irren? Fräulein, so nicht.

„Nein. Hier ist es!!" Die Stimmen in Sarahs Kopf nahmen an Deutlichkeit zu. Immer stärker und stärker.

„Hiöööörrrr. Hiöööör Hiööhhöörrrr. Hiöööhhöör… Hierher. Hierher", rief eine eindeutig weibliche Stimme. Sarah versteifte!! Ihr Innerstes sagte, du kennst sie. Du kennst sie. Du kennst die Stimme. Sie kennt dich. Der letzte gebliebene Rest von Gwendoline. Du kennst sie, flüsterte sie. Sarah blickte auf die Wand zu ihrer rechten Seite. Die Stimmen kamen von da her. Professor Kuhte und Sullivan konnte nur beobachten, was die Ritterin machte. Langsam ging sie Schritt für Schritt auf die Wand zu.

„Hierher. Hier sind wir. Hier bin ich." So stark, dass sie wie ein Magnet magisch von der Wand angezogen wurde. So stark, dass sie die beiden Männer in solch eine Panik versetzte, dass sie nicht merkend den Rückzug antraten. Ihr Verstand hatte die Kontrolle verloren. Was war das, was solch eine Anziehung auf Ritter ausstrahlte? Sterbliche Lebewesen aber so abstieß?

„Komm zu uns. Komm zu mir", zog die Stimme in einer Lautstärke und solch einer Macht, dass Sarah gar nicht mehr anders konnte. Auf einmal hörte die Ritterin, wie die Karte aus der Hand des Professors auf den Boden fiel. Als sie sich zu ihren Begleitern umdrehen wollte, sah sie nur noch, wie sie wegrannten.

„Gut. Jetzt sind wir alleine", beruhigte die Stimme. „Sag uns, wer du bist." Sarah klebte jetzt mit ihrem rechten Ohr an der Wand und lauschte. „Ich bin es. Deine Waffengefährtin." „Sag mir meinen Namen und ich sage dir deinen. Das ist der Schlüssel zu unserem Versteck. Nur wir kennen uns. Ich bin die Wächterin dieses Lagers." Tief aus ihrem Herzen meldete sich Gwendoline. Und es schien, dass ihr ehemaliges Ego dabei eine Sehnsucht und eine Leidenschaft entwickelte, die Sarah nicht für möglich gehalten hätte. Zu ihrem Ehemann zwar schon, aber nicht so. Bilder von Schlachten, Kriegen und Kämpfen tauchten in ihrem Kopf auf. Sie kannte sie schon…
..aber nun sah sie sie aus einem anderen Blickwinkel, aus einem viel beweglicheren. Der Teilnehmer dieser Kämpfe war blutüberströmt. Es schien, als schnitt er sich selber in das Fleisch des Feindes…und zog aus dem Blut des Gegners seine Energien. Mit jedem Hieb wuchs seine Kraft. Dann lief Sarah wie von Geisterhand der Name über die Lippen:

„Du bist Suao. Meine treue Gefährtin….mein Schwert!" „Und du bist Gwendoline, Ritterin der Blauen Rose, Dornträgerin von Asmor, Gemahlin des Xamorphus."

Sofort erfüllte ein Zischen die Luft. Sarah schreckte zurück. Winzige Funken sprühten aus dem kleinen Abschnitt an dem sie gestanden hatte. Dann lief wie glühendes Magnesium eine orange-silberne Flamme an der Wand entlang. Wie bei einer glühenden Lunte. Da, wo sie bereits entlang gebrannt war, verfärbte sich die Wand nicht in schwarz, sondern in ein wunderschönes, glänzendes Silberblau…
.und strahlte. Knistern und Knattern. Bewegte sich dabei die Mechanik eines alten Schlosses? Der glühende Punkt lief immer noch und es dauerte nicht lange, da erkannte Sarah, dass sich mit den sil-

ber-blauen Linien ein Bild auf der Wand abzeichnete…..eines, das sie schon sehr gut kannte…..es war eine in feinster Präzision gearbeitete blaue Rose, fast zwei Meter hoch und genauso breit. Dann machten sich die Umrisse einer Tür deutlich. Nur noch einen Moment und die dicke waworanische Wand öffnete sich… fast wie von Magie geführt.

„Komm rein! Komm rein. Kriegerin der Rose", befahl die Stimme nun.

Langsam ging Sarah auf den geöffneten Türschlitz zu. Drinnen herrschte Dunkelheit, aber der Puls des einkehrenden Lebens erfüllte Geist, Herz und Seele. Ansteckende Freude. Am Ende des Raums leuchtete ein lilafarbenes Licht matt senkrecht von oben nach unten. Und wenn Sarahs Augen sie nicht täuschten, dann glitzerte auf dem Boden etwas. Dort, wo das Licht des Ganges drauf fiel. Sie trat einen weiteren Schritt nach vorne. Nur ein kleinerer Gang war sichtbar, der nicht funkelte und glänzte. Sarah ging weiter auf das lila Licht am Ende zu. Nach ihrem ersten Tritt in den Raum merkte sie, dass der Boden leicht aufflackerte…sie hinterließ blau leuchtende Fußabdrücke, die wieder verblassten…bis sie kurz vor der Lichtquelle stand.

„Nimm mich in deine Hände und lass uns die Rückkehr feiern, indem wir unseren Feinden keine Gnade zukommen lassen", sagte Suao, das Schwert von Sarah O'Boile alias Gwendoline, Ritterin der Blauen Rose. Sie griff sich ihre Klinge.

Indem Moment spürte sie wie die Energien in ihr wallten und weißes Licht erfüllte sanft den Raum.

„Hier sind wir, warten und hüten. Wir sind nur ein Teil der Schwerter der Ritter der Blauen Rose", sagte Suao feurig erregt. Überall um Suao herum hingen oder standen in kunstvollen Ständern die Schwerter der Ritter der Blauen Rose von der Erde.

In der Mitte ihrer Klingen flackerten Lichtimpulse wie Herzen. Sie pochten auf die Wiedervereinigung mit ihren Kampfgefährten. Und …sie waren umgeben von einem glitzerndem Berg voller Diamanten.

„Wir haben alle Maurer und Ingenieure, die wir in der Schnelle auftreiben konnten, hierher bestellt. Sie sind bereit und warten darauf, dass wir anfangen können", sagte General-Ritter Jack Johnson.

Die Männer waren in dem Kommandostand am Modellflugplatz eingekehrt. Die Heerscharen standen ungeduldig in ihren weißen Uniformen und warteten auf das Angriffsignal. In den anderen Städten am Rhein waren sie ebenfalls fertig. Hier in Meerbusch sollte der Startschuss fallen.
  Überall würde die Armee der Rosenritter versuchen, über den Rhein das Territorium von Universal Search zu stürmen. Die Verbindung zur unterirdischen Kommandozentrale, in die jetzt Sarah eingekehrt war, stand. Sie hatte den Professor zu Jack und Jens geschickt. Die beiden wollten die Stellung halten, während ein paar der echten Ritter die unterirdischen Gänge durchstöberten und alle geheimen Lager ausfindig machten, um den Rest der Schwerter in Freiheit zu führen. Samantha Rosenkranz, eine Telepathin wie Sarah, hatte beiden schon zukommen lassen, dass sie die Schwerter von Jens und Jack im Gepäck hatte und auf dem Weg zu ihnen war.

Die beiden Männer hatten noch keine Vorstellung, wie sehr ihre Schwerter, den Angriff verändern konnten. Außerdem führten sie gerade das letzte Steinchen aus, wie die Armeen den Rhein queren konnten…ohne dabei abzusaufen.

„Sind die LKWs schon da?", stellte Jens die nächste Frage. Fast gleichzeitig materialisierte sich Johnny. Er hatte wieder eine Zigarre im Mund und meinte nur übertrieben: „Geht's endlich los? Ich brauche Aktion!!"

Jack und Jens gönnten sich nur einen kleinen Blick und waren sofort einer Meinung. Ja, Johnny und Sonja hatten sich getrennt oder waren kurz davor. Denn Johnny rauchte wieder und das war ein eindeutiges Zeichen des Protests oder der neu erlangten Freiheit. Kam darauf an, von welcher Seite man die Medaille betrachtete. Aber das war jetzt egal, so lange die beiden mit ihren Emotionen nicht dem Plan und der Schlacht in den Weg kamen.

„Lass uns nachschauen", sagte Jack.

Der Professor beriet sich gerade mit dem Schwimmbadbauer Lutz Feingeruch, sie waren tief in die Karte vertieft. Doch das war nicht das Original. Kuhte hatte eine Kopie anfertigen lassen und überließ diese nun dem wichtigsten Mann des Moments.

„Wollen sie auch mit? Schließlich war das ihre Idee", wollte Jens wissen, während Jack den Ordonanzen das Signal gab, sie sollten den Jeep vorfahren lassen.

„Nein. Ich habe mich mit Lutz besprochen und finde… zu viele Köche verderben den Brei. Ab hier kann ich sowieso nichts mehr dazu beisteuern." Jens klopfte ihm väterlich auf die Schulter, was der Professor mit einem irritierten Blick aufnahm. Doch dann lächelte er. Wenn die Gerüchte nur zur Hälfte stimmten, dann hatte der junge Spund vor ihm schon das halbe Universum mit einem Raumschiff bereist. Nur, um hier die Erde zu retten. Der Mann war von Größe. Und zwar von solch einer, die die Erde noch nie in der Neuzeit gesehen hatte. Sein geistiger Horizont musste überdimensional sein. Ja, es war vollkommen in Ordnung, dass er ihm einen

Schulterklopfer gab. Und… es zeigte, dass Jens in dem Professor einen echten Kerl sah.

Das taten schließlich nicht alle.

Das war ein Gefühl, das er seit dem Kindergarten nicht mehr kannte. Danach hatten ihn alle für einen verweichlichten Streber gehalten. Irgendwie….tat es gut.

„O.K.. Ich empfehle aber, dass sie sich hier aus der Gefahrenzone weg begeben. Hier könnte es heiß werden. Das ist ihre Entscheidung", sagte Jens.

„Danke", nickte der Professor einfach nur. Anscheinend sah er doch nicht so sehr den Mann in ihm. Jens traute ihm das Kämpfen zumindest nicht zu. Dann drehte sich der Ritter um und verließ das Zelt. Alle Personen salutierten und er ging schnellen Schrittes zum Jeep, in dem Lutz Feingeruch, Jack, und Johnny schon warteten. Kaum war er eingestiegen, brauste der Fahrer Richtung Haus Meer los.

Sie waren noch nicht ganz in der Nähe des unterirdischen Eingangs, da verlangsamte der Fahrer die Fahrt. Keiner hatte auch nur ein Wort die kurze Strecke über etwas gesagt. Sie alle gingen ihren Gedanken nach. Die tausenden Männer auf den Feldern hatten ihnen wieder gewunken. Die alte Mauer, die das Klostergelände umgab, war an dieser Stelle schon vor Wochen eingerissen worden. Direkt konnten sie nicht sagen, ob die Sachen, die sie nach unten bringen wollten, schon da waren. Hier herrschte ein Betrieb wie auf einem Güterbahnhof. Immer wieder hielten Lastwagen, luden Kisten auf oder ab. Ob ihre „Ware" dabei war, konnten sie gar nicht sagen. Zusätzlich liefen hier Hunderte Menschen rum. Ein Ameisenhaufen machte einen organisierteren Eindruck. Gerade fingen sie an, sich zu orientieren, da brach am Ende der Straße, bei den Schienen des Bahnübergangs, ein kräftiger Lärm aus. Hupen, Schreie… und am Ende schaltete sogar jemand eine Sirene ein.

Dort war ein Stau entstanden und eine Gruppe von Feuerwehrmännern in schwarzen Uniformen mit gelben Leuchtstreifen versuchte wildfluchend, die LKW-Fahrer beschimpfend, mit ihren eigenen Wagen hierher zu kommen.

„Die Ladys gackern aber ganz schön", kommentierte Johnny die Szene, der jetzt auf der Schulter von Jack saß und genüsslich an seiner Zigarre zog - ohne Freundin war das Leben viel schöner. Mit weit geöffneten Augen erkannten Jens und Lutz, was da versuchte, zu ihnen so schnell wie möglich durchzukommen. Kaum hatten sie die Männer erkannt, da sahen die schwarz Uniformierten die Generäle. Jack winkte die Ordonanz her und flüsterte ihr was ins Ohr. Sofort sprang der Mann in den Jeep und stauchte jeden LKW-Fahrer zusammen, der die Zufahrt für die roten Feuerwehrwagen versperrte. Es dauerte nur einen Augenblick, da erkannten die Leute, wer auf diese Wagen wartete. Schnell bildete sich eine Gasse... und der Feuerwehrtrupp konnte durch.

Sie hielten so nahe am Eingang wie möglich. Mit einem militärisch steifen Nicken bedankten sich die Männer, sprangen ab und luden Pumpen und Schläuche aus. Dann rannten sie zu der Treppe des Eingangs und verschwanden in dem unterirdischen System. Der Mini-Generalstab rannte hinterher. War ihre Ware vielleicht schon unten?

Johnny wippte auf der Schulter durch die schnellen Bewegungen von Jack, und sah selber aus wie der Fahrer eines Geländewagens auf einer Hugelpiste.

Als die Gruppe unten ankam, konnten sie die Gruppe Feuerwehrleute noch sehen, in deren Bugwasser sie sich durch die Menschenmassen bewegten. Und der Weg war klar. Es ging Richtung Rhein. Kaum näherten sie sich ihrem Zielgebiet, da ebbte die Menge von Menschen ab. Hier hatten sie eine Sperrzone eingerichtet - niemand außer ihnen durfte weiter. Das war überlebenswichtig. Dann stoppte der Trupp Feuerwehrmänner, lud die Gerätschaften ab und rannte wieder nach hinten. Die Männer nickten wieder, und der Stolz, der in ihren Augen schimmerte, war unverkennbar. Die Jungs leisteten ihren Beitrag zur Rettung der Erde. Ab hier übernahm Lutz das

Kommando. Er war hier bereits unterwegs gewesen und hatte die Pläne entworfen. An einer Kreuzung blieb er stehen. In derselben Richtung führte der weiße Gang noch ein Stück weiter und kam erneut bei einer Kreuzung an. Das konnten alle sehen.

„Hier sind wir direkt unter dem Rhein", erklärte der Ingenieur und zeigte mit dem Finger nach oben. Als sie sich zur Seite umdrehten, konnten sie Maurer sehen, die bereits angefangen hatten, die Gänge mit mehreren hintereinander liegenden weißen Backsteinwänden zu verschließen. Bei diesem Teilstück waren sie schon fast fertig.

„Wir haben hier eine massive Wand. Hier sind sogar Stahlplatten mit eingebaut worden." Als sie genauer hinsahen, konnten sie erkennen, dass sie nur den letzten Teil der hochgezogenen Barriere sahen. „Das ist fast zwanzig Meter lang", freute sich Lutz. „Das hält locker stand." Dasselbe passierte an drei weiteren Stellen. „Aber die Dinger sind ja noch gar nicht da? Wenn die Mauern zu sind, passen die doch gar nicht mehr hier rein?", wunderte sich Jens. „Das finde ich eigentlich auch komisch. Sie sollten schon längst hier sein", fragte sich der Ingeneuer selber, der aber eher auf die Verzögerung reagierte, als das er sich Sorgen machte, hier würde nichts mehr rein passen.

Und als wären sie genau zum richtigen Zeitpunkt hier erschienen, flackerte ein kleines gelbes Licht kurz vor der neuen Mauer auf. Dann erhitze sich die Umgebungsluft. Das gelbe Licht wurde immer größer und größer… und mit einem Mal waren sie da: riesige Industriepumpen.

„Aaaah", freute sich Lutz. Jack, Johnny und Jens grinsten. Der Professor war schon ein verrückter Kauz. Das war seine Idee. Die Generäle konnte nicht erkennen, ob an dem anderen zugemauerten Ende des Ganges die Pumpen ebenfalls angekommen waren, gingen aber einfach davon aus. Aus dem Nichts schienen jetzt die Techniker angerannt zu kommen, und beanspruchten Lutz jetzt so sehr, dass sich die die beiden Männer und der Schmetterling richtig nutzlos fühlten. Hier konnten sie nichts beisteuern.

„O.K.. Sie geben uns das Zeichen, wenn sie fertig sind?", fragte Jack. Lutz der mithalf, die Pumpen, die bis unter die Decke reichten, zu installieren, schaute aus der Hocke nach oben und lächelte.
„Keine Sorge, wir sind recht fix. Dann kann es losgehen. Vertrauen sie mir." Flugs drehte er sich wieder um und machte weiter, als ob die Männer gar nicht da wären.
„Das sind ganz schön fette Biester", kommentierte Johnny die Maschinen. Jack und Jens drehten sich um. Die beiden verließen den zugemauerten Tunnel durch den letzten freien Zugang. Gerade als sie kurz vor dem belebten Teil ankamen, bauschte sich die Menge wieder auf. Wieder die Feuerwehrleute?
Nein. Die Schläuche waren bereits verlegt, an die kleineren Pumpen in den Gängen abgeschlossen und boten bereits jetzt die letzte Sicherheit – damit im Notfall nicht ihr ganzes System volllief. Hier kamen Ritter auf sie zu. Immer zwei Mann trugen schwere Kisten. Als sie an ihnen vorbeigingen, konnten sie die Aufschrift der Holzboxen lesen: TNT. Gut, das gehörte halt zum Plan. Sie wollten sich mehrfach absichern.
Jetzt hieß es aber, hier unten nicht mehr im Weg stehen. Schnell beeilten sie sich an die Oberfläche. Hier wartete schon die Ordonanz. Jack und Johnny hatten sich jetzt abgewöhnt, jeden hier zu grüßen. Doch als sie gerade vor dem Jeep angekommen waren, da hörten sie das ankommende und dann eifrig abbremsende Geräusch von schweren Motoren. Sie schauten wieder die Allee zu den Schienen hoch, vorbei an Haus Meer …und grinsten.
„Yeah. Baby. Hat das doch was gebracht", lächelte Johnny und paffte einen großen Zug an seiner Zigarre.
Eine Gruppe von valduranischen Icetanks!!!
Jack und Johnny hatten damals den Schlüssel besorgt. Noch vor der Invasion des russischen Erdteils hatten sie Duplikate des Hauptschlüssels anfertigen lassen und an die Verteidigungsarmee von Asien verteilt. Wie es die zwanzig Panzer allerdings hierher geschafft hatten, das wussten nur die Fahrer. Doch auf einmal ertönte

ein Warnsignal! Um sie herum wurde alles panisch!

Die General-Ritter wussten auch warum, das Geräusch in der Luft verriet es ihnen: Universal Search hatte wieder eine Streubombe abgeschossen. Alles um sie herum sprang in Deckung…doch nur für einen Moment.

Der Sound verriet, dass es ein weiter Schuss war….nicht auf Meerbusch….und wie alle in dem Augenblick hofften: der letzte, den Universal Search noch abfeuern konnte.

Martha hockte hinter dem Rücken von Kai… und lauerte auf ihre nächste Chance. Seit zwei Tagen stand sie nun auf Schnupper-Entzug! Das war der blanke Wahnsinn!!!

Die zur Hälfte weggebrochene, weißgelbliche Mauer des Hauses hier bot Schutz. Die braunen Deckenpanelen standen noch, ein paar Latten boten Sichtschutz zum blauen Himmel, aber die zweite Etage fehlte ganz. Kai war einer von fünf Jungs, die bei diesem Einsatz mitmachten. FeeFee und Re waren neben Uwe Leidenvoll und Lars Feuerstiel zusammen mit Lukas und seiner verliebten Lichtmurmel, die einzigen beiden Erwachsenen, die hier bei waren.
Diese Aktion hier in Santa Ana in El Salvador sollte etwas ruhiger zugehen, als die letzten davor. Das hatten die beiden Lan-Dan den Kindern und vor allem den beiden älteren Menschen versprechen müssen.
„Eigentlich ist das keine Entscheidung, die der Angreifer bestimmt", hatte FeeFee erklärt. „Die Heftigkeit eines Angriffes richtete sich immer danach, wie stark der Gegner bereit ist, sich zu verteidigen." Und mit einem Augenzwinkern fügte sie hinzu. „Verlieren wird er so oder so."
Die Lan-Dan versuchte neuerdings, mit Scherzen die Situation etwas aufzulockern. Doch niemandem, außer anscheinend ihrem Bruder, entging, dass sie damit irgendwas vertuschen wollte. So auf-

fällig und aufgekratzt hatten sie weder die Kinder noch die beiden Männer gesehen.

Jens grinste Uwe zu. Klar, wussten die beiden, warum sie so drauf war. Hehe.

Aber jetzt und hier wollten sie lieber keinen Satz drauflegen. Sie waren mitten in der zweitgrößten Stadt von El Salvador aus einem Eingang gestiegen. Auch hier hatte Cuberatio nichts mehr von der Schönheit übrig gelassen. Entweder lagen die Trümmer der Häuser noch herum, oder sie waren bereits schon weggetragen worden. Sie hockten hier in der Ruine des Alcadia Municipal, des Rathauses. Zwei Säulen des Eingangsvorsatzes standen zur Hälfte noch, der gelbliche Farbton war nur noch schwach zu erkennen. Nur ein einziges Gebäude hatte den außerirdischen Ansturm überlebt...wie ein Wunder. Die Catedral de Santa Ana im gotischen Stil ragte noch hoch mit den beiden Nord-Südtürmen. Es schien, als wäre das erst 1906 begonnene und 1959 fertiggestellte Bauwerk viel zu jung, dass es hätte vernichtet werden dürfen. Aber ob das der Grund der Androiden gewesen war, schien schier unwahrscheinlich. Es hatte eher den Anschein, dass die Zombie-Roboter noch keine Gelegenheit gehabt hatten, sich dieses Gebäude vorzunehmen. Denn die Gruppe aus Menschen, Schmetterlingen und Panthern wusste, dass sie eine Invasion auf Nordamerika gestartet hatten... und deswegen waren sie hier.

Warum auch immer, Cuberatio setzte alles daran, die ganz normalen Arbeiter-Androiden so schnell wie möglich nach Norden zu schaffen und verzichtete dabei sogar auf jeglichen Begleitschutz! Wie bescheuert war das denn, hatten sich alle gefragt, und waren sofort damit einverstanden gewesen, einen weiteren Anschlag auf das Großunternehmen zu verüben.

Ein Mückenstich tat nicht sonderlich weh, aber Tausende brachten den ganzen Körper zum Erliegen.

Und hier konnte wieder ein weiteres Mal zugeschlagen werden. Schutzlos liefen die Androiden nicht ganz zwanzig Meter von ihnen entfernt einfach stupide nach Norden. Es gab wirklich keinen einzigen Begleitschutz. Alle zehn Minuten tauchte dann wieder mal ein Krieger- oder Wächterandroide auf, der nicht zu ihnen gehörte und es auch sehr eilig hatte. Sie schauten sich noch nicht einmal um. Auch flogen hier im Himmel keine Spionage-Gleiter von Cuberatio. Das machten sie immer nur an den Orten, wo schon etwas passiert war, und dort, wo sie noch hin wollten. Doch nicht dort, wo die Roboter sich sicher glaubten.

„Also von einem Roboter hätte ich ja mehr erwartet", flüsterte Uwe Lars zu. „Hehe", grinste Herr Feuerstiel und griff nach hinten an Lukas vorbei. Diesmal hatte er sein eigenes Schwert dabei. Es war zwar kein richtiges, so wie die der Ritter… aber immerhin!

Die anderen dachten das zumindest. Musste ja keiner wissen. „Hehe", entfuhr es Uwe, der seine Machete zückte. „Was du kannst, kann ich schon lange." „Aber du hast damit bis jetzt nur Butterbrote geschmiert. Ich werde damit einen killen. Und dann mach ich 'ne Kerbe rein. So wie die Jungs in den Filmen." Lukas schaute still aber skeptisch auf die Fläche vor ihnen. Es war ja ganz nett, dass er jetzt keinen Schluckauf mehr hatte, aber dass er nicht zu Sebastian konnte, das stimmte ihn schon etwas misstrauisch. Aber wahrscheinlich hatte er wieder eine Super-Sonder-Spezialmission, auf der Schmetterlinge einfach wieder einmal nicht erwünscht waren. Lukas wusste auch nicht sonderlich, ob die Lichtmurmel hier nicht ehr störend war.

Nicht unerwünscht, aber vielleicht nicht angebracht.

Er fand sie schon etwas merkwürdig, wenn sie sich fast genauso bewegte wie er. Flog er nach vorne, folgte sie ihm. Bewegte er sich zurück, wich sie ebenfalls nach hinten aus. Aber was sollte er sich beschweren, eigentlich war sie ja ganz süß…und solange sie hier niemanden störte, war es egal.

Er war schließlich hier, um in der Familie zu helfen. Wenn er schon nicht Sebastian beistehen konnte, dann wenigstens seinem Vater…und der fühlte sich dadurch schon fast wie ein richtiger

Ritter…denn jetzt hatte Lars ja auch ein Schwert UND einen Schmetterling.
Hier wurde Lukas mit seiner Lichtmurmel gebraucht.
Und seine Energien blieben in der Familie.
Doch jetzt kam Bewegung in die Gruppe. Schnell setzte er sich bei Lars auf die Schulter. Während die Männer sich erhoben und einen Fensterplatz im Rathaus weitergingen, näherte sich Martha immer mehr FeeFee. Die aber hingegen wedelte aufgeregt mit dem Schwanz. Unbewusst hielt das wunderschöne Fell Martha auf Distanz. Oder war es vielleicht Absicht?
Neeee. Niemals. Doch wie konnte man den Schwanz einer Wildkatze ruhig stellen, war die aktuelle Frage. Hmm…. Martha wurde unterbrochen.
„Da kommen wieder welche", flüsterte Kai den anderen zu. Alle schauten jetzt aus den Fenstern. Das Grau der Straße wurde durch das schnelle Klackern der Androiden unterbrochen. Vor einer Minute erst waren drei Stück an ihnen schnell vorbeigezogen. Tausende musste schon hier lang gekommen sein. Jetzt zählte Kai vier. Aber die Staubwolken dahinter verrieten, dass da noch mehr im Anmarsch waren. Allerdings hatte es den Anschein, dass der Abstand groß genug war.
„Sollen wir?", fragte Kai und hob das Nightingdale V auf. Die anderen Jungs machten dasselbe und lehnten ihre Waffen auf die schulterhohen Simse. Sie nahmen Ziel. Die Androiden waren noch knapp zwanzig Sekunden entfernt, bis sie das Rathaus auf gleicher Höhe passierten.
FeeFee schaute Re an. Die Jungen der Erde lernten schnell. Solch eine Chance hatte sich seit einer halbe Stunde nicht mehr geboten. Würden sie noch eine bessere bekommen?
Re nickte seiner Schwester zu. Uwe und Lars beobachteten die beiden Kriegerkatzen. Lukas und seine Lichtmurmel machten es ihnen nach. Die Lan-Dan waren die Profis, das wussten die beiden Männer. Lars und Uwe wollten sich nicht ganz so sehr auf ihr krie-

gerisches Wissen aus Hollywood verlassen.
Das könnte vielleicht nicht ganz so richtig sein.
Uwe und Lars nickten ebenfalls. Wenn die beiden Lan-Dan die Situation für sicher einstuften, dann würde das schon seine Richtigkeit haben. O.K..
Noch fünf Sekunden…..4……..3……..2….FeeFee und Re machten sich sprungbereit. Die Jungs visierten richtig an…..1……..und SPRINT.
Die Androiden waren an ihnen vorbeigezogen und kehrten ihnen nun den Rücken zu. Mit einer atemberaubenden Schönheit sprangen FeeFee und Re über die Mauerreste auf die Straße. Dann schien es, als würden sie über die Straße fliegen, so schnell waren sie. Nur knapp zehn riesige Sätze. Kurz bevor sie die ersten beiden Androiden erreichten, schossen die grünen Strahlen der Nigthingdales an ihnen vorbei. Zwei erwischten die Beine des einen und rissen ihn um. Aus der Bewegung fiel er zur Seite und überschlug sich krachend. Die anderen drei streiften den zweiten nur, schlugen ihm aber einen Arm ab. Schnell drehten er und die anderen beiden flüchtenden Androiden um… da zerfetzte FeeFee schon den am Boden liegenden. Sie biss in den Hals und grub ihm ihre scharfen Krallen tief in seinen Oberkörper. Re musste noch einen weiteren Sprung machen, dann erwischte er den bereits Verletzten. Uwe und Lars sprachen sich ab.
Lars wollte diesmal auch „Aktion" haben und rannte auf die Straße. Lukas kniff sich fest in seiner Schulter fest und wippte im Laufen auf und ab. Uwe lächelte verschmitzt. Es war abgesprochen, dass er solange auf die Jungs aufpasste. So konnten ihre Frauen nichts sagen. Lars Feuerstiel rannte jetzt was die Lungen hergaben zu den beiden kämpfenden Panthern. Das Schwert in der linken Hand, SEINEN Schmetterling auf der Schulter. Aufgepasst: Hier kommt der „richtige" Ritter Lars!!
Dann feuerte Kai mit den Jungs wieder eine Salve. Weitere fünf grüne Strahlen zischten durch die Luft. Vier verfehlten die letzten

beiden Androiden. Der fünfte traf hingegen direkt den Kopf. Der Roboter blieb zwangsläufig stehen. Sein Kopf hatte einen Treffer, dessen glatter Durchschuss wie ein gestanztes Loch in einer Metallplatte aussah… er war handlungsunfähig geworden. Sein Prozessor und seine Steuerungseinheit waren im Eimer.

Ab zum nächsten!

Re und FeeFee sprangen gleichzeitig auf und warfen sich über den vierten. Er versuchte noch, sich zu wehren, zog einen menschlichen Arm nach oben, aber Re wich ihm aus und verhakte sich in seiner Hüfte. Um den ersten Panther loszuwerden, drehte er sich zur Seite und bückte sich. Das nutzte FeeFee und sprang die freie Schulterpartie an. Sie biss sich in seinen Hals und erwischte die Hauptschlagader. Das Blut spritze an ihrer Schnauze stark in alle Richtungen vorbei.

Martha plumpste derweilen vor Schreck auf den Boden…. so verantwortungslos konnte man doch nicht mit ihrem Fell umgehen!! Dann war auch der vierte Androide gekillt.

Lars Feuerstiel, der Vater von Schmoon Lawa, hatte gerade die Hälfte der Strecke zu Re und FeeFee hinter sich. Mist. Zu spät. Die beiden waren einfach viel zu schnell.

Er stand mitten in der freien Fläche. Lukas flog gerade in die Höhe und seine Lichtmurmel stieg mit ihm auf. Solange sich sein Ritter entspannte, konnte er ja seine Schulter verlassen. Erst schaute er ebenfalls in die Richtung der Lan-Dan, dann wollte er mal wissen, wie weit die nachrückenden Androiden bereits waren. Kaum hatte er sich gewendet, da nahmen seine Schmetterlingsaugen etwas wahr, das menschlichen verborgen blieb!!!

Der Schrecken durchfuhr ihn so stark, dass er „Hicks" in die Luft geschleudert wurde!!

Sein Hals schnürte sich zu…Panik…Er bekam keine Luft mehr. DAS war schon so nahe!!!!

„LARS!!!!!", wollte er brüllen, aber anstelle der warnenden Worte kam nur Feuerwerk an HICKS… HICKS-HICKS… HICKS-

HICKS- HICKS- HICKS… HICKS.
Durch den Schluckauf gewarnt, schien das Unbekannte Lars erst richtig wahrzunehmen, registrierte dadurch den Mann!!
Steuerte es noch vorher auf die Lan-Dan zu, änderte es jetzt seinen Kurs….auf Lars!!!
Lukas hatte ihn mit seinem Schluckauf hierher gelenkt!!!
Die beiden Panther drehten sich um…….und schreckten entsetzt auf. Lars wunderte sich Kopf kratzend und drehte sich ebenfalls um. Er stand gerade, aufrecht, sah aber nur die folgenden Androiden, die auf sie zukamen.
„Scheiße….Scheiße…Scheiße", brüllte Uwe jetzt, Martha im Nacken, die sein Auge war und ihn auf den Feind aufmerksam machte… und vergaß jegliche Sicherheit!!!
FeeFee und Re sprangen auch schon auf, stürmten noch schneller als zuvor auf ihn los.
Was hatten die denn alle?
„Renn!!! Verdammt noch mal!! Renn!!!", langsam drehte er sich wieder um, wollte gerade den ersten Schritt machen, um den Lauf zu starten……da verzerrten sich alle Gesichter zu einem blanken Entsetzten.
HICKS… HICKS, flog Lukas wie ein Flummi durch die Luft und zeigte wie wild auf etwas!!!
Aber was??? Zum Geier??!! Da war doch nichts!!!!
Erst als es zu spät war, erkannte Lars Feuerstiel den unsichtbaren Feind…..er sah aus wie die Trümmer, die ihn umgaben…..er war eins mit seiner Umwelt………und schlug aus dem nichts kommend Lars Feuerstiel vor aller Augen… den Kopf ab…..
Die Zeit schien still zu stehen…. Als erstes kam dieses schnelle, knackende Geräusch. Dann spritze das Blut in die Höhe, erwischte sogar Lukas, und Lars Kopf fiel nach hinten auf die Straße. Erst ein oder zwei Sekunden später gaben die Beine unkontrolliert nach und knickten zusammen.
Dann sackte der ganze Körper in sich ein und schlug mit einem Klat-

schen auf der Straße vor dem Rathaus in Santa Ana auf....

Uwe Feuerstiel war durch einen nachrückenden Chamäleon-Krieger ermodert worden!!!

Jetzt erreichten FeeFee und Re den Platz, an dem sie ihn vage erkennen konnten. Für die menschlichen Augen waren sie weiterhin unsichtbar. Uwe handelte schnell, schrie wie wild auf die Kinder ein... und befahl den Rückzug.

Die nächsten Androiden waren nur noch 50 Meter von ihnen entfernt und nahmen bereits Kurs auf die Panther. Auch zwei Wächterandroiden kamen auf die beiden zu gelaufen. Gerade als Re und FeeFee auf den für sie nur halb unsichtbaren Feind und Mörder ihres Freundes springen wollten, passierte das vollkommen Unerwartete.......die nachrückenden Androiden brachen ihren Lauf ab, bremsten und blieben stehen.

So, als wäre ein Ausschalter gedrückt worden!!!

Sie senkten die Köpfe, als würden sie neue Befehle erhalten. Den Moment nutzten die beiden Panther und sprangen auf den unsichtbaren Feind. Wie Klingen, die auf einer Kinoleinwand heruntergleiten und sie zertrennten, zeichneten sich ihre Krallen auf dem Oberkörper des in Menschenform gebauten Gegners ab. Die Unsichtbarkeit war durch rote Linien, die nach unten tropften durchbrochen. Und... dieses Kriegermonster wehrte sich gar nicht!! Es verharrte einfach weiter. Und dass dieses Ding für den Krieg gebaut worden war, war so offensichtlich.

Es war die perfekte Täuschung. Die perfekte Tarnung. Einen schlimmeren Feind konnte man sich gar nicht vorstellen. Aber er wehrte sich nicht!!!

Diese Gelegenheit packten die beiden Panther beim Schopfe. Es dauerte fast eine ganze Minute, so viel Zeit hatten sich die beiden noch nie genommen. Emotionen empfanden sie nur bedingt. Sie rächten allerdings das Leben eines Kriegsgefährten....und das war die schönste Rache, die es gab. Den Mörder eines Freundes eigenhändig zu zerfetzen.

Lukas flog benommen hicksend zu den Kindern, die Lichtkugel trauernd hinter ihm her. Sie konnte seine Ohmacht spüren. Später würde er sich an nichts mehr erinnern können. So tief saß der Schock…

Uwe, Martha und die Kinder waren schon weg, als Re und FeeFee mit dem Massaker fertig waren. Sie hatten keine Eile. Da hoben die Lan-Dan ihre Köpfe und sahen das Unmögliche: die stehen gebliebenen Androiden richteten sich wieder auf, wurden mit Leben erfüllt, drehten ihre Oberkörper und nahmen die beiden Panther gar nicht mehr wahr!

Steuerten sie vorhin noch auf die Lan-Dan zu, so schien es, dass es für die Androiden die beiden gar nicht mehr gab.

Langsam setzten sich die Androiden wieder in Bewegung….

Sein letzter Akt: Penta VI- Omega B 4782654 kochte und pochte vor Wut. Was hatte er alles zu Stande gebracht? Was hatte er nicht alles getan? War das nichts?

Die Fragen hämmerten nur so in seinem Prozessor und der Androide merkte nicht, wie die eigenständige Weiterentwicklung seines Chips, die Evolution der Gefühle, die Kontrolle über ihn hatte. Eine Mischung aus Enttäuschung, Trauer und Wut. Seine Adern waren bis kurz vor dem Platzen angespannt. Das war ihm jetzt egal.
 Er war ein Teil von Nr. 1 und so hatte er auch seine Aufgabe zu erfüllen! Ob er dabei einen Schaden nahm, weil seine Pumpe zu schnell ging und sein System dabei überforderte, war nebensächlich. Vielleicht würde der Hauptcomputer ja auch eine Ausnahme bei ihm machen?
 Wenn Nr. 1 die Protokolle durchgehen würde, dann würde er erkennen, dass seine Leistungen und seine Innovationen stimmten. Penta VI konnte doch nichts dafür, dass das Unternehmen Erde zum Scheitern verurteilt war!! Das war doch höhere Gewalt! Eine Macht, die er nicht hatte kontrollieren, und vor allem nicht einkalkulieren können! Wie konnte eine Maschine denn schon mit Schmetterlingen, Kindern und Panthern rechnen?
 Sie waren so etwas von minderwertig, dass sie eigentlich noch

nicht einmal in einer Tabelle auftauchen durften. Denn das Volk von Nr.1 war doch jedem im Universum überlegen! Und was noch viel schlimmer war... er war selber ein Höhepunkt in der Entwicklung von Nr. 1.

Garantiert hatte der Technik-Androide schon seine Daten aus der Werkstatt zu Nr.1 geschickt. Wenn er sich nämlich nicht täuschte, dann hatte sich Nr. 1 für ein paar Millisekunden direkt in ihn eingelockt und die Information überprüft. Das hatte er gespürt. Dann musste er doch erkennen, dass er etwas vollkommen Neuartiges war!! War das nicht wunderbar? Aber das Schicksal hatte es mit ihm nicht gut gemeint, als es ihm die Betreuung der Erde auferlegt hatte. In einer Höhe von 150 Meter zappelte Penta VI hin und her. Immer kurz davor, die Haftung zu verlieren.

Er zögerte die entscheidende Eingabe heraus....

Der Rückzugsbefehl wartete, die Offiziere hatten die Kampfhandlungen schon abgebrochen. Daran konnte er nichts mehr ändern...
Penta VI rief sich die letzten entscheidenden Bilder wieder in den internen Monitor seines Kopfes. Es war so deprimierend. Er hatte gar keine andere Wahl gehabt, als die Arbeiter-Androiden schutzlos nach Norden laufen zu lassen. Keine andere Wahl, hallte es unheimlich in der großen Halle in Nr.1 wieder zurück.
Hatte er das gerade ausgesprochen?

Penta VI schaute sich um, so konnte er wieder ein paar Sekunden herauszögern. Und da sah er es...der ganze Raum unter ihm begann sich zu füllen.

Bereits jetzt beobachteten fast zehn Androiden das, was er da oben tat. Und es kamen immer mehr. Eigentlich wollten sie nur ihre Strecke abgehen, aber dann blieben sie stehen. Sie sahen, dass dort ein Projektandroide war... der es nicht geschafft hatte.

Hier konnten sie nicht an dem Erfolg von Nr.1 teilhaben, sondern mussten mit anschauen, wie einer der ihren sich auf beschämende Art und Weise davor drückte, seine beiden letzten Befehle auszuführen. Und das sie ebenso wie er empfanden, da war er sich sicher.

Jetzt flackerten die Bilder von der Erde in ihm auf. Mittlerweile war es finanziell so eng für ihn geworden, dass direkt die erste Verletzung des ersten Androiden durch die Schüsse der Kinder - das konnte er aus den Augen des sterbenden Androiden sehen - der Todesstoß für das Projekt Erde gewesen war. Doch es dauerte eine Zeit, bis das Signal von dem Verunglückten zur Sendestation auf der Erde, dann in den Orbit und von da aus bis hierher gelangte. Die Berechnungen fanden mehr oder weniger schon automatisch in ihm statt. Jetzt war es zwanzig Sekunden nach dem ersten Anschlag… und die Kämpfe waren vorbei.

Er wusste, dass sich ein Chamäleon-Krieger auf der Strecke befand und er erteilte ihm den Befehl, alles ohne Ausnahme zu vernichten. Aber das dauerte jetzt auch fast zwanzig Sekunden. Wenn der Befehl bei ihm eintraf, waren die Kampfhandlungen bereits vierzig Sekunden passé.

Würde der Krieger seinen Offizieren nicht gehorchen? Und ein letztes Mal für ihn arbeiten? Rache!! Es sollte seine letzte persönliche Vergeltungsmaßnahme sein… auch wenn das Unternehmen schon verloren war!!!

Alles spielte sich hier in Millisekunden in seinem Kopf ab.

Dann erhielt er die Nachricht, dass sie auf sein Kommuniqué hin einen Ritter gefangen hatten. Er sollte hier gleich lebend landen, damit er von Nr. 1 unter die Lupe genommen werden konnte. Vielleicht schaffte es ja der Hauptcomputer, dem Rätsel um die Kräfte der Ritter auf die Spur zu kommen?

Er würde das nicht mehr miterleben. Es sei denn…

Schnell legte Penta VI einen Unterordner an, und setzte dabei einen Arbeitschritt ein, den noch nie eine Maschine gewagt hatte: er legte einen Ordner an, der vor dem Zugriff von Nr. 1 geschützt war!!

Der Hauptcomputer hatte keine Rechte, konnte hier nicht reinsehen!!

Als er fertig war, beruhigte sich Penta VI wieder ein wenig…doch jetzt war es soweit. Er konnte es nicht mehr länger herauszögern. Er musste…

Ein Blick nach unten: rund zwanzig Androiden standen dort und schauten zu ihm hoch. Er musste!!

Dann griff er nach der Tafel und veränderte den Wert…..14,3. Die roten Zahlen, die hiermit seinen Untergang und sein Scheitern besiegelten, fingen als Warnung für alle anderen an zu blinken. Der Rückzugsbefehl wurde umgehend an die Erde gesandt. In rund zwanzig Sekunden war er da.

Um ein Menschenleben zu retten, wären achtzehn nötig gewesen.

Der Chamäleon-Krieger konnte noch einen letzten Schlag gegen die Feinde von Penta VI ausführen! Zwei Sekunden zu spät für das Opfer!!

Ein Menschenmann verlor aus reiner Boshaftigkeit sinnlos sein Leben!! Aber das war jetzt auch egal…

Um Penta VI herum hörten die anderen Projektandroiden kurz mit ihren Tätigkeiten auf und blickten zu ihm hin. Mitleidig, wie er fand. Das Ganze dauerte nur ein paar Sekunden, dann drehten sie sich wieder um. Unter ihm leerte sich die Halle. Niemand wollte sehen, wie er abgeholt wurde.

Dann kam auch schon das Gefährt, das ihn abholen sollte. Vier Stunden Fahrtzeit. Der Recyclingkomplex war in derselben düsteren Einöde, in der die Produktionsanlagen standen.

Unter ihm kam ein weiterer Androide an. Er hatte eine Tafel dabei. Es sah recht frisch hergestellt aus. Dann kletterte der vierbeinige Androide die Wand hoch. Nr.1 hatte ein verbessertes Modell herausgebracht und sich demonstrativ für ein Bein mehr entschieden. Unter Penta wartete das Gefährt mit den beiden Robotern, die ihn abholen sollten.

So recht wollte ihn sein Prozessor aber nicht gehen lassen.
Als der Vierbeinige auf seiner Höhe angekommen war, würdigte er Penta VI keinen Blick. Der neue hielt die eigene Tafel mit zwei Armen, griff mit der anderen nach der alten…und ließ sie einfach

in die Tiefe fallen…

Dann hängte der Neue seine eigene an den Platz und fing an einem neuen Projekt, auf einem anderen Planeten, an, zu arbeiten. Penta VI schaute herunter. Dann ergab er sich seinem Schicksal…und vertraute jetzt ganz seinem gesicherten Unterordner.

Bis jetzt hatte Nr.1 noch nicht mitbekommen, dass er einen angelegt hatte. Gut so.

Bei den wartenden Androiden angekommen, musste er sich auf das flache Brett legen. Vormontierte Halterungen sollten dafür sorgen, dass er nicht während der Fahrt herunterfiel. Eigentlich war er selber überrascht, dass er nicht wieder einen Herzinfarkt bekommen hatte… und die ganze Strecke einfach herunterfiel.
Aber so war das Leben halt. Komplett unberechenbar.

Penta VI- Omega B 4782654 legte sich hin. Die beiden Roboter machten ihn fest. Das war es dann jetzt. Der eine beugte sich vor, lockte sich in ihn ein…..und schaltete den Versager aus.

Kein letztes Zucken, kein wehrendes Ruckeln, keine Bewegung mehr.

Penta VI war offiziell tot…..niemand schenkte den leichten Energiestößen Aufmerksamkeit… denn die waren normal, wenn ein Androide ausgeschaltet wurde…..nur gesicherte Programme nicht… die ein Miniatur-Überlebensprogramm versorgten….

Das Raumschiff war bereits gelandet und die Androiden luden die Fracht aus: den Ritter Ben Enterprise. Der Platz war direkt neben dem riesigen Kubus gewählt worden, damit sich der Hauptcomputer, Nr. 1, den Fang anschauen konnte. Graue Nebelschwaden umgaben in der Dunkelheit das Gefängnis. Man hatte den Ritter in eine schnell zusammengeschweißte Gitterbox gesteckt. Der Boden war ausgelegt mit den Erzen der Crox. So konnte er nicht an seine Fähigkeiten heran. Jetzt sollte der Gefangene in das Herz von Nr. 1 gebracht werden. Es drohte keine Gefahr. Hier wollte ihn Nr. 1 fühlen, ihn spüren, ihn in sich aufsaugen, ihn in seine Einzelteile zerle-

gen, um dem Geheimnis um die Fähigkeiten und die Kräfte der Ritter auf die Spur zu kommen. Denn…Nr. 1 war der Höhepunkt der Evolution des Universums - nicht die Ritter.
Und vor allem nicht dieser Junge!

Das zwei mal zwei Meter große Gefährt wurde von sechs Krieger-Androiden erwartet, die den Gefangentransport übernehmen sollten. Der Käfig schwebte leicht über dem Boden. Dann gab einer der Wärter ein stummes Signal und der kleine Konvoi setzte sich in Bewegung. Ben Enterprise griff stehend mit beiden Händen die Gitterstäbe und schaute hinaus. So ein großes Objekt hatte er noch nie gesehen. Es musste ja über einen Kilometer hoch und breit sein. Überall schimmerten grüne Lichter heraus. Überall waren Schlitze und Öffnungen, sodass man eher von einem Schweizer Käse sprechen konnte, als von einem Gebäude. Und genauso war auch der farbliche Eindruck, den das Schwarz und das phosphoreszierende Grün auf Sebastian machten: ein schwarzer, harter Klumpen, der von Eiter übersät war.

Es dauerte nur knapp eine Minute, da war der Transport schon vor einem der Tausend Eingänge. Je näher das Gefährt auf den Kubus zurauschte, desto mehr wuchs es in die Höhe. Als sie fast ganz dran waren, konnte Sebastian das Ende nicht mehr erkennen. Zu seiner eigenen Überraschung blieb er vollkommen ruhig. Er war eher sauer. Und wütend. Er hatte eine Aufgabe und die konnte er nicht erfüllen!!
Zumindest nicht in diesem Moment. Wegen den Erzen.

Eigentlich müsste ich jetzt panische Angst haben, sagte sich der junge Mann von der Erde. Sismael war ihm an Bord des Schiffes abgenommen worden, er war nicht mehr bei ihm. Aber ihn umgab eine Ruhe, die vom Universum selbst gespeist wurde. Dann fuhren sie in den dunklen Komplex herein. Schon auf dem Weg hatte er gesehen, dass der Planet nur von außen tot wirkte. Denn überall war Bewegung. Hier mussten ja Millionen von Androiden herumwerkeln!

Zumindest wurde die Masse der Zombie-Robotor durch die Gänge nun ein wenig komprimiert. Wie bei einem Rohr, das in einen kleinen Schlauch mündete. Sie mussten sich gegenseitig ausweichen. Und dass jetzt so ein großes Objekt wie dieser Käfig dort hineingefahren wurde, brachte einige wohl etwas aus dem Konzept. Kurz berechnete so manch einer der Androiden Ausweichrouten und verschwand in Nebengängen. Andere krackselten einfach die Wände hoch und umgingen den Transport in der Luft.

Doch dann geschah etwas…das dieser Planet noch nie erlebt hatte: der Impuls, der Sebastian trotz der Erze, die ihn umgaben, erreichte, riss ihm sämtliche Kraft aus den Knien.

Schmerz. Unvorstellbarer Schmerz. Er kam von aus den Weiten des Weltalls!!

Von der Erde??? Dann Wut!!! Es traf ihn mitten im Magen mit einer Heftigkeit, die er so noch nie verspürt hatte. Was war das??? Schläge hämmerten jetzt in seinem Kopf. War das dieses Gebäude? Nein!

Sein Verstand sagte ihm sofort, dass dies Ritteremotionen sein mussten. Er empfing etwas aus dem Universum!!!

Eine Kraft, die stärker war als er, die ihm etwas zukommen lassen wollte. Hass. Blanker Hass.

Dann spürte Sebastian: jemand war gestorben. Jemand….und wieder abgrundtiefe Verachtung für diese Schöpfung, in der er sich nun befand. Eine Widerlichkeit, ein abstoßendes Gefühl. Sämtliche Energien des Universums schienen jetzt in Sebastian zusammenzulaufen.

Mittlerweile war er in die Hocke gegangen. Er musste sich übergeben, hielt sich dabei mit einer Hand an den Gitterstäben fest. Und wieder so ein Impuls.

„Aaaaah", schrie er auf. Keiner der Androiden nahm auch nur annähernd war, dass der Mensch, den sie transportierten, Schwierigkeiten hatte. Ihr Befehl lautete, ihn hereinzubringen. Und das taten sie.

„Aaaaah", schrie Sebastian Feuerstiel wieder auf... dann spürte er den nächsten Fetzen der Botschaft. Es ging um Tod und es ging um seine Familie.....

„Aaaah", krampfte es ihn jetzt. Er bewegte sich weiter in das Böse hinein.

„Geboren, um die vollständige Vernichtung des Bösen anzustreben!!", hämmerte ein Satz in seinem Kopf. Das Universum sprach mit ihm. Die tiefsten und fundamentalsten Energien, die es überhaupt gab, nahmen Kontakt zu ihm auf!!!

„Die Ritter der Blauen Rose!! Geboren, um die vollständige Vernichtung des Bösen anzustreben!!", zerschmetterte es jetzt schon fast sein Gehirn. Schon so weit, dass er nach Luft röchelnd auf dem Boden des Käfigs hockte. Diese sich immer wiederholenden Sätze in seinem Kopf formten sich auf seinen Lippen. Leise fing er an, die Worte einzeln auszusprechen.

Der erste Androide der Gruppe schaute mit einem Kameraauge auf ihn.

Nr. 1 beobachtete automatisch das Verhalten des Gefangenen durch die Augen seiner Kinder.

„Geboren...um...die...vollständige...Vernichtung...des... Bösen...anzustreben!!", wiederholte der Mann immer wieder, und immer wieder.

Dann erreichte ihn das Bild seiner weinenden Mutter. Warum weinte sie? Er wollte nicht, dass seine Mutter weint!!!

Immer wieder murmelte er die Worte, die von ganz alleine aus seinem Mund kamen. Irgendwas übernahm gerade die Kontrolle über sein Wesen. Etwas Höheres als Samis, als er, als die Macht, die in ihm steckte.

„NNNNNEEEEEEEIIIIIIN", schrie er direkt nach dem nächsten Bild auf, das ihn erreichte.

Seine Mutter stand vor dem Sarg seine Vaters.....er war von Cuberatio ermordet worden!!!

NNNNNEEEEEEIN, unterbrach er den repetitiven Chorus, der

sich aus ihm heraus betete.

Sebastian Feuerstiel knickte zusammen und zuckte krampfartig umher. Doch er spürte, dass sich in ihm etwas auflud, das stärker war, als alles, was er bisher kannte!!

„NEEEEEEEIIN", schrie er wieder auf, als er begriff, dass er hier in den Bauch des Vatermörders gefahren wurde.

Jetzt schaute der zweite Androide auf und sendete die Bilder bewusst als Signal zu Nr. 1. Aber der Hauptcomputer beurteilte das nur als die krankhaften Zeichen des menschlichen Körpers - also war doch nichts außer ihm perfekt!

Durch die Zuckungen wurde Nr.1 gerade bewiesen, dass seine Befürchtungen unbegründet waren. Befürchtungen, die er von einem Emotionschip eines bereits abgeschalteten Projektandroiden übernommen hatte. Allerdings hatte er sich die Weiterentwicklung, die Metamorphose zu Eigen gemacht, zwar in einem kleinen Unterprogramm, aber Nr. 1 erlaubte bereits jetzt, dass er Gefühle, oder besser die Ansätze, spüren konnte. Obwohl Penta VI versagt hatte, war er doch ein Erfolg für ihn gewesen: in ihm war etwas Neuartiges entstanden, dass seine eigene Entwicklung, und damit die all seiner Kinder, von Cuberatio, weiterbrachte.

„Geboren…um…die…vollständige…Vernichtung…des…Bösen…anzustreben!!", murmelte der jetzt in sich zusammengesackte Mensch weiter… der dabei ununterbrochen weinte.

Was für eine Schwäche!! Das würde er seinen aufkommenden Gefühlen niemals erlauben….und konnte er ja auch nicht. Aber Nr. 1 spürte, dass ungewöhnliche Energiesignaturen um den jungen Mann herrschten, die direkt aus dem Himmel zu kommen schienen. Nr.1 bemerkte nicht das Gewitter, das sich in den Wolken über ihm zusammenbraute.

Schwarze dunkle Wolken über einem schwarzen Kubus. Blitze zuckten bereits.

Aber die Energien kamen noch von viel weiter her. Sebastian bibberte vor Zorn, vor Wut….vor Hass….mittlerweile murmelte er auch nicht mehr… sondern sprach seine Sätze laut und deutlich. „Geboren…um…die…vollständige…Vernichtung…des…Bösen… anzustreben!!"

Der Transport von Penta VI führte genau auf einen Gang, für den die beiden Androiden eine Warnung erhalten hatten: hier geht eine besondere Fahrt entlang. Alle Roboter waren angehalten, eine Alternativroute zu wählen. Kurz hielten sie an, um eine Ausweichmöglichkeit zu berechnen. Sie waren hier fast im Herzen von Nr. 1. Hier war ungefähr die Mitte. Der größte Teil des Hauptprozessors war direkt über ihren Köpfen angebracht.

Sie bemerkten nicht das kleine, blinkende Lämpchen, das sich in ihrer Fracht wieder einschaltete… und dem vermeintlichen Toten schnell wieder Leben einhauchte.

Kaum hatte er wieder volle Leistungsfähigkeit erhalten, da riss sich Penta VI aus seinen Fuß- und Armhalterungen. Erschrocken schauten seine Wächter ihn an. Er wollte leben, sagte der Blick in seinen roten Augen, die jetzt mit einem Feuer gefüllt waren, das Wahnsinn glich!

Penta VI lebte zwar, aber seine Speicher und seine Prozessoren waren leer. Hier war nun nicht mehr der „fühlende" Penta, sondern nur noch eine wahnsinnige Maschine. Das Risiko hatte er eingehen müssen…und verloren. Der frühere Penta war tot…und er stand als Zombie wieder auf.

Schnell fuhr er mit seinen Metallbeinen nach vorne und durchstach die zwei Androiden. Immer und immer wieder. Das Blut spritze in alle Richtungen. Die Herzpumpen der Opfer hörten nicht auf und entleerten sprudelnd solange ihre Körper, bis sie nicht mehr handlungsfähig waren. Dann schaute sich der tote „lebende" Körper von Penta VI um und flüchtete direkt in den Gang vor ihm. Er musste hier raus, sonst würde er sterben!!! Das wollte er aber nicht! Die Maschine wollte leben….sie musste rennen!!!

„Geboren…um…die…vollständige…Vernichtung…des…Bösen…anzustreben!!!", sprach Sebastian Feuerstiel. Inbrünstiger Hass gemischt mit Trauer über seinen Vater…er würde ihn rächen!!! Immer mehr sammelten sich diese Energien in ihm!

Er sah nicht, wie ein unsichtbares Signal die Krieger um ihn herum alarmierte. Sie zogen ihre Laserarme nach oben und richteten sie geradeaus. Das, was auf sie zukam, hatte es bis jetzt so noch nicht gegeben: ein flüchtender Androide, der sich Nr. 1 widersetzte!!

Sein schnelles Klackern verriet ihn allerdings. Nur war er nicht genau auszumachen!!

Sogar der Chamäleon-Krieger dachte, dass der Flüchtling sich von einem versetzten Gang her ihnen näherte.... Als Penta VI auf seiner Flucht direkt um die Ecke bog, knallte er mitten auf den Gefangenen-Käfig und stieß ihn um!

Sebastian wurde durch die Gegend geschleudert.

Dann lösten sich die ersten Laserschüsse. Die meisten trafen Penta VI sofort, doch ein Abpraller erwischte das Schloss! Sofort reagierte Sebastian und schleppte sich aus dem Verließ. Er war nicht ganz einen Meter weit gekommen, da merkte er schon wie die Kräfte in ihn zurückkehrten.

Die Erze waren in alle Richtungen verteilt – weg von ihm.

Hass glühte in seinen Augen, als er sich zu seinen Peinigern umdrehte. Schnell schleppte er sich unter ein Rohr und kroch weiter, bis auf dem nächsten Gang.

Jaaaaa, das tat gut. Wie frisches Wasser erquickte ihn jetzt seine Kraft.

Die Erze waren jetzt ausreichend weit weg!!

„GEBOREN…UM…DIE…VOLLSTÄNDIGE…VERNICHTUNG…DES…BÖSEN…ANZUSTREBEN!!!", schrie es aus ihm heraus. Nach nur wenigen Sekunden tauchten die ersten Androiden um die Ecke auf. Zwei stellten noch sicher, das Penta VI auch wirklich tot war und zerstückelten ihn. Die anderen schauten überrascht, als sie Ben Enterprise erblickten.

So etwas hatten sie noch nie gesehen:
Blaues Licht umgab die Fingerspitzen wie ein leichter Film!! Funken schossen aus ihnen heraus!!
Sebastian stelle sich jetzt aufrecht hin, spreizte Arme, Hände und Finger zur Seite. Immer heftiger sprühte die Kraft feurig aus ihm heraus!!! Die Androiden blieben stehen und starrten ihn an. Was sollten sie tun?
Sie warteten auf einen Befehl von Nr. 1…
„DENN IMMER WIEDER FLAMMT DAS FEUER DES BÖSEN AUF, BIS ES VON DER RITTERSCHAFT NIEDERGESCHLAGEN UND ERSTICKT WIRD!!!", schrie Sebastian weiter. Er merkte nur nebenbei wie er langsam vom Boden abhob und bereits einige Zentimeter schwebte. Dann zog sich der blaue Film immer weiter seinen Körper hoch, bis er ihn vollständig bläulich-silberfarben umgab!!
Jetzt formierten sich ganze Strahlen, die aus seinen Armen herausschossen.
Sie ergriffen ihre Umgebung…..und brannten sich herein!!!
….solange bis sie sich durch den ganzen Komplex durch gefressen hatten!! Jetzt erst erhielten die Androiden den Schießbefehl!!
Aber dafür war es zu spät. Egal, was die Roboter auf ihn abschossen…Sebastian saugte diese Energien in sich auf und benutzte sie in seinem Strahl gegen seine Feinde!!!
Nach links und rechts bohrte sich der Lichtstrahl und zerstörte alles, was ihm in den Weg kam. Blitze schossen jetzt zusätzlich aus Sebastians Körper. Nach nur wenigen Sekunden hatte er alle Angreifer erledigt!!!
„GEBOREN…UM…DIE…VOLLSTÄNDIGE…VERNICHTUNG…DES…BÖSEN…ANZUSTREBEN!!!", hämmerte Sebastian den Grund der Existenz der Ritter ihnen ein!!!
Der Hauptcomputer geriet in Panik, schickte alles, was kämpfen konnte zu dem außer Kontrolle geratenen Ritter. Die Blitze, die von Sebastian ausgingen, schossen immer nur in ein und dieselbe

Richtung…..bis er anfing, sich wie ein Kreisel zu drehen!!!
Stück für Stück fraß er sich durch Nr. 1 und zerstörte ihn jetzt!!! Seine Speicher, seine Prozessoren, seine Generatoren. Alles was explosiv war, ging dabei mit kräftigen Erschütterungen in die Luft und tat seinen Teil zur Zerstörung bei.

Dann hob Sebastian den linken Arm… und bohrte eine Röhre über sich frei!!!

Hier schwebte er höher und konnte dadurch mit seinem rechten Arm noch mehr zerstören!!

Unter ihm türmten sich bereits Hunderte Androidenleichen auf… und mit jedem Moment wurden es mehr! Sie alle führten nur den Angriffsbefehl aus… und rannten deswegen stupide in ihr Verderben!!

Sebastian Feuerstiel von der Erde zerstörte ohne Gnade den Vatermörder, den Schlächter des Universums………und sendete dabei unbewusst die Angriffsbefehle an alle Widerstandkämpfer des Universums….auch auf die Erde…..der Angriff auf die Union hatte begonnen!!!!

Die schlanke, durchtrainierte Pilotin hatte einen olivgrünen Anzug an. Schnellen Schrittes kletterte sie die grauen, abgenutzten Metallstufen in den Sitz des Scarsys. Der Pilotenhelm war geschlossen. Das Kampfflugzeug der Ritter der Blauen Rose war hierfür extra nach Paris auf den Aéroport Paris-Charles-de-Gaulle verlegt worden. Sie gab den Frauen und Männern ein Zeichen… und sie räumten den Platz vor ihr frei.

Dann startete sie die Maschine. Sie wusste genau, was sie tat. Der Ring, den sie um den Hals trug, hatte es ihr verraten. Besser: der Ring forderte sie auf, dass sie vor dem eigentlichen Befehl losflog. Die Armeen warteten kampfbereit, das Zeichen von Schmoon Lawa war aber noch nicht gekommen.

Der Ring mit der blauen Rose befahl ihr, dass sie jetzt schon starten sollte. Niemand hinderte die Frau. Fast jeder wusste, dass sie zu dem engen Kreis um General-Ritterin Sarah O'Boile und Professor Kuhte gehörte.

Sie war Ursula Nadel, die beste und gleichzeitig älteste Kampfpilotin, die die Ritter auf der Erde hatten. Sogar besser noch als ein Ritterpilot, der durch seine Fähigkeiten optimiert wurde. Dann drückte sie auf Vollgas und schoss in den Himmel. Sie würde den Weg nach Meerbusch in nur zwei Minuten zurücklegen.

Kurz merkte sie, wie das Urin von alleine ihren Körper verließ und in die Windel lief, die jeder Kampfpilot trug. Der menschliche Körper war für solche Belastungen nicht gebaut worden, und die Blase gab einfach nach. Ihr Flug ging scharf an die Grenze von Universal Search. Damit sie nicht sofort erfasst wurde, hielt sie die Maschine auf einer Höhe von 200 Metern. Alle Störsender waren aktiviert, die sie zum Orbit hin abschotten sollten. Meistens funktionierte es.

Die orbitalen Plasmakanonen von Saint-Quentin, Namur und Liège in Belgien lagen fast auf ihrem Weg. Sie hatte keine Mühe ihren Schüssen auszuweichen.

Die Freund-Feind-Erkennung war selbstverständlich eingeschaltet. Generell konnte sie in ihrem Umkreis fast 20 dieser blauen Plasmabälle immer wieder in den Himmel schießen sehen. Sperrfeuer der kleineren Kanonen gab es kaum. Universal Search oder eines der anderen Unternehmen flog schon lange nicht mehr Angriffe auf die Stützpunkte in Europa. Nur sporadisches Langstreckenfeuer mit Streubomben kam von der anderen Rheinseite und flog bis weit an den Atlantik ran. Aber das hatte mittlerweile auch nachgelassen.
Jetzt waren sie am Zug. Und wenn der Ring, der ihr den freudigen, aber befehlenden Angriffsschrei in ihre Seele, in ihr Herz, in ihren Geist drückte, dann hieß das: die Tage der Besetzung waren gezählt. Bald würde die Erde wieder frei sein!!

Sie würde an fünf Städten zweimal feuern, das hieß: mit Zehn Schüssen würde der Auftakt beginnen – und das von Norden her. Ihr erstes Ziel war Düsseldorf. Genauer: Meerbusch. Dann würde sie abdrehen und nach Köln, Bonn, Koblenz und Straßburg weiterfliegen. Auf einmal knackte der Funk.

„Du bist schon in der Luft?", fragte Sarah O'Boile, die auf dem erhobenen Sitz in der unterirdischen Kommandozentrale der Ritter der Erde das Kampfgeschehen koordinierte. Hier hatte sie alles, auch die Hauptstreitmacht in Asien auf dem Schirm.
„Ja. Ich soll losschlagen!! Und das jetzt!!"
„Wirklich? Ich habe noch keine Bestätigung. Wann bist du da?",

wollte Sarah schnell wissen. Sie wusste um den Ring, den Ursula Nadel trug. Wenn er sich bei ihr gemeldet hatte, dann konnte der Angriff nicht weit weg sein.
„40 Sekunden, Zahl abnehmend." Sarah grinste. Klar war die Zahl abnehmend. „O.K.", knackte es weiter. „Viel Glück. Und Gott stehe uns bei." „Danke", hauchte Ursula Nadel weiter. Sarah war nur leicht überrascht.

FeeFee und Re tapsten gerade noch mit blutverschmierten Mäulern unter den noch geschlossenen Ausgängen im System der Ritter rum und warteten auf ihren persönlichen Einsatzbefehl für ihre Sondermission. Ihre Leibgardisten hockten verteilt an denselben Stellen bei den anderen vier Städten. Die Funkgeräte lagen auf dem Boden und sie alle warteten auf das Zeichen.
Und dann geschah es!!!!!
….so als würde eine unsichtbare Welle aus dem Universum auf die Erde schwappen…. Alles wurde still…. Obwohl die Motoren von Tausenden Panzern schon liefen, sie eigentlich einen Höllenlärm machten, kehrte eine angsteinflössende Ruhe ein!!
Alles verstummte!! Es war eine Welle des Hasses!! Eine Welle der Wut!!
Eine Welle….von Schmoon Lawa!!!
  Ein furchterregender Aufschrei, der in jedem Kopf zu hören war, fegte über die Erde hinweg!!
  „GEBOREN…UM…DIE…VOLLSTÄNDIGE…VERNICHTUNG…DES…BÖSEN…ANZUSTREBEN!!! Erstickt die feurigen Flammen des Bösen und schlagt sie nieder!!! JETZT!!!!", schrie die Stimme den Angriffsbefehl.
  FeeFee und Re hämmerten gegen den versteckten Schalter. Überall bewegten sich die Armeen in diesem Augenblick vorwärts!!!
Bei einigen Männern, die sich über den Damm bewegten, kamen Zweifel auf: Der Rhein führte immer noch Wasser, der blaue Schutzschild von Cuberatio glühte noch!! Das war doch nicht machbar!!

Doch als würde irgendjemand diese Ängste erkennen, senkte sich ein Scarsy und schoss auf den Boden zu und feuerte auf der Höhe von Nierst einmal mit Doppelschüssen in den Rhein!!! Ursula Nadel!!!

In riesigen Fontänen spritze das Wasser in die Höhe! Heftige Explosionen, die auch von unterhalb des Flusses zu kommen schienen, erschütterten den Boden: das TNT!!!

Kurz bekamen die sich weiter nach vorne bewegenden Kämpfer der Rosenarmee den Eindruck, das Wasser des Rheins senkte sich leicht…..aber nur für einen Moment.

Die nächsten Schüsse konnten sie zwar sehen…aber nicht wohin sie gingen. Ursula Nadel feuerte dasselbe noch einmal bei Oberkassel ab….und traf!!!

Und dann passierte es!!! Professor Kuhtes Plan ging auf: die Ritter leiteten den Rhein um!!! Eine Etage tiefer!!!

Dort wurde er weitergepumpt und spritze bei Nierst wieder in sein Bett. Es dauerte eine Zeit, die ersten Ritter und Kämpfer, Panzer und andere Gerätschaften wurden noch nass, aber dann lag der Rhein trocken. Jetzt glühte aber immer noch der Schutzschild!

Fast zur gleichen Zeit reagierte auch Universal Search und feuerte Streubomben ab.

Aber die Geschosse hatten eine Mindestreichweite!! Die Armee war schon zu nah und die Bomben schlugen auf den jetzt verlassenen Feldern ein, und vernichteten den Rest von Büderich, der noch übrig geblieben war. Die paar Schüsse, die die kleineren Laserkanonen der Universal Search-Soldaten abgaben, waren kaum der Rede wert. Hier hatten sie niemals mit einem solch enormen Angriff gerechnet.

Schnell gaben die Offiziere ihre Nachschubanforderungen heraus. Truppen sollten unverzüglich von Russland und den asiatischen Teilen nach Düsseldorf und die anderen Städte an den Rhein-Limes verlegt werden...und die Befehle wurden positiv erwidert. Der Plan der Ritter der Blauen Rose ging auf!!!

Universal hatte kein Geld mehr gehabt, um die Zahl der Männer und Munition für eine komplette Besetzung ihres Gebiets noch aufrecht zu erhalten.

Sie konnten entweder die eine oder die andere Grenze verteidigen, aber nicht beide gleichzeitig!!!

Das Unternehmen war kurz vor dem Untergang!!!

Doch solange der Schild stand, war das eh ein wahnsinniges Unterfangen. Reiner Selbstmord. Hier kamen die Lan-Dan ins Spiel, Hilfe für ihre Brüder, Unterstützung durch Liebe.

FeeFee und Re sprinteten aus einem der letzten fünf freien Gänge zum Feindesland hin an die Oberfläche - unter Ratingen im Stadtteil Tiefenbroich. Alle anderen Gänge waren von den Rittern gesprengt oder zerstört worden. Zu groß war hier die Angst gewesen, dass Universal Search sie entdecken konnte. Obwohl Universal Search eher human mit fremden Planeten umging, hatten sie diesen Bezirk einebnen müssen. Hier standen die riesigen Generatoren für den Schutzschild dieser Area. So groß wie das Kraftwerk in Grevenbroich. Sie hatten das kleine Kästchen mit dem Draht schon im Maul, spannten es bereits im Laufen und legten die 200 Meter wie im Flug zurück. Hier zählte wieder jeder Sekunde. Kaum hatten sie den Sprengsatz befestigt, da bohrte er sich brennend und zischend in die Betonmauer. Gerade einmal zwei Universal Search Soldaten reagierten auf den Anschlag, wollten ihnen mit ihrem Hubard-Scout-Jeep den Weg versperren, aber die beiden sprangen so schnell auf den Wagen, dass die Soldaten in einer Mischung aus Überraschung und Verwirrtheit starben. Ihre zerfetzen Leichname ließen die beiden Lan-Dan einfach in dem Militärjeep zurück und rannten wieder zurück nach unten. Eine Etage tiefer angekommen, wurden sie fast von den Füßen gerissen, so stark war das Erdbeben, das ihr Anschlag auslöste!!!

Schneller als das Auge schauen konnte, war es passiert: mit einem elektrischen Knacken, einem Knistern fiel der Schutzschild um Düsseldorf wie der letzte Vorhang.....die Rosenarmee konnte in das Ter-

ritorium von Unversal Search eindringen.
„SCHMOON LAWA - HU-JA" brüllten die Frauen und Männer, während sie ihre Feinde niedermetzelten oder die sich Ergebenden gefangen nahmen....
Ebenso in Köln, Koblenz, Bonn und Straßburg....
Damit war der Feind überfordert....
   Nach einer Stunde gab Sarah O'Boile den Angriffsbefehl für Asien. Die Hauptstreitmacht konnte fast ungehindert zuschlagen...
Europa, Asien und ganz Amerika waren frei...... .

Claudius Brutus Drachus saß in einer weißen Robe gekleidet an diesem schmalen Marmortisch. Sie hatten sich in den Lavendelgarten zurückgezogen, um in aller Ruhe die Dinge zu besprechen. Der Himmel war wundervoll blau, kleine weiße Wolken tanzten leicht umher und die Temperatur lag knapp über 30 Grad.
Hier saß der mächtigste Mann nun mit zweien seiner Wirtschaftsberatern und einem Militär. Jeder durfte abseits der Öffentlichkeit in dieser Runde eine leichte Tunika tragen. Dass dies alles Nilas waren, verstand sich von selbst.
„Es ist spät, meine Herren. Lassen sie uns zum Abschluss des heutigen Tages kommen", gab der Vorsitzende der Union bekannt. Er wollte fertig werden. Es war schon anstrengend genug, ein Nachfolge-Unternehmen für Universal Search zu finden. Es sollte noch ein paar Tage dauern, dann würden sie den Wechsel bekannt geben. Bis jetzt wusste noch niemand von den Plänen. Dabei waren sich die höchsten Herren des Universums gewiss.
Der Militär nahm einen Finger in den Mund und kaute leicht an seinem Fingernagel.
Da gab es noch etwas, das Claudius Brutus Drachus wissen sollte. Wenn er es ihm nicht sagen würde, konnte der höchste Nila denken, er versuche, da etwas zu umgehen.
„Claudius", sagte Lord Phillipe Fallover. Der Vorsitzende lag halb in seinem Marmor-Stuhl, halb saß er. Wer kam auf die Idee, Gar-

tenmobiliar aus Stein anfertigen zu lassen?
Es gab nichts Schlimmeres für den Rücken.
„Was machen wir nun mit den Rittern?", fragte der Lord. Gut, er hatte es als Frage formuliert und nun lag es an seinem Chef, das Thema so weit anzuschneiden, wie er wollte.
Der Vorsitzende musste die Schritte machen. Er würde nur folgen, damit er nicht in ein Loch fiel.
„Gibt es denn was Neues?", umging Claudius Brutus Drachus eine Antwort.
„Im Prinzip nicht. Alles, so wie wir es erwartet und schon einmal besprochen haben." Claudius hatte davon gehört, dass Cuberatio ganz schön mit dem Planeten Erde zu tun hatte. Aber wenn es das Computerunternehmen nicht schaffte, dann niemand – außer den Nilas. Das wusste der Herrscher. Doch hatte er nicht seine Nila-Armeen gegen sie kämpfen lassen… opfern wollen, sondern das unbarmherzige Cuberatio-Unternehmen zusammen mit den anderen beiden der großen Drei. Warum umständlich, wenn es auch einfach und ohne Verluste für ihn ging?
Seine Mannen würde er nicht opfern. Obwohl es vielleicht ein Fehler war, gerade in diesem Moment die Konstellationen der Macht zu verändern. Aber schaden konnte so etwas nie. Sie brauchten wieder neue Impulse… und die kamen nur durch Wettkampf. Das war immer so und würde auch immer so bleiben. Wer ruhte, wurde fett und träge. Genauso wie Jonathan McMullin, dem Chef von Universal Search. Er konnte das widerwärtige Gesicht dieses Wohlstandsbubis nicht mehr sehen. Fett versoffen. Dekadenzia.
Der Mann war lediglich sterblicher Finanzadel, kein Nila.
Claudius Brutus Drachus würde eine ganze Dynastie für die Ewigkeit hinterlassen. Die Macht weitergeben, mit dem besten Erbmaterial, das sie finden konnten. Dafür sorgten sie jetzt schon seit langer Zeit. Wie viele Kinder hatte er von verschiedenen Frauen gezeugt? Drei oder 4 000?
Irgendwo da. Ja. Aber nur die Besten von ihnen würden die

Chance erhalten, später in der Politik mitzumachen. Die anderen brauchten sich zumindest nicht um ihre Zukunft sorgen, das würde er für sie erledigen.

Jetzt unterbrach ein Eunuch die Gemeinsamkeit und stellte die bereits bestellten Getränke ab. Offiziell waren das nur normale, gekühlte Säfte. Aber jeder hier war dem Personal so bekannt, dass jeder seine eigenen kleinen Zusatzstoffe erhielt. Was niemand offiziell wusste, hinter der Hand sich aber jeder Angestellte erzählte, war, dass hier alle am Tisch hochgradig süchtig waren. Claudius Brutus Drachus nahm aufputschende Pulverchen von Chesterhelp III. Sie stärkten die Potenz, das Selbstbewusstsein und machten ein wenig schmerzunempfindlicher. Unter ihm existierten nur niedere Kreaturen. Die anderen am Tisch hatten ähnliche Wirkstoffe in ihren Getränken. Wenn sie etwas orderten, dann wurde es ihnen ganz selbstverständlich beigemischt. Jeder nahm genüsslich einen Schluck.

Offiziell waren sie schon längst weit davon weg, sich zu misstrauen. Niemand würde es wagen, einen der anderen zu vergiften. Sie waren die Spitze der Evolution. Sie waren das Beste, was das Universum jemals gezeugt hatte. Warum sollten sie diesen Frieden zerstören?

Niemand am Tisch würde dies wagen. Außerhalb dieses Gartens mussten sie jedoch die höchste Vorsicht walten lassen. Jeder wollte hierhin, und über die Themen sprechen, wie sie es taten. Und vor allem wollte jeder hierhin, um die höchste Autorität im Universum zu werden. Hier konnte in einem Satz das Missfallen über eine Person beiläufig genannt werden, und schon würde derjenigen innerhalb der nächsten halben Stunde tot sein.

Milliarden von Lichtjahren entfernt. Nur mit zwei, drei Worten... Das Leben dieser Männer war jenseits von Dekadenz, es war allüberragend.

„Es hat da wohl einen Verlust gegeben. Einen Mann von Lordprotektor Shrump. Aber sonst nichts", sagte der Lord nachdem er sein

Glas gradilikischen Melonensaft mit ein wenig Alkohol angereichert wieder abgesetzt hatte.

„Wenn es weiter nichts gibt, dann ist ja alles unter Kontrolle", langweilte sich Brutus schon. Sie hatten die Ritter eindeutig viel zu hoch eingestuft.

Und aus dieser Panik heraus hatten sie sogar eine neue Waffe, eine Mutanten-Armee anfertigen lassen. Tssss.

Was das genau für Experimente waren, die er da mit den Millionen Männern und Frauen hatte machen lassen, das wusste der Vorsitzende gar nicht so genau. Nur, dass es Fehlexemplare gegeben hatte, die sie auf einem Planeten namens Tranctania ausgesetzt hatten. Was mit ihnen geschah, war unwichtig.

Mittlerweile nur relativ wichtig waren die anderen Mutanten, denen er den Hass auf die Menschen der Erde und die Ritter hatte einpflanzen lassen. Sie glaubten tatsächlich, dass sie das Ergebnis von Erdenexperimenten waren, ihre eigenen Mitmenschen hatten sie verraten. Die Union hatte sie gerettet und in Sicherheit gebracht. Von der eigenen Art verraten und ausgestoßen….und die Union hatte sie aufgenommen.

Sie waren dumm wie Schweine.

Aber er wusste, dass das auch eine Folge der Mutationen war. Der IQ überstieg bei keinem die 80. Dafür waren sie aber enorm stark und robust. Sie waren auf zwischen drei und vier Meter gewachsen und hatten so viel Kraft wie fünf Ochsen. Das waren Kampfmaschinen. Aber sie waren Tiere...

Ihre Weibchen brachten alle drei Monate zwei bis vier Kinder auf die Welt. Das war für die Herstellung einer Armee einfach nur wundervoll. Über die Ausgaben, die dieses Experiment verursachte, machte er sich keine Sorgen. Das war ihm egal.

Nun hatten sie eine wundervolle neue Waffe und sie auf einem geheimen Planeten untergebracht. Sie sollten noch ausgerüstet und bewaffnet werden….dann waren sie perfekt.

Eigentlich hatte er sie gegen die Ritter einsetzen wollen….aber da

Cuberatio damit zu tun hatte, war das nun eine Nebensache geworden. Vielleicht konnte er sie ja auf einem anderen Planeten mit seinen Nilas mal zusammen einsetzen?

Aber so viele Gedanken zum späten Abend wollte er sich nicht mehr machen. Die Ritter waren eine Geschichte von gestern, und noch niemals hatte es irgendjemand geschafft, nur annähernd Schaden der Union zu zufügen. Oder verheimlichte hier jemand was an dem Tisch?

Seine Racheaktionen und Totenzahlbefehle hatten bei den rebellierenden Planeten doch wieder für Zucht und Ordnung gesorgt? Oder?

Einen hatten sie verloren, fiel es ihm wieder ein. Wie hieß er noch gleich? Sadasch? Sadasch! Ja, genau. Da konnte er ja seine neue Waffe einsetzen. Sie durften ruhig alles töten, wenn sie wollten. Dann wurde er jäh unterbrochen.

„Ich denke, ich werde mich für dieses Wochenende auf meinen Planeten zurückziehen, wenn euch das recht ist?", fragte Humbold Lipser, einer seiner Finanzweisen.

„Ich spiele selber mit dem Gedanken, dieser Stadt für zwei, drei Tage den Rücken zu zukehren. Fliegt ruhig. Und ihr anderen auch. Unserem Reich geht es hervorragend", sagte der Vorsitzende und fingerte nach seinem Glas. Es war zu weit weggestellt worden. Hätte er in dem Moment seiner Worte allerdings in die Gesichter der Männer geschaut, dann wäre ihm in allen das Zucken aufgefallen. Die drei wussten über die wahre Lage.

Nicht die, die sie Claudius Brutus Drachus erzählten.

Mittlerweile rebellierten fast 250 Milliarden Lebewesen auf 43 Planeten. Eine Größe, die es so noch nie gegen hatte. Nicht dass es eine extreme Gefahr wahr, aber die Situation konnte mit jedem Tag ernster werden. Das konnten sie ihm aber nicht sagen… dann wären sie tot. Das wussten die Männer. Sie hatten selber alles in die Wege geleitet, um wieder für Frieden zu sorgen. Bereits jetzt lief die größte Truppenbewegung an, die die Union je gesehen hatte. Wenn

Drachus davon erfahren würde, würde er allerdings so viel in Bewegung setzen, dass das sogar eine ernsthafte Gefahr für das Militärbudget werden konnte.

Der Mann kannte kein Limit.

So schlimm, dass er alles, aber auch wirklich alles in Bewegung setzen würde, was sie nur hatten. Und das war definitiv zu viel.

„Ich denke, ich werde ein paar neue Babys zeugen. Mit zehn oder fünfzehn Frauen", prahlte er jetzt.

Der Mann kannte wirklich keine Grenzen.

Alle am Tisch wussten, dass sein Lord Warhole Stimpelton wieder mit neuer Ware unterwegs war. Sie waren kurz vor der Landung, wie ihre Quellen ihnen schon berichtet hatten. Diese drei Männer wussten einfach alles. Zum Glück hatte er nicht wieder diese Alpträume gehabt, nach denen er immer so unausgeschlafen und gereizt war.

Anfänglich war das mit einer enormen Paranoia einhergegangen. Jeder, der den Palast betrat, spielte seit dem Tag des ersten Traums mit seinem Leben, wenn er nur ein Taschentuch zog. Davon war er aber zum Glück wieder weg. Was hatte er gesagt? Er wäre tausendfach von hinten erdolcht worden?

So ein Quatsch. Der Krieg war so weit weg. Niemand würde es wagen, ihn hierher zu tragen und diesen Psychopathen zu reizen.

„Dann wünsche ich ein angenehmes Wochenende."

„Ich ebenfalls."

„Ich auch", sagten die drei Männer und ließen Claudius Brutus Drachus zurück. Der war selber schon wieder in Gedanken. Sollte er die ersten drei Frauen direkt hier auf diesem Tisch nehmen? Oder vielleicht nur eine?

Sie wäre dann eine Königin……

Das silberfarbene Raumschiff landete abseits der herkömmlich Start- und Landeplätze, die Sonne spiegelte sich darin, sodass es wie ein gleißendes Licht aussah, dass sich dem grasgrünen Boden des

Areals näherte... so, wie es Lord Warhole Stimpelton immer machte.

Der Tag mit seinem wundervollen blauen Himmel war perfekt für schöne Lebewesen. Langsam und sanft führten die Triebwerke die Fracht zu Boden. Neben der Landefläche war ein Platz, der mit blauem Marmor ausgelegt war. Alleine die Gestaltung dieser Anlage hatte ein Vermögen gekostet. Aber das spielte hier wie immer keine Rolle. Die Luke fuhr schnell und sicher aus. Als erster verließ der Lord persönlich das Schiff. Die Nila-Gardisten, die Stellung bezogen hatten, verzogen keine Mine. Sie setzten hier immer dieselben Männer ein, damit nicht zu viele dieses Geschehen sahen. Es wusste zwar jeder, dass hier das Frischfleisch für den Nila-Adel eingeflogen kam, aber es mussten ja nicht unnötig Tratsch-Quellen geschaffen werden.

Kaum war der Ausstieg vollständig rausgefahren, da begannen Musiker mit feinsten Harfenklängen die Damen zu empfangen. Der Vorsitzende war nicht hier. Eine nach der anderen stieg aus. Sofort fingen sie an, sich umzuschauen.

„Uuuuh" und „Aaaa" verließ es sie staunend. Der Platz war so groß, dass sie sehen konnten, wie die weißen Palastmauern im Hintergrund königlich in den Himmel ragten.

Das hier war der Mittelpunkt des Universums... und sie standen jetzt mittendrin.

Das Klackern und Tippeln der High-Heels erfüllte die Umgebung gepaart mit den erotischen Lauten dieser Zuchtstuten. Ein kahlköpfiger Eunuch kam schnell auf den Lord zu gerannt. Es waren knapp dreißig Meter bis zu dem riesigen Vorbau, ein Dach, das von fünf Säulen getragen wurde. Sie ragten vielleicht 40 Meter in Höhe. Es war allerdings nur ein Innenhof, der komplett mit Mauern umgeben war. Der Eunuch flüsterte dem Lord etwas ins Ohr. Der Harems-Verwalter hatte die Bilder der Frauen bereits an den Palast geschickt und anscheinend hatte Claudius Brutus Drachus die Zeit gefunden, schon einmal einen Blick auf ihre Bilder zu werfen. Natalia ging mit den anderen Damen mehr oder weniger in einer Reihe, so wie sie das Schiff verließen.

„Ich bin dein kleines bisschen Sicherheit, in einer Zeit, in der nichts sicher scheint", sang eine Stimme in ihrem Kopf.

Als der Eunuch den Gang von Lord Warhole Stimpelton unterbrach, blieben die anderen ebenfalls stehen, und schauten zu den beiden Männern. Beide drehten sich um und blickten in ihre Richtung. Dann zeigte der Eunuch auf die Frauen dreimal und bewegte seinen Finger dabei so, dass sie nicht genau ausmachen konnten, wenn er von ihnen meinte.

Ein wenig wurden die Frauen unruhig.

An Bord hatte man ihnen gesagt, dass sie in den Harems-Palast geführt werden, einem Nebenbau, der so groß war, wie ein Stadion auf der Erde. Andere, frühere Erwählte, sollten hier schon wohnen, aber Sorgen, dass jemand keinen Platz bekam, sollten sie sich nicht machen.

„Kommen sie, meine Damen. Kommen sie!", rief der Eunuch mit hoher Stimme. Dann kamen weitere Eunuchen aus der Eingangshalle gehuscht und signalisierten den Damen, dass sie ihnen folgen sollten. Der Lord widmete den Frauen keinen einzigen Blick mehr und verschwand.

„Ich bin dein kleines bisschen Sicherheit, in einer Zeit, in der nichts sicher scheint", murmelte Natalia jetzt unterbewusst vor sich hin. Der erste Eunuch blieb allerdings an seiner Stelle stehen, und wartete, dass sie an ihm vorbeigingen…

…bis zu dem Zeitpunkt, als eine schwarzhaarige Schönheit, eine Brünette….und Natalia bei ihm waren.

„Ihr nicht", befahl der Eunuch, streckte seine Hand aus und deutete ihnen an, dass sie zu ihm kommen sollten.

„Für euch gibt es ein kleines Begrüßungs-Special!" Die drei Damen schauten sich fragend an? Hatten sie was angestellt?

Eigentlich nicht, ging es ihnen schnell durch den Kopf. Was konnte er damit meinen?

„Ich hoffe, ihr fühlt euch bestens? Ausgeruht und für Aktivitäten frisch?"

Die drei Frauen wussten nicht, was sie sagen sollten… und nickten einfach nur.

Natalia schoss allerdings ihre eigene persönliche Antwort durch den Kopf: „Ich bin dein kleines bisschen Sicherheit, in einer Zeit, in der nichts sicher scheint", flüsterte sie leise.

Ein junger, trauriger Mann sang zusammen mit einem Schmetterling über ihre Lippen diese Worte, sie wurde geführt…

Mit dem Betreten dieses Platzes war sie schon fast da. Hier war der Ort, an dem sie Buße leisten konnte. Buße für sich und Rache für all diejenigen Frauen, denen Ähnliches widerfahren war.
Natalia wurde ein wenig nervös. Die anderen beiden Frauen waren viel zu blöd, als das sie das mitbekamen.

An Bord hatte man ihnen das Bild von Claudius Brutus Drachus gezeigt. Endlich hatte das Böse für sie ein Gesicht. Einen Körper. Hier konnte der Plan aufgehen, an dem so viele mitgewirkt hatten. Sie war hier, weil unzählige, geheime und extrem riskante Fäden gezogen worden waren.

„Kommt bitte mit", forderte der Eunuch sie jetzt auf. Die Nervosität war kurz davor in Panik umzuschlagen. Was war los? Warum führte man sie gesondert ab? Hatte sie jemand verraten??? Bitte nicht!! Sie war so kurz davor.

Gib mir ein kleines bisschen Sicherheit, dachte sie schnell. Der Schmetterling Wansul, der sie ja eigentlich die ganze Zeit begleiten wollte, war schon auf dem Schiff verschwunden. Er hatte sich einfach in Luft aufgelöst.

„Ich bin dein kleines bisschen Sicherheit, in einer Zeit, in der nichts sicher scheint", nahm sie jetzt zum ersten Mal ihre eigenen Worte wahr, die sie aber nicht selber formte.
Jaaa…ihre Helfer waren bei ihr… aber auch so fern… das spürte sie.

Und wie sollte sie eigentlich den letzten Teil ihres Planes ausführen?

Man hatte ihr zukommen lassen, dass das erst ganz am Ende verraten würde. Vielleicht war sie aber auch jetzt schon ganz nah an ihrem persönlichen Ende? Wo führte der Eunuch sie hin?

Die beiden anderen Frauen trugen dieselben Kleider. Sogar dieselbe Farbe, schoss es ihr durch den Kopf, als sie ihnen folgte. Natalia hatte sich zurückfallen lassen und ging nun als letzte.

Neben dem großen Eingangsportal, durch das die anderen Frauen nun gingen, und sich schon auf den Harems-Palast freuten, führte eine kleine Steintür. Warum ist das hier eigentlich alles aus Marmor und Stein? Natalia war jetzt so aufgeregt, dass sie fast den Verstand verlor. Tausende Fragen rasten durch ihren Kopf, nur damit sie sich den Hass und die todbringende Leidenschaft nicht anmerken ließ. Gerade als sie sich durch die kleine Türe drücken wollten, kam ein betrunkener Nila durch den Eingang und rempelte den Eunuchen an. Dieser schüttelte nur angewidert den Kopf. Er kannte den Mann nur vom Sehen. Der Trunkenbold gehörte zu dem engeren Kreis von einem der Wirtschaftsweisen. Er war ein Berater, der zu Sachfragen mit Cuberatio und Universal Search herbeigeholt wurde. Einer, der auch schon mal in direktem Kontakt mit den anderen stand. Aber mehr wusste er nicht. Aber das war genug, um zu wissen, dass er zu der Elite gehörte. Doch heute begann das Wochenende… und alle verabschiedeten sich auf ihre Planeten. Sie hatten den Feierabend wahrscheinlich schon mit mächtig vielen Getränken begonnen.
Das war hier gar nichts Ungewöhnliches.

Die Schnapsdrossel hatte sichtlich Mühe, das Gleichgewicht zu finden. Widerlich, wie Menschen sich so gehen lassen konnten. Der Eunuch versuchte, so schnell es ging, an dem Mann vorbeizukommen. Dann war er hinter der Türe verschwunden.

Jetzt setzte der Betrunkene all seine Konzentration darauf, die Damen nicht zu berühren. Bei den ersten beiden klappte es… doch dann glich er seinen Schwung wieder aus, indem er stark nach links, und damit direkt auf Natalia stieß. So stark, dass er sie umrempelte und sie zu Boden fiel.

„Autsch", entkam es ihr. Doch anstelle, dass der Betrunkene jetzt genau platt auf ihr liegen blieb, was sie befürchtete, schaute er sie, für alle anderen einen kurzen Moment unbemerkt, mit starren, hoffnungsvollen Blick an. Natalia fing an zu zittern.

„Für Schmoon Lawa", flüsterte er ihr kurz danach ins Ohr und tat so, als würde er auf ihr einschlafen. Dann bemerkte sie, wie ihr etwas in die Hosentasche geschoben wurde. Ein Messer mit Schlangenklinge!!.

„Steh jetzt sofort auf, ekele dich vor mir und stoße mich zur Seite. Dann folge den anderen!"

Wie ein Blitz durchschoss es sie. Sofort füllte sich ihr Körper mit Adrenalin. Es war soweit!! Es war soweit!!! Freude. Sie konnte ihre Mission erfüllen. Sie war kurz davor.

„Ich bin dein kleines bisschen Sicherheit, in einer Zeit, in der nichts sicher scheint", murmelte sie, wusste aber wieder nichts davon. Schnell folgte sie seinen Anweisungen und schubste ihn zur Seite. „Iiih", schrie sie auf. Ein paar der Gardisten, die ihre Plätze als letztes verließen, schauten einen Moment zu ihr hin, grinsten dann aber nur… und gingen weiter.

Eilig folgte Natalia den anderen und versuchte, wieder aufzuschließen. Der Gang, in dem sie sich befand, wurde etwas dunkler, hatte er keine Fenster. Die Luft war kühler, angenehmer und es zog ein wenig hier drin. Zum Glück ging der Weg immer nur geradeaus. Rund 20 Meter vor ihr konnte sie den Eunuchen und die anderen beiden Frauen sehen.

„Ich bin dein kleines bisschen Sicherheit, in einer Zeit, in der nichts sicher scheint."

Natalia machte jetzt große Schritte, soweit wie ihre High-Heels zuließen…bald hatte sie aufgeschlossen. Kurz befühlte sie dabei von außen ihre Seitentasche. JA! Der Mann hatte ihr eine Klinge gegeben.

Als das Licht am Ende wieder stärker wurde und sie bereits kurz vorher den Geruch von Lavendel auf dem Gang roch, spürte sie innerlich, dass sie ganz nah an ihrem Ziel war. Sie war ganz bei der Sache. Hier konnte sie endlich die Rache nehmen, die sie sich geschworen hatte. Nicht nur sich, sondern für alle Lebewesen im Universum. Der Eunuch wartete gar nicht, sondern ging mit den beiden Frauen schon in den Garten, der sich vor ihnen auftat.

„Oh wundervoll. Wundervoll, was du da für mich hast", hörte sie schon auf dem Gang eine Stimme zur Begrüßung.

„Aber wo ist denn die Dritte?", wollte er wissen.

Natalia war nur noch zwei Schritte von dem Eingang entfernt. Die letzten Sekunden bevor sie ihr Leben wegschmiss. Alles, aber auch wirklich alles, sog ihr Verstand nun auf.

„Ich bin dein kleines bisschen Sicherheit, in einer Zeit, in der nichts sicher scheint", flüsterte sie wieder.

Das waren wahrscheinlich die letzten Momente, die sie jemals mitbekommen würde. Sie war nur noch ein paar Schritte von ihm entfernt. Jetzt war alles so schnell gegangen. Das hätte sie nie gedacht. Dann bog sie um die Ecke… und da stand er: Claudius Brutus Drachus. Er hatte eine weiße Tunika an und ging auf die Schwarzhaarige zu. Die Frauen hatten die pure Erfüllung in ihren Gesichtern.

„Aaah, da ist ja mein Engel. Wolltest dich wohl ein wenig in Stellung bringen? Indem du ein wenig zu spät kommst? Magst es wohl, wenn dir dadurch ein wenig Aufmerksamkeit mehr zukommt, als all den anderen", sagte er und schaute sie geil an.

„Aber ich habe euch alle lieb" sagte er ohne umschweife, ging auf die Schwarzhaarige zu und leckte ihr den Hals.

„Lecker. Ach bist du lecker" Mit der rechten Hand packte er ihre Brust und knetete sie. „Aaaach fühlst du dich wundervoll an." Mit der linken ging er bereits zu der Brünetten und packte eine ihrer Brüste. Dann schaute er leicht zur Seite hoch und winkte mit der linken Natalia zu, während er wieder an der Schwarzhaarigen leckte.

„Komm her. Ich will euch fühlen. Will euch schmecken. Will in euch hinein!!"

Es schien schon fast, als würden die Frauen eine drogenartige Wirkung bei ihm auslösen. Natalia ging auf ihn zu und packte dabei in die Hosentasche. Sie hatte nur eine Chance.

„Zieh dich aus", befahl Claudius Brutus Drachus der Schwarzhaarigen, die durch seine Zunge am Hals schon vor Erregung zitterte und anfing zu stöhnen. Ihre Brustwarzen waren hart. Mit ihren schlanken Fingern ging sie zu ihren Trägern, streifte sie über ihre Schultern und das Kleid viel sofort zu Boden. Ihr Körper stahl jedem Mann die Sinne.

„Wunderbar!! Wunderbar!! Einfach wunderbar!! Und jetzt du auch", befahl der Vorsitzende der Brünetten, während er der Schwarzhaarigen die Brust runter lutschte und an ihren Nippel nukkelte. Natalia nicht anschauend, winkte er ihr zu, sie solle endlich näher kommen.

Die junge Frau wusste, dass der letzte Moment ihres Lebens gekommen war.

„Ich bin dein kleines bisschen Sicherheit, in einer Zeit, in der nichts sicher scheint!!"

Sie schaute einmal zum Himmel, dachte „Danke" und Erleichterung überfloss sie wie kühlendes Quellwasser. Frieden füllte ihr Herz. Sie vergaß die Frauen, sie vergaß das Drumherum, das Einzige, was sie noch halb bewusst wahrnahm, war, das „kleine bisschen Sicherheit", das auf dem Baum einen Meter von hier in den Ästen saß und sie beobachtete. Lächelte der Schmetterling? Danke!! Danke!! Danke!!

Viel zu schnell für jede Wache, für jede versteckte Kamera und vor allem…viel zu schnell für Claudius Brutus Drachus, der ihr den Rücken zukehrte, zog sie geschwind das Messer… Danke!! Danke!! Danke!!

… und rammte es dem Mann in den Rücken!!!

„Ich bin dein kleines bisschen Sicherheit, in einer Zeit, in der nichts sicher scheint", sang sie dabei anfänglich mit wundervoller Stimme. Ihr Anschlag kam ohne jede Vorwarnung!! Sie hatte es geschafft!!! Zog es wieder raus und rammte es wieder rein.

„DANKE!!!" Raus und rein. Raus und rein.

„Ich bin dein kleines bisschen Sicherheit, in einer Zeit, in der nichts sicher scheint", sang jetzt ihre Stimme lauthals über den Hof. Wie eine Furie gewann sie dabei an Geschwindigkeit. Wie ein Lehrling, der immer wieder und immer wieder dasselbe machte, damit er seine Handlungen perfektionierte. Die Huren schrieen auf. Und dann wieder Geschrei. Dann ein Alarm. Sie stocherte immer noch in ein und demselben Winkel herum, und nahm schon gar nicht mehr wahr, dass der Vorsitzende der Union bereits zerstochen auf dem Boden lag.

„Ich bin dein kleines bisschen Sicherheit, in einer Zeit, in der nichts sicher scheint!!"

Seine Tunika zerfetzt und aus allen Poren blutend… da erwischte sie schon der erste Laserschuss… und noch ein und noch einer…

…rissen sie von den Beinen und schleuderte sie nach hinten. Noch im Fallen verschwand der Frieden, Entsetzen ergriff sie!!!

Da waren die Wachen, da waren die Huren und da lag der Mann auf dem Boden. Aber wer war dann das, der da auf sie zukam??? Wie konnte das sein??? Sie hatte ihn doch????

Wie ein Nebel begann es sie zu fassen. Panische Schreie versuchte ihr Mund zu formen, aber es ging bereits nicht mehr. Ihr zerlöcherter Köper lag jetzt mit gewinkelten Beinen auf dem Rücken und sie konnte nur noch geradeaus in den Himmel starren. Ihre Lungen füllten sich mit Blut. Sie röchelte. Ihr Herz schien zu explodieren. Wie konnte das sein??? Wie war das möglich???

Er lag doch dort tot auf dem Boden!!!

…Tausende Fragen der entsetzten Erkenntnis über den Verrat nahm sie mit in das Jenseits… und dieses eine Gesicht, das sich ihr jetzt vor die Augen schob.

Es war das Gesicht…es war das Gesicht….jetzt erschien ihr Schmoon Lawa mit dem alten Schmetterling an seiner Seite: „Lass dich fallen, dein kleines bisschen Sicherheit ist da. Nichts ist unnötig." Dann war er wieder weg. Was??

Dann wieder… die… die Person!! Verrat!!!
Es war das Gesicht…es war das Gesicht… es war das Gesicht… von einem lebenden….

…Claudius Brutus Drachus!!!

Sie war verraten worden!!! Sternenfunkelnde Augen.

„Glaubst du wirklich… ihr könnt mich töten?"

Epilog

Ich bin dein kleines bisschen Sicherheit, in einer Zeit, in der nichts sicher scheint", sang die Stimme sanft. Vertraut, bekannt, väterlich. „Ich bin dein kleines bisschen Sicherheit, in einer Zeit, in der nichts sicher scheint", wiederholte sie und erreichte das Mädchen wie aus einem fernen Traum.

„Komm", wurde die schlafende Schönheit geweckt.
„Komm…Komm…wenn du leben willst." Sie wusste nicht, wie ihr geschah. Sie war doch tot? Oder nicht? Komm, wenn du leben willst?
Natürlich wollte sie leben! War das die Stimme des Teufels, der ihr ein Angebot machen wollte?
Langsam aber sicher spürte sie ihren Körper. Das Gefühl des Lebens, des Wahrnehmens kehrte in sie zurück, direkt in ihr Herz. Von da verbreite es sich strahlenförmig in alle Richtungen. In die Arme, in die Beine. Das Mädchen konnte ihren eigenen Atem wieder hören. Ihr Atem?
Da…da…da…steckte etwas in ihrem Mund!!! Je mehr sie wieder fühlen konnte, desto mehr wurde ihr auch bewusst, dass an ihrem ganzen Körper anscheinend Fremdkörper angebracht waren!!! Und das da etwas in ihrem Mund steckte, da war sie sich sicher!! Sie hatte die Augen noch nicht geöffnet. Doch das Licht, das jetzt eingeschaltet wurde, blendete sie durch die geschlossenen Lider. Wie kleine Nadelstiche bohrte es sich in ihre Augäpfel. Nein. Sie konnte die Augen jetzt noch nicht öffnen. Je wacher sie wurde, desto mehr wurde ihr klar, dass sie garantiert nicht tot oder in der Hölle war… aber was war mit ihr geschehen?

Sie ist vor nicht ganz ein paar Sekunden auf dem Hof von Claudius Brutus Drachus gestorben!!

„Ich bin dein kleines bisschen Sicherheit, in einer Zeit, in der nichts sicher scheint", lockte die Stimme aus einer anderen Welt. Diese Stimme!! Der Schmetterling!! Aber die andere? Die des Ritters?

Sie war nicht mehr da! Wo bist du, wollte sie fragen. Aber außer einem röchelndem „Hööörröörrrrr" bekam sie nichts über die Lippen.

„Nicht!!", warnte die Stimme besorgt.

„Nicht sprechen!! Noch nicht. Warte!!", forderte sie die Schmetterlingsstimme auf, die sie in der letzten Zeit immer begleitet hatte. Sie konnte Schritte hören.

„Herr Doktor", kam es von einer weiblichen Person. Schon spürte sie die zarten und weichen Hände einer Frau, die ihren Hals berührten.

„Dann wollen wir mal", erklärte wahrscheinlich der Doktor aus einer anderen Welt.

„Gaaaanz ruhig jetzt Kleines. Gaaanz ruhig. Das wird jetzt ein wenig unangenehm, aber dann ist es weg, und du wirst bald wieder sprechen können."

Das Mädchen fing an zu schwitzen.

„Keine Sorge Jürgen, das wird wieder", sagte der Schmetterling wieder.

Jürgen??!!! Sie lebte!!! Sie lebte!!! Sie lebte wirklich. In der Hölle oder im Himmel flogen doch garantiert keine senilen Schmetterlinge umher!! Sie lebte!!

Jetzt konnte sie nicht anders, sie drängte das Brennen des Lichts beiseite und öffnete die Augen. Zwei Gesichter mit weißen Atemmasken schauten direkt über ihrem Gesicht auf sie hinunter. Schläuche!! Sie hatte Schläuche im Mund!! Und sie lag anscheinend auf etwas, das eine Krankenbahre sein musste.

„Ich bin dein kleines bisschen Sicherheit, in einer Zeit, in der nichts sicher scheint", kam es wieder von Wansul, der sich jetzt zwischen den beiden Köpfen hindurchdrängte und mit seinem alten, weisen, warmen Gesicht auf sie runterschaute. Er stand auf der Schulter des Doktors und lächelte sie an.

Mit einem Ruck, und einem Gefühl, als würde sie ein Stück ihres Körpers verlieren, zog das medizinische Personal ihr das Beatmungsgerät heraus. Dabei fiel ihr auf: das waren ja Menschen!!!
„Höörrrhöörrrhörr", würgte sie sofort krampfhaft. Es dauerte aber nur kurz. Sie wollte ihre Arme heben, da merkte sie, dass sie angebunden war!! Panik!! Fesseln!! Sie dachte, dass wäre ein für allemal vorbei!!

Sie war wieder eine Gefangene!! Sie hielten sie hier nur fest, um wieder ihre perversen Spiele mit ihr zu treiben. Zerren und Zurren!!! Sie versuchte, ihre Beine zu heben, aber auch die waren am Bett angekettet!!! Hilfe!! Nein!! Nicht schon wieder!!!

Der panische Schock war in ihren verängstigten Augen genau abzulesen.

„Nein! Nicht rütteln! Wir machen dich sofort frei. Wir wollten nur nicht, dass du vom Bett fällst. Weißt du, das passiert mir nachts auch ab und zu. Dann falle ich einfach um. Ach nee, dann lieg ich ja. Das geht ja gar nicht…", fragte sich Wansul jetzt, der sich dabei den Kopf kratzte und nachdenklich an die Decke schaute.

Was machte er eigentlich, wenn er schlief? Eine Frage, der er bei Gelegenheit nachgehen sollte.

Doch anders als der Schmetterling reagierte die Schwester sofort. Natalia Piagotto konnte spüren, wie die Frau in weißer Kleidung ihr erst den rechten, dann den linken Arm befreite. Dann ging sie zu ihren Beinen und machte dort ebenfalls die Riemen locker.

„Sie sollten nicht sofort versuchen, aufzustehen. Sie haben hier einige Tage gelegen. Ihre Muskeln sind Bewegung nicht mehr so gut gewöhnt. Und das, was sie gemacht haben, hat sie viel Kraft gekostet!", mahnte der Doktor sie jetzt weise. Erst jetzt spürte sie, dass auf ihrem Kopf „etwas" war. Ein Helm, oder so was.

Die Schwester nahm ihn ab.

„Den brauchen sie ja jetzt nicht mehr. Schade, dass es nicht geklappt hat!"

Schade, dass es nicht geklappt hat???

Schwester und Doktor drehten sich nach erledigter Arbeit um, und gingen in den hinteren Bereich des Raumes, der dunkel war. Nur der Schmetterling flog noch vor ihr.

Natalia versuchte jetzt, sich zu bewegen, aber sie spürte den Schmerz in ihren Gliedern. Resigniert gab sie mit einem Stöhnen auf. Was sollte sie schon machen?

Da setzte sich der Schmetterling auf ihre Brust und lächelte sie verschmitzt an.

„Ich denke, wir schulden dir eine Erklärung."

Natalias Augen formten einen fragenden Blick.

„Du bist niemals selber bei Claudius Brutus Drachus gewesen!"

Natalia schreckte mit dem Kopf zurück. WAS??

„Nein. Weißt du noch, als wir beiden vor Erschöpfung auf dem Schiff von Cuberatio eingeschlafen sind?"

Natalia versuchte sich zu erinnern. Ja. Natürlich!

Nach ihrer Flucht, nach dem Planeten der kleinen Menschen. Die rotäugigen Androiden hatten sie auf ihr Schiff gebracht...und dann war sie mit ihm auf dem roten Bett eingeschlafen.

„Gut, wenn du das noch weißt. Du warst so tief weggetreten, dein Körper forderte den Tribut für die Anstrengungen. Wir füllten ein Gas in den Raum, dass dich so beeinflusste, dass du nachher trotzdem dachtest, du würdest alles real erleben. Das tatest du aber nicht", erklärte Wansul.

Natalia verstand nicht. Wie jetzt? Sie war doch selber von diesem Widerling in den Hintern gepackt worden....das war SEHR real... oder nicht?

„Kannst du dich, sagen wir, an deine Schönheitsoperation erinnern?"

Natalia überlegte kurz, dann nickte sie verwirrt.

„Das war in dem Sinne keine Schönheitsoperation, das war, was wir dich denken lassen wollten." Natalia verzog skeptisch den Mund. Sie hatte doch selber gespürt, wie der Android ihren Körper bearbeitet hatte.

„Wir haben in dem Moment zwei Technologien vereint. Dir das jetzt zu erklären, wäre viel zu kompliziert. Aber es ist viel Geld geflossen, damit wir das machen konnten. Du warst eine Premiere... und auch gleichzeitig ein Erfolg. Nur das Endresultat stimmt nicht. Aber egal. Auf jeden Fall: wir haben dich mit Wissen von Universal Search und von Cuberatio kombiniert und ...geklont."

Wie...wie...wie? Natalia verstand nicht.

„Wir haben dann dein Bewusstsein, in den Klon gesteckt, und du dachtest, du wärest er!!! Dein Bewusstsein hat in dem Klon gelebt, mit ihm bist du gegangen...mit ihm bist du gestorben!"

Es hatte den Anschein, dass Wansul das irgendwie witzig fand.

„Fandest du es nicht auch ein wenig lächerlich, dass der Haremsvorsteher einer Maschine den Finger in den Hintern steckte?? Hihihihi. Ich schon. Das ganze Zeremoniell war so laaaangweilig. Ich glaub, ich bin eingeschlafen. Weiß ich jetzt aber gar nicht mehr. Auf jeden Fall haben wir dann deinen richtigen Körper nach hier geschafft, und du wurdest die ganze Zeit bestens betreut. Dafür habe ich dir immer schön die Lieder gesungen, damit dir nicht langweilig wurde. Sebastian hat dann dein transportiertes Bewusstsein gesteuert. Ein sehr komplizierter Akt, und das konnte nur er. Kein anderer Ritter hätte das geschafft. Also, der ist wirklich ein toller Junge. Vielleicht solltest du dir den mal angeln? Ach... Moment. Das wäre ungünstig....ich meine, da gibt es schon eine...oder einen...He? Nee, schwul ist Sebastian nicht...ach, jetzt schweife ich wieder ab... Na ja. Hauptsache du warst niemals wirklich in Gefahr!"

Die Worte der Erkenntnis drangen wie ein Paukenschlag in sie ein....sie hatten sie benutzt!!!

Aber...aber...viel wichtiger war...

Eine zentnerschwere Last fiel von ihrer Seele, ihrem Geist, ihrem

Verstand…

Mit einem Mal hatte sie das Gefühl, der Raum um sie herum wurde immer weiter und weiter. Jedes kleine Geräusch erzeugte einen Hall, der sie in tiefe, braun-grüne Täler und steile grau-weiße Berghänge führte. Es fühlte sich an, als könne sie fliegen.
Wie ein Vogel. Frei in allen Höhen. Immer weiter und weiter.
„Wir brauchten nur deinen wunderschönen Körper. Mehr nicht!", hörte sie noch die Stimme, die aus weiter Ferne kam und dann nachhallend verschwand….

Natalia ließ den Kopf nach hinten fallen. Schwindel überkam sie. Sie war schon längst frei!!!! Und gerettet!!! Jetzt konnte sie selber fliegen…

Tränen liefen ihre Wangen herunter…und auf ihren Lippen formten sich Worte, ein Gesang, ein Gebet, die tief aus ihrem Herzen kamen und die sie für die Ewigkeit mit sich herum tragen würde.
Natalia Piagotto fing schluchzend, wiederholend an, zu singen, der Schmetterling weinte auch:

„Ich hab ein kleines bisschen Sicherheit, in einer Zeit, in der nichts sicher scheint."

Das Herz des Anführers der kleinen Gruppe Crox blutete. Gestern Abend hatten sie fast alle bei einem Überfall der Monster verloren. Sie hatten nach einiger Zeit den alten Funkraum wieder verlassen. Das war seine Entscheidung gewesen...die jetzt fast allen das Leben gekostet hatte. Einzig Finkward und das Mädchen von der Erde hatten neben ihm überlebt.

Hubba hatte sie wieder zurück, den Berg nach oben, geführt. Wären sie doch hier geblieben!!

Bis auf den einzigen Kontakt mit den Kannibalen, war niemand anderes hier nach oben gekommen. Aber sie wollten natürlich alle, er schließlich auch, weitere Crox finden. Hilfe war noch nicht eingetroffen und sie mussten überleben...und das konnte man besser in einer Gemeinschaft.

Als sie sich dann durch die Stollen geschlichen hatten, um den Wohnberg „Franautla" zu erreichen, er hatte früher rund 600 000 Crox eine Heimat geboten, da war es passiert: sie hatten ihnen aufgelauert...und dann niedergemetzelt.

Eigentlich hatte er auch sterben wollen, aber das Mädchen war vor ihm von den Schultern seiner Begleiter gefallen. Es war ein Reflex, der ihn sie hatte greifen lassen...und dann war er gerannt. Finkwards Flucht hatte er gar nicht mitbekommen. Und verfolgt wurden sie zum Glück auch nicht. Die Opfer reichten den Angreifern wohl aus...

Jetzt saß er hier wieder in dem Funkraum. Finkward lag mit den Füßen weit ausgestreckt auf dem Boden und schnarchte laut. Mit einem liebevollen Blick schaute Hubba zu ihm rüber. Ja, schlafe schön, mein Freund…
Versuch die Sorgen zu vergessen!
Neben ihm lag das Menschenmädchen. Er hatte sie dorthin gelegt. Ihre Wunden waren gut verheilt. Sie war außer Gefahr, so weit er das beurteilen konnte. Doch sie war noch nicht aus der Besinnungslosigkeit erwacht. Vielleicht war das ja auch besser so. Wer wollte schon in solch einer Welt wieder zum Leben finden? Als Hubba jetzt zu dem Mädchen schaute, fiel ihm ihre rechte Hand auf… sie bildete eine geschlossen Faust, so, als würde sie etwas fest umklammern. Das hatte sie aber vorhin nicht gemacht.
Und…formte sie da Worte mit ihren Lippen? Im Schlaf?
Hubba wurde misstrauisch. Er hatte das Mädchen nicht sonderlich beobachtet. Sie war schließlich besinnungslos.
Als würde Finkward Hubbas Entschluss, aufzustehen, bekräftigen wollen, schnarchte er einmal laut auf, dass Hubba Angst hatte, es hallte die ganzen Stollen hinunter.
Hubba ging zu dem Mädchen rüber und kniete sich hin. Ja!! Sie wisperte etwas!
„Bist du wach? Kannst du mich hören?", wollte der ehemalige Anführer wissen. Aber das Mädchen hatte anscheinend einen Fiebertraum oder so was…er war schließlich kein Mediziner.
Auf seine Worte reagierte sie zumindest nicht. Hubba beugte seinen Kopf zu ihr herunter, legte sein rechtes Ohr genau vor ihre Lippen. „Ich bin dein kleines bisschen Sicherheit, in einer Zeit, in der nichts sicher scheint", sang die Kleine eindeutig in der Besinnungslosigkeit.
Was hatte das denn zu bedeuten? Hubba hob seinen Kopf wieder und schaute zu ihrer geschlossenen Hand. Nein. Vorher hatte sie nichts ergriffen.
Vorsichtig bog er ihre zarten Finger mit seinen klobigen

auseinander…und was er sah, erstaunte ihn!!
Wo hatte sie denn das her?
In ihrer Handfläche lag eine kleine Münze…die blinkte!
Hubba konnte nicht wissen, dass eine ganze Flotte, angeführt von zwei fuchsteufelswilden und erzürnten Bären, unterwegs war…um „ihren Jungen rauszuballern."
Ebenso wenig konnte Hubba von der Schwestermünze wissen, die ein SOS in den Weltraum sendend im Orbit kreiste. Hubba schaute fragend in das Gesicht des Mädchens, dann nahm er sich die Münze und schaute sie an. Er musste schlucken…
Gänsehaut, Ehrfurcht kribbelte augenblicklich seinen ganzen Körper entlang….welch eine Macht!!!!
Ein Wimpernschlag, dann noch einer!!! Die Münze lebte!!!!
Sie schaute ihn mit warmen, milden und liebenden Augen an….das…war….das lebende Gesicht von….Schmoon Lawa!!!
Ein befreiendes Meer suchte sich wild stürmend, brausend seinen Weg aus den Spiegeln seiner Seele heraus….
Hubba musste sich an der Wand mit einer Hand abstützen. Kniend stieß er ein „DANKE" in den Himmel. „DANKE"
Endlich!!!!!! Mit seinem Ärmel wischte er sich das Nass aus seine Augen und schaute die Kleine von der Erde an.
Wer bist du, fragte Hubba stumm das Mädchen.
Doch die hatte immer nur wieder dieselben Worte, klingend wie ein Versprechen, auf den Lippen:

„Ich bin dein kleines bisschen Sicherheit, in einer Zeit, in der nichts sicher scheint."

Schmetterlingographie

Sebastian Feuerstiel
Samis, der oberste Ritter des Rosenordens, der Erste. 15-jähriger Junge aus Strümp in Meerbusch. Schüler des Städtischen Meerbusch Gymnasiums. Held vieler Abenteuer. Sohn von Lars und Monika Feuerstiel. Bruder von Julia Feuerstiel. Hat Lukas als seinen Schmetterling und Sismael als Schwert.

2Moon-Fighter	Kampfflieder von Universal Search
APG	Autoplasmagewehr
Barbara Leidenvoll	Ehefrau von Uwe
Besham City	Hauptstadt auf Sadasch mit Sitz des Magistraten der Union.
Bogota	Ist die Hauptstadt Kolumbiens und Verwaltungszentrum des Departements Cundinamarca. Hat in und um der Stadt knapp acht Millionen Einwohner. Besteht noch zu zwei Dritteln. Ein Orbitlift ist hier stationiert.
Butch McCormick	General der Rebellenarmee/Rosenarmee von Sadasch
Camp Newlight	Erstes Ausbildungscamp der Ritter auf der Erde in Amerika.
Cäsar Augustus	General der Rebellenarmee/Rosenarmee von Sadasch
Cassandra Taksch	Lebensgefährtin von Chester. Setze die Generatoren der unterirdischen Verteidigungsanlag der Ritter der Blauen Rose auf Sadasch in Gang.
Chamäleon –Variante 427	Cuberatio-Krieger, die aufgrund ihrer Tarntechnologie für Menschen nicht

	sichtbar sind. Schmetterlinge können sie hingegen sehen
Checker	Lese/Überweisungsgerät
Chess von Hugenei	Flottenadmiral der Rebellenarmee/ Rosenarmee von Sadasch
Chester	Barskie. Ritter der Blauen Rose. Ehemaliger Leibgardist der Abgeordneten Fu Ling Shu von Sadasch. Hat Darfo als seinen Schmetterling und Fr'od als sein Schwert.
Claudius Brutus Drachus	Vorsitzender der Union. Oberster Nila. Baute die ehemalige Geheimorganisation/Geheimdienst so auf, dass er die Macht über die Union übernehmen konnte. Vollkommen skrupellos.
Credits	Währung
Creditstab	Tragbares Konto. Bargeldloses Zahlen im Universum, das ausnahmslos jeder Händler akzeptiert.
Crox	Das Volk der Schmiede. Kleinwüchsig. Clever. Sozial äußerst kompetent und feinfühlig. Freunde von Sebastian.
Crusaner	Hochtechnologiegesellschaft, die vor knapp 5.000 Jahre einfach aus dem galaktischen Geschehen spurlos verschwand.
Crusanischer Transportlift	Kann für den Transport von Planeten in den nahen Orbit eingesetzt werden. Hier schließt meist ein kleiner Raumhafen an, der die Verladung auf die Transportschiffe bestens gewährleistet.

Cube Staratio, kurz: Cuberatio
Eine der drei Abbaugesellschaften der Union. Ist ein reines Robotorunternehmen, das vom Hauptcomputer Nr. 1 gesteuert wird.

Dark Sun Island Foundation White Mine (DSI)
Eine der drei Abbaugesellschaften der Union. Hat auf der Erde die Teile Afrika und einen kleineren Teil Asiens. Arbeitet fast unbemerkt vor sich hin. Ist Piraten sehr ähnlich. Eine Hierarchie ohne erkennbare Strukturen.

Dennis	Meerbuscher Freund von Sebastian in seinem alten Leben.
Dr. Luigi Pagliatore	Helfer der Ritter der Rose. Italienischer Spezialist/Wissenschaftler für Frühe Neuzeit in Rom.
Evelynn Bronström	Ritterin der Blauen Rose. Freundin von Jack Johnson. Die gute Seele von Jack und Johnny.
FeeFee	Lan-Dan. Schönste und exotischste Frau ihrer Rasse. Perfekte Kriegerin und Familien-Assassinin.
Felicity	Großstadt auf Sadasch
Finola Haudrauf	Crox-Mädchen. Steht auf große Jungs und witzig-liebe Schmetterlinge. Sebastian Feuerstiels Freundin. Hat ihm das Leben gerettet.
Flightcruiser	Fliegende Kampfeinheit. Mit einem Plasmageschütz ausgestattet. Bietet vorne Platz für einen Piloten und einen Co-Piloten, und hinten für einen Schützen.
FSL	Fernschusslafetten
Fu Ling Shu	Ehemalige Abgesandte von Sadasch

Garth Bander	Vom Planeten Brenda in der Klio-Galaxie. Adept, Herr der Schmetterlinge. Hat als Einziger zwei Schmetterlinge, die ihm helfen: Judith und Oskar. Unstillbarer Hunger und ziemlich faul. Freund von Sebastian. Hat Grün-bläuliche Haut und einen drachenähnlichen Schwanz.
Genesis-Cube	Ein kleiner, schwarzer Würfel von Cuberatio. Wenn er aktiviert wird, kann er sich gemäß seinen Eingaben vergrößern und schafft in einer elektronischen Metamorphose ein Gebäude ganz nach Vorgabe.
Georg Hunter	Ritter der Blauen Rose. Buchautor. Unter anderem auch von „1000 und ein Tag auf Frobtbar". War vor dem Verschwinden der Ritter auf der Erde stationiert.
Grangerhall	Landungszone der Union auf Sadasch. Bestgesicherte Region auf dem ganzen Planeten. Umgeben von drei Sicherheitsringen.
Hondru-Batallion	Armeeteil der Union auf Sadasch. Zeichen: Braunbär mit Handgranate im Maul. Berufssoldaten.
Jack Johnson	Virgil of Camboricum. Ritter der Blauen Rose. Hat Macho Johnny als seinen Schmetterling und Sinta als Schwert. Held vieler Abenteuer.
Jens Taime	Xamorphus, Ritter der Blauen Rose, Beschützer von Ostar. Ehegatte von Gwendoline. Lehrer am Städtischen

	Meerbusch Gymnasium. Bester Freund von Sebastian. Held vieler Abenteuer. Kann die Zeit anhalten. Liebt Sarah. Hat Wansul als seinen Schmetterling und Tokor als Schwert.
Jessrow Troustan	Vize-Admiral der Rebellenarmee/Rosenarmee von Sadasch
Jonathan Mc Mullin	Präsident von Universal Search Inc.. Leitet eines der großen drei Unternehmen des Universums. Hat sein Büro im HQ Combox
Jonathan von Sadasch	Ehemaliger Chronist des Planeten Sadasch
Julia Feuerstiel	Schwester von Sebastian und Tochter von Lars und Monika Feuerstiel. Chief Operator Earth und neue Chronistin von Sadasch. Es wird gemunkelt, sie könne das Wetter vorhersagen.
Konstantin Montgomery	General der Rebellenarmee/Rosenarmee von Sadasch
Kristal	Heimatplanet der Lan-Dan.
Kristal	Sowohl Name des Planeten als auch Name der Heimatstadt der Lan-Dan. Von hier breitet sich die Stadt sternenförmig auf der Welt der Panther aus und darf daher gerne „größte Stadt des Universums" genannt werden.
Lars Feuerstiel	Vater von Sebastian und Julia. Ehemann von Monika Feuerstiel. Eigentlicher Beruf: Verwaltungsangestellter bei der Stadt Düsseldorf. Kaufte Katze Mona für Julia und Sebastian, als sie noch klein war.

Lindanta	Soldat in der Rosenarmee auf der Erde. Lan-Dan. Königin und Ehefrau von Quoquoc. Hatte mit Natalla, Fionala, Quincinla und Tamtam einen außergewöhnlichen Kinderwurf.
Lord Humbold Lipser	Nila. Finanzweise und Angsthase
Lord Lutus Feegard	Nila. Finanzweise
Lord Warhole Stimpelton	Schwein. Nila. Abartig. Harmesvorsteher von Claudius Brutus Drachus. Kann nicht rechnen und keine Schnürsenkel binden.

Lordprotektor Kangan Shrump
Nila. Leiter des Expeditionskorps, das die Erde entdeckt hat. Besitzer eines magischen Ringes der Ritter der Blauen Rose. Ebenfalls vollkommen skrupellos.

Lordstar Phillipe Fallover
Nila. Chef-Militärberater von Claudius Brutus Drachus. Steht auf dicke Houbstark-Frauen. Bettnässer.

Ludukus Farth	Abteilungsleiter Personal der Gilde der Chronisten mit Sitz auf Calderian. Mag Schmetterlinge und ist kitzelig
Manaus	Ist die Hauptstadt des brasilianischen Bundesstaates Amazonas. Sie liegt am Rio Negro, elf Kilometer entfernt von dessen Mündung in den Amazonas. Hat knapp zwei Millionen Einwohner. Alles ist dem Erdboden gleich gemacht worden. Ein Orbitlift ist hier stationiert.
Mona Feuerstiel	Katze der Familie Feuerstiel. Hat einen Faible für Mäuse und Schmetterlinge.

Monika Feuerstiel	Mutter von Sebastian und Julia. Hausfrau. Hält alles zusammen. Moralischer Grundpfeiler der Familie.
Na'Ean-Krieger	Elitetruppe der Ritter der Blauen Rose bestehen aus dreizehn Mann. Leibgarde von Sebastian Feuerstiel. Aus allen Ecken des Universums zusammengewürfelt.
Natalia Piagotto	Studentin der Heinrich-Heine-Uni. Wurde von Buddy Holly verführt und landete als Prostituierte bei den Nilas. Mag Zitronentee und Schoko-Creme
Nightingdale V	Selbstjustierendes Plasmagewehr. Standardwaffe der Union. Unschlagbar in dieser Waffengattung. Kostengünstig und extrem effizient.
Operation Butterfly	Mission der Schmetterlinge um die Reservistenarmee auf Sadasch zu aktivieren.
Penta VI	Projektleiter Erde von Cuberatio. Erster Androide in dessen Leben sich der Prozessor selber weiterentwickelt und leicht, verwirrt Emotionen verspürt.
Pharso von Orso	Vorsitzender des Rats der Ritter der Blauen Rose in Orso auf Tesla. Hüter des Wissens. Hat Sebastian gefunden.

Professor Kuhte
Angestellt an der Universität Düsseldorf. Neuzeit-Experte. Spezialisierung: Recherche. Ist ziemlich groß.

Professor Lambrodius Quax
Nila. Gefährlichster Indoktrinator der Union. Macht aus Lebewesen die gefährlichsten Nilas an der Universität Krombel auf dem Ausbildungsplaneten Strungstar.

Professorin Ursula Nadel	Angestellt an der Universität Düsseldorf. Neuzeit-Expertin. Besitzerin eines magischen Ringes der Ritter der Blauen Rose. Bereitete das Erwachen der Ritter mit Wansul im Hintergrund vor. Freundin von Sonja.
Projekt Arche	Von den Kindern der Erde ausgedacht, um alle bekannten Tierarten zu erhalten und vor der Ausrottung zu beschützen. Sammelpunkt ist das freie Mittelamerika. Ausnahmen werden keine gemacht.
Projekt Wüstenblume	Umstrukturierung des Planeten Erde durch die Union. Menschen von bevölkerungsreichen Kontinenten werden zu ungenutzten Flächen zur Zwangsarbeit deportiert.
Qui Chung Lan	Kontinentalritter/leiter von Asien.
Rapanthalos	Lan-Dan. Ehemaliger König der gut 3500 Jahre herrschte.
Re	Lan-Dan. „Streuner". Prinz und Bruder von König Quoquoc und Prinzessin FeeFee

Reginald Gordon Reichenhall
Ritter der Blauen Rose. Buchautor. War auf der Erde stationiert.

Sao Paulo	Sankt Paulus ist die Hauptstadt des gleichnamigen Bundesstaates in Brasilien. Die Stadt ist das wichtigste Wirtschafts-, Finanz- und Kulturzentrum sowie Verkehrsknotenpunkt des Landes mit Universitäten, Hochschulen, Theatern und Museen. Rund 20

	Millionen Menschen wohnen in und um die Stadt. Gefundenes Fressen für Cuberatio. Ein Orbitlift ist hier stationiert. Ein Teil der Stadt ist zerstört.
Sarah O'Boile	Gwendoline, Ritterin der Blauen Rose, Dornträgerin von Asmor. Ehegattin von Xamorphus. US-Elitesoldatin. Scharfschützin. Hat telepathische Fähigkeiten. Sonja ist ihre Schmetterlingsfrau und Suao ihr Schwert.
Saurophant	Ein irdisches Reh
Saurophantenwald	Strümper Busch in der Mitte von Meerbusch
Scarsy	Multifunktionskampfschiff der Ritter der Blauen Rose. Platz für einen Piloten und einen Waffentechniker. Den Nah-Kampfschiffen der Union überlegen.
Sempani	Jung-Kriegerschule der Lan-Dan
Sismael Feuerschwert	Schwert von Sebastian Feuerstiel. Herrscher über das Volk der Schwerter. Silber-weiße Rose eingraviert.
Sondertransport der Union	Bestehend aus 3 Mio. Männer und 4 Mio. Frauen von der Erde.
Stephanus	Unsterblicher Chronist der Erde und Verfasser vieler Bücher. Freund von Wansul.
Strungstar	Ausbildungsplanet der Nilas
Sullivan Blue	Nila. Ordonanz von Lordprotektor
Kangan Shrump	Schüler bei Professor Lambrodius Quax und neuer Leiter der Spezialeinheit der Union auf der Erde.
Tandrisches Ehrenregiment	Ehemaliger Name, der gelegentlich

	immer noch gebraucht wird, der neuen Rosenarmee auf Sadasch
Thomas Crocket	Ritter der Blauen Rose. Buchautor. Schrieb eine der Geschichten der Schmetterlinge in fünf Bänden. Darunter auch 1401-1478 „Insomnia".
Tranctania	Heimatplanet der Crox

Universal Search Inc.
Eine der drei Abbaugesellschaften der Union. Hat auf der Erde die Teile Europa, Nordamerika und einen großen Teil von Asien. Ist das „humanste" Unternehmen. Diszipliniert und gut organisiert.

Universität Düsseldorf	Heinrich-Heine-Universität in der Landeshauptstadt Nordrhein-Westfalen. Beherbergt die beste Spezialtruppe an der Philosophischen Fakultät: Professorin Ursula Nadel und Professor Kuhte.
Universität Krombel	Brutstätte der widerwärtigsten Nilas Soldat in der Rosenarmee.
Uwe Leidenvoll	Jugendfreund von Lars Feuerstiel. Journalist. First Manager Europe der Ritter auf der Erde.
Venduranischer Icetank	Kampfpanzer der Union. Nahezu unschlagbar. Auf Venduran hergestellt.

Waworaner
Kriegergesellschaft, die in der Lage war mit hohen Standards militärische Gebäude zu errichten. Waren in ihrer eigenen Galaxie unangefochten die Herrscher. Hatten ein Abkommen mit der jungen Union. Arbeiteten allerdings mit den Rittern zusammen. Ein beispielhaftes Rechtssystem, das hart aber fair war. Samis,

oberster Ritter des Rosenordens, erhielt mehrere Verdienstmedaillen im Kampf gegen die Feinde des Reichs. Spurloses Verschwinden vor knapp 400 Jahren. Bauten zum Dank für die ritterliche Unterstützung mit an der besten Verteidigungsanlage im Universum - auf der Erde.